Darien Gee

Sternenstaub und Sonnenküsse

Buch

Bettie Shelton und ihre fünf Freundinnen wohnen in dem kleinen Ort Avalon in Illinois, in dem alles seinen ruhigen, gewohnten Gang zu gehen scheint. Und doch hat jede der Frauen ihr Päckchen zu tragen. Die junge Connie Colls ist unabhängig und hat endlich den Platz in ihrem Leben gefunden, der ihr Glück verspricht – und doch sehnt sie sich nach einer Vergangenheit, die sie nie hatte. Isabel Kidd möchte endlich nach vorne schauen, doch eine Liebesaffäre ihres Mannes hindert sie daran, ihr Vorhaben in die Tat umzusetzen. Yvonne Tate ist Klempnerin und neu in der Stadt – zehn Jahre lang hat sie ein Leben ganz nach ihren eigenen Wünschen gelebt, doch nun muss sie feststellen, dass die Vergangenheit sie immer einholen wird, ganz egal, wo sie sich gerade aufhält. Auch für Ava Catalina kommen alte Verletzungen ans Tageslicht, als sie sich der Person annähern will, mit der sie ihre kostbarsten Erinnerungen teilt. Und Frances Latham und ihr Mann stoßen bei dem Versuch, ein Kind zu adoptieren, immer wieder an ihre Grenzen. Zusammengehalten von Bettie, treffen die Frauen sich regelmäßig und halten ihre Erinnerungen und Hoffnungen in hübsch gestalteten Alben fest. Nur die Seiten von Betties eigenem Album sind leer …

Gemeinsam erkennen die Frauen, dass nicht immer alles so ist, wie es scheint, und dass es das größte Glück bedeuten kann, sich an Orten wiederzufinden, nach denen man am wenigsten gesucht hat.

Autorin

Darien Gee lebt mit ihrem Ehemann und ihren drei Kindern auf Hawaii. *Sternenstaub und Sonnenküsse* ist die Fortsetzung ihres erfolgreichen Romans *Je süßer das Leben*, eine warmherzige Geschichte über Familie, Freundschaft und Zusammenhalt.

Darien Gee

Sternenstaub und Sonnenküsse

Roman

Aus dem Englischen
von Gabriele Werbeck

blanvalet

Die Originalausgabe erschien 2013
unter dem Titel *The Avalon Ladies Scrapbooking Society*
bei Ballantine Books, an imprint of The Random House Publishing Group,
a division of Random House, Inc., New York

MIX
Papier aus verantwortungsvollen Quellen
FSC® C014496
FSC
www.fsc.org

Verlagsgruppe Random House FSC® N001967
Das für dieses Buch verwendete FSC®-zertifizierte Papier
Holmen Book Cream liefert Holmen Paper, Hallstavik, Schweden.

1. Auflage
Deutsche Erstausgabe Februar 2014
bei Blanvalet, einem Unternehmen der
Verlagsgruppe Random House GmbH, München

Umschlaggestaltung: © www.buerosued.de
Redaktion: Andrea Stumpf
AF · Herstellung: sam
Satz: Uhl + Massopust, Aalen
Druck und Bindung: GGP Media GmbH, Pößneck
Printed in Germany
ISBN: 978-3-442-37800-5

www.blanvalet.de

Für Mary Embry
in Liebe

Die Dinge fallen nicht auseinander.
Die Dinge halten. Linien verbinden
sich und überdauern,
sie überdauern und aus Leben werden
Generationen aufbewahrter
Bilder und Worte.

- Lucille Clifton

Wir erinnern uns nicht an Tage,

wir erinnern uns an Augenblicke.
Der Reichtum des Lebens
besteht aus vergessenen Erinnerungen.

- Cesare Pavese

Kapitel 1

Das mit der Ziege war Connies Idee.

»Ich weiß nicht recht«, sagt Madeline Davis und runzelt die Stirn. Mit ihren fünfundsiebzig Jahren versucht sie sich das Leben leichter zu machen und nicht komplizierter. Andererseits gibt es wohl nicht viele Leute, die in ihrem Alter noch einen Teesalon betreiben. Madelines Tage sind mit Arbeit ausgefüllt, ja, aber dafür quillt ihr Herz jede Nacht, wenn sie schlafen geht, von Glück und Zufriedenheit über. Und seit einem Jahr steht ihr Connie Coll zur Seite, ihre Geschäftsführerin, ein Geschenk Gottes mit abstehenden schwarzen Haaren, und inzwischen auch Freundin und Mitbewohnerin.

Jetzt sieht Connie sie mit Tränen in den Augen an und Madeline merkt, dass ihr Widerstand nachlässt. Noch nie hat Connie sie um etwas gebeten, und sie erträgt es nicht, die junge Frau weinen zu sehen.

»Na ja …«, sagt sie zögernd. »Vielleicht ein, zwei Tage, bis du ein geeigneteres Zuhause für sie gefunden hast.« Sie sieht, wie die Ziege hier und dort schnuppernd durch den Garten läuft und schließlich bei einem Beet stehen bleibt und von der orangefarbenen Kapuzinerkresse zu fressen beginnt.

»Oh!« Connie wischt sich die Tränen weg und eilt zu der Ziege. Sie wedelt mit den Armen, um sie von den Blumen wegzuscheuchen, aber das Tier kaut ungerührt weiter.

Lieber Himmel, das fängt ja gut an. Madeline sieht zu, wie Connie vergeblich an der behelfsmäßigen Leine der Ziege zerrt, einem ausgefransten Stück Seil, das eine Ende offensichtlich durchgebissen. Sie tröstet sich mit dem Gedanken, dass diese Ziege einen rechtmäßigen Besitzer hat. Sie müssen nur herausfinden, wer das ist.

»Ich geh wieder rein«, erklärt sie Connie, die gerade versucht, die Ziege in den Schatten eines Walnussbaums zu ziehen.

»Danke, Madeline«, sagt Connie und bringt ein breites Lächeln zustande. »Du wirst gar nicht merken, dass sie da ist, versprochen.«

»Hm. Also ich glaube, sie frisst gerade meine Double Delight.«

Connie dreht sich erschrocken um. »*Nein! Weg von den Rosen! Böse Ziege!*«

Madeline schüttelt nur den Kopf und geht durch die Hintertür in die Küche.

Hinter ihr strömt das Morgenlicht herein, ein Sonnenstrahl fällt auf den Bauerntisch in der Mitte des Raums. Dort liegen auf Kuchengittern frisch gebackene Laibe Freundschaftsbrot, Scones und Muffins zum Auskühlen. Im Backofen stehen zwei Rucola-Speck-Quiches. Madelines Küche ist gemütlich, es duftet verheißungsvoll, und Madeline weiß, dass es nicht zuletzt das ist, was ihre Gäste anlockt. Genau aus diesem Grund kommen sie in Madelines Teesalon – weil sie dort gutes Essen und ein aufmunterndes Lächeln erwarten. Ein freundliches Wort und vielleicht der eine oder andere Scherz, je nachdem wie Madeline aufgelegt ist.

Wenn sie Glück haben, wird ihnen vielleicht sogar noch mehr geboten, beispielsweise ein spontanes kleines Konzert von Hannah Wang, der jungen Cellistin, die früher bei den New Yorker Philharmonikern gespielt hat und jetzt in Avalon lebt. Dann ist da noch Bettie Sheldon mit ihrem mobilen Scrapbook-Laden. Sie kommt in den Teesalon, bestellt als Vorwand eine Kanne Darjeeling und breitet dann auf dem Nebentisch ungeniert ihre Waren aus. An den Tagen, an denen Bettie da ist, verlässt garantiert niemand – vom handwerklich unbegabten Avaloner bis zum arglosen Touristen – den Salon ohne einen Packen gemustertes Papier und eine bunte Auswahl an Verzierungen. Madeline erinnert sich noch gut an den Tag vor ein paar Wochen, als sich eine Gruppe von Männern im Teesalon zum Mittagessen getroffen hat. Sie beugten sich beim Essen tief über ihre Teller und unterhielten sich mit gesenkter Stimme. Es war nicht zu übersehen, dass sie nicht gestört werden wollten. Bettie war jedoch unbeirrt auf sie zumarschiert. Ehe die Männer wussten, wie ihnen geschah, war ihr Tisch mit farbenfrohen Bändern und glitzernden Pailletten übersät. Zwei Männer kauften Einsteigersets, und auf ihren Gesichtern lag noch beim Bezahlen ein leicht verwirrter Ausdruck. Ebenso schnell, wie sie aufgetaucht war, verschwand Bettie wieder, und alle fragten sich, was da eigentlich gerade geschehen war, während Madeline leise vor sich hin kichernd den Tisch abräumte.

Das Messingglöckchen über der Eingangstür bimmelt. Zwei Frauen betreten den Salon, lächeln Madeline zu und setzen sich an einen Fensterplatz. Madeline weiß, dass es nur eine Frage der Zeit ist, bis der Teesalon voller Gäste und Gelächter ist.

Sie nimmt einige Dosen mit der Kamille-Rooibos-Teemischung aus dem großen alten Schrank, der das Esszimmer ziert. Sie könnte nicht mehr sagen, was zuerst kam – die vielen schönen Dinge, die sie auf Flohmärkten und in Trödelläden entdeckt hatte, und dann die Überlegung, was sie darin aufbewahren könnte, oder der Entschluss, ihre eigenen Teemischungen anzubieten, und dann die Suche nach einer ansprechenden Art der Präsentation? Anfangs eine Art Nebenbeschäftigung, um in den ersten Monaten, als das Geschäft nur schleppend anlief, die Zeit totzuschlagen, hat das Ganze inzwischen ein Eigenleben entwickelt. Connie will, dass sie einen Online-Shop eröffnen, aber im Augenblick fühlt sich Madeline damit überfordert. So wie es jetzt ist, ist es genau richtig, selbst wenn es manchmal ziemlich hektisch zugeht.

Connie steht in der Küche am Spülbecken und wäscht sich die Hände. »Serena ist in den Nachbargarten ausgebüxt, aber ich habe sie wieder eingefangen«, sagt sie mit schuldbewusster Miene, als Madeline hereinkommt. »Sie hat bei den Nachbarn, äh, sozusagen ein paar Salatköpfe gefressen.«

Madeline hebt eine Augenbraue. »Sozusagen?«

Connie hüstelt. »Na ja, sie hat sie gefressen, aber dann hat sie sie wieder ausgespuckt.« Connie trocknet sich die Hände an einem Geschirrtuch ab und vermeidet den Augenkontakt mit Madeline. »Ich rufe nachher beim Tierarzt an und erkundige mich, ob sie ein spezielles Futter braucht. Vielleicht hat Serena einen empfindlichen Magen.«

Du liebe Güte. Madeline weiß nicht, was sie beunruhigender findet: dass Connie der Ziege einen Namen gegeben hat oder dass die Ziege einen Weg in Walter Lassiters Gemüsegarten gefunden hat. Seine Frau Dolores stört sich nicht an dem ständigen Kommen und Gehen bei ihrer Nachbarin, Walter hingegen ist ununterbrochen auf der Suche nach etwas, über das er sich beschweren kann. Madeline hat das Gefühl, dass eine herumstreunende Ziege ihm da gerade recht käme.

»Ich bin sicher, dass mit Serenas Magen alles in Ordnung ist«, sagt sie und gibt Connie den Tee. »Würdest du das bitte einpacken? Dora Ponce stellt einen Geschenkkorb für die Versteigerung des Rotary Club zusammen, und ich habe ihr versprochen, dass wir etwas beisteuern.«

»Klar.« Connie bindet sich eine Schürze um. »Ich nehme das hübsche Papier, das ich vorige Woche auf dem Markt gekauft habe. Ruth Pavord verkauft ihre gesamten Bestände – sie hat vor, sich stattdessen auf Vogelhäuschen zu verlegen.« Sie will noch mehr sagen, als sie von einem Schrei aus dem Esszimmer unterbrochen wird. Gleich darauf folgt das unverkennbare Klirren von zerspringendem Porzellan.

»Hilfe!«, hören sie eine Frau rufen. »Hier drin ist ein wildes Tier!« Connie eilt aus der Küche. Man hört ein paar strenge Worte und einen zweiten Schrei, untermalt vom Klirren weiteren guten Porzellans, das auf den Fußboden fällt.

Auf Fremde mag Avalon wie eine x-beliebige Kleinstadt an einem Fluss wirken, aber Madeline weiß es besser. Mit einem Lächeln greift sie nach Besen und Schaufel und macht sich auf den Weg ins Esszimmer.

Isabel schwingt den Hammer und lässt ihn auf den Pfosten mit dem ZU VERKAUFEN-Schild niedersausen. Die Erde in ihrem Vorgarten ist steinhart, ausgetrocknet von der Hitze in Illinois, einem weiteren langen heißen August ohne irgendein Anzeichen für Abkühlung. Vielleicht hätte sie den Rasen vorher wässern sollen. Vielleicht hätte sie den rothaarigen Jungen ein paar Häuser die Straße hinunter anheuern sollen. Vielleicht hätte sie einen Immobilienmakler mit dem Verkauf ihres Hauses beauftragen sollen, statt es selbst zu versuchen, wie sie es zurzeit mit so vielen Dingen tut.

Aber Isabel hat keine Lust, auf die Rückrufe von Leuten zu warten, sich nach ihren Terminen zu richten, um das Honorar zu feilschen. Den Gartenschlauch zu suchen, wo immer er auch liegen mag.

Bumm bumm bumm. Das Schild zittert und wackelt.

Gestern Abend, als Isabel nach der Siebenuhrvorstellung

von *The Man from M.A.R.S.* allein durch die dunklen Straßen gegangen war, hatte sie beim Haushaltswarenladen haltgemacht, um Waschmittel zu kaufen. Und da standen sie, direkt neben dem Eingang, ein Sonderangebot: fünfzehn Dosen Farbe, zu einer himmelwärts zeigenden Pyramide gestapelt.

Isabel dachte an ihr Haus, an den Herd und den Küchentisch, den Kühlschrank und die Geschirrtücher aus Frottee. An die Wohnzimmermöbel, die Schlafzimmereinrichtung, den verschrammten Kirschbaumtisch im Flur. Sie dachte an die grauen Wände, Decken, Türen. Es hatte einmal eine Zeit gegeben, als sie davon träumte, für immer in diesem Haus zu wohnen, Kinder darin großzuziehen, darin alt zu werden. Aber von diesem Traum hatte Isabel sich verabschieden müssen. Was hält sie eigentlich noch in Avalon?

»Ich nehme alle«, erklärte sie dem Kassierer und reichte ihm einen 100-Dollar-Schein. »Und dazu noch ein paar Pinsel.«

Sie verzichtete auf Abdeckplanen, Spachtelmasse und Terpentin. Zu viele Dinge, an die man denken musste. *Nur die Farbe*, hatte sie gesagt. Und dann sah sie es. Ein Schild, an den Ecken etwas verbogen, das einsam an den Säcken mit Biorasendünger lehnte.

ZU VERKAUFEN – DIREKT VOM EIGENTÜMER.

Sie hatte das Schild ebenfalls gekauft.

Isabel tritt einen Schritt zurück, um ihr Werk zu begutachten. Das Schild steht etwas schief, aber es ist von der Straße aus gut zu sehen. Sie weiß, dass es die Neugier ihrer Nachbarn wecken wird, vielleicht sind sie sogar ein bisschen beunruhigt, weil sie verkaufen will. Avalon gehört zu den Orten, an denen sich die Leute auf Dauer niederlassen, an denen Familien ein ganzes Leben verbringen. Isabel ist nach ihrer Heirat hierhergezogen, ihr Mann Bill war hier geboren und aufgewachsen. Und er ist hier auch gestorben, vor fast vier Jahren.

Im Haus nebenan bewegen sich die Vorhänge. Dort wohnt ihre Nachbarin Bettie Shelton, die größte Tratschtante der Stadt. Isabel weiß, dass Bettie dafür gesorgt hatte, dass sich die Nachricht von Bills Auszug verbreitete und zwei Monate später dann die von seinem Tod, nachdem er in der falschen Richtung in eine Einbahnstraße eingebogen war. Auf ihrer Veranda waren Schüsseln und Töpfe mit Essen aus dem Boden geschossen wie Pilze.

»Isabel Kidd!«, hört sie Bettie aus ihrem Haus rufen. Sie hat noch die Lockenwickler in ihren silberblauen Haaren. Vergeblich reißt sie an dem Fensterriegel, schließlich begnügt sie sich damit, mit entrüsteter Miene an die Scheibe zu klopfen. »Was zum Teufel machen Sie da?«

Isabel haut noch einmal mit dem Hammer auf den Pfosten.

»Isabel? Hören Sie mich?«

Isabel tut so, als würde sie ein Staubkörnchen von dem Schild wischen.

»ISABEL!«

Genervt runzelt Isabel die Stirn. »Natürlich höre ich Sie! Ganz Avalon hört Sie!« Isabel sieht Peggy Lively aus dem Haus schräg gegenüber kommen, in einen flauschigen rosa Bademantel gehüllt. »Sie hören sie doch auch, oder, Peggy?«

Peggy betrachtet einen Moment lang Isabel und den Hammer, bevor sie die leere Straße hinunterblickt. Dann hebt sie die Morgenzeitung vom Weg auf, geht schnell zurück ins Haus und knallt die Tür hinter sich zu. Isabel hört, wie der Riegel vorgeschoben wird.

Isabel wirft Bettie einen verärgerten Blick zu und versetzt dem Pfosten noch einen letzten Schlag, bevor sie zurück in ihr Haus geht, wohl wissend, dass Bettie ihren Rückzug mit Argusaugen verfolgt.

Mitten in ihrem Wohnzimmer stehen die Farbdosen und warten darauf, dass etwas passiert. Isabel zögert, auf einmal überkommen sie Zweifel. Das ZU VERKAUFEN-Schild aufzustellen war einfach, sie wusste, dass sie es jederzeit wieder entfernen konnte, nichts weiter als eine vorübergehende Laune. Aber das hier ist etwas anderes. Das lässt sich später nicht mehr rückgängig machen.

Sie greift nach der nächststehenden Dose und öffnet mithilfe eines Schraubenziehers den Deckel. Sie betrachtet den friedlichen kleinen Farbtümpel. *Perlweiß.* Versuchsweise rührt sie darin, der Geruch kitzelt sie in der Nase.

Der erste Pinselstrich an der Wand ist ungleichmäßig, fleckig, der zweite nicht viel besser. Aber die Farbe schimmert nach wie vor verlockend, ein erfrischender Kontrast zu dem langweiligen Grau, in dem die Wände jahrelang gestrichen waren. Isabel taucht den Pinsel erneut ein und bewegt ihn ein paarmal hin und her, bis die Borsten genug Farbe aufgenommen haben, dann hebt sie ihn und versucht es noch einmal. Dieses Mal hinterlässt er an der Wand einen breiten weißen Streifen, glatt und gleichmäßig. Mutiger geworden, setzt sie den nächsten Streifen.

Es geht schneller, als sie gedacht hat, und schon bald ist die ganze Wand gestrichen. Weiß und glatt erwidert sie ihren Blick, gibt nichts preis. Isabel beugt sich vor, sucht nach einem Hinweis auf die Vergangenheit, sieht jedoch nichts außer ihrem eigenen Schatten, als sie mit der Nasenspitze gegen die feuchte Wand stößt. *Aua.* Und dann muss sie an andere weiße Wände denken.

Na also, das war doch gar nicht so schlimm, oder?

Nein, Doktor.

Natürlich hatte er sie das gefragt, als sie noch unter Betäubung stand und benommen war und bereitwillig jeder Frage zustimmte. Bill war an ihrer Seite gewesen, still und traurig, er wusste, dass es ihre letzte Chance war. Sie würden es nicht noch einmal versuchen. Es spielte keine Rolle, versuchte er sie zu trösten, wenn sie jede Nacht im Bett lag und in ihr Kissen weinte. Es sei auch so gut, sie beide seien genug. Er zog ihre Hand an seine Lippen und küsste sanft ihre Fingerspitzen. Ein Versprechen.

Es sollte noch ein paar Jahre dauern, bevor Bill sie verließ, das Versprechen vergessen war. Sie hatten sich eingeredet, es würde sie nicht verändern, aber das war falsch, und was auch immer sie verloren hatten, sie fanden es nicht wieder. Isabel war nicht glücklich, aber sie war auch nicht unglücklich. Sie konnte damit leben. Sie liebte Bill noch immer, und sie wusste, dass er diese Liebe erwiderte, auch wenn sich eine Kluft zwischen ihnen aufgetan hatte, die jeden Tag ein wenig breiter wurde. Dennoch konnte es von ihr aus so weitergehen, in freundlicher Rücksichtnahme und gegenseitiger Achtung, ein friedliches Nebeneinander im gleichen Haus. Es war nicht perfekt, aber Isabel war damit zufrieden. Bill offenbar nicht.

Was hat es bloß mit Zahnärzten und ihren Sprechstundenhilfen auf sich? Es ist ein albernes Klischee, mit dem Isabel seither leben muss. Mein Mann hat mich wegen seiner Sprechstundenhilfe verlassen, einer Frau, die zehn Jahre jünger ist als ich. Damals hatte Isabel gedacht, es könnte nicht mehr schlimmer werden, dass auf diese Weisc verlassen zu werden von nichts übertroffen werden könnte, aber sie hatte sich getäuscht.

Auf die Geburtsanzeige war sie nicht vorbereitet gewesen, gedankenverloren hatte sie den Umschlag geöffnet. Sie hielt es für eine um ein paar Monate verspätete Beileidskarte. Sie zog die Karte heraus und sah einen pausbäckigen Engel vor sich, der unübersehbar Bills blaue Augen und seine abstehenden Ohren hatte.

Wie dem auch sei, jedenfalls ist Isabel Kidd jetzt im reifen Alter von achtunddreißig Jahren allein. Kein Mann. Keine Kinder. Ein unbefriedigender Job als Kundenbetreuerin bei einem Wellpappehersteller in Rockford, ungefähr eine Dreiviertelstunde Fahrt entfernt. Ein bisschen Geld aus Bills Rentenversicherung. Seinen Anteil an der Zahnarztpraxis hatte sein Partner Randall Strombauer übernommen, ein Mann, für den Isabel sich nie groß interessiert hatte. Er hatte die Sprechstundenhilfe eingestellt, und Isabel vermutet, dass er selbst ein Auge auf sie geworfen hatte. Randall war der typische Junggeselle, während Bill seit zwölf Jahren verheiratet war. Freie Bahn, hatte Randall wahrscheinlich gedacht. Nun, da hatte er sich geirrt.

Neben der frisch gestrichenen Wand wirken die übrigen Wohnzimmerwände schäbig und leblos, irgendwie düster. So ist es manchmal. Sie könnte es so lassen, um einen Akzent zu setzen, aber die anderen Wände tun ihr leid. Sie verdienen ebenfalls einen Neuanfang. Sie können schließlich nichts dafür.

Dieses Mal wird sie die Sache anders angehen – es besteht keine Notwendigkeit, einen Strich neben den nächsten zu setzen. Immerhin ist es ihr Haus, sind es ihre Wände. Sie kann damit machen, was sie will.

Isabel taucht den Pinsel in die Farbe und macht sich wieder an die Arbeit.

Yvonne Tate schaut noch einmal auf die Adresse, bevor sie den Zettel in ihre Hosentasche stopft. Sie steht vor einem bescheidenen Haus mit einem weißen Lattenzaun, die Straße davor ist von Ahornbäumen gesäumt. Sie öffnet das Gartentor und geht den Weg entlang, streift mit einem Blick den handtuchgroßen Vorgarten. Vor den Fenstern stehen Blumenkästen, aus denen in sommerlicher Farbenpracht Geranien und Fleißige Lieschen quellen, durch den Garten flattern Schmetterlinge. Ein hübsches Zuhause.

Yvonne drückt auf die Klingel und wartet. Sie hört Stimmen im Haus, ein Mann und eine Frau, die miteinander streiten. Gleich darauf wird die Tür geöffnet.

»Ja, bitte?« Die Frau ist Ende zwanzig, jung und hübsch. Hinter ihr taucht ihr Mann auf, er ist ungefähr im gleichen Alter.

»Ich bin Yvonne Tate. Von Tate Plumbing. Sie hatten wegen eines Notfalls angerufen?«

Das Paar starrt sie an. Die Frau blickt Yvonne über die Schulter, vermutlich sucht sie den »richtigen« Klempner, während der Mann Yvonne einfach nur mit offenem Mund anglotzt.

»Ich bin allein«, erklärt ihnen Yvonne freundlich. Sie sieht nicht wie ein Klempner aus, das weiß sie. Sie ist schlank und sportlich, ihre blonden Haare sind zu einem Pferdeschwanz zusammengebunden. Sie trägt Jeans, T-Shirt und Arbeitsschuhe und hat ihren Werkzeugkasten in der Hand, aber selbst in dieser Aufmachung und ohne Make-up wird sie oft für ein Model gehalten. »Wir haben vor einer Stunde miteinander telefoniert.« Yvonne zieht den Zettel aus der Tasche. »Megan und Billy Newman, stimmt doch?«

Megan Newman ist immer noch verwirrt. »Ja, aber ich dachte, Sie sind die Sekretärin.«

»Ich bin die Sekretärin. Außerdem bin ich die Buchhalterin, die Marketingleiterin und natürlich die Klempnerin. Ich bin ein Einfraubetrieb.« Yvonne wirft einen Blick auf ihre Uhr. »Also, wollen wir uns das Problem mal ansehen?«

Megan wirkt nicht gerade überzeugt, aber ihr Mann tritt rasch zur Seite und bittet Yvonne ins Haus, was ihm einen finsteren Blick von seiner Frau einträgt.

»Wie lange machen Sie das denn schon?«, erkundigt sich Megan mit skeptischer Miene.

»Seit zehn Jahren. In Avalon wohne ich allerdings erst seit sechs Monaten. Mein Gewerbeschein gilt in drei Staaten, und bis jetzt gab es noch keine Schadensersatzklagen gegen mich.« Yvonne registriert den honigfarbenen Parkettboden, die karierten Baumwollvorhänge, die Schonbezüge auf der Wohnzimmergarnitur. Überall stehen Vasen mit frischen Blumen und Hochzeitsfotos. »Also, was war das Problem gleich noch mal?«, fragt sie.

Megan und Billy wechseln einen Blick. »Wahrscheinlich ist es einfacher, wenn wir es Ihnen zeigen«, sagt Billy.

Yvonne folgt den beiden ins Bad. »Oh«, sagt sie. »Ich verstehe.«

In der Badewanne stapeln sich Töpfe und Pfannen.

»Damit behelfen wir uns, bis wir wissen, was in der Küche los ist«, sagt Megan hastig. »Das zeigen wir Ihnen später. Das Problem hier ist da.« Sie zeigt auf das Waschbecken.

Es ist neu, hat aber zwei antike Hähne, auf dem rechten steht HEISS, auf dem linken KALT. Megan dreht den linken Hahn auf, das Wasser kommt jedoch aus dem rechten, und umgekehrt.

»Ich dachte, ich hätte alles richtig angeschlossen«, sagt Billy und kratzt sich am Kopf. »Aber offensichtlich ist mir da irgendwas durcheinandergeraten.«

Yvonne deutet auf die Leitungen unter dem Waschbecken. »Sie sollten besser auch noch Absperrventile installieren.«

»Das wollte ich als Nächstes machen«, erklärt Billy nicht besonders überzeugend.

»Ich habe ihm gesagt, dass wir für die Wasseranschlüsse und die Elektrik einen Fachmann kommen lassen sollten, aber nein, er musste es ja unbedingt selbst machen.« Megan wirft ihrem Mann einen Blick zu. »Aber das ist noch nicht alles. Kommen Sie mit.« Sie bedeutet Yvonne, ihr zu folgen.

In der Küche öffnet Megan den Schrank unter der Spüle, und zum Vorschein kommt ein Gewirr von Leitungen und Anschlüssen, einschließlich einer aufgeschnittenen Milchpackung, die mit Kabelbindern und Klebeband am Siphon befestigt ist. »Die Spüle tropft dermaßen, dass wir sie überhaupt nicht benutzen können«, sagt Megan. »Billy hat diese Konstruktion da gebastelt, um das Wasser aufzufangen, aber es kommt so viel, dass wir es gar nicht erst probieren. Es sollte eine Notlösung sein, aber inzwischen leben wir seit fast drei Wochen damit. Ich hab es satt!«

»So schlimm ist es auch wieder nicht…«, setzt Billy an.

»Wir spülen unser Geschirr in der Badewanne, Billy!«

»Das lässt sich ziemlich schnell in Ordnung bringen«, versichert Yvonne Megan. Sie dreht sich zu Billy. »Warum haben Sie denn keinen Eimer daruntergestellt?«

Billy öffnet den Mund, um zu antworten, dann kratzt er sich am Kopf. »Ja, das wäre wohl sinnvoller«, sagt er verlegen.

Yvonne grinst. »Ich müsste das heute noch schaffen«, erklärt sie. Sie nennt ihnen einen Preis, und Megan nickt eifrig.

»O ja«, sagt sie. »Bitte fangen Sie sofort an.«

»Ich hätte mit mehr gerechnet«, sagt Billy überrascht. »Der andere Installateur, bei dem wir angerufen haben, hat beinahe das Doppelte verlangt.«

Yvonne zuckt die Achseln. Sie macht sich keine Gedanken über die Konkurrenz, seit jeher ist sie der Meinung, dass es genug Arbeit für alle gibt. »Wenn ich fertig bin, bekommen

Sie von mir eine Rechnung mit einer Einzelaufstellung der Arbeiten.«

Fröhlich vor sich hin summend geht Megan zum Kühlschrank und nimmt einen Krug Eistee heraus. Sie gießt für jeden ein Glas ein, dann deutet sie mit dem Kopf in Richtung Garten. »Ich bin draußen.« Bevor sie geht, wirft sie ihrem Mann noch einen vielsagenden Blick zu.

»Sie ist sauer auf mich«, sagt er. »Wahrscheinlich war es eine bescheuerte Idee von mir, alles selbst zu installieren.«

»Nein«, erwidert Yvonne. »Ich finde es toll, dass Sie es versucht haben, Billy.« Yvonne ist es gewohnt, bei solchen Installationen Marke Eigenbau zu Hilfe zu eilen, und das hier ist noch gar nichts. Sie ist sehr dafür, dass die Leute lernen, sich um ihre Häuser zu kümmern und einfache Arbeiten selbst auszuführen, aber dazu ist es nötig, dass sie ein bisschen Mühe und Zeit investieren und sich nicht nur auf YouTube ein Dreiminutenvideo dazu ansehen, wie man eine Badewanne austauscht. »Ich bin sicher, dass Sie es letzten Endes selbst hingekriegt hätten«, sagt sie tröstend.

Er lächelt dankbar, dann wirft er einen sehnsüchtigen Blick hinaus zu Megan, die es sich in der strahlenden Sonne auf einem Liegestuhl bequem gemacht hat und die Augen mit einer Hand beschattet.

»Gehen Sie ruhig raus zu Ihrer Frau«, sagt Yvonne. »Wenn in dem Haus alles einwandfrei funktioniert, ist sie bestimmt wieder besänftigt. Wie lange sind Sie verheiratet? Ein Jahr?«

Billy sieht sie überrascht an. »Elf Monate«, sagt er. »Woher wissen Sie das?«

Statt einer Antwort zuckt Yvonne nur die Achseln und sucht in ihrem Werkzeugkoffer nach einer Rohrzange. Sie verzichtet darauf, Billy zu sagen, was sie sonst noch denkt, nämlich dass Megan ganz offensichtlich mit Nestbau beschäftigt ist. Und ein bisschen von den Hormonen gebeutelt wird. Das hat sie auch schon bei anderen Kunden erlebt. Sie ist sich nicht sicher, ob Billy es schon weiß, vielleicht weiß es noch nicht einmal Megan selbst, aber Yvonne würde ihren letzten Dollar darauf verwetten, dass Megan schwanger ist.

»Sie möchte einfach, dass Sie beide ein schönes Zuhause haben«, erklärt Yvonne. »Gehen Sie raus zu ihr.«

Billy grinst und folgt ihrer Aufforderung. Yvonne lächelt.

Ihre Arbeit ist nie langweilig, so viel steht fest. Sie hat schon so gut wie alles erlebt – Männer, die mit jedem erdenklichen Trick versucht haben, den Preis zu drücken, sei es durch Komplimente oder verbissenes Feilschen oder in einigen Fällen auch mit Einschüchterungsversuchen. Sie hat aufgehört zu zählen, wie oft sich ein Kunde mit ihr verabreden wollte, einmal sogar eine Kundin. Sie kennt jeden Witz über Maurerdekolletés, der jemals erzählt wurde, verbunden mit der Frage, ob sie vielleicht einen Stringtanga trägt. Aber so etwas ist Gott sei Dank die Ausnahme. Die meisten ihrer Kunden sind nette, höfliche Leute, überrascht, es in diesem Gewerbe mit einer jungen Frau zu tun zu haben, ohne dagegen Vorbehalte zu haben. Das ist einer der Gründe, warum sie ihre Arbeit so mag.

Sie erinnert sie außerdem daran, dass nicht immer alles so ist, wie es scheint, dass sie ganz allein für ihr Leben verantwortlich ist und niemand sonst, dass es immer so war und immer so sein wird. Auch wenn Yvonne erst vor zehn Jahren begriffen hat, dass sie sich der Herausforderung stellen und ihr Leben selbst in die Hand nehmen muss.

Es hat seinen Preis gefordert. An den Tagen, an denen sie sich einsam fühlt oder Heimweh hat, muss sie gegen die Versuchung ankämpfen, zum Telefon zu greifen, in ein Flugzeug zu steigen, Dinge in Erfahrung zu bringen, von denen sie besser nichts wissen sollte. So schwierig es manchmal auch ist, Yvonne weiß, dass sie den eingeschlagenen Weg weitergehen muss. Alles andere wäre zu schmerzhaft.

Sie wirft einen Blick in den Garten und sieht, dass Billy sich auf dem Stuhl neben seiner Frau niedergelassen hat und mit ihr redet. Megan lacht über irgendetwas, das er sagt, und Billy beugt sich vor und gibt ihr einen Kuss.

Es ist eine zärtliche, liebevolle Geste, aber Yvonne muss wegsehen. Sie schluckt den Kloß in ihrem Hals hinunter und macht sich wieder an die Arbeit.

Kapitel 2

»Hier, bitte sehr.« Der Barkeeper hebt eine prall gefüllte Plastiktüte mit Kronkorken auf den Tresen. Die Tüte ist nicht verschlossen und einige Kronkorken fallen klappernd heraus, als sie sich zur Seite neigt. »Hoppla!«

»Ich hab sie«, sagt Ava und erwischt die Tüte gerade noch rechtzeitig, bevor sie ganz umkippt. Ihr Blick fällt gleich auf zwei besondere Kronkorken – der eine ist dunkelblau mit einem gelben Strahlenkranz und der andere rot mit einem weißen Schriftzug. Einige sind verbogen, aber das macht nichts – sie will ein paar neue Techniken ausprobieren und dafür sind sie bestens geeignet.

»Gutes Reaktionsvermögen«, sagt der Barkeeper grinsend. Sein Name ist Colin. Er nimmt seine Schürze ab und wirft sie auf einen Haufen mit schmutzigen Geschirrtüchern.

»Das ist der Mutterreflex«, sagte Ava und schüttelt die Tüte zufrieden. Dem Gewicht nach zu urteilen, sind da bestimmt zweihundert Kronkorken drin, vielleicht sogar mehr. »Ich war mal Meisterin im Fläschchenauffangen, damals, vor einer halben Ewigkeit.«

»Vor einer halben Ewigkeit?« Colin mustert sie kurz und Ava lacht, sie weiß, dass sie im Augenblick selbst eher wie ein Kind aussieht, unbekümmert und ein bisschen zerzaust. »Wie alt ist Ihr Sohn gleich noch mal?« Colin hat selbst zwei Söhne, die auf die Highschool gehen.

»Vier und geht auf die zwanzig zu.« Ava angelt nach ihrem

Geldbeutel. »Und ich bin achtundzwanzig und gehe auf die fünfzig zu.«

»Das glaube ich Ihnen.« Colin wird rot. »Ich meine, nicht, dass Sie auf die fünfzig zugehen, das stimmt ja nun wirklich nicht. Sie sehen nicht mal wie zwanzig aus …« Er schneidet eine Grimasse und schüttelt den Kopf. »Oje, ich rede Stuss. Also, ich will nur sagen, dass ich weiß, wie es ist, wenn man alle Hände voll zu tun hat.«

»Ich hab schon verstanden.« Ava lächelt. »Danke für die Kronkorken. Was bin ich Ihnen schuldig?«

Colin hebt die Hände. »Geht aufs Haus. Heute ist mein letzter Tag.«

»Ihr letzter Tag?«

»Man hat mir gekündigt. Fast allen von uns. Das Restaurant wird ›renoviert‹.« Colin deutet auf die Tische, alle leer, obwohl die Mittagszeit kaum vorbei ist. »Sie reduzieren auf ein Minimum, bis es wieder besser läuft. Aber ich habe schon einen neuen Job im Avalon Grill und kann morgen anfangen, für mich ist es also nicht weiter schlimm.«

»Im Avalon Grill?«

»Ja. Ich muss noch mit dem dortigen Geschäftsführer reden, aber ich bin sicher, dass er nichts dagegen hat, wenn ich ein paar Kronkorken für Sie zur Seite lege. Das heißt, falls es Ihnen nichts ausmacht, sie dort abzuholen. Von Barrett aus fahren Sie ungefähr eine Viertelstunde.«

»Ja, ich weiß.« Ava erinnert sich an den Birnen-Gorgonzola-Salat, den sie dort oft zu Mittag gegessen hat, und ihr Magen beginnt zu knurren. »Ich habe früher in Avalon gearbeitet.«

Colin kritzelt etwas auf einen Zettel und schiebt ihn über den Tresen. »Meine Telefonnummer. Rufen Sie mich in ein, zwei Wochen an, dann kann ich Ihnen sagen, ob ich was habe. Ach, wissen Sie was, Sie können mich jederzeit anrufen.« Er sieht ihr einen Moment länger als nötig in die Augen, bevor er verlegen den Blick abwendet.

Ava kann sich nicht genau erinnern, wie es um Colins Familienstand bestellt ist, aber sie weiß, dass er entweder geschieden ist oder von seiner Frau getrennt lebt, und beides ist ihr viel zu kompliziert. Er ist ein netter Kerl, und sie ist ihm dankbar für seine Hilfe in den vergangenen zwei Jahren, dass er Kronkorken für sie beiseitelegt und sich als Bezahlung mit einer Tasse Kaffee zufriedengibt, aber darüber hinaus kann sie sich im Moment nichts vorstellen, darüber hinaus will sie im Moment auch nichts.

»Danke«, sagt sie. »Aber ich möchte Ihnen keine Umstände machen.«

»Kein Problem …«, setzt er an, doch Ava schüttelt den Kopf, ihr Schutzschild ist wieder oben. Rasch steckt sie den Zettel in ihren Geldbeutel und hält Colin die Hand hin. »Also dann, viel Glück, Colin.«

Sie weiß, dass er gern noch etwas sagen würde, aber er tut es nicht. Stattdessen schüttelt er ihre Hand, seine Wangen sind immer noch leicht gerötet. »Wünsch ich Ihnen auch, Ava.«

Als Ava wieder in ihrem Auto sitzt, atmet sie einmal tief durch. Sie legt eine Hand auf die Tüte, es tut ihr leid, dass sie Colin in Zukunft nicht mehr sieht, und es dauert bestimmt eine Weile, bis sie in Barrett jemand anderen gefunden hat, der sie mit Kronkorken versorgt. Sie weiß, dass Colin sich bemüht, die Kronkorken so wenig wie möglich zu verbiegen, einmal hat sie gesehen, wie er ein Tuch um den Flaschenöffner gelegt hat, damit der Kronkorken keine Kratzer abbekommt. Er macht das mit einer solchen Selbstverständlichkeit, dass es den meisten Gästen überhaupt nicht auffällt, aber Ava weiß es.

Sie merkt, dass sie die Tränen zurückdrängt. Es ist dumm von ihr gewesen, sich auf ihn einzulassen, auch wenn es dabei um nichts weiter als Kronkorken ging. Aber Colin ist einer der wenigen Menschen, mit denen sie reden kann, und er ist ein anständiger Kerl, was viel zählt.

Trotzdem, sie sollte es besser wissen.

Ava dreht den Zündschlüssel herum. Der Motor ihres Jeeps stottert ein paarmal, ein Zeichen, dass das nächste Problem auf sie wartet oder dass sie wenigstens jemanden einen Blick darauf werfen lassen sollte. Vielleicht braucht er eine neue Benzinpumpe oder es liegt am Anlasser, einer schwachen Batterie, wer weiß.

»Bitte«, sagt sie leise. Der Motor springt an und Ava verspürt einen Funken Hoffnung, dass doch noch alles gut werden wird.

Aber dann stottert er erneut und gibt schließlich keinen Mucks mehr von sich.

Frances Latham betrachtet das kleine Schwarzweißfoto in ihrer Hand. Der schwarze Haarschopf, die Pausbacken, die dunklen Augen, die ihren Blick forschend erwidern.

»Wunderschön«, sagt Frances.

Das Päckchen ist gestern gekommen. Reed, ihr Mann, wusste, dass es kommen würde, weil die ersten Leute angefangen hatten zu posten, dass sie ihre Zuweisungen erhalten hätten. Bilder waren gepostet worden, zu den virtuellen Jubelrufen aller anderen Mitglieder der Gruppe, die sich gleichzeitig eingeloggt hatten, als die Adoptionsanträge von der chinesischen Regierung bewilligt worden waren.

Andererseits rief es auch Neid und Unruhe bei denen hervor, die noch warteten. Frances war zuerst euphorisch gewesen und später am Boden zerstört, sie hatte geweint, ihre Gefühle fuhren Achterbahn. Warum hatten sie noch keine Zuweisung bekommen? Was, wenn irgendetwas schiefgegangen war? Reed versicherte ihr, das sei es nicht, aber woher wollte er das wissen? Woher sollte es irgendjemand von ihnen wissen? Schließlich riefen sie bei der Adoptionsvermittlung an und man bestätigte ihnen, dass die Zuweisungen gerade erfolgten und dass die Lathams ihre gegen Ende der Woche bekommen müssten.

Und dann hielt Jamie Linde mit seinem UPS-Lieferwagen vor ihrem Haus, ein Päckchen in der Hand. Frances konnte an seinem Gesicht ablesen, dass er wusste, was sich darin befand. Als sie ihn umarmte, schien ihn das ebenso wenig zu überraschen wie ihre Tränen, und er erbot sich sogar, ein Foto von ihr zu machen, wie sie den dicken Umschlag in die Höhe hielt. Stattdessen rief Frances Noah, ihren fünfjährigen Sohn, damit er das Foto machte, weil sie wollte, dass Jamie mit darauf war. Am nächsten Tag ließ sie Abzüge davon machen und schrieb auf die Rückseite: »Ich mit unserem Storch, Jamie Linde.«

Reed kam sofort nach Hause und sie öffneten den Umschlag gemeinsam. Beim Anblick des Fotos, das an den Stapel Unterlagen geklammert war, bekam Reed feuchte Augen und Frances schnappte nach Luft. »Sie ist wunderschön! Sieh sie dir an, Reed!« Er nickte und wischte sich über die Augen.

Sie werden noch eine Weile warten müssen, aber jetzt wissen sie es. Sie wissen, dass dieses kleine Mädchen ihre Familie komplett machen wird.

Frances schließt die Augen, spürt, wie ihr vor Freude und Erleichterung erneut die Tränen kommen. Sie haben Kopien von dem Foto gemacht, damit Reed eine davon in die Arbeit mitnehmen kann, und die beiden älteren Jungen wollten auch jeder eine haben. Frances hat sie an die Kühlschranktür geklebt, an die Badezimmerspiegel, an den Computer, ans Auto. Sie hat gerahmte Kopien an ihre Eltern und an Reeds Mutter geschickt.

Aber dieses Foto, das Original, das aus China gekommen und von jemandem aufgenommen worden ist, der dem kleinen Mädchen in die Augen gesehen hat, dieses Foto hält Frances in den Händen.

Mei Ling. Unsere Tochter.

Frances und Reed haben lange über jedem einzelnen Punkt gebrütet, sie haben die Unterlagen, die zur Übersetzung an die Vermittlungsstelle geschickt werden mussten mit Aufklebern versehen, sie haben sich Notizen zu all den Fragen, die noch zu klären waren, gemacht. Aber das Entscheidende ist, dass sie ihrem Ziel, Mei Ling nach Hause zu holen, einen Schritt näher sind.

Das Telefon läutet und Frances beeilt sich abzuheben. »Hallo?«, meldet sie sich atemlos.

»Hallo, Schatz.« Frances lächelt, als sie Reeds Stimme hört. Er klingt müde, aber glücklich. »Wie geht's dir?«

»Gut. Fantastisch. Könnte nicht besser sein. Musst du das wirklich noch fragen?«

Reed lacht, ein tiefer Bariton, der sie an Reeds Vater erinnert. Frances wünschte, er würde noch leben, könnte dieses kleine Mädchen kennenlernen, ihre zukünftige Tochter. »Nein, vermutlich nicht. Ich wollte nur fragen, ob du Lust hast, mit den Jungen essen zu gehen. Damit du heute Abend nicht kochen musst.«

»Ich habe schon Tomatensoße auf dem Herd stehen«, erwidert sie. »Mit Fleischklößchen. Heute ist Spaghettiabend, schon vergessen? Es ist doch Dienstag.« Frances blickt verträumt auf Mei Lings Bild, dann dämmert es ihr. »Moment mal. Du musst wieder weg, oder? Wohin? Wann?«

»Nach Arizona. Eine Woche. Ich fliege übermorgen.«

»Reed …«

»Fran, ich weiß. Aber es geht nicht anders. Und sieh es

doch mal so, je mehr ich jetzt tue, umso leichter kann ich Urlaub nehmen, wenn wir nach China fliegen, um Mei Ling zu holen.«

Frances schiebt Mei Lings Foto zurück in einen gepolsterten Umschlag. »Ich wünschte, ich wüsste, wann es so weit ist.«

»Ich weiß. Ich auch.«

Die Zeitangaben sind bestenfalls vage, und auch wenn sie jetzt wissen, dass Mei Ling zu ihnen kommen wird, kann es noch sechs Monate oder ein Jahr dauern, bis der Termin feststeht. Sie müssen auf alle Fälle darauf vorbereitet sein, und obwohl es noch einige Hürden zu nehmen gilt, ist das Schwerste überstanden.

»Also, essen wir zu Hause oder gehen wir aus?«, fragt Reed. »Ich muss in einer Minute los – noch eine Besprechung, dann komme ich nach Hause.«

»Lass uns ausgehen«, sagt Frances. Die Soße kann sie einfrieren. Zumindest muss sie sich dann heute Abend nicht um den Abwasch kümmern.

»Haben sie bei der Vermittlung irgendetwas über die medizinischen Unterlagen gesagt?«

»Nein. Ich habe heute Morgen eine E-Mail geschickt, aber noch keine Antwort darauf bekommen. Ich wollte nicht anrufen und sie noch mehr nerven, als ich es ohnehin schon tue.« Frances schaltet den Herd aus.

»Ich rufe an, bevor ich gehe«, sagt Reed. »Bis nachher.«

»Bis dann.«

Noah kommt in die Küche marschiert und baut sich vor ihr auf. Das ist momentan seine Lieblingsbeschäftigung – den Befehlshaber spielen. Reed sagt oft, Noah habe viel Ähnlichkeit mit seinem Onkel Jason, Reeds jüngerem Bruder. Eine gewisse Neigung zur Besserwisserei, meint Reed, und immer im Mittelpunkt stehen wollen. Aber irgendetwas muss Jason trotzdem richtig machen, immerhin wohnt er in einer teuren Wohnung in Los Angeles und ist der Anwalt der Stars.

»Mom, Brady lässt mich nicht mit dem Flugzeug spielen. Mit *meinem* Flugzeug, das *ich* zu Weihnachten gekriegt hab.« Noah verschränkt die Arme vor der Brust und schaut böse.

Frances legt die Spaghettipackung zurück in den Schrank. »Kannst du ihm nicht was anderes zum Spielen geben? Was ist mit seinem Feuerwehrauto?« Sie beginnt den Tisch abzuräumen und statt des Abendessens fürs Frühstück zu decken.

»Er mag das Feuerwehrauto nicht. Er will mein Flugzeug, aber es ist meins. Ich hau ihn.«

»Noah.« Frances sieht ihn streng an. »In dieser Familie wird nicht gehauen. Verstanden?«

Noah lässt sich nicht beirren. »Dann sperr ich ihn in den Schrank.«

Frances ist froh, dass das niemand außer ihr hört, insbesondere keiner von den Sozialarbeitern, die im Zusammenhang mit dem Adoptionsantrag ihre häuslichen Verhältnisse unter die Lupe genommen haben.

»Noah, du bist doch ein großer Junge. Such dir was anderes zum Spielen.«

Noah schnaubt »Mom!«, macht aber kehrt und stapft zurück in sein Zimmer. Frances wartet auf einen Schrei von Brady, der jedoch ausbleibt. In ein paar Minuten müssen sie los und Nick von einem Freund abholen, dann müssen die beiden sowieso aufhören zu spielen.

Nachdem Frances die Spaghettisoße in einen Gefrierbehälter umgefüllt und die Küche aufgeräumt hat, nimmt sie ihre Schlüssel und ruft ihre Söhne. »Auf geht's, wir müssen Nick abholen. Alle Mann ins Auto!«

Als die Jungen nicht antworten, geht Frances zu ihrem Zimmer. Irgendwann wird dieses Haus zu klein für sie alle sein, aber im Augenblick findet Frances es sehr gemütlich. Die drei Jungen teilen sich ein Zimmer, und ihr gefällt der Gedanke, dass sie nachts alle zusammen gut zugedeckt in ihren Betten liegen. Sie ist ein Einzelkind und hat sich immer sehnlichst ein Geschwisterchen gewünscht, sie hätte gern einen Bruder oder eine Schwester gehabt, mit denen sie sich ein Zimmer hätte teilen können, mit denen sie hätte aufwachsen können. Vielleicht erscheint ihr es deshalb so wichtig, Mei Ling zu adoptieren, so passend für ihre Familie. Die Jungen haben einander, so wie Reed Jason hat, aber Frances weiß, dass das kleine Mädchen ihrer aller Leben verändern wird, und es wird eine positive Veränderung sein.

Reed zieht sie oft damit auf, dass es ihr nur um rosa Rüschenkleider und Haarspangen mit Schleifchen geht, aber sie wissen beide, dass es viel mehr ist als das. Mit einem Mädchen kommt etwas Sanftes ins Haus. Für Frances ist dieser süße Engel die Erfüllung eines lang gehegten Traums, einer stillen Hoffnung, die sie seit dem Tag ihrer Hochzeit mit Reed gehegt hat. Sie ist sich sicher gewesen, dass sie eines Tages eine Tochter haben würde, und es hat sie jedes Mal überrascht, wenn es wieder ein Sohn war. Natürlich würde sie ihre Söhne gegen nichts in der Welt tauschen wollen, aber trotzdem hat sie immer gewartet, gehofft. Jetzt hat das Warten ein Ende. Die Tochter, auf die sie gewartet hat, kommt endlich zu ihnen.

Frances betritt das Zimmer der Jungen und schnappt nach Luft. Noah und Brady stehen vor den Trümmern eines Flugzeugs, auf das Noah weiter mit einem Plastik-Baseballschläger einschlägt. Brady lacht, während die Splitter durchs Zimmer fliegen.

»Noah Tyler Latham! Hör sofort damit auf!« Frances stürzt zu Noah, der gerade zu einem neuen Schlag ausholt.

»Ich kann nicht, Mom«, sagt Noah. »Das ist ein Flugzeugabsturz.«

»Flugzeugabsturz«, echot Brady entzückt. Er ist drei. Als ein weiterer Plastiksplitter durchs Zimmer fliegt, klatscht er in die Hände. »Bumm!«

»Bumm!«, brüllt Noah und lässt den Baseballschläger im gleichen Moment niedersausen, in dem Frances danach greifen will. Er trifft ihren Fuß, und sie taumelt zum Bett. »Oh. Tut mir leid, Mom.«

Frances stützt sich auf dem Bett ab und bewegt versuchsweise ihre Zehen. Es tut weh, aber es ist offenbar nichts gebrochen.

»Ich dachte, du magst das Flugzeug«, sagt sie und nimmt Noah den Schläger ab, bevor er noch einmal ausholen kann.

»Nö«, sagt Noah und zuckt die Achseln. »Nicht mehr. Stimmt's, Brady?«

Brady strahlt. »Stimmt!« Er schaufelt die Teile mit beiden Händen zusammen und wirft sie in die Luft, ehe Frances es verhindern kann.

»Schluss jetzt! Ab ins Auto mit euch beiden, und zwar auf der Stelle.« Sie schiebt sie zur Tür. »Und wenn wir nach Hause kommen, räumt ihr hier auf.« Sie sieht Noah streng an.

»Das war Bradys Idee«, protestiert Noah. »Er soll aufräumen.«

»Brady ist drei.« Frances zeigt zur Garage. »Abmarsch.«

Mit Brady im Schlepptau trottet Noah aus der Tür. Frances betrachtet das Werk der Zerstörung, das die beiden hinterlassen haben. Sie liebt ihre Söhne, aber dieses angeblich typische Verhalten von Jungen geht ihr auf die Nerven. Ihr Blick fällt auf das gerahmte Foto von Mei Ling auf der Kommode, und sofort wird sie weich.

Ihr Anblick bringt Frances wieder ins Gleichgewicht und

sie fühlt sich nicht mehr so hilflos all dem Testosteron im Haus ausgeliefert.

»Du und ich«, sagt sie und reibt sich den Fuß. Sie streicht zärtlich über das Fotos. »Kuchenbacken und Kleider anprobieren. Wir werden den Jungs schon zeigen, wie das läuft.«

Kapitel 3

Connie wirft einen Blick auf die Küchenuhr, dann nimmt sie rasch ihre Schürze ab und wäscht sich die Hände. Bis zu ihrem offiziellen Arbeitsbeginn bleiben ihr noch ein paar Minuten und im Moment hat sie alles erledigt, was erledigt werden muss.

Sie eilt die Treppe hinauf, öffnet leise die Tür zu ihrem Zimmer und schlüpft hinein. Bevor Madeline das Haus gekauft und den Teesalon eröffnet hatte, war es ein Bed & Breakfast gewesen, deshalb ist Connies Zimmer eher eine Suite, mit einer kleinen Sitzecke und einem eigenen hübschen Badezimmer. Das Zimmer ist Teil ihres Lohns, der um einiges höher liegt als der in dem Waschsalon, in dem sie fast fünf Jahre lang gearbeitet hat. Es gibt einen kleinen Erker mit einem Fenster, in dem es sich Connie jeden Morgen gemütlich macht, um in ihrem Tagebuch zu schreiben. Manchmal setzt sie sich auch auf einen der schmiedeeisernen Stühle draußen auf dem kleinen Balkon und blickt in den Garten, wo Madeline und sie neue Beete angelegt und eine Sitzgruppe aufgestellt haben.

Doch jetzt kniet sie sich neben ihrem Bett auf den Boden und hebt die Bettdecke an. Sie tastet herum, bis ihre Finger einen Griff berühren, und zieht einen ramponierten alten Koffer hervor. Sie drückt auf die Verschlüsse links und rechts des Griffs und lässt den Deckel aufspringen.

Aus dem Inneren steigt der vertraute muffige Geruch von Mottenkugeln und vergangener Zeit auf. Der Koffer ist nahezu leer, nachdem Connie ihre Kleider im Schrank und in der verschnörkelten Kommode verstaut hat, und auch ihre anderen Sachen haben in diesem Zimmer, das Connie allmählich als ihres betrachtet, einen Platz gefunden. Das heißt, fast alle ihre Sachen, bis auf eine. Eine Plastikmappe mit gebrochenem Rücken, die von einem breiten Gummiband zusammengehalten wird. Beim Abstreifen des Gummibands schnellt es ihr gegen das Handgelenk. Die Stelle brennt, als sie die Mappe öffnet und einige Fotos herausnimmt.

Connie mit vier, Connie mit acht. Connie auf dem Jahrmarkt mit blauer Zuckerwatte in den Haaren. Connie, wie sie Geld für die Pfadfinder sammelt. Connie mit ihrem Vater am Swimmingpool, Wasser läuft ihr übers Gesicht, während sie auf den Schultern ihres Vaters thronend in die Kamera grinst. Da war sie zehn gewesen. Ein Jahr später war er an einem Herzinfarkt gestorben, er war zu Hause über seinem Schreibtisch einfach zusammengesunken, und die Tinte aus seinem Füller hatte einen großen Fleck auf dem Blatt Papier hinterlassen.

Nur ein Bild ist noch übrig. Connie mit dreizehn. Aufgenommen in einem Streichelzoo, links von ihr steht eine kleine Herde Burenziegen, rechts ihre Mutter.

Connie streicht über das Foto, fährt mit den Fingerspitzen über die Ziegen, über das Gesicht ihrer Mutter. Sie sucht nach einem Hinweis, nach einem Zeichen, das zu erkennen gibt, was ihre Mutter in diesem Moment dachte. Auf dem Bild liegen ihre Hände auf Connies Schultern. Sie tragen beide Bermudashorts und Sandalen, ärmellose Blusen und breite Sonnenvisiere und lächeln in die Kamera. Connie hatte keine Ahnung, was wenig später passieren würde, nur ein paar Tage nachdem sie wieder nach Hause gefahren waren. Die leeren Schlaftablettenröhrchen fand sie als Erstes. Eine versehentliche Überdosis, hieß es.

Connie wurde von einer Pflegefamilie zur nächsten weitergereicht. Keine der Familien, bei denen sie aufwuchs, war wirklich schrecklich, aber besonders nett waren sie auch nicht. In der ersten Familie ignorierte man sie die meiste Zeit, und wahrscheinlich wäre sie dort geblieben, wären ihre Pflegeeltern nicht wegen Betrugs verhaftet worden. In der nächsten Familie war der Vater schlimmer Kettenraucher, und Connie schmiss sich mehr als einmal auf den Boden, umklammerte ihren Hals und tat so, als würde sie ersticken. »Schaff das dumme Gör raus!«, brüllte er seine Frau an. Connie blieb nicht lange dort. Die Kinder in der nächsten Familie behandelten Connie wie Dreck, aber mittlerweile war ihr das egal. Sie kannten sie nicht, wussten nicht, was in ihr vorging. Als sie als eine der Jahrgangsbesten an ihrer Schule ausgezeichnet wurde, kam keiner von ihnen zu der Feier, sie fanden sie komisch und streberhaft, nicht wert, dass sie ihre Zeit mit ihr verschwendeten.

Mit sechzehn fand Connie heraus, dass sie sich vorzeitig für volljährig erklären lassen konnte, wenn es ihr gelang, den Richter davon zu überzeugen, dass sie in der Lage war, für sich selbst zu sorgen. Sie suchte sich einen Teilzeitjob und ein billiges Zimmer über einer Pizzeria. Die Schule schaffte sie mit links, und als ihre Pflegeeltern verkündeten, sie würden umziehen, sah sich der Richter ihre Unterlagen an, die dicke Akte, in der ihre Geschichte als Pflegekind festgehalten war, die glühenden Empfehlungsschreiben ihrer Lehrer, die Tatsache, dass sie nicht einen lebenden Verwandten hatte. Ein schwungvoller Schnörkel mit dem Füller und sie war frei.

Connie legt die Fotos zurück in die Mappe und schiebt das Gummiband wieder darüber. Diese Fotos hat sie noch nie jemandem gezeigt, nicht einmal Madeline. Vielleicht tut sie es eines Tages, aber im Moment erscheint es ihr so am sichersten, eine wohldosierte Erinnerung daran, wer sie ist und was sie hatte. Es hatte eine Zeit gegeben, in der sie Teil einer Familie gewesen war. Und sie war geliebt worden.

»Connie!«, ruft Madeline von unten. Schnell räumt Connie alles wieder weg. »Connie, deine Katastrophenziege schon wieder!«

Connie schiebt den Koffer unter das Bett und atmet einmal tief durch. Serena ist nicht davon abzuhalten gewesen, sich durch Madelines Garten zu fressen, deshalb hat Connie einen provisorischen Zaun aufgestellt. Seither tut Serena mit lautem Meckern ununterbrochen ihren Protest kund und macht damit jedem in näherer Umgebung das Leben zur Qual.

Madeline drängt darauf, dass Connie Serenas rechtmäßigen Besitzer ausfindig macht, aber Connie bringt es einfach nicht über sich. So freundlich Madeline auch zu ihr ist und so viel Zeit sie auch miteinander verbringen, Madeline führt ein völlig anderes Leben, sie hat einen anderen Freundeskreis, eine Familie. Connie hat nur sich, Madeline und jetzt Serena. Sie will sie noch ein wenig für sich haben, das ist alles. Außerdem muss es einen Grund geben, dass Serena das Seil durchgebissen hat, oder? Wer weiß, wie ihr früherer Besitzer sie behandelt hat. Connie kann Serena nicht zu ihm zurückschicken, ohne vorher ein paar Nachforschungen anzustellen und sich zu vergewissern, dass es ihr dort gut geht.

Es klopft an ihrer Tür. »Bist du da drin?«

»Ja.« Connie öffnet die Tür und streicht sich eine Strähne aus dem Gesicht.

»Serena ist wieder in Walter Lassiters Garten«, teilt Madeline ihr mit. »Und ich glaube, er hat den Wasserschlauch rausgeholt.«

»O nein.« Connie eilt an ihr vorbei die Treppe hinunter.

»Ich wollte den Zaun heute Abend verstärken. Aber dann mache ich es besser gleich.«

»Die Quiches müssen in den Ofen«, erinnert sie Madeline.

»Die Quiches! Richtig!«, ruft Connie über die Schulter und hätte um ein Haar die nächste Stufe verfehlt. »Bin schon dabei!«

Sie erreicht die Hintertür zum Garten gerade rechtzeitig, um zu sehen, wie Walter den Schlauch auf Serena richtet. »Dir werd ich zeigen, was passiert, wenn du dich an meinen Petunien vergreifst!«, ruft er. Der Wasserstrahl trifft Serena am Rücken, erschrocken macht sie einen Satz und versucht vergeblich, Walter auszuweichen, als er erneut auf sie zielt. Connie sieht entsetzt zu, sie weiß nicht, was sie tun soll. Inzwischen ist Madeline hinter sie getreten.

In diesem Moment erkennt Connie das Glitzern in Serenas Augen.

»Serena, nein!«, ruft sie, aber es ist zu spät.

Serena hat den Kopf gesenkt und stürmt auf Walter Lassiter los. Walter lässt den Schlauch fallen und rennt zum Haus. »Dolores! Hilfe!« Er hat die Tür fast erreicht, als Serena ihn mit einem Stoß in den Hintern erwischt, so dass er das Gleichgewicht verliert und in die Fliederbüsche neben seinem Haus fällt.

»Oje«, murmelt Madeline und schlägt die Hand vor den Mund, um ein Lachen zu unterdrücken. »Das ist gar nicht gut.«

Serena kommt zurückgetrottet, fast könnte man meinen, dass sie zufrieden grinst, und steuert auf den eingezäunten Bereich des Gartens zu. Sie stößt das Tor auf und schiebt sich durch.

Walter Lassiter hat sich mittlerweile wieder hochgerappelt und klopft sich den Schmutz von der Hose. »Ich ruf das Veterinäramt an!«, brüllt er, bevor er in sein Haus marschiert. Dolores steht mit hilfloser Miene auf der Treppe und zuckt entschuldigend die Achseln.

Connie sieht zu Serena, die sich jetzt wieder in ihrem Pferch befindet und an einem Büschel Gras kaut, als könnte sie kein Wässerchen trüben. Connie räuspert sich. »Dann werde ich mal die Quiches in den Ofen schieben«, sagt sie. Madeline nickt nur und folgt Connie ins Haus.

Max wedelt mit einem Blatt Papier vor Avas Gesicht herum und zieht am ausgefransten Saum ihres Rocks. »Mommy, schau doch mal.«

»Gleich, Max.« Ava presst noch eine Zitrone in die Schüssel mit Wasser und rührt um, so dass die Kronkorken leise klappernd aneinanderstoßen. Sie will sie über Nacht einweichen, damit sich der Rost löst, und die Ränder anschließend mit Seifenwasser und einer weichen Zahnbürste abschrubben, um den letzten Rest Schmutz zu entfernen. Danach wird sie sie mit einer Schicht Klarlack überziehen, und sobald der getrocknet ist, kann sie mit der eigentlichen Arbeit beginnen.

Max zieht erneut an ihrem Rock. »Ich hab frei Leute gemalt. Du, ich und Daddy.«

»Drei«, verbessert Ava ihn automatisch, während sie die Zitronenschalen in den Abfalleimer wirft. »Dr-dr-dr. Drei.«

»Frei«, wiederholt Max ernsthaft. »Ff-ff-ff. Frei.«

Ava stößt einen Seufzer aus. Sie hofft, dass das nur Babysprache ist, die sich eines Tages von selbst verliert, und sich Max nicht zu allem Überfluss auch noch mit einem Sprachfehler herumschlagen muss.

Sie trocknet sich die Hände ab und wendet sich ihrem Sohn zu. »Okay, dann zeig mal her.«

Strahlend hält Max sein Bild in die Höhe. Ja, es sind drei

Leute darauf zu sehen. Keine erkennbaren Körperformen, nur drei unterschiedlich große Kreise mit Punkten als Augen und Nase und einem schiefen Strich als Mund.

»Das ist ein sehr schönes Bild, Max.« Ava gibt ihm einen Kuss auf die Haare, die nach einem ganzen Tag im Kindergarten ein bisschen verschwitzt sind. Max geht jetzt die zweite Woche dorthin und sie hat noch keinen richtigen Rhythmus für Baden und Schlafengehen gefunden, etwas, das sie in der Vergangenheit ziemlich locker gehandhabt hat, aber sie will nicht, dass er morgens müde loszieht. Oder hungrig, und das heißt, dass sie sich ebenfalls ein paar Gedanken über die Essensplanung machen muss.

Zusammen mit der Miete ist das Kindergartengeld eine ziemliche Belastung für ihr Konto, aber sie braucht einfach ein paar Stunden Ruhe am Tag. In der vergangenen Woche hat Max jeden Morgen geweint, wenn sie ihn im Kindergarten abgeliefert hat (Ava auch, sobald sie außer Sichtweite war), aber inzwischen hat er sich entweder damit abgefunden oder es gefällt ihm dort. In den ersten Tagen war sie überrascht, wie still es in der kleinen Wohnung auf einmal war, und sie wusste zuerst nicht, was sie mit sich anfangen sollte, ihre lange Liste mit all den zu erledigenden Dingen schien auf einmal vergessen, während sie einfach nur dasaß und sich in ihrem Kopf eine wunderbare Leere ausbreitete. Aber diese Woche läuft sie wieder in der Spur. Sie transkribiert in Heimarbeit juristische Texte, und auch wenn die Bezahlung gut ist, verdient sie zu wenig und muss sich auch noch selbst versichern. In ihren früheren Beruf kann sie nicht zurück, und Ava hofft, dass sie irgendwann etwas mit ihrem Schmuck verdient, auch wenn sie weiß, dass es nicht viel sein wird. Nein, jetzt wo Max in den Kindergarten geht, muss sie sich eine richtige Anstellung suchen.

»So, und jetzt ab in die Wanne mit dir«, sagt sie und befestigt seine Zeichnung mit einem Magneten an der Kühlschranktür. Max sieht ihr mit stolzgeschwellter Brust dabei zu und Ava wird von der Liebe zu ihrem Sohn überwältigt. Hinter den dicken Brillengläsern sehen seine Augen riesig aus, und sie strahlen in einem wunderschönen Blau, das Ava an jemand anderen erinnert, den sie ebenfalls liebt, und sofort wird ihr wieder schwer ums Herz.

Max flitzt davon, so schnell ihn seine kurzen dünnen Beine tragen, und versucht dabei gleichzeitig, sein Hemd auszuziehen. Ava betet im Stillen, dass er nicht gegen eine Wand läuft. Ihr Gebet wird erhört.

»Seifenblasen?«, bettelt er, während er aus seiner Hose steigt.

»Heute Abend nicht ...«, setzt sie an, weil das Schaumbad für besondere Gelegenheiten vorgesehen ist und nicht für gewöhnliche Abende unter der Woche, jedenfalls hat sie es Max so erklärt. Der wahre Grund ist allerdings der, dass es teuer ist. Max leidet unter einem Ekzem und verträgt das billige Zeug aus dem Supermarkt nicht.

Ava streicht mit der Hand über das Bild am Kühlschrank. Vielleicht hat Max es vorhin ganz richtig gesagt.

Frei. Sie will frei sein. Sie will, dass Max frei ist.

»Mommy?«

»Na gut«, sagt sie. »Seifenblasen!« Sie läuft Max nach und kitzelt seinen nackten Bauch, und Max quietscht fröhlich.

Isabel liegt mitten im Wohnzimmer auf dem Boden und starrt an die Decke. Noch hängt der Geruch frischer Farbe in der Luft, aber das stört sie nicht – im Gegenteil, es erinnert sie daran, dass sich die Dinge geändert haben. Ihre Wände sind jetzt so weiß und makellos, dass sie sich nicht überwinden kann, wieder etwas daran aufzuhängen. Kalender, Fotos,

Bilder, ganz gleich. Es wirkt so wunderbar leer. Wenn sie es sich recht überlegt, sollte sie sogar noch mehr loswerden. Die Couch, die Beistelltische, die Stehlampen. Alles weg. Noch einmal ganz von vorn anfangen.

Isabel verschränkt die Hände und legt sie auf die Brust. Ausnahmsweise kreisen ihre Gedanken nicht um Bill oder um die Frau, die ihre Ehe zerstört hat, mit der alten Farbe scheint auch die Vergangenheit verschwunden zu sein. Was soll sie als Nächstes tun? Die Fassade in Angriff nehmen? Die Fliegengitter abwaschen? Es gibt so viele Möglichkeiten. Isabel fällt auf, wie blass sich ihre Haut gegen die weiße Bluse und die weißen Baumwollshorts ausnimmt, die einzigen sauberen Sachen in ihrem Schrank. Sie hat sich seit Jahren nicht mehr in die Sonne gelegt.

Mein Milchmädchen, denkt sie. So hatte Bill sie immer genannt. Er hatte es liebevoll gemeint, weil sie so natürlich war, so ausgeglichen und gutmütig, aber Isabel hatte es jedes Mal einen Stich versetzt, als wollte er damit sagen, dass sie langweilig war. Farblos. Als er sie wegen Ava verließ, war das das Erste, woran Isabel denken musste. Ava mit ihren bunt gemusterten Kleidern, den lackierten Fußnägeln. Ava, so farbenfroh, wogegen Isabel zu den Frauen gehörte, die praktisch mit ihrer Umgebung verschmelzen.

Sie hört Schritte auf den Stufen zur Veranda. Gleich darauf ein Krachen, das Geräusch von splitterndem Holz. Isabel hebt den Kopf, lauscht in Richtung Tür. Jemand schimpft leise, dann wird an die Tür geklopft.

»Isabel? Ich weiß, dass Sie da sind. Machen Sie auf.«

Bettie Shelton. Was für eine Überraschung. Es kann nur sie sein oder die Zeugen Jehovas, die anderen Nachbarn haben es inzwischen aufgegeben, Kontakt zu Isabel zu suchen.

»Isabel? Hören Sie mal, ich bin gerade eben mit dem Fuß

durch eine Ihrer Treppenstufen gebrochen. Ich hätte mir den Knöchel verstauchen können! Ich werde Sie deswegen nicht verklagen, aber Sie müssen das von jemandem reparieren lassen.«

Ja, früher wäre dieser Jemand Bill gewesen. An dem Wochenende, an dem er sie verlassen hatte, hatte er noch ein paar Arbeiten erledigt, um die sie ihn gebeten hatte – die Dachrinne reinigen, die Fensterrahmen abschrubben. Er war gerade dabei, den Rasen zu mähen, als er innehielt. Einfach stehen blieb. Isabel putzte in der Küche den Backofen, als er hereinkam und ihr eröffnete, er werde sie verlassen.

Es schien ihm wirklich aufrichtig leidzutun. Er liebe Isabel, aber er liebe auch Ava, und sie sei schwanger. Er wirkte so unglücklich, dass Isabel beinah Mitleid mit ihm bekam. *Beinah.* Anschließend packte er seine Sachen so schnell, als hätte er sich bereits genau überlegt, was er mitnehmen und was er zurücklassen würde. Den Rasenmäher ließ er einfach neben dem Ahorn stehen, und da stand er noch eine ganze Woche, bevor ihn Bettie Shelton schließlich zurück in die Garage schob.

Das Haus befindet sich in einem trostlosen Zustand, und Isabel ist sich dessen bewusst – sie hat vieles schleifen lassen. Das hat nicht nur mit den Kosten zu tun, sondern auch mit der Zeit, der geistigen Energie, die es erfordert, darüber nachzudenken, was repariert und was ausgetauscht werden muss. Sie bringt sie einfach nicht auf. Vier Jahre lang hat sie es geschafft, so zurechtzukommen, warum nicht noch ein, zwei Jahre mehr?

Vielleicht kauft jemand das Haus. Bisher hat zwar noch kein einziger Interessent angerufen, nicht einmal eine unverbindliche Anfrage, aber ein Käufer genügt ja, oder? Vielleicht sucht sie sich irgendwo eine kleine Wohnung. Schlicht und sauber, keine Dachrinne, die gereinigt werden muss, keine morsche Veranda. Vielleicht geht sie auch ganz aus Avalon weg und fängt irgendwo anders noch einmal von vorne an. Das ist eine Überlegung wert. Es gibt schließlich nichts, was sie hier hält.

»Isabel.« Jetzt wird an das Fenster geklopft. »Ich kann Sie auf dem Boden liegen sehen. Machen Sie jetzt endlich die Tür auf?«

Isabel hält den Atem an, rührt sich nicht vom Fleck.

»Isabel?«

Isabel wünscht sich, Bettie würde sich durch irgendeinen Zauber in Luft auflösen.

»Isabel, ich weiß, wo der Ersatzschlüssel liegt.« Bettie Shelton späht durch das Seitenfenster.

Verflixt und zugenäht. Isabel setzt sich auf und blickt wütend zur Tür. »Es ist offen!«

Der Türknauf dreht sich und Bettie tritt ins Haus. Sie trägt ein Hauskleid und Flip-Flops, ihre silberblauen Haare stehen von der Hitze ab. Als sie Isabel auf dem Boden sitzen sieht, runzelt sie die Stirn, dann blickt sie sich um. »Sie haben gestrichen?«

Isabel bringt ein Nicken zustande. Sie hat nie auf besonders freundschaftlichem Fuß mit Bettie gestanden, die für jemand so Gutmütigen wie Isabel ein bisschen zu kratzbürstig ist.

»Na, so was, Sie haben die Wände weiß gestrichen. Alle.« Sie starrt Isabel an. »Und sich im Partnerlook dazu angezogen.«

»Ich renoviere«, sagt Isabel, in der Hoffnung, Bettie damit loszuwerden. »Ich richte das Haus für die neuen Besitzer her.«

Bettie sieht sie streng an. »Haben Sie es schon verkauft?«

Isabel windet sich. »Nein, noch nicht, aber bestimmt bald.«

»Na, dann sollten Sie mal besser die kaputte Treppenstufe

reparieren«, erklärt Bettie. »Ich hätte mir ohne Weiteres das Genick brechen können.«

So viel Glück darf man wohl nicht erwarten, liegt es Isabel auf der Zunge, doch stattdessen fragt sie: »Brauchen Sie irgendetwas? Eier? Mehl? Sie wissen ja, wo die Sachen stehen. Bedienen Sie sich.« Isabel deutet in Richtung Küche. Letztes Jahr, als die ganze Stadt Freundschaftsbrot gebacken hatte, war Bettie ständig unangekündigt bei ihr aufgetaucht und hatte sich großzügig Zutaten geborgt. Zuerst hatte Isabel es gar nicht bemerkt, weil sie zu sehr mit ihren eigenen Problemen beschäftigt war, bis sie plötzlich feststellte, dass die Mehldose leer war, das kleine Glas mit gemahlener Vanille verkehrt herum im Schrank stand, Zucker auf dem Boden verstreut war. Ihr Vorrat an 4-Liter-Ziploc-Gefrierbeuteln schrumpfte beim Zusehen. Doch erst als Bettie sich beschwerte, dass Isabel keinen Zimt mehr habe, begriff sie, was in ihrem Haus vor sich ging.

Bettie sieht sich kritisch im Wohnzimmer um. »Ich wollte Sie zu unserem nächsten Treffen einladen. Am zweiten Donnerstag im Monat. Vorkenntnisse nicht erforderlich.«

Isabel erhebt sich widerstrebend. »Vorkenntnisse worin?«

»Scrapbooking.« Bettie reckt sich zu ihrer vollen Größe von ein Meter fünfzig. »Ich bin die Gründerin und Vorsitzende der Avalon Ladies Scrapbooking Society, falls Sie es noch nicht wissen.«

Isabel weiß es, so wie die halbe Stadt – dafür sorgt Bettie schon. Ihre Straße ist immer von vorn bis hinten zugeparkt, wenn ein Treffen ihres Scrapbooking-Clubs stattfindet. »Danke, aber ich hab schon was anderes vor.«

»Was denn? Sie haben nichts vor. Sie gehen nie aus dem Haus, Isabel Kidd. Ich habe Sie beobachtet.« Bettie deutet mit zwei Fingern auf ihre Augen und dann auf Isabel. »Sie gehen nie irgendwohin.«

»Das stimmt nicht. Ich gehe zur Arbeit, und vergangene Woche habe ich Farbe gekauft.« Isabel mustert den Teppich auf dem Boden. Du lieber Gott, wie alt ist der eigentlich? Bill und sie hatten ihn gemeinsam gekauft – eine ihrer ersten Anschaffungen nach ihrer Heirat. Mit diesem Teppich verbindet sich eine Geschichte, eine Geschichte, an die Isabel nicht erinnert werden will. Sie beginnt die Couch an die Wand zu schieben und stößt Bettie damit beinahe gegen das Schienbein.

Bettie runzelt die Stirn und sieht Isabel mit argwöhnisch zusammengekniffenen Augen an. »Ich wäre sogar bereit, Ihnen im ersten Monat die Mitgliedsgebühr zu erlassen, die fünfzehn Dollar beträgt und ein Einsteigerset zum Thema des Monats beinhaltet. Aber das dürfen Sie unter keinen Umständen jemandem erzählen. Das hat sonst gleich so etwas von Vetternwirtschaft.« Sie springt zur Seite, als Isabel einen Beistelltisch quer durchs Zimmer zieht.

»Wie gesagt, ich hab schon was vor.« Nachdem sie die Möbel zur Seite geschoben hat, bückt sich Isabel und versucht den Teppich aufzurollen. Er ist lang und breit, zu schwer und unhandlich für eine Person. Isabel versucht es von der Mitte her, an den Seiten, an den Ecken – es bringt nichts. Der Teppich widersetzt sich all ihren Bemühungen, er will sich partout nicht aufrollen lassen.

Bettie sieht ihr zu. »Soll ich Ihnen helfen?«, fragt sie.

Nein. Isabel will ganz bestimmt keine Hilfe von Bettie. Der Gedanke, dieser Frau in irgendeiner Weise verpflichtet zu sein, ist ihr unerträglich.

»Nein«, schnauft sie, hebt ein Ende an und versucht es umzuklappen. »Ich schaff das schon.« Der Teppich sträubt sich, schwer von Schmutz und Erinnerungen. Isabel muss sich geschlagen geben.

»Stellen Sie sich doch nicht so an.« Bettie kommt herüber. »Sie fassen da an, ich hier. Wir brauchen nur genügend Schwung, das ist alles. Auf drei. Eins, zwei, drei!«

Gemeinsam ziehen sie an dem Teppich und rollen ihn zu einer dicken Wurst zusammen. Ächzend richten sie sich auf und Isabel betrachtet den schönen Parkettboden, der all die Jahre darunter verborgen war. Plötzlich fühlt sie sich leicht und voller Mut. Sie wird bei Goodwill anrufen und den Teppich abholen lassen. Sie sieht sich um. Vielleicht gibt sie ihnen auch gleich noch die Couch mit. Vielleicht gibt sie ihnen alles mit.

»Das nächste Treffen findet morgen Abend statt, bei mir, von sechs bis neun. Bringen Sie sich etwas zu essen und zu trinken mit und eine gute Schere, falls Sie eine haben.« Bettie wischt sich den Staub vom Gesicht. »Seien Sie fünf Minuten früher da. Wenn es Ihnen nicht gefällt, brauchen Sie ja nicht mehr zu kommen. Ich sage immer, der Kunde ist König, und das gilt auch für Clubmitglieder. Also dann bis morgen um sechs!« Und bevor Isabel irgendwelche Einwände erheben kann, hat Bettie sich bereits umgedreht und marschiert aus der Tür.

Enid Griffin, 56,

Reisekauffrau, Avalon Travel

Enid Griffin inspiziert den Topf mit Gerbera und rümpft die Nase. Die braunen Streifen auf den ehemals roten Blütenblättern sind ein untrügliches Zeichen.

»Ich wusste es«, schnaubt sie und richtet sich wieder auf. Sie ist eine imposante Erscheinung, knapp eins achtzig groß und nicht ganz schlank. Trotz ihrer sechsundfünfzig Jahre ziehen sich nur wenige graue Strähnen durch ihre hellblonden Haare, die perfekt frisiert und in Form gesprayt sind. »Trauermücken!«

Sie marschiert um ihren Schreibtisch herum, eine Maßanfertigung. Empört lässt sie sich auf ihren Stuhl fallen und beginnt auf die Tastatur ihres Computers einzuhacken.

»Ich weiß, Sie sagten Napa Valley, aber glauben Sie mir, die Gegend wird völlig überbewertet«, erklärt sie dem jungen Paar, das ihr gegenübersitzt. »Sie wollen doch, dass Ihre Flitterwochen eine bleibende Erinnerung sind, nicht wahr?«

»Ja, schon …«

»Und heutzutage, bei den hohen Scheidungsraten, ist es meiner Meinung nach ganz besonders wichtig, dass Sie etwas in Ihre Ehe investieren. Neue Erfahrungen, Abenteuer!«

Das junge Paar blickt skeptisch drein. »Alle unsere Freunde, die dort waren, haben von Kalifornien geschwärmt und gesagt, Napa ist so romantisch …«, setzt die junge Frau an.

Enid wischt den Einwand mit einer Handbewegung beiseite. »Kalifornien hat durchaus seinen Reiz, aber wenn ich mir Sie beide so ansehe, denke ich eher an …« Ihre Augen funkeln und sie senkt ihre Stimme zu einem verschwörerischen Flüstern. »*Texas.*«

»Texas?«

»Texas. South Padre Island. Da haben wir es schon.« Enid dreht den Computerbildschirm zu ihnen herum. »Schildkrötengelege! Palmen. Orangenhaine! Wunderbare Angelplätze – in einigen Restaurants bereitet man Ihnen Ihren Fang sogar zu. Außerdem sind Sie so nah an der Grenze, dass Sie einen kleinen Tagesausflug nach Mexiko unternehmen können. Sie sparen Geld und kommen mit jeder Menge Erinnerungen zurück. Ihren eigenen, nicht irgendwelchen Nullachtfünfzehn-Bildern von einer Website. Trinken Sie beide denn überhaupt Wein?«

Die junge Frau erwidert unsicher: »Na ja, ich trinke hin und wieder ein Glas Chardonnay …«, während ihr Verlobter gleichzeitig sagt: »Ich bin eher der Budweiser-Typ.«

Sie drehen sich einander zu und sehen sich verblüfft an. »Aber du hast doch gesagt, du willst ins Napa Valley«, beschwert sich die junge Frau.

»Ich habe gesagt, ich *würde* ins Napa Valley fahren«, stellt er richtig. »Aber ich meine, na ja, wenn eine Flasche Wein genauso viel kostet wie ein Sechserpack …«

»Mehr«, wirft Enid ein.

»Ja, also wenn sie mehr kostet und mir noch nicht mal schmeckt …«

In die Stimme der jungen Frau schleicht sich ein schriller Unterton. »Aber deshalb fahren wir doch dorthin! Damit wir solche Dinge schätzen und beurteilen lernen!«

»Warum? Was bringt das? Ich werde das Zeug weiterhin nicht kaufen. Wir können es uns schon jetzt kaum leisten.«

»Vielleicht können wir es aber später mal!«

»Massagen«, mischt sich Enid ein. »Mit dem Geld, das Sie sparen, können Sie alles Mögliche tun, was Ihnen wirklich Spaß macht. Tanzen, Windsurfen, Kitesurfen, Parasailing. Sie sind jung, Sie sollten sich miteinander amüsieren. Vergorenen Traubensaft können Sie noch Ihr ganzes Leben lang trinken.« Sie druckt etwas aus und beginnt eine Reisemappe für die beiden zusammenzustellen. Sie werden heute noch keine Entscheidung treffen, das war ihr bereits klar, als sie das Reisebüro betraten. Genau genommen würde Enid jede Wette eingehen, dass dies die erste von vielen Entscheidungen ist, über die sie sich nicht einigen können. »Haben Sie ein bisschen Spielraum bei Ihrem Budget?«, erkundigt sie sich.

Die junge Frau sagt »Ja«, gerade als der junge Mann »Nein« sagt.

Enids rechte Hand schwebt über der Schreibtischschublade. Sie weiß genau, was dieses junge Paar braucht, und das ist nicht das Napa Valley oder ein Urlaub an der Golfküste. Eigentlich hat sie es für sich selbst aufheben wollen, für ihren eigenen Urlaub im Herbst. Nach langem Hin und Her hat sie beschlossen, allein die Kreuzfahrt nach Griechenland zu buchen, die sie schon lange machen will, aber immer wieder verschoben hat, weil sie auf etwas wartete. Vielleicht darauf, dass ein netter Reisebegleiter ihren Weg kreuzt, möglicherweise sogar ein Ehemann, aber das ist nicht geschehen. In Avalon gibt es eine Menge netter Männer, aber keiner davon ist Enids Typ, und sie wird schließlich nicht jünger. Als Bettie Shelton ihr die Auswahl an neuem Material zeigte, stand Enids Entscheidung fest. Sie ging zurück in ihr Büro und buchte, und zum ersten Mal in dreißig Berufsjahren stellte sie eine Reisemappe für sich selbst zusammen.

Doch als sie jetzt dieses junge Paar auf dem Weg zum

Altar vor sich sieht, denkt sie: *Gott segne euch*. Außerdem denkt sie: *Viel Glück*. Sie weiß, dass sie diesen Teil verpasst hat, dieses »glücklich bis ans Ende ihrer Tage«, aber wenn sie sich ihre Kunden so anschaut, erscheint es ihr mitunter gar nicht so glücklich. Genau genommen sieht es nach einer Menge Stress und Sorgen und Streitereien und Tränen aus. Eigentlich wollen die Leute, die zu ihr kommen, miteinander in Urlaub fahren, aber danach zu urteilen, wie nervös sie sind, könnte man meinen, jemand würde sie zu einer Wurzelbehandlung zum Zahnarzt schleifen. Enid muss an ihre Stammkunden Mac und Judy Mullins denken. Sie hatten eisern gespart, um nach Macs Pensionierung auf Reisen zu gehen, doch als es dann so weit war, stellte sich heraus, dass Mac nicht die geringste Lust verspürte, seinen Fernsehsessel zu verlassen. Vor jeder Reise müssen Judy und sie stundenlang auf ihn einreden, und das ist ziemlich anstrengend. Letzten Endes gibt Mac jedes Mal nach, aber nie ohne vorherigen Kampf. Enid fragt sich oft, warum sich die Leute das Leben so unnötig schwer machen.

»Ich hab was für Sie«, sagt Enid und zieht die Schublade auf. Sie holt ein großes in Pergamentpapier gewickeltes Paket heraus und schiebt es über den Schreibtisch. »Bitte sehr. Ein vorzeitiges Hochzeitsgeschenk.«

Das junge Paar unterbricht seinen Streit gerade lange genug, um das Paket stirnrunzelnd zu mustern. »Was ist das?«, fragt die junge Frau misstrauisch.

»Das ist ein Scrapbook-Set. Ein Einsteigerset, um genau zu sein. Wenn Sie ein richtiges Album anlegen wollen, können Sie zusätzliche Seiten und Material bei Bettie Shelton kaufen.« Sie tippt auf einen Aufkleber in der Ecke des Pakets, auf dem in großen Druckbuchstaben Betties Adresse und Telefonnummer stehen. »Wenn Sie älter sind, oder sogar schon in einem Jahr, können Sie Ihre Erinnerungen damit noch einmal durchleben.«

»Wir haben Handys mit Digitalkameras«, sagt die junge Frau ein wenig überheblich. »Mit Video.« Sie wirft ihrem Verlobten einen Blick zu, als wollte sie sagen: *Hat sie die noch alle?*

Enid lässt sich jedoch nicht beirren. »Fotos sind nur ein Teil«, erklärt sie den beiden. »Heutzutage machen die Leute Hunderte von Fotos, und keins davon wird jemals ausgedruckt oder in ein Fotoalbum geklebt. Das hier ist etwas anderes – wenn Sie ein Scrapbook anlegen, dann rufen Sie zum Beispiel durch die Auswahl der Farben Erinnerungen an bestimmte Empfindungen und Erlebnisse wach. Durch die kleinen Andenken, die Sie einkleben.« Enid reißt die Verpackung auf und breitet den Inhalt des Pakets auf dem Tisch aus. »Sie nehmen Ihre Lieblingsfotos, Sie sehen sich alles an und überlegen, was passt. Was passt zusammen? Nicht nur in ästhetischer Hinsicht, sondern auch vom Gefühl her. Die Seiten eines Scrapbooks fangen das alles ein. Ein Beispiel – wie haben Sie beide sich kennengelernt?«

Das junge Paar grinst verlegen und Enid sieht, wie ihre Anspannung nachlässt. *Ja*, denkt sie. *Darum geht es letzten Endes, oder nicht?*

»Beim Bowling«, sagt der junge Mann. »Ihre Kugel ist auf meiner Bahn gelandet.«

»Sie war schwerer, als ich dachte«, bringt seine Verlobte zu ihrer Verteidigung vor, aber jetzt lächelt sie glücklich. Sie greift nach seiner Hand und strahlt ihn an.

»Wunderbar! Also, sehen Sie …« Enid schiebt die Buchstaben hin und her und legt damit oben auf der Seite rasch die Worte DU HAST MICH UMGEWORFEN. »Dann kleben Sie einen Untersetzer oder irgendwas anderes mit dem Namen der Bowlingbahn hier auf die Seite, und dazu noch einige Ihrer ersten Fotos.«

»Irgendwo habe ich noch die Scorekarte«, sagt der junge Mann. »An dem Tag habe ich zweihundertfünfzig Punkte geschafft.«

»Großartig!«, ruft Enid.

Die junge Frau sucht einen schmalen schwarzen Rahmen aus und platziert ihn am oberen Rand der Seite. »Wir könnten die ganze Seite wie eine Scorekarte gestalten«, sagt sie. »Was meinst du?« Sie verschiebt Enids Buchstaben und fügt noch ein paar weitere hinzu, die die Worte SPARES UND STRIKES ergeben. »Wenn man einen Spare oder einen Strike schafft, gibt es jeweils zehn Punkte extra«, erklärt sie.

»Aha«, sagt Enid und nickt. Sie sieht den beiden zu, wie sie in vorgestanzten Motiven und anderen Verzierungen kramen, sich an den Tag ihres Kennenlernens erinnern und über die Amateurliga sprechen, der sie beide angehören. Und dann kommt ihr eine Idee.

»Sagen Sie mal«, beginnt sie. »Was halten Sie von Bowling-Flitterwochen? Machen Sie eine Rundreise zu verschiedenen Bowlingbahnen. Welche, die in der Nähe von Sehenswürdigkeiten liegen, mit einem hübschen Bed & Breakfast um die Ecke. Könnten Sie sich so was vorstellen?«

Die beiden jungen Leute sehen sie einen Moment lang verständnislos an, dann breitet sich auf ihren Gesichtern langsam ein Lächeln aus. Sie wechseln einen Blick, dann sehen sie wieder Enid an, und ihre Augen beginnen zu leuchten.

»Ja«, sagen sie wie aus einem Mund. »Ja, sehr gut.«

Kapitel 4

»Ich fürchte, das Wasser muss bis morgen abgestellt bleiben.« Yvonne schaltet ihre Taschenlampe aus und tritt von der großen Pfütze zurück, die sich auf dem Boden gebildet hat.

Ihre Kundin runzelt die Stirn. »Bis morgen? Das geht nicht!«

Yvonne deutet unter die Spüle. »Sämtliche Rohre müssen ersetzt werden – sonst tropft es immer weiter. Je länger Sie die Reparatur aufschieben, desto schlimmer wird es.«

»Aber heute findet hier das Treffen meines Scrapbooking-Clubs statt. Ich erwarte ziemlich viele Gäste, verstehen Sie, und ich habe auch schon alles vorbereitet.« Die Hausbesitzerin zeigt zum Esszimmer, wo Tische und Stühle aufgestellt sind wie für einen Bridge- oder Pokerabend. Auf jedem Tisch liegen Stapel bunten Papiers, irgendwelches Glitzerzeug, Klebestifte und Scheren. Auf der Anrichte sind eine Papierschneidemaschine und ein Laminator aufgebaut, und dazu noch ein paar andere seltsame Geräte, die Yvonne nicht kennt.

»Na ja, es ist selbstverständlich Ihre Entscheidung, aber an Ihrer Stelle würde ich nicht damit warten. Ich würde es ja sofort machen, aber ich habe nicht alle nötigen Ersatzteile dabei. Das Einzige, was wir im Augenblick tun können, ist, das Wasser abzustellen, und Sie verlegen Ihr Treffen woandershin.«

»Woandershin? In einer Stunde kommen die ersten Gäste!«

Mitfühlend zuckt Yvonne mit den Schultern. »Tut mir leid. Entweder das oder Ihr Haus steht morgen früh einen halben Meter unter Wasser, Mrs Shelton.«

Ihre Kundin lässt ein Schnauben hören. »*Ms* Shelton, aber nennen Sie mich nicht so, da komme ich mir so alt vor. Sagen Sie Bettie.« Sie schiebt die Unterlippe vor und denkt nach.

Yvonne fängt an ihr Werkzeug einzupacken. Im Moment kann sie nichts weiter tun, und die Entscheidung liegt bei der Kundin. In Avalon findet man viele dieser wunderbaren alten Häuser, das hier ist bereits das vierte, in dem Yvonne mit diesem Problem zu tun hat, und sie nimmt an, dass früher oder später noch etliche andere Hausbesitzer damit konfrontiert werden. Die Häuser haben eine lange Geschichte, aber die Sanitär- und Elektroinstallationen sind einfach marode, und die meisten Leute lassen erst dann etwas daran machen, wenn sie nicht mehr richtig funktionieren oder es bereits zu spät ist.

Bettie greift nach dem Telefon und wählt eine Nummer. Während es am anderen Ende klingelt, bedeckt sie die Sprechmuschel mit der Hand. »Was bin ich Ihnen schuldig?«

»Nichts. Ich habe ja noch nichts getan.«

»Was? Unsinn«, erklärt Bettie. »Sie berechnen doch bestimmt so etwas wie eine Anfahrtspauschale.«

»Ja, aber ich war nur ein paar Minuten hier und es lag auf meinem Heimweg. Heute kann ich außerdem sowieso nichts mehr tun, also machen Sie sich darüber keine Gedanken.« Genau genommen wäre es das erste Mal, dass Yvonne in Avalon jemandem eine Anfahrtspauschale berechnet. Sie weiß, dass viele Leute ihr Geld zusammenhalten müssen, während sie gut zurechtkommt. Sie kann es sich leisten, ein bisschen großzügig zu sein, solange sie für ihre tatsächliche Arbeit ordentlich bezahlt wird.

Bettie legt einen Finger auf die Lippen zum Zeichen, dass Yvonne still sein soll. »Connie? Ich bin's, Bettie.« Sie lächelt freundlich ins Telefon. Yvonne wendet sich zum Gehen, aber

Bettie bedeutet ihr, noch zu warten, deshalb bleibt sie stehen und lehnt sich an die Arbeitsplatte.

Das Lächeln auf Betties Gesicht weicht rasch einem Ausdruck der Verwirrung. »BETTIE SHELTON. Ich weiß, dass Sie wissen, wer ich bin, Connie Coll, also tun Sie nicht so, als würden Sie meine Stimme nicht erkennen … Ich klinge am Telefon genauso wie sonst auch … Selbstverständlich – ach, vergessen Sie's. Ist Madeline da? … Aha, und wo ist sie? … In zwei Stunden? … Na gut, vermutlich kann ich das auch mit Ihnen besprechen. Ich habe mir überlegt, dass es doch nett wäre, wenn wir das Treffen des Scrapbooking-Clubs heute Abend im Teesalon abhalten. Das bringt dem Teesalon ein bisschen Umsatz, obwohl ich selbstverständlich eine Art Gruppenermäßigung erwarte … Was soll das heißen, heute Abend ist ein Lesezirkel da? … Na gut, was ist mit dem Esszimmer … Was? Ein Probeessen? Für wen? Ach ja, richtig. Ich glaube, sie ist schwanger, was meinen Sie? … Nein, ich tratsche nicht, ich gebe lediglich eine Beobachtung wieder … gut. Wiederhören.« Bettie legt auf und starrt das Telefon mit in die Hüften gestemmten Händen empört an. »Diese Connie Coll bildet sich wohl ein, sie ist die Chefin! Madeline wäre entsetzt, wenn sie wüsste, wie sie mich behandelt. Das letzte Mal, als ich dort war, hätte sie mir beinahe eine Kundin vergrault.«

»Haben Sie ein altes Handtuch?«, fragt Yvonne. »Wir sollten das Wasser aufwischen. Ich will nicht, dass Sie ausrutschen.«

»Sehen Sie, genau das meine ich!«, sagt Bettie, während sie zu einem Schrank in der Diele geht. »Sie wissen sich zu benehmen. Es ist schrecklich, wie rücksichtslos die Leute heutzutage sind, finden Sie nicht auch, Yvette? Ich wünschte, es gäbe mehr junge Leute wie Sie!« Strahlend reicht sie Yvonne ein ausgeblichenes Strandtuch.

»Yvonne«, verbessert Yvonne sie lächelnd. »Und so jung bin ich auch nicht mehr.«

»Zweiundzwanzig?«, rät Bettie.

Zweiundzwanzig. Schön wär's. Andererseits war das das schlimmste Jahr ihres Lebens gewesen, das Jahr, in dem ihre Welt zusammenbrach, in dem sie erkennen musste, dass sie ganz allein auf sich gestellt war. Inzwischen geht es ihr wieder gut, nachdem sie Zeit hatte, alles hinter sich zu lassen, noch einmal von vorn anzufangen. »Eher zweiunddreißig.«

»Zweiunddreißig? Wirklich?« Bettie wirkt beeindruckt, als hätte Yvonne eine außergewöhnliche Leistung vollbracht.

Rasch wischt Yvonne das Wasser auf. »Wohin soll das?«, fragt sie, als sie fertig ist, und hält das triefende Strandtuch hoch, aber Bettie hat schon wieder den Hörer in der Hand.

»Isabel?«, ruft sie laut in die Muschel. »Isabel, sind Sie da? Nehmen Sie ab.« Bettie wartet ein paar Sekunden und klopft ungeduldig mit dem Fuß auf den Boden. Schließlich legt sie mit finsterer Miene auf. »Na gut, dann ist es wohl nicht zu ändern. Wie war noch mal Ihr Name, meine Liebe?«

»Yvonne.«

»Richtig.« Bettie kneift die Augen zusammen und denkt angestrengt nach. »Yvonne, Yvonne, Yvonne. Eigentlich gar nicht so schwer zu merken. Yvonne, macht es Ihnen etwas aus, mir noch ein bisschen zu helfen? Vermutlich haben Sie recht – es ist am besten, das Treffen zu verlegen. Meine Nachbarin hat viel Platz – sie renoviert gerade –, und ihr Wohnzimmer ist ideal dafür. Es dürfte nicht allzu lange dauern, alles hinüberzuschaffen.«

Der Tag neigt sich dem Ende zu und Yvonne hat nichts weiter vor, als nach Hause zu fahren, ein bisschen fernzusehen, eine Kleinigkeit zu essen. Ein paar Minuten kann sie noch erübrigen.

»Klar«, sagt sie.

Nur dass es mit ein paar Minuten nicht getan ist. Eine halbe Stunde später schleppt sie immer noch Sachen in das Haus nebenan – Tische und Stühle, Scrapbooking-Utensilien, die vielen Häppchen, die Bettie vorbereitet hat. Yvonne hängt der Magen inzwischen bis in die Kniekehlen, sie kann kaum den Blick von den Blumenkohl-Crostini, den Russischen Eiern mit Frühlingszwiebeln und Dill und den gefüllten Artischocken wenden.

»Na also«, sagt Bettie endlich. Sie sieht sich im Zimmer um und nickt zufrieden. »Scrappetizer sind der Schlüssel zu einem gelungenen Scrapbooking-Treffen, Yvonne. Die meisten Leute wissen das nicht, aber mit einem vollem Magen bastelt es sich leichter. Auf jeden Fall gilt das für mich. Wo hab ich denn das Vorlegebesteck hingelegt?«

Yvonne lässt sich auf einen Klappstuhl fallen. Sie kann mit einer Rohrzange umgehen, jede noch so fest sitzende Überwurfmutter lösen, endlos lange in verrenkter Haltung unter einer Spüle liegen und an irgendwelchen Rohren schrauben. Aber die gute Gastgeberin spielen? Zu anstrengend. Man muss an hundert Dinge auf einmal denken, auf die Zeit achten, sich gleichzeitig um jedes einzelne Detail und den Gesamteindruck kümmern. Sie denkt an ihre Mutter, schiebt den Gedanken aber rasch wieder beiseite.

Bettie hat bereits einen Zettel an ihre Haustür gehängt, mit dem sie ihre Gäste ins Nachbarhaus umdirigiert, und wenig später treffen die ersten Frauen ein, entzückt von dem unerwarteten Ortswechsel. Sie bringen weitere Schüsseln und Platten mit, und Yvonne kann sich nicht dazu aufraffen, sich von ihrem Stuhl zu erheben, bis zu diesem Augenblick hat sie gar nicht gemerkt, wie müde sie ist. Und wie hungrig.

»Yvonne, Sie müssen unbedingt bleiben«, erklärt Bettie

kategorisch, als sie ihr Earlene Bauer vorstellt. »Earlene ist Optikerin im All Eyes Vision Center. Sie hat mir eine wunderbare Bifokalbrille angepasst, auch wenn ich sie nur zum Lesen brauche.«

»Und zum Autofahren«, fügt Earlene hinzu. »Ich habe gesehen, dass du ohne Brille fährst.«

»Nein, nein, ich fahr immer mit Brille, Earlene«, versichert Bettie ihr ernsthaft.

Earlene sieht sie mit einem wissenden Blick an. »Bettie …«

»Da ist Missy Parks!«, ruft Bettie und wendet sich von Earlene ab. »Missy, ich möchte dir Yvonne vorstellen. Sie ist meine wunderbare neue Haustechnikerin!«

»Ach, wie nett«, sagt Missy und tritt zu ihnen. »Und was genau ist eine Haustechnikerin?«, erkundigt sie sich interessiert.

Das hat sich Yvonne auch gerade gefragt. »Ich bin Klempnerin«, erklärt sie und streckt die Hand aus. Sie hält nicht viel davon, Sprachkosmetik zu betreiben und ihre Arbeit zu umschreiben, damit es gefälliger klingt, was sie tut. Ein reibungslos funktionierender Alltag hängt davon ab, dass die Wasserabflüsse funktionieren, auch wenn kaum jemand einen Gedanken daran verschwendet. Trotzdem weichen Earlene und Missy unwillkürlich zurück und blicken auf Yvonnes Hände, offenbar stellen sie sich vor, wie sie damit bis eben in einer Kloschüssel herumgefummelt hat. Das ist einer der meistverbreiteten Irrtümer – dass Klempner und Installateure sich ausschließlich mit Klos und tropfenden Waschbecken beschäftigen. Tatsächlich verdient Yvonne den Großteil ihres Geldes mit der Reparatur von Heizungen und Klimaanlagen und Installationen bei Renovierungen und Neubauten.

»Hach, das hätte ich ja fast vergessen! Ich habe gerade erst eine Erkältung überstanden.« Missy bringt ihre Hände hinter ihrem Rücken in Sicherheit. »Ich will Sie nicht anstecken.«

»Eine Erkältung im August?« Bettie runzelt die Stirn.

»Sind das die Sets für die neuen Themen?«, erkundigt sich Missy und tritt an einen der Tische. »Freut mich, Sie kennenzulernen«, ruft sie Yvonne über die Schulter zu.

Bettie tätschelt Yvonne den Arm. »Ich fürchte, nicht alle sind so aufgeschlossen wie ich«, sagt sie kopfschüttelnd.

»Bettie, ich habe Freundschaftsbrot mitgebracht«, sagt eine Frau und hält eine vierstöckige Torte hoch, bei deren Anblick Yvonne das Wasser im Mund zusammenläuft. »Haselnuss-Cappuccino! Ich muss zugeben, dass ich mit dem Instantkaffee etwas großzügig war, aber sie kann sich sehen lassen, finden Sie nicht?«

»Großartig, Lorna. Stellen Sie sie doch bitte dort drüben hin. Gut, wir können das Büfett eigentlich auch gleich eröffnen. Wir haben heute Abend schließlich noch viel vor.« Bettie klatscht in die Hände, um die Aufmerksamkeit auf sich zu ziehen. »Meine Damen! Nehmen Sie sich etwas zu essen und suchen Sie sich einen Platz! Wir fangen in Kürze an!« Sie hakt sich bei Yvonne ein und führt sie zum Büfett. Yvonne kann es kaum erwarten, sich einen Teller vollzuhäufen.

»Bettie, gibt es irgendwo Eiswürfel?«, ruft jemand.

»Im Gefrierschrank, Claribel«, erwidert Bettie. »Zweites Fach.«

»Und wo ist die Toilette?«, fragt jemand anderes.

»Den Flur hinunter, erste Tür links. Und dann gibt es noch eine neben dem Schlafzimmer, aber es ist wohl besser, wenn …«

»WAS ZUM TEUFEL IST DENN HIER LOS!?«

Alle verstummen und drehen sich um. In der Tür steht eine Frau Ende dreißig mit einer Einkaufstasche in der Hand.

»Isabel!« Bettie eilt auf sie zu und zieht Yvonne mit, ohne es zu merken. »Sie haben es geschafft!«

»Nach Hause zu kommen? Noch mal: Was ist hier los?«

»Unser Clubtreffen, meine Liebe. Die monatliche Zusammenkunft der Avalon Ladies Scrapbooking Society. Ich habe Ihnen doch davon erzählt!«

»Ja, aber Sie haben nichts davon gesagt, dass sie *hier* stattfindet.« Isabel sieht Bettie wütend an.

Yvonne versucht sich aus Betties Griff zu befreien, aber Bettie lässt sie nicht los.

»Es gab einen Notfall, nicht wahr, Yvonne? Yvonne ist meine Haustechnikerin …«

»Klempnerin«, verbessert Yvonne.

»… und sie hatte den klugen Einfall, dass ich das Treffen woandershin verlege, weil ich in meinem Haus momentan keine Gäste bewirten kann. Stimmt doch, Yvonne?«

Isabel dreht sich zu Yvonne, ihre haselnussbraunen Augen funkeln zornig. Yvonne zuckt innerlich zusammen. »Ja, schon, aber …«

»Und nachdem ich Ihnen neulich geholfen habe, Ihre Möbel zu verrücken, dachte ich, Sie freuen sich, mir auch einen Gefallen tun zu können und aus der Klemme zu helfen«, sagt Bettie mit Unschuldsmiene.

»Sie hätten wenigstens anrufen können … Moment mal, wie sind Sie überhaupt hier reingekommen?« Isabel ist außer sich. »*Ich habe ein neues Versteck für meinen Schlüssel, Bettie!*«

»Nur zur Information, ich habe angerufen, was Yvonne bezeugen kann, aber es war niemand da«, erklärt Bettie selbstgefällig.

»Weil ich in der Arbeit war!«

»Die Nummer habe ich aber nicht, oder? Fürs nächste Mal sollten Sie sie mir besser geben.«

»Es gibt ganz bestimmt kein nächstes Mal.« Isabel knirscht

mit den Zähnen, und Yvonne bemerkt, dass ganz oben auf den Einkäufen in ihrer Tasche eine große Packung Schoko-Minz-Eis thront. Yvonnes Magen knurrt vernehmlich.

»Meine Güte, die arme Yvonne ist am Verhungern. Verstauen Sie doch schnell Ihre Einkäufe, Isabel, und leisten Sie uns Gesellschaft. Es gibt jede Menge zu essen.«

Isabel ringt um Fassung, während die anderen Frauen das Geschehen neugierig verfolgen. »Ich habe mich auf einen ruhigen Abend gefreut«, sagt sie leise. »Wenn Sie also bitte dafür sorgen könnten, dass Ihre Gäste jetzt gehen ...«

Bettie greift in Isabels Einkaufstasche und zieht ein Fertiggericht für die Mikrowelle heraus. »Also wirklich, Isabel«, sagt sie in tadelndem Ton. Sie stopft es zurück. »Ich richte Ihnen einen Teller mit Essen. Sie können sich zu Yvonne setzen. Sie ist auch neu hier.« Bettie reißt strahlend die Augen auf. »Sie könnten Scrapbooking-Schwestern werden!«

Um Himmels willen. Yvonne zuckt zusammen. Isabels Gesichtsausdruck nach zu urteilen, hält sich ihre Begeisterung auch in Grenzen.

»Ich muss dann mal los«, sagt Yvonne. So hungrig sie auch ist, für einen Tag reicht es ihr an Aufregung. Sie will einfach nur noch nach Hause.

Isabels Miene hellt sich auf. »Danke«, sagt sie erfreut. »Und wenn jetzt bitte auch alle anderen ...«

»Meine Damen«, sagt Bettie. Ihre Stimme klingt auf einmal ernst. »Sie beide setzen sich jetzt besser mal. Wir sind sowieso schon spät dran und das Essen wird kalt.« Die Frauen rings um sie hören auf zu tuscheln. Einen Augenblick später haben sie sich an den Tischen verteilt.

Isabel und Yvonne wollen erneut protestieren, aber Bettie kommt ihnen zuvor. »SETZEN«, sagt sie, dieses Mal sehr viel strenger.

Die beiden setzen sich.

Bettie nimmt Isabel die Einkaufstasche ab und geht damit in die Küche. »Lorna«, ruft sie wieder mit freundlicher Stimme. »Seien Sie so gut und bringen Sie den beiden etwas zu essen? Sorgen Sie dafür, dass sie diesen wunderbaren Rotkohlsalat probieren. Und Sue Pendergasts Tomatensalat. Sue, Sie müssen mir unbedingt das Rezept verraten. Ich nehme immer zu viel Balsamico, und der schmeckt dann vor.«

Isabel und Yvonne sehen zu, wie zwei der Frauen zum Büfett gehen, Bemerkungen über das eine oder andere Gericht austauschen, Eistee in Becher gießen und schließlich mit zwei vollgehäuften Papptellern zurückkommen und sie vor sie auf den Tisch stellen.

»Das glaub ich einfach nicht«, murmelt Isabel. Sie hat die Hände zu Fäusten geballt.

Yvonne empfindet Mitleid mit ihr, aber andererseits, so schlimm ist es auch wieder nicht, oder? Offenbar sind Bettie und Isabel befreundet, jedenfalls scheint sich Bettie in Isabels Haus bestens auszukennen. Doch wie auch immer, es geht sie nichts an. Sie greift nach ihrer Gabel, sie hat keine Lust, die Probleme anderer Leute zu wälzen. »Na dann, zum Wohl«, sagte sie und hält den Pappbecher mit Eistee hoch.

Isabel dreht sich zu ihr um und sieht sie an, bevor sie schließlich widerstrebend nach ihrem Becher greift und halbherzig mit Yvonne anstößt. Yvonne trinkt ihren Becher rasch leer und macht sich dann über das Essen her. »Wow, das ist echt lecker«, sagt sie mit einem zufriedenen Seufzer. Alles ist frisch und schmeckt ausgezeichnet. »Ich habe schon lange nichts Selbstgekochtes mehr gegessen.«

Yvonne ist so sehr mit ihrem Essen beschäftigt, dass ihr entgeht, wie Isabel ihre Fäuste langsam löst und die Hand nach einer Gabel ausstreckt. Und dann folgt Isabel dem Beispiel ihrer Tischgenossin und beginnt zu essen.

Kapitel 5

»Ich bitte um Ihre Aufmerksamkeit! Das Augusttreffen der Avalon Ladies Scrapbooking Society ist hiermit offiziell eröffnet.« Bettie schwingt einen mit Pailletten und Stoffresten verzierten Holzhammer und lässt ihn ein paarmal auf einen in Serviettentechnik dekorierten knallrosa Holzklotz niedersausen.

Ein Raunen geht durch den Raum. Alle Augen sind auf Bettie gerichtet, während rasch die letzten Teller leer gegessen und weggeräumt werden. Dann eilen die Frauen wieder zu ihren Plätzen.

Bettie wirft über den Rand ihrer Lesebrille hinweg einen Blick auf ihre Notizen. »Ich freue mich, Emily Spiller, Thelma Talley und Trudy Hughes als neue Mitglieder begrüßen zu dürfen. Vielen Dank an Bev Smitts, die uns ihr Album ›In freier Natur‹ über den Jagdausflug ihres Ehemannes Roosevelt im letzten Herbst mitgebracht hat. Und Georgia Wellingtons Album ›Ein Tag im Zoo‹ verdanken wir viele schöne Anregungen, wie sich Fundstücke integrieren lassen – mir persönlich hat besonders die Pfauenfeder gefallen. Edies Bericht über unser letztes Treffen im Lokalteil der *Avalon Gazette* ist gut angekommen, danke, Edie. Aufgrund von dreiundachtzig Prozent Rückmeldungen seitens unserer Mitglieder können wir eine Zunahme bei der Verwendung von Distress Ink für Alterungseffekte feststellen und einen Rückgang bei der Verwendung von gemusterten Klammern. Ich komme nun zum Bericht der Kassenführerin …«

Isabel knabbert an dem übrig gebliebenen Keks auf ihrem Teller. Mehrere Frauen drehen sich zu ihr um und runzeln die Stirn.

Genervt legt Isabel den Keks wieder hin und murmelt: »Okay, mir reicht's. Ich geh jetzt nach Hause.« Sie sieht die Frauen direkt vor ihr an. »Moment mal. Ich bin ja zu Hause.«

Yvonne unterdrückt ein Lachen.

»... Und zu guter Letzt möchte ich Isabel Kidd danken, die uns heute Abend ihr Haus so großzügig zur Verfügung gestellt hat. Isabel, stehen Sie doch bitte auf, damit wir Ihnen applaudieren können!« Bettie unterstreicht ihre Aufforderung mit einer Handbewegung.

»Nicht nötig«, sagt Isabel mit desinteressierter Miene.

»Ach, kommen Sie«, sagt Yvonne grinsend. »Es bringt Sie schon nicht um.« Einige der Frauen an den Nachbartischen nicken zustimmend.

Isabel sieht Yvonne ungläubig an, steht dann aber widerstrebend auf. Die Frauen klatschen eifrig und Isabel setzt sich wieder. Yvonne klopft ihr auf den Rücken und Isabel lächelt verlegen.

»Gut, wir haben uns für heute eine Menge vorgenommen und ich habe Ihnen ja auch versprochen, dass wir uns den neuen Layouts für den Herbst widmen werden.« Bettie mustert die Gruppe. »Hat jemand eine Idee?«

Aufgeregtes Getuschel, und sofort schießen mehrere Hände in die Höhe.

»Haben Sie nicht gesagt, wir würden mit Pappe, diesem Chipboard, arbeiten? Ich kann es kaum erwarten, eines dieser Untersetzer-Alben für meine Enkel zu machen. Und haben Sie die neuen Stanzmotive von Pebbles gesehen? Einfach zauberhaft!«

»Ich würde gerne Einstecktaschen machen und Familien-

Erinnerungsstücke integrieren. Ich möchte ein Scrapbook zu der Babyparty meiner Schwester basteln, bevor das Kind auf die Welt kommt.«

»Ich finde, die Jenni-Bowlin-Buchstaben in Orange- und Brauntönen würden sehr gut passen. Ach ja, und die neuen Blumen von Prima …«

Isabel wechselt einen verständnislosen Blick mit Yvonne.

»Ich verstehe auch nur Bahnhof«, sagt Yvonne. »Aber ich muss zugeben, dass es mich neugierig macht. Ich habe vorhin zufällig eine Frau sagen hören, dass sie über zweihundert Dollar für ein Kricket bezahlt hat. Was das wohl heißen soll?«

»Für eine Cricut, eine Stanzmaschine«, flüstert eine Stimme hinter ihnen. »Damit kann man alles schneiden. Papier …«

»Stoff …«

»Plastik …«

»Filz …«

»Okay, verstanden, danke«, sagt Isabel.

»Bettie veranstaltet zweimal im Jahr eine Swarm-Party«, fährt die Frau fort. »Das ist so etwas Ähnliches wie eine Crop-Party, bei der wir uns zum gemeinsamen Scrapbooking treffen, nur dass man sich bei einer Swarm-Party die Cricuts und die Einsätze mit Scrapperinnen teilt, die keine haben. Damit kann man alle möglichen Motive ausschneiden, Muster, Buchstaben, in jeder Größe …«

Isabel schließt die Augen und stellt sich vor, dieser ganze Abend sei nur ein böser Traum, während Yvonne interessiert zuhört.

Claribel Apple, die ein Stück die Straße hinunter wohnt, kramt in ihrer Handtasche und zieht eine Karte heraus. »Die habe ich bei der letzten Swarm-Party gemacht. Sie ist für meinen Mann zu unserem Hochzeitstag nächsten Monat.«

»Wenn du sie nicht doch noch selbst behältst«, kichert ihre Freundin.

»Bring mich bloß nicht auf Ideen!«, ruft Claribel. »Sie gefällt mir tatsächlich so gut, dass ich nicht sicher bin, ob ich mich davon trennen kann. Er stopft sie ja doch bloß in die Schublade mit seinen Socken.«

Yvonne stößt Isabel an und deutet mit dem Kopf auf die Karte. »Hey, nicht übel. Sehen Sie doch mal.«

Widerwillig wirft Isabel einen Blick darauf. Die Karte ist ein bisschen kitschig (*»In Deinen Armen ist für mich der schönste Platz auf Erden …«*), aber sie muss zugeben, dass sie ganz gut aussieht, wie eine dieser teuren Karten, die man in den Schreibwarengeschäften in der Stadt kaufen kann. »Hübsch«, murmelt sie.

Yvonne gibt Claribel die Karte zurück und wendet sich wieder Bettie zu, alle Müdigkeit ist aus ihrem Gesicht verschwunden.

»Das waren alles schöne Vorschläge, aber wir werden noch mehr Spaß haben«, sagt Bettie. Sie macht eine kunstvolle Pause und reißt die Augen auf, und die Frauen beugen sich auf ihren Stühlen erwartungsvoll vor. »Diesen Monat nähen wir unsere Layouts!«

Entzückte Seufzer und erneuter Applaus.

Isabel hält sich die Ohren zu und sieht Yvonne an. »Ich glaub's nicht.«

»Also, ich habe hier ein Sortiment mit Material für sechs Seiten für diejenigen unter Ihnen, die es eilig haben«, sagt Bettie und geht durchs Zimmer. »Es enthält Rahmen, Anhänger, Papier, ein paar ganz entzückende Klammern und Rubbelbilder, Stanzmotive und natürlich ein paar Anregungen zum Layout und Tipps zum Nähen von Hand oder mit der Maschine. Alle anderen dürfen gerne auf ihr eigenes Papier und ihre eigenen Ideen zurückgreifen. Für Mitglieder ist das Set kostenlos, für Gäste kostet es 9,99 Dollar.« Sie bleibt vor Isabel und Yvonne stehen und überreicht jeder von ihnen eins der Sets, dann legt sie mit einem verschwörerischen Lächeln den Finger auf die Lippen. »Da drüben an unserer Scrap-Station finden Sie weiteres Werkzeug …«

Isabel wirft einen Blick in die angegebene Richtung. »Auf meinem Esstisch, meinen Sie?«

»… und vergessen Sie nicht, auch beim Swap-Tisch vorbeizuschauen. Die Clubmitglieder bringen Material mit, das sie nicht mehr verwenden, und tauschen es gegen etwas, das sie besser brauchen können. Die meisten sind froh, das Zeug loszuwerden, also bedienen Sie sich einfach, wenn Sie etwas sehen, das Ihnen gefällt.« Bettie dreht sich und ruft: »Also, meine Damen. Wir haben noch zwei Stunden. Fangen wir an!«

Die Frauen bilden Grüppchen um die improvisierten Arbeitstische. Schachteln und Ordner werden geöffnet und Utensilien auf den Tischen verteilt – Schneidematten, Stifte und Marker, Klebstoff, Plastikschachteln mit Verzierungen, Papierstapel, einzelne Fotos.

»Was machen wir jetzt, croppen oder scrappen?«, flüstert Yvonne. »Ich bin ein bisschen verwirrt.«

»Vielleicht machen wir uns auch zu Deppen«, erwidert Isabel, aber niemand lacht. Sie blickt auf das Set in ihrer Hand. »Verflixt und aufgenäht! Ich hab ja gar keine Bilder.« Sie schnippt mit den Fingern und heuchelt Enttäuschung.

»Sie wohnen doch hier.« Yvonne hilft einer anderen Frau, einen Campingtisch auseinanderzuklappen und vor sie zu stellen. »Ich bin sicher, dass Sie irgendetwas finden. Haben Sie nicht irgendwo einen Karton mit Fotos herumstehen? Das hat doch jeder.«

Isabel hat tatsächlich so einen Karton, aber der ist auf den Dachboden gewandert, als Bill sie verlassen hat, zusammen mit sämtlichen gerahmten Fotos und Alben. Nach seinem Tod ist Isabel gerade mal lange genug dort oben gewesen, um ein passendes Bild für die Trauerfeier zu suchen. Seither hat sie keinen Blick mehr in die Kartons geworfen und sie hat es auch nicht so schnell vor. Stattdessen sagt sie: »Ich habe gerade gestrichen und alles irgendwo verstaut. Ich weiß im Moment nicht genau, wo was ist.«

»Sie können ja auch erst mal mit dem Layout anfangen und die Fotos später einkleben«, sagt Lorna im Vorbeigehen. »So machen es die meisten von uns. An einem Abend schaffen Sie sowieso nicht alles. Wo bliebe da auch der Spaß an der Freude?«

Die anderen Frauen lachen.

»Ich habe ein ganzes Wochenende an dem Scrapbook zu dem Ausflug nach San Diego gesessen, den Jazz und ich letztes Jahr gemacht haben«, erinnert sich Cyndi Bloom.

»Ich liebe San Diego!«, sagt Yvonne. »Wie lange waren Sie dort?«

Cyndi mustert ein Sortiment von Scheren. »Drei Tage.«

»Moment mal«, sagt Isabel. »Und Sie haben genauso lange für das Scrapbook zu dem Ausflug gebraucht?« Isabel kann sich viele Dinge vorstellen, mit denen sie ein Wochenende verbringt, aber Scrapbooking gehört sicher nicht dazu.

Cyndi denkt nach. »Sie haben recht, ich habe länger dafür gebraucht. Ich habe zwei Tage allein damit verbracht, die Seiten einzuteilen, bevor ich richtig losgelegt habe. Aber das zähle ich nicht mit, weil ich das meistens nebenher beim Fernsehen mache.«

Isabel schüttelt fassungslos den Kopf und sieht Yvonne um Bestätigung heischend an, dass dieses ganze Scrapbooking total durchgeknallt ist. Yvonne ist jedoch bereits schwer bei der Arbeit und diskutiert mit einer der Frauen darüber, ob sie ein Passepartout für ein Foto ausschneiden soll und wenn ja, ob im Längs- oder im Querformat.

»Ich kann mich nicht entscheiden«, sagt Yvonne, mehr zu sich selbst als zu jemand anderem. »Ich glaube, die meisten meiner Fotos sind im Querformat.« Sie sieht Isabel an und bittet: »Kommen Sie, lassen Sie mich nicht hängen. Es macht Spaß!«

Isabel liegt bereits eine spitze Bemerkung auf der Zunge, als sie bemerkt, wie sich ihre Nachbarin auf der anderen Seite des Zimmers bückt, um einen Papierschnipsel vom Boden aufzuheben. Trotz ihres Alters ist Bettie ziemlich agil, aber eine Sekunde lang sieht Isabel noch etwas anderes, einen Ausdruck der Verwirrtheit auf ihrem Gesicht, als sie sich mit gerunzelter Stirn im Zimmer umblickt. Niemandem außer ihr fällt auf, dass Bettie einen Moment wie erstarrt dasteht, ratlos, den Papierschnipsel in der Hand.

Gleich darauf hat sie sich wieder gefangen, durchquert rasch den Raum, wirft den Schnipsel in den Abfalleimer, erteilt Ratschläge und hilft der einen oder anderen Frau bei der Anordnung der einzelnen Teile auf den Seiten ihres Scrapbooks.

»Isabel?« Yvonne sieht sie an. »Na los, machen Sie mit.«

»Was?« Isabel erwidert den Blick von Yvonne, die vermutlich die einzige Person in diesem Raum ist, mit der man sich halbwegs normal unterhalten kann. Verstohlen wirft Isabel noch einmal einen Blick zu Bettie, aber jetzt lacht sie, hält eine Papierblume in die Höhe, deutet auf eines der Blütenblätter und demonstriert irgendetwas mit Nadel und Faden. Wahrscheinlich hat Isabel sich das eben nur eingebildet, aber ganz sicher ist sie sich nicht. Nun, wie dem auch sei, sie muss irgendwie den Abend durchstehen. Resigniert reißt sie die Verpackung des Sets auf und breitet den Inhalt auf dem Tisch aus.

Max schläft in Avas Bett. Ava versucht zwar, es nicht zur Gewohnheit werden zu lassen, weil in sämtlichen Erziehungsratgebern steht, dass man das auf keinen Fall erlauben soll, aber sie mag es, wenn er neben ihr liegt und sich an sie kuschelt, seine weiche Haut, seine kleinen Finger, die sich um ihre schließen. Die Nähe gibt ihnen beiden Geborgenheit und es ist schließlich keine große Sache.

Er hat wieder einen schweren Tag im Kindergarten hinter sich. Das weiß sie von der Erzieherin, die es ihr erzählte, während sie ihn in seinem Kindersitz festschnallte, und Ava war wütend, weil man sie nicht angerufen hatte, ihr nicht die Möglichkeit gegeben hatte, zu kommen und ihn abzuholen, ihn zu trösten. Die Erzieherin hatte nicht mitbekommen, worum es gegangen war, ein Streit wegen einiger Plastikbauklötze, der damit endete, dass ein Kind ein anderes Kind schlug. Max stand zwischen den beiden, er bekam nichts ab, aber er war völlig verstört. Den ganzen Tag redete er nicht mehr, weigerte sich, zu Mittag zu essen, wollte auch später nichts zu sich nehmen. Allerdings hatte er ein Mittagsschläfchen gehalten, wie die Erzieherin freudig berichtete. Als wäre damit alles wieder gut gewesen.

Ava lauscht auf die Atemzüge ihres Sohnes, sie sind kurz und gleichmäßig. Er schmiegt sich an sie, erlaubt nicht, dass sie auch nur einen Zentimeter von ihm wegrutscht, sondern greift jedes Mal sofort nach ihr.

In der Dunkelheit stößt Ava einen Seufzer aus. Das ist für sie das Schlimmste, sie muss sich jedes Mal wegdrehen, wenn sie Familien mit Vater und Mutter sieht, die sich gemeinsam um ihr Kind kümmern, sich gegenseitig unterstützen und sich die Aufgaben teilen. Eine Zeit lang war sie in einer Müttergruppe, aber nach einer Weile konnte sie es nicht mehr hören, wenn sich die anderen Frauen über ihre Ehemänner beschwerten, darüber, wie faul sie im Haushalt waren. Was war damit, was sie taten, und mochte es auch noch so wenig sein? Es war doch bestimmt immer noch besser, als immer allein zu sein, mit allem allein fertig werden zu müssen. Niemanden zu haben, mit dem man reden konnte, Probleme besprechen, sich in Erziehungsfragen abstimmen. Sie kann es sich nicht leisten, krank zu werden, eine Pause einzulegen, mal keine Lust zu haben.

Nach einer Stunde schläft Max so tief, dass Ava vorsichtig aufstehen kann. Sie stopft das Kissen um Max herum fest und zieht die Tür bis auf einen Spalt hinter sich zu. Sie muss etwas tun, um abzuschalten, einen weiteren Tag erfolgloser Arbeitssuche hinter sich zu lassen. Der Jeep ist heute schon wieder verreckt, aber glücklicherweise konnte ihr jemand Starthilfe geben. Auf ihrem Konto herrscht absolute Ebbe, und sie weiß nicht, was sie tun soll, wenn die Bank ihr den Geldhahn zudreht.

Sie geht ins Wohnzimmer, in die Ecke, die am weitesten von ihrem Schlafzimmer entfernt ist. Sie knipst eine kleine Lampe an, die an einem Brett des behelfsmäßigen Bücherregals festgeklemmt ist, und merkt, wie ihre Anspannung nachlässt, als sie sich umsieht. Das ist ihr Bereich. Nur für sie. Der einzige Ort, an dem sie alles andere vergessen kann.

Auf einem der Regalbretter stehen Schalen mit schimmernden bunten Kronkorken, die auf ihre Verwandlung warten. Ava setzt sich, schaltet das kleine Radio ein und breitet ihre Arbeitsutensilien aus. Dann macht sie sich an die Arbeit.

Sie legt einen der Kronkorken auf ein Bretteisen und beginnt den Rand mit einem Gummihammer flach zu klopfen. Es ist eine befriedigende Tätigkeit, vor allem nach einem Tag wie diesem, und sie ist rasch erledigt – nur ein paar Sekunden lang einmal rundherum auf der einen Seite klopfen und dann auf der anderen Seite. Nach zehn Minuten liegt bereits ein ansehnlicher Stapel neben ihr, und sie hält inne, obwohl sie noch weitermachen könnte.

Für heute Abend hat sie sich Haarspangen und Lesezeichen vorgenommen, und vielleicht noch ein Armband, wenn die Zeit reicht. Viele der örtlichen Geschäfte bemühen sich, Produkte aus der Region anzubieten. Ava weiß, dass sie mit ihrem Schmuck vermutlich niemals ihren Lebensunterhalt bestreiten kann, aber sie kann ihn machen, wann immer sie Lust dazu hat, und die Kosten sind gering.

Sie war schon immer sehr geschickt – das war einer der Gründe, warum ihr die Arbeit als Zahnarzthelferin so leichtgefallen war –, und die Herstellung von solchem Schmuck erfordert Präzision, ohne dass sie kompliziert wäre. Sie hat eine effiziente Arbeitsweise entwickelt und sie hat ein Auge für Farben, auch wenn sie nicht viele in ihr Sortiment aufnehmen kann. Von den einfachen Magneten und Ohrringen hat sie sich mittlerweile abgewandt und sich stattdessen auf ausgefallenere Schmuckstücke aus Kronkorken verlegt.

Ava weiß, dass es viele ihrer Probleme lösen würde, wenn sie wieder als Zahnarzthelferin arbeiten könnte, aber sie hat es bis jetzt nicht einmal versucht. Nach Bills Tod hatte sie sich gefragt, ob die Leute wussten, was passiert war. Sie war sich sicher, dass in den anderen Zahnarztpraxen in der Gegend Gerüchte über ihre Beziehung kursierten. Zuerst hielt sie die Scham davon ab, sich zu bewerben, und mittlerweile ist zu viel Zeit vergangen. Jeder Zahnarzt, bei dem sie sich bewirbt, wird von ihr Referenzen erwarten, und es gibt nur einen Menschen, von dem sie die bekommen könnte, den einen Menschen, von dem Ava hofft, dass sie ihm niemals wieder begegnen muss. Bills Partner, Dr. Strombauer.

Sie greift nach einer Plastikbox und öffnet den Deckel. In der Box befinden sich kleine Beutel mit Bildchen, nach Farben sortiert und in Kreise von 2,5 cm Durchmesser geschnitten. Über die Auswahl denkt sie nie lange nach, sie nimmt einfach alles, was ihr irgendwie auffällt. Eine Hummel, eine Musiknote, ein Mann auf einem Fahrrad. Später wird sie ein paar Perlen in das flüssige Kunstharz streuen, und sie werden noch darin herumschweben, bis es ausgehärtet ist. Es gefällt ihr, dass das Ergebnis auf Zufall beruht, dass man nie weiß, wie etwas aussehen wird, bevor es fertig ist. Ava wählt einige Bilder aus und legt sie vor sich auf den Tisch.

Den nächsten Arbeitsschritt mag sie am liebsten. Sie lässt ihre Finger durch eine Plastikbox mit Perlen gleiten, die meisten sind einfarbige Glasperlen, aber es sind auch ein paar handgewickelte und solche aus Samen und Kristall dabei. Sie funkeln im Licht der Lampe, versprühen ein buntes Feuer, das so hoffnungsvoll wirkt, so fröhlich. *Sieh uns an*, scheinen sie zu sagen. Eine Handvoll nimmt sie heraus und lässt sie vorsichtig auf die Unterlage rieseln.

Sie arbeitet rasch und ruhig, mit einem Ohr lauscht sie auf Geräusche aus dem Schlafzimmer, während der lokale Radiosender von Avalon in seinem Nachtprogramm Evergreens spielt. Bei einem der Songs hält Ava inne, mit der Zange in der Hand hört sie zu und überlässt sich den Erinnerungen. Lächeln. Lachen. Liebe. Im Hintergrund dieser Song, von der Stereoanlage in die Praxis übertragen, eine Auswahl an Hits, die sie jeden Monat per Post bekamen.

Sie vermisst Bill.

Der Gedanke lässt sie erstarren, lähmt sie. Ava zwingt sich

zu atmen, sie will nicht in Trauer versinken, aber sie will auch nicht vergessen. Sie wird ihn niemals vergessen.

Bill, der Mann, den sie geliebt hat, der Mann, der ihr Max geschenkt hat. Sie wünschte, Bill hätte die Chance gehabt, seinen Sohn zu sehen, ihn einmal in den Arm zu nehmen, seine Stirn mit den Lippen zu berühren. Sie wünschte, sie könnte Max das geben, diese kleine Geste, aber sie kann es nicht. Bill war vor Max' Geburt gestorben. Max wird seinen Vater niemals kennenlernen.

Ava schließt die Augen.

Und es geht nicht nur um Max, es geht auch um sie. Sie wünschte, Bill wäre hier, wünschte, er würde gemeinsam mit ihr Pläne schmieden, ihr sagen, sie müsse sich keine Sorgen machen, sie würden eine Möglichkeit finden, alles würde gut werden – nein, mehr als gut. Wunderbar. Schöner, als sie es sich vorstellen kann. Ein neues Leben für sie beide, ein gemeinsames Leben. Er hatte ihr all das gesagt, und sie hatte ihm geglaubt.

Und jetzt? Die Einsamkeit macht Ava am meisten zu schaffen. Dieses Ausgeschlossensein. Bills Mutter, Max' leibliche Großmutter, hat ihr unmissverständlich klargemacht, dass sie nichts mit ihnen zu tun haben will, das heißt, es ist nur noch eine Person übrig.

Ava hat ihr Briefe geschrieben, jedoch nie eine Antwort erhalten. Ava weiß nicht einmal, ob sie überhaupt noch in Avalon wohnt. Immerhin sind seither vier Jahre vergangen und vielleicht ist sie weggezogen, wie es auch Ava tun sollte und nicht über sich bringt. Vielleicht ist es aber auch noch zu früh und Ava versteht den Hinweis nicht, dass sie es auf sich beruhen lassen sollte. Wenn es nur um sie gegangen wäre, hätte sie längst ihre Sachen gepackt und wäre weggegangen. Aber es geht nicht allein um sie – es geht auch um Max.

Der Draht rutscht aus der Zange, und die Perlen fliegen durchs Wohnzimmer. Ava entfährt ein erschrockener Laut – sie hat die Swarowski-Kristallperlen extra für dieses Armband ausgesucht, es sollte das Herzstück ihrer Kollektion werden. Ava sieht, wie die Perlen weit verstreut auf dem dicken Teppich landen und sofort davon verschluckt werden.

Mit den Tränen kämpfend lässt sie sich auf die Knie nieder. Sie weiß, wie das Leben ist, zumindest ihr Leben – wenn man auf den nächsten Schlag wartet, kommt er auch. Das muss sich ändern. Ab jetzt wird sie nur noch positiv denken, was Max' und ihre Zukunft betrifft. Sie wird eine Stelle finden, sie wird das Auto reparieren lassen, sie wird jede einzelne Perle wiederfinden. Sie wird ihr Bestes tun, um Max ein schönes Leben zu bieten. Und alles wird gut werden. Nein, falsch – es wird schöner werden, als sie es sich vorstellen kann. Lauter gute Dinge. Ein Wunder nach dem anderen.

Ja.

Einen Augenblick lang glaubt Ava so fest daran, dass sie tatsächlich die erste Kristallperle entdeckt, die ihr aus dem dicken Teppich entgegenglitzert. Als sie danach greift, verwandelt sie sich jedoch in einen Plastiksplitter, abgebrochen von einem Spielzeug von Max. Und dann hört sie es, Max der in ihrem Schlafzimmer leise zu weinen beginnt, als er feststellt, dass sie nicht da ist. Er ruft nach ihr, seine Stimme klingt schläfrig und verwirrt, und gleich darauf ist sie von Panik erfüllt. Ava weiß, dass das Zimmer für ihn finster und unheimlich aussieht, voller Schatten, die sich nicht zu erkennbaren Formen fügen, solange er seine Brille nicht aufhat. Einen Moment lang ist Ava hin- und hergerissen. Dann steht sie auf, schaltet Radio und Lampe aus und lässt die Wohnung erneut in Dunkelheit versinken.

»Ich komme, Max.«

Christopher Barlowe, 55,
Fotoatelier *Mehr als das Auge sieht*

»Das ist super. Wirklich. Es wird Ihnen gefallen! Sie wirken so natürlich und, wow, ja, das ist es, bleiben Sie genau so! Das nehmen wir auf jeden Fall. Ich glaube, mit diesen Fotos werden Sie mehr als zufrieden sein. Ganz ehrlich.«

Christopher Barlowe fotografiert, seit er zwanzig ist, und einige seiner Reisefotos und künstlerischen Arbeiten wurden in Magazinen veröffentlicht und erhielten sogar Auszeichnungen. In den vergangenen Jahren hat er nicht nur genug verdient, um seinen Lebensunterhalt und den seiner Familie zu sichern, er konnte darüber hinaus das Nachbargrundstück kaufen und sich dort ein Fotostudio bauen lassen. Er kann im Schlafanzug zur Arbeit gehen, obwohl er das noch nie getan hat – nach wie vor rasiert er sich jeden Morgen nach dem Aufstehen und zieht sich an, als würde er wie früher zu seinem ehemaligen Studio in der Main Street aufbrechen. Er ist stolz auf das, was er tut, und er nimmt es nicht weniger ernst, nur weil sein Arbeitsplatz kaum zehn Meter von seiner Küche entfernt ist.

Wenn ihn die Leute fragen, womit er seinen Lebensunterhalt verdient, gibt er ihnen seine Karte. Sie betrachten die vielen kleinen Porträts auf der Rückseite, lesen »Fotograf« auf der Vorderseite und schreiben ihn ab als jemanden, der Fotos von Schulabgängern und Hochzeiten macht. Das macht er tatsächlich und sogar gern, aber seine Arbeit beinhaltet noch viel mehr, als nur den Auslöser zu drücken.

Einmal hatte er einen Lehrling gehabt, der überzeugt war, mit Fotografieren ließe sich schnell viel Geld verdienen. Christopher hatte ihm erklärt: »Wenn du gut sein willst, bist du nicht einfach nur Fotograf. Du bist auch halb Psychologe, halb Sozialpädagoge. Du musst die Menschen, die du fotografierst, verstehen, sie dazu bringen, sich vor der Kamera wohlzufühlen. Wenn sie einen schlechten Tag haben oder nervös sind, musst du etwas tun, damit sie sich entspannen. Wenn sie dein Studio verlassen, sollten sie das mit einem guten Gefühl tun, was die Aufnahmen und auch sie selbst betrifft.«

Der Lehrling hörte ihm natürlich nicht zu. Im folgenden Frühjahr eröffnete er ein eigenes Fotostudio, bot Niedrigpreise und Rabatte an, erzählte herum, wie gut er sei und wie schlecht die Konkurrenz, einschließlich Christopher. Er konnte sich nicht einmal bis Weihnachten halten.

Mehr als das Auge sieht existiert dagegen immer noch, und das Geschäft floriert. Eine ziemliche Leistung, seit praktisch jeder eine Digitalkamera hat und irgendeine Fotobearbeitungssoftware auf seinem Computer und man mit einem Klick online Ausdrucke in jeder Größe bestellen kann, sogar auf richtiger Leinwand. Eine Zeit lang lief sein Geschäft immer schlechter, bis schließlich gar nichts mehr ging, und Christopher machte sich große Sorgen, er wusste nicht, ob es irgendwann wieder besser laufen würde und was er tun sollte, wenn nicht. Er liebt Avalon und will nirgendwo anders wohnen – er und seine Frau sind beide hier aufgewachsen und sie haben auch ihre Töchter hier großgezogen –, aber eine Weile stand es auf Messers Schneide.

Der Monat, in dem er dachte, er müsste endgültig dichtmachen, war am schlimmsten. Er saß in seinem alten Studio, betrachtete einen Stapel Rechnungen und fragte sich, ob es das gewesen war. Es war deprimierend, und seine Frau war weinend nach Hause gegangen, verzweifelt, weil sie dachte, sie müssten aus Avalon wegziehen und irgendwo anders wieder von vorne anfangen. Er war ebenfalls verzweifelt.

Dann klopfte es an der Tür. Er blickte auf und stellte fest, dass er in seiner Niedergeschlagenheit vergessen hatte, das Schild von GESCHLOSSEN auf GEÖFFNET zu drehen. Er sah einen Schirm und zu einem Bob geschnittene silberblaue Haare. Eine seiner Nachbarinnen. Bettie Shelton.

Er ging zur Tür und ließ sie herein. An diesem Tag hatte es wie aus Kübeln geschüttet, wie es im Frühling manchmal vorkam, und sie stampfte ein paarmal auf der Fußmatte auf, um das Wasser von ihren Überschuhen zu schütteln. Ihren Schirm lehnte sie draußen gegen den Türrahmen.

»Ich wollte Ihnen nur schnell das hier geben«, sagte sie. Sie reichte ihm einen Stapel Visitenkarten. Ihr Name stand darauf, außerdem Telefonnummer und Adresse. *Scrapbooking-Zubehör*, las er, *alles, was Sie zum Bewahren Ihrer Erinnerungen brauchen.*

»Aha«, sagte er, weil er nicht wusste, was er sonst sagen sollte.

Sie zauberte einen kleinen Visitenkartenständer hervor, der mit falschen Edelsteinen und Bändern verziert war. »Klebepistolen sind eindeutig eine der besten Erfindungen, die jemals gemacht wurden«, sagte sie. »Also, Chris, ich dachte mir, wenn Sie hier meine Visitenkarten für Ihre Kunden auslegen und die dann etwas von mir kaufen, dann kriegen sie von mir fünf, na, sagen wir zehn Prozent Rabatt. Sie müssen nur die Karte vorzeigen. In der Ecke befindet sich ein Code, sehen Sie? So weiß ich, dass der Kunde von Ihnen kommt. Sie bekommen den Rabatt natürlich auch.«

Er stellte den Ständer mit den Visitenkarten neben die Registrierkasse. »Das kann ich gern machen«, sagte er, »aber

Sie müssen wissen, dass ich das Studio vielleicht nicht mehr lange halten kann. Heutzutage geben die Leute kein Geld mehr für Fotos aus.«

»Was? Seien Sie nicht albern«, sagte Bettie streng. Sie sah sich um, betrachtete die Fotos an den Wänden, die Fotobücher in der Sitzecke. »Man muss sich nur der Zeit anpassen, das ist alles.«

»Ja, gut, falls Sie wissen, wie man das macht, dann sagen Sie es mir bitte.« Bevor Christopher seine Aufmerksamkeit wieder dem Chaos auf seinem Schreibtisch zuwandte, fing er noch einen finsteren Blick von Bettie auf.

»Was denn, wollen Sie etwa kampflos das Handtuch werfen? Sie haben ja noch nicht mal angefangen, sich Gedanken zu machen.« Bettie schüttelte sichtlich enttäuscht den Kopf. »Mir ist zum Beispiel aufgefallen, dass die Leute heutzutage Fotos von Landschaften und so verwenden oder sich an die Wand hängen, wie von einer Bildagentur. So was könnten Sie anbieten.«

»Aber das macht doch jeder«, erwiderte er. »Ich wüsste nicht, warum jemand Stock-Fotos, so heißen die Dinger nämlich, von mir kaufen sollte, wenn er sie überall online bekommen kann.«

»Himmel!«, stieß sie hervor. »Dass Sie mit dieser Einstellung überhaupt noch im Geschäft sind, ist ein Wunder!« Sie deutete auf eines seiner Lieblingsfotos an der Wand, das einen Großvater mit seinem Enkel auf einer Bank im Park zeigte. »Sehen Sie sich das an. Sie haben nicht nur die Beziehung zwischen den beiden eingefangen, sondern auch den Ort, an dem sie sich befinden. Wann immer dieser Junge in den Park geht, wird es für ihn mit einer besonderen Erinnerung verbunden sein – er wird immer an seinen Großvater denken. Warum machen Sie in Ihrer freien Zeit nicht Fotos von markanten

Orten in der Umgebung von Avalon? Ich bin sicher, dass auch viele Ladenbesitzer Interesse an Ihren Fotos hätten. Sie könnten sie vor ihren Geschäften fotografieren. Zum Beispiel Hal, wie er vor seiner Metzgerei das Hackebeil schwingt. Oder Mason Cribbs, wie er im Winter mit seinem Schneepflug herumkurvt. Oder Tessa Bridges, wie sie einen frisch gebackenen Laib Brot aus dem Backofen holt. Dauernd erzählt man uns, wir sollen Produkte aus der Region kaufen, vielleicht sollte man mal zeigen, was dieser komische Spruch konkret bedeutet, verstehen Sie?« Sie zupfte an den Bändern an ihrem Kartenständer und drehte ihn vor und zurück, um zu sehen, wie er am besten zur Geltung kam.

Christopher war zwar skeptisch, aber gleichzeitig war sein Interesse geweckt. Was brachte es, nur herumzusitzen, Trübsal zu blasen und darauf zu warten, dass ein Kunde auftauchte? Er sollte das tun, was er am besten konnte – durch eine Linse schauen.

Der kleine Funke Hoffnung war allerdings rasch wieder erloschen. »Und wer soll das kaufen?«, fragte er.

»Ich zum Beispiel«, sagte Bettie und straffte die Schultern. »Genauer gesagt hätte ich gern, dass Sie eine Fotodokumentation von mir und meinem Scrapbooking-Club machen. Ein paar hübsche Schwarzweißfotos von unseren Treffen für unser Archiv. Mal sehen, vielleicht verwende ich sie auch für Weihnachtskarten.«

In Christophers Kopf begann es zu klingeln. Nicht wie von einer Alarmglocke, sondern von einem Groschen, der fiel.

Christopher dachte über das nach, was Bettie gesagt hatte – etwas Abstraktes konkret machen und Kleinunternehmer, Handwerker, Metzger, Bauern ermutigen, ihren Kunden zu zeigen, was sie zu bieten hatten. Er wusste, dass er das besser einfangen konnte als irgendjemand sonst. Diese Leute investierten ihr Herzblut in ihre Arbeit. Es war ihre Leidenschaft. Und warum sollte er ihnen nicht dabei helfen, das anderen zu zeigen.

Er begann mit Bettie und der Avalon Ladies Scrapbooking Society. Er machte Aufnahmen von einem der Treffen, und anschließend suchte er einige Clubmitglieder zu Hause auf und machte Aufnahmen von ihren Arbeitstischen, ihren Alben. Das brachte ihm vier Folgeaufträge ein, und er begann, Fotos für Leute zu machen, die um Unterstützung für ihre Wohltätigkeitsorganisationen warben, eine Firmenchronik erstellen wollten, überzeugende, ansprechende Bilder für Marketing- und Werbezwecke haben wollten. In seinem Studio ging er auf die gleiche Weise vor und hängte Aufnahmen von sich selbst beim Fotografieren auf, damit die Leute ihn bei der Arbeit sehen konnten. Sechs Monate später hatte er seine Schulden abbezahlt.

Neun Monate später verdiente er beinahe genauso viel wie vor der Krise. Am Ende des zweiten Jahrs verzeichnet er eine Rekordeinnahme.

Jeder kann Fotos machen, das ist wahr. Was er seinen Kunden erklärt, ist, dass nicht jeder das Besondere an einer Person oder Situation oder eine Empfindung einfangen kann. Wenn man durch einen Sucher blickt, muss man eine Verbindung zu dem Motiv herstellen. Wildes Herumknipsen bringt da nicht viel, man muss das mit sehr viel Umsicht, Konzentration und Kreativität angehen. Erst wenn man das Wesentliche an dem Ausschnitt erkannt hat, hält man es auf einem Bild fest, damit es die ganze Welt sehen kann.

Kapitel 6

Verträumt betrachtet Frances die rosa Petticoats, die weiße Spitze. Sie steht vor dem neuen Laden von Margot West, in dem neben Geschenkartikeln auch Kosmetik und Körperpflegeprodukte, Holzspielzeug, Strickwaren und Babykleidung angeboten werden. Ein Schild im Fenster verkündet: AVON-PRODUKTE HIER ERHÄLTLICH, und Frances fühlt sich an ihre Kindheit erinnert, an die runden Puderdosen, die ihre Mutter immer bei ihrer Nachbarin Mrs Granger gekauft hatte. Frances selbst hatte ein winziges gelbes Döschen in Form eines Vogels besessen, in dem sich Lippenbalsam verbarg. Ein unnützes Ding, aber sie hatte dieses Döschen geliebt, und jetzt wünschte sie, sie hätte mehr Andenken aus ihrer Kindheit aufbewahrt.

Brady führt Selbstgespräche, nach dem Eisbecher zum Mittagessen befindet er sich immer noch in einer Art Zuckerrausch. Frances blieb keine andere Wahl – er wollte keine Chicken Nuggets, keine Makkaroni mit Käse, verweigerte selbst ein Sandwich mit Erdnussbutter und Marmelade. Stattdessen zeigte er auf ein kleines Mädchen am Nebentisch, das seinen Teller bereits leer gegessen hatte und jetzt hingebungsvoll ein Schokoladeneis löffelte. Nick war in der Schule, Noah ging seit Herbst in den Kindergarten. Es gab nur noch sie beide, Mom und Brady, die gemeinsam zum Mittagessen gegangen waren. Frances wollte es nicht verderben.

Ein paarmal hat sie versucht, mit ihm über die kleine

Schwester zu sprechen, die bald zu ihrer Familie gehören würde, aber Brady hat sie nur verständnislos angesehen, als käme sie von einem anderen Stern. *Schwester? Was für eine Schwester?*, schien seine Miene zu fragen.

Frances stößt einen Seufzer aus. Eigentlich hätte sie wissen müssen, dass man mit einem Dreijährigen nicht über solche Dinge reden kann. Neulich hatte sie mit ihm zusammen ein Bild von ihrer Familie gemalt, sechs lächelnde Gesichter statt fünf. Brady hatte den Kopf geschüttelt und das kleinste übermalt, die kleinen Finger um die Wachsmalkreide geklammert, und dann hatte er ihr das Bild triumphierend zurückgegeben.

Er wird es begreifen, sobald sie hier ist, versicherte ihr Reed, als sie ihn besorgt in der Arbeit anrief. *Lass ihn einfach.*

Lass ihn einfach, lass ihn einfach. Frances hatte sich damit zufriedengegeben, doch jetzt vor Margots Laden hat sie eine Idee.

»Brady, komm, wir besorgen ein paar Dinge für Mei Lings Begrüßungspaket!«, ruft sie, und ihre Stimme klingt dabei lebhafter als sonst.

Brady zeigt auf eine Spielzeugeisenbahn im Fenster. »Zug! Zug! Schau!«

»Ja, das ist ein Zug«, sagt Frances, während sie die Tür öffnet und Brady in den Laden schiebt. Sie werden von einem Schwall kalter Luft empfangen, und Frances steigt der Duft von Lavendel in die Nase. Sie merkt, wie ihre Anspannung nachzulassen beginnt, als Margot aufblickt und ihr von der Kasse aus zuwinkt.

»Auf alles, was einen blauen Punkt hat, gibt es heute zehn Prozent Rabatt«, sagt Margot. »Und außerdem läuft gerade eine Werbeaktion für Badezusätze und Körperpflegeprodukte. Zwei zum Preis von einem.«

»Danke«, sagt Frances, während Brady schnurstracks zu der Eisenbahn im Schaufenster läuft.

»Die ist nur zur Dekoration«, erklärt Margot. »Ein Erbstück aus meiner Familie.« Sie greift nach einer kleineren, in den Grundfarben bemalten Holzeisenbahn in einer durchsichtigen Verpackung. »Na, so was, ein blauer Punkt!« Auf ihrem Gesicht zeichnet sich Überraschung ab, als hätte sie keine Ahnung gehabt.

Frances nickt höflich. »Sehr hübsch«, sagt sie, obwohl sie jetzt schon weiß, dass ihr auf keinen Fall noch eine Eisenbahn ins Haus kommt.

Das Gleiche gilt für Flugzeuge oder Feuerwehrautos. Für alle Autos.

Keine weiteren Kugellabyrinthe oder Rennbahnen oder Legosteine. Frances hat sich vorgenommen, auszumisten und auch die tausend Golfbälle zu entsorgen, die Reed vom Golfplatz mit nach Hause gebracht hat. Noah hatte einen davon an die Backofentür geschmettert, als er vier war, und die Reparatur hatte sie 150 Dollar gekostet.

Was sonst noch? Keine zusammengewürfelten Baukästen mehr. Keine Raketen, keine Pistolen (alles Geschenke, nicht auf ihrem Mist gewachsen), keine *Toy Story*-Figuren. Die Jungen haben jede Menge Spielzeug, aber Frances findet, es ist an der Zeit für etwas Geschlechtsneutrales. Etwas Nettes. Hübsches.

Ihr Blick wandert zu einem Miniatur-Teeservice. Tassen, Kanne, Milchkännchen und Zuckerdose aus echtem Porzellan, dazu winzige Untertassen und Löffel und Plastiktortenstücke. Der Anblick versetzt sie geradezu in Verzückung.

»Ohne Weichmacher und BPA«, erklärt Margot stolz. »Und hier hätte ich noch diese hübschen Petit Fours, die perfekt dazu passen. Handgestrickt von Maureen Nyer – und die Applikationen sind aus Filz. Alles hier in der Gegend hergestellt.«

Frances schnappt nach Luft, als sie den kleinen Schokoladenkuchen mit den aufgestickten weißen Streuseln entdeckt. »Brady, schau mal! Der sieht aus wie echt!«

Brady macht sich nicht einmal die Mühe, zu ihr herzusehen, er ist damit beschäftigt, den Zug durch einen Tunnel zu schieben.

»Ich nehme alles«, sagt Frances, obwohl ihr klar ist, dass sie die Sachen nicht nach China schicken kann. Die Vermittlungsstelle hat klare Vorgaben, was in ein Begrüßungspaket darf, aber egal. Sie hebt die Sachen einfach auf, bis Mei Ling bei ihnen ist, fügt sie der wachsenden Sammlung von Dingen hinzu, die für sie bestimmt sind.

Frances findet noch ein paar Sachen, die sie in das Paket packen kann – ein kleines Fotoalbum, eine Puppe, einige Haarspangen, ein Malbuch. Mei Ling lebt bei einer Pflegefamilie in Guangzhou und nicht in einem Waisenhaus, aber Frances ist sich ziemlich sicher, dass dort niemand Englisch kann. Deshalb lässt sie die Regale mit Lesebüchern links liegen und kauft stattdessen einige Ansichtskarten von Avalon, in der Hoffnung, dass Mei Ling die kleine Stadt, die ihre neue Heimat werden soll, gefällt.

Margot tippt gerade die Preise ein, als eine junge Frau den Laden betritt.

»Hannah!«, ruft Margot. »Ich habe mich schon gefragt, wann du Nachschub an Prospekten bringst. Es erkundigen sich nämlich dauernd Leute nach deinem Musikunterricht.«

Frances sieht zu, wie Hannah Wang Margot umarmt. Hannah ist so eine Art Berühmtheit, sie hat früher als Cellistin in einem berühmten Orchester in New York oder Chicago gespielt. Frances weiß es nicht mehr genau. Sie kennt Hannah nicht persönlich, aber sie erinnert sich daran, dass sie an der Aktion im vorigen Jahr beteiligt gewesen war, bei der ganz Avalon Freundschaftsbrot für eine von einer verheerenden Überschwemmung heimgesuchte Nachbarstadt gebacken hatte.

»Ich biete jetzt auch noch einen Kurs für Fortgeschrittene an«, erklärt Hannah und reicht Margot einen Stapel Prospekte. »Und einen zusätzlichen Anfängerkurs, deshalb musste ich neue Prospekte drucken. Aber die sollten jetzt eine Weile reichen.« Sie dreht sich um und lächelt Frances an. »Hi, ich bin Hannah.«

»Frances Latham.« Sie schütteln sich die Hand, und Frances ist beeindruckt, wie elegant und gebildet Hannah wirkt. Sie dürfte Mitte bis Ende zwanzig sein, hat die Figur einer Tänzerin, groß und schlank, und ihre glatten Haare sind zu einem schlichten Knoten geschlungen. »Ich glaube, wir sind uns letztes Jahr kurz begegnet. Bei Madeline.«

»An dem Abend, an dem wir für Barrett gebacken haben.« Hannah nickt. »Stimmt. Schön, Sie wiederzusehen.«

»Freut mich auch.«

Hannah entdeckt Brady mit der Holzeisenbahn. »Ist das Ihr Sohn? Wie süß.«

»Das ist Brady«, sagt Frances. »Mein Jüngster. Ich habe drei von der Sorte. Nick ist acht, Noah fünf, und Brady ist drei.«

Margot stößt einen leisen Pfiff aus, sei es aus Anerkennung oder aus Mitgefühl, aber Hannah lacht. »Na, da haben Sie bestimmt alle Hände voll zu tun«, sagt sie. »Mein Freund hat drei Brüder, ich weiß also, wie es da zugehen kann. Seine Mutter erzählt mir immer, wie viel Unfug ihre Söhne früher angestellt haben.«

»Hannahs Freund ist Jamie Linde«, erklärt Margot. »Er arbeitet als Fahrer für UPS.« Sie nimmt Hannahs Prospekte und geht damit in den vorderen Teil des Ladens, wo sich ein kleiner Tisch mit einem schwarzen Brett darüber befindet.

»Jamie?«, sagt Frances verblüfft. »Natürlich kenne ich Jamie! Ich habe gerade erst sein Foto in unser Fotoalbum geklebt!«

»In Ihr Fotoalbum?«

»Er hat uns den Brief mit dem Adoptionsbescheid für unsere Tochter Mei Ling gebracht. Na ja, sie ist noch nicht so richtig unsere Tochter, aber bald. Sie kommt aus China. Es gibt ein Foto von Jamie und mir, als er den Brief zugestellt hat.«

»Natürlich, ich erinnere mich!«, ruft Hannah, dann wird sie rot. »Ich hoffe, Sie nehmen ihm das nicht übel, aber Jamie hat mir erzählt, dass es in Avalon eine Familie gibt, die ein Kind aus China adoptiert. Ich finde das wunderbar, Frances.«

»Wir auch«, erwidert Frances und grinst. Es tut so gut, mit jemandem darüber zu reden. Sie ist zurückhaltend mit der Neuigkeit gewesen, um zu vermeiden, dass man sie mit Fragen bombardiert, und weil sie keine falschen Hoffnungen wecken wollte, auch nicht bei sich selbst, aber jetzt freut sie sich doch, es endlich einmal loszuwerden. Sie ist glücklich, dass noch jemand davon weiß, und Hannah scheint sich wirklich mitzufreuen. »Wir hoffen, dass sie spätestens Weihnachten bei uns ist. Ich weiß, es sind nur noch ein paar Monate bis dahin, aber mir kommt es wie eine Ewigkeit vor.«

»Was für ein schönes Weihnachtsgeschenk«, sagt Hannah. »Und jetzt ist es ja nur noch eine Frage der Zeit – ehe Sie sich's versehen, ist sie bei Ihnen.«

Frances lächelt. »Danke, Hannah.«

Hannah erwidert ihr Lächeln. »Ich hoffe, wir sehen uns mal wieder, vielleicht lerne ich ja auch Ihre Tochter kennen, wenn Sie sie nach Hause geholt haben.«

Frances nickt. »Ja, das fände ich auch schön.« Ihr Blick wandert zu der Uhr an der Wand und sie erschrickt. »Oje, ich bin spät dran. Die Jungen kommen bald aus der Schule nach

Hause.« Rasch packt sie ihre Einkäufe ein und wünscht sich dabei, sie könnte noch bleiben und sich mit Hannah unterhalten. »Grüßen Sie Jamie von mir.«

»Mach ich.« Hannah sieht zu, wie Frances sich von Margot verabschiedet, und winkt zum Abschied noch einmal kurz, bevor Frances den widerstrebenden Brady aus dem Laden zieht. Draußen überfällt sie sofort wieder die Hitze, aber Frances ist es egal, es stört sie nicht einmal, als Brady zu quengeln anfängt und darauf besteht, den Rest des Weges getragen zu werden, was sie auch tut. Bis sie beim Auto ankommen, ist sie in Schweiß gebadet und bricht unter Bradys Gewicht und dem ihrer Taschen beinahe zusammen, aber auch das stört sie nicht, so glücklich ist sie. Mit Hannah über Mei Ling zu sprechen hat alles noch viel realer werden lassen. Man hat sie als Adoptiveltern akzeptiert, man hat ihnen Mei Ling zugewiesen. Frances wird sich angewöhnen müssen zu sagen, dass sie vier Kinder hat, weil Mei Ling bald ihre Tochter sein wird und es ja tatsächlich nur eine Frage der Zeit ist, bis sie nach Hause nach Avalon kommt.

Isabel starrt auf den Umschlag, der in Barrett abgestempelt ist. Er ist an sie adressiert, die Handschrift ist ihr fremd, aber in der linken oberen Ecke steht die Adresse des Absenders, der Name.

A. Catalina.

»Was haben Sie denn da?«, ruft Bettie herüber. Sie leert ebenfalls gerade ihren Briefkasten und Isabel sieht, dass er von Katalogen und Zeitschriften überquillt. »Von einer Brieffreundin?«

Statt einer Antwort lässt Isabel die Klappe ihres Briefkastens zuschnappen.

Als sie die Stufen zu ihrer Veranda hinaufsteigt, gibt plötzlich eins der Bretter nach. Isabel greift haltsuchend nach dem Handlauf, um nicht zu stürzen.

»Ich hab's Ihnen ja gesagt!«, erklärt Bettie. »Nur gut, dass das nicht beim Treffen des Scrapbooking-Clubs passiert ist, sonst hätten Sie jetzt eine Klage am Hals!«

Isabel wirft Bettie einen ärgerlichen Blick zu, bevor sie die Post ablegt, um das Brett zu inspizieren. Es ist völlig verrottet, das Holz ist feucht und morsch. Als Isabel sich auf der Veranda umsieht, entdeckt sie neben der Stelle, an der vorige Woche Bettie eingebrochen ist, noch einige andere, die auch nicht sehr vertrauenerweckend wirken. Um solche Dinge hat sich immer Bill gekümmert, einmal im Jahr hat er die Veranda mit dem Hochdruckreiniger bearbeitet, sie wetterfest gemacht, Flecken entfernt. Auf einmal wird Isabel klar, wie sehr sie ihr Haus vernachlässigt hat. Eigentlich müsste sie ein Betreten-verboten-Schild aufstellen.

»Ich habe zwei Ausgaben von *Crafters Today*«, ruft Bettie ihr zu. »Wollen Sie eine?« Sie schwenkt die Bastelzeitschrift wie eine Fahne.

Falls Bettie sich einbildet, Isabel hätte den Überfall auf ihr Haus vor zwei Tagen schon vergessen, hat sie sich getäuscht. Noch immer findet Isabel überall irgendwelche Bänder und Ösen. Sie geht ins Haus und schließt die Tür hinter sich und meint beinahe zu hören, wie das Haus in ihren Seufzer einstimmt.

Es ist so still. Das war das Erste gewesen, was Isabel aufgefallen war, nachdem Bill sie verlassen hatte – wie still es im Haus auf einmal war. Selbst wenn sie und Bill sich in verschiedenen Zimmern aufgehalten hatten und jeder einer anderen Beschäftigung nachgegangen war, waren doch immer Schritte zu hören gewesen, das Rascheln von Papier, das Rauschen von Wasser. Kleine Erinnerungen daran, dass man nicht allein war.

Sie geht in die Küche und sieht ihre Post durch. Ihre Hand stockt bei dem Umschlag, auf dem in kleinen, ordentlichen Buchstaben ihr Name und ihre Adresse steht. Isabel ist, als würde ihr die Luft abgeschnürt.

Das ist der dritte Brief, den sie seit Bills Tod erhalten hat. Was immer diese Frau ihr zu sagen hat, Isabel will es nicht wissen.

Sie wirft den Brief in den Mülleimer und geht durch die Hintertür hinaus zum Schuppen, wo sie die Brechstange sucht. Dann marschiert sie um das Haus herum zur Veranda. Nach ein paar Minuten hat sie das morsche Brett entfernt.

Eine Stunde später hat Isabel sämtliche Bretter auf ihrer Veranda herausgerissen, ohne zu wissen, was sie dann tun soll. Sie tritt einen Schritt zurück, um ihr Werk zu begutachten, und erschrickt ein bisschen, als sie sieht, welche Zerstörung sie angerichtet hat. Entmutigt wirft sie die Brechstange ins Gras. Angefangen hat es mit der einen verrotteten Treppenstufe, aber dann ist es mit Isabel durchgegangen, es ist solch ein befreiendes Gefühl gewesen, ein Brett nach dem anderen herauszureißen, das Quietschen alter Nägel zu hören, die sich widerstrebend lösen, während das morsche Holz ächzt und schließlich nachgibt. Die Vorstellung, alles zu erneuern, statt nur die morschen Stellen auszubessern, hatte ihr gefallen. Aber jetzt sieht sie, dass ihr die Sache über den Kopf gewachsen ist, und dass es sie das Doppelte kosten wird, jemanden zu finden, der die Arbeit für sie zu Ende bringt.

Vor dem Haus hält ein Pick-up. Was will der denn? Isabel sieht, wie die Frau, die sie beim Scrapbooking kennengelernt hat, aussteigt, ihr zuwinkt und den Weg hochkommt. Evelyn Irgendwas. Nein, Yvonne. Die Haustechnikerin/Klempnerin.

Automatisch winkt Isabel zurück.

»Reparieren Sie Ihre Veranda?«, ruft Yvonne ihr beim Näherkommen zu.

»Einreißen trifft es wohl eher«, erwidert Isabel und schneidet eine Grimasse. Es ist alles so hoffnungslos. Sie wünschte, sie könnte es rückgängig machen, aber jetzt ist es zu spät. »Als ich damit anfing, hielt ich es noch für eine gute Idee.«

Yvonne grinst. »Ich bin nur vorbeigekommen, weil es in diesen alten Häusern oft Probleme mit den Installationen gibt«, sagt sie. »Und ich wollte Ihnen anbieten, einen Blick darauf zu werfen. Nicht dass sich der Verkauf des Hauses deswegen verzögert.« Sie deutet mit dem Kinn auf das ZU VERKAUFEN-Schild.

»Na ja, noch ist es nicht so weit. Außerdem finde ich, dass sich die neuen Besitzer darum kümmern können.«

»Ja, verstehe. Ich dachte nur, ich sollte es Ihnen sagen – Betties Haus war diesen Monat schon das vierte. Ich mache gerade die Runde und informiere alle Nachbarn. Wenn Sie sagen können, dass Sie sich bereits darum gekümmert haben, ist das ein Pluspunkt für Ihr Haus.«

Isabel denkt darüber nach, sie begreift, dass Yvonne recht hat. »Wie viel würde mich das kosten?«

»Kommt ganz darauf an, wie viel gemacht werden muss. Das kann ich oder ein Kollege einschätzen. Aber einen Teil können Sie bestimmt selbst übernehmen. Sie scheinen handwerklich ziemlich geschickt zu sein.«

»Ich?«, sagt Isabel verblüfft. »Ich habe zwei linke Hände.«

Yvonne mustert die Veranda. »Das glaube ich nicht. Sie kommen mit der Renovierung Ihrer Veranda doch ganz gut voran – und anders als viele andere Hobbyhandwerker haben Sie dabei den Unterbau heil gelassen.« Sie blickt zu den Brettern auf dem Rasen. »Und es sind auch noch ein paar brauchbare Bretter übrig.«

»Ja, das habe ich leider ein bisschen zu spät gemerkt. Wie alles in meinem Leben.«

Yvonne hebt eine Augenbraue, sagt jedoch nichts.

»Entschuldigen Sie«, sagt Isabel unvermittelt und beugt sich etwas vor, »aber ich muss Sie das einfach fragen. Wie kommt es, dass eine Klempnerin so gepflegt aussieht? Wird das in der Stellenbeschreibung verlangt?« Isabel weiß, dass ihre Frage ziemlich blöd klingt, aber es ist ihr egal. Warum schaffen es manche Frauen offenbar so mühelos, gut auszusehen?

Statt beleidigt zu sein, fängt Yvonne jedoch an zu lachen. »Die Macht der Gewohnheit«, sagt sie. »Ich glaube, meine Mutter hat mir das erste Mal eine Pinzette in die Hand gedrückt, als ich zehn war. Sie hat mir beigebracht, jedes unerwünscht sprießende Körperhaar sofort auszureißen.«

Isabel setzt sich auf die Treppe. »Ich wette, Sie gehen auch ins Fitnessstudio?«

»Meine Arbeit ist Fitnesstraining genug«, erwidert Yvonne. »Aber ich gehe schwimmen, wann immer ich die Gelegenheit habe. Ich bin jetzt zweiunddreißig und es erfordert jetzt schon mehr Aufwand, in Form zu bleiben.«

»Ich hasse Sport«, gesteht Isabel. Plötzlich kommt sie sich alt und langweilig vor.

»Beim Rausreißen der Bretter haben Sie sicher einige Kalorien verbrannt«, sagt Yvonne. »So was ist besser als das Training mit der Rudermaschine, wussten Sie das?«

»Interessant.« Trotz des Anflugs von Selbstmitleid lächelt Isabel. »Hey, vielleicht sollte ich auch gleich noch das Dach neu decken, wenn ich schon dabei bin.«

»Warum nicht? Sie könnten auch Ihre Küche neu einrichten.«

»Oder die Decke in meiner Waschküche abhängen.«

»Das Bad neu fliesen.«

»Den Dachboden dämmen.«

»Über die Fenstergestaltung nachdenken.«

Bei diesem Vorschlag verzieht Isabel das Gesicht, und die beiden Frauen brechen in schallendes Gelächter aus. »Ich weiß nicht mal, was Fenstergestaltung sein soll«, sagt Isabel. »Vorhänge und Jalousien?«

Yvonne nickt. »Im Prinzip alles, was in, über oder an einem Fenster hängt. Fenstergestaltung ist der Lebensinhalt meiner Mutter.« Sie verdreht die Augen. »Es ist wirklich traurig.«

Die beiden Frauen sehen einander an und müssen erneut lachen.

»Isabel!« Sie drehen sich um und sehen Bettie Shelton in ihrer Tür stehen. »Ich hoffe doch sehr, dass Sie diesen Schutthaufen heute noch beseitigen. Wie sieht denn das aus! Außerdem möchte ich nicht, dass die Nachbarn denken, Ihr Haus sei kurz vorm Einstürzen.«

Isabel hat nicht vor, sich ihre gute Laune von Bettie gleich wieder verderben zu lassen. »Bettie, ich fürchte, daraus wird nichts«, ruft sie zurück. Sie winkt ihr fröhlich zu, etwas, das sie noch nie zuvor getan hat. »Ich bin erledigt. Morgen vielleicht. Oder nächste Woche. Bis Halloween ganz bestimmt!«

Bettie zieht einen Schmollmund und verschwindet in ihrem Haus.

Yvonne schaut ein wenig schuldbewusst drein. »Sie ist bestimmt eine nette alte Dame«, sagt sie, als Bettie die Tür zuknallt. »Sie meint es nur gut.«

»Ach, Sie kennen sie nur nicht richtig«, erwidert Isabel. »Haben Sie etwa schon vergessen, wie sie sich am Donnerstagabend in meinem Haus breitgemacht hat? Ohne meine Erlaubnis. Und mit Ihrer Hilfe, wenn ich das hinzufügen darf.« In ihrer Stimme schwingt ein anklagender Unterton mit.

Yvonne runzelt die Stirn. »Sie haben recht, tut mir leid.

Aber ich wusste das ja nicht. Ich dachte, Sie wären befreundet.«

»Ehrlich gesagt, habe ich nicht viele Freunde.« Isabel geht zu dem Bretterstapel und verpasst ihm einen Tritt.

Schweigend betrachten die beiden Frauen den Stapel. Isabels Abbrucharbeiten haben ein paar Kinder aus der Nachbarschaft angelockt.

»Hallo, darf ich Sie mal was fragen? Was machen Sie mit den ganzen Brettern?« Der Junge mit dem feuerroten Haarschopf und jeder Menge Sommersprossen im Gesicht beugt sich über den Lenker seines Fahrrads. Jack oder Jake, Isabel kann es sich nicht merken.

Sie wirft ihm einen Blick zu. »Das habe ich mir noch nicht überlegt. Warum? Hast du irgendeine Idee?«

»Wir wollen ein Klubhaus bauen«, sagt ein anderer Junge. »Im Garten von Lucy Fitzpatrick. Sie hat den größten Garten.«

Isabel denkt nach. Damit wäre das Problem mit den Brettern aus der Welt geschafft, und Yvonne nickt auch schon zustimmend.

»Wir könnten alle helfen, wenn Sie wollen«, bietet Yvonne an, und vonseiten der Kinder folgt zustimmendes Gemurmel.

Wir? Isabel wirft Yvonne einen verärgerten Blick zu, aber dann denkt sie, *Ach, was soll's.* Es ist Samstag und sie hat schließlich nichts Wichtiges vor.

»Meinetwegen«, sagt sie und dreht gleich darauf die Augen gen Himmel, als Yvonne und der sommersprossige Junge sich abklatschen. »Aber vielleicht solltet ihr vorher erst eure Eltern fragen. Und Lucy Fitzpatrick.«

»Die haben bestimmt nichts dagegen«, ruft er über die Schulter zurück, während er und die anderen Kinder auf ihren Rädern davonsausen. »Wir sind gleich wieder da!«

Yvonnes Handy klingelt, und sie geht ein paar Schritte zur Seite. Isabel beginnt die Bretter zu sortieren, die gut erhaltenen stapelt sie auf der einen Seite, die nicht so guten auf der anderen. Vielleicht lässt sie diesen Verbundbelag verlegen, irgendetwas Pflegeleichtes, das man einfach mit dem Gartenschlauch abspritzen kann.

Ein Schatten fällt über sie und Isabel sagt: »Meinen Sie, die können die morschen Bretter auch gebrauchen? Wenn man die entsprechenden Stellen absägt, kann man vielleicht ...«

»Isabel?«

Isabel blickt hoch, doch statt Yvonne, wie erwartet, steht eine junge Frau vor ihr und sieht sie unsicher an. Isabel legt den Kopf schief, sie weiß zunächst nicht, wo sie sie einordnen soll, doch dann fällt der Groschen und sie erstarrt.

Ava. Ava Catalina, die Zahnarzthelferin und spätere Geliebte ihres Mannes. Die Frau, die daran schuld ist, dass in Isabels Leben nichts mehr so ist, wie es war.

Isabel schnappt nach Luft. Sie hat das Gefühl, gelähmt zu sein, sich nicht bewegen zu können. Yvonne telefoniert immer noch, sie hat ihnen den Rücken zugewandt und nicht mitbekommen, dass noch jemand aufgetaucht ist. Schließlich richtet Isabel sich auf und strafft die Schultern, befriedigt stellt sie fest, dass sie ein paar Zentimeter größer als Ava ist.

Bei all ihrer Wut irritiert sie etwas. Die Ava, die vor ihr steht, ist eine andere. Die leuchtenden Farben sind verschwunden. Ava trägt einen ausgeblichenen Rock, der früher vielleicht einmal rot war, inzwischen aber zu einem matten Dunkelrosa verblasst ist. Dazu ein weißes T-Shirt und Sandalen. Ihre Nägel sind kurz geschnitten und nicht lackiert. Und ihre Haare – Isabel erinnert sich daran, dass sie früher von einem kräftigen glänzenden Schokoladenbraun waren und ihr über die Schultern fielen. Jetzt trägt sie sie zu einer kurzen

Pagenfrisur geschnitten, die ihr Gesicht umrahmt. Es steht ihr immer noch viel zu gut, aber das ist nicht die Ava, wie Isabel sie in Erinnerung hat.

Ava tritt einen Schritt nach vorn und umklammert eine billige Baumwolltasche, die sie sich quer vor die Brust gehängt hat. »Ich weiß, dass Sie wahrscheinlich nicht mit mir reden wollen. Ich wollte auch nicht einfach so unangemeldet hier auftauchen, aber ich dachte, dass Sie vermutlich auflegen würden, wenn ich anrufe. Ich habe Ihnen einen Brief geschrieben …«

Endlich findet Isabel ihre Stimme wieder. »Der liegt im Mülleimer.«

»Oh.« Ava schluckt. »Nun ja, ich wollte mit Ihnen reden. Ich dachte, wir sollten miteinander reden.«

Isabel schüttelt den Kopf. »Ich habe Ihnen nichts zu sagen.« Sie wirft einen Blick zu Yvonne, die immer noch telefoniert, inzwischen aber neugierig zu ihnen hersieht.

Ava folgt unsicher ihrem Blick. »Wenn es im Moment nicht passt …«

Isabel macht einen Schritt auf sie zu. Ava weicht mit weit aufgerissenen Augen zurück. Sie hat Angst, stellt Isabel fest. *Vor mir.*

»Ich glaube, Sie sollten jetzt besser gehen«, sagt Isabel scharf.

Avas Hände zittern, als sie den Reißverschluss ihrer Tasche öffnet. Sie zieht einen Zettel heraus. »Hier ist meine Telefonnummer, falls Sie mich anrufen wollen. Ich stehe auch im Telefonbuch …«

»*Verschwinden Sie von meinem Grundstück!*«, schreit Isabel.

Der Zettel fällt Ava aus der Hand. Sie dreht sich um und flieht, aus Isabels Vorgarten und die Straße hinunter zu einem grünen Jeep. Die Fensterscheiben sind heruntergelassen und Isabel sieht einen Kindersitz, den Kopf eines Kindes. Die Tränen laufen Ava übers Gesicht, als sie nach dem Türgriff tastet. Sie schafft es, die Fahrertür zu öffnen und einzusteigen. Hastig wendet sie und streift dabei um ein Haar ein entgegenkommendes Auto, das ihr im letzten Moment ausweichen kann.

Isabel bückt sich, um den Zettel aufzuheben. MAX UND AVA steht darauf. Und eine Telefonnummer. Isabel faltet ihn und reißt ihn in der Mitte durch. Und dann noch einmal und noch einmal.

»Wow.« Yvonne ist hinter sie getreten. »Das mit den wenigen Freunden haben Sie wohl ernst gemeint.« Zum Schutz gegen die Sonne beschirmt sie ihre Augen mit der Hand und sieht dem davonfahrenden Jeep nach.

Als Isabel sich umdreht, ist die halbe Nachbarschaft im Anmarsch. Die Kinder sind völlig aus dem Häuschen, plappern aufgeregt und streiten darum, wer was tragen darf. Binnen weniger Minuten sind alle Bretter aus ihrem Vorgarten verschwunden und eine Prozession aus Eltern und Kindern bewegt sich auf Lucy Fitzpatricks Haus zu, vor dem jemand einen kleinen Limonadenstand aufgebaut hat, fünfundzwanzig Cent der Becher.

Yvonne greift nach ihrem Werkzeugkasten, während Isabel die Papierschnipsel in die Luft wirft und darauf hofft, dass der Wind sie davontragen wird, stattdessen flattern sie jedoch um sie herum zu Boden. Ein Schnipsel landet mit der beschrifteten Seite nach oben vor ihren Füßen.

MAX, steht darauf.

Connie schreckt aus dem Schlaf hoch. Der Schweiß steht ihr auf der Stirn, und in ihrem Zimmer ist es so heiß, dass sie beinahe keine Luft bekommt. Sie lässt nachts nicht gern die Klimaanlage laufen, und den Deckenventilator einzuschalten hat sie vergessen, bevor sie ins Bett gegangen ist.

Der Digitalwecker auf ihrem Nachttischchen zeigt 2.00 Uhr an. Connie wirft die Decke zur Seite und bleibt ein paar Sekunden so liegen, um sich abzukühlen, aber es hilft nichts. Sie steht auf, tastet an der Wand nach dem Schalter für den Ventilator und schaltet ihn ein. Dann geht sie zum Balkon und reißt die Türen auf, hofft auf ein bisschen Wind, aber die Luft steht still. In den dunklen Büschen unter ihr raschelt etwas.

»Serena?«, flüstert sie. Sie hat einen solideren Zaun gebaut, mit einem Tor, das Serena nicht öffnen kann, aber Connie traut ihr durchaus zu, dass sie es noch lernt. Es macht Spaß, eine Ziege zu haben, das hat Connie schnell gemerkt. Sie hat eine alte grüne Hundehütte in Form eines Iglus entdeckt, sie sauber gemacht und in Serenas Pferch gestellt. Zuerst hat Serena nicht viel Interesse daran gezeigt, aber als Connie später am Nachmittag nach ihr gesehen hat, lag sie darin und schlief. Inzwischen ist der Iglu eins ihrer Lieblingsspielzeuge, sie springt mit ihren kleinen Füßen hinauf, die Königin der Berge, und meckert dann laut, damit Connie kommt und mit ihr spielt.

Im Augenblick ist Serena jedoch merkwürdig still und Connie fragt sich, was sie jetzt wieder angestellt haben mag. Sie flüstert noch einmal ihren Namen und wieder bewegt sich etwas unter ihr, aber es kommt keine Ziege zum Vorschein. Schnell geht Connie zurück in ihr Zimmer und öffnet die Tür zum Flur. Dort prallt sie fast mit Madeline zusammen, die erschrocken zurückzuckt. »Meine Güte«, sagt Madeline und greift sich an die Brust. Über ihrem Nachthemd trägt sie einen dünnen Morgenmantel. »Ich habe draußen ein Geräusch gehört und wollte nachsehen. Wahrscheinlich ist es wieder die Ziege.«

»Das befürchte ich auch«, sagt Connie. Sie hofft, dass Madeline nicht fragt, ob sie mit dem Tierarzt gesprochen oder einen Zettel mit der Aufschrift ZIEGE ZUGELAUFEN ins Schaufenster des Futtermittelladens gehängt hat, weil sie das nämlich nicht getan hat.

»Dolores sagt, dass Walter einen leichten Schlaf hat«, erklärt Madeline. »Hoffentlich macht er nicht gerade einen mitternächtlichen Spaziergang.«

Bei der Erwähnung der Lassiters legt Connie noch einen Zahn zu. Sie will unbedingt vor Mr Lassiter bei Serena sein.

Madeline schaltet das Licht auf der Terrasse ein und öffnet die Tür. Erneutes Geraschel und gleich darauf flüstert jemand etwas. Als Antwort ist ein Meckern zu vernehmen – Serena –, und zwar aus dem hinteren Teil des Gartens, weit entfernt von der Stelle, wo Connie und Madeline stehen. Ein ängstliches, warnendes Meckern. Connie merkt, dass sich ihre Nackenhaare aufstellen.

Sie schiebt sich an Madeline vorbei und späht nach draußen. »Hallo?«, ruft sie. Madeline tastet sich inzwischen rückwärts zu dem Telefon an der Wand, ihre Finger schweben über den Tasten, bereit, den Notruf zu wählen. »Hallo?«, ruft Connie noch einmal.

Das Gebüsch zittert. Connie weicht zurück, um notfalls zu fliehen.

Aus dem Gebüsch kommt Bettie Shelton getaumelt, in ihren Haaren haben sich kleine Blätter verfangen. Sie ist im Nachthemd und ihre Füße stecken in schmutzigen Pantoffeln.

»Darjeeling!«, stößt sie hervor, bevor sie kehrtmacht und in der Dunkelheit verschwindet.

Wally Miller, 62,

Gründer von *Männer in Schürzen*

»Also, ich fasse noch mal zusammen: Mr Jeffreys steuert den Shepherd's Pie bei, Frank Arrington die gepökelte Zunge, Ronnie Stevens ist mit seinen Hühnerschenkeln vertreten, R. L. Yelverton mit seiner Fischsuppe, von Koji Takahashi kommt *tai chazuke* – habe ich das richtig ausgesprochen? –, und Charlie Know liefert seinen Brunswick Stew. Habe ich etwas vergessen?« Wally Miller blickt von seinen Notizen hoch in die Runde.

R. L. hebt die Hand. »Ja, Winlows Dessert. Er ist zu seiner Tochter nach St. Louis gefahren, aber ich bin sicher, er will, dass es mit aufgenommen wird.«

»Stimmt!« Wally notiert es sich. »Was ist da gleich noch mal alles drin?«

»Schlagsahne mit Calvados …«

»… Rosinen …«

»Vergiss die kandierte Ananas nicht …«

»… und gehackte Nüsse«, ergänzt Wally. »Ja, ich glaube, das ist dann alles.«

Jordan Adams hebt die Hand, er wirkt verlegen. Er ist ein großer Mann und sein Gesicht ist immer leicht gerötet, doch jetzt stellen die Mitglieder der Gruppe fest, dass auch seine Ohren rot angehaucht sind. Er räuspert sich. »Ich habe es mir überlegt, ich würde gerne meinen Hackbraten in Aspik beisteuern, wenn das in Ordnung ist.«

Die anderen Männer klopfen ihm auf den Rücken, anerkennend, aber ernst. Jordan Adams ist eines der neueren Mitglieder ihrer Gruppe, seine Frau ist voriges Jahr gestorben.

»Das ist toll, Jordan. Wir würden uns sehr darüber freuen.« Wally lächelt ihm freundlich zu. Jordan wischt sich mit dem Handrücken über die Augen.

»Gilt eine Austernfüllung als Meeresfrüchte?«, erkundigt sich jemand.

»Warum nicht?«, erwidert Wally. »Möchtest du das auf die Liste setzen, Gerald?«

»Ja.«

»*Austernfüllung*«, notiert Wally. »Ist das die mit der Worcestersoße? Ich glaube, du hast sie am 4. Juli gemacht.«

Gerald nickt. »Das Geheimnis ist der gebratene Speck.«

»Richtig. Also, mit dem, was neu dazugekommen ist, haben wir jetzt einhundertsiebenundzwanzig Rezepte, zwei mehr als anvisiert. Unser Kochbuch ist komplett, meine Herren!«

Die Männer klatschen und gratulieren sich gegenseitig. Zwei von ihnen holen ein Taschentuch hervor und tun so, als müssten sie niesen.

Wally schließt den dicken Ordner mit den Rezepten, die sie über die Jahre hinweg ausgetauscht haben. Er ist selbst gerührt und kann es noch nicht so recht glauben, dass sie es geschafft haben. Sie haben ein Kochbuch geschrieben und ein Verlag in Rockford wird es drucken und ihnen beim Vertrieb helfen.

Den Vorschlag dazu hatte vor fünf Jahren Bettie Shelton gemacht, aber die Männer waren sich anfangs nicht sicher gewesen, ob sie ihre Rezepte veröffentlichen wollen. Als Bettie sie darauf hinwies, dass es sich dabei um mehr als eine besondere Erinnerung handeln würde, dass sie damit vielleicht anderen Leuten in der gleichen Situation helfen könnten, begannen sie darüber nachzudenken.

Dass es diese Gruppe gab, verdankte sich im Grunde genommen dem Zufall, es hatte damit angefangen, dass nach dem wöchentlichen Treffen der Trauerselbsthilfegruppe ein paar Männer noch geblieben waren, um Rezepte auszutauschen oder darüber zu reden, wie schwer ihnen das Kochen fiel. Sie alle hatten eine Ehefrau oder jemand anderen Nahestehenden verloren, der sich um all das gekümmert hatte, was für sie selbstverständlich gewesen war, zum Beispiel Kochen. Jeder von ihnen hatte im ersten Jahr Töpfe ruiniert, Feueralarm ausgelöst und zu guter Letzt in einen Topf mit Tütensuppe gestarrt und sich so einsam gefühlt wie der letzte Mensch auf Erden.

Deshalb hatte Wally den Vorschlag gemacht, Rezepte auszutauschen und sich gegenseitig zu helfen. Nichts allzu Kompliziertes am Anfang, nur ein Rezept und eine Einkaufsliste, nach der in der einen Woche alle kochen konnten, um dann in der darauffolgenden Woche Kritik und Verbesserungsvorschläge vorzubringen. Es dauerte eine Weile, aber im Lauf der Zeit wurden sie immer besser, immer abenteuerlustiger. Wally weiß, dass jemand das Schlimmste überstanden hat, wenn er das Kochbuch seiner verstorbenen Frau hervorholt oder die vergilbten Rezeptkarten seiner Großmutter. Bei fast jedem dieser Essen fließen Tränen.

Bei Boyd Robby war es das Würstchengulasch seiner Frau. Bei Otto Warren Fleischpastete. David Combs versorgte sie auf Wochen hinaus mit Garnelengumbo – er gab nicht auf, bevor er es richtig hinbekam.

Bei Wally sind es die spanischen Schweinekoteletts, die Virginia immer gemacht hatte. Man legt sie mit einer Scheibe Zwiebel, einem Paprikaring und einem gehäuften Esslöffel ungekochtem Reis obendrauf in eine Auflaufform, verteilt Tomaten aus der Dose darüber und würzt kräftig. Dann kommen sie bei zweihundert Grad für fünfundvierzig Minuten in den Backofen, und schon hat man ein fantastisches Essen. Jedes Mal, wenn er die Koteletts isst, sieht er Virginia, wie sie ihm von der anderen Seite des Tischs zulächelt. Er wünschte, er könnte die Zeit zurückdrehen und dieses Essen für sie kochen. Er weiß, dass sie stolz auf ihn wäre.

Das ist es, worum es bei ihrem Kochbuch eigentlich geht. Nicht allein um Essen, sondern um Erinnerungen. Jeder liefert eine kleine Geschichte zu seinem Rezept, berichtet von einem lustigen Ereignis, davon, wie er es zum ersten Mal gekocht hat, was es bedeutet. Es geht um schöne und traurige Momente, um die Missgeschicke in der Küche, aber auch um die Erfolge. Vor allem aber geht es um die Frauen, die einen Haufen unglücklicher Männer zurückgelassen haben, Männer, die gelernt haben, einen Pfannenheber in die Hand zu nehmen, sich eine Schürze umzubinden und für sich selbst zu kochen.

Kapitel 7

Connie gähnt und dreht sich schläfrig noch einmal um. Durch die Spitzenvorhänge scheint die Morgensonne ins Zimmer und malt Muster auf ihr Bett.

Sie öffnet ein Auge und schielt auf den Wecker. Acht Uhr. Acht Uhr! Connie setzt sich erschrocken auf, dann klettert sie rasch aus dem Bett und zieht sich etwas über. Sie kann sich nur noch daran erinnern, dass sie die Treppe hoch in ihr Zimmer getaumelt ist, nachdem Bettie Shelton sie fast zu Tode erschreckt hatte. Als sie sich wieder ins Bett gelegt hat, muss sie den Wecker aus Versehen ausgeschaltet haben.

Connie putzt sich die Zähne und verreibt etwas Gel zwischen den Händen, bevor sie sich mit den Fingern durch die Haare fährt. Dann eilt sie aus ihrem Zimmer und die Treppe hinunter und wird erst langsamer, als sie sich dem bereits gut besuchten Teesalon nähert.

Einige der Stammgäste lächeln ihr zu und wünschen ihr einen guten Morgen. Connie erwidert den Gruß und geht schnell weiter in die Küche, wo Madeline Spiegeleier brät. »Madeline, tut mir leid. Ich habe verschlafen, mein Wecker hat nicht geklingelt …«

Sie unterbricht sich, als sie Hannah Wang aus der Speisekammer auftauchen sieht, sie hat eine Schürze umgebunden und schleppt einen Korb mit Kartoffeln. Sie lächelt Connie freundlich an. »Guten Morgen, Connie.«

»Oh, hallo, Hannah.« Connie sieht ihr dabei zu, wie sie

den Korb neben das Spülbecken stellt und die Kartoffeln zu waschen beginnt. Obwohl sie Hannah hin und wieder bitten, ihnen zu helfen, wenn sie viel zu tun haben, sind sie und Madeline in der Küche normalerweise nur zu zweit. Sie hat nicht erwartet, Hannah hier zu sehen.

»Hannah hat heute Morgen angerufen, um zu fragen, ob wir Hilfe brauchen«, erklärt Madeline und lässt die Spiegeleier auf zwei Teller gleiten. »Ihr Timing ist wie immer perfekt. Ich dachte, nach den Aufregungen in der vergangenen Nacht könntest du ein bisschen Erholung brauchen, Connie. Du hast in letzter Zeit so viel gearbeitet.« Statt Connie anzusehen, strahlt Madeline dabei jedoch Hannah an.

»Ich mag den Trubel«, sagt Connie rasch. »Ich brauche keine Pause.«

»Du hattest noch keinen Tag frei, seit du hier bist«, erinnert sie Madeline.

»Ich arbeite gern«, sagt Connie. »Und ich will Ihnen keine Umstände machen«, fügt sie an Hannah gewandt hinzu.

»Kein Problem«, sagt Hannah leichthin. »Ich bin gern hier, es ist wie ein zweites Zuhause für mich.«

Madeline legt einige Speckstreifen auf jeden Teller, dann geht sie zu Hannah und drückt sie kurz. »Du bist hier jederzeit willkommen. Ich freue mich immer, wenn du kommst.«

Connie verfolgt diese Szene mit gerunzelter Stirn. Sie weiß, dass Hannah weitgehend frei über ihre Tage verfügen kann, dass sie Musikunterricht für Kinder und Erwachsene anbietet, daneben aber auch Ersparnisse aus ihrer Zeit als Cellistin in einem Orchester hat. Hannah braucht keinen Job, Connie dagegen schon.

Madeline verziert jeden Teller zum Schluss noch mit etwas Petersilie. »So, das kann dann zu den Johnsons an Tisch neun. Als Nächstes kommen die Pfannkuchen für Tisch sechs.«

»Bin schon unterwegs, Madeline«, sagt Hannah. Erneut lächeln sich die beiden Frauen zu. Connie fühlt sich wie das fünfte Rad am Wagen. Die Freundschaft zwischen Madeline und Hannah rührt aus der Zeit vor Connie und es kommt ihr immer so vor, als würden sich die beiden ohne große Worte verstehen. Connie sieht zu, wie sich Hannah die Hände abtrocknet und die Küche mit den Tellern verlässt.

Sobald Hannah außer Hörweite ist, dreht Connie sich zu Madeline. »Hannah muss nicht hierbleiben, wenn sie etwas anderes zu erledigen hat«, sagt sie. Sie tut so, als würde sie die Tageskarte studieren, obwohl sie sie auswendig kennt. »Ich meine, jetzt bin ich ja da.« Sie bindet sich ihre Schürze um.

Madeline wirft einen Blick in den Teesalon, aus dem über das Besteckklappern und die Gespräche hinweg Hannahs Lachen zu hören ist. »Ach, ich glaube, sie ist wirklich gern hier. Und die Stammgäste scheinen sie auch zu mögen.«

Genau das bereitet Connie Sorgen. Sie runzelt die Stirn, als aus dem Garten ein Meckern ertönt. »Aber es ist doch nicht…«, setzt sie an.

Madeline rührt noch einmal in der großen Schüssel mit Pfannkuchenteig, bevor sie eine Portion auf die heiße Platte gießt. »Ich glaube, deine Ziege ruft nach dir«, sagt sie.

»Serena kann warten«, erwidert Connie ungeduldig. »Wir haben Gäste. Ich kann die Pfannkuchen übernehmen, Madeline. Tisch sechs, hast du gesagt?«

Madeline scheucht sie weg. »Ich bin doch schon dabei, Connie. Geh und kümmer dich um deine Ziege, sonst können wir uns den ganzen Vormittag ihr Gemecker anhören.«

Zum ersten Mal, seit Serena da ist, geht die Ziege Connie mit ihren lautstarken Forderungen auf die Nerven. Sie nimmt einen Apfel aus der Obstschale und geht hinaus in den Garten. Es ist noch früh am Morgen, aber man spürt bereits jetzt die kommende Hitze, vor ihnen liegt ein weiterer klarer, wolkenloser Tag. Connie geht den Gartenweg entlang zum Pferch von Serena, die wieder mal auf ihrem Iglu liegt.

»Was willst du? Wasser?« Connie öffnet das Tor und betritt den Pferch. Serenas Wasserschüssel ist tatsächlich leer, aber an der kleinen Pfütze davor kann Connie erkennen, dass Serena sie selbst ausgekippt hat. Es wächst überall genug Gras und sie weiß, dass Serena nicht hungrig ist, wirft ihr aber trotzdem den Apfel hin. Serena rührt sich nicht vom Fleck, sondern sieht lediglich zu, wie der Apfel über den Boden rollt.

»Was ist los mit dir?«, fragt Connie und bückt sich nach der Wasserschüssel. Sie macht sich damit auf den Weg zum Werkzeugschuppen, wo der Gartenschlauch hängt. Als sie über die Schulter zurückblickt, sieht sie, dass Serena immer noch auf ihrem Iglu thront und ein gelangweiltes Gesicht macht.

Rasch spült Connie die Schüssel aus und füllt sie mit frischem Wasser, dabei wirft sie besorgte Blicke zum Haus. Warum verschwindet Hannah nicht einfach wieder? Connie und Madeline sind perfekt eingespielt, da stört ein Dritter in der Küche nur. Sie hat nichts gegen Hannah persönlich und zu anderen Zeiten weiß sie Hannahs Hilfe durchaus zu schätzen, aber da drin sitzen ihre Frühstücksgäste. *Ihre*. Dass der Teesalon so gut läuft, liegt nicht zuletzt daran, dass die Gäste bereitwillig anderen ihren Tisch räumen, wenn sie fertig gegessen haben und es voll ist. Es erfordert einiges Fingerspitzengefühl, die anwesenden Gäste bei Laune zu halten und gleichzeitig Platz für die neuen zu schaffen. Wenn Hannah den ganzen Tag an den Tischen herumsteht und mit den Gästen plaudert, wird sich das negativ auf den Umsatz auswirken.

Connie eilt zurück in den Pferch und stellt die Wasserschüssel auf den Boden. Vielleicht gelingt es ihr, Hannah zu beschäftigen, indem sie sie ein paar Laibe Freundschaftsbrot backen lässt, dann bleibt sie in der Küche und fern von …

Connie blickt auf und hat einen leeren Pferch vor sich.

Serena ist weg.

Schnell durchsucht Connie den weitläufigen Garten, sieht an all den Stellen nach, an denen Serena sich gern aufhält. Vielleicht ist sie ins Haus getrottet, das hat sie schon ein paarmal gemacht, aber Connie hat extra darauf geachtet, die Tür hinter sich zu schließen, und Madeline fackelt in solchen Fällen nicht lange und greift zum Besen. Sie könnte auch vor das Haus gelaufen sein, um dort die Gäste zu begrüßen oder sie zu vergraulen, je nachdem, wie sie aufgelegt ist. Oder, und diese letzte und wahrscheinlichste Möglichkeit versetzt Connie sofort in Panik, sie stattet den Lassiters mal wieder einen Besuch ab.

Leise vor sich hin fluchend eilt Connie zum Garten ihrer Nachbarn, in der Erwartung, Serena dort zu finden. Inzwischen ist es schon fast so etwas wie eine Gewohnheit geworden, auch wenn es Connie allmählich satthat und die Lassiters vermutlich auch. Als Connie über den Zaun blickt, kann sie Serena jedoch nirgendwo entdecken.

Connie geht auf die Vorderseite des Hauses, sucht nach beiden Richtungen die Straße ab. Mit Schrecken wird ihr klar, dass Serena überall sein könnte. Sie könnte in Abfalltonnen wühlen, sich in fremden Gärten herumtreiben, neue Bekanntschaften schließen. Sie könnte durch Avalon trotten, ohne einen Gedanken an Connie zu verschwenden, daran, dass sie Connie – und Madeline – in die Bredouille bringt, wenn sie Connie zwingt, sich auf die Suche nach ihr zu begeben, statt ihre Arbeit zu erledigen. Wieder einmal.

»Connie?« Madeline erscheint in der Tür und wischt sich die Hände an ihrer Schürze ab. »Das Telefon klingelt ununterbrochen. Offenbar hat heute Morgen jeder eine Besprechung und will Gebäck dazu holen.«

»Serena ist weg«, sagt Connie und merkt, dass ihr die Tränen kommen. Ein letztes Mal blickt sie sich auf der Straße um.

»Ja, nun ...« Madeline scheint nicht überrascht. »Ziegen sind nun mal so. Zumindest diese eine. Komm rein, es bringt nichts, wenn du dich aufregst. Sie taucht schon wieder auf.«

»Und was, wenn nicht?«

Madeline macht ein entschlossenes Gesicht. »Na, dann eben nicht. Aber wenn sie nicht bald wieder zurück ist, lassen wir uns schon etwas einfallen, einverstanden?«

Connie wischt sich mit dem Handrücken über die Augen, dann wendet sie sich widerstrebend dem Haus zu. Serena ist nicht verkehrstauglich und auf Anweisungen hört sie auch nicht. Bestimmt gerät sie in Schwierigkeiten, und wer hilft ihr dann? Sie ist doch nur eine Ziege.

Connie folgt Madeline ins Haus. Trotz ihrer Besorgnis findet sie den Duft der Buttermilchpfannkuchen mit frischen Beeren und Sirup tröstlich. Als sie sieht, dass Madeline auch einen Teller für sie hingestellt hat, lächelt sie dankbar.

»Du darfst nicht vergessen zu essen«, ermahnt Madeline sie streng. »Bring schnell die bestellten Pfannkuchen raus und dann setz dich und frühstücke endlich.«

Hannah steht vor dem Holzschneidebrett. »Connie, ich habe die Kartoffeln geschält. Wie soll ich sie schneiden?«

Connie gießt den Teig zu perfekten runden Pfannkuchen auf die Platte. »Nehmen Sie die Mandoline – zum Mittagessen gibt es heute Kartoffelgratin. Gestern Abend habe ich die Formen mit Himbeer-Heidelbeer-Muffins vorbereitet, die müssen in den Ofen. Sie sind im Kühlschrank, da stehen außerdem noch Streusel. Madeline, ich dachte, wir nehmen ein paar Beutel Freundschaftsbrotteig aus dem Gefrierschrank und backen damit Olivenölbrot, das mögen doch alle so gern.«

Madeline nickt. »Ich hole welche.« Normalerweise lassen sie den Teigansatz in einem Glas auf der Arbeitsplatte gehen, aber der entkommt ihnen immer zu schnell. Madeline und Connie haben festgestellt, dass es einfacher ist, wenn er nicht ganz so schnell geht, und dazu stellen sie den Teigansatz in den Kühlschrank und frieren einen Teil davon ein, wenn er backfertig ist. Damit haben sie immer einen ausreichenden Vorrat an Teig zum Backen, ohne sich jeden Tag darum kümmern und ihn füttern zu müssen.

Connie serviert die Pfannkuchen, dann setzt sie sich und frühstückt schnell selbst. Sie nimmt ein paar telefonische Bestellungen entgegen und backt die nächste Runde Pfannkuchen.

»Ich habe ganz vergessen, wie viel hier manchmal los ist!«, stellt Hannah erschöpft lächelnd fest, als sie die fertigen Muffins zum Abkühlen auf ein Gitter legt. Anschließend schiebt sie flink ein paar Formen Rosmarin-Zitronen-Olivenöl-Freundschaftsbrotteig in den Ofen und schließt schwungvoll die Tür.

Madeline zwinkert Connie zu. So sieht ihr Leben fünf Tage die Woche aus, manchmal auch mehr, wenn eine Veranstaltung im Teesalon stattfindet. Zwei Tagesgerichte und außerdem noch die Außer-Haus-Bestellungen, und immer nur sie beide, ohne Urlaub.

Nach und nach leert sich der Teesalon und sobald die Frühstücksgäste weg sind, ist es auch schon an der Zeit, sich auf den Mittagsansturm vorzubereiten. Connie räumt einige Tische ab, nimmt eine Bestellung auf, dann sieht sie Bettie Shelton den Weg heraufkommen. Sie zieht einen überdimensionierten Gepäckroller hinter sich her, auf dem sich die Plastikboxen mit ihren Scrapbooking-Utensilien stapeln. Sie wirkt munter und ausgeruht und Connie fragt sich, ob sie in der vergangenen Nacht alles nur geträumt hat.

»Eine Kanne Darjeeling«, ruft Bettie, sobald sie durch die Tür tritt. Sie sieht sich forschend um, hält Ausschau nach dem besten Platz. Schließlich lässt sie sich an einem Fenstertisch nieder und beginnt ihre Container von dem Gepäckroller zu laden.

Connie nimmt eine Dose aus dem Regal und misst ein paar Teelöffel losen Darjeeling ab. Während sie den Tee mit kochend heißem Wasser aufgießt, sieht sie Bettie zu, die gerade eine Schau mit ihren neuen Schablonen abzieht, an der sie alle Gäste an den Nachbartischen teilhaben lässt.

Connie bringt Kanne, Sieb und Tasse an Betties Tisch. »Also … das war ja eine ziemliche Aufregung letzte Nacht, was?«

Bettie runzelt die Stirn. »Was?«

»Na, Sie wissen schon«, sagt Connie. »Letzte Nacht. Es war ziemlich spät. Sie waren draußen im Garten …«

Bettie sieht sie verständnislos an. »Draußen im Garten? Ich weiß nicht, wovon Sie reden.«

Connie ist sich nicht sicher, ob Bettie geschlafwandelt hat und sich nicht erinnern kann oder ob es ihr nur peinlich ist, dass man sie erwischt hat. Bettie sieht sie an und wartet auf eine Antwort, und Connie tritt verlegen von einem Fuß auf den anderen. »Ach, egal. Vollmond, das wird's sein.«

»Muss ich verpasst haben. Ich gehe immer früh ins Bett, außer an den Abenden, an denen ein Treffen des Scrapbooking-Clubs stattfindet.« Bettie überfliegt die Tafel, auf die Connie die Tagesgerichte geschrieben hat. »Ich denke, ich nehme die Pfannkuchen«, verkündet sie. Sie nickt bekräftigend, zufrieden mit ihrer Wahl.

Connie hebt überrascht die Augenbrauen. Bettie ist als Geizkragen bekannt und sie hat noch nie etwas zu essen bestellt. »Die kosten 5,99, Bettie, zuzüglich Steuer.«

»Ich kann lesen, Connie Coll. Einmal Pfannkuchen und eine Kanne Darjeeling.« Bettie greift nach einer Packung Schablonen und runzelt die Stirn. »Die sehen nicht gerade wie Flieder aus, oder?«

Connie deutet auf die Teekanne auf dem Tisch. »Bettie, Ihr Darjeeling steht direkt vor Ihnen.«

Bettie legt erneut die Stirn in Falten, während sie die Teekanne mustert. »Ach, ja, natürlich.« Sie schnaubt unwillig, doch als sie sich wieder den Schablonen zuwendet, sind ihre Wangen mit einer leichten Röte überzogen.

Connie geht nachdenklich zurück in die Küche und gibt die Bestellung für Betties Pfannkuchen weiter.

»Sehen Sie mal, was ich hier habe!«, ruft Hannah einige Minuten später, als sie mit einem Stapel schmutziger Teller in die Küche kommt. Unter ihrem Arm klemmt eins von Betties Einsteigersets. »Das hat sie mir geschenkt, ist das nicht nett?«

»Bettie verschenkt nie etwas«, erwidert Connie, aber Hannah scheint ihr gar nicht zuzuhören. Connie wirft einen Blick nach draußen und sieht, dass Bettie von Tisch zu Tisch geht und großzügig Visitenkarten verteilt. Connie runzelt die Stirn. »Madeline, ich glaube wirklich …«

Aber Madeline hat sich neben Hannah gestellt und die beiden sehen kichernd zu, wie Bettie zielstrebig eine potenzielle Kundin ansteuert. »Hm? Was hast du gesagt, Connie?«

Mit lautem Scheppern lässt Connie eine Pfanne in die Spüle plumpsen. »Nichts.« Vielleicht sollte sie kurz Pause machen und nach Serena sehen. Sie hat bereits begonnen, ihre Schürze aufzubinden, als ihr wieder einfällt, dass Serena nicht da ist.

Connie greift nach dem Telefon, um bei den Lassiters anzurufen. Unglücklicherweise meldet sich Walter Lassiter.

»Hallo?«, bellt er ins Telefon.

»Hallo, Mr Lassiter, ich bin's, Connie Coll. Serena ist heute Morgen ausgebüxt, und ich wollte Sie bitten, mir Bescheid zu geben, wenn Sie sie sehen …«

»Hoffentlich kommt sie nie mehr zurück!«, blafft er. »Heute Morgen habe ich in meinem Garten Hufabdrücke gefunden, und meine Hortensien sehen aus, als hätte sich jemand mit dem Häcksler drüber hergemacht!«

»Wirklich?« Connie merkt selbst, wie froh ihre Stimme klingt. »Ich meine, das tut mir leid!« Sie blickt aus dem Fenster hinüber zum Garten der Lassiters. Falls Serena einen Weg hinein gefunden hat, dann besteht eine gewisse Chance, dass sie sich immer noch dort herumtreibt.

»Wenn mir diese Ziege noch mal unter die Augen kommt, hole ich den Gartenschlauch. Oder was Schlimmeres!«

Connie legt rasch auf und nimmt sich vor, den Lassiters als Wiedergutmachung so bald wie möglich eine Quiche zu bringen.

Aus dem Esszimmer tönt eine laute Stimme: »Wo bleibt mein Tee?« Bettie.

»Ich bringe ihn ihr«, bietet Hannah an.

»Aber ich habe ihn ihr doch schon gebracht«, sagt Connie. Sie dreht sich zu Madeline und deutet auf die Teekanne, die mitten auf Betties Tisch steht.

Madeline runzelt die Stirn. »Vielleicht hat sie kein heißes Wasser mehr. Hannah, könntest du bitte mal nachsehen …«

»Nein, ich mach das schon«, sagt Connie rasch und drängt sich an Hannah vorbei.

Bettie sieht ihr mit finsterer Miene entgegen. »Hallo, Bettie«, sagt Connie leichthin. Sie hebt die Teekanne hoch und stellt fest, dass sie noch voll ist. Demonstrativ gießt sie Tee in die Tasse, die vor Bettie steht. »Bitte sehr. Alles in Ordnung?«

Bettie starrt die Tasse an, als wären ihr plötzlich Flügel gewachsen. Dann dreht sie sich mit böse funkelnden Augen zu Connie. »Ich durchschaue Sie, Connie Coll!«

»Was?«, sagt Connie verblüfft. Plötzlich sind alle Blicke auf sie gerichtet. Mit hochrotem Gesicht starrt Bettie Connie an. Genau genommen starren alle Connie an. Was hat sie denn falsch gemacht?

»Mir können Sie nichts vormachen. Und jetzt bringen Sie mir endlich meinen Darjeeling, *bitte*!«

Connie knirscht mit den Zähnen. Sie eilt zurück in die Küche, verfolgt von neugierigen Blicken, und macht Anstalten, die Teekanne auf die Arbeitsfläche zu knallen.

»Lass, ich kümmere mich darum«, sagt Madeline und rettet die Kanne, bevor sie in tausend Stücke zerbricht.

Connie nimmt ein Geschirrtuch und knüllt es frustriert zusammen. »Was ist bloß los mit ihr? Der Tee war völlig in Ordnung!«

Madeline löffelt Teeblätter in eine frische Kanne und gießt sie mit heißem Wasser auf. »Vielleicht ist sie bloß zerstreut«, sagt sie, aber Connie kann ihr ansehen, dass sie das selbst nicht glaubt.

Erneut gibt es einen kleinen Aufruhr, als eine Frau in den Teesalon stürmt. »Da draußen läuft eine Ziege frei herum! Sie hätte mich beinahe umgerannt!« Sie lässt sich auf den Stuhl fallen, den ihr jemand hinschiebt, und fächelt sich Luft zu.

Connie eilt ans Fenster und stellt fest, dass es tatsächlich Serena ist, die auf einem Grasbüschel kaut. Unendliche Erleichterung erfasst sie. »Serena!«

Sie läuft hinaus, fest entschlossen, der eigensinnigen Ziege eine Standpauke zu halten, doch dann kniet sie plötzlich vor

Serena, die Arme um ihren Hals geschlungen. Connie weiß, dass sie sich lächerlich macht, aber es ist ihr egal. Nach ein paar Minuten – in denen sie Serena umklammert hält und Serena völlig ungerührt weiter an ihrem Grasbüschel kaut – packt Connie das Seil um Serenas Hals und führt sie zurück in den Pferch. Madeline und Bettie sehen ihr von der Tür aus zu.

»Also wirklich«, hört sie Bettie murmeln. »Wie kann man nur eine Ziege lieben? So was habe ich ja noch nie gehört.«

Madelines Stimme ist sanft und verständnisvoll. »Ich würde sagen, das ist es, was uns zu Menschen macht«, sagt sie. »Wir können alles lieben, auch wenn es unmöglich scheint.«

»Die sind wunderschön.« Margot West, Besitzerin von Avalon Gifts 'N More, beugt sich über Avas tragbaren Schaukasten. Sie nimmt einen der mit funkelndem Strass besetzten Kronkorkenringe heraus und streift ihn sich über den Finger.

»Ich habe den Messingring brüniert, damit er diesen schwärzlichen Ton bekommt«, erklärt Ava, etwas verlegen wegen des Lobs. Aber Margots Kompliment tut mehr als gut, nachdem sie die Ladenbesitzer in Barrett einer nach dem anderen weggeschickt hatten. »Der ist neu. Alles andere ist upcycelt.«

»Upcycelt? Ist das das Gleiche wie recycelt?«

»Beim Recycling entstehen Gegenstände mit geringerem Wert, während sie beim Upcycling ihren Wert behalten oder sogar noch wertvoller werden.« Ava deutet auf einen großen Strassstein in der Mitte des Rings, umgeben von einem Kranz aus kleinen silbernen Perlen. »Der gehörte früher mal zu einer Brosche, die kaputtgegangen ist und bei der einige kleinere Steine fehlten. Ich habe sie auf einem Flohmarkt gefunden. Die Kette hat irgendein Juwelier zu sehr gekürzt, sie lag in einer Schachtel mit Sachen, die weggeworfen werden sollten. Und dann natürlich noch der Kronkorken. Das ist ein alter Kronkorken von der Reisch Brewery, die früher in Springfield in Illinois ihren Sitz hatte.« Er war ein unerwarteter Fund gewesen und Ava ist sich noch immer nicht ganz sicher, was sie davon halten soll. Er lag in dem Sack, den sie von Colin bekommen hatte, aber die Brauerei gab es schon seit 1966 nicht mehr. Es war kaum anzunehmen, dass er Bier ausschenkte, das beinahe fünfzig Jahre alt war. »Für sich genommen sind die einzelnen Gegenstände nicht besonders viel wert, aber zusammen gewinnen sie an Wert, weil etwas völlig Neues daraus entstanden ist.«

Margot streckt die Hand aus, um den Ring zu bewundern. »Man könnte ihn sogar zu einem Abendkleid tragen!« Der große Strassstein funkelt sie an.

Ava strahlt. Sie freut sich immer, wenn es jemand versteht, wenn jemand das Gleiche sieht wie sie. »Ich wollte, dass man ihn zu ganz verschiedenen Gelegenheiten tragen kann, zum kleinen Schwarzen genauso wie zu Jeans und T-Shirt. Er macht sich zu allem gut.«

»Da kann ich Ihnen nur zustimmen. Ich glaube, den werde ich für mich selbst zur Seite legen.« Margot betrachtet die übrigen Schmuckstücke, die Ava mitgebracht hat. »Das wären insgesamt also drei Ringe, zehn Lesezeichen und zehn von diesen entzückenden Haarspangen.« Sie wirft einen Blick auf die Preisliste. »Ich denke, ich nehme alles.«

»Alles?« Ava kann es nicht fassen. »Ehrlich? Das ist toll. Vielen Dank!«

»Die Verpackung gefällt mir auch sehr gut«, stellt Margot fest. Sie tippt auf die kleinen durchsichtigen Schachteln mit Avas Logo, das von Hand auf den Deckel aus cremefarbenem Karton gestempelt ist, die Worte *Free Hearts* und darunter drei ineinander verschlungene Herzen. »Sehr ansprechend und hübsch gemacht. Ich denke, ich lege die Haarspangen und Lesezeichen in einen Korb und nehme die Ringe mit zu Schmuck und Kosmetik. Mal sehen, wie es ankommt.«

»Danke«, sagt Ava. »Äh, Bezahlung ohne Abzug innerhalb von dreißig …«

Margot wedelt mit der Hand. »Nachdem Sie schon mal hier sind, kann ich auch gleich bezahlen. Da spare ich mir die Briefmarke. Bin sofort wieder da.« Sie verschwindet hinter einem rosa karierten Baumwollvorhang, der im hinteren Teil des Ladens einen kleinen Raum abtrennt.

Ava ist dankbar dafür, einen Moment allein zu sein, so kann niemand das breite Lächeln auf ihrem Gesicht sehen, ihre feuchten Augen. Ihr erster richtiger Verkauf! Es ist nicht viel, aber es ist ein Anfang, und die Frau kauft ihr ihren gesamten Bestand ab, das heißt, Ava muss nicht mehr Klinken putzen gehen, bevor sie neuen Schmuck hergestellt hat. Womit sie gleich heute Abend anfangen wird. Sie kann es kaum erwarten.

Sie sieht sich um, bleibt vor dem Holzspielzeug stehen, bewundert die Eisenbahn im Schaufenster. Ein hübscher Laden, hier findet jeder etwas. Vielleicht kommt sie irgendwann mal mit Max hierher und er darf sich etwas zum Geburtstag aussuchen. Ava wirft einen Blick auf das Preisschild an einem der Spielzeuge und zuckt zusammen. Na ja, vielleicht auch nicht.

Die Tür öffnet sich und eine ältere Frau kommt herein, einen Gepäckroller ächzend hinter sich herziehend.

»Mein Gott, ist das heiß heute«, murmelt sie und wischt sich über die Stirn. Sie stellt ihren Gepäckroller ab und dann greift sie nach einem der mosaikverzierten Handspiegel neben der Tür und überprüft den Sitz ihrer Frisur. Sie erblickt Ava in dem Spiegel und legt ihn zurück in die Kiste.

»Wer sind Sie denn?«, erkundigt sie sich. Sie marschiert auf Ava zu und Ava weiß nicht recht, wie sie reagieren soll. »Wo ist Margot?«

»Sie ist, äh, hinten«, stammelt Ava und weicht einen Schritt zurück. »Sie ist gleich wieder da.«

»Sind Sie die neue Verkäuferin?« Die Frau sieht sie prüfend an.

»Nein, ich bin geschäftlich hier. Bei Margot. Der Besitzerin.«

»Ich weiß, wer Margot ist«, erwidert die Frau. »Ich weiß nur nicht, wer Sie sind.« Dann huscht ein Ausdruck des Erkennens über ihr Gesicht. »Moment mal. Haben Sie nicht früher in der Praxis von Dr. Kidd gearbeitet?«

Ava spürt, wie ihr das Blut in die Wangen schießt und ihr Herz zu hämmern beginnt. Sie erinnert sich an die meisten früheren Patienten, aber nicht an diese Frau, und außerdem hat sie sich seither bemüht, jede Begegnung mit jemandem, der sich an sie erinnern könnte, zu vermeiden. Sie weiß, dass niemand ihre Version der Geschichte hören will, und auch, dass die meisten Leute es so oder so nicht richtig finden würden. Selbst Ava findet es nicht ganz richtig, aber es ist nun mal, wie es ist, und sie versucht, damit klarzukommen, nicht nur um ihretwillen, sondern auch wegen Max.

Margot kehrt zurück. »So, bitte sehr.« Sie überreicht Ava einen Scheck und grinst die Frau an. »Ach, Bettie! Ich muss dir unbedingt zeigen, was mir Ava gebracht hat. Es ist richtig hübsch!« Sie bedeutet Bettie, ihr zur Kasse zu folgen.

Ava bewegt sich langsam in Richtung Tür. »Also, ich geh dann mal wieder«, sagt sie, faltet den Scheck in der Mitte und steckt ihn in ihre Tasche. Sie sieht nicht einmal nach, ob der Betrag stimmt, sie will nur so schnell wie möglich raus hier. »Danke …«

»Wie originell!«, hört sie Bettie ausrufen.

»Und schau mal! Ich hab mir schon einen ausgesucht!« Margot streckt die Hand aus und zeigt Bettie den Ring.

»Ist ja klar, dass du dir den mit dem größten Stein schnappst«, sagt Bettie spitz. »Aber egal. Mir gefällt der rosafarbene hier, der mit den Ranken. Was ist das?«

»Ein alter goldener Knopf«, sagt Ava, und obwohl es sie drängt, den Laden zu verlassen, fügt sie noch hinzu: »Er ist auf einem rosa Kronkorken befestigt, und das Rosa spiegelt sich in dem Knopf, so dass der ganze Ring in der Farbe schimmert.«

»Aha.« Bettie schiebt ihn auf ihren Finger und betrachtet ihn. »Was kostet er?«

»Ich habe die Sachen noch nicht ausgezeichnet«, erklärt Margot.

»Margot West, willst du dir etwa einen Verkauf durch die Lappen gehen lassen? Was für eine Geschäftsfrau bist du denn?«

Margot schaut etwas pikiert. »Wenn du mir einen Moment Zeit lässt, Bettie, überlege ich mir einen Preis. Aber bist du nicht eigentlich gekommen, um die Scrapbook-Sets abzugeben?«

Bettie nickt. »Die letzten in sommerlichen Pastellfarben. Die Herbstsets sind nächste Woche fertig. Weißt du, eigentlich ist das mehr ein Service für Clubmitglieder. Ich bin nicht immer da, wenn sie zwischen den Treffen Material brauchen.«

»Also, ich muss natürlich ein bisschen was draufschlagen, damit ich etwas daran verdiene«, erklärt Margot. »Als richtige Geschäftsfrau, du verstehst.«

Ihr Sarkasmus entgeht Bettie nicht. Sie sieht Ava an, die immer noch an der Tür steht. »Wohin wollen Sie?«

»Ich muss weiter«, sagt Ava, in deren Kopf auf einmal gähnende Leere herrscht. »Ich muss noch Verschiedenes erledigen und …«

»Amateure«, sagt Bettie kopfschüttelnd zu sich selbst. Sie deutet auf Avas Schmuck, der auf dem Tresen liegt. »Sie haben hier eine potenzielle Kundin vor sich. Mich. Sie müssen dringend an Ihrer Verkaufstechnik arbeiten, sich selbst als *Künstlerin* präsentieren. Verstehen Sie, was ich meine?«

Ava nickt, rührt sich allerdings nicht vom Fleck.

»Also …«, sagt Bettie ungeduldig. »Am besten gleich. Ich werde nicht jünger vom Herumstehen.«

»Hinter ihrer rauen Schale verbirgt sich ein weicher Kern«, sagt Margot und winkt Ava zu sich. »Kommen Sie her und sagen Sie ihr, was Sie mir gesagt haben.«

Ava zögert kurz, dann reckt sie das Kinn in die Höhe und folgt der Aufforderung. »Die Bänder und Fundstücke sind neu, alles andere ist upcycelt und zum Teil zweckentfremdet. Die Perlen an den Haarspangen sind alt – ich habe sie von einem perlenbestickten Abendtäschchen abgetrennt, bei dem der Verschluss kaputt und das Futter zerrissen war. Ich habe alles gründlich gewaschen und mit Klarlack überzogen, soweit es nötig war, damit es nicht weiter rostet. Alle Stücke sind Einzelstücke und müssten eigentlich lange halten.«

Margot und Bettie nicken.

»Ich habe auch ein bisschen herumprobiert, wie ich verschiedene Kronkorken miteinander kombinieren kann«, fährt Ava ermutigt fort. »Damit sie plastischer wirken, wie die Blütenblätter einer Blume. Statt eines Strasssteins oder eines alten Knopfs setze ich ein Bild in die Mitte und überziehe es mit transparentem Kunstharz. Dann füge ich ein paar Perlen dazu und ein Wort wie ›Liebe‹ oder ›Dankbarkeit‹. Falls sich die Sachen hier verkaufen, bringe ich Ihnen davon auch ein paar vorbei. Es sind kleine Andenken oder Talismane, die man in eine Geburtstagskarte legen oder in die Handtasche stecken kann.«

Bettie macht ein nachdenkliches Gesicht und Margot sieht Ava wissend an. »Verstehe«, sagt sie bedeutungsvoll.

»Wissen Sie was«, sagt Bettie und strafft die Schultern, ihre Stimme klingt auf einmal geradezu liebevoll, »ich glaube, das wären perfekte Verzierungen für eine Scrapbook-Seite. So originell, so einfallsreich, und man könnte alle möglichen Sachen umcyceln …«

»Upcyceln …«

»… die man bereits gesammelt hat. Glitzersteine, Fotos und so weiter. Ja«, sagt Bettie und nickt, als wären sich alle Anwesenden darin einig. »Das ist großartig. Sie kommen zu einem unserer Treffen und führen Ihre Sachen vor, und natürlich bekommen Sie auch die Gelegenheit, etwas zu verkaufen. Normalerweise ist es üblich, dafür eine kleine Provision zu nehmen, eine Art Aufwandsentschädigung, wenn Sie so wollen, aber in Ihrem Fall verzichte ich gern darauf. Wenn man es sich recht überlegt, erscheint es nur logisch, dass kreativ veranlagte Menschen wie wir zusammenhalten.«

Ava zögert. »Diese Treffen finden in Avalon statt?«

»Natürlich! Wir sprechen hier von der Avalon Ladies Scrapbook Society. Ich bin deren Gründerin und Vorsitzende, Bettie Shelton.« Bettie streckt die Hand aus, als wären sie sich gerade erst begegnet und würden sich nicht schon seit zehn Minuten unterhalten. »Und Sie sind?«

»Ava«, murmelt Ava, sie will auf keinen Fall mehr als unbedingt nötig von sich preisgeben. Wenn dieses Treffen in Avalon stattfindet, dann ohne sie. Nach diesem gründlich in die Hose gegangenen Versuch letzte Woche, mit Isabel Kidd zu sprechen, hat es sie bereits genug Überwindung gekostet, Avalon Gifts 'N More zu betreten. Isabels heftige Reaktion, ihr

Zorn, hatte sie bis ins Mark getroffen. Ava war darauf vorbereitet gewesen, dass sie ihr die kalte Schulter zeigen oder sie böse anschauen würde, aber nie im Leben hätte sie damit gerechnet, dass es zu einer solchen Szene kommen würde.

In all den Jahren, die Ava für Bill gearbeitet hatte, war Isabel ihr immer mit höflicher Distanz begegnet. Nachdem Bill Isabel verlassen hatte, hatte Ava ihre Stelle gekündigt und war ihr bewusst aus dem Weg gegangen. Und als Bill wenige Monate später starb, war es Isabel, die sich um die Beerdigung kümmerte, schließlich war sie immer noch Bills Ehefrau. Die einzigen Worte, die zwischen den beiden Frauen gesprochen wurden, war Isabels Aufforderung an Ava, der Trauerfeier fernzubleiben, da Bills Mutter erklärt hatte, sie wolle unter keinen Umständen die Frau sehen, die in ihren Augen schuld an Bills Tod war. Die Tatsache, dass Ava ihr Enkelkind unter dem Herzen trug, schien keine Rolle zu spielen.

Hinterher hatte Isabel Ava einen Brief geschickt. Der Inhalt war knapp, aber klar: Für Max sei ein Sparkonto eingerichtet worden, weil Bill das auch getan hätte, wenn er nicht gestorben wäre, aber zu mehr sehe sich Isabel nicht in der Lage. Ava war dankbar dafür, aber inzwischen weiß sie, dass das nicht reicht, und es hat nichts mit Geld zu tun. Aber nachdem Isabel am Samstag so wütend reagiert hat, ist sich Ava nicht sicher, ob sie das Risiko eingehen will, ihr noch einmal über den Weg zu laufen.

»Entschuldigen Sie bitte, aber ich muss jetzt wirklich los«, sagt Ava. Sie schüttelt den beiden Frauen die Hand. »Danke, Margot. Hat mich gefreut, Sie kennenzulernen, Bettie.« Sie dreht sich um und geht rasch zur Tür.

»Sie kommen doch irgendwann zu einem Treffen, nicht wahr?«, ruft Bettie ihr nach. »Jeden zweiten Donnerstag im

Monat. Es gibt Erfrischungen und so weiter. Und die Damen sind sehr nett, ich bin sicher, Sie werden sie mögen!«

Ava erwidert nichts darauf, sondern tritt schnell in den schwülen Augustnachmittag hinaus.

»Du willst doch bestimmt noch duschen, bevor wir gehen.« Isabel sitzt in der Schaukel auf Yvonnes Veranda und rümpft die Nase. Sie trägt ihr übliches Outfit, Rock und weiße Bluse, eine leichte Strickjacke und weiße Sandalen. Am Abend nachdem sie die Wände gestrichen hatte, hatte sie im Internet nach Shorts gesucht und dabei war sie auf unzählige Sonderangebote mit weißen Sommersachen gestoßen. Jedes Kleidungsstück, das man sich nur vorstellen konnte, und alles in Weiß. Eine Art Erstlingsausstattung für Erwachsene, Kombinationen, die jede Vierjährige zusammenstellen konnte. Oder eben eine achtunddreißigjährige Frau, die keine Lust hatte, lange darüber nachzudenken, was sie anziehen sollte. Erfreut stellte Isabel fest, dass bei einer ausschließlich weißen Garderobe einfach alles zusammenpasste. »Oder fahren wir mit zwei Autos? Und gehen in zwei verschiedene Restaurants?« Isabel wedelt sich mit der Hand vor ihrer Nase herum.

Yvonne grinst und blickt an sich herunter, betrachtet das fleckige T-Shirt und die schmutzige Hose, die abgewetzten Arbeitsschuhe. Einige der Väter, die geholfen hatten, die Bretter für das Klubhaus in Lucy Fitzpatricks Garten zu transportieren, hatten nur schwer ihren Blick von Yvonne losreißen können. Isabel schwankte zwischen Ärger und Neid. Nur Yvonne brachte es fertig, harte Arbeit wie Vergnügen aussehen zu lassen. Isabel dagegen sah aus, als hätte sie soeben eine Wüste durchquert. Sie war verschwitzt, ihre kastanienbraunen Haare hingen strähnig herunter, ihr Gesicht war knallrot von der Hitze. Kein besonders hübscher Anblick, so viel stand fest.

Davon abgesehen, tat es allerdings gut, etwas mit aufbauen zu können, nachdem sie gerade ihre Veranda eingerissen hatte, und sie genoss das befriedigende Gefühl, etwas geleistet zu haben. Isabel hatte nie viel über solche Dinge nachgedacht, nie viel für schmutzige Männerarbeit übrig gehabt. Darum hatte sich in der Vergangenheit immer Bill gekümmert, und sei es auch nur aus dem Grund, dass Männer so etwas eben machen. Es erschien völlig normal, dass Bill die Dachrinne reinigte oder Schnee schippte, während Isabel putzte und kochte. Sie diskutierten nicht darüber – und es war ja auch nicht so, dass Isabel sich darum gerissen hätte, die Dachrinne zu reinigen oder Schnee zu schippen –, aber nachdem Bill sie verlassen hatte, war es damit vorbei gewesen.

Isabel begreift langsam, dass es keinen Grund gibt, warum sie nicht das meiste davon selbst machen könnte. Es ist gut, jemanden wie Yvonne zu haben, die ihr den Weg zeigt, eine Frau, der Schraubenschlüssel und Schweiß vertraut sind, die sich keine Gedanken darüber macht, dass etwas zu schwer oder zu kompliziert sein könnte.

»Frauen sind gut darin, Probleme zu lösen«, hatte Yvonne gesagt. »Wir sind von Natur aus kreativ. Deshalb fällt es uns leicht, kreative Lösungen zu finden.«

Isabels Bewunderung für Yvonne wächst von Tag zu Tag mehr, vor allem, als ihr zu Ohren kommt, dass Yvonne von ihren Kunden geliebt wird, dass sie nicht wie einige andere Handwerksbetriebe am Ort überhöhte Preise verlangt oder die Leute über den Tisch zieht. Yvonne ist anständig und leistet gute Arbeit, und sie ist eine ernst zu nehmende Konkurrenz für die anderen Installateurbetriebe in der Stadt. Und dabei hat sie für jeden ein Lächeln, sie ist freundlich und höflich und bringt Isabel mit ihren witzigen Bemerkungen zum Lachen.

Gleichzeitig ist ihr Yvonne jedoch ein Rätsel, diese Klempnerin, die genauso gut Model sein könnte und von der Isabel nie gedacht hätte, dass sie sich mit ihr anfreunden würde. Frauen wie Yvonne sind normalerweise keine Freundinnen, sie sind Konkurrentinnen. Sie stehlen dir die Show – oder den Mann. Wäre Isabel noch mit Bill verheiratet gewesen, hätte sie sich in Yvonnes Gegenwart nicht wohl gefühlt, sie hätte Angst gehabt, dass Yvonne ihre Verführungskünste an Bill ausprobiert oder dass Bill nicht die Augen von ihr lassen kann. Aber vielleicht ist das auch viel zu banal. Es sind nicht die attraktiven Klempnerinnen, deretwegen man sich Sorgen machen muss – es sind die ganz normalen Zahnarzthelferinnen, die eine Möglichkeit finden, sich von deinem Mann schwängern zu lassen.

Isabel versucht den Gedanken zu verdrängen, aber er ist hartnäckig. Es ist anders als früher, als Isabel geradezu zwanghaft darüber nachdachte, wann das alles angefangen hatte, als sie sich Bill in Avas Armen vorstellte, sich fragte, worüber sie sprachen, wo Ava wohnte. Isabel quälte sich damit, sich vorzustellen, wie sie über sie redeten und lachten. Die dumme, ahnungslose, naive Isabel.

Doch jetzt lässt Isabel vor ihrem inneren Auge noch einmal die Begegnung mit Ava vor ihrem Haus ablaufen, wie blass und erschöpft Ava ausgesehen hatte, wie nervös sie gewirkt hatte, als hätte sie noch mehr schlechte Neuigkeiten für sie. Der Haarschopf auf dem Rücksitz des Autos. Isabel will nicht darüber nachdenken, aber sie kann nicht anders. Genau genommen ist es das Einzige, woran sie denken kann.

»Was ist denn verkehrt daran, wie ich angezogen bin?«, fragt Yvonne jetzt. Sie streift die Arbeitsschuhe ab, bevor sie die Treppe zu ihrer Veranda hochsteigt, und zieht den Gummi aus ihrem Pferdeschwanz, so dass ihr die blonden Haare über die Schultern fallen. »Komm, lass uns gehen.«

Isabel sieht ihre neue Freundin unsicher an. Yvonne verströmt einen Geruch, der eine Mischung aus Kneipe und Müllcontainer ist.

Bevor Isabel etwas sagen kann, fängt Yvonne an zu lachen. »Das war nur ein Witz, Isabel! Natürlich dusche ich mich noch. Ich muss mich doch für all die gut aussehenden Junggesellen in Avalon hübsch machen.«

»Ich glaube, du kannst von Glück sagen, wenn du einen einzigen findest«, erwidert Isabel trocken.

Yvonne sperrt ihre Tür auf. »Na, einer reicht doch«, sagt sie optimistisch.

Isabel verzieht das Gesicht – hoffentlich ist Yvonne keine von diesen immer ach so positiven New-Age-Anhängerinnen. »Ich hatte bereits einen, das reicht, vielen Dank.«

»Tja, vielleicht brauchst du noch einen«, erwidert Yvonne und öffnet die Tür. »Einen guten.« Yvonne weiß nur, dass Bill Isabel wegen Ava verlassen hat und gleich darauf gestorben ist. Isabel hat ihr nichts von dem Kind erzählt, dessen Name ihr ständig im Kopf herumschwirrt. *Max.*

»Bill war ein guter Mann«, sagt Isabel. »Wenn man vom Fremdgehen mal absieht.« Sie folgt Yvonne ins Haus, wo sie der betörende Duft von Gardenien empfängt. Neben der Tür entdeckt sie eine Glasvase mit einem frischen Strauß. »Vielleicht sollte ich mir eine Katze zulegen. Katzen leisten einem gute Gesellschaft, oder?«

Yvonne lacht. Sie macht eine einladende Handbewegung, die das Wohnzimmer und den Flur zur Küche mit einschließt. »Fühl dich wie zu Hause. Ich bin gleich wieder da.«

»Okay.« Isabel sieht sich um und stellt fest, dass sie sich in einem Bilderbuchhaus befindet, das einem dieser schicken Magazine oder Kataloge entstiegen scheint, *Pottery Barn* oder *Martha Stewart Living*. Überall Vasen mit frischen Blumen, die Möbel schick, aber gemütlich, an den Wänden hübsche Bilder. Einerseits passt dieses Haus perfekt zu Yvonne, andererseits ergibt es nicht den geringsten Sinn. »Hast du das Haus gemietet?«

Yvonne schüttelt den Kopf. »Ich hab's gekauft. Ich hatte was gespart, und die Preise in Avalon sind erschwinglich.« Während sie das sagt, zieht sie das schmutzige T-Shirt und die Jeans aus und steht in Sport-BH und Slip da. Isabel wendet sich verlegen ab.

»Entschuldigung«, sagt Yvonne. »Ich muss meine Arbeitssachen hier unten in die Waschmaschine stecken. Ich habe nicht viel Besuch.«

»Viel?«

Yvonne lacht. »Okay, überhaupt keinen.« Sie verschwindet in der Küche, und wenig später hört Isabel, wie sich eine Waschmaschine in Gang setzt und Isabel die Treppe hinaufläuft.

Isabel macht eine Runde durchs Wohnzimmer, stellt fest, wie ordentlich und aufgeräumt es ist. Alles passt zusammen, ist mit Bedacht ausgewählt und arrangiert, doch gleichzeitig strahlt es Lässigkeit aus. Ein Streifen Nachmittagssonne fällt auf den kleinen Couchtisch, das schimmernde Walnussbraun verleiht dem Raum etwas Warmes und bildet einen hübschen Kontrast zu den hellen Polstern von Couch und Sesseln.

Isabels Veranda ist immer noch eine Baustelle, ihr Wohnzimmer kahl und leer. Isabel hat keine Ahnung, welche Möbel sie kaufen soll, und hat eigentlich auch keine Lust, Möbel kaufen zu gehen. Vielleicht sollte sie es bei ihrem Haus genauso wie bei ihrer Garderobe halten. Alles in Weiß. Kurz und schmerzlos.

Isabel lässt sich auf einen dick gepolsterten Sessel fallen und mustert die Schonbezüge. Sie zeigen nicht das kleinste Fältchen, und Isabel fragt sich, ob Yvonne sie selbst wäscht und bügelt oder ob sie einfach nur ordentlich ist. Vielleicht gibt sie sie außer Haus. Wo lässt man Schonbezüge eigentlich waschen? In der Reinigung? Warum macht sich Isabel überhaupt Gedanken darüber?

Gelangweilt blättert sie in den Zeitschriften, die auf einem Regal neben dem Sessel liegen. Ein paar Modemagazine, ein Fitnessmagazin, einige Fachzeitschriften. Ihr Blick fällt auf ein Hochglanz-Lifestyle-Magazin und sie zieht es heraus. Es schlägt sich von selbst an einer mit einem Eselsohr markierten Stelle auf. Die Überschrift des Artikels lautet, »Rote Ernte: Die Früchte harter Arbeit«.

Isabel überfliegt den Artikel ohne großes Interesse. Es geht um eine in Privatbesitz befindliche Cranberryplantage in Wareham, Massachusetts, die eine Rekordernte eingefahren hat. Isabel blättert um und sieht eine Seite mit Fotos vor sich, und auf diesen Fotos ein bekanntes Gesicht.

Yvonne.

Eine Yvonne im Teenageralter, höchstens Anfang zwanzig, aber ohne jeden Zweifel Yvonne. Auf einem der Fotos sieht man sie im Kreis ihrer Angehörigen, die alle genauso aussehen wie sie – blond und mit einem strahlenden makellosen Lächeln und makellosen Zähnen. Es sind keine gestellten Studioaufnahmen, eines der Fotos ist am Strand aufgenommen, ein anderes in einem Restaurant, ein drittes offenbar auf einer Silvesterparty –, und trotzdem sehen alle einfach umwerfend aus, den Blick in die Kamera gerichtet, den Körper in genau der richtigen Haltung. Die dazugehörige Überschrift lautet, »Die Beeren-Marke: Es bleibt in der Familie«, dann folgen die Namen von Yvonne und ihrer Familie mit der Angabe, wann und wo die Fotos jeweils aufgenommen worden waren.

Isabel betrachtet die Bilder, versucht herauszufinden, warum die Leute alle so gut aussehen. Und plötzlich erkennt sie es.

Yvonne ist reich.

Oder sie stammt aus einer Familie mit Geld. Viel Geld, soweit Isabel es beurteilen kann. Das rückt auf einmal alles in diesem Raum in ein anderes Licht – die Qualität der Möbel, die Auswahl der Bücher in den Regalen, die Gemälde an den Wänden.

Isabel entdeckt noch etwas. Auf einem der Fotos steht die Familie in Anglerhosen auf einem gefluteten Feld, umgeben von auf und ab schaukelnden roten Beeren. Yvonne strahlt wie auf allen anderen Fotos, der einzige Unterschied besteht darin, dass sie auf diesem einen den Verlobungsring an der linken Hand trägt. Dem Datum ist zu entnehmen, dass das Foto vor zehn Jahren aufgenommen worden war.

Isabel runzelt die Stirn und sieht sich im Wohnzimmer um. Wo ist das Hochzeitsfoto? Und wo ist der Ehemann?

»Fertig?« Yvonne steht hinter ihr, fertig angezogen in einem rosa Kleid mit Spaghettiträgern und mit flachen Sandalen an den schlanken Füßen, aber um die Haare noch ein Handtuch geschlungen. Sie löst es, schüttelt ihre Haare, rubbelt sie ein bisschen trocken.

Isabel schielt auf Yvonnes schmucklosen Ringfinger. Ihr liegen eine Million Fragen auf der Zunge, und plötzlich merkt sie, dass sie grinsen muss, erleichtert darüber, dass Yvonne wie sie eine Geschichte hat, über die sie nicht reden will. Isabel war die ganze Zeit unsicher gewesen im Verhältnis zu Yvonne, aber jetzt, da sie vermutet, dass Yvonne auch ihr Päcklein zu tragen hat, kommt sie sich nicht mehr vor wie ein Kalb mit zwei Köpfen.

Yvonne runzelt die Stirn. »Was ist denn so lustig?« Sie geht zur Treppe und hängt das Handtuch über den Pfosten.

»Nichts.« Isabel legt rasch die Zeitschrift zurück ins Regal. Vielleicht sollte sie sich von Yvonne das ganze Haus zeigen lassen und einen Blick in das Badezimmerschränkchen werfen, wenn Yvonne gerade nicht hinsieht. Wer weiß, was sie noch alles finden würde?

»Wir könnten auch zu Hause bleiben und hier essen«, startet Isabel einen Versuch. »Ganz entspannt.« Sie wirft einen verstohlenen Blick zu den Zeitschriften im Regal und fragt sich, ob sie die Gelegenheit haben wird, den Artikel zu Ende zu lesen.

»Klar, wenn dir der Sinn nach Cola light und alten Keksen steht. Meine Speisekammer ist nicht besonders gut gefüllt, und von den Töpfen und Pfannen in der Küche habe ich einige noch nie benutzt.« Yvonne sagt das alles in einem munteren Ton, aber Isabel hört eine kaum wahrnehmbare Schärfe darin mitschwingen.

Isabel heuchelt Gleichgültigkeit. »Gut, dann also auf in den Avalon Grill. Das heißt, wenn du sicher bist …«

Yvonne steht bereits mit dem Autoschlüssel in der Hand an der Tür, und Isabel sieht, wie sich ihr Gesicht einen Moment lang verhärtet, aber vielleicht bildet sie sich das auch nur ein. Gleich darauf streckt Yvonne die Hand nach ihr aus und zieht sie hinter sich her. Auf dem Weg zur Haustür kommen sie an einem Spiegel vorbei und Isabel stellt erfreut fest, dass sie gar nicht so unscheinbar aussieht, wie sie dachte. Sie kommt zwar längst nicht an Yvonne heran, aber verstecken braucht sie sich auch nicht. Isabel ist so mit diesem Gedanken beschäftigt, dass sie nicht mitbekommt, wie Yvonne leise etwas vor sich hin murmelt.

»Oh ja, ich bin sicher.«

Was hat Isabel gesehen? Yvonne weiß es nicht genau, aber als sie ins Wohnzimmer gekommen ist, hat sich Isabel zu ihr umgedreht und sie mit neugieriger, fragender Miene angeblickt. Wahrscheinlich hat sie in der Zeitschrift geblättert, um sich die Zeit zu vertreiben. Nicht mehr und nicht weniger. Yvonne sollte nicht gleich irgendetwas hineininterpretieren, keinen Elefanten aus einer Mücke machen. Selbst wenn Isabel den Artikel gesehen hat, blieb ihr vielleicht nicht genug Zeit, um eins und eins zusammenzuzählen – so lange ist Yvonne schließlich nicht weg gewesen. Außerdem wird sie es noch früh genug erfahren, wenn Isabel es herausgefunden hat. Die Leute können es sich einfach nicht verkneifen, Fragen zu stellen, sobald sie wissen, wer Yvonne ist.

Entweder legt Isabel jedoch eine bewundernswerte Selbstbeherrschung an den Tag, oder Yvonnes Vergangenheit ist nicht so interessant, wie sie denkt. Sie setzen sich an die Bar und bestellen beide ein Bier, allerdings entscheidet sich Isabel für ein »light«. Dann fangen sie auf typisch weibliche Art an, sich darüber zu beraten, was sie zu essen bestellen sollen.

»Die Rinderbrust hier ist fantastisch«, erklärt Isabel, während sie die Karte studiert. »Und erst der Artischockendip! Ich nehme schon von der Lektüre der Speisekarte zu.«

»Dann bestell ihn doch«, erwidert Yvonne und fährt mit dem Finger die Vorspeisen entlang. »Wie wär's …«

»Erzähl mir jetzt bloß nicht, dass du einen Salat nimmst«, unterbricht sie Isabel mit einem warnenden Unterton in der Stimme. »Ich bin nämlich am Verhungern, und es ist schon schlimm genug, dass du ein Kleid anhast, in das ich in hundert Jahren nicht reinpassen würde.«

»Du siehst toll aus, Isabel. Ich weiß gar nicht, was du hast.« Yvonne legt die Karte auf den Tresen. »Und ich nehme tatsächlich einen Salat. Mit dem Dressing extra.«

»Du lieber Gott, nein. Ist das dein Ernst?« Isabel rümpft die Nase.

»Ja, als Vorspeise!« Yvonne lacht und greift nach ihrem Bier. »Und danach nehme ich den Fisch von der Tageskarte mit Gemüse. Und als Beilage Nudeln. Und Brot.«

»Wo lässt du das alles bloß?«, fragt Isabel. »Das würde ich wirklich mal gern wissen. Zauberst du all die Kalorien irgendwie jemand anderem an? Mir zum Beispiel? Das würde einiges erklären.«

»Wenn du Kalorien abbauen willst, dann werde Klempner. Ich muss nicht mal mehr fürs Fitnessstudio zahlen.« Einer der vielen Vorteile dieses Berufs, wie Yvonne festgestellt hat. Ihre Armmuskeln sind noch nie so gut trainiert gewesen.

»Liebe Yvonne, ich kenne andere Klempner, und die sehen definitiv nicht so aus wie du.«

»Manche schon«, beharrt Yvonne.

»Nein, kein einziger. Du musst gute Gene mitbekommen haben.«

Yvonne lächelt, antwortet jedoch nicht darauf. Stattdessen fragt sie: »Was nimmst du denn jetzt?«

Isabel blickt sehnsüchtig auf die Speisekarte. »Ich möchte die Rinderbrust. Aber natürlich muss ich was Weißes anhaben – wir wissen ja beide, wie so was endet. Ich sehe es förmlich vor mir, wie mir ein Stück Fleisch von der Gabel fällt und auf meinem Rock landet.«

Yvonne streckt die Hand nach der Schale mit Nüssen aus und nimmt sich ein paar Cashewkerne. »Ich wollte eigentlich nichts sagen, aber du kennst doch die alte Regel: ›Kein Weiß nach Labor Day‹, und der ist inzwischen vorbei. Es sei denn, du willst damit ein bestimmtes Mode-Statement abgeben?«

»Ich mag Weiß eben«, erwidert Isabel selbstgefällig. »Es hat etwas Geradliniges, es ist, was es ist. All diese Petrols, Aquamarins, Nudes oder wie sie sonst noch heißen, hängen mir zum Hals raus. Sollen sie sie doch einfach Blau nennen, verstehst du? Grün. Beige.« Sie seufzt. »Wobei ich zugeben muss, dass ich mir im Augenblick wünsche, ich hätte etwas Braunes an, damit ich die Rinderbrust bestellen könnte.«

»Es gibt da etwas, das Serviette heißt. Bestell die Rinderbrust, Isabel.«

»Ich werde es bereuen.«

»Klingt so, als tätest du das jetzt schon. Los jetzt – das Leben ist so kurz.«

Isabel seufzt erneut. »Das Leben ist so kurz, deshalb soll ich Rinderbrust essen? Vielleicht sollte ich mir das auf einen Aufkleber fürs Auto drucken lassen.«

Yvonne grinst. »Warum nicht? Aber nicht als Frage. Mach ein Statement draus: *Das Leben ist kurz – esst Rinderbrust!*«

Die beiden Frauen lachen noch, als Arnold Fritz, der Geschäftsführer des Restaurants, mit bedauernder Miene aus der Küche kommt. »Tut mir leid, Herrschaften, aber wir müssen heute früher schließen. Ich muss Sie leider alle bitten zu gehen.«

Ein kollektives Aufstöhnen ist zu vernehmen, der lauteste Seufzer kommt von Isabel.

»Was ist denn los?«, erkundigt sich jemand.

»Was ist mit meinem Steak?«, will ein anderer wissen.

»Kriege ich noch ein Dessert?«

»Was ist mit meinem Bier? Kann ich mein Bier noch austrinken?«

Arnold hebt die Hände. »Ein Problem mit dem Abfluss. Nichts Gravierendes, aber die Küche ist trotzdem lahmgelegt. Vor morgen früh kriege ich niemanden, der herkommt und sich das ansieht, und unter diesen Umständen habe ich das Lokal nicht gern voller Leute. Die Bedienungen verteilen

Gutscheine – bei Ihrem nächsten Besuch erhalten Sie fünfzehn Prozent Rabatt. Ich bitte wegen der Unannehmlichkeiten um Entschuldigung.«

Unter Gemurmel beginnen die Gäste, das Restaurant zu verlassen.

»Na ja, es gibt ja noch die Pizzeria«, sagt Isabel mit einem Seufzer und schiebt die Speisekarte zur Seite. »Oder McDonald's.«

Yvonne sieht, dass der Geschäftsführer mit dem Barkeeper spricht. Sie nimmt sich noch einen Cashewkern, dann lässt sie sich von ihrem Hocker gleiten und geht zu den beiden Männern hinüber. »Sie haben ein Problem mit dem Abfluss?«

Arnold nickt. »Das Wasser fließt nicht richtig ab. Der Installateur hat vorigen Monat den Fettabscheider gereinigt, aber irgendwas stimmt da nicht. Deshalb verzichte ich heute Abend lieber auf die Einnahmen, als mir ein größeres Problem einzuhandeln.«

»In dem Lokal in Barrett, wo ich zuletzt gearbeitet habe, ist das Gleiche passiert«, sagt der Barkeeper. Er beginnt die auf dem Tresen abgestellten Gläser einzusammeln und winkt einigen vorbeigehenden Gästen zu.

»Ich kann es mir gern mal ansehen«, bietet Yvonne an. »Natürlich kann ich nichts versprechen, aber ich kann zumindest feststellen, ob es tatsächlich am Fettabscheider liegt.«

Arnold grinst belustigt. »Ich weiß Ihr Angebot zu schätzen, Miss, aber ein Fettabscheider ist nicht irgend so ein kleines Dings in der Küche.«

»Ich weiß, was ein Fettabscheider ist«, sagt Yvonne. Sie ist nicht beleidigt, dass der Geschäftsführer des Avalon Grill annimmt, sie hätte keine Ahnung. »Ich bin Klempnerin, Yvonne Tate von Tate Plumbing.« Sie kramt in ihrer Handtasche, einem winzigen, glitzernden Etwas, das im Moment etwas unnütz wirkt, und reicht ihm ihre Karte.

»Lassen Sie es sie mal anschauen, Arnold«, sagt der Barkeeper. »In Barrett ist damals alles zurück in die Küche gelaufen – es war eine Riesenschweinerei und wir mussten zwei Wochen dichtmachen. Und danach musste auch noch jemand vom Gesundheitsamt kommen.«

Inzwischen ist Isabel zu ihnen getreten. Sie wirkt genauso verblüfft wie Arnold. »Was ist denn?«

Arnold sieht sie an, dann blickt er wieder zu Yvonne, die ihm die Hand entgegenhält. Er schüttelt sie und gleichzeitig schüttelt er den Kopf. »Ich bin mir nicht ganz sicher, aber ich glaube, die junge Dame hier hat vor, sich meinen Fettabscheider im Hof anzusehen.«

»Hat sie«, bestätigt Yvonne und nimmt sich noch ein paar Nüsse. Isabel macht keinen besonders begeisterten Eindruck, aber dann geht sie hinterher, als Yvonne Arnold durch die Küche und die Hintertür nach draußen folgt.

Sie braucht nicht einmal fünf Minuten, um festzustellen, dass der Fettabscheider mehr als stümperhaft gereinigt worden war. »Wenn er ihn vor einem Monat geleert hat, dann dürfte er jetzt nicht so voll sein«, erklärt sie. Isabel steht neben ihr und hält sich die Nase zu. In einem Restaurant von der Größe des Avalon Grill muss der Fettabscheider normalerweise viermal im Jahr gereinigt werden. Wenn einer dieser Termine versäumt wird oder wenn der Installateur schlampig arbeitet, kann das eine mittlere Katastrophe nach sich ziehen. »Hat er auch die Rohrleitungen zur Küche gereinigt?«

»Davon bin ich ausgegangen«, erwidert Arnold. »Aber offensichtlich hat er es nicht getan. Ich will ja über niemanden was Schlechtes sagen, immerhin leben wir hier in einer Kleinstadt, aber ich bin auch sonst nicht besonders zufrieden mit dem Betrieb. Er ist zwar der größte hier in der Gegend, aber das heißt vermutlich nicht unbedingt, dass er auch der beste ist.«

»Ich würde mich nach jemand anderem umsehen«, sagt Yvonne. Sie übernimmt keine Reinigungen von Fettabscheidern, weil sie nicht die nötige Ausrüstung hat, um die Leitungen richtig durchzuspülen und das Fett und andere Ablagerungen abzupumpen, die anschließend auch noch ordnungsgemäß entsorgt werden müssen. Aber sie weiß, wie ein sauberer Fettabscheider aussieht, jedenfalls nicht so wie dieser hier. »Es war die richtige Entscheidung zu schließen, Arnold. Wenn man sich nicht darum kümmert, bildet sich Schwefelwasserstoff, und der ist nicht nur giftig, sondern kann auch den Fettabscheider kaputt machen.« Wenn es Arnold gleich morgen früh gelingt, eine Firma zu finden, die den Auftrag übernimmt, dann ist die Wartung des Fettabscheiders binnen dreißig Minuten erledigt und er funktioniert wieder einwandfrei.

»Gott sei Dank, einen Moment lang habe ich mir wirklich Sorgen gemacht. Ich kann es mir nicht leisten, diesen Job zu verlieren, und ...« Arnold stößt einen tiefen Seufzer aus und lächelt die beiden Frauen verlegen an. »Ich schätze mal, ein Rest von Unsicherheit bleibt immer, oder? Ich meine, ob man die richtige Entscheidung getroffen hat oder nicht. Gut zu wissen, dass es die richtige war.«

Die beiden Frauen sehen sich kurz an, dann wenden sie den Blick ab, jede ihren eigenen Gedanken nachhängend.

»Ja«, sagt Yvonne und auf einmal kann sie es kaum erwarten, dieses Gespräch zu beenden, von hier wegzukommen, sich in ihrem Bett zu verkriechen und die Augen zu schließen, um diesen Tag zu beenden, an dem immer mehr unerwünschte Erinnerungen an die Oberfläche kommen. »Sie haben Glück. Manchmal erfährt man es nämlich nie.«

»Fran, was ist denn los?«, fragt Reed verwirrt, als Frances und die beiden Jungen mit Einkaufstüten bepackt in die Küche stürmen. Er legt das Buch, in dem er gelesen hat, zur Seite.

»Mom spinnt«, verkündet Nick und lässt seine Tüten auf die Couch plumpsen. »Sie hat den ganzen Laden leer gekauft.«

Frances sieht ihren ältesten Sohn scharf an. Für seine acht Jahre ist Nick ziemlich groß und schlaksig, noch ein Kind, aber hin und wieder kann man bereits erkennen, dass er auf dem Weg zu einem jungen Mann ist. Das geht viel zu schnell, denkt Frances dann, aber im Moment ist sie einfach nur verärgert. »Nick, das ist nicht wahr.«

»Doch wahr«, mischt sich Noah ein, der eine große Plastiktüte hinter sich herschleift. »Es war stinkelangweilig. Stimmt's, Nick?«

»Ja, na ja.« Nick hat es auf einmal eilig, in seinem Zimmer zu verschwinden.

Als Nachzügler trottet Brady herein, einen Lutscher in der Hand. Reed nimmt ihn hoch, dann runzelt er die Stirn. »Seine Zunge ist blau.«

»Ja, der Lutscher ist blau.« Frances beeilt sich, ihre Einkäufe wegzuräumen, bevor Reed sie genauer in Augenschein nehmen kann.

»Hat Dr. Tindell nicht gesagt, dass Brady eine Zeit lang keine Süßigkeiten essen soll?«, ruft er ihr hinterher. »Er hat doch schon ein Loch im Zahn.«

»Ich weiß, ich weiß. Aber sie haben die Lutscher im Schuhgeschäft verteilt. Da konnte ich nicht gut Nein sagen.« Die Wahrheit war, dass sie sehr wohl hätte Nein sagen können, aber es war einfacher gewesen nachzugeben. Sie lächelt ihrem Jüngsten aufmunternd zu. »Wir gehen gleich Zähneputzen, nicht wahr, Brady?«

Brady nickt ernst. Reed setzt ihn wieder ab, und Brady will

in Richtung Wohnzimmer verschwinden. »Hey, Freundchen, du bleibst mit deinem Lutscher mal schön hier in der Küche«, sagt Reed.

Brady ignoriert ihn.

»BRADY.« Reeds Stimme ist laut, aber ruhig. Brady macht auf dem Absatz kehrt, marschiert zurück in die Küche und lässt sich auf einen Hocker plumpsen, wo er seinen Lutscher in Ruhe zu Ende lutscht.

Frances stößt einen Seufzer aus. Es ist einfacher, mit den Jungen fertig zu werden, wenn Reed da ist, dann hebt sich das Testosteron gegenseitig auf.

Noah zerrt an einer großen Mülltüte, in der etwas steckt, das beinahe so groß ist wie er selbst. »Schau mal, Dad!« Er zieht sie herunter, bevor Frances es verhindern kann.

Reed starrt den Inhalt an. »Äh, Frances?«

Frances räuspert sich. Das hatte sie überhaupt nicht mit ins Haus bringen wollen, aber sie hatte ein bisschen den Überblick verloren, wer was gerade wohin trug.

»Ein Puppenhaus?«, sagt Reed jetzt etwas lauter. »Das Ding ist ja größer als unser Haus! Wo willst du das denn hinstellen?«

Frances hat ein schlechtes Gewissen, doch gleich darauf regt sich ihr Widerspruchsgeist. Sie haben vorgehabt, das Arbeitszimmer ins Wohnzimmer zu verlegen, aber dort ist nicht genug Platz und sie haben bis jetzt noch keine Zeit gehabt zu überlegen, wie sich das Problem lösen lässt. Jetzt steht der Schreibtisch neben der Couch, und die Aktenschränke stehen immer noch im Arbeitszimmer, was wiederum den Vorteil hat, dass die beiden kleineren Jungen nicht darin herumwühlen können. Das Arbeitszimmer wiederum wird zur Hälfte bereits von einem Prinzessinnenbett mit Baldachin, einer passenden Kommode, Spielsachen und einem bis zum Bersten mit Kleidern vollgestopften Schrank ausgefüllt.

Noah kniet sich vor das Puppenhaus und späht hinein. »Da kann man richtig die Türen auf- und zumachen. Und schau mal hier.« Er drückt auf den kleinen Klingelknopf und es läutet. »Der geht!«

Reed schüttelt den Kopf. »Frances …«

»Reed, ich weiß«, setzt sie an, doch dann bricht es aus ihr heraus. »In der Zeitung stand eine Anzeige für ein gebrauchtes Puppenhaus und ich dachte, ich sehe es mir mal an, nur mal so, ich wollte es nicht kaufen, aber dann kam noch jemand und wollte es, weil es so günstig war und prima in Schuss und …«

»Noah, geh mit Brady ins Wohnzimmer spielen«, sagt Reed mit fester Stimme und deutet zur Tür. Zwei Sekunden später sind die Jungen verschwunden.

Frances lässt sich auf einen Stuhl sinken. Die Küche wirkt durch das riesige Puppenhaus auf einmal winzig, sie kommt sich vor wie Alice im Wunderland. Die Euphorie, die sie heute den ganzen Tag verspürt hat, ist inzwischen verschwunden und sie weiß auch nicht mehr, wo sie das Puppenhaus hinstellen soll, ganz zu schweigen von all den anderen Sachen, die sie gekauft hat. Sie wünschte, sie könnte den Tag noch einmal anfangen.

»Es tut mir leid, Reed. Ich weiß, ich habe es ein bisschen übertrieben. Aber mir ist in letzter Zeit so viel durch den Kopf gegangen, jetzt, wo Mei Ling bald kommt …«

Reed schließt die Augen. »Frances, wir müssen reden.«

Sie sieht ihn an. »Du musst wieder auf Geschäftsreise.«

»Ja, aber das ist es nicht, worüber ich mit dir reden will. Ich will über Mei Ling reden. Über den Arztbericht.« Mitten auf dem Tisch liegt ein Unheil verkündender brauner Umschlag.

Frances schluckt. »Ist er das?«

Reed nickt.

Frances will schon die Hand danach ausstrecken, doch dann hält sie inne. »Es ist so, wie wir gedacht haben, stimmt's? Eine Bestätigung der ursprünglichen Diagnose?«

Reed öffnet die Augen. »Soll ich es dir sagen, oder willst du es selbst lesen?«

Sie weiß es nicht. Neuigkeiten, selbst schlechte Neuigkeiten, hört sie normalerweise lieber von Reed, aber hier käme ihr das irgendwie falsch vor.

Sie nimmt den Umschlag, öffnet ihn jedoch nicht. »Reed, wir haben die Hälfte des Wegs bereits hinter uns. Es dauert nicht mehr lange, dann ist sie bei uns. Manche Familien haben viel länger warten müssen als wir. Bei den meisten Adoptionen aus China dauert es fünf Jahre, manchmal sogar zehn. Was hier geschieht, ist ein Wunder, verstehst du.«

»Es geht deswegen so schnell, weil wir uns bereit erklärt haben, ein Kind von der Warteliste zu adoptieren«, sagt Reed. »Ein behindertes Kind.«

»Eine Gaumenspalte ist keine Behinderung«, verbessert ihn Frances. »Und du hast sie gesehen! Sie sieht hübsch aus. Die Operation ist offenbar gelungen.«

Ein Schatten legt sich über Reeds Gesicht. »Mei Ling ist nicht wegen einer Gaumenspalte operiert worden, Fran. Das war – ist – nicht ihr Problem.«

»Was soll das heißen?« Frances runzelt die Stirn. Sie öffnet den Umschlag und zieht einen Stapel Unterlagen heraus. Der Arztbericht im Original und eine Übersetzung. Frances überfliegt sie und alle Farbe weicht aus ihrem Gesicht. Sie schlägt die Hand vor den Mund und ringt keuchend nach Atem.

»Es tut mir leid«, sagt Reed und beugt sich zu ihr, aber sie stößt ihn weg, schüttelt den Kopf.

»Nein«, flüstert sie. Sie zittert am ganzen Leib.

»Ich habe, sofort nachdem ich den Bericht gelesen hatte,

bei der Vermittlung angerufen. Tut mir leid, aber ich konnte nicht warten. Ich musste es wissen.« Er steht auf und geht zur Spüle, um ihr ein Glas Wasser zu holen. Er bringt es ihr und geht neben ihr in die Hocke. »Mei Ling hat einen angeborenen Herzfehler. Es ist unter anderem eine Operation am offenen Herzen erforderlich, und selbst dann ist die Prognose …« Seine Stimme verliert sich.

Frances schüttelt den Kopf. Sie kann es noch immer nicht glauben. »Aber wie … Ich meine, ich habe nicht … wir haben nicht …«

»Die Vermittlung weiß nicht, wie das passieren konnte, aber es ist passiert. Sie haben uns ein Kind mit einer komplizierten Krankengeschichte zugewiesen, die weit über das hinausgeht, was wir leisten können.«

»Gibt es eine andere Familie, die auf sie wartet? Ein anderes Kind, das auf uns wartet?«

Der Schmerz ist Reed am Gesicht abzulesen. »Frances, tu das bitte nicht. Es war ein Irrtum, das ist alles.«

»Gibt es jemanden? Sollte sie jemand anderem zugewiesen werden?«

Er seufzt. »Nein.«

»Sollte uns ein anderes Kind zugewiesen werden?«

Ein weiterer Seufzer. »Nein, aber wir stehen immer noch ganz oben auf der Liste, und es dürfte nicht so lange dauern, bis wir ein anderes Kind bekommen. Die Vermittlung wird das mit der chinesischen Regierung klären, damit nicht wir in irgendeiner Weise dafür bestraft werden, dass sie uns das falsche Kind zugewiesen haben.«

Bei diesen Worten fährt Frances hoch. »Sie ist nicht das falsche Kind, Reed! Sie ist unser Kind. Du weißt, dass sie das ist!«

Reed antwortet ihr nicht, stattdessen steht er auf und lässt sich schwer auf den Stuhl neben ihr sinken.

»Du hast gesagt, du wüsstest, dass sie unser Kind ist«, wiederholt Frances und erinnert sich an die Tränen in seinen Augen, an sein breites Grinsen, als sie ihre Eltern angerufen hatten, um ihnen die gute Nachricht mitzuteilen.

Reed schließt die Augen und wendet sich ab. In den zwölf Jahren, die sie verheiratet sind, hat Reed sich noch nie von ihr abgewandt. Frances ist nach Weinen zumute.

»Ich dachte, sie wäre es«, sagt er. »Aber jetzt bin ich nicht mehr so sicher.«

Frances hat das Gefühl, in der Mitte auseinandergerissen zu werden. Sie versteht nichts mehr. »Was willst du damit sagen, Reed?«

»Ich will damit sagen, dass wir die Zuweisung von Mei Ling nicht akzeptieren sollten. Ich sage Nein, Frances. Es tut mir leid.«

Abilene Gould, 26
Aushilfssekretärin

»Avalon Drywall, bleiben Sie bitte in der Leitung. Avalon Drywall, bleiben Sie bitte in der Leitung. Avalon Drywall, mein Name ist Abilene, wie kann ich Ihnen helfen?«

»Ich würde gern mit Abilene Gould sprechen. Ist sie da?«

Abilene runzelt die Stirn. »Darf ich fragen, mit wem ich spreche?«

Am anderen Ende ertönt schallendes Gelächter. »Abby, ich bin's, Mr Whatley. Ich wollte Sie nur auf die Probe stellen. Um sicherzugehen, dass Sie das Telefon im Griff haben.«

Abilene dreht sich um und wirft einen Blick zum Büro ihres Chefs. Natürlich, da sitzt er und lacht sich kaputt. »Sehr witzig, Mr Whatley«, sagt sie und winkt ihm zu.

Sie beendet das Gespräch und drückt den Knopf für den ersten Anruf in der Warteschleife. »Avalon Drywall, mein Name ist Abilene, wie kann ich Ihnen helfen?«

»Ich bin's!«, dröhnt die vertraute Stimme.

Sie legt auf und drückt wieder einen anderen Knopf, bereits von einer bösen Vorahnung erfüllt. »Avalon Drywall, mein Name ist …«

»Sie kriegen eine Eins plus, Abby. Am Telefon sind Sie spitze. Jetzt müsste bloß noch wirklich jemand anrufen. Kommen Sie doch bitte mal einen Augenblick in mein Büro, ja?«

Abilene seufzt und greift nach ihrem Block. Das hier ist ihr zweiter befristeter Job, und in der Agentur hat man ihr gesagt, dass Avalon Drywall dichtmachen wird, das heißt, das Arbeitsverhältnis kann jeden Tag enden. Danach haben sie nichts Neues für sie, sie kann also wieder bei null anfangen, Stellenangebote in der Zeitung einkringeln und versuchen, zu so vielen Vorstellungsgesprächen wie möglich eingeladen zu werden.

Dick Whatley hat sich auf seinem Sessel zurückgelehnt, knüllt leere Rechnungsformulare zusammen und zielt damit auf den Papierkorb. »Tor!«, ruft er jedes Mal, wenn er trifft.

Abilene lässt sich auf dem Stuhl vor seinem Schreibtisch nieder. »Ja, Mr Whatley?«

»Sie sind eine kluge junge Frau, Abby. Das wusste ich sofort, als ich Sie durch die Tür kommen sah. Deshalb tut es mir leid, Ihnen sagen zu müssen, dass heute Ihr letzter Arbeitstag ist.« Er lächelt, aber es fällt ihm sichtlich schwer. »Morgen mache ich den Laden hier dicht und packe meine Sachen.« Er deutet auf die Wände, an denen seit vielen Jahren alle möglichen Bilder und Urkunden hängen. »Ich habe das Geschäft von meinem Vater übernommen«, sagt er und deutet auf eines der Fotos. »Er hat es praktisch aus dem Nichts aufgebaut und einige wirtschaftlich schlechte Zeiten überstanden. Ich wünschte, ich könnte dasselbe von mir behaupten.« Er greift nach einem gerahmten Foto, das auf seinem Schreibtisch steht, und zeigt es Abilene. »Das sind meine beiden Mädchen. Meine Frau Ann Marie und meine kleine Tochter Tiffany. Obwohl sie inzwischen kein kleines Mädchen mehr ist, sondern schon sechzehn. Ich hatte keine Gelegenheit, es gegen ein neueres Foto auszutauschen.«

»Ein hübsches Bild«, sagt Abilene höflich.

»Nun ja, ich weiß, dass Sie nur ein paar Tage hier waren, aber ich schreibe Ihnen gern eine Empfehlung, in der steht, dass ich vom ersten Moment an von Ihnen beeindruckt war.

Und das ist die Wahrheit. Ich hoffe, Sie finden eine Stelle, die Ihnen zusagt, eine gute Stelle.« Er beginnt, die Unterlagen auf seinem Schreibtisch zusammenzuschieben, dann hält er inne und sieht sich um, plötzlich von seinen Gefühlen überwältigt. »Am Samstag muss ich draußen sein. Ich dachte, dass es schnell gehen würde. Aber bis jetzt habe ich nicht viel geschafft. Die Möbel und die Aktenschränke habe ich bereits verkauft, und auch die meisten Geräte. Morgen kommen die Leute von der Umzugsfirma und bringen alles weg. Aber meine Akten und meine persönlichen Dinge – na ja, da habe ich noch einiges zu tun. Ich schätze mal, in den nächsten Tagen werde ich rund um die Uhr damit beschäftigt sein, zu packen und Zeug hin und her zu fahren.«

Abilene muss schlucken. Sie sieht den traurigen Ausdruck auf Mr Whatleys Gesicht. Er ist ein korpulenter Mann, ein bisschen ruppig, aber nett. Sie kann sehen, dass es einmal eine Zeit gab, in der sein Geschäft florierte, in der er in der Gemeinde Ansehen und Respekt genoss. Es gibt eine Menge, worauf er stolz sein kann, aber angesichts der bevorstehenden Schließung seines Betriebs ist ihm das wohl nicht möglich.

»Ich kann Ihnen gern dabei helfen«, bietet sie an.

»Ich weiß Ihr Angebot zu schätzen, Abby, aber ich kann es mir nicht leisten, die Agentur weiter zu bezahlen.« Er fährt seinen Computer herunter, und das Geräusch hat etwas so Deprimierendes, dass beide auf ihren Stühlen noch ein bisschen mehr in sich zusammensinken.

Abilene zwingt sich dazu, sich wieder gerade hinzusetzen und ein strahlendes Lächeln zu zeigen. »Sie müssen mir nichts dafür bezahlen«, sagt sie. »Ich habe sonst nichts zu tun. Da ist es mir lieber, wenn ich mich mit irgendetwas beschäftigen kann. Ich würde Ihnen wirklich gern helfen.«

Einen Moment lang hellt sich seine Miene auf. Doch dann

schüttelt er den Kopf. »Nein, nein. Das ist mein Geschäft. Also sollte ich mich auch selbst darum kümmern.«

»Na gut, Mr Whatley. Ich verstehe.« Unwillkürlich wandert Abilenes Blick wieder zu den Bildern an der Wand, zu dem gerahmten Dollarschein, einem Foto mit Autogramm, auf dem Mr Whatley und sein Vater mit dem Gouverneur von Illinois zu sehen sind. Außerdem hängen da eine Zeittafel und drei verschiedene Abbildungen des Firmenlogos, die zeigen, wie es sich im Lauf der Jahre verändert hat. Abilene kann sich kaum vorstellen, wie schwer es Mr Whatley fallen muss, das alles abzunehmen und einzupacken.

Und in diesem Moment hat sie eine Idee.

Vor ein paar Wochen hatte sie vor dem Pick and Save gestanden und auf einer Kaugummikugel herumgekaut. Sie hatte gerade mal wieder ein frustrierendes Bewerbungsgespräch hinter sich und war von der großen Glaskugel mit den bunten Kaugummis angelockt worden. Sie kramte in ihrem Geldbeutel nach einem Fünfundzwanzigcentstück, warf es in den Schlitz und drehte den Hebel. Mit Befriedigung hörte sie, wie sich die Maschinerie in Gang setzte, gefolgt von dem leisen Plopp, mit dem eine Kaugummikugel in den Ausgabeschacht fiel. Abilene öffnete die Klappe und steckte die gelbe Kugel in den Mund. Für einen kurzen Augenblick genoss sie das Gefühl reinen Glücks.

Eine winzige Frau mit silberblauen Haaren blieb stehen und zeigte auf den Kaugummiautomaten. »Schön bunt, nicht wahr?«

Mit ihrem vollen Mund konnte Abilene nur nicken.

»Ich wette, Ihre Generation hat viele schöne Erinnerungen an Kaugummiautomaten«, sagte die Frau. »Das ist die Kindheit von ihrer besten Seite. Sie rangieren auf einer Stufe mit Eiswagen und Baumhäusern.«

Endlich gab die harte Zuckerhülle nach und Abilene konnte wieder sprechen. »Ich hatte als Kind ein Baumhaus«, sagte sie. »Ich habe es zusammen mit meinem Vater gebaut.«

»Sehen Sie!«, rief die Frau. »Genau das habe ich gemeint! Hatten Sie auch eine Briefmarkensammlung?«

Abilene schüttelte den Kopf. »Nein, keine Briefmarken. Aber eine Radiergummisammlung. Und ich habe ›Betty and Veronica‹-Comics gesammelt. Das Tollste waren die Doppelhefte.« Bei der Erinnerung daran musste sie lächeln, sie hatte über hundert davon gehabt. Was war eigentlich damit passiert? Hatten ihre Eltern sie weggegeben? Abilene hätte sie verkaufen können – sie hatte ihre Comics immer sehr pfleglich behandelt, jedes Heft steckte in einer eigenen Plastikhülle. Inzwischen mussten sie einiges wert sein.

Die Frau grinste. »Sie sind neu in Avalon, nicht wahr? Ich bin Bettie Shelton, Vorsitzende der Avalon Ladies Scrapbooking Society.« Sie streckte die Hand aus.

»Abilene Gould.«

»Sie sollten heute Abend zu unserem Treffen kommen. Da können Sie jede Menge Leute kennenlernen und sich Anregungen holen, wie Sie Ihre Erinnerungen auf kreative Weise bewahren. Normalerweise beträgt die Mitgliedsgebühr fünfzehn Dollar im Monat, aber in Ihrem Fall würde ich darauf verzichten, weil Sie neu in der Stadt sind. Sie dürfen das aber niemandem erzählen. Ich will nicht, dass der Eindruck entsteht, ich bevorzuge jemanden.« Übers ganze Gesicht strahlend schüttelte sie weiter Abilenes Hand.

Schließlich gelang es Abilene, ihre Hand zurückzuziehen. »Vielen Dank für die Einladung, aber ich bin nicht besonders kreativ.«

»Was? Unsinn. Aber wissen Sie was – Sie können auch einfach so kommen, um ein paar nette Leute kennenzulernen. Heute Abend, sieben Uhr. Hier ist meine Karte.« Bettie drückte Abilene eine reich verzierte Visitenkarte in die Hand. »Das ist eine von meinen ausgefalleneren Karten. Ich habe noch sechs andere Layouts.«

»Äh, ich weiß nicht …«

Bettie wischte ihren Einwand mit einer Handbewegung zur Seite. »Ich höre gerade ein Schälchen Erdbeeren und eine Packung Maalox nach mir rufen – meine Güte, das war vielleicht wieder eine Woche. Bis heute Abend!« Sie tätschelte Abilene freundschaftlich den Arm und verschwand in dem Laden, bevor Abilene etwas erwidern konnte.

Und so war Abilene zu dem Treffen gegangen, hatte höflich zugehört, ein paar Dinge über Scrapbooking gelernt und viel über Avalon. Die anderen Mitglieder des Scrapbooking-Clubs hatten sie gleich unter ihre Fittiche genommen und versprochen, sich nach einer Stelle für sie umzuhören, aber wer konnte schon sagen, ob etwas dabei herauskommen würde. Sie hat eigentlich nicht vorgehabt, zu einem weiteren Treffen zu gehen, aber vielleicht tut sie es doch, weil sie auf einmal eine Möglichkeit sieht, wie sie Mr Whatley helfen kann, und zwar mit bleibender Wirkung.

»Mr Whatley«, sagt sie entschlossen. »Was halten Sie davon, wenn ich Ihnen dabei helfe, mit einigen von diesen Dingen ein Album zu machen? Als eine Art Andenken an Ihren Betrieb?« Sie deutet auf die Bilder an der Wand.

Er legt den Kopf schief, versteht zuerst nicht, worauf sie hinauswill. »Sie meinen, Sie wollen sie aus ihren Rahmen nehmen?«

»Ja. Nein. Also nur kurz, um für das Album Farbkopien zu machen. Ich war neulich bei einem Treffen, bei dem es um solche Dinge ging, darum, wie man ein Scrapbook, ein Erinnerungsalbum, macht. Ich bin neu dabei, deshalb bringe ich sicher nichts Ausgefallenes zustande, aber vielleicht gäbe es eine hübsche Chronik, was Ihr Vater und Sie geleistet haben. Was halten Sie davon?«

Mr Whatley sieht Abilene an und auf seinem Gesicht breitet sich langsam ein Lächeln aus. »Abilene«, sagt er und nennt sie zum ersten Mal, seit sie für ihn arbeitet, bei ihrem richtigen Namen. »Das klingt großartig.«

Kapitel 8

Yvonne sucht in ihrer Schmuckschatulle nach Ohrringen. Bei der Arbeit trägt sie gern kleine goldene Kreolen, aber vorige Woche hat sie eine davon verloren und jetzt überlegt sie, dass Ohrstecker vielleicht besser wären, weil die nicht so leicht herausrutschen können. Am vernünftigsten wäre es natürlich, überhaupt keinen Schmuck zu tragen, aber das wäre wirklich zu langweilig.

Nichts Auffälliges, ermahnt sie sich selbst, als sie ihre Auswahl betrachtet. Im Vergleich dazu, was sie früher besaß, ist sie eher bescheiden, aber ihr genügt es.

Sie streicht mit dem Finger über ein Paar Türkisstecker in Herzform und merkt, dass ihr die Brust eng wird. *Sam.* Er hatte ihr diese Ohrringe zu ihrem achtzehnten Geburtstag geschenkt, ein Mitbringsel von einem Ausflug in den Südwesten mit ein paar Freunden. Diese Reise war wie eine Offenbarung für ihn gewesen, sie hatte in ihm den Wunsch geweckt, mehr von der Welt jenseits von Wareham zu sehen, ein Leben zu führen, das über die Cranberryfelder hinausreichte. Seine Begeisterung war ansteckend gewesen und Yvonne war fest davon überzeugt, dass sich sein Wunsch eines Tages erfüllen würde.

Und dann, nun ja. Yvonne seufzt tief. Sie weiß, dass andere in diesen Ohrringen vermutlich nur eine schmerzvolle Erinnerung sehen würden, aber für sie verbindet sich damit etwas anderes. Sie hatte sie an dem Tag getragen, an dem sie

Wareham den Rücken gekehrt hatte, und seither nie wieder. Für sie haben sie etwas Tröstliches, genauso wie die schlichten Perlenohrringe, die früher ihrer Großmutter gehört hatten. Auch sie vermisst Yvonne schmerzlich.

Letztes Jahr hatte ihre älteste Schwester sie angerufen, um ihr die Neuigkeit mitzuteilen.

»Großmutter ist gestorben«, sagte Anne kurz angebunden. »Ein Schlaganfall. Die Beerdigung ist nächste Woche. Aber du kommst ja sowieso nicht.«

Yvonne verspürte einen Anflug von Heimweh, von Vertrautheit, aber das reichte nicht, um etwas zu ändern. »Nein«, sagte sie. »Ich schicke Blumen.«

»Nicht nötig«, erwiderte ihre Schwester. »Ich habe in deinem Namen bereits ein Gesteck bestellt. Nelken.«

Yvonne kann Nelken nicht ausstehen, und Anne weiß das, aber Yvonne verkniff sich eine Bemerkung. Sie legten auf und einen Monat später kam ein kleines Päckchen mit einer zusammengefalteten Kopie des Programms der Trauerfeier und den Ohrringen, die jemand lieblos in ein Papiertaschentuch gewickelt hatte. Vermutlich waren sie das Einzige, was keiner sonst gewollt hatte, weil alle scharf auf das Geld waren oder auf die Diamanten oder beides.

Zwei Paar schlichte Ohrringe, so sehr mit Bedeutung aufgeladen, dass Yonne es nicht über sich bringt, sie zu tragen.

Sie hat sich gerade für ein Paar Citrin-Stecker entschieden, als es an der Tür klingelt. Yvonne wirft einen Blick auf die Uhr – halb neun. In einer halben Stunde muss sie bei einem Kunden sein, aber sie ist bereits acht Kilometer gejoggt und hat auch schon gefrühstückt. Yvonne verteilt noch rasch die Zierkissen auf dem Bett und wirft einen prüfenden Blick in den Spiegel, bevor sie die Treppe hinuntergeht.

Sie schaut durch den Türspion, sieht jedoch nichts außer

der leeren Straße vor ihrem Haus und Mrs Markowitz, die in der Morgensonne ihren Hund spazieren führt. Yvonne öffnet die Tür und blickt nach links und nach rechts, aber auch da ist niemand. Schließlich fällt ihr Blick auf einen Zettel, den jemand unter eine Ecke der Fußmatte geklemmt hat.

Eine hastig hingekritzelte Botschaft.

Verschwinde, liest sie. *Du gehörst nicht hierher.*

Einen Augenblick lang hat Yvonne das Gefühl, keine Luft mehr zu bekommen. Sie hebt den Zettel auf und winkt freundlich in die Richtung von Mrs Markowitz, die mit gerunzelter Stirn zu ihr hersieht. Yvonne knüllt den Zettel zusammen und wirft ihn in den Abfalleimer in der Küche.

Sie gießt sich ein Glas Orangensaft ein und versucht, das Zittern ihrer Hände zu unterdrücken. Vor ihr liegt ein arbeitsreicher Tag – darauf muss sie sich konzentrieren. Arbeit. Wenn sie arbeitet, geht es ihr immer besser, die Arbeit hilft ihr, Ruhe in ihren Kopf zu kriegen, sich ganz auf den Moment zu konzentrieren.

Ihr Handy klingelt und sie zögert einen Moment. Doch der Vorwahl nach kommt der Anruf aus Avalon, deshalb nimmt sie ab. »Yvonne Tate.«

Zunächst hört Yvonne nur heftiges Räuspern. Dann fragt eine zögernde Stimme: »Spreche ich mit der Klempnerin?«

»Ja, hier ist Yv…«

»Tut mir leid, dass ich so kurzfristig anrufe, aber Sie brauchen heute nicht zu kommen. Wie es aussieht, funktioniert alles wieder. Ach übrigens, hier spricht Mervin McDowell, 1524 Plum Street.«

Yvonne kramt in ihrer Tasche nach ihrem Auftragsbuch. Sie schlägt die Seite mit den Daten von Mervin McDowell auf. *Wohnung, verstopfter Abfluss in der Dusche.* Nun ja, wahrscheinlich hat ein Schuss Rohrreiniger das Problem beseitigt, auch wenn es zunächst schlimmer geklungen hatte.

»Schon gut, Mr McDowell«, sagt sie. Sie ist enttäuscht wegen des entgangenen Auftrags, aber so etwas kommt vor. »Falls ich sonst etwas …«

Klick. Er hat aufgelegt.

Yvonne starrt ihr Handy an, dann streicht sie in ihrem Terminkalender seinen Namen durch und macht einen Vermerk in ihrem Buch. Sie beschließt, es von der positiven Seite zu sehen, jetzt kann sie ihre anderen Termine nach vorne verschieben und früher Feierabend machen. Vielleicht hat Isabel Lust, sich mit ihr zu treffen. Sie könnten essen gehen oder ins Kino oder irgendetwas anderes unternehmen.

Sie sieht nach, wer ihr nächster Kunde ist, und ruft an. »Hallo, Mrs McKenzie? Hier ist Yvonne Tate von Tate Plumbing. Ich wollte Ihnen nur sagen, dass bei mir gerade ein Termin frei geworden ist und ich früher zu Ihnen kommen könnte.«

»Ach, Yvonne!« Mrs McKenzie scheint sich über ihren Anruf zu freuen. »Ich wollte Sie auch schon anrufen. Ich fürchte, wir müssen unseren Termin verschieben, wenn es geht.«

Verschieben? Die McKenzies wollten ihren Boiler austauschen lassen. Der alte funktioniert nicht mehr, das heißt, sie haben momentan kein warmes Wasser.

Yvonne wirft einen Blick in ihren Kalender. »Morgen Nachmittag ginge es bei mir«, sagt sie. Es ist ein großer Auftrag, nicht schwierig, aber es dauert einige Zeit, das Wasser aus dem alten Boiler abzulassen, ihn auszubauen und den neuen zu installieren, außerdem will Yvonne das alte Gerät noch auf einem Wertstoffhof entsorgen, der eine halbe Stunde Fahrt entfernt liegt. »Ich könnte aber auch versuchen, meine anderen Termine zu verschieben, und früher zu Ihnen kommen.«

»Ach wissen Sie, es ist mir sehr unangenehm, Ihnen so viele Umstände zu machen. Lassen wir es doch einfach. Ich bin sicher, uns fällt eine andere Lösung ein. Vielleicht kann Larry es in Ordnung bringen.«

Mr McKenzie? Yvonne erinnert sich, dass er bei ihrem Besuch auf der Couch gelegen und leise vor sich hingeschnarcht hatte, die dicke Brille schief auf der Nase. Nein, Larry McKenzie ist ganz gewiss nicht in der Lage, es in Ordnung zu bringen, genauso wenig wie Mrs McKenzie, eine kleine, zierliche Frau.

»Vielen Dank für Ihre Mühe, Yvonne«, sagt Mrs McKenzie noch, bevor sie auflegt.

Jetzt hat Yvonne auf einmal wirklich viel Zeit, nur noch ein Kunde ist übrig. Was zum Teufel ist bloß los? Frustriert tippt Yvonne die Nummer von Isabels Handy ein.

»Hast du Lust, heute Abend zum Essen zu kommen?«, fragt sie, sobald Isabel sich meldet. »Ich habe zwar nur Suppe anzubieten, aber die ist von Wolfgang Puck und wirklich gut …«

»Ich wünsche dir auch einen guten Morgen, ich bin gerade auf dem Weg in ein Meeting – kann ich dich später zurückrufen?«

»Hast du nicht mal einen Augenblick Zeit?«

»Doch … und der ist jetzt vorbei. Da kommt mein Chef – ich muss los. Bis später.« Isabel legt auf.

Normalerweise ist Yvonne keine Frustesserin, aber jetzt geht sie in die Speisekammer und holt sich eine Packung Reiscracker. Sie isst einen und dann gleich noch einen zweiten und versucht sich zu beruhigen. Es sind schließlich nur zwei geplatzte Termine, wenn auch seltsamerweise beide am selben Tag. Yvonne genehmigt sich noch einen dritten Reiscracker und greift erneut nach dem Telefon.

Sie ruft ihren letzten Kunden an diesem Tag an, jemanden, den sie noch nicht kennt, weil er auf einen Kostenvoranschlag verzichtet hat und ihm vor allem daran gelegen ist, dass sich so schnell wie möglich jemand um die ständig laufende Klospülung kümmert, die ihm nachts den Schlaf raubt. Bei seinem Anruf gestern hatte er versucht, sie noch am selben Abend zu einem Noteinsatz zu überreden, aber sie war gerade bei einem anderen Kunden gewesen und nachdem sie ihre Arbeit dort beendet hatte, war sie zu erledigt gewesen, um sich noch einmal auf den Weg zu machen. Jetzt wählt sie ein wenig beklommen seine Nummer und fragt sich, ob er ihr wohl gleich erzählen wird, dass sich die Klospülung über Nacht auf wundersame Weise selbst repariert hat und er ihre Dienste ebenfalls nicht mehr benötigt.

»Das ist ja wunderbar!«, ruft Hubert Hill erfreut, als sie sagt, dass sie sofort zu ihm kommen könnte.

Yvonne kann es kaum glauben. »Wirklich?«, fragt sie. »Es passt Ihnen gleich?«

»Soll das ein Witz sein? Ich war heute Morgen kurz davor, das verdammte Ding mit dem Hammer zu bearbeiten. Könnten Sie in einer halben Stunde hier sein? Sie wissen, wo ich wohne?«

»Ja, ich habe die Adresse. Dann bis gleich.« Erleichtert legt Yvonne auf und verziert Hubert Hills Eintrag mit einem Smiley. *Ich wusste doch, dass nichts ist*, sagt sie sich triumphierend, fegt ein paar Krümel zusammen und wirft sie in den Abfalleimer. Das Lachen vergeht ihr jedoch schnell wieder, als ihr Blick auf den zerknüllten Zettel fällt. Sie starrt ihn einen Moment lang an, dann lässt sie den Deckel des Abfalleimers krachend zufallen.

Fünfundzwanzig Minuten später steht sie vor einem hübschen dreistöckigen Haus im Queen-Anne-Stil ein paar Kilometer außerhalb von Avalon. Es dürfte aus der Zeit um die

Jahrhundertwende stammen – vom neunzehnten zum zwanzigsten Jahrhundert –, und sie fragt sich, ob es hier noch andere Probleme gibt außer einer ständig rauschenden Klospülung. Mit seinem sonnengelben Anstrich macht es von außen einen sehr gepflegten Eindruck. Der Höhe der Fenster nach zu urteilen, müssen die Zimmer im Erdgeschoss mindestens drei Meter hohe Decken haben.

Sie drückt auf die Klingel. Eine Sekunde später geht die Tür auf und ein großer hellbrauner Labrador springt heraus und wirft sie beinahe um.

»Nicht so stürmisch!«, sagt sie und streicht ihm über den Kopf. Der Hund drückt seine Schnauze in ihre Hand und hechelt zufrieden.

»Entschuldigen Sie, an seinen Manieren müssen wir noch arbeiten. Toby, hierher.« Eine Hand greift nach Tobys Halsband. Aus dem Augenwinkel nimmt Yvonne Slipper und eine Khakihose wahr und richtet sich schnell auf.

»Ein Labrador mit Manieren?«, witzelt sie und gleich darauf verschlägt es ihr die Sprache. Mit jemandem wie Hubert Hill hat sie nicht gerechnet.

Das Erste, was ihr auffällt, sind seine wunderschönen braunen Augen. Dunkelbraune Haare, ein am Kragen offenes Polohemd, Khakihose, schicker Gürtel. Und seine Arme – Huberts Arme sind muskulös, nicht wie bei einem Bodybuilder, sondern schlank und durchtrainiert wie bei einem Sportler. Und sein Lächeln – Yvonne kann sich vorstellen, dass er allein mit diesem Lächeln schon einige Frauen rumgekriegt hat. Er ist in ihrem Alter, vielleicht ein, zwei Jahre älter.

Yvonne merkt, dass sie rot geworden ist, und reißt sich zusammen. »Ich bin Yvonne Tate.«

»Yvonne Tate«, wiederholt Hubert langsam und mustert

sie. Toby versucht sich seinem Griff zu entwinden, damit er wieder losstürmen kann. »Sie sind der Klempner?«

Yvonne nickt und findet endlich ihre Sprache wieder. »Ja, ich bin der Klempner.«

Toby schafft es, sich loszureißen, macht einen Satz von der Veranda und schießt durch den Vorgarten. Vielleicht einem Eichhörnchen hinterher oder einer Katze. Vielleicht auch einfach so.

»Äh, ja. Gut. Dann kommen Sie mal rein. Der Schuldige befindet sich im ersten Stock. Im großen Bad.« Hubert tritt zur Seite, um Yvonne ins Haus zu lassen, und als sie an ihm vorbeigeht, ist sie sich seiner Nähe beinahe ein bisschen zu bewusst. Er riecht gut, nach Seife.

Yvonne hat zwei Möglichkeiten: Entweder sie schmilzt auf der Stelle dahin oder sie reißt sich am Riemen, tut, was getan werden muss, und sieht zu, dass sie so schnell wie möglich wieder von hier verschwindet. Augenkontakt vermeiden, das ist ganz wichtig. Ihre Knie fühlen sich an, als wären sie aus Gummi. Sie ruft sich im Stillen zur Ordnung, aber es gelingt ihr nicht so recht. Ihre Augen wandern zu seiner linken Hand, zu seinem Ringfinger.

Nichts.

Hubert pfeift Toby. Sein Pfiff klingt selbstbewusst, autoritär – damit könnte er jeden Verkehr aufhalten. Selbst Yvonne merkt, dass sie Haltung annimmt.

Toby kommt wieder angesprungen und scheint zu überlegen, ob er ihnen nach oben folgen soll. Yvonnes Blick wandert über die Spitzendeckchen und die Stoffblumen in den schlanken Porzellanvasen, die verblichenen Perserteppiche auf dem hellen Parkettboden. An den Wänden stehen Schränke mit geschliffenen Glastüren. Alles sehr stilvoll, aber für ihren Geschmack ein bisschen zu altmodisch, und es passt außerdem so überhaupt nicht zu Hubert. »Sie haben ein sehr schönes Haus«, sagt sie höflich.

Hubert verzieht das Gesicht und geht die Treppe hoch. Einen Moment lang scheint es, als wollte er etwas darauf erwidern, aber dann tut er es doch nicht, sondern sagt nur: »Danke.«

»Gibt es sonst noch Probleme mit den Installationen?«

Hubert schüttelt den Kopf. »Wir haben vor zehn Jahren alles rausgerissen und komplett renoviert, die Böden abgeschliffen, sämtliche Leitungen erneuert. Wir haben eine neue Klär- und Aufbereitungsanlage eingebaut, den Wassertank und die Heizung modernisiert. Alles hat bestens funktioniert, bis, äh, auf das jetzt.«

Im Schlafzimmer angelangt, versucht Yvonne, die geblümte Bettwäsche, die flauschige rosafarbene Tagesdecke und die mit Nippesfiguren in Form von pausbäckigen kleinen Kindern und Katzen gefüllten Regale zu übersehen. Neben dem Schrank sind mehrere Paar Männerschuhe aufgereiht. Auf dem Schreibtisch – der einzige Ort, an dem eine gewisse Unordnung herrscht – liegt ein Stapel Papiere. Hubert nimmt ein Handy aus der Ladestation und steckt es in seine Gesäßtasche.

Das ist also offenbar sein Zimmer. Aha.

Im Badezimmer geht es genauso plüschig weiter, es gibt einen zu den Badevorlegern passenden Klodeckelbezug und Wandhalter für Kosmetiktücher. In der Ecke neben dem großen Fenster, das auf den Garten hinausgeht, steht eine wunderschöne gusseiserne Wanne.

Yvonne stellt ihren Werkzeugkoffer ab. Na gut, das ist alles ein bisschen merkwürdig, aber was soll's. Hubert bleibt in der Tür stehen und sieht ihr zu.

Sie räumt den Deckel des Spülkastens leer, nimmt ihn ab und betätigt die Spülung. Sie beobachtet die Spülgarnitur und stellt fest, dass das Ventil nicht mehr richtig schließt. »Sieht so aus, als bräuchten Sie ein neues Klappenventil«, sagt sie.

»Was? Nein.« Hubert runzelt die Stirn. »Erst letzte Woche war ein Monteur da und hat es ausgetauscht.«

»Letzte Woche? Das kann nicht sein.« Yvonne schaut in den Kasten. »Man kann sehen, dass es am Rand korrodiert ist. Das ist garantiert nicht neu.«

Hubert folgt ihrem Blick. »Verdammt noch mal. Das darf doch nicht wahr sein.«

»Halb so schlimm«, sagt Yvonne. »Sie sollten ihn anrufen und noch mal herbestellen. Offenbar hat er das Problem nicht behoben. Das muss er eigentlich kostenlos nachbessern.«

»Ja, da haben Sie wohl recht.« Er schüttelt missmutig den Kopf. »Aber wie dem auch sei, es wäre mir lieber, wenn es sofort in Ordnung gebracht wird. Können Sie das machen?«

Yvonne spült noch einmal. »Sicher. Das müsste schnell erledigt sein. Ich baue das Ventil aus und hole im Eisenwarenladen ein neues. Das kann ich in einer Stunde schaffen. Soll ich es gleich machen, oder müssen Sie zur Arbeit?«

»Nein, es wäre gut, wenn Sie es gleich machen. Auf jeden Fall. Ich habe keine Lust auf eine astronomisch hohe Wasserrechnung.«

Yvonne überprüft Schwimmer und Füllventil und dreht das Wasser ab. Dann baut sie das Klappenventil aus und trocknet ihre Hände an dem Tuch, das sie sich unter den Gürtel geschoben hat. »Okay. Dann fahr ich jetzt los.«

Sie stehen einen Moment lang da, ohne dass sich einer von ihnen bewegt. Was passiert hier eigentlich? Und dann, ehe Yvonne sich's versieht, purzeln die Worte einfach aus ihr heraus.

»Kommen Sie doch mit, wenn Sie wollen«, sagt sie. »Dann wissen Sie auch, was Sie tun müssen, wenn das wieder mal passiert. Wahrscheinlich können Sie es sogar selbst reparieren. Toby können wir auch mitnehmen. Bestimmt freut er sich über eine kleine Spazierfahrt.«

An dem entsetzten Ausdruck auf seinem Gesicht erkennt sie, dass sie ihre Grenzen überschritten hat. Was hat sie sich bloß dabei gedacht? Doch gleich darauf fängt Hubert an zu grinsen.

»Ja, das ist eine gute Idee – wahrscheinlich sollte ich endlich mal lernen, wie man so was macht. Treffen wir uns bei Ihrem Auto, ich hole nur noch schnell Tobys Leine.«

Sobald Yvonne in ihrem Pick-up sitzt, wählt sie Isabels Nummer. Als sie bei der Voicemail landet, schickt sie ihr eine SMS.

HAB EINEN UNGLAUBLICHEN MANN KENNENGELERNT! GLAUB ABER, ER WOHNT MIT SEINER MUTTER ZUSAMMEN. KOMISCH?

Hubert tritt mit der Leine in der Hand auf die Veranda. Er klappert mit seinen Schlüsseln, und Toby kommt angesaust. Er winkt Yvonne zu. »Komme gleich«, ruft er.

Yvonne lächelt und schickt schnell eine zweite SMS hinterher.

ISABEL!! DAS IST EIN NOTFALL!! WIR FAHREN JETZT ZUM EISENWARENLADEN.

Zu ihrer Erleichterung zeigt unmittelbar darauf ein Piepton den Eingang einer SMS an.

MENSCH KLAR KOMISCH. VERGISS IHN. BIN IM MTG. BB.

Yvonne klappt ihr Handy zu und lässt sich zurücksinken. Na toll.

Aber als sie Hubert mit Toby auf sich zukommen sieht, muss sie unwillkürlich lächeln. Sie will den Typ schließlich nicht heiraten, sondern nur schnell mit ihm in den Eisenwarenladen fahren, und dann ist da ja auch noch Toby. Sie lässt den Motor an, beugt sich über den Beifahrersitz und öffnet ihnen die Tür.

Die nächste Stunde gehört unbestritten zu den besten in Yvonnes Leben. Hubert ist witzig und intelligent und Toby – na ja, der scheint genau zu merken, dass zwischen seinem Herrchen und dieser blonden Frau etwas in der Luft liegt.

Yvonne wünschte, es gäbe mehr zu reparieren als bloß eine undichte Klospülung, weil es lediglich eine Sache von ein paar Minuten zu sein scheint, bis sie den Deckel wieder auf den Spülkasten setzt. »So, das war's.« Sie lässt sich Zeit damit, ihr Werkzeug zu verstauen.

Hubert betätigt noch einmal die Spülung. »Sie haben es hingekriegt.«

»Na ja, es handelt sich ja nicht gerade um Astrophysik. Und wenn es noch mal passiert, wissen Sie jetzt auch, was Sie tun müssen.« Sie gibt ihm die Plastiktüte mit dem alten Klappenventil. »Allerdings würde ich an Ihrer Stelle versuchen, von dem anderen Monteur das Geld zurückzubekommen.«

»Ach, das kann ich vergessen. Ich hätte das Geld gleich im Klo runterspülen können.« Sie müssen beide grinsen und dann räuspern sie sich und sehen jeder in eine andere Richtung.

Sie gehen zurück ins Erdgeschoss. Zu Yvonnes Überraschung steht am Ende der Treppe eine ältere Frau und wartet mit missbilligender Miene auf sie.

Sie hat eine leichte Strickjacke über die Schultern gelegt und dazu trägt sie eine Bluse und einen wadenlangen Rock. Ihre grauen Haare sind kurz geschnitten und tadellos frisiert und ihre Füße stecken in braunen Pumps. Auf ihrer Nase thront eine mit Strass besetzte Lesebrille und ihre strenge Miene erinnert Yvonne an eine Buchhalterin.

»Hubert?«, sagt sie, und in ihrer Stimme schwingt ein warnender Unterton mit.

»Mutter«, antwortet er. Vergeblich wartet Yvonne darauf, dass er sie vorstellt. »Sie wollte gerade gehen.« Rasch öffnet er die Tür und begleitet Yvonne zu ihrem Auto.

»Noch mal vielen Dank«, sagt er. »Das haben Sie toll hingekriegt.«

»Es war mir ein Vergnügen.« Yvonne gibt ihm eine Quittung und ihre Karte. Sie verkneift sich eine Bemerkung zu seiner Mutter – das geht sie nichts an und wer weiß, ob sie ihn jemals wiedersieht. Stattdessen sagt sie spontan: »Sie können mich jederzeit anrufen, wenn es wieder mal ein Problem gibt.«

»Das werde ich tun.« Hubert wirft einen Blick zum Haus, bevor er auf ihre Karte sieht. »Also, ich finde, Sie sehen gar nicht aus wie eine Yvonne.«

Sie lächelt. »Na ja, Sie sehen auch nicht aus wie ein Hubert.«

»Touché. Familientradition, da gab es kein Entkommen. Allerdings nennt mich niemand außer meiner Mutter so – alle anderen sagen Hugh.«

»Hugh.« Das gefällt Yvonne. Widerstrebend steigt sie in ihr Auto und schlägt die Tür zu.

Hugh lehnt sich gegen das offene Beifahrerfenster. »Darf ich Sie auch anrufen, wenn ich kein Problem mit irgendwelchen Klappenventilen habe?« Yvonne sieht, wie sich hinter ihm ein Vorhang bewegt. »Zum Beispiel, um Sie zum Essen einzuladen?« Seine Stimme ist ganz leise, kaum mehr als ein Flüstern.

Yvonne verspürt ein leichtes Kribbeln, aber sie reißt sich zusammen. »Sicher«, sagt sie. »Ich würde mich freuen.«

»Ich mich auch.« Er lächelt, dann tritt er einen Schritt zurück und winkt ihr noch einmal zu.

Yvonne klemmt sich den Kopfhörer ihres Freisprechsets ins Ohr und wählt rasch Isabels Nummer. Wie erwartet landet sie wieder bei der Voicemail, aber das ist ihr egal.

»Isabel!«, sagt sie außer Atem. »Ich glaube, ich habe ein Date!«

Connie schält Granny-Smith-Äpfel und sieht dabei aus dem Fenster. Draußen scheint zwar noch die Sonne, aber ihr Arbeitstag ist offiziell vorbei, Teesalon und Küche sind aufgeräumt, alle Vorbereitungen für den nächsten Tag erledigt. Auf sie und Madeline wartet ein ruhiger Abend, auf den sich Connie schon freut.

Der Eimer zu ihren Füßen füllt sich mit langen Apfelschalenspiralen. Später wird sie sie Serena bringen, eine kleine Belohnung dafür, dass sie heute so brav war. Serena ist in ihrem Pferch geblieben und hat sich gesittet gegenüber den Gästen benommen, die in den Garten hinausgegangen sind. Selbst Madeline scheint sich über Serenas Gesellschaft zu freuen, wenn sie früh am Morgen Unkraut jätet.

Connie beginnt die Kerngehäuse zu entfernen. Sie hat vor, ihre Kochkünste zu verbessern und Apfel im Schlafrock zu machen. Anweisungen befolgen und alles zubereiten, was auf der Speisekarte steht, kann sie gut, im Übrigen ist sie nicht besonders einfallsreich, was Essen angeht. Im Gegensatz zu Madeline oder Hannah mangelt es ihr in dieser Hinsicht an Talent, aber sie will den beiden anderen Frauen auch in der Küche nicht länger nachstehen.

Connie hat nichts gegen Hannah, aber sie fühlt sich jedes Mal fast überflüssig, wenn Hannah da ist. Hannahs und Madelines Freundschaft reicht über den Teesalon hinaus, sie teilen die Liebe zu Musik und Kunst, etwas, von dem Connie nicht viel versteht. Sie sind beide weit gereist und unterhalten sich über Orte, an denen sie gewesen sind oder über Dinge, die sie gegessen haben, Theaterstücke, die sie gesehen haben. Sie sprechen beide etwas Französisch und manchmal flechten sie kurze französische Sätze in ihre Unterhaltungen ein und lachen. Connie findet das alles faszinierend und gleichzeitig ein bisschen ärgerlich – bei ihnen klingt es so mühelos, so alltäglich, so einfach. Connie besitzt nicht einmal einen Reisepass – sie hat Illinois noch nie verlassen.

Gerade als sie mit dem Teig angefangen hat, läutet das Telefon.

»Lass nur, ich geh schon«, sagt Madeline, als Connie Anstalten macht, sich die Hände abzuwischen. Sie legt die *Avalon Gazette* zur Seite und stemmt sich von ihrem Stuhl hoch. Ihr Blick wandert kurz zu den mit Zucker und Zimt bestreuten Äpfeln. »Mmm. Vielleicht sollten wir heute Abend den Hauptgang auslassen und uns gleich über das Dessert hermachen.«

Connie lächelt, aber sie weiß, dass Madeline nur freundlich sein will. Sie hat Madeline das Rezept gezeigt und gemerkt, wie sie die Augenbrauen hob, als sie am Ende der Liste anlangte: eine Flasche Mountain Dew. Nicht gerade eine Zutat aus der Haute Cuisine, aber irgendwie klang es witzig, deshalb will Connie es ausprobieren.

Connie rollt den Teig aus. Es ist schon merkwürdig, dass sie jetzt hier steht und die kleine Hausfrau spielt, was eigentlich gar nicht ihrem Wesen entspricht. In gewisser Weise war sie im Avalon Wash and Dry besser aufgehoben – dort ist sie kaum aufgefallen, eine junge Frau mit pechschwarzen Haaren und punkigem Outfit, die praktisch Teil des Inventars war. In Madelines Teesalon ist Connie dagegen ein Fremdkörper, etwas, das nicht so recht dazupasst. In den ersten Monaten nannten die Leute sie nur das Mädchen mit den Stachelhaaren und sie weiß, dass man sie neuerdings das Mädchen mit der Ziege nennt. Das macht ihr nichts aus – Connie kann sich ein Leben ohne Serena nicht mehr vorstellen. Sie will es auch gar nicht.

Madeline legt auf. »Connie, das war Bettie Shelton. Sie würde heute Abend gern ihr Scrapbooking-Treffen im großen Wohnzimmer abhalten. Ich habe ihr gesagt, dass ich in unserem Terminkalender nachsehe und sie dann wieder anrufe.«

Connie wirft einen Blick auf die Uhr. »Es ist schon vier!«

»Ich weiß, aber sie scheint in der Klemme zu stecken und wir haben heute Abend keine Veranstaltung. Sie meint, normalerweise bringt jeder was zu essen mit, sie brauchen also nichts außer dem Raum, aber ich würde ihnen natürlich heißes Wasser und Tee hinstellen.«

Leise vor sich hin grummelnd schneidet Connie den Teig in Dreiecke. »Das hat sie letzten Monat auch schon gemacht – sich im letzten Moment anmelden. Und bestimmt will sie den Raum auch noch umsonst haben.«

»Ja«, gibt Madeline zu. »Aber sie hat gesagt, dass die Clubmitglieder hinterher beim Aufräumen helfen und dass jede von uns gratis ein Einsteigerset und ein Album bekommt. Ich muss gestehen, dass es mich reizt – ich überlege nämlich, ein Scrapbook für Maggie zu machen. Über Steven, ihren Großvater. Ich wünschte, er hätte sie noch kennengelernt – er wäre von der Kleinen hingerissen gewesen.« Maggie ist Madelines Enkelin, die einjährige Tochter ihres Stiefsohnes Ben. Jahrelang hatte zwischen Madeline und Ben Funkstille geherrscht, aber seit letztem Dezember standen sie wieder in regelmäßigem Kontakt miteinander. Connie weiß, dass Madeline sehr viel an der Beziehung liegt, dass damit aber auch alte Verletzungen und schmerzvolle Erinnerungen verbunden sind. Und sie sieht, dass Madelines Entscheidung bereits gefallen ist, in wenigen Stunden werden Bettie und ihr Scrapbooking-Club über den Teesalon hereinbrechen.

Auf Madelines Gesicht liegt ein halb sehnsüchtiger, halb trauriger Ausdruck, als sie beginnt, über die Arbeitsflächen zu wischen und die großen Kannen mit Wasser zu füllen, und sie zieht die Nase kraus, wie sie es immer tut, wenn sie gegen ihre Tränen ankämpft. Connie stößt einen Seufzer aus. Madeline ist so gut zu ihr, dass sie es aushalten kann, Bettie Shelton einen Abend lang hier zu haben.

»Ich kümmere mich nachher darum, dass im Wohnzimmer genügend Stühle stehen«, sagt Connie, während sie einen Apfelschnitz in ein Teigdreieck wickelt und die Enden festdrückt. Sie legt ihn auf ein Backblech und wendet sich dem nächsten zu. »Und wenn die hier was werden, kann ich den Damen ein paar davon aufs Büfett stellen, denke ich.«

»Ach, Connie«, sagt Madeline und lächelt sie an. »Das ist wirklich sehr lieb von dir.«

»Nicht der Rede wert«, erwidert Connie, bereits wieder in ihrer Rolle als Teesalon-Geschäftsführerin. »Ich kann hier weitermachen, wenn du dich ein bisschen frischmachen willst. Zumindest brauchen wir uns jetzt nicht mehr den Kopf wegen des Abendessens zu zerbrechen. Muss ich Teller und Besteck rausholen?«

Madeline schüttelt den Kopf. »Sie bringen Pappteller mit, das dürfte das Aufräumen wesentlich erleichtern. Ich denke, Teetassen reichen. Allerdings werden sie auch die Tische brauchen, deshalb sollen sie lieber selbst entscheiden, in welchem Zimmer sie sitzen wollen. Gut, dann rufe ich Bettie mal an und sage ihr, dass wir uns freuen, sie heute Abend bei uns begrüßen zu dürfen.« Sie zögert kurz. »Ich habe versucht, mit ihr über den Vorfall neulich zu reden, als wir sie nachts im Garten gesehen haben.«

Connie nickt interessiert. »Ich habe es am nächsten Tag erwähnt, aber sie schien keine Ahnung zu haben, wovon ich rede, oder zumindest hat sie so getan.«

Madeline nickt. »Bei mir hat sie genauso reagiert. Wahrscheinlich holt uns das Alter allmählich doch ein.«

Connie hat ein Backblech voll und nimmt sich das nächste vor. »Ich glaube nicht, dass es am Alter liegt«, sagt sie nach kurzem Überlegen. Sie weiß zwar nicht, woran es sonst liegt, aber es gibt viele Frauen in Betties Alter, einschließlich Madeline, die nicht mitten in der Nacht in Nachthemd und Hausschuhen durch die Gegend laufen.

Madeline sieht mit einem traurigen Blick aus dem Fenster. »Ich weiß.«

Aus dem Garten ist ein Meckern zu vernehmen. Madeline blickt auf die Uhr. »Klingt so, als hätte deine Ziege Lust auf einen Spaziergang. Oder auf ihr Abendessen.«

»Wahrscheinlich beides. Ich kümmere mich gleich um sie.«

»Hast du mit dem Tierarzt gesprochen oder daran gedacht, Plakate aufzuhängen?«

Mist. Weil alles so gut gelaufen ist, hat Connie gehofft, dass Madeline sich mit dem Gedanken angefreundet hat, Serena zu behalten, und der Fall wäre damit erledigt.

Madeline wartet auf eine Antwort, doch Connie schweigt. Was soll sie auch sagen? Stattdessen geht sie zum Herd und reduziert die Hitze unter dem kleinen Topf mit Butter, Zucker und Zimt.

»Connie?«

»Äh, nein, Madeline. Ich hatte es vor, aber ich bin noch nicht dazu gekommen.« Connie wendet Madeline den Rücken zu, froh, dass sie ihr Gesicht nicht sehen kann, weil sie knallrot geworden ist.

»Ich weiß, dass wir viel zu tun haben, Connie, aber ich

muss dauernd daran denken, dass sie vielleicht jemand sucht. Mittlerweile haben wir September – es ist über einen Monat her, dass du sie gefunden hast. Und sie kann nicht ewig hier bleiben – dafür werden schon die Lassiters sorgen.«

Connie nickt nur stumm und rührt mit dem Kochlöffel in der langsam schmelzenden Butter.

»Würde es helfen, wenn ich den Tierarzt anrufe?«

»Nein!« Connie wirbelt herum. »Ich meine, ich mach das schon, Madeline. Ich würde es gern selbst tun, wenn du nichts dagegen hast.«

»Nein, natürlich nicht.« Madeline betrachtet sie einen Moment. »Alles in Ordnung?«

Connie holt tief Luft. »Ja. Ich hab nur gerade darüber nachgedacht, was vor dem Treffen heute Abend noch alles erledigt werden muss. Weiter nichts.«

»Wenn es irgendwas gibt, worüber du reden willst, zum Beispiel über Serena, ich bin für dich da. In Ordnung?«

»In Ordnung.« Connie zwingt sich zu einem Lächeln, aber es gelingt ihr nicht so recht, deshalb dreht sie sich rasch wieder weg. Sie spürt Madelines forschenden Blick in ihrem Rücken, während sie die Buttermischung vorsichtig über die Äpfel gießt. Kurz darauf hört sie Madelines Schritte auf dem Weg zu ihrem Schlafzimmer.

Connie greift nach der Flasche Mountain Dew und öffnet sie. Die Limonade steigt explosionsartig hoch, und einen Moment lang befürchtet Connie, die Hälfte des Flascheninhalts würde überschäumen. Sie sieht sich schon den Boden wischen, die Äpfel im Schlafrock ruiniert, weil sie nur diese eine Flasche Mountain Dew hat. Damit wäre dann auch der Rest des Abends im Eimer.

Die Limonade schäumt jedoch nur ein wenig über und beruhigt sich wieder. Serena meckert erneut und Connie stößt erleichtert die Luft aus. Sie gießt die Limonade über die Äpfel und schiebt die Bleche in den Ofen. Dann stellt sie den Küchenwecker auf fünfundvierzig Minuten und räumt die Küche auf, bevor sie den Eimer mit den Apfelschalen nimmt und damit hinaus in den Garten geht.

Noahs Erzieherin, Miss Howe, ist am Telefon, ihre Stimme klingt gehetzt und verzweifelt. »Mrs Latham, entschuldigen Sie die Störung, aber Baxer Pickett aus Noahs Gruppe feiert heute seinen Geburtstag und irgendwie hat sich während der Pause das Meerschweinchen über die Cupcakes hergemacht.«

Igitt, denkt Frances, sagt jedoch höflich: »Das tut mir leid.«

»Ja«, sagt Miss Howe. »Die Kinder sind ganz aufgeregt und Newton muss zum Tierarzt. Deshalb habe ich mich gefragt – würde es Ihnen etwas ausmachen, etwas für Baxters Geburtstagsfeier vorbeizubringen? Seine Mutter ist in der Arbeit und kann nicht weg. Und Sie stehen diese Woche oben auf der Elterndienstliste.«

Frances stöhnt im Stillen – sie hat nicht die geringste Lust, das Haus zu verlassen. Sie ist nicht einmal angezogen, sondern läuft noch im Schlafanzug herum, an dessen Ärmeln Erdnussbutter und Marmelade kleben. Brady sitzt wie festgewachsen vor dem Fernseher, und das bereits seit drei Stunden. Frances hat ihn sogar dort essen lassen.

Was spielt es schließlich schon für eine Rolle? All diese Kleinigkeiten im Leben, hier und da ein glücklicher Moment, die Aufregung wegen einer Geburtstagsfeier im Kindergarten, das weiche Fell eines Meerschweinchens, dein kleiner Sohn, der sich an dich kuschelt. Schön und gut, aber ist es auch genug? Jetzt wo Frances dabei zusehen muss, wie vor ihren Augen ein lang gehegter Traum zerplatzt, fragt sie sich, was schlimmer ist: so etwas nie zu erleben oder die Chance geboten zu bekommen, nur damit sie dann wieder zunichtegemacht wird.

Sie und Reed haben lange über Mei Ling gesprochen, sie haben geweint, das Für und Wider gegeneinander abgewogen. Sie haben mit anderen Familien gesprochen, die sich dafür entschieden haben, ein Kind mit ähnlich gravierenden Gesundheitsproblemen wie Mei Ling zu adoptieren. Jede einzelne Geschichte ist ein Messerstich in Frances' Herz. Da gibt es Eltern, die sagen, sosehr sie ihr Kind auch lieben, auf die Auswirkungen, die es auf ihr Leben hat, seien sie nicht vorbereitet gewesen. Die finanzielle Belastung, die seelische Belastung, die familiären Probleme, die mit einer solchen Adoption oftmals verbunden sind. Ehen, die in die Brüche gehen, Kinder, die niemanden an sich heranlassen und um sich schlagen, sobald ihnen jemand nahe kommt – Geschwister, Eltern, Lehrer, Sozialarbeiter.

Da gibt es Familien, die einen neuen Platz für ihr Adoptivkind finden mussten, die erkannten, dass sie dem Ganzen nicht gewachsen waren und nach einer Lösung suchten, die möglichst allen Beteiligten gerecht wurde. Diese Geschichten findet Frances am traurigsten, und sie weiß, dass sie es nicht ertragen würde, wenn sie jemals mit einer solchen Situation konfrontiert würde.

Aber in ihrem Fall handelt es sich um eine andere Situation. Sie weiß, dass Reed versucht, die Notbremse zu ziehen, um zu verhindern, dass sie ein weiterer trauriger Fall in der Statistik werden, aber es ist zu spät, weil Frances sich Mei Ling bereits verbunden fühlt. Sie sieht eine Zukunft mit diesem Kind vor sich, was immer das auch bedeuten mag. Natürlich gibt es Katastrophenszenarien und Reed hat sich bereits jedes einzelne davon lebhaft ausgemalt. Aber Frances will nichts davon hören. Und deshalb haben sie und Reed sich immer mehr voneinander entfernt. Sie vertreten völlig unterschiedliche Positionen und es gibt keinen Mittelweg, keine Gemeinsamkeit.

»Mrs Latham?« Miss Howes Stimme holt sie in die Gegenwart zurück. Die Geburtstagsfeier, die erste in diesem Jahr. Noah hat von nichts anderem geredet, bevor er an diesem Morgen in den Kindergarten gegangen ist.

»Ich fahre beim Supermarkt vorbei und besorge etwas«, hört Frances sich sagen, obwohl sie eigentlich am liebsten wieder ins Bett kriechen würde. Sie kann schnell zwei Dutzend Cupcakes bei Pick and Save kaufen, sie im Kindergarten abliefern und binnen einer Stunde wieder zu Hause sein.

»Oh, vielen Dank!« Der Stein, der Miss Howe vom Herzen fällt, scheint so riesig zu sein, dass Frances beinahe ein schlechtes Gewissen bekommt. »Die Feier beginnt nach dem Mittagessen. Baxters Mutter hatte spezielle Cupcakes gebacken, aber das wäre in Anbetracht der kurz bemessenen Zeit zu viel verlangt. Baxter hat eine Glutenallergie, deshalb kommen normale Cupcakes oder Kekse nicht infrage, fürchte ich. Vielleicht könnten Sie etwas Obst oder Käse besorgen?«

Frances verzieht das Gesicht, erklärt sich aber auch dazu bereit. Weil sie die Angelegenheit möglichst schnell hinter sich bringen will, braucht sie nur eine Minute zum Anziehen. Brady ist nach dem stundenlangen Fernsehen so weggetreten, dass er sich widerstandslos in seinen Kindersitz verfrachten lässt. Frances drückt ihm ein Saftpäckchen in die Hand und fährt zu Pick and Save.

Dort steht sie dann niedergeschlagen und starrt die Äpfel an. Tolle Geburtstagsfeier! Ein paar Käsewürfel dazu, und es ist genauso wie jeden Tag. Plötzlich würde sie am liebsten die Äpfel durch die Gänge schleudern, die roten und grünen Trauben auf den Boden werfen. Warum muss es so schwer sein? Warum muss immer alles so verdammt schwer sein?

»Frances?«

Frances dreht sich um und sieht Hannah Wang mit einem Einkaufswagen auf sie zukommen. »Hallo, Hannah.«

Hannah lächelt. »Wie schön, Sie wiederzusehen! Wie geht es Ihnen?«

Frances liegt bereits ein »Gut« auf der Zunge, aber dann bringt sie es nicht heraus. Stattdessen füllen sich ihre Augen mit Tränen.

»Oje«, sagt Hannah. Sie kramt in ihrer Handtasche nach einem Taschentuch.

»Nein, schon gut«, sagt Frances, wischt sich mit dem Handrücken über die Augen und schnieft. »Mei Lings Arztbericht. Es … es ist etwas schiefgelaufen. Sie haben uns nicht das richtige Kind zugewiesen.« Die Worte klingen falsch in ihren Ohren. »Mei Ling hat einen schweren Herzfehler und dazu noch andere gesundheitliche Probleme. Bis morgen müssen wir uns entscheiden, aber Reed will ablehnen und auf ein anderes Kind warten.« Erneut kommen ihr die Tränen. Brady bekommt nichts davon mit, er sitzt vorne in ihrem Einkaufswagen, der wie ein Boot geformt ist, und schaut geradeaus.

»Das tut mir sehr leid«, sagt Hannah.

»Und jetzt soll ich Obst und Käse für eine Geburtstagsfeier – eine Geburtstagsfeier! – im Kindergarten meines Sohnes besorgen. Baxter, das Geburtstagskind, hat eine Glutenallergie, aber über die glutenfreien Cupcakes hat sich Newton hergemacht und jetzt ist er krank und ich stehe hier und kaufe stattdessen Obst und Käse. Obst und Käse!« Sie ist am Rand der Hysterie.

Hannahs Augen werden immer größer. Frances ist jetzt nicht mehr zu bremsen.

»Warum kann der arme Kerl nicht einfach Cupcakes essen?

Ich würde ihm ja gerne glutenfreie backen, aber ich habe keine Ahnung, wie man die backt, und ich habe auch nicht die Zeit, es herauszufinden. Aber welches Kind will denn schon Obst zum Geburtstag?« Frances deutet auf das Obst um sie herum. Brady ist aufmerksam geworden und verrenkt sich in seinem Boot den Hals, um mitzukriegen, was da hinter ihm vor sich geht. Frances atmet einmal tief durch. Sie lässt sich gegen den Griff ihres Einkaufswagens sinken. »Entschuldigung. Die letzten Tage waren ziemlich schlimm. Ich will einfach nur, dass jeder bekommt, was er sich wünscht, verstehen Sie?«

»Ich weiß, das geht mir auch so.« Hannah betrachtet die Bananen in Frances' Einkaufswagen. »Sollen Sie denn ausdrücklich Obst mitbringen?«

Frances nickt. »Baxters Mutter hatte glutenfreie Cupcakes gebacken, in der Bäckerei gibt es so was nicht. Ich glaube, Noahs Erzieherin meint, es wäre einfacher, einen Obstsalat zu machen. Da hat sie vermutlich auch recht.« Sie nimmt eine Melone und klopft halbherzig dagegen.

»Wie viele Kinder?«, erkundigt sich Hannah.

»Zweiundzwanzig. Und Miss Howe, die Erzieherin.«

»Obst für dreiundzwanzig Leute zu schneiden geht auch nicht viel schneller, als zwei Bleche Cupcakes zu backen«, sagt Hannah. Sie wirft einen Blick auf die Uhr an ihrem schmalen Handgelenk. »Wenn Sie wollen, helfe ich Ihnen, Frances. Vormittags habe ich immer viel Zeit, die meisten Geigenstunden gebe ich erst nach der Schule oder am Abend.«

»Das ist sehr freundlich von Ihnen«, sagt Frances, »aber ich habe keine Ahnung, wie man glutenfreie Cupcakes backt.«

Hannah lächelt. »Ich schon.« Dann weicht das Lächeln für einen Moment einem besorgten Ausdruck. »Aber sagen Sie mir zuerst: Wer ist Newton und wie geht es ihm?«

Die nächsten beiden Stunden vergehen wie im Flug –

Hannah schiebt ihren Einkaufswagen zielstrebig durch den Supermarkt und legt Zutaten hinein, während sie Frances erklärt, dass ihre Nachbarin ebenfalls eine Glutenallergie hat, aber furchtbar gern Kuchen und Kekse isst. Das Chaos im Haus der Lathams scheint ihr nicht aufzufallen, nicht die Reste des Frühstücks, die noch auf dem Tisch stehen, nicht die Wäscheberge, die darauf warten, dass sich jemand ihrer annimmt. Das Rezept ist einfach und geht schnell – Butter, Zucker, glutenfreies Mehl, Eier, Milch und Vanillearoma – und solange die Törtchen im Backofen sind, machen sie die Buttercreme. Mit Bradys Hilfe bekommt jeder Cupcake eine Cremehaube und wird großzügig mit bunten Streuseln verziert, die Frances immer auf Vorrat hat. Sie sprechen nicht über Mei Ling, nicht darüber, dass Frances das Gefühl hat, ihr ganzes Leben ist am Auseinanderbrechen. Stattdessen sprechen sie übers Kochen, über die Jungen, übers Geigenspielen, sogar über Jamie. Frances erkennt, wie verliebt Hannah und Jamie sind, und muss an die Kluft denken, die sich wegen der jüngsten Ereignisse zwischen ihr und Reed aufgetan hat.

Die Cupcakes werden von Noahs Gruppe mit lautem Jubel begrüßt. Noah strahlt vor Stolz und Baxter ist ganz aus dem Häuschen, weil er jetzt doch noch eine richtige Geburtstagsfeier bekommt (Newton musste leider zur Überwachung beim Tierarzt bleiben). Als ihr mittlerer Sohn sie dankbar umarmt, merkt Frances, wie sich etwas in ihrem Inneren löst. Ganz sachte. Sie würde es nicht gerade eine glückliche Entscheidung nennen, aber sie weiß, dass sie richtig ist, jedenfalls im Moment.

Auf dem Heimweg fährt sie bei Reeds Büro vorbei. Es ist zu wichtig, als dass es bis zum Abendessen warten könnte, und sie will ihn nicht länger als nötig im Ungewissen lassen. Durch die Glaswand seines Büros sieht sie, wie er mit einem

Kollegen spricht, und sie merkt, wie sehr sie ihn liebt. Das macht sie in ihrer Entscheidung noch sicherer.

Brady ruft: »Hallo, Dad!«

Reed blickt überrascht auf. »Brady«, sagt er und kommt zu ihnen. Er nimmt Frances Brady ab und gibt ihr einen Kuss. Vergräbt sein Gesicht in ihren Haaren. Sie atmet seinen Geruch ein, den Geruch ihres Mannes. Es waren nur ein paar Tage, aber sie hat ihn vermisst.

»Es tut mir leid«, sagt er. »Es tut mir leid wegen Mei Ling. Es war nicht leicht für mich, und ich kann mir kaum vorstellen, wie schwer es für dich sein muss.«

»Ja«, flüstert sie. Er führt sie in sein Büro und schließt die Tür. Brady stürzt sich sofort auf den Hefter und den Locher. Reed gibt ihm ein paar Blatt Schmierpapier.

»Lass uns heute Abend darüber reden«, sagt er.

Frances schüttelt den Kopf. »Ich glaube, wir haben alles gesagt, was es zu sagen gibt.«

Reed sieht traurig aus. »Ja. Aber ist es für dich in Ordnung?«

Sie hebt die Schultern. »Ich weiß nicht, ob ich jemals damit klarkommen werde«, gesteht sie. »Aber ich will auch keine Entscheidung von solcher Tragweite treffen, wenn wir uns nicht einig sind und beide dazu stehen. Voll und ganz. Und ich habe mich damit abgefunden, dass wir das nicht tun, auch wenn es mir das Herz bricht. Wir haben ein gutes Leben. Wirklich gut. Und dafür bin ich dankbar.«

Reed nickt. »Ich auch.«

Frances holt tief Luft. Ihre Stimme zittert. »Also, ich glaube, dass wir der Vermittlung sagen sollten, dass wir die Zuweisung ablehnen.«

Reed schweigt.

»Und außerdem glaube ich, dass ich das nicht noch mal

durchstehe. Vielleicht ist eine Adoption nichts für uns – zumindest nicht für mich. Es kommt mir nicht richtig vor, ein anderes Kind aufzunehmen, wenn ich dauernd an sie denken muss und mir vorstelle, wie es hätte sein können.«

Reed steht der Zweifel ins Gesicht geschrieben. »Bist du dir wirklich sicher, Frances?«

Sie sieht ihn an und einen Moment lang schlägt ihr Herz schneller. »Ich bin sicher. Du nicht?«

Er zögert kurz, dann sagt er: »Doch, sicher genug.«

Sie sehen einander an. Frances nimmt die Hände ihres Mannes, sie akzeptiert die Entscheidung, die sie für sich getroffen haben, auch wenn sie sich wünschte, es wäre anders gelaufen. Es ist immer noch gut so, wie es ist, daran muss sie denken, und sie darf nicht zulassen, dass ihre Familie zerbricht, wie es anderen Familien passiert ist. »Ich liebe dich, Reed«, sagt Frances schlicht.

»Ich liebe dich auch, Fran.« Er beugt sich zu ihr und küsst sie zärtlich.

»Morgen früh rufe ich bei der Vermittlung an«, sagt sie. »Ich muss das selbst tun.« Sie spürt, wie sich ihr Herz zusammenzieht, aber gleichzeitig spürt sie auch eine neue Entschlossenheit. »Und dann möchte ich wieder ein normales Leben führen.«

»Normal?« Reed lacht leise und schüttelt den Kopf. »Das kannst du vergessen. Wir haben schon vor Jahren aufgehört, normal zu sein.« Er streicht ihr über die Wange, und Frances sieht, dass er ebenso traurig ist wie sie. »Wir haben eine schlimme Woche hinter uns und ich weiß, dass du dich furchtbar gequält hast. Und es tut mir leid, dass ich morgen nach Arizona muss.«

»Es ist ja nur für zwei Tage«, sagt sie. »Ich komme schon zurecht.«

Reed sieht Brady dabei zu, wie er die letzten Zentimeter Klebestreifen abrollt, nachdem er hingebungsvoll Reeds Stuhl am Schreibtisch festgeklebt hat. »Hey, warum gönnst du dir heute nicht einen freien Abend? Du könntest dich doch mit einer Freundin treffen oder ins Kino gehen. Ich pass auf die Jungen auf.«

Frances überlegt kurz. Nachdem sie es schon geschafft hat, sich aus dem Schlafanzug zu schälen und anzuziehen, kann sie die Situation gleich nutzen. Sie will Hannah allerdings nicht überstrapazieren, die bereits so großzügig mit ihrer Zeit gewesen ist, und die meisten Mütter aus ihrem Bekanntenkreis haben etwas vor, nicht zuletzt weil es der zweite Donnerstag im Monat ist. Die Aussicht, allein irgendetwas zu unternehmen, ist wiederum nicht sehr verlockend. »Lieb von dir, aber heute hat niemand Zeit. Im Augenblick sind alle ganz versessen auf Scrapbooks, und heute Abend findet das Treffen des Scrapbooking-Clubs statt, da gehen alle hin. Es gibt ein Büfett und anschließend wird ein paar Stunden lang an den Alben gebastelt. Wenn sie damit fertig sind, ist es schon ziemlich spät.«

»Dann geh doch auch hin«, schlägt Reed vor. »Klingt so, als würde es Spaß machen.«

»Vielleicht.« Es gibt so viele Dinge, die dringlicher wären – die Garage aufräumen, die Sommersachen wegpacken –, dass sie ein schlechtes Gewissen hat, wenn sie sich vorstellt, dass sie stattdessen Perlen auf Papier klebt.

»Mir würde es auch guttun«, sagt Reed. »Ich würde gern mal wieder was mit den Jungen unternehmen. Vielleicht gehe ich mit ihnen in die Sporthalle und fordere sie zu ein paar Runden Airhockey heraus.«

»Klingt nach der optimalen Beschäftigung vorm Schlafengehen, wenn sie am nächsten Tag in die Schule und in den Kindergarten müssen«, sagt Frances, aber sie lächelt dabei.

»Ich bringe sie ins Bett, keine Sorge. Geh doch zu diesem Scrapbooking-Treffen, Fran. Wie wär's?«

Frances blickt aus dem Fenster. Vielleicht würde es ihr guttun, sie eine Weile von ihren Sorgen ablenken, ihr Kraft für das schwierige Gespräch morgen geben. Vor zwei Jahren war sie schon mal bei einem solchen Treffen, und es hatte ihr Spaß gemacht. »Na gut«, sagt sie. »So machen wir's.«

Trick McGaughy, 52
Radiosprecher und Moderator, KAVL 94.5 FM

»Ich bin Trick McGaughy und Sie sind hier bei KAVL 94.5 FM in Avalon. Wie lautet Ihre Frage?«

»Hi, Trick. Meine Schwiegermutter treibt mich in den Wahnsinn. Wir haben einen fünfjährigen Sohn und sie kauft ihm dauernd Spielsachen und Süßigkeiten, obwohl wir sie gebeten haben, das zu lassen. Damit macht sie meine Frau verrückt, und die macht mich verrückt. Was soll ich tun?«

Trick beugt sich zum Mikrofon und verschränkt die Finger. »Wie lange sind Sie verheiratet?«

»Seit sieben Jahren.«

»Und Ihr Sohn – wie ist er? Ein braves Kind?«

»Ja, er ist toll. Wir wollen nicht, dass sie ihn mit Zeug überhäuft, mit dem wir nicht einverstanden sind.«

»Hm. Nun ja, ich denke, ich habe eine Antwort auf Ihr Problem. Bereit? Hier ist sie: FINDEN SIE SICH DAMIT AB! Sie tut genau das, was eine Großmutter tun soll. Schätzen Sie sich glücklich, dass sie sich überhaupt um ihren Enkel kümmert. So, und jetzt zu unserem nächsten Anrufer … ich bin Trick McGaughy und Sie sind hier bei KAVL 94.5 FM in Avalon. Wie lautet Ihre Frage?«

»Hey, Trick. Ich wollte Ihnen nur sagen, dass mir Ihre Sendung gefällt, auch weil Sie nicht lange um den heißen Brei herumreden. Ihre ehrlichen Antworten haben mir bei jeder meiner drei Scheidungen geholfen, und dafür wollte ich mich bedanken.« Die Stimme des Mannes klingt heiser und er muss husten.

Raucher, denkt Trick. Fünfzig oder sechzig. Wahrscheinlich mit einem ziemlichen Bauch. »Das hör ich gern«, sagt er geschmeichelt. »Womit kann ich Ihnen heute helfen?«

»Na ja, ich hatte bisher nicht viel Glück bei den Frauen, wie Sie sich wahrscheinlich denken können. Aber da ist diese neue Kollegin in der Arbeit, und ich habe das Gefühl, dass es funken könnte …«

»Moment, jetzt mal langsam. Ich denke, wir wissen beide, wie das enden wird.«

»Aber ich sage Ihnen, diese Frau ist anders, Trick«, wendet der Anrufer ein.

»Die Frau vielleicht schon, aber Sie nicht. Ich glaube, das Problem liegt nicht bei den Frauen, mein Freund. Ich schlage vor, Sie bleiben erst mal ein Weilchen für sich, vielleicht legen Sie sich ein, zwei Hobbys zu. Wie wär's mit Angeln. Angeln Sie gern?«

»Eigentlich weni…«

»Ich schlage vor, Sie investieren ein paar Dollar in die Anschaffung einer guten Angelrute und üben ein bisschen Fangen und Freilassen. Das heißt, dass Sie den Fisch zurück ins Wasser werfen, nachdem Sie ihn gefangen haben. Das wäre vielleicht auch eine gute Übung für Ihr Liebesleben – Sie wollen ja nicht geradewegs auf die nächste Scheidung zusteuern, oder? Das verkürzt Ihre Lebenserwartung. Der nächste Anrufer, Sie sprechen mit Trick McGaughy …«

Trick ist eine Stunde auf Sendung, einschließlich der Werbeeinblendungen, also nimmt er sich Zeit, sich die Fragen der nächsten Anrufer anzuhören und ihnen weise Ratschläge zu erteilen. Es ist immer das Gleiche – Männer, die keine Verpflichtung eingehen wollen, Chefs, die ihre Angestellten schikanieren, genervte Babysitter, in die Brüche gegangene Liebesbeziehungen, Ehefrauen, die ihre Männer beim Angucken von Pornos im Internet erwischt haben. Meistens geht es dabei um Beziehungen, das ist der Grund, warum er Single ist und das schon seit Langem. Lieber ist er allein, als sich tagtäglich diesem Theater auszusetzen.

Sein Redakteur, Damian Moon, tippt auf seine Armbanduhr und zeigt auf das Telefon. Ein Anrufer noch, dann ist die Sendezeit vorbei. Der einfachste Job der Welt. Er wird nach Hause fahren, eine tiefgefrorene Pizza in den Ofen schieben, ein bisschen fernsehen.

»... und Sie hören KAVL 94.5 FM mit Trick McGaughy. Stellen Sie Ihre Fragen, ich werde Ihnen keine Lügen erzählen. Worum geht's?«

»Ich wüsste gern, was Sie dazu befähigt, anderen Leuten Ratschläge zu erteilen!«, tönt eine scharfe Stimme aus den Lautsprechern im Studio.

Trick wirft einen Blick zu Damian, der mit den Schultern zuckt. »Na, dieses Zeug zwischen meinen Ohren, das man Gehirn nennt«, sagt Trick. »Ich versuche, es zu benutzen, wenn andere Leute ihres nicht finden. Die meisten Leute rennen zur Therapie und es kommt nichts dabei raus – ich biete ihnen eine rasche und einfache Alternative für ein besseres Leben.« *Na, was sagen Sie jetzt, gute Frau?*

»Ein besseres Leben? Rasch und einfach? Wofür halten Sie sich eigentlich? Ich finde nicht, dass es eine gute Idee ist, die Probleme anderer Leute zu bagatellisieren!«

»Hey, die rufen mich an, nicht ich sie. Und bis jetzt hat sich noch keiner beschwert.« Tatsächlich kann Trick einen Berg Fanpost vorweisen, der das Gegenteil beweist.

»*Ich* beschwere mich, junger Mann! Eine Frau aus meinem Scrapbooking-Club hat Sie angerufen, weil sie sich mit ihrem

Mann wegen eines neuen Autos gestritten hatte und ziemlich verzweifelt war. Sie sind beide pensioniert, haben keine Schulden, und Sie haben ihr erklärt, sie soll nicht so ein Geizkragen sein und die Sache ein bisschen lockerer sehen, auf was sie denn noch warten will. Vielleicht interessiert es Sie, dass sie sich Ihren Rat zu Herzen genommen und eines ihrer Rentenkonten gekündigt hat, damit sie das neue Auto kaufen konnten. Das ihr Mann dann schnurstracks gegen einen Baum gefahren hat, weil er blind wie ein Maulwurf ist. Gott sei Dank ist niemand dabei ernsthaft zu Schaden gekommen!«

Trick kann sich vage an den Anruf erinnern, es ist vielleicht zwei oder drei Monate her. »Gute Frau, ich bin kein Finanzexperte und ich arbeite auch nicht für die Zulassungsstelle. Ich sag nur, wie es ist. Ich äußere meine Meinung, fertig. Und vielleicht sollten Sie mal darüber nachdenken, dass ihm das neue Auto vielleicht das Leben gerettet hat. Wenn sie irgendeine alte Kiste gekauft hätten, hätte es die bei dem Unfall womöglich zusammengequetscht wie ein Akkordeon.« Damian reckt den Daumen in die Höhe und Trick grinst.

»Ach so?«, sagt die Frau und ihre Stimme wird laut. »So sieht das der große Zampano also?«

Der große Zampano. Trick strafft die Schultern, obwohl ihn die Anruferin nicht sehen kann. »Ja, so sehe ich das. Und außerdem finde ich, dass Sie sich um Ihren eigenen Kram kümmern sollten. Die Leute haben es schon schwer genug im Leben, ohne dass sich dauernd jemand einmischt. Leute wie Sie sind das Problem, nicht die Lösung. Wenn Ihre Freundin mit meinem Rat nicht zufrieden war, dann soll sie mich selbst anrufen.«

»Ich will Ihnen mal was sagen, eines der größten Geschenke im Leben ist es, Menschen um sich zu haben, die sich um einen kümmern«, kontert sie barsch. »Haben Sie angerufen und

Ihre Hilfe angeboten, als der Mann gegen den Baum geknallt ist? Haben Sie seine Frau ins Krankenhaus gefahren, eine Telefonkette eingerichtet, damit die Leute anrufen und Essen vorbeibringen? Sitzen Sie an seinem Krankenbett? Putzen Sie das Haus? Reden Sie mit der Versicherung? Sorgen Sie dafür, dass die Katze ihr Futter bekommt?«

Trick rutscht unbehaglich auf seinem Stuhl hin und her. »Gute Frau, ich kenne die Leute ja nicht einmal.«

»Eben.« In ihrer Stimme schwingt Selbstgefälligkeit mit. »Ich weiß, dass die Leute Ihnen weiter zuhören werden, egal, was ich sage. Ich weiß, dass Sie allein leben und ein Einzelgänger sind. Das ist doch kein Leben, Mr McGaughy. Wir alle brauchen Menschen um uns. Deshalb werde ich zu Ihnen ins Studio kommen …«

Trick sieht erschrocken Damian an. Weder tritt er jemals persönlich in Erscheinung, noch will er, dass die Stimmen, mit denen er es zu tun hat, ein Gesicht bekommen, auf gar keinen Fall. »Tun Sie das nicht …«, setzt er an.

»… und meine Karte abgeben, zusammen mit ein bisschen Material, damit Sie mal zu einem Treffen des Scrapbooking-Clubs kommen und einige der Menschen kennenlernen können, die Ihnen zuhören. Und ich denke, dann sollten ausnahmsweise mal Sie denen zuhören. Auf diese Weise lernen Sie vielleicht ein oder zwei Dinge über das wahre Leben und können den Leuten in Zukunft bessere Ratschläge erteilen. Und da ich weiß, dass das eine Livesendung ist, sind alle Ihre Zuhörer meine Zeugen, und die Mitglieder des Scrapbooking-Clubs werden es sich zur Aufgabe machen, Sie so lange anzurufen, bis Sie zu einem Treffen kommen.«

»Ich komme zu gar keinem Treffen und damit ist unsere heutige Sendezeit zu Ende. Ich bin Trick McGaughy und …«

»… und Mr Moon, Ihre Mutter und ich kennen uns seit

einer halben Ewigkeit. Sie ist eine nette Frau und ebenfalls Mitglied des Clubs. Wir *beide* erwarten Sie zu unserem Treffen heute Abend.«

Voll Panik drückt Damian eine Taste, um die Musikeinspielung zu starten, aber es ist zu spät. Der Schaden ist bereits angerichtet.

Trick nimmt die Kopfhörer ab und sieht Damian an. »Was war das denn?«

»Oh Mann, sie hat es meiner Mutter erzählt?«, sagt Damian kopfschüttelnd. »Das ist hinterhältig.«

»Also, ich gehe jedenfalls nicht dahin«, sagt Trick stur. Er mag es nicht, zu etwas gezwungen zu werden. Deshalb beschränkt er den direkten Kontakt mit seinen Mitmenschen auf ein Minimum.

»Hast du nicht gehört, was sie gesagt hat?« Damian wirkt verärgert. »Du musst dahin! Außerdem will ich nicht, dass meine Mutter sauer auf mich ist – sie hat sowieso schon damit gedroht, mich rauszuwerfen.«

Trick ist genervt. »Ich verstehe nicht, warum du noch zu Hause wohnst, Damian«, erwidert er, »du bist vierzig.«

»Hey, ich zahl keine Miete. Nicht jeder ist ein Radiostar. Außerdem hat sie Kabel ...«

Trick schüttelt nur den Kopf.

»... und sie ist meine Mutter.« Damian senkt den Blick. »Sie war einsam, nachdem mein Vater gestorben ist. Bei der Scheidung hat Marcia das Haus bekommen – und ich wusste nicht, wohin. Es war für uns beide von Vorteil. Außerdem ist es auch ganz nett da.« Er sieht Trick an. »Hör mal, du tätest mir einen Gefallen, wenn du hingehen würdest, Trick.«

Trick verzieht das Gesicht. Er arbeitet jetzt seit zehn Jahren mit Damian zusammen, aber er hält Arbeit und Beruf strikt getrennt. Und ein Scrapbooking-Treffen? Trick weiß nicht einmal genau, was das ist. »Tut mir leid, Kumpel, aber ich habe heute Abend schon was vor.«

»Nein, hast du nicht. Und, Trick, ich würde es für dich auch tun.« Damians Gesicht ist ernst, und Trick weiß, dass es stimmt.

»Na gut«, knurrt er. »Dann geh ich eben.« Als Damian ihm erleichtert auf die Schulter klopft, zieht ein Grinsen über sein Gesicht.

»Du bist ein guter Freund«, sagt Damian und Trick sieht ihn überrascht an. Da er mit niemandem Umgang pflegt, ist er es nicht gewöhnt, so genannt zu werden. »Meine Mutter bringt zu diesen Treffen immer ihren Hackfleisch-Mais-Eintopf mit, der ist wirklich gut. Ich sag ihr, dass sie für dich ein bisschen mehr machen soll. Hey, du bist noch nie bei uns zu Hause gewesen. Warum schaust du vor dem Treffen nicht kurz vorbei? Ich beschreib dir den Weg. Die alten Damen haben bestimmt jede Menge Fragen an dich. Das könnte richtig Spaß machen!« Damian plappert aufgeregt drauflos wie ein Teenager.

Trick ist sich da nicht so sicher, aber jetzt kann er keinen Rückzieher mehr machen. Und was den Spaß betrifft, weicht Tricks Ärger allmählich fast so etwas wie Respekt – es geschieht nicht jeden Tag, dass ihm ein Anrufer verbal das Wasser reichen kann, und wenn er ehrlich ist, ist er sogar ein bisschen neugierig auf die Frau, die wie eine alte Oma klang. Trick muss an seine Großmutter denken, die jetzt schon lange tot ist, aber zu ihren Lebzeiten genauso temperamentvoll war.

»Hackfleisch-Mais-Eintopf«, sagt er und nickt. »Gut, ich bin dabei. Wann soll ich da sein?«

Kapitel 9

»Das ist echt typisch«, beschwert sich Isabel und rührt in ihrer Tomatensuppe. Sie wirft eine Handvoll Croûtons hinein und wünschte, sie hätte daran gedacht, etwas Richtiges zu essen einzukaufen und mitzubringen. Yvonne hat offensichtlich nie mehr als Dosensuppe und Reiscracker in ihrer Speisekammer. »Du stolperst über den einzigen verfügbaren Mann in Avalon, und der ist auch noch ein Hingucker.«

»Und was für einer.« Yvonne strahlt.

Isabel sieht sie missmutig an. »Aber er wohnt bei seiner Mutter«, erinnert sie sie.

»Ja, ich bin mir selbst noch nicht ganz sicher, was ich davon halten soll. Aber vielleicht gibt es ja einen guten Grund dafür, vielleicht ist sie krank oder so.« Yvonne runzelt die Stirn. »Obwohl sie auf mich eigentlich einen ganz gesunden Eindruck gemacht hat. Also das ist es wahrscheinlich nicht.«

»Vielleicht ist er schwul«, sagt Isabel ein bisschen zu hoffnungsvoll.

»Haha, das wünschst du dir wohl. Aber das glaube ich nicht«, sagt Yvonne grinsend.

Isabel deutet mit ihrem Löffel auf Yvonne. »Ich hab's. Er ist der Teufel in Menschengestalt.«

Yvonne verdreht die Augen.

»Was denn? Ich meine damit nur, es klingt zu schön, um wahr zu sein.« Isabel wohnt schon lange genug in Avalon, um zu wissen, dass die Einwohnerzahl infolge der Zuzüge von Pensionisten und jungen Familien zwar ständig steigt, die Kleinstadt aber nicht gerade scharenweise gut aussehende Junggesellen anlockt. »Was macht er gleich noch mal? Beruflich?«

»Irgendeine Art Familienunternehmen. Wir hatten nicht die Zeit, uns ausführlich darüber zu unterhalten.« Yvonne rührt geistesabwesend in ihrer Suppe. »Außerdem heißt ein Date noch gar nichts. Und wenn es gut läuft und wir uns noch mal treffen, dann können wir ja ein Doppel-Date draus machen.« Sie sieht Isabel an. »Das wäre doch lustig!«

»Das soll wohl ein Witz sein.« Schlimm genug, dass Yvonne sich aufführt wie ein alberner Teenager, jetzt will sie Isabel auch noch mit hineinziehen.

»Nein, das meine ich total ernst. Ist doch ein guter Plan: Wir verabreden uns zu einem Doppel-Date, du nimmst ihn unter die Lupe und bewahrst mich möglichweise vor einer Enttäuschung. Es sei denn, es stellt sich heraus, dass er tatsächlich so perfekt ist, wie er aussieht.«

»Das bezweifle ich.«

Yvonne lässt sich nicht beirren. »Das kann man nie wissen«, flötet sie und macht Anstalten, Isabels Teller abzuräumen.

»Hey, ich bin noch nicht fertig«, protestiert Isabel, den Löffel noch in der Hand.

»Wir müssen beide mehr auf unsere Ernährung achten«, erklärt Yvonne und stellt die Teller in die Spüle. »Lass uns einen Salat essen gehen.« Sie nimmt Isabel den Löffel aus der Hand und wirft ihn zu den Tellern.

Isabel zieht eine Schnute. »Falls es dir entgangen sein sollte, *ich* habe niemanden, für den ich in Form bleiben muss.«

»Es geht eigentlich auch nicht nur darum, was wir essen, Isabel. Ich spreche davon, dass wir von innen heraus etwas verändern müssen.«

»Na toll. Als Nächstes erzählst du mir, dass du Lifestyle-Trainerin bist.«

»Ich meine es ernst, Isabel. Wir sind beide seit ewiger Zeit immer im gleichen Trott, funktionieren mehr oder weniger automatisch. Vielleicht sollten wir öfter mal etwas tun, was gut für uns ist.«

»Aber sicher nicht wegen eines Kerls«, sagt Isabel. »Das habe ich bei Bill gemacht, und du siehst ja, was es mir gebracht hat.«

»Wir würden es nicht wegen irgendeines Kerls tun«, erwidert Yvonne. Sie dreht den Wasserhahn zu und setzt sich neben Isabel. »Wir würden es nur für uns selbst tun.«

Isabel schüttelt skeptisch den Kopf.

»Weißt du«, sagt Yvonne ernst, »ich möchte mich mit mir selbst wohlfühlen ...«

»Von innen heraus. Schon kapiert.«

»... *damit ich mehr aus meinem Leben machen kann.* Ich bin Handwerkerin geworden, weil ich etwas verändern wollte, und aus irgendeinem Grund stecke ich inzwischen so sehr in meinem Alltagstrott, dass ich das ganz vergessen habe. Das wäre vielleicht eine Möglichkeit, wieder zu uns selbst zu finden.«

Yvonne sagt das mit so viel Ernsthaftigkeit, dass Isabel sich auf die Zunge beißt und darauf verzichtet, einen Witz über irgendwelche rituellen Tänze bei Mondschein und Mutter Erde zu reißen. Und es ist tatsächlich so, dass sie neulich beinahe der Schlag getroffen hätte, als sie auf der Waage stand. Sie war ihr Leben lang schlank, wenn auch nie so schlank und wohlproportioniert wie Yvonne, aber an einigen Stellen hat sie in letzter Zeit zugelegt, und das ärgert sie. Früher hat sie auch gern gekocht – zumindest einfache Gerichte, aber Bill schmeckte es und er lobte sie für ihre Kochkünste. Vielleicht macht sie sich deshalb nicht mehr die Mühe – sie erträgt es nicht, in der Küche zu stehen und eines ihrer Lieblingsgerichte zu kochen, das auch Bills Lieblingsgericht war. Isabel hat es sich angewöhnt, zum Essen auszugehen, und sie könnte es sich durchaus noch eine Weile leisten, aber jetzt wird ihr klar, dass sie so nicht weitermachen will.

»Na gut«, sagt sie zögerlich, weil sie sich nicht so recht vorstellen kann, was Yvonne eigentlich meint. Hoffentlich hat es nichts mit strikten Essensplänen und Kalorienzählen zu tun, darauf hat sie nämlich keine Lust. »Übrigens, was dieses Doppel-Date betrifft, ist dir schon aufgefallen, dass ich niemanden habe, den ich dazu mitbringen könnte?«

»Ach, da mach dir mal keine Sorgen«, sagt Yvonne munter. Sie greift nach einem Zettel und fängt an, eine Einkaufsliste zu schreiben. »Männer wie Hugh haben immer Freunde. Ich bin sicher, dass einer von denen mit dir ausgehen will.«

»Großartig, herzlichen Dank, jetzt fühle ich mich gleich viel besser.«

Yvonne lacht und im gleichen Moment klingelt das Telefon. Sie wirft einen Blick auf das Display und packt Isabel am Arm. »Das ist Hugh! Soll ich rangehen?«

Bevor Isabel antworten kann, drückt Yvonne auf die grüne Taste und strafft die Schultern. »Yvonne Tate«, sagt sie, und ihre Stimme ist eine Mischung aus lasziver Verführung und gespielter Langeweile.

Isabel hört zu, wie ihre Freundin angeregt redet und hin und wieder lacht. *Aha, so funktioniert das also mit dem Flirten*, denkt sie und verspürt einen Anflug von Eifersucht. Bei ihr ist das so lange her, dass sie es inzwischen vergessen hat. Bill war ihre erste richtige Liebe gewesen und sie hatte ihn geheiratet, hatte vorgehabt, für alle Zeiten mit ihm zusammenzubleiben. Anders als er.

Sie wäre leichter über die Sache mit Ava hinweggekommen, wenn es da nicht dieses Kind gegeben hätte. Das Kind war unfair, dagegen hatte sie keine Chance. Isabel hatte drei Fehlgeburten gehabt, nachdem sie jahrelang versucht hatte, schwanger zu werden, und dafür alle möglichen Fruchtbarkeitsbehandlungen auf sich genommen hatte. Bill hatte sich immer Kinder gewünscht, und obwohl er schwor, die Schwangerschaft sei nicht geplant gewesen, schien das alles ein bisschen zu gut zu passen. Und jetzt ist Isabel allein, ohne Mann, ohne Kinder, sogar ohne Exmann, und Yvonne ist ihre einzige Freundin. Wie groß ist die Wahrscheinlichkeit, dass da draußen jemand herumläuft, der mit ihr ausgehen will?

»Also wirklich, Hugh«, sagt Yvonne kichernd.

Das ist Isabel immer fremd geblieben, dieses Geplänkel in der Kennenlernphase. Sie bekommt es in der Arbeit ständig mit, sie kann es praktisch aus einem Kilometer Entfernung riechen, wenn sich zwischen zwei Kollegen etwas anbahnt. All das Geschäker und die kleinen Zeichen, von denen die Leute immer denken, dass keiner sonst etwas davon mitkriegt, dabei ist genau das Gegenteil der Fall – es ist so offensichtlich, dass man die Uhr danach stellen könnte. *In 5 Minuten im Pausenraum. XX.*

»Das ist keine gute Idee«, sagt Isabel, kaum dass Yvonne aufgelegt hat. »Ich habe es mir anders überlegt.«

»Du kannst es dir nicht anders überlegen, ich habe schon mit unserer Einkaufsliste angefangen«, erwidert Yvonne gelassen und hält den Zettel in die Höhe.

»Da steht nichts außer unseren Namen drauf, Yvonne.«

»Das ist immerhin ein Anfang. Hey, willst du wissen, was Hugh gesagt hat?«

Eigentlich nicht, aber Isabel ist klar, dass Yvonne es ihr sowieso erzählen wird, ob sie es nun hören will oder nicht, deshalb zuckt sie mit den Schultern und sagt: »Schieß los.«

»Er hat gesagt, dass Toby mich vermisst.«

Isabel tut so, als müsste sie sich übergeben. Yvonne klopft ihr lachend auf den Rücken und in diesem Moment klingelt Isabels Handy.

»Na, jetzt wird's interessant«, sagt Yvonne, während Isabel in ihrer Handtasche kramt. »Vielleicht ist es ja jemand, der sich zu einem heißen Date mit *dir* verabreden will.«

»Ha, ha«, sagt Isabel, aber seltsam ist es schon. Diese Nummer kennt niemand außer ihrem Chef und Yvonne. Sie sieht auf das Display, aber die Nummer ist ihr unbekannt.

»Sag ihm, du magst Chardonnay und lange Strandspaziergänge«, flüstert Yvonne, als Isabel sich meldet.

»Isabel!«, kreischt es ihr entgegen. »Ich hoffe doch sehr, Sie sind kein Nesthocker!«

Nesthocker? Was? Isabel wirft noch einmal einen Blick auf das Display, dann hält sie das Telefon wieder ans Ohr. »Wer ist denn da?«

»Ich bin bei Madeline und wir wollen gleich anfangen, aber ich habe meine Klebepads vergessen. Sie sollten sich also besser sputen.«

Bettie. Yvonne hat sich neugierig zu ihr gebeugt und versucht mitzuhören. Isabel schiebt sie weg. »Woher haben Sie diese Nummer?«, fragt sie.

»Der Schlüssel liegt unter der Fußmatte und die Klebepads finden Sie in der großen Schachtel auf dem Regal, auf der KLEBSTOFF steht.« Isabel hört Gemurmel am anderen Ende und dann wieder Betties Stimme: »Danke, Tess, aber Isabel kümmert sich schon darum.«

»Bettie, ich bin nicht mal zu Hause …«

»Wir warten so lange. Sieht so aus, als hätten wir heute Abend ein volles Haus. Bis gleich!« Bettie legt auf, bevor Isabel noch etwas erwidern kann.

»Unglaublich«, murmelt Isabel. Sie wiederholt das kurze Gespräch für Yvonne, die ihr interessiert zuhört.

»Na ja, offenbar ist deine Hilfe gefragt«, sagt Yvonne entschieden.

»Kommt gar nicht infrage.« Isabel verschränkt ihre Arme. »Ich bin doch nicht ihr Laufbursche.«

»Nein, bist du nicht. Du bist ihre Nachbarin.« Yvonne schaltet das Licht in der Küche aus und greift nach ihrer Handtasche. »Komm schon, ich begleite dich. Es ist bestimmt nett, sie alle wiederzusehen.«

Brummend sucht Isabel ihre Sachen zusammen. »Und weißt du, was sie noch gesagt hat? Sie hat mir vorgehalten, ich wäre ein Nesthocker.«

»Müsstest du dazu nicht bei deinen Eltern wohnen?«

»Ja, eben.«

»Bestimmt hat sie Stubenhocker gemeint. Wahrscheinlich hat sie zu viel im Kopf, sie muss sich auf das Treffen vorbereiten und gleichzeitig eine Lösung für die Klebepads-Katastrophe finden. Was ist das eigentlich?« Yvonne hält ihr die Haustür auf.

»Was weiß denn ich. Sicher irgend so ein überteuerter Scrapbook-Kram.«

»Das Einzige, was noch schlimmer wäre, wäre die Trockene-Stempel-Krise.«

»Oder die Welche-Pailletten-nehm-ich-bloß-Frage.« Bei dem Treffen in Isabels Haus hatte Mrs Wingert eine geschlagene halbe Stunde damit verbracht, über die richtigen Pailletten für ihr Scrapbook nachzudenken und sich Sorgen zu machen, dass sie die falsche Wahl treffen könnte.

»Fuchsia oder Blaugrün?«, sagt Yvonne lachend.

Sie brauchen für die Fahrt weniger als fünf Minuten. Isabel wirft einen Blick auf ihr Haus, das dunkel und verlassen dasteht, dann geht sie, gefolgt von Yvonne, zu Betties Haus.

Isabel mustert den Willkommensgruß an Betties Tür. VORSICHT, DIESES HAUS WIRD VON EINER EIFRIGEN SCRAPBOOKERIN BEWACHT. Sie stößt einen Seufzer aus und bückt sich, hebt die eine Ecke der Fußmatte an, dann die andere.

»Hier liegt kein Schlüssel«, sagt Isabel. Sie hebt die Fußmatte hoch und schüttelt sie. Schmutz und zerbröselte Blätter rieseln zu Boden.

Yvonne dreht am Türknauf. »Abgeschlossen«, verkündet sie.

Die beiden Frauen sehen sich auf Betties Veranda um. Eine alte gusseiserne Bank, ein paar vertrocknete Topfpflanzen. In der Ecke am anderen Ende steht eine sechzig Zentimeter hohe Engelsstatue, sie hat keine Nase mehr und ist von Spinnweben bedeckt.

»Ich frage mich …«, sagt Isabel und geht hinüber. Sie rüttelt an dem Engel und muss niesen, als sie eine Staubwolke aufwirbelt. »Dieses Ding wiegt eine Tonne.«

»Schau mal!«, ruft Yvonne, und in diesem Moment sieht es auch Isabel. Das Aufblitzen von Metall. Ein Schlüssel.

Isabel hebt ihn auf. »Der hat aber eine merkwürdige Form«, sagt sie stirnrunzelnd. »Sieht irgendwie zu klein aus.«

»Probier ihn trotzdem mal«, schlägt Yvonne vor.

Isabel versucht den Schlüssel ins Schloss zu stecken, aber er passt nicht. »Geht nicht«, sagt sie. Sie sieht Yvonne an. »Was machen wir jetzt?« Sie legt den Schlüssel wieder unter den Engel und wischt sich die Hände ab.

Yvonne kaut auf ihrer Unterlippe, auf ihrem Gesicht liegt ein unentschlossener Ausdruck. »Na gut, es ist so: Ich kann uns vermutlich Zutritt zum Haus verschaffen, aber dafür muss ich zu etwas unkonventionellen Methoden greifen.«

»Schließen diese Methoden einen Stein und ein Fenster ein?«

»Natürlich nicht!« Yvonne sieht sie streng an.

»Schon gut, schon gut. Aber mach schnell!«

Yvonne geht zu ihrem Auto und kommt mit ihrem Werkzeugkasten zurück. Sie kramt darin und hält dann etwas in die Höhe, das wie zwei Stücke dicker Draht aussieht. Schnell wendet sie sich der Tür zu und fuhrwerkt damit im Schloss herum. Wenige Sekunden später ist ein Klicken zu vernehmen, Yvonne dreht den Knauf und die Tür schwingt auf.

Isabel starrt sie an. »Bist du nebenher Einbrecherin? Hast du ein Vorstrafenregister?«

»Mach dich nicht lächerlich. Ich habe während meiner Ausbildung ein paar Schlosserkurse besucht, das ist alles. Dabei habe ich ein paar Tricks gelernt. Jetzt komm schon.«

In der Diele bleiben die beiden Frauen wie angewurzelt stehen.

»Du lieber Gott«, sagt Yvonne erschrocken. »Was ist denn hier passiert?«

Isabel blickt sich sprachlos um. Es sieht aus, als wäre ein Hurrikan durchs Haus gefegt – überall sind Sachen verstreut, auf dem Boden liegen Bücher und Briefe, Tische und Regale quellen von Scrapbook-Utensilien über. »Keine Ahnung«, bringt sie schließlich heraus.

Yvonne greift nach ihrem Handy. »Soll ich die Polizei rufen?«

Isabel schüttelt den Kopf. »Die Tür war abgeschlossen, schon vergessen? Hier ist niemand eingebrochen.« Sie macht einen vorsichtigen Schritt nach vorn und beginnt dann langsam durch Betties Haus zu gehen.

Sie war nicht oft hier, aber bei ihren wenigen Besuchen ist Betties Haus immer tipptopp aufgeräumt gewesen. Bettie gehört zu den Leuten, die alles in ordentlich beschrifteten, zueinanderpassenden Schachteln aufbewahren. Aber jetzt herrscht das pure Chaos. In der Küche stapelt sich schmutziges Geschirr in der Spüle, überall stehen Teller mit Essensresten herum. Es stinkt erbärmlich.

»Als ich hier war, um die Spüle zu reparieren, hat es noch nicht so ausgesehen«, sagt Yvonne verblüfft. »Wann war das, vor einem Monat? Da stimmt etwas ganz und gar nicht.«

So viel steht fest. Aber Isabel bezweifelt, dass irgendjemand außer Bettie etwas damit zu tun hat.

Erneut klingelt ihr Handy und auf dem Display wird die gleiche Nummer wie vorhin angezeigt. »Bettie?«

»Isabel, wo stecken Sie denn? Haben Sie die Klebepads gefunden? Wir wollen jetzt anfangen, aber wie soll ich etwas über ›Die Geheimnisse des Scrapbooking‹ erzählen, wenn ich die Pads nicht habe!« Bettie klingt ungehalten.

»Ich bin gerade bei Ihnen angekommen«, sagt Isabel und bedeutet Yvonne mit einer Geste, mit der Suche zu beginnen. »Aber es ist, äh, nicht so einfach, sie zu finden.«

»Stellen Sie sich nicht so an. Sie müssen nur in meine Werkstatt. Sie befindet sich auf der Rückseite des Hauses, neben der Waschküche.« Bettie legt auf.

»Aber gerne«, murmelt Isabel.

Sie bahnen sich einen Weg in die Werkstatt, in der es kaum besser aussieht als im übrigen Haus. Nach einigen Minuten findet Isabel die Schachtel mit der Aufschrift KLEBSTOFF, in der sich allerdings alles außer Klebstoff befindet.

»Vielleicht sollten wir beim Schreibwarenladen vorbeifahren und welche kaufen«, schlägt Yvonne vor.

»Wir wissen ja nicht mal, wonach wir eigentlich suchen«, sagt Isabel und öffnet eine Schachtel nach der anderen. Ein paar Minuten später hält sie triumphierend eine Schachtel mit der Aufschrift SCHNÜRE in die Höhe. »Bingo. Klebestifte, Klebepistolen, Tapetenkleister, Klebeband und …« Sie liest von einer Packung ab: »Doppelseitige Klebepads!«

Yvonne muss würgen, als sie eine halb leere Packung mit verschimmelten Donuts hochhebt und in einen überquellenden Mülleimer fallen lässt. »Wir brauchen keine Diät mehr – mir ist der Appetit vergangen. Für länger.«

Isabel deutet mit dem Kopf zur Tür, sie kann sich einfach keinen Reim auf das Durcheinander ringsum machen. »Mir auch. Lass uns gehen.«

»Ich erkläre das September-Treffen der Avalon Ladies Scrapbooking Society hiermit für eröffnet. Bitte nehmen Sie Platz, meine Damen.«

Ava hält die Luft an. Hier sind so viele Frauen, die ihr bekannt vorkommen, einige, an die Ava sich erinnert. Sie wünschte, sie hätte abgelehnt, als Bettie sie angerufen und zum Essen in den Teesalon eingeladen hat. Dummerweise hatte sie angenommen, Bettie wolle etwas von ihr kaufen oder sich ein paar Anregungen holen, und sie war so beflügelt von der Nachricht, dass Margot beinahe ihren gesamten Schmuck verkauft hatte, dass sie zugesagt hatte, ohne lange nachzudenken.

Max ist dabei, seinen Arm mit Stickern zu bekleben. »Schau mal«, sagt er zu Ava, die einen Finger auf die Lippen legt.

»Ssch«, flüstert sie, lächelt dabei jedoch und zieht ihn auf ihren Schoß. Als sie in den Teesalon gekommen waren, hatte Bettie bereits eine kleine Packung Sticker und Papier für ihn bereitgelegt.

Ava drückt Max an sich. Er ist ganz aufgeregt, hier zu sein, und hat es vorhin sichtlich genossen, von den Damen des Scrapbooking-Clubs verwöhnt zu werden. Ava ist froh, dass sie nicht allein hier ist, und sie hat vor, Max als Ausrede zu gebrauchen, um möglichst schnell wieder zu verschwinden. *Max muss leider ins Bett,* wird sie mit einem entschuldigenden Lächeln zu Bettie sagen, sobald sich die Gelegenheit bietet.

Ungeduldig wartet sie, während Bettie das Protokoll des letzten Treffens verliest und verschiedene Ankündigungen macht.

»Heute Abend möchte ich, dass alle über das Album hinausdenken«, sagt Bettie gerade. »Erinnerungen gibt es überall. Es geht nicht allein um die großen Ereignisse, sondern auch um die kleinen Momente. Beim Scrapbooking dreht es sich nicht darum, etwas hübsch auf einer Seite zu arrangieren, sondern um Ihre Empfindungen und um die kleinen Dinge im Leben, die etwas Besonderes sind, die schön sind. Laden Sie andere dazu ein, eine emotionale Reise mit Ihnen zu unternehmen. Am leichtesten gelingt Ihnen das, wenn Sie strukturierte Oberflächen in Ihre Layouts integrieren.« Sie blickt stirnrunzelnd zur Tür. »Jetzt könnte Isabel aber wirklich bald mal mit den Klebepads kommen.«

Erschrocken sieht Ava sich um. Hat Bettie etwa Isabel Kidd gemeint?

»Also, da es heute Abend um Struktur geht, freue ich mich, Ihnen unseren Überraschungsgast vorzustellen, Ava Catalina. Sie ist die Inhaberin von Free Hearts, einer Kronkorken-Schmuck-Firma.«

Trotz ihrer Nervosität spürt Ava, dass sie vor Freude rot wird. Inhaberin? Firma? Das klingt so offiziell, so real. Bettie nickt ihr zu, und die Frauen drehen sich um und beginnen zu klatschen.

»Und ihr Sohn, Matt …«

»Max«, korrigiert Ava höflich, während Max wie auf ein Stichwort lächelt. »Vielen Dank, dass ich heute hier sein darf«, fügt sie für alle anderen Anwesenden hinzu. Sie erntet freundliches Nicken. Niemand scheint zu wissen, wer sie ist, auf jeden Fall erhält sie keine bösen Blicke.

»Ava ist nach der Pause an der Reihe«, fährt Bettie fort. »Außerdem freue ich mich, Ihnen mitzuteilen, dass ich für alle Neulinge in zehn Minuten eine Einführung zum Scrapbooking gebe. Und was die übrigen Anwesenden betrifft, Madeline hat uns das Wohnzimmer und das Esszimmer zur Verfügung gestellt, also suchen Sie sich einen Platz und lassen Sie uns mit dem Scrappen beginnen!« Ava zuckt zusammen, als Bettie mit einem lauten Knall einen verzierten Hammer auf einen Holzklotz sausen lässt.

Unter aufgeregtem Gemurmel erheben sich die Frauen und verteilen sich rasch an den Tischen. *Nach der Pause*, denkt Ava voll Entsetzen. Vielleicht kann sie mit Bettie reden, ihr erklären, dass sie leider nicht so lange bleiben kann, weil Max ins Bett muss.

»Vergessen Sie nicht, Ihre Motivstanzer zu benutzen«, ruft Bettie gerade. »Und holen Sie Ihre Buchstaben raus, wenn Sie es bis jetzt nicht getan haben – das ist die Gelegenheit!«

»Du lieber Gott«, hört Ava jemanden hinter sich murmeln. »Lass uns diese Dinger abliefern und schnell wieder verschwinden.«

»Nur fünf Minuten«, bettelt eine zweite Stimme. »Hast du diese entzückenden Anhänger gesehen, die Bettie diesen Monat in die Sets gepackt hat, Isabel? Ich glaube, die Technik nennt man Embossing.«

»Ich tu jetzt mal so, als würden wir diese Unterhaltung nicht führen«, lautet die gereizte Erwiderung.

Ava dreht den Kopf und erstarrt, als sie sieht, wen sie da eben belauscht hat. Es ist tatsächlich Isabel Kidd, und sie ist mit ihrer Freundin da. Ava findet die beiden beeindruckend.

Sie sind so selbstsicher und hübsch, auch wenn Isabel im Moment etwas säuerlich dreinschaut. Ava lässt sich tief in ihren Stuhl sinken und vergräbt das Gesicht in Max' Haaren, während sie fieberhaft nach einem Ausweg sucht.

»NA ENDLICH!«, vernimmt sie Betties Stimme. »Ich dachte schon, Sie kommen überhaupt nicht mehr! Sie können sie dorthin legen. Und Sie haben Yvonne mitgebracht, wie nett!«

Während die beiden Frauen zu Bettie gehen, nimmt Ava Max auf den Arm und eilt zur Tür.

»Was für ein hübscher kleiner Mann!« Eine Frau mit einer Packung Teebeutel in der Hand bleibt stehen und lächelt sie an. Ava erkennt in ihr die Besitzerin des Teesalons.

»Ich bin Madeline«, sagt die Frau. »Und das ist Connie.« Sie deutet mit dem Kopf auf die junge Frau hinter ihr. Connie hat einen Teller mit Gebäck in der Hand.

»Ich hab Hunger, Mommy«, sagt Max und sieht Ava an. Als sie gekommen sind, wollte er nichts essen, weil er das ganze Drumherum viel zu aufregend fand. Ava hatte selbst nur ein paar Bissen herunterbekommen, sie hatte den Schock noch nicht verwunden, dass ihr »Abendessen« mit Bettie dreißig andere Frauen mit einschloss, von denen jede ein mit Papier gefülltes Wägelchen hinter sich herzog.

»Auf dem Büfett steht noch jede Menge Essen«, sagt Madeline. »Ich glaube, die Damen haben Proviant für eine Woche mitgebracht. Bedienen Sie sich.«

»Wir müssen gehen«, sagt Ava rasch. »Aber vielen Dank.«

»Ich hab Hunger«, wiederholt Max und es klingt leicht quengelig.

»Hier«, sagt Connie und gibt Max ein Stück von dem Gebäck. Gleich darauf sieht sie Ava schuldbewusst an. »Oh, Entschuldigung, ich hätte Sie zuerst fragen sollen. Ist es in Ordnung, dass ich ihm das gegeben habe? Es ist Apfel im Schlafrock.« Sie sehen zu, wie Max sich den Mund damit vollstopft.

»-ecker«, sagt Max mit vollem Mund.

Ava seufzt. »Ist schon gut«, sagt sie.

»Hier sind Sie!«, ruft Bettie und kommt herbeigeeilt. »Ava, ich fände es nett, wenn Sie uns ein bisschen was darüber erzählen, wie wir Kronkorken in unsere Layouts integrieren können oder auch in andere Projekte mit Papierresten. Ich weiß, dass die Damen für Ihre Anregungen sehr dankbar wären.«

»Na ja, ich hatte nicht viel Zeit, mir Gedanken darüber zu machen«, sagt Ava, die immer noch möglichst schnell von hier wegwill, bevor Isabel sie entdeckt. »Und außerdem ist Max müde …« Sie deutet entschuldigend auf ihren Sohn, der gerade nach einem zweiten Apfel im Schlafrock greift. Er lächelt sie an und wirkt alles andere als müde.

»Ich finde, er sieht aus, als würde es ihm hier gefallen!«, sagt Bettie und zieht eine weitere Packung Sticker hervor. »Schau mal, was ich hier habe, Matt!«

Max streckt die Hand danach aus und sagt erneut: »Ich hab Hunger.«

»Prima«, ruft Bettie. »Connie kann ihm etwas zu essen geben, nicht wahr?«

»Also eigentlich …«, setzt Connie an, aber Bettie kitzelt Max, und mit der gleichen Bewegung schafft sie es, ihn Ava aus dem Arm zu nehmen und an Connie weiterzureichen, während sie den Teller mit den Äpfeln im Schlafrock Madeline gibt. Madeline und Connie schauen Bettie verdutzt hinterher, die Ava mit sich zieht.

»So, und jetzt gebe ich Ihnen und den anderen neuen Mitgliedern eine kurze Einführung.«

»Ich mache keine Scrapbooks …«, sagt Ava.

»Eben!« Bettie nickt, als hätte Ava ihr gerade recht gegeben. »Das sagen alle, dabei tut es jeder auf die eine oder andere Weise – sie wissen es nur nicht. Meine Aufgabe ist es, dafür zu sorgen, dass Sie das richtige Werkzeug zur Verfügung haben, damit Sie Ihre Erinnerungen leichter bewahren können. Möchten Sie denn nicht etwas Hübsches für Matt machen?«

»Max …«

»Sie werden so schnell groß, und wir haben heutzutage alle immer so viel zu tun. Mit dem einen oder anderen Scrapbook ist sichergestellt, dass wir uns an die wichtigsten Momente im Leben erinnern. Er wird es zu schätzen wissen, wenn er älter ist.« Bettie lächelt. »Wollen Sie ihm das vorenthalten?«

Das ist ein Schlag unter die Gürtellinie. Ava hat noch nicht einmal Max' Babyfotos in ein Album geklebt, und sie führt kein Tagebuch. Sie nimmt es sich zwar immer wieder vor, aber jedes Mal, wenn sie anfängt, die Fotos durchzusehen, hat sie das Gefühl, vor einer nicht zu bewältigenden Aufgabe zu stehen. Sie hat keine Ahnung, wo sie anfangen soll, und gleichzeitig hat sie Angst, irgendetwas zu vergessen, sie weiß schon jetzt, dass das wichtigste Stück fehlt.

»Nun, vorerst brauchen Sie sich weiter keine Gedanken zu machen. Hören Sie einfach zu und spielen Sie – das ist es, was ich jedem sage. Zuhören und mit dem Material spielen, und einfach sehen, was sich daraus entwickelt. Sie werden staunen, was alles passieren kann, wenn Sie einen Haufen hübsch gemustertes Papier und Fotokarton vor sich liegen haben! Es ist, als würde sich eine Tür öffnen. Kommen Sie!« Bettie zieht an ihrem Arm.

»Bettie, ich kann nicht.« Ava befreit sich aus Betties Griff und bleibt stehen. »Tut mir leid, aber ich kann da nicht wieder rein.«

»Warum denn nicht?«

Ava zögert. »Weil da drin eine Frau ist, die mich besser nicht sehen sollte, weil sie sich sonst furchtbar aufregt.«

Bettie sieht sie an. »Wer? Ich kenne jede Frau da drin und ich versichere Ihnen, dass Sie uns allen willkommen sind.«

Ava schüttelt den Kopf. »Das glaube ich nicht.«

»Ich würde meinen rechten Arm darauf verwetten«, erklärt Bettie. »Also, wer ist es?«

Ava schluckt. Ihr ist klar, dass Bettie nicht lockerlassen wird, bis sie es ihr sagt. »Isabel Kidd.«

»Aber warum sollte Isabel denn ...« Sie unterbricht sich, und es folgt eine lange Pause, in der Bettie Ava stumm anstarrt. Ava kann förmlich hören, wie der Groschen fällt.

»Wie Sie wissen, habe ich in der Zahnarztpraxis ihres Mannes gearbeitet«, erklärt sie. »Wir waren ein Jahr zusammen, bevor er starb. Max ist Bills Sohn.« Sie spürt ihre Wangen heiß werden, als sie es laut ausspricht, aber es ist auch irgendwie befreiend. Eine Erleichterung. Tatsächlich ist es das erste Mal, dass sie jemandem sagt, was geschehen ist, wer Max ist.

»Ogottogottogott«, murmelt Bettie. Sie beißt sich auf die Lippe und schüttelt den Kopf. »Aber natürlich! Ich muss sagen, ich bin baff. Damit habe ich nicht gerechnet, nein, wirklich nicht.«

»Tut mir leid wegen der Präsentation«, sagt Ava. »Vielleicht kann ich Ihnen ein paar Muster dalassen und ...«

»Da denkt man, es gibt nichts, was einen noch überraschen könnte«, fährt Bettie kopfschüttelnd fort. »Schon komisch, was sich das Leben so ausdenkt, finden Sie nicht? Ich kann es Ihnen nicht verübeln, dass Sie nicht bleiben wollen. Ich an Ihrer Stelle würde bestimmt auch flüchten.«

Ava versteift sich. »Ich flüchte nicht. Ich will sie nur schonen.«

Bettie tätschelt ihr beruhigend den Arm, als wäre sie ein

kleines Kind. »Natürlich. Na, dann wollen wir Sie mal rausbringen, bevor Isabel Sie sieht. Aus irgendeinem Grund ist sie sowieso schon auf hundertachtzig – heute Abend sollte man ihr besser nicht in die Quere kommen!« Sie will Ava in Richtung Haustür bugsieren.

»Warten Sie, ich muss Max noch holen …«, setzt Ava an, als Isabel und Yvonne aus dem Wohnzimmer kommen.

»Nein, wir gehen«, erklärt Isabel ihrer protestierenden Freundin mit finsterer Miene. Als sie Ava sieht, bleibt sie abrupt stehen.

Ava würde am liebsten davonlaufen, aber ihre Beine wollen ihr nicht gehorchen. Ihre Knie scheinen sich plötzlich in Gummi verwandelt zu haben.

»Tja, also«, sagt Bettie und räuspert sich. »Das ist natürlich eine höchst unangenehme Situation.« Sie sieht zwischen den beiden Frauen hin und her.

Weder Ava noch Isabel reagieren darauf.

Ava spürt, wie sich Isabels Blick in sie bohrt, forschend, anklagend. Verbitterung und Zorn scheinen um sie herum zu flimmern wie Luft auf heißem Asphalt. Verglichen mit Isabels Ausbruch vor ihrem Haus ist das hier schlimmer. Viel schlimmer. Isabel wirkt irgendwie anders, mächtiger, stärker. Ava meint jede von Isabels Empfindungen wahrzunehmen, und von Verständnis und Vergebung spürt sie nichts, nicht einmal ansatzweise.

»Sie«, sagt Isabel. Sie dreht sich zu ihrer Freundin. »Das ist sie.« Sie spuckt die Worte förmlich aus, wie eine Drohung.

Ava wirft einen Blick zu Bettie, die zugleich besorgt und fasziniert zusieht. Sie hört das geschäftige, fröhliche Treiben der Frauen im Hintergrund, als wäre alles völlig normal, als würde Ava in diesem Moment nicht um Leib und Leben fürchten. Sie hat keine Ahnung, zu was Isabel imstande ist, sie weiß nur, dass sie dieses Haus verlassen sollte, bevor sie Gelegenheit hat, es herauszufinden.

Isabels Freundin legt ihr die Hand auf den Arm und sagt mit ruhiger Stimme: »Komm, Isabel. Lass uns gehen.«

»NEIN.« Isabel steht da wie festgewachsen, die Hände in die Hüften gestemmt. Vor ihrem geistigen Auge sieht Ava sie in einem schwarzen Umhang, eine rächende Superheldin, die sich mit wehenden Haaren bereitmacht, einen Verbrecher zur Strecke zu bringen.

»Isabel«, sagt Ava. »Es tut mir leid, ich – ich wusste nicht, dass Sie hier sind. Aber ich gehe jetzt.«

Bettie schürzt die Lippen, versucht jedoch nicht, Ava zum Bleiben zu überreden. Selbst Isabel scheint damit zufrieden, ihr Blick wird etwas weniger feindselig, ihre Haltung etwas lockerer, sie wirkt nicht mehr ganz so angespannt.

Eine Sekunde lang glaubt Ava, es sei noch einmal gutgegangen, sie könnte einfach gehen, als sie Max lachen hört, gefolgt vom sich nähernden Getrappel kleiner Füße.

»Mommy!«, ruft er und wirft sich in ihre Arme. »Ich hab eine Überraschungstüte für uns!« Er hält eine braune, mit einem Band zugebundene Tüte in die Höhe. Vorne drauf ist ein gelbes M geklebt. »Das ist mein Happy Meal! Das M bedeutet Max!«

Hinter ihm tauchen lächelnd Connie und Madeline auf.

»Der ist ja süß«, sagt Connie. »Er hat gesagt, dass er mit Ihnen teilen will, deshalb haben wir Ihnen was zum Mitnehmen eingepackt. Das Band und das M hat er auf dem Scrap-Tisch entdeckt.«

»Swap-Tisch«, verbessert Bettie, gleich darauf wird sie rot, als sie sich daran erinnert, was hier gerade vor sich geht.

Ava sieht Isabel nicht an, ihre Wangen glühen. »Vielen Dank«, sagt sie hastig zu Connie und Madeline.

»Keine Ursache«, erwidert Connie.

»Max ist ein richtiger Wonneproppen«, sagt Madeline. »Er ist hier jederzeit willkommen.« Sie lächelt Isabel und ihre Freundin freundlich an. »Hallo, ich bin Madeline Davis.«

Bettie räuspert sich. »Das sind *Isabel Kidd* und Yvonne Tate.« Sie blinzelt Madeline hektisch zu, als könne sie ihr mit den Augen eine Botschaft morsen.

Yvonne schüttelt Connie und Madeline die Hand, während Isabel völlig abwesend wirkt. Ihr Zorn ist offenbar verraucht und ihr Gesicht ist blass und eingefallen.

»Also dann, auf Wiedersehen«, sagt Ava und macht Anstalten, zur Tür zu gehen.

»Das ist Max?«, fragt Isabel. Sie stellt sich ihnen in den Weg.

Ava drückt Max an sich, dreht ihn weg von Isabel. Sie hat keine Angst mehr um sich, stattdessen wird sie von einer neuen Angst erfasst angesichts dessen, was Isabel vorhaben könnte. Bettie und Yvonne halten die Luft an, und Connie und Madeline blicken verwirrt drein, als ihnen klar wird, dass hier etwas nicht stimmt.

Max schiebt seine Brille nach oben. »Hallo«, sagt er.

Ava hält ebenfalls die Luft an. Wenn es sein muss, wird sie kämpfen. Zurückschlagen, Isabel zur Seite stoßen. Endgültig alle Brücken abbrechen.

Aber Isabel scheint Ava gar nicht wahrzunehmen. Ihre Augen sind auf Max gerichtet, und Ava sieht, dass sie sich mit Tränen füllen.

»Mein Gott«, flüstert Isabel. Sie schlägt die Hand vor den Mund. »Er sieht genauso aus wie Bill auf seinen Kinderfotos.«

»Wirklich?« Bettie kneift die Augen zusammen und mustert Max. Unwillkürlich folgen Connie und Madeline ihrem Blick. »Sogar mit dieser Brille?«

»Bill litt als Kind unter Strabismus, aber das wurde durch eine Operation korrigiert.« Isabels Stimme ist nur mehr ein Flüstern. Ava spürt, wie ihr Herz bei dieser Neuigkeit einen Schlag aussetzt.

Bill hatte es auch. Genau wie Max.

»Stra-bi-was?«, fragt Bettie, aber Isabel schüttelt nur den Kopf, unfähig zu antworten.

»Strabismus«, sagt Ava leise. »Augenfehlstellung oder Schielen. Bei Max ist es nicht so schlimm, dass eine weiterführende Behandlung nötig ist, aber er muss regelmäßig Übungen machen, um seine Augenmuskeln zu kräftigen.«

»Wahrscheinlich ist es erblich«, sagt Bettie und zuckt zusammen, als sie merkt, was sie da gerade gesagt hat. »Ich meine …«

Als Isabel das hört, scheint sie sich wieder in ihr altes Ich zu verwandeln. Sie strafft die Schultern, räuspert sich und wischt sich über die Augen. »Ich muss gehen.« Sie dreht sich um und verlässt den Teesalon, bevor jemand etwas sagen kann. Sie hat es so eilig, dass sie um ein Haar mit einer Nachzüglerin zusammenstößt, die in diesem Moment hereinkommt.

»Isabel!«, ruft Yvonne, aber sie ist bereits weg.

»Lassen Sie sie gehen«, sagt Bettie und fasst Yvonne am Arm. »Sie braucht jetzt ein bisschen Zeit.«

Yvonne sieht ihrer Freundin mit besorgter Miene nach, aber sie läuft ihr nicht hinterher.

Ava fühlt sich erbärmlich, hilflos. Eigentlich hat sie ja gehen wollen, aber Isabel ist ihr zuvorgekommen. Max zappelt in ihren Armen und grinst fröhlich, er hat von alldem nichts mitbekommen. Sie drückt ihn fester an sich. Sie muss Max' Arzt unbedingt sagen, dass Bill als Kind ebenfalls an Strabismus gelitten hatte. Nicht, dass es irgendeine Rolle spielen würde, aber er kann es in Max' Krankenakte vermerken. *Erb-*

lich vorbelastet. Noch etwas, das Bill und Max miteinander teilen, etwas, das sie ihrem Sohn unbedingt erzählen muss, sobald sie zu Hause sind.

»Entschuldigen Sie bitte.« Die Frau, die gerade hereingekommen ist, mustert das Grüppchen von Frauen vor sich, Bettie, Madeline, Connie, Yvonne und Ava. »Mein Name ist Frances Latham und ich wollte zum Treffen des Scrapbooking-Clubs. Komme ich zu spät?«

Bettie wirft einen Blick auf ihre Uhr und klopft mit dem Finger auf das Glas, dankbar für die Unterbrechung. »Sie kommen genau richtig.«

Kapitel 10

»Beim Scrapbooking geht es zum Teil darum, etwas zu bewahren, und zum Teil darum, etwas sichtbar zu machen«, beginnt Bettie. Sie steht vor dem runden Tisch, an dem sich Connie, Yvonne, Ava und Frances niedergelassen haben. Max hilft Madeline dabei, die Küche aufzuräumen. Connie hat angeboten, das zu übernehmen, aber Madeline hat sie hinausgescheucht, weil sie Max eine Weile für sich haben will. Connie weiß, dass Madeline ihre Enkelin vermisst und dass der kleine Junge ihre Sehnsucht ein bisschen lindert.

Connie rutscht unruhig auf ihrem Stuhl hin und her, sie wäre auch viel lieber in der Küche. Sie weiß eigentlich gar nicht genau, warum sie jetzt hier sitzt. Nachdem Isabel hinausgerannt war, hatten alle verwirrt und verlegen in der Diele gestanden und nicht gewusst, was sie tun sollten, und Bettie hatte sie rasch ins Wohnzimmer geführt und ihnen Plätze zugewiesen.

»Es gibt alle möglichen Gründe, ein Scrapbook zu machen«, fährt Bettie fort. »Und es gibt genauso viele Methoden, es zu tun.« Mit einer Hand hält sie ein dickes Album in einer Plastikschutzhülle in die Höhe, mit der anderen ein kleineres, selbst gemachtes Album mit Ringbindung, aus dem Stoffe, Bänder und Papier quellen. Auf dem Tisch vor ihnen liegen weitere Musteralben in allen erdenklichen Formen und Farben ausgebreitet.

Frances Latham hebt die Hand. Connie kennt sie vom

Sehen, sie hat drei Kinder und ist immer in Eile, eine Frau, die bei keiner Wohltätigkeitsveranstaltung oder Spendenaktion in Avalon fehlt. Sie war auch schon ein paarmal im Teesalon, aber immer nur anlässlich einer dieser Veranstaltungen, nie allein. Connie weiß, dass es viele Frauen wie Frances gibt, Frauen, denen es schwerfällt, sich mal Zeit für sich selbst zu nehmen, weil sie ständig irgendetwas für andere tun. Sie nimmt sich vor, Gutscheine zu drucken, die sie an die Clubmitglieder verteilen können, wenn sie das nächste Mal in den Teesalon können, 10 % Rabatt, vielleicht verbunden mit einer kleinen Überraschung, zum Beispiel ein kleines Glas Marmelade mit einem hübschen Band oder ein Sträußchen mit frischem Lavendel.

»Mein Problem ist, dass ich nicht weiß, wo ich anfangen soll«, gesteht Frances. »Ich habe so viele Bilder, dass mich schon der Gedanke überfordert, die alle zu ordnen. Und außerdem sind unsere Bilder übers ganze Haus verstreut – einige stecken sogar noch in der Tasche, in der ich sie aus dem Laden abgeholt habe! Wenn ich damit anfange, alles seit dem ersten Geburtstag meiner Kinder zu dokumentieren, bin ich wahrscheinlich damit fertig, wenn sie aufs College gehen.«

Einige Frauen lachen. Ava, die neben Frances sitzt, nickt: »Ich habe noch nicht mal das Babyalbum meines Sohnes fertig.«

Frances stößt einen Seufzer aus. »Wem sagen Sie das.«

»Ich habe keine Kinder«, sagt Yvonne. »Und ich weiß nicht, ob ich es nicht ein bisschen eitel finde, ein Album von mir selbst zu machen.«

Connie hat eigentlich nicht vorgehabt, sich zu melden, doch die Worte kommen einfach aus ihrem Mund. »Es gibt nichts, worüber ich ein Scrapbook machen könnte«, sagt sie. »Ich habe kaum Fotos aus meiner Vergangenheit.«

Die Frauen sehen sie fragend an und Connie wünschte, sie hätte den Mund gehalten. Das alles kann Bettie jedoch nicht aus dem Konzept bringen.

»Meine Damen, bei einem Scrapbook geht es um *Erinnerungen*. Das reicht weit über Fotos hinaus.« Sie hält ein prächtiges Scrapbook aus alten Speisekarten in die Höhe. »Dieses Scrapbook ist von Tilde Smart, der Dame dort drüben. Vor ein paar Jahren hat sie ein Album mit Speisekarten, Servietten und anderen Erinnerungsstücken aus Restaurants gemacht, in denen sie mit Sweeney, ihrer Mitbewohnerin auf dem College, oft zum Essen war. Sie hat auch Fotos eingeklebt, aber zum überwiegenden Teil besteht es aus Aufzeichnungen, wie eine Art Tagebuch. Tilde hat jede Erinnerung aufgeschrieben, jeden albernen Witz, jede Einzelheit, an die sie sich erinnern konnte. Sie müssen wissen, dass bei Sweeney Krebs diagnostiziert worden war, und Tilde wollte ihr etwas geben, das sie ins Krankenhaus mitnehmen konnte, wenn sie zur Chemotherapie musste. Etwas, das sie zum Lächeln brachte, sie von dem ablenkte, was sie dort mit ihr anstellten.

Als Sweeney starb, hat ihre Familie Tilde das Album zurückgeschickt. Und sehen Sie.« Bettie schlägt das Album an einer beliebigen Stelle auf und zeigt es den Frauen. Connie erkennt zwei verschiedene Handschriften. »Sweeney hat während der Chemotherapie ebenfalls ihre Erinnerungen aufgeschrieben, neben die von Tilde. Vielleicht können Sie sich vorstellen, was Tilde empfunden hat, als sie das Album aufschlug und Sweeneys Handschrift sah, die witzigen Zeichnungen am Rand, ein Gedicht, das Sweeney an den Schluss geschrieben hat. Für Tilde ist dieses Album etwas sehr Kostbares. Es ist ein Teil von ihr.«

Bettie zeigt ihnen noch einige andere Alben. »Sie entscheiden, was hineinkommt«, erklärt sie. »Es muss nicht in chronologischer Reihenfolge sein, es muss überhaupt nichts sein außer dem, was Sie wollen. Und wenn Sie keine Fotos haben, dann suchen Sie sich andere Bilder oder Texte oder Farben, die eine Erinnerung wachrufen. Connie, was ist eine Ihrer liebsten Erinnerungen?«

Connie windet sich, wie in die Ecke getrieben. »Ich habe keine«, sagt sie.

»Keine einzige?« Es ist offensichtlich, dass Bettie ihr nicht glaubt. »Ein Geburtstag? Weihnachten? Ferienlager? Irgendwas!«

Einzelne Bilder blitzen vor Connies geistigem Auge auf, aber keines davon ist es wert, mitgeteilt zu werden. »Tut mir leid, da gibt es nichts.«

»Na gut, was ist mit jetzt? Gibt es etwas, was Ihnen jetzt Freude macht?«

»Der Teesalon«, antwortet Connie, ohne zu zögern. »Und Serena. Meine Ziege.«

»Aha!« Bettie schnippt mit den Fingern. »Na also! Ein Album mit Bildern von Ihnen und Madeline, dem Teesalon, Auszügen von Speisekarten. Sie könnten auch Teebeutel oder Rezepte integrieren, oder gepresste Blüten oder Blätter aus dem Garten. Die Visitenkarte des Teesalons. Bilder von Gästen. Oder Sie nehmen offenen Tee und nähen ihn in einem durchsichtigen Plastiktütchen in Ihr Album! Und Selena …«

»Serena …«

»… Ich bin sicher, dass man im Internet jede Menge Informationen über Ziegen findet. Sie könnten aufschreiben, zu was für einer Rasse sie gehört, was sie gern frisst, womit sie gern spielt, irgendwelche lustigen Geschichten.«

»Das tue ich schon in meinem Tagebuch.«

»Aber dann scrappen Sie ja bereits!« Bettie blickt triumphierend in die Runde. »Ein Scrapbook ist wie ein Tagebuch, nur dass das visuelle Element eine größere Rolle spielt. Neben den Worten rufen die Farben und Bilder einer Seite, ja vielleicht sogar die Struktur des Papiers die Erinnerung an besondere Erlebnisse wach. Sie könnten zum Beispiel auch eine Seite aus Ihrem Tagebuch kopieren und sie in Ihr Scrapbook kleben, oder Sie fügen Ihrem Tagebuch mehr visuelle Elemente hinzu. Für ein Scrapbook benötigen Sie kein spezielles Album – Ihr Tagebuch tut es allemal.«

Auf die Idee ist Connie noch gar nicht gekommen. In ihrem Tagebuch finden sich jede Menge Zeichnungen, und gelegentlich legt sie auch ein kleines Erinnerungsstück zwischen die Seiten, den Abriss einer Kinokarte zum Beispiel oder einen aufmunternden Spruch, den sie aus einer Zeitschrift ausgeschnitten hat. Sie betrachtet das dicke Album vor ihr auf dem Tisch und stellt sich ihr verwandeltes Tagebuch vor, mit kleinen, an die Seiten getackerten Stofflaschen, die als eine Art Reiter oder Register dienen.

»Es gibt so viele Möglichkeiten, und nur Ihre eigene Fantasie setzt Ihnen Grenzen«, fährt Bettie fort. »Wählen Sie ein Ereignis aus, zum Beispiel eine Geburtstagsparty oder eine Abschlussfeier, meinetwegen auch einen Abend mit Freundinnen. Scrappen Sie dazu. Oder denken Sie an etwas, was Sie sich für die Zukunft wünschen, einen neuen Job oder eine neue Wohnung, und scrappen Sie dazu. Sie können auch ein besonderes Geschenk machen, so wie Tilde.«

»Wenn es so einfach ist«, sagt Connie, »wozu dann dieser ganze Aufwand? Warum brauchen wir all das Zeug?« Sie deutet auf die Tische neben ihnen, auf denen sich Papier, Motivstanzer und glitzernde Verzierungen stapeln.

»Zur Inspiration und für einen Zugewinn an Möglichkeiten, meine Liebe«, erwidert Bettie. »Wenn Sie einen Kuchen backen wollen, brauchen Sie ja auch ein paar Grundzutaten, oder? Und je mehr Sie haben, desto mehr Möglichkeiten stehen Ihnen offen. Wer weiß, was am Ende dabei herauskommt? Außerdem, und jetzt halten Sie sich fest, Connie …«

Connie verdreht die Augen.

»Es macht Spaß!« Bettie grinst in die Runde. »SPASS!«

Yvonne nickt. »Spaß«, wiederholt sie und es ist offensichtlich, dass sie bereits Feuer gefangen hat.

»Ich könnte ein bisschen Spaß brauchen«, murmelt Frances.

»Ich weiß schon gar nicht mehr, was das ist«, sagt Ava leise. »Aber ich nehme, was ich kriegen kann.«

Spaß? Echt? Bis zu diesem Augenblick wäre Connie nie auf die Idee gekommen, Scrapbooking als Spaß zu betrachten. Es war ihr immer eher wie eine merkwürdige Besessenheit oder eine geschickte Marketingstrategie vorgekommen, doch als sie sich jetzt im Raum umsieht, stellt sie fest, dass die anwesenden Frauen entspannt wirken, lachen und sich amüsieren.

»Man kann dabei nichts falsch machen, sondern eigentlich alles nur richtig«, erklärt ihnen Bettie. »Und wenn es etwas so Einfaches ist, wie alle Ihre Geburtskarten zusammenzubinden und hier und da ein paar Worte oder Bilder einzufügen. Voilà, und schon ist es fertig! Jetzt haben Sie nicht mehr irgendwo einen Stapel Karten herumliegen, sondern Sie haben ihn mit Gedanken und Erinnerungen gefüllt. In zehn Jahren sind Sie froh darum, das verspreche ich Ihnen.«

Bettie verteilt in Pergamentpapier gewickelte Päckchen. »Das hier ist das Scrap-Set für September – mit vielen schönen Sachen. Sie müssen natürlich nicht meine Sets verwenden, aber ich rate Ihnen sehr dazu, wo immer es geht, säurefreie Materialien zu nehmen, und das schließt auch Klebstoff und Klebeband mit ein. Schließlich wollen Sie ja möglichst lange Freude an Ihrem Werk haben, und Säure kann Ihnen die schnell verderben.«

Connie nimmt eines der Päckchen. Es enthält mehrere Bogen Scrapbooking-Papier und Fotokarton, einen kleinen durchsichtigen Umschlag mit Knöpfen, Klammern und Ösen. Um einen Pappstreifen sind fünf verschiedene Sorten Band und Garn gewickelt. Außerdem entdeckt sie kleine Papierrahmen, geprägte Anhänger, Quadrate aus Transparentpapier mit verschiedenen Wörtern und Sprüchen darauf. Einen Bogen mit Klebebuchstaben in Schreibmaschinenschrift und einen halben Bogen mit Rubbelbildern.

»Könnte ich zwei haben?«, fragt Yvonne. »Eins für mich und eins für Isabel?«

»Am besten fahren Sie mit einer Mitgliedschaft in unserem Club«, sagt Bettie. »Nur fünfzehn Dollar im Monat. Sie werden über alle Neuigkeiten auf dem Laufenden gehalten, bekommen auf Material und Kurse einen Rabatt, das monatliche Scrap-Set, das normalerweise 9,99 Dollar kostet, und meine uneingeschränkte Unterstützung. ›Ereignisse in Erinnerungen verwandeln‹, das ist das Motto von Bettie Shelton und der Avalon Ladies Scrapbooking Society!«

»Ich trete bei«, erklärt Frances auf der Stelle. »Wo kann ich mich anmelden?«

»Könnten wir das mit ein paar meiner Sachen verrechnen?«, fragt Ava Bettie ein wenig unsicher.

Bettie nickt, während die Frauen ihre Geldbörsen hervorholen, neugierig ihre Päckchen öffnen und laut den Inhalt bestaunen. Connie muss zugeben, dass es einen gewissen Reiz hat, wenn alles so ausgebreitet daliegt, besonders gut gefällt ihr ein Bogen Papier mit Schachbrettmuster. Ihr Blick wandert zu einem glitzernden schwarzen Pompom, dann weiter zu einem Bogen samtig-grünem Fotokarton. Der blauen Zackenlitze. Plötzlich schwirrt ihr der Kopf vor Ideen, die einzelnen Teile beginnen sich wie von selbst auf einer Seite anzuordnen. *Serena*, denkt sie. *Es wäre wirklich nett, ein Scrapbook über Serena zu machen.*

»Connie?« Bettie hat eine Augenbraue hochgezogen und deutet mit dem Kopf auf das ungeöffnete Päckchen vor ihr. »Sie und Madeline erhalten jeweils ein kostenloses Set und außerdem ein Album. Schon vergessen?« Sie schiebt das Päckchen etwas näher zu Connie, bis es ihr praktisch in den Schoß fällt. »Sie können sich auch gleich Ihr Album aussuchen. Sie liegen da drüben.« Sie deutet auf einen Verkaufsstand mit Scrapbooking-Utensilien in einer Ecke des Raums.

Connie blickt zu dem Stand, und Betties Stimme verklingt irgendwo im Hintergrund. Auf dem Tisch liegen Alben in verschiedenen Größen und Macharten und Connie sieht zwei Frauen dabei zu, wie sie eins nach dem anderen in die Hand nehmen.

Es kann ja nicht schaden, wenn sie auch mal einen Blick riskiert. Das mit Rüschen besetzte rosa Album? Auf keinen Fall. Außerdem ist es ein Babyalbum, wie sie jetzt erkennt. Sie entdeckt ein gepolstertes Album mit aufgedruckten Zitronen und Pfirsichen auf dem Einband, und andere mit Tupfen und Streifen, Regenbogen, aus Leder und mit Fenstern. Nein, nein, nein, nein. Connies Blick wandert gelangweilt über den Tisch und dann sieht sie es.

Ein dickes schwarzes Album, dessen Einband mit schwarzer Spitze und Graffiti verziert ist. Zwischen den Seiten lugen silberne Stoffanhänger hervor, und zusammengehalten wird das Ganze von einer Ringbindung und einer elastischen silbernen Kordel. Zwischen all den bunten, reich verzierten Alben auf dem Tisch wirkt es völlig fehl am Platz, das schwarze Schaf, ein Außenseiter.

Perfekt.

Im gleichen Moment, in dem Connie aufsteht, zeigt eine der beiden Frauen auf das Album.

»Sieh dir das an!«, ruft sie aus. »Meine Nichte wäre begeistert. Wie nennt man das gleich noch mal – Urban Grunge?«

»Von so was halte ich ja nicht viel«, erklärt ihre Freundin. »Das fördert nur schlechtes Benehmen.«

»Ach, du bist einfach hoffnungslos altmodisch. Das ist eine neue Generation, Eleanor.«

Connie eilt zu dem Stand, als die Frau nach dem Album greift. »Hi, entschuldigen Sie bitte, aber wenn Sie es nicht wollen, würde ich es gerne nehmen.« Mit Mühe widersteht sie dem Drang, der Frau das Album aus der Hand zu reißen.

Die Frau lächelt sie an. »Oh, tut mir leid, aber ich will es meiner Nichte zum Geburtstag schenken. Vielleicht fragen Sie Bettie, ob sie noch eins davon hat.«

»Nein«, kommt prompt die Antwort vom Anfängertisch. »Gut, dann wollen wir uns mal der Schichttechnik zuwenden.«

»Das hier ist doch auch hübsch«, sagt Eleanor und drückt Connie ein grellgrünes Stoffalbum mit Papierblumen in die Hand. »Grün ist im kommenden Herbst der Renner.«

»Ich hab gehört, Grün ist das neue Schwarz«, pflichtet ihre Freundin ihr bei.

Würg. »Danke, aber ich seh mich lieber noch ein bisschen um.« Connie legt das Album zurück auf den Tisch und lässt ihren Blick über die anderen Alben wandern. Es ist keins dabei, das ihr auch nur im Entferntesten gefällt. Connie versucht sich ihre Enttäuschung nicht anmerken zu lassen, als sie dem Anfängertisch den Rücken kehrt und in die Küche geht.

»Und, wie läuft's?«, erkundigt sich Madeline und reicht Max einen Kochlöffel. Wie es aussieht, hat sie ihn als Küchenhelfer eingespannt, er verrührt in einer Schüssel Joghurt und Müsli und dazu ein bisschen Trockenobst. Sie zwinkert Connie zu und deutet mit dem Kopf auf Max. »Er kocht, nicht wahr, Max?«

»Ja!«

»Schön«, sagt Connie, zieht sich einen Stuhl heran und lässt sich darauffallen. »Wie lange dauert dieses Scrapbooking-Treffen eigentlich noch?«

Madeline sieht auf die Uhr. »Eine Stunde. Amüsierst du dich nicht?«

Connie zuckt mit den Schultern. »Das ist nicht mein Ding.« Niedergeschlagen trommelt sie mit den Fingern auf den Holztisch.

»Schade«, sagt Madeline. In ihren Augen erscheint ein sehnsüchtiger Ausdruck. »Ich muss gestehen, dass ich schon verführt bin. Ich habe beschlossen, für Maggie auf jeden Fall ein Album über Steven zu machen. Ich will, dass sie so viel wie möglich über ihren Großvater erfährt. Und über ihre Großmutter. Ich muss Ben fragen, ob er mir hilft, die Lücken zu füllen. Was meinst du, ob es ihm etwas ausmacht?«

Connie denkt zurück an Bens letzten Besuch über Ostern. Sie hatten im Garten Eier für Maggie versteckt, auch wenn sie noch zu klein war, um sie selbst zu suchen. Aber sie hatte jedes Mal, wenn Madeline eins der bunten Eier unter einem Busch oder einem Baum hervorgezogen hatte, vor Vergnügen gequietscht. Connie erinnert sich, dass sie Bens Gesicht beobachtet hatte, die wechselnden Gefühle, die sich darauf abzeichneten, Dankbarkeit, Liebe. Bei ihrem Besuch hatten er und seine Frau Karen die meiste Zeit in der Küche verbracht und sich mit Madeline unterhalten, während sie kochte.

»Ich glaube nicht, dass es ihm etwas ausmacht«, erwidert Connie. »Im Gegenteil, ich denke, dass er es sogar gern tut.«

»Ach, das hoffe ich«, sagt Madeline. Sie sieht Connie verlegen an. »Ich will meine Grenzen nicht überschreiten.«

Connie fährt mit dem Finger über das glatte Holz. »Das tust du nicht«, sagt sie. »Ich finde es super, wenn sich jemand etwas einfallen lässt, um einem anderen zu zeigen, dass er ihn gern hat. Das ist eins der Dinge, nach denen ich mich als Kind gesehnt habe. Jemand, der mir zeigt, dass ihm etwas an mir liegt.«

Wortlos kommt Madeline um den Tisch herum und drückt Connie. Connie erwidert die Umarmung, sie spürt, wie die Enttäuschung wegen des Albums nachlässt. Im letzten Jahr ist sie von Madeline häufiger in den Arm genommen worden als von irgendjemandem sonst in den ganzen zehn Jahren vorher. Davon wird sie nie genug bekommen.

»Entschuldigung?« Jemand klopft an den Türrahmen. Die beiden Frauen von dem Verkaufsstand stehen in der Küchentür. Connie sieht, dass das schwarze Album bereits in einer festen Papiertüte steckt.

»Trudy, Eleanor, kommt rein«, sagt Madeline. Sie wischt sich über die Augen und tritt einen Schritt zurück, aber nicht ohne vorher noch einmal kurz Connies Arm zu drücken.

Trudy Hughes kommt in die Küche. »Wir wollten das hier abgeben.« Sie sieht Connie an und klopft auf die Tüte. »Sie sagten doch, Sie hätten es gern, wenn ich es nicht will?«

Connies Herz macht einen kleinen Satz. »Sie haben es nicht gekauft?«

Trudy lächelt. »Ich habe beschlossen, meiner Nichte einen Gutschein zu schenken. Sie soll sich selbst ein Album aussuchen. Oder wie Bettie zu sagen pflegt, das Album soll sich sie aussuchen.« Sie hält Connie die Tüte entgegen. »Ich glaube, das hier hat sich Sie ausgesucht, oder?«

»Mir gefällt ja immer noch das grüne«, murmelt Eleanor Winters.

»Dann kauf es halt«, sagt Trudy. Sie wendet ihre Aufmerksamkeit wieder Connie zu. »Also, hier, bitte schön. Viel Spaß damit!«

Connie nimmt die Tüte, hört das Papier leise knistern, als sich ihre Hände um das Album legen. Sie zieht es heraus und streicht über den Einband, die Spitze, die Bänder.

Sie drückt es an die Brust und versucht, nicht zu glücklich auszusehen, aber es gelingt ihr nicht. Ein strahlendes Lächeln breitet sich auf ihrem Gesicht aus. »Vielen Dank.« Schon jetzt weiß sie, dass auf die erste Seite ein Foto von Serena kommt. Vielleicht macht sie so ein Automatenfoto mit vier Bildern und klebt es an den Rand. Oder wie wär's mit einem Hufabdruck? Wie kommt sie an einen Hufabdruck? Vielleicht könnte sie einen Fuß von Serena in Tinte tauchen und sie über die Seite laufen lassen?

Trudy fährt fort: »Und von Bettie soll ich Ihnen ausrichten, dass gleich der Sonderteil beginnt. Irgendwas mit Krontorten.«

»Kronkorken«, verbessert sie Eleanor.

»Ich bin ziemlich sicher, dass sie Krontorten gesagt hat«, beharrt Trudy.

»Es gibt keine Krontorten, Trudy. In letzter Zeit bringt sie öfter mal Begriffe durcheinander, ist dir das noch nicht aufgefallen?« Eleanor schiebt die Unterlippe vor. »Komm, lass uns gehen. Ich glaube, ich kaufe das grüne Album für mich.« Sie sieht Madeline und Connie an und strafft die Schultern. »Grün ist nämlich das neue Schwarz.« Sie vermeidet es, ihre Freundin anzusehen.

Trudy kichert. »Dann bis gleich!« Die beiden Frauen gehen.

»Das ist ein sehr schönes Album«, sagt Madeline bewundernd. Sie lächelt. »Es passt zu dir.«

»Find ich auch.« Connie blättert darin. Es ist verhältnismäßig schlicht, die Seiten sind aus schwarzem und weißem Fotokarton, aber es gibt auch ein paar Anhänger und Overlays und hier und da eine glitzernde Verzierung. Nicht übertrieben, sondern gerade genug. So wie Connie. Plötzlich kann sie es kaum erwarten loszulegen. »Ich glaube, ich gehe wieder raus. Ist das in Ordnung?«

Max hält Madeline die Schüssel mit Joghurt entgegen. »Probieren?«

Madeline lacht. »Aber natürlich! Und mach dir Notizen. Ich hole inzwischen Löffel für Max und mich.«

Isabel sitzt im Auto in ihrer Einfahrt und starrt ihr dunkles Haus an. In Betties Haus nebenan herrscht Festbeleuchtung, die automatische Zeitschaltuhr tut ihre Arbeit, ein Versuch, Einbrecher abzuschrecken.

Isabels Blick wandert an dem Zaun entlang, der praktisch parallel zu ihrem um Betties Garten herumführt. Bill und sie hatten den Zaun kurz nach ihrem Einzug aufgestellt, in Erwartung der Kinder, die eines Tages dort spielen würden.

Es ist nicht so, dass Isabel unbedingt Kinder gewollt hätte. Das heißt, sie wollte sie wie jeder andere, sie hatte vorgehabt, wie jede andere verheiratete Frau in ihrem Alter der Natur einfach ihren Lauf zu lassen. Sie hatte nicht viel darüber nachgedacht, nicht damit gerechnet, dass es zu einem Problem werden könnte. Aber als nichts passierte, ging es irgendwann nur noch darum, was sie nicht hatte, was sie nicht haben konnte. Erst das Baby, dann Bill.

Isabel lässt sich tiefer in den Fahrersitz sinken. Sie will nicht in ihr Haus gehen. Was wartet dort schon auf sie? Dosensuppe, weiße Wände, Einsamkeit?

Sie lehnt den Kopf gegen das Fenster. Eigentlich könnte sie

auch in ihrem Auto wohnen. Das Haus und ihre Habseligkeiten verkaufen, in ihrem kleinen Hybrid leben. Er verbraucht knapp über fünf Liter auf hundert Kilometer und käme sie um einiges billiger als ihre Hypothek. Der Sitz lässt sich ganz zurückklappen und duschen könnte sie im Fitnessstudio. Ihre Unterlagen könnte sie im Kofferraum aufbewahren, ihre Wäsche im Avalon Wash and Dry waschen und zum Essen ausgehen. Der Erlös aus dem Hausverkauf würde ihr ein nettes Polster verschaffen, so dass sie unbezahlten Urlaub nehmen könnte. Durchs Land fahren. Ans Meer.

Und dann? Letzten Endes braucht jeder einen Ort, an den er zurückkehren kann, eine Zuflucht, einen Platz, den er sein Zuhause nennt. Das ist das ungeschriebene Gesetz des Lebens. Man wächst in einer Sippe auf, seiner ursprünglichen Familie, und dann geht man hinaus in die Welt und gründet eine eigene. Alle machen das.

Das heißt alle außer Isabel. Selbst Ava hat es geschafft. Kein gemeinsames Leben mit Bill, aber sie hat immerhin Max. Isabel dagegen hat nicht einmal Freunde. Selbst Yvonne, so wunderbar sie ist, hat sich einen Freund zugelegt. Jeder ist dabei, sich ein Heim zu schaffen und es mit den Menschen zu füllen, die er liebt.

Im schwächer werdenden Licht betrachtet Isabel das ZU VERKAUFEN-Schild, ihre eingerissene Veranda, die vorher noch repariert werden muss. Wer würde ein solches Haus kaufen wollen? Das Gras im Vorgarten ist vertrocknet und stachelig, die Hortensien sind braun und verwelkt. Selbst die Fenster sehen traurig aus, die Veranda bekundet stirnrunzelnd ihr Missfallen.

Isabel steigt aus. Sie hatten sich nie die Mühe gemacht, sich einen automatischen Rasensprenger zuzulegen (»*Ich* bin der Rasensprenger«, hatte Bill jedes Mal gewitzelt, wenn er den

Gartenschlauch aus dem Schuppen holte und den Schwenksprenger in der Mitte des Rasens aufstellte). Isabel kann sich nicht daran erinnern, wann sie den Rasen das letzte Mal gegossen hat. Sie stöbert im Schuppen, bis sie gefunden hat, was sie sucht.

Als Isabel den verrosteten Sprenger an den Schlauch angeschlossen hat und den Hahn aufdreht, spuckt er ein paarmal wie ein empörter alter Mann, den man zwangsweise füttert. Einen Augenblick lang fürchtet sie, das Ding könnte es zerreißen, und weicht vorsichtshalber einen Schritt zurück.

Doch dann schießt ein Wasserstrahl aus der ersten Düse, gleich darauf aus der nächsten. Weniger später ergießt sich ein gleichmäßiger Regen über das vertrocknete Gras. Er prasselt auf den Gehweg, kühlt den aufgeheizten Beton. Isabel bleibt einen Moment lang stehen und sieht zu.

Max. Sie erinnert sich an die Geburtsanzeige, das Bild, das ein paar Tage nach seiner Geburt aufgenommen worden war. Man konnte zwar eine gewisse Ähnlichkeit feststellen, das schon, aber im Grunde genommen hätte es ein x-beliebiges Baby mit blauen Augen und großen Ohren sein können.

Dagegen war der kleine Junge, der heute Abend vor ihr gestanden hatte, eine Miniaturausgabe von Bill. Ein kleiner Bill, Bill junior. Bill & Sohn. Isabel erinnert sich an Bills Babyfotos, die irgendwo auf dem Dachboden vergraben sind, sie weiß, dass sich die Ähnlichkeit nicht leugnen lässt. Sie denkt an Lillian, Bills verwitwete Mutter, die unmissverständlich klargemacht hatte, dass sie sich weder für Ava noch für »das Kind« interessiert, denen sie die Schuld am Scheitern von Bills Ehe und seinem Tod gab. Aber Isabel ist sicher, dass sie anders empfinden würde, wenn sie Max jetzt sehen könnte.

Denn Isabel empfindet anders. Weniger was Ava angeht – keine Sekunde lässt sie sich von diesem selbstmitleidigen »Ich bin eine gestresste Mutter mit zu viel am Hals«-Gehabe täuschen –, aber mit Max ist es etwas anderes. Es bringt alles durcheinander.

Ein paar Spritzer erwischen sie, als der Sprenger sich dreht, und sie zuckt zusammen. Sie berührt ihre Wange, überrascht von der Nässe, bis sie begreift, dass es kein Wasser ist, sondern ihre eigenen Tränen.

»Was muss ein Mann heutzutage machen, um die Aufmerksamkeit einer Frau auf sich zu ziehen?«, fragt Hugh in altväterlichem Ton am Telefon und Yvonne lacht.

»Tut mir leid, ich bin gestern Abend bei einem Scrapbooking-Treffen hängen geblieben«, sagt sie. »Es ist ziemlich spät geworden.« Sie setzt den Schraubenschlüssel an.

»Was machst du gerade?«

»Die Armatur in Mr Gaulkins Küche austauschen.« Yvonne dreht die Lautstärke an ihrem Handy-Kopfhörer höher und macht sich daran, Muttern und Unterlegscheiben zu entfernen. »Sobald ich die alte ausgebaut habe, muss ich die Zuleitungen an die neue Armatur anschließen.«

»Es gefällt mir, wenn du wie eine Klempnerin redest. Was machst du danach?«

»Eigentlich war ich mit Isabel fürs Kino verabredet, aber sie hat keine Lust mehr. Hey!«, ihre Miene hellt sich auf. »Was hältst du von einem Picknick im Avalon-Park? Du, ich und Toby?«

Hugh zögert. »Äh, an sich gern, aber ich kann nicht. Eine Familienangelegenheit.«

Das ist jetzt das dritte Mal in zwei Wochen. »Schon wieder? Deine Familie scheint dich ja ganz schön in Trab zu halten.« Sie stellt sich Hugh und seine Mutter an entgegengesetzten Enden des großen Ahorntisches im Esszimmer vor, wie sie ihre Suppe löffeln und sich gegenseitig das Salz reichen.

»Ja, stimmt«, Hugh räuspert sich. »Aber für hinterher klingt Kino nicht schlecht. Spätvorstellung?«

Yvonne nimmt eine Rasierklinge, um alte Dichtungsmasse zu entfernen. »Warum nicht.«

»Okay, ich schick dir eine SMS.«

Sie verabschieden sich und Yvonne wendet ihre Aufmerksamkeit wieder der Arbeit zu. Insgeheim hat sie gehofft, dass Hugh mit ihr essen geht, aber das macht nichts. Vielleicht joggt sie stattdessen eine Runde im Park.

Yvonne montiert die neue Armatur, dann plaudert sie noch ein paar Minuten mit Mr Gaulkin, bevor sie sich auf den Heimweg macht. Auf einmal hat sie es eilig, ihre Laufsachen anzuziehen. Sie wird fünf Kilometer laufen, auf dem Rückweg irgendwo schnell einen Salat essen, duschen und ein paar Rechnungen verschicken. Und dann ist es wahrscheinlich auch schon an der Zeit, Hugh zu treffen.

Sie sehnt sich eigentlich nach einem richtigen Date. Bisher war es immer eher so, als würden sich zwei Kumpel treffen, zwischen denen es ein bisschen knistert, aber sie hat gemerkt, dass Hugh kein Freund von öffentlichen Liebesbezeugungen ist. Ihre Verabredungen beschränken sich auf gemeinsame Besorgungen und den Besuch von Spätvorstellungen im Kino, oder sie hängen einfach nur bei Yvonne ab. Nicht, dass sie etwas dagegen hat, aber zur Abwechslung würde sie sich gern mal schick machen und in der Stadt ausgehen. In einem hübschen Restaurant essen, sich bei Kerzenschein unterhalten, während sich ein Kellner unaufdringlich vergewissert, dass sie alles haben, was sie brauchen, und ihnen Wein nachschenkt.

Sie haben sich erst ein paarmal getroffen, deshalb ist es noch zu früh, so etwas wie einen Wochenendtrip vorzuschlagen. Trotzdem würde sie gern wissen, wie Hugh außerhalb von Avalon ist. »Ein Muttersöhnchen«, hat Isabel fast schadenfroh gesagt, als Yvonne ihre Bedenken äußerte. Yvonne glaubt das eigentlich nicht, aber andererseits ist Hugh ein erwachsener Mann, der mit seiner Mutter zusammenlebt. Er hat ihr erklärt, es sei nur vorübergehend, weil er gerade erst aus Denver wieder nach Avalon gezogen sei. In gewisser Weise ist es ja süß – er ist eben ein guter Sohn, der Zeit mit seiner Mutter verbringen will. Daran ist nichts auszusetzen.

Mit einem Seufzer biegt Yvonne in ihre Einfahrt. Sie weiß, dass sie es sich ein wenig schönredet, aber sie will auch nicht zu viel darüber nachdenken und ein Problem daraus machen. Und außerdem hat sie ja auch ihren Spaß. Es ist viel besser als die ersten zweiundzwanzig Jahre ihres Lebens, die von Verpflichtungen und Verantwortung und Erwartungen bestimmt waren. Yvonne war immer ein braves Mädchen, hat nie rebelliert wie einige ihrer Freundinnen, denen die mit der Herkunft aus einer wohlhabenden Familie und ihrer gesellschaftlichen Stellung verbundenen Erwartungen zu viel wurden, aber das hieß nicht, dass es ihr gefiel, ständig gesagt zu bekommen, was sie zu tun und lassen hatte oder mit wem sie befreundet sein durfte und mit wem nicht.

Sam Kenney. Selbst sein Name grenzte ihn aus, wies ihm einen Platz unterm Personal zu, noch bevor er alt genug zum Arbeiten war. Es war ihr bester Freund seit der dritten Klasse, und daran änderte sich auch dann nichts, als man sie in der Highschool auf ein Internat nach Connecticut schickte. Ihre Eltern versuchten diese Freundschaft zu hintertreiben, aber sie waren nicht da, um ihre Briefe zu kontrollieren, die nächtlichen Telefonate von dem Münztelefon in der Eingangshalle zu unterbinden, ihn daran zu hindern, am Wochenende zu kommen und sie aus dem Wohnheim zu entführen.

Und dann, in ihrem letzten Jahr am Smith, fing Sam an, neben seinem Vater und seinen Brüdern auf den Cranberryfeldern zu arbeiten. Yvonne kam in den Herbstferien nach Hause, gerade rechtzeitig zur Ernte, und ihr Vater nahm sie ins Gebet. Sie sei eine Tate, sie habe einen Ruf zu wahren, sie seien die Säulen dieser kleinen Gemeinde und es ginge nicht an, dass Yvonne weiter »mit diesem jungen Kenney herumstreunte«. Das Ganze war lächerlich und natürlich wollte Yvonne nicht gehorchen. Ihre Mutter, die das Gespräch schweigend verfolgt hatte, wollte wissen, ob etwas »vorgefallen« sei. Möglicherweise aus reinem Trotz schlug Yvonne Sam vor zu heiraten. Genauer gesagt machte sie ihm einen richtigen Heiratsantrag und fiel sogar vor ihm auf die Knie. Sam bekam einen Lachanfall, aber dann sagte er Ja.

Sie machte ihren Abschluss am College, lehnte das Angebot für einen Traumjob bei einer Zeitschrift in New York ab – das sie der Fürsprache ihrer Mutter verdankte – und kehrte nach Wareham zurück. Ihre Eltern machten keinen Hehl daraus, dass sie ihrer Meinung nach ihr Leben wegwarf, bestanden zu ihrer Überraschung jedoch darauf, die Hochzeit auszurichten. Anfangs hatte Yvonne protestiert, ihr wäre eine schlichte Feier lieber gewesen.

»Nein«, hatte ihre Mutter kategorisch erklärt. »Wenigstens das musst du uns zugestehen.«

Sam war derjenige gewesen, der sie letztlich überredet hatte nachzugeben. Er meinte, es sei doch keine große Sache und danach hätten sie schließlich genug Zeit für sich, den Rest ihres Lebens.

Den Rest ihres Lebens.

Schon merkwürdig, wie aus einer einfachen Freundschaft wahre Liebe werden konnte. Es tat Yvonne immer gut, mit Sam zusammen zu sein – er holte sie auf den Boden zurück. Yvonne wusste, dass sie auf Reichtum und die damit verbundenen Möglichkeiten verzichten würde, und Sam hatte sich gefragt, ob sie nicht zu viel aufgeben würde, aber es war ein geringer Preis für das, was sie bekam.

Freiheit, Liebe, Glück.

Und dann war er da, ihr Hochzeitstag. Yvonne wachte auf, bevor der Wecker klingelte, es fing gerade erst an zu dämmern. Sie betrachtete das wogende weiße Kleid, das an der Schranktür hing. Die Leute vom Catering waren bereits dabei, die Tische einzudecken.

Die Art, wie an ihre Tür geklopft wurde, sagte ihr, dass etwas nicht stimmte. Ein kleiner rechteckiger Umschlag, das Briefpapier ihrer Mutter, wenn auch mit Sams Handschrift. Eine Entschuldigung, kurz und liebevoll, ein Lebewohl. Ein paar Minuten später kam ihre Mutter in ihr Zimmer und Yvonne wusste, dass das ihr Werk war.

»Wo ist Sam?«, schrie sie, aber ihre Mutter schüttelte nur den Kopf.

»Er ist weg«, sagte sie. »Und er kommt nicht zurück. Und du solltest froh darüber sein, Yvonne, denn es ging ihm nur ums Geld. Dein Vater hat ihm eine ansehnliche Summe geboten, und er hat zugegriffen. Und ist gegangen.«

Yvonne wollte es nicht glauben. Konnte es nicht glauben. Sie sprang in ihr Auto und fuhr zum Haus von Sams Familie, wo sein Vater mit einer Tasse Kaffee auf sie wartete, sein Gesicht wirkte müde und war von der jahrelangen Arbeit bei Wind und Wetter gezeichnet. Er musste nichts sagen, Yvonne wusste auch so, dass es stimmte.

Sam war weg.

Auf der Fahrt zurück nach Hause wurde Yvonne klar, dass es ihr Leben lang so bleiben würde. Ihre Eltern zeigten ihr, wer sie war und was sie haben konnte und was nicht, ganz gleich, was es kostete. Sie wollten sie gefügig machen. Aber es ging nicht nur darum, sie zu demütigen. Sie wollten, dass sie litt. Sie sollte leiden, damit sie sah, welchen Preis die Liebe hatte, und dass es letzten Endes doch nur ums Geld gehen würde.

Sie hielt auf halber Strecke an und ließ ihr Auto am Straßenrand stehen. Als sie den Lieferwagen des Klempners sah, hielt sie den Daumen raus. Er hieß Harold Stroup. Er war sechzig und kurz davor, in Rente zu gehen, nachdem er über vierzig Jahre lang gearbeitet hatte. Wenn er lächelte, bildete sich ein Kranz von Fältchen um seine Augen. Auf der Fahrt, die sie immer weiter weg von ihrer Vergangenheit führte, hin zu ihrer Zukunft, unterhielten sie sich.

Jetzt hebt Yvonne den Werkzeugkasten von ihrem Pick-up und geht ins Haus. Das alles ist zehn Jahre her, ein ganzes Leben. Die ersten Jahre, in denen sie versuchte, ihren Weg zu finden, und feststellen musste, dass das Leben ohne das viele Geld im Hintergrund wesentlich schwieriger war, waren am schlimmsten. Aber sie schaffte es und konnte sogar etwas sparen. Als sie schließlich so weit war, ein eigenes Haus zu kaufen, sah sie sich nach einer kleineren Stadt um, in der sie sich nicht dumm und dämlich zahlen würde. So kam sie nach Avalon.

Das alles sollte sie Hugh erzählen, und erst recht Isabel, aber Yvonne scheut sich davor. Sie weiß, was passiert, wenn die Leute etwas über ihre Vergangenheit herausfinden, über ihre Familie. Dann kommen die Fragen und hören nicht mehr auf, und die Leute fangen an, sie anders zu behandeln, auch wenn sie das eigentlich gar nicht wollen. Das Geld steht plötzlich zwischen ihnen, und irgendwann wird es peinlich und unerträglich. Sie hat mehr als einmal erlebt, dass deswegen Freundschaften und Beziehungen in die Brüche gingen, mehr als einer ihrer Exfreunde hatte darüber nachgedacht, ob sie sich nicht vielleicht mit ihrer Familie versöhnen sollte, sie gefragt, ob sie wirklich sicher sei, dass man sie aus dem Testament gestrichen hatte. Wenn sie Ja sagte, schienen sie auf einmal in ihren Gefühlen für sie zu schwanken und schließlich folgte die Trennung. Yvonne ist zu der Erkenntnis gelangt, dass es nie wegen des Geldes anfängt, aber für gewöhnlich deswegen endet.

Yvonne will gerade den Schlüssel ins Schloss stecken, als sie bemerkt, dass die Tür einen Spalt offen steht. Seltsam. Sie gibt ihr einen Stoß und sie schwingt langsam auf.

Auf den ersten Blick sieht alles so aus, wie sie es zurückgelassen hat. Es scheint nichts zu fehlen oder kaputt zu sein. Ein Einbrecher wäre vermutlich nicht so rücksichtsvoll, oder? Außerdem ist es draußen noch hell. Wer würde das Risiko eingehen, am helllichten Tag in ein Haus einzubrechen, und dann auch noch über die Vordertür?

Yvonne zögert, ob sie ins Haus gehen soll oder nicht. Sie ist zwar nicht übermäßig ängstlich, aber dumm ist sie auch nicht, und ihr Gefühl sagt ihr, dass hier irgendetwas nicht stimmt.

»Hallo?«, ruft sie, halb erwartet sie, dass jemand antwortet. Es bleibt jedoch still.

Soll sie die Polizei rufen? Was soll sie sagen? Vielleicht hat sie die Tür beim Verlassen des Hauses nicht richtig zugemacht – sie war heute Morgen in Eile, weil die Grundschule wegen eines Wasserrohrbruchs angerufen hatte. Der Auftrag kam ihr gerade recht, nachdem ihr Geschäft wochenlang ziemlich schleppend lief und sie einige bereits angenommene Aufträge wieder verloren hat, da ist es gut möglich, dass sie nicht richtig achtgegeben hat.

Es ist eine plausible Erklärung, und wahrscheinlich gäbe es auch noch andere. Also weshalb wird Yvonne dann jetzt doch plötzlich von Furcht erfasst?

Lamar Henderson, 72,
Lehrer im Ruhestand

Lamar Henderson sitzt in seinem Wohnzimmer und löst das wöchentliche Sudoku-Rätsel in der *Avalon Gazette*. Er schreibt gerade eine 4 unter eine 1, als er in der Einfahrt jemanden voller Panik schreien hört.

»Hilfe! Lamar! Lamar, komm schnell!«

Es ist seine Frau Alice. Der dringliche Ton in ihrer Stimme – nein, nicht dringlich, sondern verzweifelt – veranlasst Lamar dazu, die Zeitung fallen zu lassen und zur Tür zu eilen, wobei er fast über Precious, ihre Katze, stolpert.

Lamar hat den Türknauf schon in der Hand, als Alice erneut um Hilfe ruft. Er reißt die Tür auf, halb erwartet er, Alice mit einem verstauchten Knöchel oder eine Hand auf die Brust gepresst auf dem Boden liegen zu sehen.

»Lamar! Gott sei Dank!«, stößt Alice hervor, als sie ihn sieht. Sie beugt sich unter der Last mehrerer großer, prall gefüllter Einkaufstüten. Er stürzt zu ihr, um die Tüten aufzufangen, als sie Alice' Händen entgleiten.

Aus einer der Tüten fallen mehrere Rollen Band und schaffen es ein paar Meter in Richtung Bürgersteig, bevor sie umkippen. Leuchtende Orange- und Gelbtöne, Rosa mit weißen Tupfen, blau gesprenkelt, Streifen in sattem Dunkelrot. Bänder in allen Farben des Regenbogens. Lamar betrachtet die Rollen und eine lang vergessene Erinnerung steigt in ihm auf – quietschbunte Zuckerstangen, von denen er nie genug bekommen konnte, als er ein kleiner Junge war, damals vor so vielen Sommern.

»Na, Alice, bist du heil aus Rockford zurückgekommen?«, ertönt eine Stimme von der gegenüberliegenden Straßenseite. Alice und Lamar drehen sich um und sehen Tubby Jenkins, die sich die Hände an ihrer Schürze abtrocknet, bevor sie ihnen zuwinkt.

»Ja! Aber ich habe diese herzförmigen Cabochons nicht finden können, wie Mary Winder sie hat. Dafür bin ich auf ganz entzückende Alphabetsticker gestoßen. Ich habe dir eine Packung mitgebracht.«

»Wie lieb von dir!«, ruft Tubby. »Ich bin gerade beim Kuchenbacken. Wenn er fertig ist, komme ich mit ein paar Stück rüber, damit du mir deine Beute zeigen kannst.«

Alice winkt ihr noch einmal zu und hebt auf dem Weg ins Haus ein paar verstreute Rollen Band auf. »Komm, schnell ins Haus, sonst trifft uns noch der Hitzschlag«, erklärt sie ihrem Mann. »Vergiss die Tüten auf dem Rücksitz nicht!«

Es dauert beinahe zehn Minuten, bis Lamar alles ins Haus getragen hat. Alice hat sich inzwischen umgezogen und steht jetzt in einem Hauskleid in der Küche an der Spüle, wäscht sich die Hände und ist vor Freude ganz aus dem Häuschen. »Ach, ich kann es kaum erwarten, auszupacken und zu sehen, was ich alles habe!«

Lamar sieht sie fassungslos an. »Du weißt nicht, was du gekauft hast?«, fragt er. Als sein Magen knurrt, späht er in eine der Tüten. »Ist da irgendwo was zu essen drin?«

»Essen? Sei nicht albern. Das ist Material fürs Scrapbooking. Und natürlich weiß ich, was ich gekauft habe, ich will mir nur alles noch mal ansehen. Ich werde das Gästezimmer in ein Bastelparadies verwandeln!« Strahlend greift Alice nach der ersten Tüte.

Lamar runzelt die Stirn. »Und wo sollen dann die Kinder schlafen, wenn sie zu Besuch kommen?« Sie haben zwei Kinder, die längst erwachsen sind und inzwischen selbst Kinder haben. Sechs Enkel insgesamt.

»Ach, da fällt uns schon was ein. Sie sind doch bloß zwei Wochen im Jahr hier – es ist unsinnig, das Zimmer die restlichen fünfzig Wochen leer stehen zu lassen. Außerdem hast du dir das zweite Kinderzimmer als Arbeitszimmer unter den Nagel gerissen und dazu noch die Werkstatt hinten. Warum darf ich da nicht auch einen Raum für mich haben?«

Lamar verspürt einen Anflug von Panik, als Alice anfängt auszupacken: dicke Stapel gemustertes Papier, leere Aufbewahrungskisten, große, gepolsterte Alben, Scheren mit bunten Griffen, Dose um Dose mit irgendwelchen kleinen Metallteilen. Sie hat sogar eine Maschine erstanden, die wie eine Kreuzung aus Drucker und Toaster aussieht.

»Ist das nicht genial?«, sagt sie, während sie den Reißverschluss der dazugehörigen Nylontasche auf- und zuzieht. »Ich kann es kaum erwarten, sie beim nächsten Treffen den anderen zu zeigen!«

»Hat nicht Tubby so ein Ding?«

Alice wischt seine Bemerkung mit einer Handbewegung zur Seite. »Lamar, ich kann mir nicht dauernd die Stanzmaschine von jemand anderem ausleihen – die Klinge nutzt sich ab, das will ich nicht. Außerdem habe ich vor, ziemlich viel zu Hause zu scrappen, deshalb brauche ich das richtige Werkzeug. Und es ist ja nicht so, dass du nicht jeden Hammer, Schraubenschlüssel oder Elektrobohrer diesseits des Mississippi besitzt.«

»Das ist was anderes«, protestiert Lamar. »Das sind praktische Dinge. Notwendige Dinge.«

Alice hält einen Moment inne und stemmt die Hände in

die Hüften. »Wofür? Zwei Schemel, ein eichhörnchensicheres Vogelhäuschen? Ich habe nicht den Eindruck, dass du in absehbarer Zeit vorhast, das Dach neu zu decken. Du werkelst genauso vor dich hin wie ich, Lamar. Streit es nicht ab.«

Ein Punkt für sie. Er sieht zu, wie Alice einen meterlangen Papierstreifen aus der Tüte zieht, bis ihm mit Schrecken klar wird, dass es sich um den Kassenzettel handelt. »Wenn du so weitermachst, sind wir bald pleite, Alice!«

Alice versetzt ihm einen Knuff. »Ach, sei still. Beinahe alles, was ich gekauft habe, war im Sonderangebot, oder ich hatte einen Rabattcoupon dafür. Ich muss in der nächsten Zeit einfach nur ein bisschen kreativer mit dem Haushaltsgeld umgehen, das ist alles. Kein Problem.« Sie holt eine Schachtel hervor, auf der eine Art Föhn abgebildet ist. »Ach ja, das habe ich für dich mitgebracht.«

»Für mich?« Lamar betrachtet die Schachtel verwirrt. *Heißluftpistole*, entziffert er. Er weiß zwar nicht, was das ist, aber es sieht aus wie etwas, das in seine Werkstatt passen könnte.

Alice nickt. »Das ist für dich, damit du es mir nächsten Monat zum Hochzeitstag schenken kannst. Wir gehen zum Essen nicht aus – ich koche uns hier etwas Gutes. Und die Pralinen kannst du dir auch sparen – Tubby und ich wollen Ende des Monats zu den Weight Watchers.« Sie drückt ihm mehrere kleine Dosen mit verschiedenfarbigem Glitzerpulver in die Hand. »Das gehört dazu. Du kannst alles einpacken und mir dann schenken.«

»Aber dann ist es doch keine Überraschung«, sagt er stirnrunzelnd. Er hat bisher noch keine Gelegenheit gehabt, über ein Geschenk nachzudenken, aber das hätte er schon noch gemacht. Irgendwann.

»Ich werde so tun, als ob«, sagt Alice. »Es ist ja nicht so, als würde ich das zum ersten Mal tun. Und darüber werde ich mich wirklich sehr freuen. Ich liebe dich, Lamar, aber ich brauche wirklich nicht noch ein Parfüm, das ich nicht benutze.«

Lamar schüttelt eine der kleinen Dosen. Schneeweißer Glitzer, denkt er. Nun ja, er ist ein Mann, und er versteht nichts von solchen Dingen – den Versuch hat er schon lange aufgegeben. Und Alice hat recht – ihm ist schon seit Jahren kein hübsches Geschenk mehr für sie eingefallen. Wenigstens hat sie ihm damit einen Ausflug in die Parfümerie erspart.

»Na ja, gut«, sagt er widerstrebend, weil er nicht weiß, was er sonst sagen sollte. Er steckt den Kopf in eine der anderen Tüten und ruft: »Wie viel Band ist denn noch da drin?!«

»Band kann man nie genug haben«, erklärt ihm Alice und ihr Gesicht leuchtet vor Freude, als sie etwas entdeckt, von dem sie offenbar nicht mehr wusste, dass sie es gekauft hat. Sie ist glücklich, gar keine Frage.

Lamar nimmt eine Rolle mit rotem Zickzackband und wiegt sie in der Hand, und dabei erinnert er sich an eine Sendung auf einem dieser Homeshopping-Känale vor ein paar Jahren. Es ging um eine Frau, die ein ganzes Zimmer zum Einwickeln von Geschenken eingerichtet hatte, mit unzähligen Geschenkpapierrollen auf Holzpflöcken. Ein aufwändiges Lagersystem, das mehr als hundert Dollar kostete. Lamar hatte geschnaubt und erklärt, ihn würde es gerade mal eine halbe Stunde Zeit und weniger als zehn Dollar kosten, so ein Ding zu bauen. Alice hatte gelacht.

Lamar hört, wie seine Frau ihr Lieblingslied vor sich hin summt, während sie zum Kühlschrank geht. Lamar lächelt. *Three coins in the fountain, each one seeking happiness.* Sinatra. Der beste Song aller Zeiten.

»Dann wollen wir mal sehen, was wir hier haben«, sagt Alice und mustert den Kühlschrankinhalt. »Ich kann dir ein

Truthahnsandwich mit Kartoffelsalat machen. Oh, gut, wir haben auch noch etwas von dem Maracuja-Eistee.« Sie nimmt die Sachen aus dem Kühlschrank, dann hält sie kurz inne und blickt gedankenverloren an die Decke. »Weißt du, was ich in meiner neuen Bastelwerkstatt als Erstes tun werde, Lamar? Ich werde ein Album mit den Fotos von deiner Abschiedsfeier machen – bis jetzt liegen alle durcheinander in einer Schachtel. Und all die netten Karten, die die Leute geschrieben haben. Sie haben so freundliche Dinge über dich gesagt, weißt du noch? Die klebe ich auch mit ein.«

Seine Abschiedsfeier. Daran hat Lamar seit Jahren nicht mehr gedacht. Doch jetzt, wo Alice es erwähnt, erinnert er sich auch wieder an die Karten. Eine war von Jake Spencer gewesen, einem jungen Lehrer, den er unter seine Fittiche genommen hatte. Jake hatte Lamar einen langen Brief geschrieben, in dem er ihm mit herzlichen Worten dafür dankte, dass er ihn motiviert habe, ein besserer Lehrer zu werden. Auch andere Lehrer und Schüler hatten liebevolle Worte für Lamar gefunden. Lamar war mit Leib und Seele Lehrer gewesen, er hatte seine Arbeit geliebt, und als er all diese Briefe und Karten las, wusste er, dass es sich gelohnt hatte.

»Natürlich«, fährt Alice nachdenklich fort, während sie Mayonnaise auf eine Scheibe Brot streicht, »werde ich die Karten in Hüllen stecken müssen, falls sie nicht säurefrei sind. Ich muss Bettie um Rat fragen.« Sie hält inne, macht sich im Geiste eine Notiz, dann nickt sie zufrieden.

Lamar hat keine Ahnung, wovon seine Frau spricht, aber er geht zu ihr und gibt ihr einen Kuss auf die Wange, und sie lächelt. Zum ersten Mal seit vielen Jahren weiß er, was er Alice zum Hochzeitstag schenkt. Er wird dieses Heißluftdings in Geschenkpapier wickeln und dazu diese Dosen mit wer weiß was drin, aber außerdem wird er sie noch mit etwas überraschen. Er wird ihr ein Gestell bauen, in dem sie all ihre Bänder aufbewahren kann, so wie diese Frau im Fernsehen. In Anbetracht der Anzahl von Rollen, die sich allein in dieser Tüte befinden, wird er mindestens drei Stangen brauchen, vielleicht sogar vier. Am besten nimmt er zur Sicherheit gleich fünf. Er wird sie so an die Wand montieren, dass Alice leicht rankommt. Vielleicht baut er ihr auch gleich noch ein Regal für das viele Papier.

»Dein Sandwich ist fertig!«

Lamar grinst. *Ja.* Sobald Tubby da ist, verdrückt er sich in seine Werkstatt und fängt mit den Skizzen dafür an.

Kapitel 11

Frances schiebt ein Foto von Brady in den Stanzer und drückt entschlossen den Hebel nach unten. Mit einem leisen Ratschen wird ein perfekt beschnittenes 5 x 5 cm großes Bild ausgeworfen und landet in ihrer Hand. Frances grinst und fügt es ihrem wachsenden Stapel hinzu, dann greift sie nach einem Foto von Noah und macht damit das Gleiche.

Frances ist dabei, für jeden Jungen ein Album mit ihren Lieblingsdingen zu machen. Lieblingsessen, Lieblingsspielzeug, Lieblingsorte, Lieblingssätze, Lieblingsklamotten. Für die beiden jüngeren wird sie die Seiten laminieren, in der Hoffnung, dass sie auf diese Weise ein paar mehr Jahre überstehen. Sie möchte, dass sie diese Alben lange haben, vielleicht sogar lange genug, um sie später ihren eigenen Kindern zu zeigen.

Darüber hinaus hat sie schon Pläne für weitere Alben: für den Anfang Familienurlaube, Geburtstage und Weihnachten. Natürlich besitzen sie bereits einige Fotoalben, in die Frances etwas hineingeklebt hat, wann immer sie die Zeit dazu fand, aber die meisten Fotos sind erklärungsbedürftig oder es gibt eine lustige Anekdote dazu zu erzählen. In ihren neuen Scrapbooks kann sie alles gleich dazuschreiben. Frances schwebt eine Art Tagebuch vor, mit einem Eintrag auf jeder Seite und dazu Geburtstagskarten, Bordkarten von Flügen und Eintrittskarten. Jeder kann die Geschichte auf dieser Seite dann selbst lesen.

Sie ist süchtig, sie gibt es zu. Am Tag nach dem Treffen des Scrapbooking-Clubs ist Frances in die Bücherei gegangen und hat sich sämtliche verfügbaren Bücher über Scrapbooking angesehen. Sie hat sie genau studiert, Listen für Material und Werkzeug erstellt, ist einkaufen gegangen. Dann hat sie mehrere Scrapbooking-Zeitschriften abonniert, bei eBay riesige Mengen an Utensilien von Leuten ersteigert, die das Scrapbooking aufgegeben haben. Das gefiel ihr am besten – die Kartons, die bis zum Rand mit Papier, Verzierungen, Stickern, Rubbelbildern, Stanzern und Scheren gefüllt waren. Alles zu sortieren machte Riesenspaß, und sie freute sich über die wilde Mischung. Manche Leute packten mehr ein, als sie in ihrem Angebot aufgeführt hatten, weil sie dann doch lieber alles auf einmal loswerden wollten, deshalb wartete auf Frances immer die eine oder andere Überraschung – in einem Paket ein winziges Bügeleisen, in einem anderen ein Set mit Gelstiften. Es ist fast schon zu viel, aber Frances kann die Sachen ja immer noch zum Basteln mit den Jungen verwenden.

Bei allem Spaß, den Frances dabei hat, ist ihr klar, dass sie es auch braucht. Sie braucht eine Beschäftigung, sie muss ihre Stunden und Gedanken füllen, damit das, was passiert ist (oder vielmehr nicht passiert ist), sie nicht völlig vereinnahmt. Sie weiß, dass Scrapbooking die Lücke, die Mei Ling hinterlassen hat, nicht ausfüllen kann, aber es lässt sie erkennen, wie viel sie hat, für wie viel sie dankbar sein kann. Und das ist doch auch etwas wert, oder?

Reed geht auf dem Weg zum Kühlschrank am Küchentisch vorbei. So wie er dreinschaut, scheint er etwas auf dem Herzen zu haben, aber nicht darüber reden zu wollen.

»Weißt du was?«, sagt Frances in der Hoffnung, ihn abzulenken. »Wir müssen nie mehr eine Grußkarte kaufen. Ich kann alles, was wir brauchen, selbst machen. Geburtstage, Weihnachten, Beileidskarten, alles!«

»Schön«, sagt Reed geistesabwesend. Er sucht im Kühlschrank herum, nimmt jedoch nichts heraus. Stattdessen geht er zur Speisekammer. Er öffnet die Tür und knipst das Licht an. Frances hört, wie er Tüten mit Kartoffelchips und Salzstangen hin und her schiebt, Müslipackungen schüttelt. Dann geht das Licht wieder aus und Reed steht da, immer noch mit leeren Händen, dafür mit gereizter Miene.

Frances runzelt die Stirn. Es ist kein gutes Zeichen, wenn Reed nach Essen sucht. Er isst nur außer der Reihe, wenn er unter Stress steht, und selbst dann nur in den schlimmsten Fällen. Das letzte Mal hatte Frances ihn vor ein paar Jahren so erlebt, nachdem ihr Vater gestorben war. Die beiden hatten sich sehr nahegestanden, ein inniges Vater-Schwiegersohn-Verhältnis, und sein Tod hatte Reed tief erschüttert. In dieser Zeit hatte er beinahe fünfzehn Pfund zugenommen.

»Suchst du was Bestimmtes?«, fragt sie. Sie blättert gerade einen Stapel Karten durch und wählt für jedes Foto eine aus. Sie sind aus einfachem Fotokarton mit bunten Umrandungen und Linien, auf die man ein paar Sätze schreiben kann. Die Karten sind so hübsch, dass es ihr beinahe widerstrebt, sie zu verwenden.

»Nein«, sagt Reed. »Mir ist nur nach irgendeiner Knabberei.«

Frances wirft einen Blick auf die Uhr. Es ist neun Uhr abends. Die Jungen sind im Bett. Nach sieben isst Reed nie etwas.

»Wir haben noch Joghurt«, setzt sie an, doch Reed fällt ihr ins Wort: »Ich will keinen Joghurt, Frances.« Er klingt genervt und verärgert.

»Wie du meinst«, sagt sie, ein wenig verletzt. Reed fährt

normalerweise nicht so schnell aus der Haut, deshalb weiß sie nicht genau, wie sie darauf reagieren soll. Sie senkt den Kopf und tut so, als wäre sie damit beschäftigt, die Fotos auf der Seite anzuordnen. Trotzdem kann sie nicht verhindern, dass ihr Tränen in die Augen steigen.

Reed fährt sich mit der Hand durch die Haare. »Tut mir leid«, sagt er schließlich. Er zieht sich einen Stuhl neben sie und lässt sich darauffallen. Sie zuckt zusammen, als er nach ihrer Hand fasst. »Fran, es tut mir leid.«

»Schon gut.« Sie schiebt ein paar Fotos auf der Seite hin und her, könnte aber nicht sagen, was darauf abgebildet ist.

Reed lehnt sich auf seinem Stuhl zurück und blickt an die Decke. »Wir müssen Mei Lings Sachen wegbringen. Mein ganzes Arbeitszimmer steht voll – ich kann mich kaum noch bewegen. Und dann ist da auch noch das Zeug in der Garage. Mir wäre wohler, wenn wir alles zusammenpacken und wegschaffen könnten.«

Frances beißt sich auf die Lippe. Sie hat auch schon daran gedacht, aber sie bringt es noch nicht über sich, sich von den Dingen zu trennen. Es ist jetzt gerade mal drei Wochen her, dass sie die Zuweisung abgelehnt haben, und sie hat es noch längst nicht verwunden. Außerdem weiß sie nicht, was sie mit den Spielsachen und Kleidern machen soll – irgendwie erscheint es ihr nicht richtig, sie zu verkaufen oder zu verschenken. »Ich wollte, wir könnten ihr die Sachen schicken. Schließlich haben wir es für sie gekauft.«

»Du weißt, dass das nicht geht«, sagt Reed. »Wenn du willst, kümmere ich mich darum. Ich will das Zeug einfach los sein. Es erinnert mich die ganze Zeit daran …« Seine Stimme verliert sich und er schüttelt den Kopf.

»Ich weiß.« Endlich hört Frances auf, so zu tun, als würde sie arbeiten, und sieht ihren Mann an, sein unglückliches Gesicht. Sie weiß, dass er recht hat – sie müssen nach vorn blicken, auch wenn es dafür noch sehr früh erscheint. »Ich sehe am Wochenende alles durch. Ich könnte … ein paar Sachen verkaufen, denke ich. Den Rest spenden. Ich fände es gut, die Sachen an Kinder zu geben, die sie gebrauchen können. Vielleicht an ein Krankenhaus oder …«

Reeds Blick ist auf den Stapel Fotos gerichtet. Er nimmt eines, auf dem Nick zwei Jahre alt ist und einen reichlich mitgenommen aussehenden Stoffhund mit nur einem Auge umklammert. Er hatte ihn damals überall mit sich herumgeschleppt. »Gott, den hatte ich schon ganz vergessen. Wie hat er ihn gleich noch mal genannt?«

Sie denken eine Weile schweigend nach, dann sagen sie gleichzeitig »Struffy« und lächeln.

Reed nimmt ein anderes Foto, eines von Brady aus dem vergangenen Jahr. Er klimpert darauf auf einem kleinen Spielzeugklavier, das Frances für einen Dollar in einem Secondhandladen erstanden hatte. Noah hatte es »versehentlich« kaputt gemacht, als er sich daraufsetzte. »Ich hätte nie gedacht, dass ich das mal sage, aber irgendwie vermisse ich das Teil.« Jedes Mal, wenn Brady darauf gespielt hatte, hatte Reed Frances einen schmerzerfüllten Blick zugeworfen, aber jetzt verzieht sich sein Mund zu einem kleinen Lächeln.

Frances stützt das Kinn in die Hand und deutet mit der anderen auf ein Bild, auf dem Noah auf dem Töpfchen sitzt. Er trägt nichts außer einem Cowboyhut. »Diesen Hut hat er geliebt. Es ist komisch, dass ich nicht mehr Fotos von ihm mit diesem Hut habe, wenn man bedenkt, dass er das Ding praktisch ständig aufhatte.«

Reed lacht und beim Klang seines Lachens scheint etwas aufzubrechen, was hart und unnachgiebig zwischen ihnen gestanden hat. Frances lässt die Schultern sinken und merkt, dass sie praktisch die ganze Zeit die Luft angehalten hat. Jetzt atmet sie tief aus und lächelt.

»Das hebe ich für die Diashow bei seiner Hochzeit auf«, sagt Reed. Er breitet die übrigen Fotos auf dem Tisch aus. »Wow, da sind aber viele schöne Bilder dabei, Fran. Das hier ist eins meiner Lieblingsbilder – Nick bei der Parade am 4. Juli, als wir meine Eltern besucht haben. Damals war er drei, oder?«

»Ja. Und danach hat er sich tagelang die Ohren zugehalten, weil er Angst hatte, dass das Feuerwerk wieder losgehen könnte. Wir mussten ihn füttern, weil er die Hände partout nicht runternehmen wollte, um seine Gabel zu halten.«

Sie müssen beide lachen. Frances fällt etwas ein, das Bettie beim letzten Treffen gesagt hat, nämlich dass Scrapbooking eine Form von Therapie sei. Vielleicht nicht nur für die Leute, die die Alben machen, sondern auch für die, die sie sich ansehen.

»Ich wollte …«, setzt Reed an, doch dann versagt ihm die Stimme und er schüttelt den Kopf.

»Was, Reed?«

Reed gibt ihr jedoch keine Antwort, sondern sieht sich schweigend die anderen Fotos an, sein Gesicht ist vor Schmerz wie versteinert.

Frances folgt verwirrt seinem Blick. Das sind alles fröhliche Bilder von lächelnden und lachenden Menschen, nichts Unangenehmes oder Schlimmes ist darauf zu sehen. Vielleicht hat es etwas mit seinem Vater zu tun, der ihn von einem der Fotos anblickt, damals noch vor Gesundheit strotzend, wie er neben den beiden älteren Jungen steht, jeder mit einer Angel in der Hand. Aber irgendwie glaubt Frances nicht, dass es das ist.

»Willst du darüber reden?«, fragt sie.

Reed schüttelt den Kopf. »Eigentlich nicht.« Er tippt auf ein weiteres Foto. »Das war eine tolle Reise – unser erster Familienurlaub nach Bradys Geburt. Yosemite.« Da ist es wieder, dieses kleine Lächeln. Frances ist erleichtert.

»Wir waren ganz schön blauäugig«, erinnert sie ihn. »Das war die längste Autofahrt meines Lebens.« Mit jeder Menge Tränen, Geschrei und Gejammer. Nie wieder, hatten sie sich beide geschworen, aber kaum dass sie wieder zu Hause gewesen waren, hatten sie natürlich angefangen, Pläne für den nächsten Urlaub zu schmieden.

Vielleicht ist es das, was sie brauchen. »Sag mal, was hältst du von einem Familienurlaub?«, fragt Frances unvermittelt. »Wir sind in den letzten beiden Jahren nicht weggefahren, weil … na ja, egal, wir könnten jedenfalls einen Kurztrip machen, mal raus aus dem Alltagstrott. Was meinst du?«

Reed wirkt alles andere als begeistert. »Nein«, sagt er zu ihrer Überraschung. »Ich meine, nicht gerade jetzt. Das war so ein ständiges Auf und Ab in der letzten Zeit, wir sollten alle erst mal wieder zur Ruhe kommen.«

»Okay.« Bei der Erinnerung an die vergangenen Monate, mit die schönsten und schlimmsten Monate ihres Lebens, versetzt es Frances einen Stich. Sie zwingt sich zu einem Lächeln. »Gut, ich denke, als Erstes müssen wir einen neuen Platz für Mei Lings Sachen finden. Dann geht es uns bestimmt auch besser. Wir haben unser Bestes getan, Reed. Wenn es irgendeine andere Möglichkeit gegeben hätte, hätten wir sie genutzt. Aber es gab keine, stimmt's?«

Es folgt ein langes Schweigen, aber schließlich erwidert Reed den Blick seiner Frau und jetzt sieht es Frances – eine wilde Entschlossenheit. Er nimmt ihre Hand und drückt sie. »Stimmt.«

Ava wartet in ihrem Auto, sie versucht, im Radio einen Sender zu finden, gibt aber irgendwann auf. Sie ist noch vier Autos von dem ausgewiesenen Bereich vor dem Kindergarten entfernt, wo eine der Erzieherinnen Max zum Auto begleiten und ihn in seinen Kindersitz setzen wird. Neue Vorschriften, hat man ihr erklärt. Man wolle nicht, dass die Eltern beim Abholen den Ausgang blockieren. Stattdessen müssen sie sich jetzt selbst wie Kindergartenkinder aufstellen, einer nach dem anderen, und auf ein Zeichen warten, dass sie vorfahren dürfen.

Der Jeep ruckelt und Ava schickt ein Stoßgebet gen Himmel, dass der Motor nicht heiß läuft. Die nächste Inspektion ist längst überfällig, er braucht neue Bremsbeläge, der Kühler muss gereinigt werden. Die Reifen sind auch schon ziemlich abgefahren. Ein paar Monate noch, hatte der Mechaniker gesagt, das heißt bis zum Winter. Je schneller sie dafür sorgt, dass die Probleme behoben werden, desto besser – aber mit welchem Geld?

Nach dem Scrapbooking-Treffen hat Ava von Bettie eine große Bestellung für einfache Kronkorkenverzierungen erhalten, die die Clubmitglieder kaufen und für ihre Layouts verwenden können. Jetzt wo Ava mehr Ahnung von Scrapbooking hat, weiß sie auch besser, was sie alles machen kann. Motive für Mädchen und für Jungen, für Urlaube, Geburtstage. Sie wird die Kronkorken flach drücken, so dass sie einer Seite Struktur verleihen, ohne allzu sehr hochzustehen. Außerdem überlegt sie, ein Set mit sechs oder sieben Kronkorken-Lesezeichen für verschiedene Seiten anzubieten. Sie wird das benötigte Material zusammenstellen und eine Anleitung dazulegen, damit die Leute ihre Bilder dann selbst in die Mitte der Kronkorken kleben können.

Margot von Avalon Gifts ’N More hat eine weitere Schmuckbestellung aufgegeben, und in Rockford gibt es einen Schmuckladen, der ebenfalls einen Versuch mit ihrer Kollektion wagen will. So nennt sie es jetzt: Free-Hearts-Kollektion. Es klingt seriös, so als wäre sie eine richtige Designerin. Aber auch wenn sie ihre Haushaltskasse damit ein bisschen aufbessern kann, ist es bei Weitem nicht genug, insbesondere da sie jetzt in neues Material investieren muss, um all die Aufträge auszuführen.

Sie können einfach nicht weiter so dahinkrebsen wie bisher. Sie findet keine Vollzeitstelle, die ihr einerseits zusagt und andererseits genug Flexibilität für Max lässt, und die Teilzeitstellen sind schlecht bezahlt. Es kommt ihr wie die reinste Zeitverschwendung vor, mit etwas Neuem anzufangen, wenn es bereits etwas gibt, was sie für den Arbeitsmarkt qualifiziert – ihre Ausbildung als Zahnarzthelferin. Die Arbeit macht Spaß und Ava war gut darin. Sie und Bill hatten Pläne geschmiedet, dass er irgendwann allein eine Praxis, ohne Randall Strombauer, haben würde und dass sie dann zusammenarbeiten würden. Sie würden heiraten, es wäre ihr gemeinsames Geschäft, ein Familienunternehmen. Als Bill starb, zerplatzte dieser Traum wie eine Seifenblase. So wie viele Träume.

In den vergangenen vier Jahren hat Ava versucht, wieder Fuß zu fassen, noch einmal ganz von vorn anzufangen. Vielleicht würde sie es schaffen, wenn sie allein wäre, aber sie ist nun mal nicht allein. Sie hat Max und er verdient ein besseres Leben als das, was sie ihm bieten kann. Als Ava das klar wird, weiß sie, was sie zu tun hat. Sie muss zu Dr. Strombauer gehen und ihn um ein Empfehlungsschreiben bitten.

Als sie ihn das letzte Mal gesehen hatte, packte sie gerade ihre Sachen, am Montag nachdem Bill Isabel reinen Wein eingeschenkt hatte. Es war ihr letzter Tag. Dr. Strombauer wusste jetzt, dass sie zusammen waren, aber das hinderte ihn nicht daran, sie im Pausenraum abzupassen. Er stellte sich so dicht vor sie, dass sie seinen Atem roch, den Alkohol von einem Glas zu viel zum Mittagessen.

»Na, Sie sind wohl auf dem aufsteigenden Ast, was, Ava?« Er hatte sie angelächelt, aber ihr entging nicht die Schärfe hinter seinen Worten.

Sie brachte keinen Ton heraus, sie fürchtete, wenn sie etwas sagte, würde er merken, wie viel Angst sie hatte. Aber sie zwang sich dazu, den Kopf nicht zu senken und ihm in die Augen zu sehen. Es fiel ihr schwer, weil er noch immer bedrohlich nah vor ihr stand. Schließlich wandte sie doch den Blick ab.

Ein Finger strich über ihren bloßen Arm und verschaffte ihr eine Gänsehaut. »Kommt Bill später zu Ihnen? Wie nett. Was haben Sie vor, kochen Sie ihm etwas zum Abendessen? Oder tun Sie etwas anderes? Ich bin nämlich auch ziemlich hungrig.« Er sah sie anzüglich an.

Ava war froh um den Karton vor ihrer Brust, in dem einige persönliche Dinge von ihr lagen. Wortlos umklammerte sie ihn noch etwas fester. Die Sprechstundenhilfe hatte bereits Feierabend gemacht und Bill war bei seinem Rechtsanwalt. Außer ihnen beiden war niemand mehr in der Praxis. Sie hatten heute am laufenden Band Patienten gehabt und Dr. Strombauer hatte kaum ein paar Worte mit ihr gesprochen. Bis jetzt.

»Offensichtlich haben Sie beide das schon seit Längerem geplant. Und alles so heimlich, still und leise – ich muss sagen, ich bin beeindruckt. Das hätte ich Bill nicht zugetraut. Obwohl ich mich jetzt natürlich frage, ob Bill vielleicht vorhat, mich ebenfalls zu hintergehen.« Seine Haltung hatte etwas eindeutig Drohendes, und ehe sie wusste, wie ihr geschah, riss er ihr den Karton aus der Hand. Er ließ ihn auf den Boden fallen und der Inhalt verstreute sich im Zimmer.

Und dann presste er sich an sie, drückte sie gegen die Wand, seine Hände packten ihre Handgelenke. Er wollte sie küssen, davon war sie überzeugt, und dabei würde er es nicht bewenden lassen. Vor ihrem geistigen Auge lief jedes nur denkbare Worst-Case-Szenario ab. Ava hatte entsetzliche Angst, am liebsten hätte sie geschrien, aber wer hätte sie schon gehört?

Und dann dachte sie an das Baby.

Das reichte. Avas Kraft kehrte zurück, ihre Wut. Sie tat das Einzige, was ihr einfiel.

Sie biss ihn.

Er stieß einen Schrei aus und taumelte zurück, hielt sich mit beiden Händen die Nase. Ava schnappte ihre Handtasche und bekam sonst nichts mehr mit, wusste nur noch, dass sie im nächsten Moment die Notausgangstür aufstieß und der Alarm losging. Sie rannte zu ihrem Auto, ihre Hände zitterten so sehr, dass es eine Weile dauerte, bis es ihr gelang, den Schlüssel ins Zündschloss zu stecken.

Sie erzählte Bill nichts davon. Sie wollte es ihm erzählen, aber sie wusste nicht, wie er reagieren würde, sie war sich nicht sicher, ob er seinen Kollegen nicht zur Rede stellen und möglicherweise verprügeln würde und sich damit die Chance, eine eigene Praxis zu eröffnen, kaputt machte. Sie sagte also nur, sie hätten eine Meinungsverschiedenheit gehabt und sie hätte ihre Sachen deshalb in der Praxis zurückgelassen. Bill brachte den Karton am nächsten Tag mit nach Hause und Ava stellte fest, dass einige Sachen kaputt waren oder fehlten, aber das spielte keine Rolle. Sie war einfach nur froh, dass sie nie wieder zurück in die Praxis musste, erleichtert, dass sie Strombauer nie wieder sehen musste.

Jetzt liegen die Dinge jedoch anders. Bill ist tot. Sie hat Max.

Randall Strombauer hat sich Bills Anteil an der Praxis unter den Nagel gerissen. Diesen kleinen Gefallen ist er ihr einfach schuldig.

Das laute Hupen eines verärgerten Vaters in dem Auto hinter ihr reißt sie aus ihren Gedanken. Ava hebt kurz die Hand und fährt ein paar Meter, bevor sie mit einem Seufzer wieder in den Leerlauf schaltet. Sie sieht Max mit den anderen Kindern an der Tür stehen. Seine Lunchbox in der Hand, wartet er ebenfalls darauf, dass er an der Reihe ist. Sie versucht zu lächeln, aber plötzlich überkommt sie tiefe Traurigkeit. Möglicherweise hat es etwas mit der Erinnerung an diese lange zurückliegende Zeit zu tun, vielleicht ist es aber auch dieser Augenblick, in dem sie und ihr Sohn warten müssen, dass ihnen jemand sagt, wann sie wieder zusammen sein dürfen.

Connie sitzt in Serenas Pferch auf einem Strohballen und sieht zu, wie die Ziege im Schatten ihrer Hundehütte vor sich hin döst. Connie kritzelt in ihrem Tagebuch und macht endlich einen Entwurf für das Plakat, wie sie es Madeline versprochen hat.

»*Ziege zugelaufen*«, schreibt sie. »*Weiblich. Freundlich. Verspielt. Ausbrecherkönigin. Weitere Informationen in Madelines Teesalon.*«

Connie verziert den Rand mit bunten Blumen, zeichnet Rosen mit Teetassen im Inneren. Sie macht eine Skizze von Serena, wie sie hinter den Hortensien der Lassiters hervorlugt. Später wird sie es noch am Computer bearbeiten und ein richtiges Foto von Serena einbauen, aber bis dahin kann sie Madeline wenigstens sagen, dass sie daran arbeitet, und auf diese Weise vielleicht ein paar Tage Zeit gewinnen.

Ihr neues Scrapbook-Album liegt auf dem Schreibtisch in ihrem Zimmer, noch immer leer. Connie weiß nicht, wo sie anfangen soll, sie weiß nicht, was sie hineinkleben soll. Sie hat die Fotos aus ihrem Koffer geholt und damit begonnen, sie auf der Seite zu verteilen, aber dann konnte sie sich nicht dazu entschließen, sie festzukleben, weil es so etwas Endgültiges hat. Sie ist sich nicht mehr sicher, was dieses Album überhaupt soll. Ist ihre Vergangenheit wichtiger als ihre Zukunft?

Ihre Gedanken wandern zu ihren Eltern, vor allem zu ihrer Mutter. Connie hat festgestellt, dass sie anfängt, Dinge zu vergessen, dass sie ihre Mutter nicht mehr so deutlich vor Augen hat wie früher. Vielleicht sind diese Erinnerungen für immer verloren, weil es keine Fotoalben gibt.

Woran kann sich Connie erinnern? Daran, wie impulsiv ihre Mutter war, wie sie mit ihren spontanen Einfällen andere mitriss, wie sie es schaffte, Connie und ihren Vater zu nahezu allem zu überreden. »Lasst uns einen Ausflug machen!«, schlug sie beispielsweise vor, obwohl Connies Vater am nächsten Tag arbeiten musste. Oder daran, wie sie einmal drei Blocks weit einem Eiswagen hinterhergelaufen waren, um einen Riesenbecher Kirscheis zu kaufen, den sie sich dann teilten.

Nach dem Tod von Connies Vater schien sich Mary Beth Coll immer mehr in sich selbst zurückzuziehen. Wenn sie unter anderen Menschen waren, setzte ihre Mutter eine fröhliche Miene auf, und wie durch ein Wunder schien es zu wirken. Sie lachten, sie amüsierten sich und Connie dachte, dass es ihrer Mutter vielleicht endlich wieder besser ging. Doch dann kamen sie nach Hause und die Fröhlichkeit war verflogen, sie schrumpfte zusammen, wurde schweigsam und düster. Connie beobachtete, wie sie die Tabletten nahm, die ihr halfen einzuschlafen.

»Ach, Connie«, murmelte sie eines Abends, als sie nebeneinander auf der Couch lagen und fernsahen. »Du bist deinem Vater so ähnlich. Ihr seid beide so stark. So furchtlos. Du schaffst alles.« Ihre Stimme zitterte leicht.

»Du auch, Mom.« Connie war damals dreizehn.

Mary Beth schüttelte den Kopf und zog Connie an sich. Ihre Lippen streiften Connies Haare. »Nein, Constance. Ich nicht.« Dann hatte sie Connie weggeschoben und gesagt, es sei Zeit fürs Bett.

Am nächsten Morgen schlief Mary Beth noch, als Connie zur Schule ging. Connie schlich sich auf Zehenspitzen aus dem Haus, nachdem sie einen Teller mit Toast und Rührei zum Warmhalten in den Ofen gestellt hatte, als Frühstück für ihre Mutter, wenn sie aufwachte.

Aber sie wachte nie mehr auf.

Connie merkt, dass Serena sie anstupst. Sie hebt den Kopf und sieht Serena an, die ihren Blick keck erwidert. »Du hast mich lieb, nicht wahr, Serena?«, sagt Connie.

Serena lässt ein fröhliches Meckern hören und versucht Connie in Richtung Tor zu schubsen. Eigentlich hat Connie vorgehabt, Fotos von Serena in ihr Album zu kleben, aber jetzt wo sie sich auf die Suche nach Serenas richtigem Besitzer begeben muss, ist sie sich nicht mehr so sicher, ob das eine gute Idee ist. Ein Album der Verluste. Wenn das nicht deprimierend ist.

Ein weiterer Schubs. Connie beugt sich vor und vergräbt ihr Gesicht an Serenas Hals. »Bleib bei mir«, flüstert sie. »Okay?«

Serena stupst Connie mit der Nase an, das heißt eindeutig *Ja*, so viel ist sicher. Getröstet legt Connie ihr Tagebuch zur Seite und greift nach Serenas Leine. »Na gut, machen wir einen Spaziergang.«

Adele Christensen, 75,
Hausfrau

Jeder Immigrant wird sagen, dass Erinnerungen wichtiger sind als Gegenstände. Als Adele Christensen und ihr Mann nach Amerika kamen, mussten sie viel zurücklassen. Sie taten das alles für den Traum von Amerika, für ein neues Leben, ein besseres Leben.

Als sie Dänemark 1965 verließen, besaßen sie zwei Koffer und weniger als 500 Dollar. Adele war schwanger mit Zwillingen, einem Jungen und einem Mädchen, die dann in Philadelphia auf die Welt kamen.

Adeles Mann hatte zwei Arbeitsstellen und besuchte abends noch die Abendschule, während sie die Kinder großzog. Es war eine schwere Zeit, aber sie schafften es, und nach sechs Jahren schloss ihr Mann sein Bachelorstudium an der Universität ab. Adele bewunderte ihn für seine Zielstrebigkeit – jeden Morgen stand er um 3.00 Uhr auf und kam erst kurz vor Mitternacht nach Hause –, und dann hängte er noch ein Magisterstudium dran. Dafür brauchte er weitere fünf Jahre und anschließend bot ihm eine Firma in Rockford, Illinois, eine sehr gute Stelle an. Ein Jahr später konnten sie ein Haus in Avalon kaufen.

Sie lebten bescheiden. Adele versuchte immer, mit ihrem Haushaltsgeld auszukommen und gut zu wirtschaften. Sie sparte, wo sie nur konnte, nicht nur Geld, sie hob auch Papiertüten auf, Alufolie, Plastikbeutel, Gummibänder – alles, was sich noch einmal verwenden ließ. Sie war strikt gegen jede Form von Verschwendung und Extravaganzen. Die Kinder beklagten sich immer, ihre Anziehsachen seien abgetragen oder altmodisch, aber in solchen Dingen ließ Adele nicht mit sich reden.

Einmal hatten sie einen Riesenstreit wegen des Pausenbrots. Die Kinder wollten wie alle ihre Freunde in der Cafeteria zu Mittag essen, statt in die Schule eingefrorene Käsesandwiches mitzunehmen, die Adele jeden Sonntag für die ganze Woche im Voraus machte. Ihr Mann erklärte ihnen, sie hätten zwei Möglichkeiten: entweder die Sandwiches oder gar nichts. Ende der Diskussion.

Sie hatten das Haus früher als geplant abbezahlt, und als ihr Mann in Rente ging, hatten sie ein schönes Polster auf dem Bankkonto. Sie hatten genug Geld, um ihren Ruhestand zu genießen und um die ganze Familie einmal im Jahr zu einem längeren Urlaub einzuladen.

Als ihr Mann starb, wollten die Kinder, dass Adele zu ihnen zog. Sie weigerte sich. Ihre Freunde hielten sie für verrückt – ihre Söhne und Töchter böten ihnen nicht an, bei ihnen zu wohnen, sie könne sich glücklich schätzen, solche großzügigen Kinder zu haben. Und Adele war auch dankbar. Aber sie war durchaus noch in der Lage, für sich selbst zu sorgen, und das hier war ihr Zuhause. Alles, was Adele besaß, befand sich innerhalb dieser vier Wände. Sie brauchte sich nur umzublicken und sah ihren Mann vor sich, sah, was sie erreicht hatten, sah, was ihre Kinder und ihre Enkel erreicht hatten. Adele empfand mehr Freude als Kummer, wenn sie in ihrem schlichten Heim ein und aus ging – warum sollte sie es also verlassen?

Ja, und dann waren ihr Sohn und ihre Tochter im vergangenen Jahr über Thanksgiving mit ihren Familien zu Besuch gekommen. Sie trugen Jeans und Sweatshirts und dicke

Jacken, und sie wirkten irgendwie verlegen. Adele machte sich darüber weiter keine Gedanken, sie freute sich, ihre Enkel zu sehen, und stellte die Muffins auf den Tisch, die es bei Pick and Save im Sonderangebot gegeben hatte.

Eine Stunde später bog ein großer Transporter in ihre Einfahrt und lud einen Müllcontainer ab.

Adele sah zu, wie alle – außer ihr – anfingen, die Sachen in der Garage, in den Schränken, auf dem Dachboden, unter den Waschbecken auszusortieren. Alles wurde in der Eiseskälte draußen im Vorgarten ausgebreitet, und gelegentlich stellten sie eine Frage zu dem einen oder anderen Stück, aber dann entschieden sie doch selbst, was aufgehoben und was weggeworfen werden sollte. Sie sagten, sie wollten es Adele leichter machen.

»Mom, du hast vier Eiskübel«, sagte ihr Sohn. »So was benutzt heutzutage kein Mensch mehr.«

Sie hatte diese Eiskübel völlig vergessen, aber bei ihrem Anblick hellte sich ihr Gesicht auf.

»Einer davon war ein Geschenk der Andersens zu unserem dreißigsten Hochzeitstag«, erklärte sie ihm. »Einen haben wir bei einer Tombola gewonnen, einer war ein Weihnachtsgeschenk von deiner Patentante. Der vierte … hm, ich erinnere mich nicht mehr, woher der vierte stammt, aber er gefällt mir. Den hebe ich auch auf.«

Ihr Sohn sagte, sie sei sentimental, und stellte alle vier Eiskübel trotz Adeles Protest zu den Sachen, die gespendet werden sollten. »Du wirst gar nicht merken, dass sie weg sind«, versprach ihr seine Frau Jane. »Du wusstest ja nicht mal mehr, dass du sie hast, oder?« Sie scheuchten Adele ins Wohnzimmer und setzten sie vor den Fernseher, obwohl nichts lief, was sie sehen wollte.

Die Stunden vergingen. Adele machte sich Sorgen, dass sie

vor Einbruch der Dunkelheit nicht fertig werden würden, und sie merkte, dass sie sich ebenfalls Sorgen machten. *Reicht der eine Container?*, fragten sie sich, wenn sie unter sich waren. Schon bald wurde Adele gar nicht mehr mit einbezogen, sie arbeiteten rasch und effizient, sie redeten und lachten, als könnte sie sie nicht hören.

»Die sind richtig alt«, hörte sie ihre Tochter sagen, als sie in die Küche kamen, um eine Pause zu machen. »Und sie sind in einem recht guten Zustand. Vielleicht sollten wir sie in einen Antiquitätenladen bringen?«

»Wie wär's, wenn wir sie online versteigern?«, schlug ihr Mann vor. »Da kann man ein Limit festlegen, um sicherzustellen, dass die Sachen nicht unter einem bestimmten Preis verkauft werden.«

»Wovon redet ihr?«, fragte Adele besorgt.

»Nichts«, erwiderte ihr Sohn. »Was haltet ihr davon, wenn wir Pizza bestellen?«

Als alle beim Essen waren, schaffte es Adele, sich in die Garage zu schleichen, aus der sie verbannt worden war. Es war kalt, aber daran lag es nicht, dass ihr ein Schauder über den Rücken lief. Die ganze Garage stand voll. Dann meinte sie, das Herz bliebe ihr stehen – inmitten des Durcheinanders standen die beiden Koffer, mit denen sie nach Amerika gekommen waren. Das Leder war abgeschabt und die Schnallen waren verrostet. Eine dicke Staubschicht lag darauf und sie wischte sie mit einer faltigen Hand weg, erinnerte sich daran, wie sorgsam sie an dem Tag, an dem sie Esbjerg verlassen hatten, um die Reise in ein fremdes Land anzutreten, alles hineingepackt hatte. Adele hob zuerst den einen Koffer hoch, dann den anderen – sie waren beide leer, aber trotzdem ziemlich schwer – und ging damit zurück ins Haus und in ihr Zimmer. Sie sperrte die Tür hinter sich ab.

Ihre Kinder klopften immer wieder. War alles in Ordnung mit ihr? Warum hatte sie die Tür abgeschlossen? Sie versuchten ihr zu erklären, dass die Entrümpelungsfirma am nächsten Tag in aller Frühe käme. Sie sagten, sie hätten ihr nichts davon erzählt, weil sie gewusst hätten, dass sie nicht damit einverstanden gewesen wäre, aber wenn sie schon nicht bei ihnen wohnen wollte, wollten sie wenigstens sichergehen, dass ihr Haus aufgeräumt und sicher war.

Es war nicht direkt eine Entschuldigung, aber es stimmte Adele milder. Sie hatten es völlig falsch angefangen, aber es war gut gemeint. Sie schloss die Tür auf und sagte, die Koffer würde sie behalten.

Sie machten damit weiter, Sachen wegzuwerfen und umzuräumen, und zwei Tage später fuhren sie wieder. Als Adele sich umsah, stellte sie fest, dass ihr Haus nicht mehr ihr Zuhause war.

Es gab neue Handtücher, neue Haken, neue Aufbewahrungsboxen. Alles war ordentlich aufgeräumt und beschriftet, wie in einem Laden. Der vertraute, ein wenig muffige Geruch war verschwunden und stattdessen roch es beißend nach künstlichen Orangen. Adele konnte ihren Dosenöffner nicht finden, bis sie schließlich feststellte, dass sie ihr einen elektrischen Dosenöffner auf die Arbeitsfläche gestellt hatten, glänzend und neu. Sie ging in die Garage und fand dort nichts außer ihrem Auto vor.

Wieder im Wohnzimmer, versuchte sie zum ersten Mal, seit sie abgefahren waren, den Fernseher einzuschalten, und entdeckte zwei neue Fernbedienungen. Ihr Schwiegersohn hatte den alten Videorekorder samt Kassetten ausrangiert und durch irgendein schickes neues Gerät ersetzt. Sie hatten wegen ihrer Arbeit zurück in die Stadt gemusst und er hatte keine Zeit mehr gehabt, ihr zu zeigen, wie man es bediente, aber er hatte gemeint, Adele könne sich online informieren oder er würde es ihr eben an Weihnachten zeigen. In einem Monat.

Es hatte zu schneien begonnen. Adele starrte aus dem Fenster und sah zu, wie die Schneeflocken träge zu Boden schwebten. Am Abend würde draußen alles von einer dünnen Schneeschicht bedeckt sein, und sie verspürte den Wunsch, auch in ihrem Haus alles zu verhüllen, damit sie die vielen neuen Dinge nicht mehr sehen musste und sich so an ihr Haus erinnern konnte, wie es vorher gewesen war. Sie ging zur Haustür und öffnete sie, dann kehrte sie ins Wohnzimmer zurück, wickelte sich in ein Plaid und setzte sich.

So saß sie lange da und begrüßte die betäubende Kälte.

Plötzlich war das Knirschen von Schritten zu vernehmen. Die Tür sprang auf und der Schatten einer Frau war zu sehen. Adele konnte nicht erkennen, wer es war, aber die Straßenlaterne umgab sie mit einem Strahlenkranz, und einen Moment lang meinte sie einen Engel vor sich zu haben.

»Adele«, rief der Engel und Adele fuhr zusammen und dachte, dass vielleicht die Zeit gekommen war, sich zu ihrem Mann im Himmel zu gesellen. Sie starrte die Gestalt in der Tür an und dann machte diese Gestalt einen Schritt nach vorne und Adele erkannte, dass es Bettie Shelton war, die ein paar Häuser weiter wohnte.

Bettie stampfte ein paarmal auf, um den Schnee von ihren Stiefeln zu schütteln, und schloss die Tür. Sie warf einen Blick auf das Schuhgestell, das daneben stand und auf dem Schilder mit der Aufschrift DRINNEN, DRAUSSEN und BESONDERE GELEGENHEITEN klebten.

»Ich wusste ja gar nicht, dass Sie so gut organisiert sind«, sagte sie.

»Bin ich auch nicht«, erwiderte Adele. »Meine Kinder und meine Enkel waren da. Sie haben aufgeräumt.«

»Ja, ich habe gesehen, wie die ganzen Sachen weggeschafft wurden«, sagte Bettie. »Ich habe mich schon gefragt, ob Sie wegziehen oder gestorben sind.« Sie trat zu Adele und deutete auf die Zeitschriften, die perfekt ausgerichtet auf dem Couchtisch lagen. »Das sieht aus wie bei meinem Zahnarzt im Wartezimmer. Haben Sie die neueste Ausgabe von *Time*?«

Adele brachte ein Achselzucken zustande.

Bettie fuhr mit den Fingern über die Zeitschriften, zog willkürlich eine heraus und blätterte darin. »Also, da ich sehe, dass Sie noch am Leben sind und offenbar etwas Zeit erübrigen können, wollte ich Sie fragen, ob Sie vielleicht Interesse an Scrapbook-Material haben? Ich habe gerade eine neue Lieferung bekommen und gemerkt, dass ich zu viel bestellt habe. Es lohnt sich nicht, es zurückzuschicken, deshalb biete ich es jedem an, der daran interessiert sein könnte.«

Adele schüttelte den Kopf.

»Ich habe sehr schöne neue Rahmen und verschiedenes Papier.«

Erneut schüttelte Adele den Kopf.

»Es ist *kostenlos*, Adele.«

Das weckte Adeles Aufmerksamkeit. Sie hatte die Scrapbook-Sets im Laden gesehen und wusste, dass sie ziemlich teuer waren. Es erschien ihr als unnötige Ausgabe, wenn man im Drogeriemarkt für den halben Preis gleich drei Fotoalben bekam. Sie sagte jedoch noch immer nichts, sondern saß einfach nur zitternd da, obwohl Bettie die Tür längst geschlossen hatte.

Bettie zog eine Augenbraue hoch. »Es hat einen Wert von fünfzig Dollar, Adele. Wenn Sie es nicht wollen, können Sie es immer noch verschenken. Ich hole es mal.« Sie marschierte aus dem Haus, bevor Adele protestieren konnte.

Fünfzehn Minuten später war Bettie wieder da. Mit einer

hübschen gewebten Tasche, die bis zum Rand voll mit Papierbögen, Bändern, bunten Scheren und allen möglichen Dosen und Fläschchen war. Adele wusste nicht viel über Scrapbooking, aber mit Preisen kannte sie sich aus. Das war bestimmt mehr wert als fünfzig Dollar.

»Was für eine Erleichterung, das Zeug loszuwerden«, sagte Bettie. »Mir geht langsam der Platz aus. Sie tun mir damit wirklich einen Gefallen, Adele.« Sie stellte Adele die Tasche auf den Schoß, sie war ziemlich schwer.

Adele griff hinein und zog eine Packung Sticker heraus. Reiseaufkleber, so ähnlich wie die auf ihrem Koffer, einige davon sogar in der Form von Koffern. Behutsam strich sie darüber und hatte plötzlich Tränen in den Augen.

»Wie wär's mit einer Tasse Kaffee?«, fragte Bettie. »Ich hab gesehen, dass Sie da so eine schicke neue Maschine in der Küche stehen haben. Bestimmt von Ihren Kindern. Kommen Sie, lassen Sie sie uns ausprobieren.«

Es dauerte eine Weile, bis sie herausfanden, wie die neue Kaffeemaschine funktionierte, aber sie schafften es. Später saßen sie am Küchentisch und Bettie breitete die Scrapbooking-Utensilien vor Adele aus und erklärte ihr, wofür man sie benutzte. Sie holten Adeles Fotoalben – es waren so viele, dass sie kaum jemals einen Blick hineinwarf – und suchten Fotos für ein Album mit Adeles wertvollsten Erinnerungen aus. Ihr Hochzeitstag. Die Ankunft in Amerika. Die Geburt ihrer Kinder. Der Hochschulabschluss ihres Mannes. Ihr Haus. Die Enkel. Jahrestage. Geburtstage. Familienurlaube. Bettie Shelton half ihr dabei und als Adele einen Monat später mit ihrem ersten Album fertig war, wollten ihre Kinder auch ein Exemplar davon und dann baten sie sie, ihnen bei ihren eigenen Alben zu helfen. Natürlich tat sie es.

Adele und ihre Kinder sprechen niemals über diesen Tag,

weil es nichts dazu zu sagen gibt. Sie weiß, dass sie das getan haben, was sie für das Beste hielten, so wie sie es all die Jahre für sie getan hatte. Ob es richtig oder falsch war, spielte keine Rolle mehr, weil Bettie ihr eine andere Möglichkeit zeigte, die Dinge, die ihr am wichtigsten waren, zu bewahren, die Erinnerungen, die sie lebendig halten wollte. Adele wurde eine eifrige Scrapbookerin und Bettie Shelton wurde ihr eine gute Freundin.

Kapitel 12

Isabel schielt mit einem Auge auf die kleine Uhr in der rechten oberen Ecke ihres Computers. Noch zehn Minuten bis Feierabend, dann ist wieder ein Arbeitstag vorbei. Sie weiß nicht, was schlimmer ist, den Tag hier im Büro mit dieser stumpfsinnigen Arbeit zu verbringen oder zu Hause darauf zu warten, dass es Zeit zum Schlafengehen ist.

Sie hatten wieder einmal eins dieser lächerlichen Verkaufsmeetings, eines, bei dem ihr naseweiser Chef (der schon um die fünfundzwanzig ist, aber genauso gut zwölf sein könnte) neue Verkaufsziele festgelegt hat. Entweder ist der Junge auf Drogen oder sein Vater, Gründer von KP Paper & Son, hat ihm eine Erhöhung seines Taschengelds in Aussicht gestellt, wenn ihm etwas einfällt, wie sich auf dieser Welt noch mehr Produkte aus Wellpappe verkaufen lassen.

Warum ist sie überhaupt hier? Am Anfang war es eine Teilzeitstelle gewesen, eine Möglichkeit, sich zu beschäftigen, während Bill in der Praxis war, der Versuch einer beruflichen Karriere, an der sie nicht das geringste Interesse hatte. Bill hätte es gern gesehen, wenn sie sich bei ihm in der Praxis um die Büroarbeiten gekümmert hätte, aber abgesehen davon, dass es ihr langweilig erschien, hatte Isabel es wichtig gefunden, sich etwas Eigenes zu suchen, unabhängig von ihm.

Was wusste sie schon?

Und deshalb sitzt sie jetzt hier, hat etwas Eigenes und findet es schrecklich. Sie hätte längst gekündigt, wenn sie nicht nach Bills Tod das Geld gebraucht hätte, und wenn sie wüsste, was sie sonst tun sollte, wenn sie diese Stelle aufgibt. Für einen anderen Papierhersteller arbeiten? Sich einen anderen Job im Vertrieb suchen? Letzten Endes war es der Weg des geringsten Widerstands zu bleiben, wo sie war.

Isabel sieht Jimmy Beall auf sie zusteuern und dabei alberne Witzchen über Papier reißen. Auf dem Weg zu ihrem Schreibtisch folgt ihm allgemeines Kopfschütteln.

»Hey«, sagt er und beugt sich vor. Er scheint sich brennend für ihren Hefter zu interessieren. »Was sagt das Papier zum Bleistift?«

Isabel hält den Blick auf ihren Computerbildschirm gerichtet. »Keine Ahnung.«

»Sei doch nicht immer so spitz zu mir!« Jimmy lacht schallend. »Den erzähl ich allen meinen Kunden – die kriegen sich gar nicht wieder ein.«

»Das bezweifle ich«, murmelt Isabel, aber Jimmy hört es nicht.

»Hey, ich hab noch einen: Klopf, klopf!«

Isabel sieht ihn an. »Jimmy, ich glaube, da hinten hat jemand nach dir gerufen.«

Er fällt nicht darauf herein. Offenbar ist Isabel nicht die Erste, die es damit versucht hat. »Nur noch einen«, bettelt er. »Komm schon. Klopf, klopf!«

Sie seufzt. »Wer da?«

»Craig.«

Grr, denkt sie, tut ihm aber trotzdem den Gefallen. »Craig wer?«

»Craig ich deine Telefonnummer? Wir könnten mal Pizza essen gehen!« Grinsend stellt Jimmy den Hefter zurück auf ihren Schreibtisch und wirft dabei einen Stiftbehälter um.

»Hoppla, tut mir leid. Aber hast du verstanden? Craig klingt wie …«

Isabel sammelt die verstreuten Stifte wieder ein. »Ja, ich hab's kapiert.«

»Und, was hältst du davon? Lust auf eine Pizza nach der Arbeit?«

Jimmy mit seiner beginnenden Glatze und dem Bierbauch, zweimal geschieden. Wie schafft es ein solcher Typ überhaupt, zweimal zu heiraten?

Isabel heuchelt Bedauern. »Ach Jimmy, furchtbar gern, aber ich habe schon was vor.« Sie schenkt ihm ihr strahlendstes falsches Lächeln und beschließt, dass ihr Arbeitstag offiziell vorüber ist.

Jimmy macht ein enttäuschtes Gesicht. »Mist, wirklich?«

»Ja.« Isabel nimmt ihre Tasche und ihren Autoschlüssel. »Ich gehe zur Eröffnung meines Garagentors. Bis morgen, Jimmy.«

Auf der Fahrt nach Hause macht Isabel kurz halt beim Supermarkt und kauft ein paar Sachen fürs Abendessen ein. Als sie in ihre Einfahrt biegt, sieht sie zu ihrer Überraschung einen Mann in ihrem Vorgarten stehen und ihr Haus mustern. In dem Auto, das mit laufendem Motor am Straßenrand steht, sitzt eine Frau. Sie blickt auf das Display eines Handys und auf ihrem Gesicht liegt ein Ausdruck der Schicksalsergebenheit.

»Kann ich Ihnen helfen?«, fragt Isabel, während sie die Einkaufstüte aus dem Kofferraum nimmt.

Der Mann kommt zu ihr herüber. Er ist etwa Mitte dreißig. »Hallo. Ist das Ihr Haus?« Seiner Kleidung nach zu urteilen, kommt er direkt aus dem Büro.

Isabel nickt. »Ja.« Sie klappt den Kofferraumdeckel zu.

Der Mann deutet auf das Schild auf dem Rasen. »Wie viel?«

Isabel versucht sich zu erinnern. »Das war ein Sonderangebot, ich glaube 4,99 Dollar. Es ist aus Metall, das ist gut, so hält es der Witterung besser stand …«

Der Mann lächelt. »Nein, ich meine das Haus. Wir würden es uns gern mal ansehen, wenn es geht.«

»Oh.« Einen Moment lang verschlägt es Isabel die Sprache. Jemand interessiert sich für ihr Haus? Ihr erster Impuls ist es zu lügen, ihm zu sagen, dass das Haus nicht mehr zum Verkauf steht. Aber warum sollte sie das tun? Deshalb nennt sie ihm die erste Zahl, die ihr in den Sinn kommt und die etwas über dem Preis liegt, den sie sich überlegt hat.

Der Mann nickt und denkt nach. »Wie viele Schlafzimmer?«

»Drei«, sagt Isabel. Sie versucht sich an den Zustand des Hauses zu erinnern. Liegt Unterwäsche auf dem Boden? Stapelt sich in der Spüle das schmutzige Geschirr? »Und zwei Bäder. Dazu ein geräumiger Wohn- und Essbereich und eine kleine Sonnenterrasse auf der Rückseite. Wenn Sie mir ein paar Minuten zum Aufräumen geben, kann ich es Ihnen sofort zeigen.«

»Das wäre toll.« Er dreht sich zu der Frau im Auto um und ruft: »Sie kann es uns sofort zeigen!«

Die Frau klappt ihr Handy zu und dreht den Kopf, um das Haus ausführlich zu mustern. Dann zuckt sie mit den Schultern und beugt sich zum Zündschlüssel, um den Motor auszustellen.

Isabel eilt ins Haus. Potenzielle Käufer! Der Mann hat sich bis jetzt nicht zur Veranda geäußert beziehungsweise zu dem, was davon übrig ist. Vielleicht muss sie sich gar nicht mehr darum kümmern, sondern kann einfach etwas vom Verkaufspreis abziehen und alles Weitere ihm überlassen. Dann müsste sie nur noch ihre Sachen packen.

Während Isabel rasch über die Arbeitsflächen wischt und das Frühstücksgeschirr zusammenstellt, merkt sie, wie sich ihre Laune hebt. Vielleicht verändert sich jetzt ja endlich etwas in ihrem Leben. Als sich das Haus ihrer Meinung nach in einem einigermaßen präsentablen Zustand befindet, geht sie hinaus, um das Paar hereinzubitten.

Isabel käme nie auf die Idee, von sich zu behaupten, dass sie über Verkaufstalent verfügt, was einer der Gründe ist, warum sie ihre Arbeit hasst. Doch als sie die beiden jetzt durch ihr Haus führt, ertappt sie sich auf einmal dabei, dass sie bestimmte Seiten daran hervorhebt, von denen sie weiß, dass sie ihnen gefallen werden.

»Die Möbel«, sagt der Mann und sieht sich interessiert um. »Verkaufen Sie irgendetwas davon mit?«

Isabel muss nicht lange über die Antwort nachdenken. »Es steht alles zum Verkauf«, erwidert sie. »Auch die Handtücher und die Bettwäsche, wenn Sie wollen.«

»Ich hätte lieber unsere eigenen«, sagt die Frau. »Außerdem haben wir sie auch schon ausgesucht.« Isabel entdeckt einen Diamantring an ihrer Hand, jedoch keinen Ehering, und stellt fest, dass der Mann keinen Ring trägt. Noch nicht.

»Es hat einen guten Grundriss«, sagt Isabel. »Alles auf einer Ebene, keine Treppen. Eingezäunter Garten. Gut für Kinder geeignet … ich meine, falls Sie eine Familie gründen wollen.«

Die beiden wechseln einen stummen Blick, und auf dem Gesicht der Frau erscheint ein kleines Lächeln.

»Ja«, sagt sie, »das tun wir.«

»Was ist mit der Veranda?«, erkundigt sich der Mann. »Gab es da irgendwelche Probleme?«

»Was? O nein«, sagt Isabel mit einer wegwerfenden Handbewegung. »Ein paar der Bretter waren schon alt und ich habe beschlossen, die gesamte Veranda zu erneuern. Aber wenn Sie es lieber selbst machen wollen, könnte ich den Kaufpreis entsprechend reduzieren.«

Die Frau schüttelt den Kopf. »Das muss auf jeden Fall noch in Ordnung gebracht werden. Wenn Sie das uns überlassen wollen, hat sich die Sache für mich erledigt.« Sie runzelt die Stirn.

»Kein Problem«, sagt Isabel munter. »Ich wollte sowieso demnächst jemanden kommen lassen, der sich darum kümmert.« Sobald die beiden gegangen sind, wird sie in den Gelben Seiten jemanden suchen.

Sie begleitet die beiden zu ihrem Auto und beantwortet noch ein paar Fragen zu den Nachbarn. Aus dem Augenwinkel kann sie Bettie in ihrem Haus herumwandern sehen.

»Die Nachbarn sind in Ordnung«, sagt sie rasch. »Und sie sind alle sehr hilfsbereit, wenn Not am Mann ist.«

»Es gefällt mir sehr gut«, sagt der Mann und nickt. »Wir sind aus beruflichen Gründen hierhergezogen und suchen jetzt nach einem geeigneten Haus. Wenn Sie mir die Unterlagen schicken, sehe ich sie mir an und dann können wir über den nächsten Schritt nachdenken. Ich kann Ihnen meinerseits alle erforderlichen Informationen schicken, falls Sie eine Kreditauskunft einholen wollen.« Er streckt die Hand aus. »Mein Name ist Dan Frazier. Und das ist meine Freundin, äh Verlobte Nina.«

»Isabel Kidd.« Sie schütteln sich die Hand. Dann steigen Dan und Nina in ihr Auto und fahren davon. Sie haben ein Kennzeichen aus Ohio.

Sobald das Auto um die Ecke gebogen ist, stößt Isabel einen Jubelschrei aus. Sie hat ihr Haus verkauft! *Sie hat ihr Haus verkauft!* Sie kann es noch gar nicht glauben, und natürlich hat auch noch niemand irgendetwas unterschrieben, aber im Prinzip hat sie es verkauft.

Sie kann kündigen. Sie kann ihrem Chef und Jimmy Beall sagen, dass sie bleiben sollen, wo der Pfeffer wächst, sie kann eine Kreuzfahrt rund um die Welt machen. Isabel ist kurz davor, in ihrem Vorgarten einen Freudentanz aufzuführen.

Nebenan öffnet sich Bettie Sheltons Haustür. Perfektes Timing. Gut, dass Bettie nicht früher aus ihrem Haus gekommen ist, denkt Isabel. Es hätte nicht besser laufen können, wenn sie es geplant hätte.

Sie sieht zu, wie Bettie auf ihre Veranda tritt, auf dem Kopf einen Hut mit einem batteriebetriebenen Ventilator, eine Gartenschere in der Hand. Ihre Füße stecken in grünen Plastikclogs.

Abgesehen davon ist Bettie splitterfasernackt.

Bettie streckt sich und nickt Isabel ernst zu. »Endlich wird es kühler!«, ruft sie ihr zu. »Diese Oktoberluft ist angenehm erfrischend, nicht wahr?«

Isabel schlägt die Hand vor den Mund. Sie könnte natürlich so tun, als wäre nichts, und zusehen, wie Bettie sich zum Gespött macht. Nach all den Jahren wäre es eine angemessene Vergeltung. Doch während sie Bettie dabei beobachtet, wie sie vor sich hin pfeifend die Hecke neben der Haustür zu stutzen beginnt, wird ihr klar, dass Bettie sich jeden Moment bücken und der gesamten Nachbarschaft eine beeindruckende Aussicht auf ihr Hinterteil bieten könnte. Bevor Isabel selbst recht weiß, was sie tut, ist sie über den Rasen gespurtet und hat sich schützend vor Bettie gestellt.

Verärgert versucht Bettie, sie wegzuscheuchen. »Isabel Kidd, was in aller Welt …«

Isabel sieht sich um. Um diese Zeit sind alle zu Hause, Arbeits- und Schultag sind vorbei, jeder werkelt herum, sprengt den Rasen oder macht sich nach dem Essen fertig für einen Verdauungsspaziergang. Isabel schnappt sich die Fußmatte und hält sie wie einen Schild vor Bettie, um sie vor den Blicken der Passanten zu schützen, die mit offenem Mund zu ihnen herstarren. »Bettie, haben Sie vielleicht was vergessen? Sich anzuziehen, zum Beispiel?«

Bettie schnaubt und blickt dann an sich herunter. »Ach du lieber Himmel.«

Isabel schaut in die andere Richtung.

Bettie lässt die Heckenschere fallen, packt die Fußmatte und drückte sie sich vor die Brust. »Entschuldigen Sie mich bitte«, sagt sie schnell und verschwindet im Haus.

Einige Nachbarskinder haben sich auf dem Bürgersteig versammelt und kichern. »Zischt ab«, sagt Isabel. Zwei oder drei von ihnen lassen ihre Fahrräder ein paar Zentimeter zurückrollen, davon abgesehen rühren sie sich jedoch nicht vom Fleck.

»Ach, die wollen nur sehen, was Sie hier tun«, sagt Bettie, die in diesem Moment in einen schreiend bunten Kaftan und einen Wollschal gehüllt wieder aus dem Haus tritt. Sie winkt den Kindern fröhlich zu, die daraufhin erneut in lautes Gekicher ausbrechen.

Isabel hebt eine Augenbraue. »Ich tu überhaupt nichts«, sagt sie. »Ich denke eher, sie hoffen, dass sie noch ein bisschen was von Ihrer kleinen Show geboten bekommen.«

Bettie starrt sie an. »Also, was wollen Sie denn damit …«

»Hey!«, ruft Isabel zwei Jungen zu, die auf ihre Räder gelehnt dastehen und miteinander tuscheln. »Die Show ist vorbei! Ab nach Hause!« In einem der beiden erkennt Isabel den Rotschopf, der ein paar Häuser die Straße hinunter wohnt und vor einiger Zeit die gesamte Nachbarschaft zusammengetrommelt hat, um mit den Brettern von ihrer Veranda in Lucy Fitzpatricks Garten ein Klubhaus zu errichten. Die Jungen rollen noch ein Stückchen zurück, das ist aber auch schon alles.

Bettie runzelt missbilligend die Stirn. »Isabel Kidd, das ist aber gar nicht freundlich von Ihnen.«

»Wollten Sie nicht irgendetwas in Ihrem Garten tun?« Isabel blickt demonstrativ auf die Heckenschere, bis Bettie den Wink versteht und sie aufhebt. Sie kann es sich nicht verkneifen hinzuzufügen: »Wie es aussieht, ziehe ich übrigens bald weg von hier. Ich habe gerade ein gutes Angebot für mein Haus bekommen.« Dabei grinst sie selbstgefällig.

Bettie sieht Isabel lange an, bevor ihr Blick zu ihrem Haus wandert. »Im Ernst? Schön für Sie«, sagt sie schließlich. Sie beginnt einen immergrünen Busch neben ihrem Eingang zu stutzen. »Amerikanischer Buchsbaum. Sehr robust. Bill hat mir dabei geholfen, ihn zu setzen, erinnern Sie sich?«

»Vage.« Isabel überlegt, wie viel sie für die Möbel verlangen soll. Es erspart ihr die Mühe, sie einzeln zu verkaufen, und außerdem kann sie auf diese Weise bis zu ihrem Auszug alles noch benutzen. Sie beschließt, Dan und Nina einen guten Preis zu machen und ihnen ein paar Sachen kostenlos zu überlassen.

»Unempfindlich gegen Kälte, Ungeziefer und Krankheiten. Jawohl, das war eine gute Empfehlung.« Bettie knipst einen verirrten Zweig direkt vor Isabels Füßen ab. »Wie geht es Bill eigentlich? Ich habe ihn schon länger nicht mehr gesehen. Ich wollte mich doch noch bei ihm bedanken, dass er mir letzten Winter mit der Dachrinne geholfen hat.« Sie knipst einen weiteren Zweig ab.

Es dauert einen Moment, bis Betties Worte zu Isabel durchgedrungen sind. Bill? Sie blickt hinauf zu Betties Dachrinne und sieht, dass sie an einigen Stellen Rost angesetzt hat und Blätter und anderer Unrat daraus hervorquillt. An einer Stelle hängt sie durch, eine andere sieht durchgerostet aus. Seit Bills Tod hat vermutlich niemand mehr etwas an der Dachrinne gemacht.

Bettie plappert weiter vor sich hin, sie merkt nicht, dass Isabel sie mit offenem Mund anstarrt. »Ingrid Olson ist furchtbar eifersüchtig, weil Bill mir immer hilft. So praktisch, direkt nebenan, und dann ist er auch noch mein Zahnarzt! Er schenkt mir immer Zahnbürsten und diese kleinen Zahnpastaproben. Ich sage ihm jedes Mal, die Zahnseide kann er behalten, dafür ist das Leben viel zu kurz, finden Sie nicht?«

»Bettie«, sagt Isabel langsam. »Bill ist gestorben. Er hatte einen Unfall. Erinnern Sie sich?«

Bettie hält inne und sieht Isabel an. »Was?«

»Bill. Er ist tot. Seit vier Jahren.«

Bettie macht ein erschrockenes Gesicht. »Bill ist nicht tot. Wie können Sie bloß so etwas Furchtbares sagen, Isabel!«

»Ohne Ihnen zu nahe treten zu wollen, aber vielleicht sollten Sie mal zu einem Arzt gehen ...«

»Nicht ich bin diejenige, die zum Arzt muss, sondern Sie! Sie sind diejenige, die sich einbildet, dass ihr Mann tot ist!« Bettie schleudert die Heckenschere in die Büsche, marschiert ins Haus und knallt die Tür hinter sich zu.

Und jetzt? Seit so vielen Jahren wohnt Isabel nun schon Tür an Tür mit Bettie, aber sie hat keine Ahnung, wen sie anrufen könnte. Bettie kennt jeden in Avalon, aber Isabel ist nicht sicher, von wem man sagen könnte, dass sie eng mit ihm befreundet ist. Das ist eine sehr persönliche Angelegenheit, etwas, worüber nur jemand, der Bettie wirklich nahesteht, Bescheid wissen sollte. Isabel weiß nicht einmal, ob sie irgendwo noch Verwandte hat – bei ihren Gesprächen ist nie die Rede darauf gekommen.

Isabel überlegt, ob sie an die Tür klopfen soll, entscheidet sich dann aber dagegen. Was soll sie auch sagen? Bettie ist aufgeregt und durcheinander, und Isabel wird sicher nicht die Todesanzeigen hervorholen, um Bettie zu beweisen, dass sie sich irrt. Isabel geht zurück zu ihrem Haus, ratlos, was sie tun soll.

»Cool«, hört sie den Rotschopf zu seinem Freund sagen, während die beiden davonradeln. »Das war besser als im Fernsehen!«

»So, fertig«, sagt Yvonne und richtet sich auf. Sie ist im Avalon Cut and Curl, wo sie einen neuen Pediküre- und Massagestuhl installiert und angeschlossen hat. Sie dreht das Wasser auf, heiß und kalt, und lässt es abfließen. Mavis Lipinski, die Besitzerin des Schönheitssalons, strahlt.

»Fantastisch! Ich weiß gar nicht, wie ich Ihnen danken soll, Yvonne!«

Yvonne lächelt und überreicht ihr die Rechnung. »Das hier genügt, Mavis.« Sie beginnt, ihr Werkzeug einzupacken.

»Ich finde nicht. Sie sind sofort hergekommen, nachdem Hillshire Plumbing uns sitzengelassen hat, und haben uns aus der Klemme geholfen. Wir hätten alle Termine morgen absagen müssen!« Mavis legt die Stirn in Falten und denkt nach, dann schnippt sie mit den Fingern. »Wie wäre es mit einer Pediküre? Sie dürfen unseren neuen Stuhl als Erste ausprobieren!«

Yvonne streckt einen Fuß aus, der in einem schweren Arbeitsschuh steckt. »Danke, Mavis, aber ich habe heute nicht die richtigen Schuhe dafür an. Ich sehe mal in meinem Kalender nach und bringe dann meine Flip-Flops mit.«

»Und was ist mit einer Maniküre?«, schlägt Mavis vor.

Yvonne betrachtet ihre Nägel. Gegen eine Maniküre hätte sie nichts einzuwenden, aber es hat keinen Sinn. Bei ihrer Arbeit ist es am besten, wenn die Nägel möglichst kurz und unlackiert sind. Sie wackelt mit den Fingern und Mavis lacht.

»Na gut, ich seh's ein«, sagt sie. Dann hellt sich ihre Miene auf. »Ich hab's! Wir haben gerade wunderbare Gesichtsmasken hereinbekommen, die wir für unsere Gesichtsbehandlungen verwenden. Mit echten Rosenblättern. Sie spenden der Haut Feuchtigkeit und straffen sie – ich schwöre Ihnen, Sie werden es nicht bereuen!«

Yvonne lässt ihren Werkzeugkasten zuschnappen. Für heute ist sie mit der Arbeit fertig, aber das ist kein Anlass zur Freude, weil es erst zwei Uhr nachmittags ist. Die Aufträge sind in letzter Zeit immer weniger geworden, einer nach dem anderen sagen ihre Kunden Termine ab. Bislang hat sie nicht herausgefunden, woran das liegt. Eine kleine Aufmunterung kann nicht schaden.

»Also gut«, willigt sie ein.

Mavis klatscht in die Hände. »Prima! Kommen Sie mit nach hinten zu unserer Kosmetikerin.«

In den nächsten zehn Minuten wird Yvonnes Gesicht gereinigt, massiert, unter einer Lupe betrachtet und schließlich mit einer dünnen Schicht Gel bedeckt. Auf ihre Lider kommt eine warme, nach Rosenwasser duftende Augenmaske und hüllt sie in Dunkelheit.

Sie atmet tief aus. Sie hört, wie sich die Frauen um sie herum unterhalten, Klatsch austauschen, lachen. Das Cut and Curl ist klein, auf der einen Seite befindet sich der Bereich für Schönheitsbehandlungen und Nägel und auf der anderen der Frisiersalon, deshalb bekommt man alles mit. In ihrer Blindheit fühlt sich Yvonne inmitten all dieser Frauen selbst unsichtbar und geborgen und ist froh, dass sie nichts sagen muss. Zum ersten Mal seit Tagen schafft sie es, sich zu entspannen und die Ruhe zu genießen.

Sie hört zu, wie sich die Frauen über ihre Kinder unterhalten, über die neuesten Neuigkeiten aus der Promiwelt, über ein Restaurant, das demnächst in Avalon eröffnet. Jemand berichtet von der letzten Aufführung der Laienspielgruppe und erklärt, der Hauptdarsteller habe viel zu übertrieben agiert und stamme im Übrigen nicht einmal aus Avalon, sondern aus der Nachbarstadt. Im Flüsterton wird über eine Affäre gesprochen, über einen Jugendlichen, dem ein Aufenthalt in einer Jugendstrafanstalt bevorsteht, über Urlaubspläne. Und dann hört sie, wie ihr Name fällt.

»Sie war gerade da«, sagt jemand. »Eine hübsche junge Frau, aber ich habe vorher noch nie was von einem weiblichen Klempner gehört. Irgendwie seltsam, findest du nicht?«

»Vielleicht ist sie eine von diesen Lesben«, sagt jemand anderes.

»Na ja, ich weiß aus zuverlässiger Quelle, dass sie sich mit einem von den Hill-Jungen trifft«, erwidert jemand Drittes. »Komisch, oder?«

Zustimmendes Gemurmel.

Was ist daran so komisch?, fragt sich Yvonne. Sie ist Klempnerin, na und? Auch Klempner haben ein Recht auf ein bisschen Liebe, oder nicht? Sie merkt, wie ihre Gesichtshaut zu spannen beginnt, als sie die Unterhaltung in ihrem Kopf noch einmal abspult. Hill-Jungen? Hugh hat Brüder?

»Der Feind in deinem Bett«, kichert jemand. »Ich hoffe, sie weiß, was sie tut. Erinnert ihr euch, was mit Fred Mackie passiert ist?«

Es folgen einige Seufzer und Tststs. »Wirklich schade«, sagt jemand bekümmert.

Yvonne hält es nicht mehr aus. Sie nimmt die Augenmaske ab und setzt sich auf. »Was ist denn mit Fred Mackie passiert?« Ihr Gesicht wird von der Gelmaske zusammengezogen, und die Frage klingt schärfer, als sie es beabsichtigt hat. Die Frauen sehen sie überrascht an, und als sie Yvonne erkennen, wenden sie verlegen den Blick ab.

Mavis kommt mit einem heißen Handtuch herbeigeeilt

und klatscht es hastig auf Yvonnes Gesicht. »Nicht sprechen, auf keinen Fall! So, das lassen wir jetzt ein bisschen einweichen, und dann waschen wir es ab.« Yvonne kann hören, wie sie den anderen Frauen leise Vorhaltungen macht.

Yvonne wischt sich mit dem Handtuch die Maske vom Gesicht und gibt es Mavis zurück. »Wer ist Fred Mackie?«, fragt sie erneut.

»Fred Mackie war Handwerker«, antwortet Mavis. »Er hat alle möglichen Arbeiten übernommen …«

»Er war toll«, sagt eine der Frauen. »Und er hat vernünftige Preise gemacht. Sie haben ihn aus der Stadt vertrieben!«

»Könnt ihr euch noch erinnern, wie mein Keller unter Wasser stand?« Eine andere Frau dreht ein Fläschchen Nagellack nach dem anderen um und liest die Aufschriften. »Ach, ich kann mich einfach nicht entscheiden – Passion Pink oder Romance Red? Ich weiß jedenfalls nicht, was ich ohne ihn getan hätte. Unsere Schmutzwasserpumpe war defekt und er ist mitten in der Nacht gekommen, um den Schaden zu beheben.«

»Er hat die Regale in meiner Garage montiert«, erinnert sich eine dritte Frau. »Und er hat uns geholfen, die Dachschindeln zu ersetzen, als mein Mann sich nach seiner Hüftoperation schonen musste. Du solltest auf jeden Fall Romance Red nehmen, Nettie.«

»Er hat auch alle möglichen Klempnerarbeiten erledigt«, erzählt Mavis Yvonne. »Wir haben seine Dienste oft in Anspruch genommen, weil er einfach alles repariert hat. Es gab nichts, was er nicht konnte.«

Eine Frau mit in Folie gewickelten Haaren nickt. »Aber dann hat Hillshire Plumbing Wind davon bekommen. Es hat ihnen nicht gepasst, dass Fred auch viele Klempnerarbeiten übernommen hat.«

»Hillshire gibt es seit Ewigkeiten«, erklärt Mavis. »Die Firma befindet sich seit mehreren Generationen im Besitz von Joans Familie. Früher hat sie sich bei uns immer Strähnchen machen lassen, aber sie fand den Stuhl unbequem, mochte das Geplauder nicht. Ich glaube, zu guter Letzt hat sie sich mit dem Grau einfach abgefunden.«

»Gegen das Altern kann man nichts machen«, sagt eine Frau und streicht sich über ihre frisch geföhnte silberne Mähne. »Aber ich mag meine grauen Haare. Damit kriege ich im Bus immer einen Sitzplatz.«

Eine andere Frau mit einem Handtuchturban auf dem Kopf blättert in einem Magazin. »Vor einigen Jahren gab es bei Hillshire Plumbing Probleme, deshalb beschlossen sie, die kleinen Handwerker, bei denen es gut lief, zu vergraulen, wie eben Fred.«

»Und Hank Carter …«

»Und die Brüder Woodsen …«

Yvonne sieht die Frauen an. »Was meinen Sie damit, die kleinen Handwerker vergraulen?«

Mavis blickt schuldbewusst drein. »Sie haben niedrigere Preise geboten. Kostenlose Inspektionen und vergünstigte Wartung. Sie sind mit allen möglichen Geschenken vorbeigekommen …« Mavis deutet mit dem Kopf auf den Kalender an der Wand. »Stifte, Schlüsselanhänger, diese kleinen Taschenlampen. Irgendwie konnte man schlecht Nein sagen.«

Yvonne besitzt eine Visitenkarte, und damit hat es sich. »Aber Sie haben mich angerufen«, hält sie dagegen.

Mavis nickt. »Weil Hillshire Plumbing heute Morgen telefonisch abgesagt hat. Ich sage, entschuldigen Sie mal, aber Sie können doch nicht einfach absagen, wir haben einen vollen Terminkalender! Ich dachte, ich hör nicht recht. Aber denen war das völlig egal. Sie meinten, sie könnten frühestens nächsten Mittwoch jemanden schicken. Ich hab gesagt, das kommt überhaupt nicht infrage, dann suche ich mir eben jemand anderen, und hab aufgelegt. Erst vertreiben sie alle anderen, damit sie sich die Aufträge unter den Nagel reißen können, und dann halten sie es nicht mal für nötig, zu erscheinen und ihre Arbeit zu erledigen!«

Normalerweise denkt sich Yvonne nichts weiter bei so etwas, so ist es eben im Geschäftsleben. Es dreht sich alles um Angebot und Nachfrage, Service, Preise. In einem Notfall rufen die Leute der Reihe nach sämtliche Nummern im Branchenbuch an, bis sie jemanden finden, der ihnen helfen kann.

Aber warum sehen sie nach wie vor alle so komisch an?

Mavis tupft Yvonnes Gesicht mit einem Wattebausch ab, er ist mit irgendeiner kalten Flüssigkeit getränkt, die auf ihrer Haut kribbelt. Die silberhaarige Frau ist fertig, kann sich aber offenbar nicht dazu entschließen aufzustehen. »Sie sind doch vorsichtig, nicht wahr?«, fragt sie im Flüsterton. »Sie schützen sich doch?«

Alle Köpfe drehen sich zu ihr um. Mavis schwenkt wütend eine Flasche mit Feuchtigkeitslotion und weicht Yvonnes Blick geflissentlich aus.

Yvonne wird rot, sie kann sich nicht erklären, wieso auf einmal ihr Liebesleben Gesprächsthema ist. »Das ist eine sehr persönliche Frage, finden Sie nicht?«

Mavis räuspert sich laut, um die anderen Frauen zu warnen. Mit kreisenden Bewegungen beginnt sie die Lotion auf Yvonnes Gesicht zu verteilen. »Entspannen Sie sich …«, flötet sie in dem verzweifelten Versuch, sie abzulenken.

Yvonne fasst Mavis am Arm. »Mavis, bitte. Um was geht es hier?«

Mavis stößt einen Seufzer aus. Sie wischt sich die Hände an einem Handtuch ab und hilft Yvonne, sich aufzusetzen, wobei sie sich nervös im Schönheitssalon umsieht. »Wir reden hier nicht von *dieser* Art Schutz. Es gab Gerüchte, dass sie sich Hank Carter vorgenommen haben, als er aus der Apotheke kam. Es hieß, sie hätten ihn ein bisschen herumgeschubst, um ihm Angst zu machen. Bei denen von Hillshire Plumbing kann man es einfach nicht wissen, das ist alles. Ich weiß auch nicht, velleicht sollten Sie vorsichtshalber immer eine Dose Pfefferspray dabeihaben oder so, für alle Fälle. Ich denke nicht, dass sie so weit gehen würden, Ihnen tatsächlich etwas anzutun, aber man will es nicht unbedingt herausfinden, ob es tatsächlich so ist, oder?«

Ringsum zustimmendes Nicken.

»Sie sollten sich so ein Taser-Dings zulegen«, schlägt Nettie ein wenig zu eifrig vor. »Ich habe mich schon immer gefragt, wie es wohl ist, jemanden zu tasern. Wenn man einem Angreifer so ein Ding unter die Nase hält, macht er sich bestimmt ganz schnell aus dem Staub, oder? *Britzel!*«

»Das reicht, Nettie«, sagt Mavis und wirft ihr einen scharfen Blick zu. »Wir wollen ihr doch keine Angst einjagen.«

»Dass Sie eine Frau sind, macht es wahrscheinlich nicht besser«, sagt jemand anderes. »Wahrscheinlich macht das die Jungs im Gegenteil sogar noch wütender, oder?«

»Darüber habe ich bis jetzt noch gar nicht nachgedacht!«, stößt eine andere hervor. »Seien Sie bloß vorsichtig!«

Yvonne weiß nicht, ob die Frauen recht haben oder ob sie sich nur langweilen und sich deshalb ein paar dramatische Geschichten ausdenken. Aber wie auch immer, mit einer Dose Pfefferspray in der Tasche herumzulaufen oder gar mit einem Taser, entspricht nicht Yvonnes Art. Sie muss an den Zettel mit der Botschaft denken, an die offen stehende Tür, die geplatzten Termine. Sie weiß nicht, was hier vor sich geht, aber sie wird es herausfinden, so viel steht fest.

»Ich kann mir zwar nicht vorstellen, dass ein Klempner

mehr oder weniger in Avalon so einen großen Unterschied für sie bedeutet, aber ich denke, ich werde mal vorbeifahren und guten Tag sagen.« Yvonne packt ihre Sachen zusammen. »Weiß jemand, wo sich ihr Büro befindet?«

Mavis kramt in einer Schublade und fördert ein Maßband zutage. Sie tippt auf das Plastikgehäuse. »Hier steht ihre Adresse.«

Yvonne nickt. »Danke. Was meinen Sie, mit wem sollte ich reden?«

Die Frauen halten den Atem an und auf Mavis' Gesicht spiegelt sich das blanke Mitleid.

»Ach, Schätzchen«, sagt sie und drückt mitfühlend Yvonnes Arm. »Mit Hubert Hill, Joans Jüngstem. Er ist der Chef von Hillshire Plumbing.«

Frances schüttelt die trockene Wäsche aus und stapelt die Sachen der Jungen ordentlich zusammengefaltet auf dem Trockner, getrennt nach Tag und Nacht. Sie liebt den Geruch frisch gewaschener Wäsche, sie liebt es, die Sachen aus dem Trockner zu holen, weich und warm. Sie weiß, dass viele Frauen Hausarbeit eintönig finden und auch sie könnte gut auf die eine oder andere Tätigkeit verzichten, aber Wäschewaschen gehört nicht dazu.

Sie hört einen Lastwagen vor dem Haus halten, und gleich darauf das Geräusch, als er rückwärts in ihre Einfahrt stößt.

»Mom, schau!«, ruft Noah aufgeregt im Vorbeilaufen. Brady folgt ihm auf den Fersen.

»Geht nicht raus!« Frances ist besorgt, dass der Fahrer die beiden kleinen Jungen hinter dem Lastwagen übersehen könnte. »Reed, holst du mal die Jungen wieder rein?«, ruft sie. Keine Antwort.

»Was ist denn los?«, erkundigt sich Nick und stiefelt mit einem Fußball unter dem Arm an ihr vorbei. »Was macht der riesige Laster in unserer Einfahrt?«

»Der kommt von Goodwill, um ein paar Sachen abzuholen.« Frances räuspert sich und zwingt sich zu einem Lächeln. »Wo ist dein Vater?«

Nick zuckt die Achseln. »In seinem Arbeitszimmer, glaub ich.« Er wirft den Ball in die Luft und geht in Richtung Garage.

»Pass bitte auf deine Brüder auf«, ruft Frances ihm hinterher und Nick murmelt: »Ja, ja.«

Frances nimmt die Wäsche der Jungen und macht sich damit auf den Weg in ihr Zimmer. »Reed, die Leute von Goodwill sind da«, ruft sie. Sie verstaut die Wäschestapel rasch im Schrank und läuft ins Arbeitszimmer, wo die Sachen von Mei Ling in Kisten verpackt darauf warten, abgeholt zu werden.

Reed sitzt am Schreibtisch und starrt auf das riesige Puppenhaus. Frances zuckt bei seinem Anblick jedes Mal unwillkürlich zusammen, sie ist froh, wenn es endlich weg ist.

»Ich kann es immer noch nicht fassen, dass du dieses Ding gekauft hast«, sagt er. Auf seinem Gesicht liegt ein trauriges Lächeln. »Ich meine, es ist gigantisch. Es ist viel zu groß für dieses Haus. Es ist mir ein Rätsel, was du dir dabei gedacht hast.«

»Ich weiß, ich weiß«, sagt Frances. Sie greift in eine der Kisten und holt ein kleines gehäkeltes Croissant heraus, das zu dem Teeservice gehört, das sie bei Gifts 'N More gefunden hat. Sie hatte mit dem Gedanken gespielt, es aufzuheben, um zu sehen, ob Brady Lust hat, damit zu spielen, aber seine einzige Reaktion bestand darin, eines der Petit Fours ins Klo zu werfen.

»Sieh es dir nur mal an«, fährt Reed fort. Er steht auf und beginnt, Fenster und Türen auf- und zuzumachen, in die kleinen Schränke zu schauen. »Hier gibt es sogar ein Bügelbrett, unglaublich!«

»OKAY.« Frances nimmt einen Karton mit Kleidern. »Ich hab's kapiert. Ich weiß, dass ich mich habe hinreißen lassen, aber ich konnte einfach nicht widerstehen.« Sie geht zur Tür, etwas verärgert darüber, dass er einfach nicht aufhört, darauf herumzureiten. »Nimmst du bitte den Karton da? Ich glaube, da sind ihre Puzzles und Bücher drin.«

»Ich kann nicht«, sagt Reed plötzlich. Er blickt auf und sein Gesicht ist schmerzverzerrt. »Ich kann es nicht, Fran.« Seine Stimme bricht.

Einen Moment lang steht Frances überrascht da, dann stellt sie schnell den Karton ab und geht zu ihm. Sie kauert sich vor ihn und nimmt seine Hände. Sie hat nicht darüber nachgedacht, dass die ganze Sache auch von ihm ihren Tribut gefordert hat – Reed hat so entschlossen und sicher in seiner Entscheidung gewirkt, so klar, wenn auch bedauernd. Der elende Ausdruck auf seinem Gesicht macht sie traurig, weil sie daran denken muss, was hätte sein können, aber gleichzeitig liebt sie ihn dafür umso mehr. »Du musst nichts machen«, sagt sie. »Ich bring alles raus oder ich bitte die Männer, mir zu helfen.«

»Nein«, sagt er und schüttelt den Kopf. »Ich habe es mir anders überlegt. Ich glaube, wir sollten ihre Sachen nicht weggeben.« Er fährt mit der Hand über das Dach des Puppenhauses. »Es hätte ihr gefallen, Frances. Es war richtig, dass du es gekauft hast.«

»Reed«, sagt sie. Sie weiß nicht, was sie von alldem halten soll. »Wir können die Sachen nicht aufheben. Du hattest recht – wir müssen loslassen, wir müssen Mei Ling loslassen.« Ihre Stimme zittert, aber das ändert nichts an ihren Gefühlen. Frances hat schwer darum gerungen, sich mit der Entscheidung um Reeds und um der Jungen willen abzufinden, und sie hat es geschafft. Oder wenigstens fast. Noch immer wälzt sie sich nachts schlaflos in ihrem Bett, wenn sie sich vorstellt, dass Mei Ling auf eine Familie wartet, die es wahrscheinlich nie geben wird. Bei einem Kind mit einer solch beängstigenden Krankengeschichte dürfte es jedem schwerfallen, Ja zu sagen, auch aus finanziellen Gründen.

Aber trotzdem, alles ist möglich, und Frances hofft immer noch für sie, betet immer noch, dass es in jemandes Leben genug Platz für dieses kleine Mädchen gibt.

»Jemand wird sich über die Sachen freuen«, sagt sie zu Reed, in der Hoffnung, es ihm damit leichter zu machen.

Es scheint jedoch die gegenteilige Wirkung zu haben. »Aber das sind *ihre* Sachen«, wiederholt er und fährt sich mit der Hand durch die Haare. »Sie gehören Mei Ling.« Er dreht sich um und sieht Frances an. »Weißt du noch, wie du diese Scrapbook-Alben für die Jungen gemacht hast? Ich finde den Gedanken unerträglich, dass sie keines bekommt. Oder dieses Geburtstagsalbum, das du für jeden von ihnen gemacht hast. Ich möchte sehen, wie sie die Kerzen auf ihrer Torte ausbläst, Frances. Geschenke auspackt. Genauso wie die Jungen.«

Hat Reed gerade einen Nervenzusammenbruch? Frances weiß nicht, wie sie sich verhalten soll.

»Mom?«

Frances dreht sich erschrocken um. Nick steht da und sieht sie an, hinter ihm seine Brüder, ausnahmsweise einmal still. »Die Männer warten draußen.«

»Ich weiß«, sagt Frances, als Reed sich wegdreht. »Sag ihnen, es dauert noch ein paar Minuten, ja? Biete ihnen doch bitte ein Glas Wasser an.«

Nick wühlt in dem Karton, der neben der Tür steht. Er zieht einen kleinen rosafarbenen Pullover heraus. »Hat den nicht Grandma geschickt?«

Das macht die Sache nun wirklich nicht besser. Sie sieht, wie Reeds Schultern beben, und sie spürt, dass gleich etwas passieren wird, dass der Frieden, den Reed mit ihrer gemeinsamen Entscheidung geschlossen hat, der Belastung nicht standhalten wird.

»Geht raus, ihr drei«, sagt sie hilflos genau in dem Moment, in dem Reed laut zu schluchzen beginnt.

Die Jungen rühren sich nicht von der Stelle, der Anblick ihres schluchzenden Vaters lässt sie erstarren.

»Warum weint Daddy?«, fragt Brady.

»Weil er traurig ist, Doofie«, sagt Noah.

»Sag nicht Doofie zu ihm, du Doofie«, fährt Nick ihn an. Er gibt Noah einen Schubs.

»Schubs mich nicht!« Noah schubst zurück, viel fester, obwohl er erst fünf und um einiges kleiner als Nick ist.

»Hör auf!«, schreit Nick, als Noah ihn wieder schubsen will.

Brady fängt an zu weinen. Frances weiß, dass es die Jungen verstört, Reed so aufgelöst zu erleben – es hat etwas Beunruhigendes, einen erwachsenen Mann in Tränen ausbrechen zu sehen, insbesondere, wenn es der eigene Vater ist. Sie zieht Brady auf ihren Schoß, die andere Hand legt sie Noah auf die Brust, um ihn und Nick auseinanderzuhalten. Das ist das Einzige, womit man ihn beruhigen kann, wenn er zornig ist, und sie spürt, wie sein Herz rast, seine hektischen kleinen Atemzüge.

»Schon gut, Jungs«, sagt sie. Sie hat beschlossen, ihnen nicht zu verschweigen, was hier zwischen ihr und Reed passiert, weil es wichtig ist. Es ist eine wichtige Sache, die große Auswirkungen auf ihre Familie hat, und die Jungen haben ein Recht darauf zu erfahren, was los ist. »Wir haben euch doch erzählt, dass es mit der Adoption von Mei Ling nicht klappt, erinnert ihr euch? Na ja, darüber ist euer Vater immer noch traurig. Und ich auch.«

»Aber warum adoptieren wir sie dann nicht?«, fragt Nick. Er hat immer noch den Pullover in der Hand, und Frances kann beinahe vor sich sehen, wie er Mei Ling hält, die ihn anhat. Sie merkt, dass ihr ebenfalls die Tränen kommen.

»Sie hat ein großes Problem mit dem Herzen«, sagt Frances. »Unter anderem. Sie ist ein Kind, das eines Tages wahrscheinlich sehr, sehr krank werden wird.« Sie sagt nichts davon, dass Mei Ling so krank werden könnte, dass sie stirbt. »Sie braucht eine medizinische Behandlung, die ihr dein Vater und ich nicht bieten können.«

»Also, wenn wir krank werden, würdet ihr euch nicht um uns kümmern?«, fragt Noah verunsichert.

»Nein, natürlich würden wir das tun«, versichert ihm Frances rasch.

»Aber was ist, wenn wir ganz schlimm krank werden?«, beharrt Noah. »So wie sie? Kümmert ihr euch dann auch um uns?«

»Ja«, sagt Frances fest. »Ja, Noah. Da brauchst du dir keine Sorgen zu machen, okay?«

Nick wirkt verwirrt. »Aber wenn ihr das für uns machen könnt, warum könnt ihr es dann nicht für Mei Ling machen? Es ist doch nicht ihre Schuld, dass sie so ist.«

Frances starrt ihren ältesten Sohn an, erstaunt über die klugen Worte, die soeben aus seinem achtjährigen Mund gekommen sind. Sie spürt, wie etwas an die richtige Stelle rückt, das fehlende Teil, das ihr seit der schwierigen Entscheidung, Mei Lings Zuweisung abzulehnen, das Herz schwergemacht hat. Sie weiß, dass Reed und sie sich einig sind, sie haben sich die Zahlen angesehen, haben festgestellt, dass es einfach unmöglich ist. Doch wenn es sich um einen der Jungen handeln würde, würden sie einen Weg finden. Daran hat Frances nicht den geringsten Zweifel.

»Ja«, sagt sie langsam. »Du hast recht. Es ist nicht ihre Schuld, dass sie mit diesen Schwierigkeiten geboren wurde.« Denn im Grunde ist es das: Schwierigkeiten. Jeder muss sich damit herumplagen. Mögen sie bei den einen auch größer sein als bei den anderen, weiß man doch nie, was der nächste Tag bringt. Es kann so oder so laufen – alles ist möglich.

Frances hält den Atem an und blickt zu Reed, der seinerseits mit feuchten Augen Nick anblickt. Sein Gesicht ist aufgewühlt, aber Frances sieht auch einen Schimmer von Hoffnung, von Freude. »Du hast recht, Nick«, wiederholt Reed ihre Worte. »Du hast völlig recht.«

Was soll das heißen? Frances drückt seine Hand, würde am liebsten gleichzeitig weinen und lachen. »Reed?«, sagt sie.

»Ja, Fran«, sagt Reed, und dann steht er auf, wischt sich die Hände an den Jeans ab, fährt sich über die Augen. »Wir machen es. Ich rufe die Vermittlung an und hole uns unsere Tochter zurück.«

Herb »Buster« McMillan, 57,
Lastwagenfahrer

Um drei Uhr morgens fängt Herb »Buster« McMillans Wecker an zu rasseln.

Rrrrrr! Rrrrrr!

Es ist ein unerbittlicher, trommelfellzerfetzender Ton, der ihn aus dem Bett holt, ihn aus den vier oder fünf Stunden Schlaf reißt, die ihm vergönnt sind. Draußen ist es noch dunkel, aber er knipst das Licht an und macht fünfzig Sit-ups und anschließend genauso viele Liegestütze. Dann richtet er sich auf und nimmt seine Sachen von dem hölzernen Kleiderständer, die er schon am Abend vorher zurechtgelegt hat. Auf dem Weg ins Bad zieht er sich an, so dass er im Bad angelangt den Schlafanzug in den Wäschekorb werfen kann, bevor er sich schnell rasiert und Zähne putzt.

Auf den ersten Blick unterscheidet Buster nichts von jedem anderen Tanklastwagenfahrer, er ist leicht untersetzt und seinem Gesicht sieht man die vielen Jahre an, die er auf der Straße verbracht hat. Er ist dreihundert Tage im Jahr unterwegs, manchmal zwei oder drei Tage am Stück, ohne Schlaf, ohne Bewegung, während tagsüber die Sonne durch die Windschutzscheibe brennt und die Nächte lang und dunkel sind. Aber er ist vorsichtig und macht zwischendurch immer wieder ein Nickerchen, weil es nichts Schlimmeres gibt, als einen vollen Tanklaster zu fahren und eine Sekunde zu lang die Augen zu schließen. Jeder hat dazu irgendeine Horrorgeschichte auf Lager, aber glücklicherweise hat Buster aus den Fehlern anderer gelernt. Bei ihm hat es nie gebrannt, nie hat sich seine Zugmaschine oder sein Anhänger überschlagen, nie hat er sich verfahren. Er hat für sich selbst ein paar goldene Regeln aufgestellt, die er strikt befolgt: nie hetzen, immer in der Spur bleiben, es gleich richtig machen.

Buster besitzt Alben mit Bildern von allen Orten, an denen er gewesen ist, aber diejenigen, die er immer dabeihat, sind mit Bildern von Avalon gefüllt. Sein kleines Haus mit den drei Zimmern, schuldenfrei. Avalon an Weihnachten, seine liebste Jahreszeit. Der Avalon-Park, wo er nachher die Vögel füttert, nachdem er eine Tasse Kaffee getrunken hat. Grillfeste in seinem Garten mit den Nachbarn und ein paar Kumpels, mit denen er zur Schule gegangen ist, damals, vor einer halben Ewigkeit. Buster hat festgestellt, dass sich die Leute in dem Maß für ihn interessieren wie er sich für sie, und wenn er ihnen diese Bilder zeigt, ist es am einfachsten zu erklären, wer er ist und woher er kommt.

Sein Zuhause ist ihm heilig, deshalb nimmt er immer ein Stück von Avalon mit, wenn er unterwegs ist. Die Alben sind sein Anker und er zeigt sie gern herum, auch wenn es ein bisschen albern und sentimental ist. Man kann nie wissen, wann sich jemand dafür interessiert. Wie letztes Frühjahr zum Beispiel, als er mit einer Fuhre von Dayton nach Miami unterwegs gewesen war. Irgendwo hinter Ohio hatte er beschlossen, eine Kaffeepause einzulegen. Schwungvoll war er aus der Fahrerkabine gesprungen und war blöd aufgekommen und hatte sich den Knöchel verstaucht. Es war das erste Mal gewesen, dass ihm so etwas passierte.

Als ihm die Schwester in der Notaufnahme seine Reisetasche gab, fiel eines der Alben heraus. Sie hob es auf und sie kamen ins Gespräch. Er zeigte ihr die Bilder, anfangs noch ein wenig verlegen, dann voller Stolz. Sie lachte über seine Geschichten, während sie seinen Knöchel versorgte, und dann erzählte sie von sich und blieb noch ein paar Stunden, nachdem ihre Schicht längst zu Ende war.

»Mein Traum wäre Hundetrainerin«, vertraute sie ihm an. »Ich bin wirklich gern Krankenschwester, aber ich kann auch gut mit Tieren umgehen. Vor allem mit Hunden. Ich glaube, das würde mir Spaß machen, verstehen Sie?«

»Dann sollten Sie es tun«, erwiderte er. »Versuchen Sie es wenigstens. Vielleicht erst mal in Ihrer Freizeit, dann sehen Sie ja, ob es klappt.«

Sie wurde rot. »Ach, ich weiß nicht. Es ist eher ein Hobby, kein richtiger Beruf.«

»Ich denke, da draußen gibt es viele Leute, die auf genau so jemanden wie Sie warten. Leute, die Probleme mit ihren Haustieren haben und Hilfe brauchen. Ich wette, Sie könnten verlangen, was Sie wollen, wenn Sie gut sind.«

Sie lächelte. »Meinen Sie?«

Er nickte. »Ich finde es toll, dass Sie wissen, was Sie gern tun würden. Das ist mehr, als die meisten Leute von sich behaupten können.« Er lächelte und spürte auf einmal Schmetterlinge im Bauch. Plötzlich sah er vor sich, wie sie lange Spaziergänge machten und Händchen hielten und an kalten Winterabenden vor einem knisternden Kaminfeuer saßen. Er räusperte sich und merkte, dass er rot wurde. »Sie sollten es probieren«, wiederholte er. »Was haben Sie groß zu verlieren?«

Sie tauschten Adressen aus, aber er rechnete nicht damit, jemals wieder etwas von ihr zu hören. Vor ein paar Tagen lag in seinem Briefkasten jedoch ein Brief mit einer Visitenkarte und dem Foto eines kleinen Hundes, der durch einen Reifen springt. »Hundetraining und -erziehung bei Alicia.« So heißt sie – Alicia Rodriguez. Alicia mit den wunderschönen braunen Augen, den langen Wimpern und einem Lächeln, das einen glatt umwirft.

In letzter Zeit ist ihm öfter durch den Sinn gegangen, dass er vielleicht ein bisschen mehr an sich denken sollte, bei der Arbeit ein bisschen kürzertreten und sich mehr Freizeit gönnen sollte. Er möchte seinen Garten genießen, etwas von dem Geld ausgeben, das er gespart hat. Und wer weiß – auf seinem letzten Spaziergang durch Avalon hat er jede Menge Leute mit kleinen und großen Hunden gesehen. Vielleicht lädt er Alicia mal ein, ihn in Avalon zu besuchen, wenn sie Lust hat. Sie hat bereits gesagt, dass es sich in Avalon bestimmt gut leben lässt. Er kann sich zwar nicht vorstellen, dass sie ihn wiedersehen will, aber fragen schadet ja nicht.

Was hat er schon groß zu verlieren?

Kapitel 13

Connie rupft ein Büschel Löwenzahn aus, der den gesamten Garten zu überwuchern droht. Es ist früher Samstagmorgen und die Luft ist kühl. Sie wird heute den ganzen Tag in der Küche verbringen und Essen vorbereiten und außerdem muss sie noch die Leute zurückrufen, die den Teesalon für eine Veranstaltung reservieren wollen.

Der Teesalon erfreut sich wachsender Beliebtheit bei Hochzeitsplanern, die ihren Kunden die Räumlichkeiten gern für Hochzeitsessen oder Verlobungsfeiern im kleinen Kreis empfehlen. Connie hat eine Karte in Form eines Teebeutels entworfen, auf der die Braut Namen und Datum eintragen kann. Sie kann auch noch einen Spruch über die Liebe oder die Ehe hinzufügen oder eine Überschrift à la »Mit Liebe zubereitet« oder »Eine erlesene Mischung« darübersetzen. Es ist keine aufwendige Sache, aber sie verleiht dem Ganzen eine persönliche Note, und wenn man die Teebeutelkarte noch mit einem hübschen Satinband verziert, sieht sie genauso professionell aus wie die Karten, für die man im Laden viel Geld zahlt.

Connie reißt ein weiteres Büschel Löwenzahn mitsamt Wurzel aus und wirft es auf den immer höher werdenden Haufen neben ihr. Sie weiß, dass er später in Serenas Magen landen wird, zumindest Blüten und Blätter, und es wäre viel einfacher, sie frei herumlaufen zu lassen, damit sie ihr helfen könnte, das Unkraut in Schach zu halten. Das Problem ist nur, dass Serena sich nicht auf das Unkraut beschränkt, sondern sich auf alles Grünzeug stürzt. Madeline will auch nicht, dass sie die Gäste belästigt oder für Ärger mit den Nachbarn sorgt. Kurz gesagt: So oder gar nicht.

Connie wirft einen Blick zu der Ziege. Serena wirkt apathisch, obwohl es noch viel zu früh am Tag ist, als dass sie schon wieder müde sein könnte. Connie wünschte, Serena hätte mehr Platz in ihrem Pferch, aber seit sie ihre Gäste auch im Garten bewirten, lässt sich da nichts mehr machen. Connie hat noch Madelines Worte im Ohr, das Grundstück sei nicht für die Haltung von Ziegen geeignet und darüber hinaus könnte es Probleme wegen der Nutzungsvorschriften geben.

»Hast du schon etwas unternommen, um ihren Besitzer zu finden?«, erkundigt sie sich von Zeit zu Zeit beiläufig. Nicht, dass Madeline sie damit nervt, aber sie lässt auch nicht locker. Connie findet den Gedanken unerträglich, sich vielleicht wieder von Serena trennen zu müssen, aber sie will nicht, dass Madeline oder Walter Lassiter schließlich doch tätig werden, deshalb hat sie sich zu guter Letzt hingesetzt und einige Exemplare von ihrem ZIEGE ZUGELAUFEN-Zettel ausgedruckt.

»Leg auch ein paar Handzettel im Teesalon aus«, hat Madeline gestern vorgeschlagen. »Für den Fall, dass jemand einen in seinem Laden aufhängen will. Je mehr Leute es lesen, desto besser.«

Also hat Connie notgedrungen einen Stapel auf einen der Tische im Eingangsbereich gelegt, neben die Speisekarten für telefonische Bestellungen und die Visitenkarten. Bis jetzt hat niemand einen Zettel genommen. Sie hat sie am Anfang gezählt, insgesamt waren es zwanzig Stück, und jeden Abend zählt sie sie wieder. Immer noch zwanzig. Der Anblick des kleinen Stapels lässt sie neue Hoffnung schöpfen, zumindest kann Madeline jetzt nicht sagen, sie hätte es nicht versucht.

»Was fehlt denn Ihrer Ziege?«

Connie blickt hoch und sieht Walter Lassiter über den Zaun linsen. Er deutet mit dem Kinn auf Serena, die weder Connie noch ihm die geringste Beachtung schenkt.

»Nichts«, erwidert Connie und rupft einen Stängel Fingerhirse aus. »Sie ist nur müde.«

»Quatsch«, sagt Walter. »Die ist krank. Vielleicht hat sie was Falsches gefressen.«

»Krank?«

»Sehen Sie sie doch an. Irgendwas stimmt da nicht.« Er zeigt mit dem Daumen in Richtung Pferch.

Connie beißt sich auf die Lippe. »Das sagen Sie nur, weil Sie wollen, dass ich sie weggebe, Mr Lassiter, oder?«

»Klar will ich, dass Sie sie weggeben!«, schnaubt er. »Was für eine blöde Frage. Sie gehört nicht hierher. *Sie ist eine Ziege*. Sie gehört auf einen Bauernhof oder in einen Zoo. Ist sie überhaupt entwurmt?«

Connie sieht zu Serena, die nach wie vor lustlos vor ihrer Hundehütte liegt. Sie springt nicht mehr aufs Dach, was Connie seltsam findet. Sie hat es sich damit erklärt, dass Serena schmollt, weil sie nicht mehr so viel Zeit hat, mit ihr zu spielen.

»Ziegen können alle möglichen Parasiten mit sich herumschleppen«, fährt Walter fort. »Sie müssen geimpft werden. Immerhin ist das hier ein Wohngebiet. Hier leben Menschen. Sehen Sie hier irgendwo noch andere Ziegen? Nein.«

Sehen Sie hier irgendwo noch andere nervige Nachbarn?, würde Connie am liebsten zurückfragen. *Nein.*

Aber sie verkneift es sich, stattdessen steht sie auf und wischt sich die Erde von den Händen. Sie sammelt das Unkraut ein und wirft es in die kleine Schubkarre, die sie für die Gartenarbeit benutzt. »Falls es Sie interessiert, ich bin gerade dabei, ihren Besitzer zu suchen«, sagt sie. »Aber wenn ich ihn nicht finde, dann …«

»Dann werden Sie wohl ein anderes Zuhause für sie finden müssen«, beendet Walter den Satz für sie. Sein Gesichtsausdruck lässt keinen Zweifel daran, dass es ihm ernst damit ist.

»Das entscheide immer noch ich«, sagt Connie. Er soll bloß nicht denken, dass sie sich so leicht einschüchtern lässt.

»Nein, mein Fräulein. Das entscheidet die Stadtverordnung. Ich hoffe, dass ich diese Ziege nicht bei der nächsten Stadtratssitzung zur Sprache bringen muss. Schlimm genug, dass hier ständig Leute ein und aus gehen …«

»Der Teesalon ist offiziell genehmigt«, unterbricht sie ihn.

»Die Haltung von Ziegen in einem Wohngebiet nicht, Gaststättenerlaubnis hin oder her. Ich habe mich erkundigt, Fräulein.«

»Mein Name ist *Connie*, Mr Lassiter.«

»Ich sage das alles erst mal Ihnen, Fräulein, weil ich weiß, dass Sie sich Mühe geben, und weil ich Ihre Quiches wirklich mag. Aber sobald ich ein ernstes Wort mit Madeline rede, hat es sich mit dieser Ziege. Nehmen Sie es nicht persönlich. Aber ich habe nicht die Absicht, meinen Ruhestand Tür an Tür mit einer Ziege zu verbringen. Hier herrscht schon genug Hektik.«

Connie ist plötzlich müde. »Ich habe Sie verstanden, Mr Lassiter.«

»Und an Ihrer Stelle würde ich mit dieser Ziege zum Tierarzt gehen. Irgendwas stimmt nicht mit ihr.« Er grunzt noch irgendetwas und geht zurück in sein Haus.

Connie schiebt die Schubkarre zum Komposthaufen, dann geht sie hinüber zu Serena. »Hallo, mein Mädchen«, sagt sie. Sie öffnet das Gatter und betritt den Pferch. »Wie geht's dir?«

Serena erhebt sich und trottet zu Connie, gibt ihr einen

Stups und drückt sich an sie. Connie sieht sich um und stellt fest, dass mal wieder ausgemistet werden und neues Stroh verteilt werden muss. Sie hat gelesen, dass ein Ziegenbock in seinem Pferch furchtbar viel Dreck macht, aber bei einer Geiß ist es nicht so schlimm. Letztlich ist es ja nur Dung, und der ist gut für den Kompost.

Serena trottet traurig zurück zu ihrer Hundehütte und legt sich wieder hin. Connie zögert. Sie haben einen arbeitsreichen Tag vor sich, und am Abend findet im Wohnzimmer das monatliche Treffen eines Lesezirkels statt. Da kann sie unmöglich einen Besuch beim Tierarzt dazwischenquetschen.

In der Küche deckt Madeline eine große Schüssel Obstsalat mit Frischhaltefolie ab. »Ich hatte auf einen ruhigen Vormittag gehofft, aber es gibt bereits einige Bestellungen. Eigentlich dachte ich auch, wir könnten heute als Tagesempfehlung Kürbissuppe anbieten, aber wahrscheinlich sollten wir lieber die Tomaten aufbrauchen ...«

»Ich glaube, Serena ist krank«, platzt Connie heraus. Sie schrubbt sich die Hände an der Spüle, auf einmal hat sie Angst. »Die letzten Tage ist sie völlig verändert.«

Madeline stellt den Obstsalat in den Kühlschrank, und im gleichen Moment schrillt der Küchenwecker. »Ja, das habe ich auch schon gemerkt.« Sie streift sich die Ofenhandschuhe über und öffnet die Backofentür.

Connie hat die Hand bereits nach ihrer Schürze ausgestreckt, als sie innehält. »Was soll ich machen?«, fragt sie Madeline.

»Kommt darauf an.« Madeline zieht ein Blech mit Blaubeermuffins aus dem Rohr und stellt es zum Abkühlen auf ein Gitter. »Was willst du denn machen?«

»Ich will mit ihr zum Tierarzt«, sagt Connie. Sie reiht die leeren Butterschälchen auf der Arbeitsplatte auf. »Aber ich habe keine Zeit. Und ich kann dich hier nicht allein lassen.«

»Ach Unsinn«, erwidert Madeline. »Ich habe den Laden hier eine ganze Weile allein geschmissen, schon vergessen?« Dann hellt sich ihre Miene auf.

»Hannah!«, ruft sie und schnippt mit den Fingern. »Wir könnten sie anrufen und fragen, ob sie heute Zeit hat, uns zu helfen. Ich bin sicher, sie tut es gern.«

Schon wieder? Connie verzieht das Gesicht. Sie hat Hannah im Auge behalten, wenn sie bei ihnen ist, und zu ihrem Missvergnügen festgestellt, dass Hannah in der Küche das gleiche Gespür und die gleichen Vorlieben zeigt wie Madeline. Sie backt nicht mit Mountain Dew.

»Ich kann Serena später hinbringen«, sagt Connie und greift erneut nach der Schürze. Sie will nicht, dass Hannah zum Helfen kommt. Mag sein, dass es ihr an Selbstvertrauen mangelt, aber sie will es einfach nicht.

Madeline sieht sie streng an. »Leg das wieder hin«, sagt sie im Befehlston und deutet auf die Schürze. »Ich rufe Hannah an. Und du kannst beim Tierarzt anrufen und dir einen Termin für deine Ziege geben lassen.«

»Aber ...«

Das Glöckchen über der Tür bimmelt und verkündet, dass die ersten Gäste eintreffen. »Wenn man sich ein Tier hält, hat man auch Verantwortung dafür«, sagt Madeline, bevor sie die Küche verlässt, um sie zu begrüßen. »Du musst dafür sorgen, dass es ihr gutgeht.«

Doch als Connie in der Tierarztpraxis anruft, erklärt ihr die Sprechstundenhilfe, Dr. Ballards Terminkalender sei voll.

»Bitte«, fleht Connie. »Kann er sie sich nicht wenigstens mal kurz ansehen? Ich will nur wissen, ob mit ihr alles in Ordnung ist.«

Die Frau stößt einen Seufzer aus. »Na gut, wenn Sie gleich

kommen, kann ich versuchen, Sie zwischen zwei anderen Terminen einzuschieben.«

»Danke«, sagt Connie erleichtert. »Ich bin schon unterwegs.«

Sie sagt noch rasch Madeline Bescheid, bevor sie hinaus in den Garten geht. Serena hebt neugierig den Kopf, als Connie sich ihr nähert, und Connie schöpft neue Hoffnung, dass nichts ist. Vermutlich macht sie sich völlig grundlos Sorgen. Sie wird Serena in ihr Auto laden, sie zum Tierarzt bringen, sich ein paar Vitamine oder irgendetwas anderes für sie geben lassen und wieder nach Hause fahren.

Zwanzig Minuten später steht Connie immer noch in der Einfahrt und zieht verzweifelt an Serenas Leine, um sie ins Auto zu bugsieren. Serena scheint zu wissen, was sie mit ihr vorhat, und weigert sich mitzuspielen.

Hannah kommt die Einfahrt herauf, ihre Tasche über der Schulter, die langen dunklen Haare zu einem glatten Pferdeschwanz zusammengebunden. Sie trägt eine Khakihose und eine frisch gebügelte weiße Bluse, ihre Füße stecken in Ballerinas. »Hallo, Connie«, sagt sie und hält dann abrupt inne, als sie Serena sieht. »Oh.«

»Ich … will … sie … zum … Tierarzt … bringen«, presst Connie hervor. Schließlich gibt sie auf und lässt sich gegen ihr Auto sinken.

Hannah wirft einen Blick zum Teesalon, dann sieht sie wieder Connie an. »Brauchen Sie Hilfe?«, erkundigt sie sich.

Nein, würde Connie am liebsten sagen, aber sie hat keine große Wahl, deshalb nickt sie.

»Okay.« Hanna legt ihre Tasche ab und mustert Serena unsicher. »Soll ich schieben? Von, äh, hinten?«

»Gute Idee. Aber passen Sie auf, falls sie tritt.« Trotz der vereinten Bemühungen von Connie und Hannah rührt sich Serena jedoch keinen Zentimeter vom Fleck.

Madeline kommt aus dem Haus, sie wirkt ungeduldig. »So, jetzt reicht's. Wir haben eine Menge Arbeit«, sagt sie und hält einen Vollkornmuffin in die Höhe. »Auf geht's, Serena!« Sie wirft den Muffin in Connies Auto.

»Ich glaube nicht …«, setzt Connie an, als Serena sich von ihr losreißt und auf den Rücksitz ihres Autos springt.

Madeline sieht zufrieden drein. »Na also! Und jetzt komm, Hannah, ich brauche deine Hilfe in der Küche. Connie, du fährst besser los, bevor sie den Muffin verputzt hat und sich über die Polster hermacht.«

Connie winkt den beiden Frauen zum Abschied zu, dann stößt sie vorsichtig rückwärts aus der Einfahrt. Serena hat den Muffin verspeist, bevor sie die nächste Kreuzung erreicht haben. Sie versucht aufzustehen und schwankt hin und her, als Connie etwas zu schnell eine Kurve nimmt. Es scheint ihr gar nicht zu behagen, sich im Inneren eines Autos zu befinden, und sie fängt an, mit dem Kopf gegen die Tür zu stoßen.

»Serena, Platz!«, befiehlt Connie, obwohl ihr klar ist, dass Serena es nicht versteht. Glücklicherweise ist Avalon so klein, dass die Fahrt zur Praxis des Tierarztes nur ein paar Minuten dauert.

Wie versprochen hat die Sprechstundenhilfe sie zwischen zwei andere Termine geschoben und führt sie nach einer halben Stunde ins Behandlungszimmer. Während Connie mit Serena wartet, betrachtet Connie die Fotos an der Wand. Dr. Ballard ist um die sechzig, hat graue Haare und ein freundliches Lächeln. Auf einem Bild steht er in einem kurzärmligen Hemd und mit Krawatte neben einem Pferd. Es gibt noch andere Fotos von ihm, mit anderen Tieren und deren Besitzern. Man kann sehen, dass er seine Arbeit liebt.

Deshalb ist Connie verwirrt, als ein junger Mann mit

dunklen Haaren und weißem Kittel, auf dem »Dr. med. vet. Elliot Ballard« steht, den Raum betritt.

»Ich möchte gerne zu Dr. Ballard«, sagt sie.

»Ich bin Dr. Ballard«, erwidert er. Fröhlich grinsend sieht er sie an und Connie merkt, dass sie rot wird. Er streckt die Hand aus und als Connie sie schüttelt, verspürt sie ein merkwürdiges Kribbeln, das ihren Arm hinaufläuft und sich bis in ihre Brust ausbreitet und von da in ihren ganzen Körper. Einen Moment lang ist ihr Kopf völlig leer – sie hat Serena vergessen, den Teesalon, einfach alles. Es gibt nichts außer diesem Mann, und sie merkt, dass ihr Herz Purzelbäume schlägt.

Er lächelt Serena an. »Also, wo liegt das Problem?«

»Ich weiß nicht genau«, sagt Connie. Sie wirft einen Blick in den Spiegel an der Tür und stellt erleichtert fest, dass ihr Gesicht nicht so rot ist, wie es sich anfühlt. »Entschuldigen Sie, Dr. Ballard, aber Sie sehen überhaupt nicht so aus wie auf den Fotos.«

»Das liegt wohl daran, dass das Fotos von meinem Vater sind – er ist letztes Jahr in Ruhestand gegangen. Und Sie können mich auch gerne Eli nennen. Das tun die meisten.« Eli blickt auf das Krankenblatt auf einem Klemmbrett vor ihm. »Sie sind das erste Mal hier, Connie?«

Als er ihren Namen sagt, spürt sie erneut dieses Kribbeln. Sie nickt.

»Für gewöhnlich überweise ich Nutztiere an Doc Handley«, sagt Eli. »Er kümmert sich um die größeren Tiere und das Vieh. Ich habe eher mit Haustieren zu tun – Hunde, Katzen, hin und wieder ein Papagei oder eine Schildkröte. Allerdings hatte ich in letzter Zeit auch einige Hühner in meiner Praxis … Na, egal, ich sehe mir Ihre Ziege jedenfalls gerne mal an und überweise sie dann an ihn, falls es erforderlich ist.«

»Danke.« Bei der Vorstellung, Serena wieder ins Auto laden

zu müssen und zu einem anderen Tierarzt zu fahren, bricht Connie der Angstschweiß aus.

»Wir hatten Ziegen, als ich ein Kind war, La Manchas und einige Zwergziegen. Aber ich hätte immer gern eine Nubier-Ziege gehabt.« Er untersucht Serenas Augen und Ohren.

»Ich dachte mir, dass sie eine Nubierin ist«, sagt Connie, »aber ich war mir nicht sicher.«

»Eine wunderbare Rasse«, sagt Eli. »Allerdings können sie einem das Leben auch ganz schön schwermachen. Es überrascht mich, dass sie so ruhig ist.« Er untersucht Serenas Hufe. Fährt mit der Hand über ihr Fell, ihren Hals, ihren Bauch, ihre Beine. »Hmm. Frisst sie?«

Connie nickt.

»Ich würde ihr gern Blut abnehmen. Und ich sollte auch eine Kotprobe nehmen. Eine der Laborantinnen wird mir dabei helfen. Außerdem sehe ich mir noch ihr Maul an, ob sie irgendwelche Geschwüre hat, und taste sie nach Knoten und schmerzhaften Stellen ab.«

Connie muss schlucken. Sie weiß nicht, was sie machen soll, falls Serena tatsächlich etwas fehlt.

Eli bemerkt ihre Nervosität und tätschelt ihr den Arm, seine Berührung ist sanft und tröstlich. »Machen Sie sich keine Sorgen. Sie sieht ganz gesund aus, aber ich will auf Nummer sicher gehen. Ist das in Ordnung für Sie?«

Connie findet endlich ihre Stimme wieder. »Ja.«

Eli wendet sich erneut Serena zu. »Ein hübsches Tier. Wie heißt sie?«

»Serena.«

»Serena. Das ist lateinisch, oder?«

Zum ersten Mal in ihrem Leben wünscht Connie, sie hätte ein College besucht. »Keine Ahnung.«

»Soweit ich weiß, bedeutet es heiter. Connie ist übrigens

auch lateinisch, die Abkürzung für Constance. Das bedeutet Beständigkeit.« Eli klemmt sich das Stethoskop in die Ohren und horcht Serenas Herz und Lunge ab.

»Sie sprechen Lateinisch?«, fragt Connie beeindruckt und ein bisschen eingeschüchtert. Sie kann nur ein paar Brocken Spanisch, die sie im Fernsehen oder im Kino aufgeschnappt hat.

Eli hängt sich das Stethoskop um den Hals und reibt Serenas Rücken.

»Nein, das wäre zu viel gesagt. Ich hatte zwar vier Jahre lang Lateinunterricht, aber in Avalon gibt es nicht so viele Leute, die Latein sprechen. Sonst eigentlich auch nirgends.«

Da ist es wieder, dieses Grinsen. Er dürfte ein paar Jahre älter als Connie sein, Mitte oder Ende zwanzig, aber es gefällt ihr, dass er sich selbst nicht so ernst nimmt. Er wirkt wie jemand, der ein guter Freund sein könnte, jemand, mit dem man gern Zeit verbringt. Als er den Kopf hebt und sich ihre Blicke treffen, wird Connie rot.

Sie versteht selbst nicht, warum er sie so aus der Fassung bringt. Sie braucht all ihre Willenskraft, um sich wieder darauf zu konzentrieren, warum sie hier ist. »Also, ich habe mir Sorgen um sie gemacht«, sagt sie und merkt, dass sie schon wieder rot wird. »Sie ist anders als früher.«

Eli nickt. »Na ja, dafür könnte es mehrere Gründe geben, aber das weiß ich erst, wenn die Ergebnisse der Blutuntersuchung vorliegen. Wenn Sie wollen, kann ich sie übers Wochenende zur Beobachtung hierbehalten. Auf diese Weise hätte ich auch die Möglichkeit zu sehen, ob sie sich irgendwie auffällig verhält. Sie wirkt allerdings ziemlich ruhig und freundlich.«

»Aber genau deswegen bin ich ja mit ihr hier«, sagt Connie. »Normalerweise ist sie nicht so ruhig. Sie büxt bei jeder sich bietenden Gelegenheit aus. Zum Beispiel in den Garten meines Nachbarn.«

Eli lacht. »Ja, das klingt ganz nach Ziege«, sagt er. Er wirft einen Blick auf die Uhr. »Ich fürchte, ich muss mich um meinen nächsten Patienten kümmern. Warum lassen Sie sie nicht bis Montagmorgen da? Sie können Sie gleich in aller Frühe wieder abholen. Falls vorher irgendetwas sein sollte, rufe ich Sie an. Einverstanden?«

Connie sieht Serena an und ihr ist nicht ganz wohl bei dem Gedanken. »Ich weiß nicht«, sagt sie. »Ich meine, geht es ihr hier auch gut?«

»Bestens. Ich habe hier manchmal Hunde, die größer als Serena sind. Im Augenblick ist in der Praxis verhältnismäßig wenig los, wir können uns ihr also ausführlich widmen.« Er blickt auf das Klemmbrett. »Ist das die Nummer, unter der ich Sie erreichen kann? Madelines Teesalon?«

Connie nickt, sie ist noch immer etwas benommen. »Vielleicht sollte ich sie lieber wieder mitnehmen«, sagt sie zögernd, die Vorstellung, ohne Serena nach Hause zu fahren, hat etwas Beunruhigendes. »Ich meine, falls sie Angst bekommt oder …«

»Es liegt ganz bei Ihnen, Connie«, sagt Eli. »Tun Sie, was Sie für richtig halten.« Der mitfühlende Ausdruck auf seinem Gesicht gibt letztlich den Ausschlag für ihre Entscheidung.

»Na gut«, sagt sie, weil sie weiß, dass Serena bei ihm in guten Händen ist. Sie holt tief Luft. »Und Sie rufen mich an, wenn irgendetwas ist?«

»Ich kenne Ihre Nummer bereits auswendig«, erwidert Eli und dann schenkt er ihr noch einmal ein strahlendes Lächeln, bevor er Serena aus dem Zimmer führt.

Es ist früher Sonntagmorgen und irgendjemand hämmert gegen Isabels Tür und läutet Sturm. Sie tastet nach ihrem Wecker, doch dabei stößt sie ihn um und er fällt unter das Bett.

Stöhnend hievt sich Isabel hoch und taumelt im Halbschlaf durch den Flur. Sie schaut durch das Guckloch. Vor der Tür steht ein Mann mit einem dampfenden Becher Kaffee in der Hand und betrachtet vor sich hin pfeifend ihre Veranda. Gleichermaßen verwirrt wie neugierig macht Isabel auf.

»Guten Morgen!«, sagt er und dreht sich zu ihr. Er hat einen Werkzeuggürtel um die Taille geschlungen und grinst sie breit an.

»Ich hoffe, der Kaffee ist für mich«, murmelt Isabel. Sie reibt sich die Augen und entdeckt einen weißen Kastenwagen am Straßenrand. *Braemer Terrassen und Gartenbau*, liest sie. »Wie spät ist es?«

»Punkt acht«, erwidert der Mann. »Wie vereinbart. Einen Moment lang habe ich mir Sorgen gemacht – ich dachte schon, es ist keiner zu Hause.«

Isabel sieht ihn verärgert an. »Das liegt daran, dass ich geschlafen habe, Mr Braemer. Ich sagte Punkt acht am *Montag*.«

Der Mann runzelt die Stirn. »Ich könnte schwören, dass Sie Sonntag gesagt haben.«

Isabel gähnt. Dass sie sich wieder ins Bett legt und weiterschläft, kann sie wohl vergessen. »Habe ich nicht, aber jetzt ist es auch schon egal.«

Ian Braemer lehnt sich gegen die Brüstung und sieht sich noch einmal um. »Ich schätze mal, wir reden hier von ein paar Nut-und-Feder-Brettern für Ihre Veranda«, sagt er.

Isabel nickt und sieht ihm zu, wie er einen Schluck von seinem Kaffee trinkt. Mag sein, dass sie noch nicht richtig wach ist, aber sie kann sich nicht daran erinnern, wann sie das letzte

Mal irgendjemanden, geschweige denn eine Person des anderen Geschlechts, frühmorgens hat Kaffee trinken sehen. Es übt eine eigenartige Faszination auf sie aus.

»Mrs Kidd?«

»Was? Ach so. Der Verandaboden, richtig. Ich habe mir noch keine Gedanken darüber gemacht, ob ich Holz will oder so einen Verbundbelag …«

»Holz«, unterbricht Ian sie entschieden. »Auf jeden Fall Holz. Diese Verbundbeläge sind letztlich ihr Geld nicht wert und sehen schon nach kurzer Zeit abgenutzt aus. Ich habe so was für ein paar Kunden verlegt und keiner ist damit zufrieden. Das ist natürlich nur meine Meinung, aber mir käme das Zeug nicht ins Haus. Das ist reine Abzocke.« Er klingt regelrecht empört.

Isabel muss grinsen, inzwischen ist sie wach. »Na gut, dann sagen Sie mal, was Sie denken, Mr Braemer. Tun Sie sich keinen Zwang an.«

Er sieht sie verlegen an. »Tut mir leid. Ich mag es nur nicht, wenn die Leute ihr Geld zum Fenster rauswerfen, das ist alles. Aber ich kann Ihnen die Preise für verschiedene Verbundbeläge geben, wenn Sie wollen.«

»Soll das ein Witz sein? Wir nehmen natürlich Holz. Was meinen Sie, wie lange Sie dafür brauchen?«

»Ich muss die Veranda ausmessen, die Menge berechnen. Soll ich auch grundieren und streichen?«

Isabel nickt. »Ja, warum nicht.«

»Welche Farbe?«

Sie will schon Weiß sagen, als ihr einfällt, dass sie wahrscheinlich nicht mehr lange hier wohnen wird. »Was am besten zum Haus passt«, sagt sie.

»Okay, kein Problem.« Er zieht eine Visitenkarte aus der Tasche und gibt sie ihr. »Ach ja, ich kann Ihnen auch einen Kaffee mitbringen, wenn ich sowieso unterwegs bin. Schwarz?«

Isabel sieht ihn an. Ian Braemer dürfte in ihrem Alter sein, sein Gesicht ist braun und wettergegerbt von der vielen Arbeit im Freien. Er trägt ein langärmliges Karohemd, Jeans und Arbeitsschuhe, dazu eine verblichene, ehemals schwarze Baseballkappe mit dem Logo der White Sox. Darunter spitzen braune Haarbüschel hervor. Die Augen sind von einem leuchtenden Blau.

»Danke, nicht nötig«, entgegnet sie. »Ich meine, ich kann selbst Kaffee kochen. Ich wusste nur nicht, dass Sie heute kommen, das ist alles.«

»Wie Sie wollen«, sagt er gutmütig. »Dann messe ich jetzt mal die Veranda aus und komme später mit dem Material wieder, Mrs Kidd.«

»Nennen Sie mich einfach Isabel«, sagt sie. »Ich bin nicht mehr verheiratet.«

Ein weiteres Grinsen. »Okay, Isabel. Und Sie können mich Ian nennen.«

Als Ian Braemer eine Stunde später zurückkommt, hat er einen jungen Mann im Teenageralter im Schlepptau. »Das ist mein Sohn«, erklärt er stolz. »Jeremy. Er hilft mir.«

Der Junge hebt die Hand zu einem stummen Gruß, dann vergräbt er beide Hände in den Hosentaschen. Isabel schließt ihn auf der Stelle ins Herz.

»Also, was meinen Sie, wie lange dauert es?«, fragt sie. Sie wünschte, sie könnte den beiden etwas anbieten. Einen Bagel oder ein Stück Kuchen. Vielleicht Limonade.

»Die Bretter zu verlegen dürfte nicht allzu lange dauern«, antwortet Ian. »Maximal ein oder zwei Stunden. Aber für das Grundieren und Streichen brauche ich wohl eine Weile. Die Bretter müssen geschliffen und grundiert werden, wenn die Farbe trocken ist, folgt der erste Anstrich, das dürfte alles heute zu schaffen sein. Ich habe einen hübschen Farbton ausgesucht, der gut zu Ihren Fenstereinfassungen passt. Übermorgen komme ich dann und streiche ein zweites Mal. Und wenn Sie wollen, kann ich auch noch einen dritten Anstrich machen, um sicherzugehen, dass ...«

»Drei Anstriche«, hört sich Isabel rasch sagen. »Auf jeden Fall drei. Um sicherzugehen, dass die neuen Besitzer zufrieden sind, Sie verstehen.«

»Okay, dann also drei Anstriche.« Mit einem Lächeln wendet Ian sich ab, um zu seinem Kastenwagen zu gehen. Isabels Blick wandert zur Rückseite seiner Jeans. Dann wird sie rot und geht schnell ins Haus.

In den nächsten Stunden hört sie Ian und Jeremy miteinander reden und lachen, das Geräusch von Brettern, die auf die Veranda plumpsen, eine Nagelpistole. Es hat etwas seltsam Heimeliges, jemanden an ihrem Haus arbeiten zu hören, und urplötzlich steigt eine Erinnerung in ihr auf, ein Gefühl, ein Bild aus der Vergangenheit.

Bill.

Im Lauf der Jahre hat sie unzählige Male an ihn gedacht, ob sie es wollte oder nicht, aber heute ist es anders. Es ist kein Zorn damit verbunden, nicht einmal Traurigkeit. Eher eine Art Sehnsucht. Isabel verspürt ein Ziehen im Herzen, als die Gefühle über sie hinwegrollen, nicht länger hinter einem undurchsichtigen Schleier verborgen, mit dem sie alle Erinnerungen an Bill ausgeblendet hat. Dieses Mal lässt sie sie zu, versucht nicht, sie beiseitezuschieben, versucht nicht, sich davon abzulenken. Sie versucht nicht zu vergessen.

Sie vermisst es, dass er immer eine Ewigkeit gebraucht hat, um den Rasen zu mähen, und noch länger, um die Kanten zu schneiden. Bill wusch die Autos und polierte sie hingebungsvoll. Er stutzte die Hecken, reinigte die Dachrinne und die Fallrohre, rechte die Blätter zu ordentlichen Haufen zusammen. Isabel beschwerte sich immer, er sei ein Perfektionist, bis er ihr erklärte, dass es ihm einfach Spaß mache. Er war gern draußen, anders als Isabel, die sich eher als Stubenhockerin bezeichnen würde. Er meinte, das sei der optimale Ausgleich zu seiner Arbeit in der Praxis, wo er den ganzen Tag in geschlossenen Räumen verbrachte.

Sie vermisst den Geruch seines Körpers, seinen Schweiß, wie sich seine Hand in ihrer anfühlte. Isabel vermisst es, einen anderen Körper neben sich zu spüren, vor allem aber vermisst sie Bill und seinen schrägen Sinn für Humor, seine Gesellschaft, seine Liebenswürdigkeit. Er war zuverlässig und geduldig, und das alles hat sie nie so recht zu schätzen gewusst, bis er nicht mehr da war.

Vielleicht wäre alles anders gekommen, wenn sie Kinder gehabt hätten. Und ja, sie hatte lange an Depressionen gelitten. Wäre das nicht jedem so gegangen? Sie hatten über ein Pflegekind gesprochen, sie hatten über eine Adoption gesprochen, aber sie waren nicht überzeugt gewesen. Lange Zeit hatten sie einander nicht ansehen können, sondern waren dem Blick des anderen ausgewichen, nicht weil sie einander gleichgültig waren, sondern weil es zu schmerzhaft war.

Es war ein Schock für sie, als sie von Ava erfuhr, und deren Schwangerschaft war ein doppelter Schlag. Der Fassungslosigkeit folgte die Wut. Im Lauf der nächsten Wochen fuhren ihre Gefühle Achterbahn, aber was zu guter Letzt übrig blieb, war ein Gefühl von Schuld.

Schuld, weil sie Bill kein Kind hatte schenken können, als wäre es ihr Fehler. Schuld, weil sie im vergangenen Jahr so schwierig und so verschlossen gewesen war. Schuld, weil sie ihm schreckliche Dinge an den Kopf geworfen hatte, als er ging. Und schließlich Schuld, als er starb, als wäre sie dafür verantwortlich, dass er falsch in die Einbahnstraße eingebogen war. Schuld, weil sie Ava verbot, zur Beerdigung zu kommen. Er hatte zu dieser Zeit zwar mit Ava zusammengelebt, doch die Scheidung war noch nicht durch und Bill war immer noch ihr Ehemann. Möglicherweise wäre er ja zu ihr zurückgekehrt. Möglich war es.

Aber nicht wahrscheinlich.

Isabel wusste, dass in anderen Ehen Wunder geschahen, dass Paare trotz Affären und enttäuschten Vertrauens einen Weg fanden. Lange redete sie sich ein, dass vielleicht noch Hoffnung für sie bestanden hatte, aber jetzt war sie sich nicht mehr so sicher. In Wahrheit hatte es in ihrer Ehe schon seit Langem keine Bewegung mehr gegeben. Sie hatte das nie als etwas Negatives betrachtet, aber erst als Bill sie verließ, erkannte sie, dass es nicht genug war.

Es läutet an der Tür. Isabel holt tief Luft, dann geht sie öffnen. Ian Braemer steht voller Stolz auf ihrer neuen Veranda.

»Sieht super aus, oder?«, sagt er und macht eine ausholende Handbewegung. »Wir fangen dann gleich mit dem Streichen an, aber ich dachte, vielleicht wollen Sie es sich vorher mal ansehen, mal drüberlaufen. Hübsch, was?«

Isabel tritt vorsichtig auf die neuen Bretter. »Wow«, sagt sie. Sie hatte sich so an den blanken Unterbau gewöhnt, dass sie beinahe vergessen hatte, wie es sich anfühlte, einen richtigen Boden unter den Füßen zu haben. Plötzlich sieht die Veranda so groß aus. Eine Hollywoodschaukel. Sie kann sie vor sich sehen. Dort drüben, links neben dem Fenster, damit sie nicht die Aussicht verstellt.

»Eine Hollywoodschaukel würde sich gut machen«, sagt Ian, die Hände in die Hüften gestemmt. »Und zwar hier.« Er deutet mit einer Hand genau auf die Stelle, auf die auch Isabel gerade geblickt hat.

Isabel geht von einem Ende der Veranda ans andere, lehnt

sich gegen die Brüstung, genießt die Aussicht auf ihren Vorgarten. Sie dreht sich um und kann sich entspannt in einer weißen Schaukel sitzen sehen, ein Buch in der Hand, neben sich ein Glas Limonade.

Und dann fällt ihr wieder ein, dass sie gerade dabei ist, ihr Haus zu verkaufen, es vielleicht schon verkauft hat.

»Der neue Besitzer kann ja eine aufstellen«, sagt sie zu Ian. Im Haus nebenan nimmt sie eine Bewegung hinter einem der Fenster wahr, einen Vorhang, der zugezogen wird, dann ist wieder alles ruhig.

»Na gut«, sagt er. Er winkt Jeremy, der mit Stöpseln in den Ohren im Kastenwagen sitzt und zum Takt der Musik mit dem Kopf wackelt. »Hey, mein Sohn, die Pause ist vorbei!«

Etwas an der Art, wie Ian Jeremy ruft, weckt in Isabel den Wunsch, sich im Bett zu verkriechen und die Decke über den Kopf zu ziehen. *Mein Sohn*, denkt sie, als sie zurück ins Haus geht. Zwei schlichte Worte. Worte, die sie niemals aussprechen wird. Und Bill auch nicht.

Mein Sohn.

Kapitel 14

»Sie scheinen qualifiziert zu sein«, sagt Dr. Creighton Marks. Er blättert in Avas Bewerbung und nickt hin und wieder. »Aber Sie haben in den vergangenen fünf Jahren nicht als Zahnarzthelferin gearbeitet. Gibt es dafür einen Grund?«

»Ich wollte mich zu Hause um meinen Sohn kümmern«, sagt Ava und lächelt zuversichtlich, wie sie hofft. »Inzwischen geht er in den Kindergarten, deshalb möchte ich jetzt wieder anfangen zu arbeiten.«

»Strombauer und Kidd«, liest er laut. »Ich glaube, die haben sich einen neuen Namen zugelegt. Strombauer Dental-Partner, wenn ich mich nicht täusche. Schade um Dr. Kidd. Er war ein netter Mann.«

Ava schluckt und fragt sich, wie viel Dr. Marks weiß. Seine Praxis befindet sich in Laquin, auf der anderen Seite von Barrett und weit weg von Avalon. Jedenfalls weit genug, so hofft sie, dass er nichts von den Gerüchten mitbekommen hat, nicht weiß, wer sie ist. »Ja«, sagt sie, »das war er.«

»Das sieht so weit alles sehr gut aus. Meine jetzige Zahnarzthelferin heiratet nächsten Monat und zieht nach St. Louis, vom Termin her könnte es also nicht besser passen. Eigentlich fehlen nur noch Ihre Referenzen. Meine Frau bringt mich um, wenn ich in dieser Hinsicht nachlässig bin, ich werde also gleich, wenn wir hier fertig sind, Dr. Strombauer anrufen.« Mit einem Lächeln blickt Dr. Marks zu dem gerahmten Foto auf seinem Schreibtisch. »Sie ist nämlich hier der Boss –

manchmal kommt es mir so vor, als würde ich für sie arbeiten.« Er lacht.

Ava verschränkt die Finger ineinander, um ihr Zittern zu verbergen. »Ich habe länger nicht mehr mit Dr. Strombauer gesprochen. Ich weiß gar nicht, ob er sich überhaupt noch an mich erinnert, es ist über fünf Jahre her.«

Dr. Marks nickt. »Wenn Sie ihn anrufen und vorwarnen wollen, ist das in Ordnung. Ich würde es nur gern so bald wie möglich hinter mich bringen, damit ich meiner Zahnarzthelferin sagen kann, dass wir Ersatz für sie gefunden haben.«

Ava schluckt. »Okay«, sagt sie. »Ich werde ihn informieren, dass er mit Ihrem Anruf rechnen kann.«

Sie schütteln sich die Hand und Ava geht, sie schafft es noch, sich zusammenzureißen, bis sie in ihrem Auto sitzt. Doch kaum hat sie die Tür zugeschlagen, fängt sie an zu zittern.

Sie dachte, sie wäre der Sache gewachsen, sie wäre in der Lage, Randall Strombauer um eine Empfehlung zu bitten, wenn sich die Notwendigkeit ergibt, was jetzt der Fall ist. Aber auf einmal ist sie unsicher, ob sie es wirklich fertig bringt. Wenn sie die Wahl hätte, würde sie eine Million böse Blicke von Isabel vorziehen. Die Vorstellung, eine Minute mit Dr. Strombauer zu telefonieren, erfüllt sie mit Angst.

Es hat nichts damit zu tun, dass er die Wahrheit kennt, dass er genug Details kennt, um sie zu demütigen und einzuschüchtern. Es hat etwas damit zu tun, dass sie sich in seiner Gegenwart immer unbehaglich gefühlt hatte, auch wenn er bis zu ihrer letzten Begegnung nie eine Grenze überschritt. Versteckte Anspielungen, das ja, auch hartnäckige, lästige Flirtversuche, aber er wahrte immer einen gewissen Abstand, es schien ihm Spaß zu machen, sie aus einer bestimmten Entfernung zu beobachten, zu sehen, wie sie unter seinem Blick zusammenzuckte. Es war Ava stets unangenehm und ein bisschen unheimlich gewesen, aber solange Bill da war, hatte sie sich trotz allem sicher gefühlt.

Ava braucht diese Stelle in Dr. Marks' Praxis. Er ist freundlich und sie weiß, dass sie gut mit ihm zusammenarbeiten könnte. Und dass das Gehalt höher ist, als sie erwartet hat, und es obendrein noch einige zusätzliche Sozialleistungen gibt, ist auch nicht von Nachteil. Kurz gesagt, sie kann es sich nicht leisten, sich diese Chance entgehen zu lassen. Sie muss Randall Strombauer anrufen.

In ihrer Wohnung setzt sie sich an den Küchentisch, ihr Blick ruht auf dem Telefon. Sie kennt die Nummer immer noch auswendig. Sie braucht fünf Versuche, bis sie es schafft, sie zu wählen, ohne vor der letzten Ziffer aufzulegen. »Darf ich fragen, mit wem ich spreche?« Die Stimme der Sprechstundenhilfe ist ihr nicht vertraut. Jahrelang hatte Mrs Clarkson für Bill und Randall gearbeitet, sie war am gleichen Tag eingestellt worden, an dem sie die Praxis eröffnet hatten. Diese Stimme klingt jünger und nicht so freundlich, fast ein bisschen schnippisch.

»Ava Catalina.«

Sie hängt in der Warteschleife, im Hintergrund dudelt irgendeine belanglose Musik. Ava versucht, gleichmäßig zu atmen, ihr Herz dazu zu bringen, langsamer zu schlagen. Inzwischen ist so viel Zeit vergangen, vielleicht macht sie aus einer Mücke einen Elefanten. Es geht schließlich nur um eine Empfehlung für eine neue Stelle.

»Dr. Strombauer am Apparat.«

Beim Klang seiner Stimme zuckt Ava zusammen. Er klingt genauso wie früher, nur noch etwas barscher, noch etwas ungeduldiger.

»Dr. Strombauer, hier ist Ava Catalina.« Als es am anderen

Ende still bleibt, räuspert sie sich und startet einen neuen Versuch. »Ich habe früher als Zahnarzthelferin bei Ihnen in der Praxis gearbeitet. Erinnern Sie sich?«

»Ava!« Auf einmal klingt seine Stimme ganz freundlich, als wäre ihm in diesem Moment wieder eingefallen, wer sie ist. »Na, das ist aber mal eine Überraschung. Wie geht es Ihnen? Ich hoffe doch, gut?«

Seine überschwängliche Begrüßung überrascht sie. »Ja, danke«, sagt sie. »Ich will Sie auch nicht lange aufhalten. Es ist nur so, dass ich mich wieder als Zahnarzthelferin beworben habe und für eine Empfehlung von Ihnen dankbar wäre.«

»Ich verstehe. Wo wohnen Sie denn jetzt, immer noch in Avalon?«

Die Frage ist unschuldig genug, aber trotzdem rutscht Ava plötzlich nervös auf ihrem Stuhl hin und her. »Äh, nein«, sagt sie.

»Dann also in Barrett? Da gibt es ein paar gute Zahnarztpraxen, soweit ich weiß.«

Sie beschließt, die Bemerkung einfach zu ignorieren. »Also, äh, ist es in Ordnung, wenn ich Ihren Namen und Ihre Telefonnummer als Referenz angebe?«

»Klar«, sagt er. Offenbar ist er bereit, nicht weiter in sie zu dringen, seine Stimme klingt wieder freundlich und nicht mehr inquisitorisch. »Kein Problem. Wer ruft denn an, damit ich Tina sagen kann, sie soll den Anruf gleich durchstellen?«

»Dr. Creighton Marks«, sagt sie, ohne nachzudenken, und weiß im selben Moment, dass sie einen Fehler gemacht hat.

»Creighton!«, kommt es erfreut zurück. »Na, von dem habe ich ja schon lange nichts mehr gehört. Wohnt er immer noch in Laquin?«

Sie begreift, dass sie sich nicht herauswinden kann. Er kriegt es heraus. Wenigstens weiß er nicht, wo sie wohnt, er weiß nichts von Max. Ängstlich wandert ihr Blick zu dem Foto auf dem Tisch. »Ja.«

»Gut, ich kümmere mich darum. Ich bin sicher, dass Dr. Marks von Ihnen *begeistert* sein wird.«

Seine Stimme trieft vor Häme, es ist nicht zu überhören. Ava weiß nicht, was das zu bedeuten hat, aber sie schafft es noch, sich zu bedanken, und legt auf.

Sie weiß, dass Arbeitgeber gesetzlich dazu verpflichtet sind, nur die Fakten über einen ehemaligen Angestellten weiterzugeben – ob er pünktlich war, welche Position er innehatte und so weiter. Aber Ava weiß auch, dass unter Kollegen solche Regeln oft nicht eingehalten werden. Sie weiß, dass Dr. Strombauer nicht dumm ist, sie weiß, dass er in Chicago einen Anwalt hat, der genauso gerissen ist wie er selbst und es ihm mit seinen Ratschlägen ermöglicht, bis zum Äußersten zu gehen. Bill hatte sich oft darüber beklagt, dass sein Partner es verstand, sich aus der Affäre zu ziehen, egal worum es ging, dass er Bill immer einen Schritt voraus zu sein schien, wenn sie sich zusammensetzten, um über die Belange der Praxis zu sprechen oder sich die Finanzen anzusehen. Bill war klug, Dr. Strombauer dagegen war nicht nur klug, er war mit allen Wassern gewaschen und hatte Bill dazu überredet, verschiedenen Änderungen zuzustimmen, die sich nach kurzer Zeit als problematisch für Bill erwiesen. Als Ava in der Praxis zu arbeiten begann, war es nicht zu übersehen, dass das Verhältnis zwischen den beiden Zahnärzten angespannt war, aber Bill war noch nicht dazu bereit, etwas zu ändern.

Bis sich Max ankündigte. Als Ava ihm sagte, sie sei schwanger, voller Angst, dass er wütend werden oder sie im Stich lassen könnte, reagierte er ganz anders, als sie dachte. Sie hatte um nichts gebeten, nichts erwartet. Ihre gemeinsame Zeit war wie ein kostbares Geschenk für sie. Sie fand ihn gleich von

Anfang an freundlich und herzlich, aber lange Zeit war nichts zwischen ihnen passiert, erst in diesem letzten Jahr. Es geschah unspektakulär und unerwartet, ganz und gar nicht so, wie man sich den Beginn einer Affäre vorstellt. Es gab keinen Moment der Schwäche, nicht zu viel Alkohol, keine rührseligen Geschichten, die sie sich gegenseitig erzählten. Stattdessen gab es das Gefühl von Seelenverwandtschaft, die plötzliche Erkenntnis, dass da jemand war, der einen verstand – und schätzte –, wie man war. Die Chemie stimmte natürlich auch – sie hatte von ihrem ersten Arbeitstag an gestimmt –, aber es passierte nichts bis zu dem Tag im Pausenraum, an dem er ihr einen Becher Kaffee reichte, bevor sie ihn darum bitten konnte. Ihre Blicke trafen sich und sie sahen es beide.

Sie passten zusammen. Sie passten zusammen wie zwei Teile eines Puzzles, zwei auf den ersten Blick völlig unterschiedliche Menschen, die sich keiner als Paar hätte vorstellen können, die einander aber perfekt ergänzten. Bill mit seiner freundlichen und zurückhaltenden Art, hinter der sich eine gewisse Frustration über sein eintöniges Leben verbarg, der unerfüllte Wunsch nach mehr. Ava mit ihrem Optimismus und ihrem unerschütterlichen Glauben daran, dass jeder das Recht auf ein glückliches Leben hatte. Ein Leben voller Freude. Dass alles möglich war.

Sie wollten dasselbe – glücklich sein. Nie hätte sie damit gerechnet, dass sie sich so nahekommen würden, bis für sie ein Leben ohne ihn nicht mehr vorstellbar war. Genauso wenig hätte sie damit gerechnet, dass er Isabel verlassen würde. Ava war zwar voller Hoffnung, aber sie machte sich keine Illusionen. Sie dachte, dass jeder dieser gestohlenen Momente genau das darstellte – ein Moment, der vergänglich war.

Als sie feststellte, dass sie schwanger war, veränderte das auf einen Schlag alles. Sie durchlebte ein Wechselbad der Gefühle, war verunsichert, hatte plötzlich Angst vor der Zukunft. Vielleicht war diese Angst schon immer da gewesen und hatte hinter ihrer vermeintlichen Fröhlichkeit gelauert, aber jetzt trat sie offen zutage, hing über ihr wie eine Gewitterwolke, grau und bedrohlich.

Als er sagte, er wolle mit ihr zusammen sein, mit ihr und dem Kind, er wolle ein neues Leben beginnen, hegte sie insgeheim Zweifel. Sie liebte Bill von ganzem Herzen, aber sie fragte sich unwillkürlich, ob das alles für ihn nicht nur eine Phase war, eine Midlifecrisis, die Unzufriedenheit über das Nichterreichte. Sie fragte sich, ob die Phase irgendwann wieder vorbei sein würde. Bill hatte sein halbes Leben mit Isabel verbracht, ihre Ehe schien zwar mehr auf Freundschaft als auf Liebe zu gründen, aber sie wurde von gegenseitigem Respekt getragen, von den Jahren gemeinsamer Erinnerungen und Erfahrungen. Ava wusste, wie es für einen Außenstehenden aussehen musste – ein Mann im mittleren Alter, eine junge Frau, ein Kind unterwegs. Noch klischeehafter ging es wohl kaum. Sie versuchte tatsächlich, es ihm auszureden.

Bill ließ sich jedoch nicht davon abbringen, er war entschlossen, keine Kompromisse mehr zu machen. Isabel die Wahrheit sagen, sich zu Ava bekennen, die Praxisgemeinschaft mit Randall auflösen. An dem Tag, als er ihr sagte, dass er es getan hatte, dass er es Isabel und Randall gesagt hatte und sie beide sich endlich in aller Öffentlichkeit zueinander bekennen und sich ein gemeinsames Leben aufbauen konnten, hatte sie es zuerst nicht glauben können, und dann hatte sie eine unbeschreibliche Freude empfunden. Sie fingen an, Zukunftspläne zu schmieden, hoffnungsvoll und gespannt, was das Schicksal für sie bereithielt.

Und dann der Unfall.

Ava war zu Hause. Bill hatte Besorgungen gemacht, er

hatte angerufen, um ihr zu sagen, dass er auf dem Heimweg sei. Auf dem Weg zu ihr, in ihr kleines Nest.

Als Stunden später das Telefon läutete, nahm sie ab, besorgt, aber in der Erwartung, Bills Stimme zu hören und ihn mit der stundenlangen Verspätung aufzuziehen. Es war jedoch nicht Bill, es war Isabel, die aus dem Krankenhaus anrief, ihre Stimme klang tonlos und nüchtern. Sie überbrachte ihr die Nachricht rasch und ohne Einleitung. Der Schock war so groß, dass Ava zu Boden sank.

Im Krankenhaus ging dann alles ganz schnell. Ava hatte keine Ansprüche, sie konnte nicht mit den Ärzten sprechen, es gab für sie keine Formulare auszufüllen. Isabel war noch immer Bills rechtmäßige Ehefrau, die Person, bei der die Polizei angerufen hatte, auch wenn in den nächsten Tagen die Scheidung eingereicht werden sollte. Sie hatten keine Ahnung, wer Ava war. Ava hatte keine Rechte vor dem Gesetz, war an den Entscheidungen nicht beteiligt. Ihre Beziehung zu Bill wurde nicht anerkannt.

Und seine Mutter. Ava erinnert sich daran, wie Lillian Kidd im Wartebereich zusammengebrochen war, kurz nachdem sie ihren Sohn in der Leichenhalle gesehen hatte. Ava hatte nicht vorgehabt zu bleiben, sie sah ja, dass Isabel sie ignorierte, aber sie konnte Bill nicht verlassen, bevor sie wusste, was weiter passieren würde. Als Bills Mutter begriff, wer sie war, begann sie Ava anzuschreien. Es bedurfte der vereinten Kräfte von zwei Pflegern und einer Krankenschwester, um sie zu beruhigen, und dann sagte Isabel, Ava solle gehen.

Bei der Erinnerung daran zuckt Ava zusammen, sie muss daran denken, dass alles, was ihr Leben ausgemacht hatte, an diesem Tag vorbei war. Max kennt es nicht anders, aber Ava weiß, wie es hätte sein können.

»Hör auf damit«, ermahnt sie sich selbst, weil sie solche Gedanken nicht zulassen wird. Sie wird sich nicht erlauben, in Selbstmitleid zu baden, sie wird dafür sorgen, dass alles besser wird. Sie wird dafür sorgen, dass sich das Blatt wendet, eine solide Grundlage für ihr Leben schaffen.

Erneut greift sie zum Telefon und wählt die Nummer von Dr. Marks' Praxis. Als die Sprechstundenhilfe sie durchstellt, lächelt Ava, auch wenn sie weiß, dass er sie nicht sehen kann, und zwingt sich zu einem munteren Ton, dem Ton einer Person, die man gerne für sich arbeiten lässt.

»Hallo, Dr. Marks? Ich bin's, Ava Catalina. Ich wollte Ihnen nur sagen, dass ich mit Dr. Strombauer gesprochen habe und dass er Ihren Anruf erwartet …«

»Hallo, Ava, ich habe gerade mit ihm gesprochen.« Alle Wärme ist aus Dr. Marks' Stimme verschwunden und er klingt argwöhnisch. Oder bildet sie sich das nur ein?

Sie räuspert sich. »Oh, gut. Also, wenn Sie …«

»Leider muss ich Ihnen sagen, dass es noch eine andere Bewerberin gibt, die nicht so lange pausiert hat wie Sie, ich fürchte also, ich kann Ihnen im Augenblick keine Stelle anbieten. Wir nehmen Ihre Bewerbung aber zu unseren Akten und melden uns bei Ihnen, wenn wieder eine Stelle frei wird. Danke für Ihren Anruf, Ava.«

Damit legt er auf.

Ava starrt den Hörer an, hört das Piepen des Freizeichens. Sie weiß genauso gut wie Dr. Marks, dass er sie nicht anrufen wird. Sie weiß nicht, was Dr. Strombauer ihm gesagt hat, aber sie weiß, dass er der Grund ist, warum sie diese Stelle nicht bekommen hat.

Ava knallt den Hörer auf die Gabel. Sie starrt das Telefon an, ihre Brust hebt und senkt sich, in ihren Augen brennen Tränen.

Dann fegt sie den Apparat mit einer Handbewegung vom Tisch.

Sie reißt die Schnur aus der Wand, hört Plastik splittern. Ava ist kein jähzorniger Mensch, sie bekommt nie Wutanfälle, aber jetzt spürt sie, wie Verzweiflung und Enttäuschung springflutartig in ihr aufsteigen und alles verschlingen. Sie wird nie eine Stelle als Zahnarzthelferin finden. Das wird ihr in diesem Moment klar, ihr wird klar, dass Randall Strombauer ihr jede Möglichkeit dazu nehmen wird, weil sie auf seine Empfehlung angewiesen ist. Denn woanders hat sie nicht gearbeitet. Das heißt, ihre einzige Chance, für ihren und Max' Lebensunterhalt zu sorgen, ist soeben zerstört worden.

Ihre kleine Küche kommt ihr auf einmal wie ein Gefängnis vor, eng, ärmlich, deprimierend. Ava dreht sich herum, sieht all die Mängel, die abblätternde Farbe, das zerkratzte Linoleum, die schief hängenden Schränke. Das nicht zusammenpassende Geschirr, die nicht zusammenpassenden Gläser, das Sammelsurium von Gabeln und Löffeln und Messern. Anfangs hat Ava es als persönliche Note betrachtet und witzig gefunden, jedes Teil ein Einzelstück, doch in diesem Augenblick sieht sie es als Durcheinander aus billigem Cromargan und angeschlagenem Porzellan, ein armseliger Versuch, die Wahrheit zu verbergen.

Ava denkt nicht nach, sie greift einfach nach einem Müllsack und beginn alles hineinzuwerfen – die Backformen aus dem Secondhandladen, den Schongarer, die Töpfe und Pfannen. Wozu? Sie werden niemals mehr als zwei Teller und zwei Bestecke brauchen, weil sie nie Besuch haben. Bill wird nie durch diese Tür treten, und im Kindergarten gehen ihr die anderen Mütter aus dem Weg, voller Misstrauen gegenüber der jungen alleinerziehenden Mutter. Sie hat keine Freunde. Ihre Eltern haben kein Wort mehr mit ihr gesprochen, seit sie erfahren haben, dass sie von einem verheirateten Mann schwanger ist. Wegen der Stelle in der Praxis ist sie nach Avalon gezogen, und dann nach Bills Tod nach Barrett. Sie ist allein. Bis auf Max.

Bei dem Gedanken an ihren Sohn merkt Ava, wie die Wut sie verlässt und sie müde und traurig zurückbleibt, mit einem schweren Müllsack in der Hand. Sie könnte alles wieder aufräumen, aber was hätte es für einen Sinn? Es würde nichts ändern. Zum ersten Mal wünscht sie, sie könnte den Kampf einfach aufgeben und zusehen, wie ihr Leben auseinanderfällt, aber das geht nicht. Sie muss an Max denken.

Sie beginnt zu schluchzen. Max wird aufwachsen und niemanden haben außer Ava, die ihm beibringt, was er wissen muss, und sie weiß, dass das nicht genug ist. *Sie* ist nicht genug. Max verdient mehr – er verdient es, einen Vater zu haben, Großeltern, Tanten, Onkel, Spielkameraden und Freunde. Menschen, die ihm zur Seite stehen und ihn anleiten und lieben. Menschen, die ihn fördern und auf die er sich verlassen kann. Und Ava braucht diese Menschen auch. Menschen, die ihr helfen, die richtigen Entscheidungen zu treffen, und nicht versuchen, ihre Anstrengungen, ein besseres Leben für sich und ihren Sohn zu schaffen, zunichtezumachen.

Wie Randall Strombauer. Ava schnieft und wischt sich mit dem Handrücken über die Augen. Ihr Leben ist so, wie es ist, weil Ava darauf gewartet hat, dass ihr die Lösung für ihre Probleme auf dem Silbertablett präsentiert wird, statt sich rechtzeitig den Umständen anzupassen. Sie hat gezögert, gehofft, dass die anderen ihr auf halbem Weg entgegenkommen, aber jetzt weiß sie, wenn sie irgendetwas will, dann muss sie selbst dafür sorgen, dass sie es bekommt. Und in diesem Augenblick will sie wissen, was Randall Strombauer zu Dr. Marks gesagt hat, es kann nur unangemessen gewesen sein oder schlichtweg gelogen, so viel steht fest. Aber es bringt nichts, ihn anzurufen und zu verlangen, dass er ihr die Wahrheit sagt.

Sie nimmt Handtasche und Schlüssel. Max muss sie erst in zwei Stunden abholen, das heißt, ihr bleibt noch genug Zeit. Eilig verlässt sie die Wohnung und schleppt den Müllsack mit, damit Max ihn nicht sieht, wenn er nach Hause kommt.

Als Ava auf den Parkplatz vor der Praxis von Strombauer Dental-Partner fährt, hat sie sich so weit beruhigt, dass sie erneut Zweifel überkommen. Was genau bezweckt sie mit diesem Besuch eigentlich? Er wird sich nicht entschuldigen – Randall Strombauer ist nicht gerade der Typ für Entschuldigungen. Noch wird er zugeben, dass er in irgendeiner Weise unrecht gehandelt hat. Vielmehr wird er eine Möglichkeit finden, den Spieß umzudrehen, und Ava das Gefühl vermitteln, dass sie sich falsch verhalten hat.

Ava umklammert das Lenkrad, um Kraft zu sammeln. Sie weiß, dass er ihr die Chance auf die Stelle bei Dr. Marks kaputt gemacht hat, aber darum allein geht es nicht. Es geht auch darum, was vor all den Jahren im Pausenraum passiert ist, um diesen Vorfall, von dem sie Bill nie etwas erzählt hat, sich inzwischen aber wünscht, sie hätte es getan. Nicht weil sie gewollt hätte, dass er irgendetwas unternimmt, sondern um sich zu versichern, dass es wirklich passiert war.

Sie hat es satt, Angst zu haben – vor dem Leben, vor der Meinung anderer, davor, Fehler zu machen. Sie will sich nicht von dem, was andere Leute denken oder sagen oder tun könnten, vorschreiben lassen, wie sie sich sieht oder Max oder ihr Leben. Diese Erkenntnis ist Motivation genug, den Schlüssel aus dem Zündschloss zu ziehen, die Tür zu öffnen und durch die Tür von Strombauers Praxis zu gehen.

In der Praxis sieht es noch genauso aus, wie sie es in Erinnerung hat. Nur die Wände haben einen anderen Anstrich und es gibt einen neuen Teppichboden, ein paar Pflanzen und an der Wand im Wartebereich steht ein großes Aquarium.

Es wirkt einladend, angenehm, das Letzte, was Ava erwartet hätte.

»Kann ich Ihnen helfen?«, fragt die Sprechstundenhilfe und hebt den Kopf. Sie ist blond, jung und hübsch. Was für eine Überraschung.

»Ist Dr. Strombauer da?«, fragt Ava und zwingt sich zu einem Lächeln.

»Er hat gerade einen Patienten. Haben Sie einen Termin?«

»Er erwartet mich«, lügt Ava. Als die Sprechstundenhilfe sie skeptisch mustert, fügt sie hinzu: »Wir haben vorhin telefoniert, er hat mir von Ihnen erzählt – Tina, stimmt's?«

Die Sprechstundenhilfe wirkt zwar noch immer skeptisch, aber sie steht auf und geht nach hinten.

Im Wartebereich sitzen einige Patienten und blättern in Zeitschriften. Ava erinnert sich daran, wie gern sie immer zur Arbeit kam, durch diese Türen ging. Es ist komisch, jetzt hier zu stehen, als wäre alles noch beim Alten.

»Ava?« Randall Strombauer tritt durch die Tür, die zu den Behandlungsräumen führt. Er trägt einen weißen Kittel und hat seine Schutzbrille nach oben geschoben. Inzwischen hat er mehr graue Haare, aber im Übrigen wirkt er so fit und durchtrainiert wie früher. Auf seinem Gesicht liegt ein wachsamer Ausdruck. »Ist etwas?«

»Ich wollte unsere Unterhaltung fortsetzen, Dr. Strombauer«, sagt sie und reckt das Kinn vor. »Über den Anruf von Dr. Marks wegen einer Empfehlung.«

Er hat seine Überraschung schnell überwunden und grinst selbstgefällig. »Keine Sorge, ich habe mich darum gekümmert.«

Ava umklammert den Riemen ihrer Tasche. »Sie haben ihn angelogen.«

»Ich habe nur meine ehrliche Meinung gesagt, das ist alles.«

Sein Blick wandert an Avas Körper auf und ab und lässt sie zusammenzucken. Er beugt sich zu ihr und senkt die Stimme. »Sehen Sie sich an. Mutter zu sein fordert zweifellos seinen Tribut von einer Frau. Wenn Bill Sie jetzt sehen könnte, wäre er ein bisschen enttäuscht, meinen Sie nicht?«

Ava ist sprachlos, ihre Wangen sind knallrot.

Er sieht sich kurz um, bevor er ihre Hand nimmt, als wollte er sie schütteln, und sie näher zu sich zieht. »Seien Sie nett, Ava«, flüstert er, »ich bin fair – sind Sie nett zu mir, bin ich nett zu Ihnen. Ich gebe Ihnen die Empfehlung, die Sie wollen. Denken Sie darüber nach.« Er lässt ihre Hand los und klopft ihr auf die Schulter, als wäre sie eine alte Freundin.

Sie braucht einen Moment, bevor sie sich umsieht, ob jemand seine Worte gehört hat, aber niemand scheint auf ihre Unterhaltung geachtet zu haben. Als sie sich wieder umdreht, ist Randall Strombauer weg und die Tür zu den Behandlungsräumen fällt mit einem leisen Klicken ins Schloss.

»Entschuldigen Sie, aber Sie können da nicht rein …«, protestiert die Sprechstundenhilfe, als Ava die Tür aufreißt und den Flur hinunterstürmt. Sie erkennt eine der Dentalhygienikerinnen, Sally Gillespie, läuft jedoch weiter, bis sie das Behandlungszimmer am Ende des Flurs erreicht.

Randall Strombauer steht bereits wieder am Behandlungsstuhl, er hat eine Schutzmaske vor Nase und Mund und hält einen Löffelexkavator in der Hand. Auf dem Stuhl liegt eine Patientin und eine Zahnarzthelferin trägt etwas in die Patientenakte ein.

»Wofür halten Sie sich eigentlich?«, fragt Ava und in ihrer Stimme schwingt ein Anflug von Hysterie mit. »So können Sie andere Menschen nicht behandeln, Dr. Strombauer! Sie können nicht einfach Lügen über sie verbreiten und ihnen die Chance auf ein besseres Leben verderben.«

Er macht sich nicht einmal die Mühe aufzublicken. »Schaffen Sie sie hier raus«, sagt er zu der Zahnarzthelferin.

»Tut mir leid, aber Sie dürfen nicht …«, setzt sie an.

Ava ignoriert sie. »Sie können mich schikanieren, so viel Sie wollen, Dr. Strombauer, aber ich kenne die Wahrheit. Ich weiß, was für ein Mann Sie sind.«

Die Patientin dreht den Kopf und spuckt einen Wattetampon aus. »Ava?«, sagt die ältere Frau. »Sind Sie es?«

Ava merkt, dass sie rot wird, als sie die Frau auf dem Behandlungsstuhl erkennt. »Oh, guten Tag, Mrs Weber. Ein neues, äh, Loch?«

»Sie wissen ja – ich und Süßes. Ich kann einfach nicht widerstehen. Und das Zahnfleisch geht auch zurück.«

»Entschuldigen Sie bitte, Mrs Weber«, sagt Dr. Strombauer schroff und zieht sich die Maske herunter. »Miss Catalina wollte gerade gehen.«

»Nein«, sagt Ava und verschränkt die Arme. »Das will ich nicht. Ich bin noch nicht fertig.«

»Hören Sie«, sagt er. Seine Stimme klingt kühl, geduldig, aber in seinen Augen erscheint ein gefährliches Glitzern. »Es tut mir leid, dass Sie Pech hatten, aber wie man sich bettet, so liegt man. Mit Dr. Kidd in Ihrem Fall. Ich habe nicht vor, Sie aus der Klemme zu befreien, in die Sie sich selbst gebracht haben.« Er presst die Zähne aufeinander und Ava sieht, dass er gern noch mehr sagen würde, doch nach einem Blick auf Mrs Weber verkneift er es sich lieber. Ava weiß, dass sie vielleicht nie wieder eine solche Chance bekommt.

Ihre Stimme zittert leicht, als sie sagt: »An meinem letzten Arbeitstag hier haben Sie mich im Pausenraum bedrängt. Sie haben mir einen Karton aus der Hand geschlagen. Sie haben versucht, mich zu küssen. Ich habe Sie gebissen und konnte fliehen.«

Es tut ungeheuer gut, es laut auszusprechen. Ihr ist bewusst, dass Mrs Weber und die Zahnarzthelferin sie mit offenem Mund anstarren, aber das ist ihr egal. Sie sagt nur die Wahrheit. Mit lauterer Stimme fährt sie fort. »Und was Sie gerade draußen zu mir gesagt haben, von wegen, wenn ich nett zu Ihnen bin, dann sind Sie nett zu mir, das ist widerwärtig. Ich wollte Ihnen nur sagen, dass ich nicht vergessen habe, was Sie getan haben, und dass Sie mich nicht länger einschüchtern können. Ich werde Sie zukünftig nicht mehr wegen einer Empfehlung belästigen, aber ich werde auch nicht mehr so tun, als wäre das alles nicht passiert. Ich werde es jedem erzählen, der es hören will.«

»Lügen«, sagt er, aber es klingt unsicher.

Sie tippt sich an die Nase, deutet mit dem Kinn auf ihn. »Musste es genäht werden?«

Automatisch greift er sich mit den behandschuhten Fingern an den Nasenrücken, wo an der Stelle, an der Ava ihn gebissen hat, eine dünne Narbe zu sehen ist.

In stummem Erstaunen sehen die beiden anderen Frauen Dr. Strombauer an. Ava fühlt sich plötzlich leicht, befreit. Es gibt nichts mehr zu sagen, deshalb dreht sie sich um und verlässt den Raum, mit hoch erhobenem Kopf geht sie an den anderen Patienten und den Angestellten vorbei aus der Praxis.

Draußen scheint die Sonne und Ava bleibt stehen, um tief Luft zu holen, ihr ist ein wenig schwindlig. Auch wenn es an ihrer konkreten Situation nichts ändert, fühlt Ava sich anders. Sie hat sich gegen Randall Strombauer behauptet und gesagt, was gesagt werden musste. Sie hat es getan.

Triumphierend steigt Ava in ihren Jeep. Vielleicht ist sie heute mal leichtsinnig und führt Max zum Essen aus. In irgendein einfaches, billiges Lokal, aber es wäre trotzdem etwas Besonderes. Sie steckt den Schlüssel ins Zündschloss und dreht ihn um.

Nichts.

Sie versucht es noch einmal, ohne Erfolg. Der Motor gibt nicht das kleinste Lebenszeichen von sich.

An jedem anderen Tag wäre es das, was es bisher immer gewesen ist – eine Erinnerung daran, dass in Avas Leben einiges im Argen liegt, dass sie sich für alles abstrampeln muss, was anderen einfach zuzufallen scheint. Aber damit ist jetzt Schluss. Ava holt tief Luft und lässt sich auf ihrem Sitz zurücksinken, während sie überlegt, was sie tun soll. Einen Abschleppwagen rufen, ja, und dann …

Ein Sonnenstrahl, der von einem glänzenden schwarzen Auto reflektiert wird, blendet Ava. Sie hält die Hand über die Augen und blickt über den Parkplatz hinüber zu dem schicken Sportwagen. Er ist auf Hochglanz poliert und wirkt in einer Stadt wie Avalon völlig fehl am Platz. Sie weiß, wem dieses Auto gehört, auch ohne einen Blick auf das Nummernschild zu werfen: STROM1.

Ava fühlt sich gut, wirklich. Aber in diesem Augenblick kommt ihr eine Idee, wie sie sich noch besser fühlen könnte.

Mit einem Grinsen holt sie den Müllsack aus dem Kofferraum ihres Autos.

»Hugh!« Yvonne steht vor seinem Haus. Sie hebt eine Handvoll Kies auf und wirft ihn an sein Fenster. »Hubert Hill, komm sofort runter!«

Die Tür öffnet sich und Joan, Hughs Mutter, starrt Yvonne entgeistert an.

»Was zum Teufel tun Sie da?«, fragt sie.

»Ihren Feigling von einem Sohn aus seinem Zimmer holen, um ein Wörtchen mit ihm zu reden«, erwidert Yvonne. Sie wischt sich die Hände an ihren Jeans ab und geht mit ausgestreckter Hand auf die Frau zu. »Wir sind uns noch nicht richtig vorgestellt worden. Ich bin Yvonne Tate von Tate Plumbing. Aber Moment mal, das wissen Sie längst, oder?« Sie lässt die Hand sinken.

Joan Hill presst die Lippen zu einem schmalen Strich zusammen. An Kinn und Nase kann Yvonne die Ähnlichkeit mit ihrem Sohn erkennen, und sie überlegt, ob Hughs Brüder auch so aussehen. Wie sich herausgestellt hat, hat er zwei, einen älteren und einen jüngeren. Yvonne fragt sich, was er ihr noch alles verschwiegen hat.

Im Rückblick sieht Yvonne jetzt klar all das, was ihr bisher entgangen ist – seine merkwürdige Zurückhaltung, die seltsamen Zeiten für ihre Verabredungen, sein Beharren darauf, alles spontan zu entscheiden. Bisher hat sie nicht weiter darüber nachgedacht, dass sie sich immer nur bei ihr treffen und nie bei ihm. Sie haben nie über seine Mutter gesprochen oder über ihr Verhalten gegenüber Yvonne am Tag ihrer ersten Begegnung. Sie hatte keinen Grund, misstrauisch zu sein oder anzunehmen, dass irgendetwas nicht stimmt.

Trotzdem hatte sie immer irgendwie das Gefühl, dass Hugh etwas wiedergutmachen wollte. Auf seinem Gesicht erschien ein verlegener, schuldbewusster Ausdruck, wenn er sich verspätete oder ansetzte, etwas zu sagen, und dann innehielt. Sie dachte, er wäre rücksichtsvoll, aber jetzt weiß sie, dass es ein schlechtes Gewissen war, schlicht und einfach.

Als Yvonne nach dem Besuch im Cut and Curl nach Hause gekommen war, hatte sie sich an ihren Computer gesetzt. Sie startete eine Suche nach Hillshire Plumbing in Avalon, Illinois, und wurde sofort fündig. Die Website gab nicht viel her, aber unter der Rubrik ÜBER UNS fand sie ein Bild von Hugh mit seiner Familie und ein paar Angestellten. Sie empfand es als einen gewissen Trost, dass einiges von dem, was er ihr erzählt hatte, der Wahrheit entsprach – wo er zur Schule gegangen war, sein Studium –, dennoch führte kein Weg daran vorbei, dass er das Wichtigste von allem weggelassen hatte, nämlich dass er den Installateursbetrieb seiner Familie leitete.

Yvonne hatte sich die ganze Nacht schlaflos im Bett gewälzt und war dabei immer wütender geworden. Wie konnte es sein, dass sie sich seit fünf Wochen trafen, ohne dass er ein Wort darüber verloren hatte? Natürlich hatte Yvonne ihn nicht nach seiner Familie oder seiner Arbeit ausgefragt, aber er hatte es auch nie von sich aus angesprochen. Sie nahm an, dass er seine Arbeitszeit selbst bestimmte und niemandem außer sich selbst Rechenschaft schuldig war. Außerdem ging es in ihren Gesprächen meistens um Yvonnes Arbeit, darum, an welchen Aufträgen sie gerade arbeitete, und sie sprach nur zu gern über Bügelschellen, duale Abwassersysteme und Inline-Wasserfilter. Sie gab ein bisschen an, ja, aber Hugh schien wirklich neugierig zu sein. Sie fühlte sich geschmeichelt, dass er sich so für sie und ihre Arbeit interessierte.

Wie dumm sie doch gewesen war. Sie ertappte sich dabei, wie sie diesen Satz vor sich hinsagte wie damals, als Sam sie sitzengelassen hatte.

Warum war sie so blind?

Gleich am nächsten Morgen sprang Yvonne aus dem Bett und wählte Hughs Nummer. Als er sich meldete, erklärte sie ihm, sie müssten dringend miteinander reden, er erwiderte, er sei vormittags sehr eingespannt und sie müssten es auf später verschieben, am Abend bei ihr zu Hause, versprochen. Yvonne versuchte etwas einzuwenden, aber Hugh unterbrach sie und sagte, er müsste jetzt los. Dann legte er auf.

Yvonne sah rot.

Als Nächstes rief sie Isabel an, die gerade auf dem Weg zur Arbeit war. Die Worte purzelten nur so aus ihr heraus und Isabel sagte kein einziges Mal *Ich hab dich ja gewarnt*, noch vermittelte sie Yvonne das Gefühl, dass sie eine Idiotin war. Das brauchte sie auch gar nicht – das schaffte Yvonne ganz allein.

»Tu nichts Unüberlegtes«, warnte Isabel sie. Und in dem Moment wusste Yvonne, was sie tun würde.

»Hugh!«, ruft sie jetzt erneut. Sie hört ein Bellen und gleich darauf kommt Toby schwanzwedelnd aus dem Haus gesprungen. Er saust an Mrs Hill vorbei und bleibt direkt vor Yvonne stehen.

Okay, Toby ist nicht so übel. Yvonne bückt sich, um ihm die Ohren zu kraulen, und dabei denkt sie: *Hugh verdient überhaupt keinen Hund wie Toby. Allenfalls ein Hängebauchschwein. Oder eine Schlange. Vielleicht auch eine Ratte.*

»He, mein Junge«, sagt sie. Er leckt ihr das Gesicht, freut sich, sie zu sehen.

»Sie sollten jetzt besser gehen«, sagt Joan Hill und verschränkt die Arme vor der Brust. »Sonst rufe ich die Polizei.«

»Tun Sie, was Sie nicht lassen können«, sagt Yvonne und richtet sich auf. »Ich hatte sowieso vor, der Polizei von den anonymen Briefen zu berichten, die ich in letzter Zeit erhalten habe. Vielleicht könnte ich auch noch mit ein paar anderen Klempnern reden, zum Beispiel Fred Mackie oder Hank Carter. Wie wäre es mit den Brüdern Woodsen? Wir könnten uns alle mal zum Mittagessen treffen.«

Toby gibt einen freudigen Beller von sich und Yvonne nickt. »Ja, ich finde auch, das ist eine gute Idee. Wir sollten auf jeden Fall auch Sergeant Overby von der hiesigen Polizeiwache dazu einladen.«

Zu behaupten, dass Hughs Mutter vor Wut schäumt, wäre eine Untertreibung. Yvonne würde es nicht wundern, wenn sie im nächsten Augenblick abheben würde wie eine Rakete.

Auf der Treppe sind Schritte zu vernehmen, und eine Sekunde später taucht Hugh in der Tür auf, ein Handtuch um die Hüften geschlungen, die Haare nass. Er ist barfuß und auf seinen Schultern und seiner Brust sind Wassertropfen. Es ist unschwer zu erraten, dass er gerade aus der Dusche kommt.

»Hubert!«, sagt Joan Hill indigniert. »Geh wieder rein und zieh dir was an!«

»Was ist denn los?«, erkundigt er sich und tritt auf die Veranda. »Yvonne, was tust du hier?« Sein Blick schießt zu seiner Mutter und dann wieder zurück zu Yvonne. Er ist offensichtlich alles andere als begeistert, sie hier zu sehen.

Yvonne lässt sich nicht beirren. »Bereitest du dich auf einen arbeitsreichen Tag vor, Hugh? Ist der Terminkalender von Hill Plumbing voll? Steht vielleicht eine Sitzung des Familienvorstands auf dem Programm?« Sie funkelt ihn an.

»Oh.« Hugh bleibt stehen, als er begreift, was los ist. Sein Gesicht wirkt verkniffen und er stößt laut die Luft aus. »Mutter, geh bitte ins Haus.«

Seine Mutter schüttelt den Kopf. »Ich habe ja gleich gesagt, dass es ein Fehler ist, dich auf sie einzulassen«, murmelt sie.

»Nicht jetzt«, sagt er. »Ich muss mit Yvonne reden.«

Joan Hill reckt das Kinn in die Höhe, aber sie geht ins Haus und knallt die Tür hinter sich zu.

Hugh hält sein Handtuch fest und tritt zu Yvonne. »Ich wollte es dir sagen«, setzt er an.

Yvonne verschränkt die Arme vor der Brust. »Und wann?«

»Bald. Wir hatten eine so schöne Zeit miteinander und ich wollte es nicht kaputt machen.« Nach einer kurzen Pause fügt er hinzu: »Dir, meine ich. Ich wollte es dir nicht kaputt machen.«

Yvonne dreht sich um und stapft zornig zurück zu ihrem Auto. Warum tun Männer so etwas? Toby läuft ihr mit heraushängender Zunge nach, er glaubt, sie machen eine Spazierfahrt.

Hugh holt sie ein. »Versteh doch, ich bin vor einiger Zeit zurückgekommen, um meiner Mutter zu helfen. Der Firma ging es schlecht …«

»Ja, ich habe gehört, wie du ›geholfen‹ hast. Was hattest du als Nächstes vor, wolltest du mir die Fenster einschlagen?«

Hugh bekommt einen roten Kopf, er hat es also die ganze Zeit gewusst, denkt Yvonne. »Ich will das alles ändern. Aber es ist nicht so einfach …«

»Sagt der Firmenchef.«

»Dem Namen nach. Ich meine, ja, nach dem Tod meines Vaters vor drei Jahren habe ich die Firmenleitung offiziell übernommen, doch nur nach außen hin. Ich wollte nie etwas mit dem Betrieb zu tun haben, aber mir blieb keine Wahl. Meine Mutter meinte, ich könnte frischen Wind in den Laden bringen, und meine Brüder fanden, ich sollte auch meinen Beitrag leisten …« Seine Stimme wird immer leiser und er wirkt auf einmal ziemlich frustriert und verloren. Er fährt sich mit der Hand durch die Haare, was ihn nur noch anziehender macht. »Ich wollte es dir sagen, Yvonne. Wirklich. Es war nur nie der richtige Moment dafür.«

»Das ist doch eine faule Ausrede. Als Nächstes erzählst du mir, dass du verheiratet bist. Oder schwul.«

»Nein«, sagt Hugh, dann runzelt er die Stirn und strafft die Schultern. »Moment mal. Meinst du das ernst? Schwul?«

Statt einer Antwort sieht Yvonne ihn nur wütend an. »Was war das mit mir, Hugh? Ausspähen der Konkurrenz?«

Hugh wirkt so verletzt, dass es schon beinahe etwas Komisches hat. »Du weißt, dass das nicht wahr ist«, protestiert er. »Ich meine, am Anfang vielleicht, aber jetzt bestimmt nicht mehr.«

»Was war an dem Tag, an dem wir uns kennengelernt haben? Als du mich wegen dieses ›Notfalls‹ angerufen hast? War das eine Art Test?«

Hugh schüttelt den Kopf. »Nein. Von unseren Leuten hätte erst abends jemand kommen können, und du hast ja gemerkt, dass ich zwei linke Hände habe. Meine Mutter meinte, es wäre eine gute Gelegenheit, die Mitbewerber unter die Lupe zu nehmen.«

»Eine gute Gelegenheit.« Yvonne schüttelt den Kopf. »Ich fasse es nicht, wie ich so blind sein konnte.« Sie holt ihren Werkzeugkasten aus dem Auto und geht an ihm vorbei in Richtung Haustür.

»Warte mal, was hast du vor?«, fragt Hugh beunruhigt.

»Ich hole das Klappenventil, das ich in deinen Spülkasten eingebaut habe«, ruft sie über die Schulter.

»Was? Das kannst du doch nicht machen! Außerdem haben wir dich für die Arbeit bezahlt.«

»Das erstatte ich euch gerne.«

Sie ist schon fast an der Tür, als Hugh sie einholt. »Yvonne, lass das! Das ist kindisch!« Er greift nach dem Werkzeugkasten.

Yvonne versucht ihm den Kasten zu entwinden, aber Hugh ist stärker, als sie gedacht hätte. Nach vergeblichem Kampf gibt sie auf und stellt zu ihrem Entsetzen fest, dass ihr Tränen in die Augen steigen. »Ich hatte dich wirklich gern, weißt du«, sagt sie.

»Ich dich auch. Es ist nur … meine Familie …« Er zuckt hilflos mit den Schultern.

Yvonne wartet darauf, dass er noch etwas sagt, aber es kommt nichts mehr. »Du bist ein erwachsener Mann, Hugh«, sagt sie schließlich. »Du kannst selbst über dein Leben bestimmen. Du musst niemandem etwas beweisen.«

Hugh sieht sie von oben herab an. »Du verstehst das nicht.«

Sie halten beide immer noch den Werkzeugkasten fest. Yvonne tritt ganz nah an ihn heran. »Ich verstehe das besser, als du denkst«, sagt sie, aber Hugh wendet den Blick ab.

»Yvonne, du bist Klempnerin«, sagt er. »Und zwar eine verdammt gute. Wir könnten uns glücklich schätzen, jemanden wie dich in unserem Betrieb zu haben. Aber ich führe nun mal ein anderes Leben als du.« Er hat plötzlich eine richtige Chefstimme, die Yvonne bislang noch nie an ihm gehört hat. Beinahe mitleidig blickt er sie an. »Mein Leben ist nicht so einfach wie deins. Ich wünschte, es wäre so, aber das ist es nicht.«

Yvonne glaubt nicht recht zu hören. Das ist eine kaum verhüllte Beleidigung.

»In Anbetracht dessen, was passiert ist, sollten wir uns besser nicht mehr treffen«, fährt er fort, als täte er ihr damit einen Gefallen. »Ich wollte nicht, dass es so kompliziert wird. Ich denke, wir sollten die Sache beenden.«

»Bilde dir bloß nicht zu viel ein, Hugh«, entgegnet Yvonne. »Mir scheint, das Denken steht auf deiner Prioritätenliste nicht besonders weit oben.«

Er sieht sie wütend an und lässt den Werkzeugkasten abrupt los. Durch das plötzliche Gewicht entgleitet der Griff Yvonnes Hand und der Kasten knallt auf die Veranda, geht auf und verteilt großflächig seinen Inhalt. Hugh springt zurück, als ein Rohrschneider gefährlich nah an seinen nackten Füßen auf den Boden knallt.

»Hey!«, schreit er, als hätte sie es mit Absicht getan. Yvonne wünschte, es wäre so. Idiot.

Ohne ihn eines Blickes zu würdigen bückt sie sich und sammelt die Zangen, Schrauben und Muttern wieder ein. Jede Beziehung sollte so beginnen, denkt sie, mit den Streitereien und Meinungsverschiedenheiten. Pfeif auf das Süßholzraspeln und die Schmetterlinge im Bauch – lieber würde sie von Anfang an das wahre Gesicht des anderen sehen. Das würde jedem viel Zeit und Kummer ersparen.

Hugh bietet ihr keine Hilfe an, sondern wartet ungeduldig, bis Yvonne fertig ist. Im selben Moment, in dem sie ihren Werkzeugkasten zuklappt, ertönt das Motorengeräusch eines Pick-ups, der die Straße heraufkommt. Zwei Männer sitzen darin, ihre Gesichter sind ernst. Selbst aus der Entfernung kann Yvonne erkennen, dass die Brüder die gleiche Nase und das gleiche Kinn wie Hugh und seine Mutter haben. »Ach, sieh mal an«, sagt sie. »Verstärkung.«

»Geh jetzt einfach«, sagt Hugh und strafft die Schultern, als der Pick-up vor dem Haus hält. Die Männer springen heraus und knallen die Türen zu. Sie sind ungefähr so groß wie Hugh, aber muskulöser. Mit entschlossener Miene gehen sie auf sie zu. Joan Hill steht hinter dem Fenster, das Telefon in der Hand.

»Keine Sorge, ich gehe schon«, sagt Yvonne. Sie blickt auf ihre Hände, die voller Schmierölflecken sind. »Ich will mir nur vorher schnell die Hände abwischen. Du brauchst das doch nicht, oder? Vielen Dank.«

Damit reißt sie Hugh das Handtuch von den Hüften und geht zu ihrem Auto.

Connie kommt die Treppe herunter, an ihrem Handgelenk hüpfen silberne Armreifen auf und ab. Hannah ist in der Diele und spricht mit Madeline.

Schon wieder Hannah. Normalerweise würde Connie sich ärgern, aber in diesem Augenblick ist es ihr egal. Sie hat es eilig.

»Ich muss Serena vom Tierarzt abholen«, erklärt sie den beiden Frauen. »Es dauert nicht lange.« Sie wirft einen Blick in den Spiegel und reibt die Lippen aneinander, um ihren Lipgloss gleichmäßig zu verteilen. Sie ist schon halb aus der Tür, als ihr auffällt, dass Madeline und Hannah sie merkwürdig ansehen. »Was ist los?«

»Na ja«, beginnt Madeline und wirft Hannah einen nervösen Blick zu. »Es sieht so aus, als wären alle deine Zettel verschwunden. Offenbar hat jemand beschlossen, dir zu helfen, und sie in der Stadt verteilt. Hannah hat einen in der Apotheke gesehen.«

»Clyde Thomas hat ihn in sein Schaufenster gehängt«, sagt Hannah. »Nicht zu übersehen. Und im Pick and Save habe ich gehört, wie die Leute darüber geredet und gelacht haben.« Rasch fügt sie hinzu: »Ganz freundlich, natürlich.«

Connie ist, als hätte jemand einen Eimer kaltes Wasser über ihr ausgekippt. »Oh«, sagt sie. Sie blickt auf die leere Stelle, an der die Zettel gelegen hatten.

»Schätzchen, vielleicht ist es ganz gut so«, sagt Madeline, tritt zu Connie und legt ihr den Arm um die Schultern. »Wir müssen Serenas Besitzer finden. Wir sind hier nicht dafür eingerichtet, eine Ziege zu halten.«

Connie zwingt sich zu nicken. »Ja, ich weiß.« Dabei ist ihr jedoch eher nach Weinen zumute.

»Hannah und ich können heute den Teesalon übernehmen, warum holst du nicht Serena ab und versuchst herauszufinden, ob irgendjemand etwas weiß?«

»Was ist, wenn wir ihren Besitzer nicht finden?«, fragt Connie. »Oder wenn er sie nicht mehr will?«

Madeline nickt, dieser Gedanke ist ihr auch schon gekommen. »Ich weiß es nicht«, gesteht sie. »Aber wir können Serena nicht hierbehalten. Walter Lassiter will nächste Woche offiziell Beschwerde einreichen. Das hat mir Dolores heute Morgen erzählt. Sie ist nicht damit einverstanden, aber er lässt sich nicht davon abbringen. Offenbar hat er eine Art Protokoll geführt und Argumente gegen uns gesammelt, oder zumindest gegen Serena. Aber selbst wenn es uns nicht verboten wird, Serena bei uns zu halten, muss sie auf Dauer weg. Tut mir leid, Schätzchen.«

Auf der Fahrt zum Tierarzt versucht Connie, die Sache von der positiven Seite zu sehen, aber es gelingt ihr nicht.

In all den Jahren, in denen Connie allein zurechtkommen musste, hat sie sich niemals die Frage gestellt, die sie sich jetzt stellt. Warum sie? Warum sie und nicht jemand anderes? Warum musste sie ihre Eltern verlieren, in Pflegefamilien aufwachsen, härter als andere für die elementaren Dinge des Lebens sorgen – Essen, Unterkunft, Selbstbestimmung –, während die Leute rings um sie kaum einen Gedanken daran verschwendeten? Sie ist noch nie neidisch auf jemanden gewesen, aber plötzlich missgönnt sie allen ihr gutes Leben, sogar Madeline.

Wenn Madeline Connie so gern hätte, wie sie immer sagt, dann würde sie nicht von ihr verlangen, sich von Serena zu trennen, oder? Sie würde versuchen, einen Weg zu finden. So viel anders als ein Hund ist Serena schließlich auch nicht, oder? Wie Eli gesagt hat, es gibt Hunde, die größer als sie sind.

Die Tierarztpraxis ist voller Leute, als Connie dort ankommt. Im Wartezimmer sitzen ein Junge mit seiner Schildkröte, ein Mann mit einem Jack Russell Terrier und eine Frau mit einer Katze in einer Transportbox.

Die Sprechstundenhilfe, Della, runzelt die Stirn, als sie Connie sieht. »Ach«, zischt sie. »Ich sage Dr. Ballard Bescheid, dass Sie hier sind.« Sie erhebt sich und marschiert in eines der Behandlungszimmer.

Eli wird verstehen, was in ihr vorgeht. Connie weiß, dass Leute wie Madeline oder Hannah oder Walter Lassiter ihre Gefühle für Serena nicht nachempfinden können, aber Eli ist Tierarzt. Er kennt Tiere, er liebt Tiere, er hat sogar selbst Ziegen gehabt. Wie Connie.

Eli steckt den Kopf aus dem Zimmer. Sie schenkt ihm ein strahlendes Lächeln, in der Hoffnung, ein freundliches Gesicht zu sehen, aber er scheint es nicht zu bemerken. »Kommen Sie doch bitte rein, Connie.«

Als Connie das Zimmer betritt, sitzt Eli mit düsterer Miene auf einem Hocker. Von Serena ist nichts zu sehen. Connie ist beunruhigt.

»Wo ist Serena?«, fragt sie. »Geht es ihr gut?«

»O ja, es geht ihr gut«, sagt Eli. »Sie ist hinten.« Er hält ein Blatt Papier in die Höhe. »Das ist heute Morgen hier in die Praxis geflattert.«

Es ist einer ihrer Handzettel. Connie schluckt. »Die habe ich gedruckt, um nach ihrem Besitzer zu suchen. Ich habe sie eines Morgens im Park gefunden.«

Eli wartet schweigend.

»Ich bin vom Bauernmarkt zurückgekommen und da stand sie neben einem Baum und graste«, fährt Connie verlegen fort. »Sie ist mir nach Hause gefolgt.«

Eli sieht sie an. »Sonst noch was?«

»Sie hatte, äh, einen Strick um den Hals, aber den hatte sie durchgebissen.« Connie tritt unbehaglich von einem Fuß auf den anderen.

»Eine entlaufene Ziege?«, sagt Eli trocken.

Warum sieht er sie so misstrauisch an? »Ja«, sagt Connie. »So was in der Art. Ich meine, ich nehme es an.«

»Aber niemand hält sich in der Stadt eine Ziege«, sagt Eli. »Wie soll sie in den Park gekommen sein?«

Connie zuckt die Schultern. »Ich weiß es nicht. Da habe ich sie jedenfalls gefunden.«

»Sie haben sie also seit Anfang August?«

»Ja«, erwidert Connie, dann runzelt sie die Stirn. »Woher wissen Sie das?«

Eli spricht weiter, als hätte er die Frage nicht gehört. »Haben Sie schon mal was von der Doherty Farm gehört?«

Der Name klingt zwar irgendwie vertraut, aber Connie schüttelt den Kopf.

»Das ist eine Ferienfarm ungefähr vierzig Minuten südlich von Avalon. Es gibt dort einen Streichelzoo für Kinder und sie bieten Heuwagenfahrten an und richten Geburtstagsfeiern aus und so weiter. Die Farm gibt es schon seit einer Ewigkeit. Ich war als Kind oft dort.«

»Das ist schön …«, setzt Connie an, aber Eli hebt die Hand. Er ist noch nicht fertig.

»Offenbar ist vor zwei Monaten nachts jemand in den Pferch eingebrochen und hat eine der Nubier-Ziegen gestohlen. Dabei wurde ein Teil des Zauns umgerissen.« Sein Gesicht ist ernst.

Connie starrt ihn an. »Wollen Sie damit sagen, dass ich sie gestohlen habe? Warum sollte ich denn so etwas tun?«

Eli hält unverwandt seinen Blick auf sie gerichtet. »Keine Ahnung. Haben Sie es getan, Connie?«

»Nein!« Connie ist fassungslos. Wer in aller Welt stiehlt denn eine Ziege? »Ich habe doch diese Zettel gedruckt! Warum hätte ich das tun sollen, wenn ich sie gestohlen hätte?« Ihre Wangen glühen vor Empörung.

Eli lässt die Schultern sinken, er wirkt erleichtert. »Das habe ich Rayna auch gesagt. Aber sie war trotzdem ziemlich wütend. Serena ist trächtig, verstehen Sie, und …«

Connie schnappt nach Luft. »Trächtig?«

»Als sie gestohlen wurde, war sie in der sechsten Woche, es dauert also noch – bei einer Ziege beträgt die Tragezeit normalerweise hundertfünfzig Tage. Trotzdem hat sich Rayna Sorgen gemacht.«

»Ist sie sicher, dass es sich bei Serena um ihre Ziege handelt?«, fragt Connie. »Ich meine, wir sind hier in Illinois und in der Umgebung von Avalon gibt es jede Menge Farmen.«

»Rayna lässt all ihren Tieren einen Chip einsetzen«, erwidert Eli. »Ich habe es überprüft. Ich habe ihn an ihrem Steißbein gefunden, direkt unter der Haut. Sie ist Raynas Ziege. Ihr Name ist übrigens Daffodil.«

»Daffodil?« Connie verzieht das Gesicht. Sie kann sich Serena nicht als eine Daffodil – Narzisse – vorstellen.

Eli lacht. »Mir gefällt Serena auch besser.«

»Es ist also alles in Ordnung mit ihr? Sie ist nicht krank?«

Eli schüttelt den Kopf. »Nein, ich denke, sie hatte nur Heimweh. Ziegen sind Herdentiere, sie brauchen Gesellschaft. Sie sollten mit anderen Ziegen zusammen sein.«

Connie hat ein schlechtes Gewissen. »Ja, das habe ich auch gelesen. Sie war also nur einsam.«

Er nickt. Dann fügt er hinzu: »Im Übrigen geht es ihr bestens. Aber Sie könnten in Schwierigkeiten stecken, Connie.«

Connie merkt, dass sie erneut nervös wird. »Aber warum denn? Ich habe sie doch nicht gestohlen.«

»Das glaube ich Ihnen. Das ändert aber nichts daran, dass jemand Serena gestohlen hat, und im Augenblick sind Sie die Einzige, die etwas darüber weiß. Kann irgendjemand Ihre Geschichte bestätigen?«

»Ja.« Connie nickt eifrig. »Meine Chefin, Madeline Davis. Sie war da, als ich mit Serena nach Hause kam. Und sie weiß, dass ich Avalon nie verlasse. Sie kann bestätigen, dass ich in der Nacht zuvor zu Hause war.«

»Erzählen Sie das einfach dem Polizeibeamten und ich bin sicher, dass sich die Sache schnell klären lässt«, sagt Eli und erhebt sich.

»Der Polizei?«

In diesem Moment öffnet Della die Tür und deutet mit dem Finger auf Connie. »Da ist sie, Officer.«

Officer Joey Daniels betritt den Raum, gefolgt von einer

Frau in Jeans, blassrosa Hemd und Stiefeln. Ihre grauen Haare sind zu einem Knoten geschlungen und ihr Gesicht ist sonnengebräunt. Sie mustert Connies schwarze Klamotten, ihre abstehenden Haare.

»Ich möchte Anzeige erstatten«, sagt sie mit leiser Stimme.

»Aber ich habe sie nicht gestohlen!«, protestiert Connie. »Ich habe sie gefunden. Ich habe die Zettel gedruckt!«

»Sie haben sie beinahe acht Wochen behalten!«, ruft die Frau. »Bis heute hat niemand einen von diesen Zetteln zu Gesicht bekommen! Sie haben sie doch nur hierhergebracht, weil Sie dachten, dass sie krank ist. Und wer will schon eine kranke Ziege!«

Connie sieht Eli fassungslos an. »Sie glauben mir doch, oder?«

»Rayna, beruhigen Sie sich«, sagt Eli. »Im Moment sind alle etwas aufgeregt, und ich glaube Connie. Sie hat keinen Grund zu lügen. Ich glaube, Serenas – ich meine Daffodils – Wohlergehen liegt ihr wirklich am Herzen.«

»Das ist mir egal«, sagt Rayna. »Ich war vor Sorge um Daffodil außer mir und der Gedanke, dass ihr etwas zugestoßen sein könnte …« Sie schüttelt den Kopf.

»Ich muss Ihnen ein paar Fragen stellen, Connie«, sagt Officer Daniels. »Außerdem ist da auch noch die Sachbeschädigung auf der Farm der Dohertys. Könnten Sie mit auf die Wache kommen?«

Connie nickt benommen. Sie ist noch nie mit dem Gesetz in Konflikt geraten, nicht einmal in der Zeit, als sie bei den diversen Pflegefamilien war. »Darf ich Serena vorher wenigstens noch einmal sehen?«

»Nein!« Rayna ist ganz bleich. »Sie kommen mir nie wieder in ihre Nähe.« Sie dreht sich zu Officer Daniels. »Ich will eine einstweilige Verfügung gegen diese Frau.«

»Mrs Doherty, lassen Sie mich doch erst mal mit ihr reden«, sagt Officer Daniels. »Vielleicht ist alles ja nur ein Missverständnis.«

»Ja«, pflichtet Eli ihm bei.

»Das bezweifle ich«, schnaubt Della.

»Gehen wir, Connie.« Officer Daniels deutet mit dem Kopf zur Tür. »Wir klären das auf der Wache.«

»Kann ich Daffodil jetzt mitnehmen?«, fragt Rayna Eli.

Er zögert kurz und wirft einen Blick zu Connie, dann nickt er. »Sie können mit Ihrem Truck zum Hinterausgang fahren«, sagt er zu Rayna.

Connie folgt Officer Daniels, und als sie den Wartebereich passieren, drehen Menschen wie Tiere den Kopf und sehen sie neugierig an. Officer Daniels' Streifenwagen steht vor dem Vordereingang, und auch auf der Straße schaut jeder.

»Darf ich mit meinem Auto fahren?«, fragt Connie mit kläglicher Stimme.

Officer Daniels dreht sich zu ihr um. »Sie sind nicht verhaftet«, sagt er. »Aber keine Umwege, okay?«

Mit zitternden Händen sucht Connie nach ihrem Schlüssel. Officer Daniels schaltet an seinen Streifenwagen das Blaulicht ein. Die Sirene heult, als Connie ihm zur Polizeiwache folgt.

Kapitel 15

Ava sitzt mit sorgenvoller Miene auf der harten Bank.

»Ich muss meinen Sohn aus dem Kindergarten abholen«, erklärt sie einem der vorbeigehenden Polizeibeamten, aber er reagiert nicht darauf.

»Entschuldigen Sie bitte«, wendet sie sich an einen anderen, der schüttelt nur den Kopf.

Nervös wirft Ava einen Blick auf die Uhr. Es entsteht eine kurze Unruhe, als die Flügeltüren auffliegen und eine hübsche blonde Frau hereingeführt wird, ebenfalls in Handschellen, aber mit einem triumphierenden Ausdruck im Gesicht. Einen Moment später erkennt Ava in ihr Yvonne, Isabels Freundin, die Frau, die sie beim Treffen des Scrapbooking-Clubs kennengelernt hat.

Der Officer platziert Yvonne mit einigen mahnenden Worten neben Ava auf der Bank. Yvonne sieht Ava überrascht an, dann fällt ihr Blick auf die Handschellen um Avas Handgelenke. »Hallo«, sagt sie. »Sie sind Ava, stimmt's?«

Ava nickt. »Warum sind Sie hier?«

»Öffentliche Ruhestörung. Und Sie?«

»Sachbeschädigung.«

Yvonne nickt. Sie sehen zu, wie zwei Polizeibeamte zwischen den Schreibtischen miteinander sprechen und dabei hin und wieder zu ihnen hersehen.

Die Tür schwingt erneut auf und mit besorgter Miene stürmt Madeline herein. »Sergeant Overby!«, ruft sie und gleich darauf bleibt sie wie angewurzelt stehen, als sie die beiden Frauen auf der Bank entdeckt. »Was in aller Welt ist hier los?«

Ava und Yvonne lächeln schuldbewusst. »Hallo, Madeline«, sagen sie im Chor.

»Meine Güte, was machen Sie hier?«, will Madeline wissen, als Sergeant Robert Overby aus einem Raum auf der Rückseite der kleinen Wache auftaucht.

»Sind Sie wegen Connie hier?«, fragt er Madeline.

Madeline nickt. »Wo ist sie?«

Sergeant Overby tritt zu ihr. »Im Besprechungsraum – sie ist gleich fertig. Was wissen Sie über diese Ziege? Connie sagt, Sie wären da gewesen, als sie mit ihr nach Hause kam.«

»Ja«, erwidert Madeline. »Sie war auf dem Bauernmarkt und hat sie dort gefunden.«

»Hat sie gesagt, was sie mit ihr vorhatte? Offenbar sind heute irgendwelche Handzettel aufgetaucht, aber warum hat sie so lange gewartet, bevor sie jemanden über den Verbleib der Ziege informiert hat?«

Madeline zieht die Augenbrauen zusammen. »Steckt Connie denn in Schwierigkeiten?«, fragt sie.

Sergeant Overby blickt finster drein. »Ja, das kann man so sagen. Sie wird des Diebstahls beschuldigt – der Entführung einer Ziege, um genau zu sein.«

»Aber das ist doch lächerlich!«, ruft Madeline aus. Sie will sich an Sergeant Overby vorbeidrängen, er hebt jedoch abwehrend die Hände und schüttelt den Kopf.

»Das ist es leider nicht, fürchte ich, Madeline. Rayna Doherty will Anzeige erstatten. Vor acht Wochen, genauer gesagt in der Nacht zum 3. August, ist jemand in ihren Streichelzoo eingebrochen. Der Eindringling hat überall Reifenspuren hinterlassen – ein eingedrückter Zaun, ein kaputter Trog – und ist mit einer von Raynas Ziegen verschwunden. Die ist zu allem

Überfluss auch noch trächtig. Und das Ganze mitten in der Nacht, es hat allen einen Riesenschrecken eingejagt.«

»Ich kann Ihnen versichern, dass Connie so etwas niemals tun würde«, sagt Madeline bestimmt.

»Können Sie bezeugen, wo Connie in der fraglichen Nacht war?«

»Selbstverständlich.« Madeline wirft einen nervösen Blick zu Ava und Yvonne. »Sie war zu Hause.«

»Haben Sie einen leichten Schlaf?«

Madeline versteift sich. »Normal, würde ich sagen. Bei nächtlichem Gepolter wache ich schon auf.«

Sergeant Overby nickt. »Sind Sie früh schlafen gegangen?«

Madeline sieht ihn verständnislos an.

Sergeant Overby stößt einen Seufzer aus. »Nichts für ungut, Madeline, aber das alles ist nach Mitternacht passiert. Connie hätte sich ohne Weiteres aus dem Haus schleichen, zur Farm der Dohertys fahren und die Ziege stehlen können, um dann am nächsten Morgen mit ihr nach Hause zu kommen. Sie hätten es überhaupt nicht gemerkt.«

»Wenn da überall Reifenspuren waren, können Sie die nicht mit denen von Connies Auto vergleichen?«, mischt sich Yvonne ein. Alle drehen sich überrascht zu ihr um. »Damit wäre die Sache doch ganz schnell geklärt, oder nicht?«

»Wir sind hier in Avalon, Ms Tate. Wir machen keine Abdrücke von Reifenspuren, wenn es keinen Hinweis auf eine Straftat gibt.«

»Damals hatten Sie keinen Verdacht, aber jetzt schon?«, fragt Ava. Sie sieht Yvonne Hilfe suchend an. »Ein eingedrückter Zaun klingt für mich ja schon nach einer Straftat.«

Yvonne und Madeline nicken, während Sergeant Overby rote Ohren bekommt.

»Also, wenn es nicht möglich ist, die Reifenspuren zu vergleichen«, denkt Yvonne laut nach, »wie wäre es dann, wenn Sie ihr Auto auf Schäden untersuchen? Selbst wenn sie es hätte reparieren lassen, könnten Sie das doch feststellen, oder?«

»Ja!«, sagt Madeline. »Ihr Auto steht draußen vor der Tür, und ich weiß, dass sie nie einen Unfall damit hatte. Connie ist eine sehr umsichtige Fahrerin.«

Connie kommt mit verstörter Miene aus dem Besprechungsraum. Ihr folgt Officer Juanita Tripp. Als Connie Madeline sieht, stürzt sie auf sie zu.

»Sie haben mir nicht einmal erlaubt, mich von ihr zu verabschieden!«, ruft sie unter Tränen. »Sie glauben, ich hätte sie gestohlen!«

»Connie, wir sehen uns jetzt mal Ihr Auto an«, erklärt Sergeant Overby. Connie nickt schniefend. Sie blicken Officer Tripp nach, wie sie nach draußen geht.

Sergeant Overby sieht kopfschüttelnd zu Ava und Yvonne. »Bitte sagen Sie, dass Sie nicht vorhatten, die beiden einzusperren«, sagt er mit einem Seufzer an Officer Daniels gewandt. »Nehmen Sie Ihnen um Gottes willen die Handschellen ab.«

Officer Daniel hebt mit einem Stirnrunzeln den Kopf. »Sergeant, Ms Catalina hat einen ganzen Müllsack voller Küchenutensilien in ein Cabrio geworfen, ohne dass es irgendeinen Grund dafür gab«, berichtet er. »Töpfe, Pfannen, Teller, Schüsseln, Gläser, Gabeln, Löffel und *Messer*.« Das letzte Wort zieht er in die Länge und hebt dabei vielsagend die Augenbrauen.

Sergeant Overby ist nicht besonders beeindruckt. »Und?«

Officer Daniels wirft einen Blick auf seine Notizen. »Ms Tate hat ein Mitglied der Familie Hill öffentlich gedemütigt und deren Veranda verwüstet.«

»Also erstens mal hat die Veranda kaum einen Kratzer abbekommen«, sagt Yvonne. »Und zweitens musste ich mir an irgendetwas die Hände abwischen, und das Handtuch um seine Hüften war zufällig das Einzige, was er anhatte.«

Ava kichert. Selbst Sergeant Overby muss schmunzeln.

Officer Tripp kommt zurück und gibt Connie ihre Autoschlüssel. »Nichts zu sehen, Sir«, meldet sie.

Sergeant Overby nickt. »Connie, Sie können gehen«, sagt er. Er nimmt Officer Daniels die Schlüssel für die Handschellen ab und befreit Yvonne und Ava davon. »Mit Ihnen beiden müssen wir wohl noch ein Wörtchen reden.«

»Können Sie mit mir anfangen?«, fragt Ava nervös. An Yvonne gewandt fügt sie entschuldigend hinzu: »Ich muss meinen Sohn vom Kindergarten abholen, und ich bin sowieso schon spät dran – viel zu spät. Für zusätzliche Betreuung muss man extra zahlen, und außerdem möchte ich nicht, dass er Angst bekommt.«

»Gibt es denn niemanden, der ihn an Ihrer Stelle abholen könnte?«, erkundigt sich Sergeant Overby.

Ava schüttelt den Kopf. »Nein, nur ich …«, sagt sie, doch dann fällt es ihr wieder ein. Auf den Aufnahmeformularen musste sie eine Adresse für Notfälle angeben. Sie kannte niemanden, sie wusste nicht, welchen Namen oder welche Telefonnummer sie angeben sollte, außer …

Die Tür schwingt auf und Isabel kommt herein, Max auf dem Arm.

»Max!«, ruft Ava erleichtert und stürzt zu ihm.

»Mommy!«

»Isabel?« Yvonne beginnt zu grinsen.

»Yvonne?« Verwirrt blickt Isabel zwischen Yvonne und Ava hin und her. »Ava? Was zum Teufel ist hier los?«

Ava bedeckt Max' Gesicht mit Küssen, während er sich kichernd windet. »Woher wussten Sie, dass ich hier bin?«, fragt sie atemlos. Sie drückt ihren Sohn an sich und kann nicht anders, als Isabel vor lauter Dankbarkeit anzulächeln.

Isabel erwidert das Lächeln jedoch nicht.

»Ich wusste nicht, dass Sie hier sind«, sagt sie. Sie deutet mit dem Daumen auf Yvonne. »Ich bin ihretwegen hier. Aber gut, dass ich Sie sehe, ich habe nämlich eine Frage.« Sie streckt ihren Kopf vor und starrt sie mit hartem Blick an. »Was zum Teufel haben Sie sich dabei gedacht, gerade mich als Kontaktperson für Notfälle anzugeben?«

»Ich wollte es Ihnen ja sagen«, stammelt Ava, aber Isabel hört ihr gar nicht zu. Sie ist in die Hocke gegangen, um auf einer Augenhöhe mit Max zu sein. Er versteckt sich hinter Avas Beinen, erschrocken über Isabels barschen Ton.

»Tut mir leid, Max«, sagt Isabel mit etwas freundlicherer Stimme. »Ich war nur überrascht, deine Mom zu sehen, und habe mich ein bisschen aufgeregt. Aber ich bin froh, dass es ihr gut geht.«

Ava könnte nicht sagen, ob das die Wahrheit ist oder eine Lüge. Max scheint sich jedoch zu beruhigen.

»Komm, Max, wir gehen ein bisschen raus an die frische Luft«, schlägt Madeline vor und sieht Ava um Zustimmung heischend an. Ava nickt. Connie streckt die Hand aus, Max nimmt sie und die drei verlassen die Wache.

»Also, noch mal«, sagt Isabel. Ihre Stimme ist jetzt leiser, aber Ava sieht, dass sie nach wie vor wütend ist. »Sie haben meine Adresse für Notfälle angegeben? Als Ihre *Kontaktperson*?«

»Ich habe nicht damit gerechnet, dass es jemals so weit kommen würde«, erwidert Ava nervös, »und ich wusste nicht, wen ich sonst angeben sollte. Es stand in den Briefen, die ich Ihnen geschickt habe …«

»Die habe ich nicht gelesen.«

Ava schluckt. Sie spürt Isabels Blick auf sich und dreht sich unsicher zu Yvonne. »Ich weiß, dass es falsch war, ohne Erlaubnis ihre Adresse anzugeben, aber ich wusste nicht, was ich sonst tun sollte. Der Kindergarten hätte die Anmeldung nicht angenommen.« Ava beißt sich auf die Lippe und wendet sich wieder Isabel zu. »Es tut mir leid, aber die Wahrheit ist, dass Sie der einzige Mensch sind, den ich kenne. Der einzige Mensch, dem ich vertraue, was Max angeht.«

»Sie kennen mich nicht«, entgegnet Isabel hitzig. »Überhaupt nicht. Was glauben Sie eigentlich, wie ich mich fühle, wenn ich einen Anruf bekomme, dass ich einen kleinen Jungen abholen soll, der der Sohn meines Mannes ist? Der Sohn meines verstorbenen Mannes? Wie sind Sie bloß auf die Idee gekommen, ihn ausgerechnet mir anzuvertrauen?«

»Eben weil er Bills Sohn ist«, sagt Ava leise. »Ich weiß, dass Sie Max niemals schaden würden, weil Sie Bill ebenfalls geliebt haben.«

Isabel stammelt irgendetwas, unfähig, einen kohärenten Satz zu formulieren. Yvonne räuspert sich und legt Isabel die Hand auf den Arm. »Lass uns später darüber reden.«

»Und jetzt zu dir!« Isabel dreht sich zu ihrer Freundin. »Warum bist du nicht ans Telefon gegangen?«

»Hughs Mutter hat mir die Polizei auf den Hals gehetzt«, erklärt Yvonne amüsiert. »Sie hat mich ein paar Straßen von ihrem Haus entfernt gestoppt, mit Blaulicht und allem Drum und Dran. Wenn man die Mutter hört, könnte man meinen, ich hätte mich mit dem Tafelsilber ihrer Oma aus dem Staub gemacht statt mit einem schäbigen Handtuch aus dem Kaufhaus. Officer Daniels hätte um ein Haar seine Waffe gezogen! Es war wie im Krimi – schade, dass du es verpasst hast.«

»Ich hab dir doch gesagt, du sollst nichts Unüberlegtes tun! Ich habe Hugh angerufen, um mich zu vergewissern, dass er nicht in Stücke zerhackt in seinem Vorgarten liegt, und er hat mir erzählt, was passiert ist. Er klang nicht gerade erfreut. Ich bin hergekommen, weil ich dachte, ich müsste Kaution für dich stellen oder deine Leiche identifizieren!«

»Jetzt übertreibst du aber.«

Isabel wirkt plötzlich verärgert. »Yvonne, du kannst nicht einfach zu dem Haus von jemandem stürmen, der dich bedroht hat. Du weißt nichts über diese Leute, sie hätten dir etwas antun können.«

»Hugh ist ein Schwächling und seine doughnutfressenden Brüder sind der Grund, warum sich die Leute über Klempner lustig machen«, erwidert Yvonne trotzig. »Außerdem ist es jetzt ja vorbei.«

Isabel wendet sich wieder Ava zu. »Und was für eine Geschichte haben Sie auf Lager?«

Ava zögert. »Ich habe meinen gesamten Küchenschrott in Randall Strombauers Maserati gekippt.«

Isabel sieht sie überrascht an. »Randall Strombauer? Warum?«

»Seinetwegen finde ich keine Arbeit als Zahnarzthelferin«, sagt Ava. »Er hat bereits dafür gesorgt, dass ich eine Stelle nicht bekomme, eine wirklich gute Stelle, und ich weiß, dass er es wieder tun wird. Ich wollte ihn zur Rede stellen, und er hat versucht, mich zu erpressen, wenn ich nett zu ihm bin, dann ist er auch nett zu mir, diese Tour. Ich bin zu meinem Auto gegangen, habe den Sack mit den Sachen genommen, die ich eigentlich spenden wollte, und habe ihn stattdessen in seinem Auto ausgeleert.«

»Randall Strombauer«, murmelt Isabel. »Der war mir immer suspekt.« Sie sieht Ava an. »Ich dachte immer, Sie würden was mit ihm anfangen, aber da habe ich mich offensichtlich geirrt.«

»Bill hat gesagt, dass Sie nicht glücklich waren«, platzt Ava heraus. Sie sollte das nicht sagen, nicht hier und nicht jetzt, aber sie weiß nicht, wann sie jemals wieder die Gelegenheit dazu haben wird. »Und Sie haben auch nie glücklich auf mich gewirkt, wenn ich Sie gesehen habe, auch wenn Sie immer sehr nett zu mir waren. Wenn ich gewusst hätte …«

Isabel funkelt sie erneut wütend an. »Was dann? Hätten Sie dann nicht mit ihm geschlafen? Kein Kind von ihm bekommen?«

Ava wird rot, und Sergeant Overby räuspert sich. »Also gut, meine Damen, ich denke, wir sind hier fertig. Ava, Yvonne, Sie können gehen.«

Officer Daniels sieht von seinem Schreibtisch auf. »Aber Sergeant …«

»Gehen Sie«, wiederholt der Sergeant, bevor er sich Officer Daniels zuwendet. »Und Sie kochen noch mal eine Kanne Kaffee. Ich kümmere mich um die Hills und Dr. Strombauer.«

Die Frauen verlassen die Polizeiwache. Madeline und Connie sitzen mit Max im Schatten eines Walnussbaums und singen »Itsy Bitsy Spider«.

»Isabel …«, beginnt Ava.

»Ich will jetzt nicht mit Ihnen reden«, unterbricht sie Isabel. Ihr Ärger ist verflogen und sie klingt erschöpft, als wäre ihr das alles zu viel und sie wollte nichts weiter als so schnell wie möglich nach Hause.

Ava muss sich dazu zwingen, die Frage zu stellen, aber sie hat keine andere Wahl. Sie will nicht zurück zur Zahnarztpraxis und das Risiko eingehen, noch einmal Randall Strombauer über den Weg zu laufen. »Entschuldigen Sie, aber ich muss Sie um einen Gefallen bitten.«

»Das soll wohl ein Witz sein.«

Ava sieht sie hilflos an.

»Na schön.« Isabel stößt einen Seufzer aus. »Was ist es?«

Ava zögert kurz, dann fragt sie: »Könnten Sie Max und mich bitte nach Hause fahren?«

Es läutet an der Tür. Frances ist in der Küche, ihre Hände sind klebrig von Teig. »Nick, machst du mal auf?«, ruft sie.

»Kann nicht«, tönt es aus dem Wohnzimmer zurück. Noah und Brady sitzen am Küchentisch und streiten über ein Videospiel, bei dem es um Vögel und Schweine geht.

»Nick, nun mach schon«, sagt Frances.

Keine Antwort.

Genervt hält Frances ein Küchentuch unter den Wasserhahn und wischt sich auf dem Weg zur Tür die Hände daran ab. Noah und Brady folgen ihr neugierig. Sie kommen an Nick vorbei, der auf der Couch liegt, eine Baseballkappe schief auf dem Kopf.

»Hast du keine Hausaufgaben zu machen?«, fragt sie, nimmt die Fernbedienung und schaltet den Fernseher aus.

»Hab ich schon gemacht«, sagt er. Die Kappe fällt ihm vom Kopf, als er aufsteht und ihr zur Tür folgt. Frances bemerkt, dass seine Haare in die Höhe stehen, und will sie mit der Hand glatt streichen.

»Mom!«, protestiert er und schiebt ihre Hand weg. »Lass das! Das ist voll peinlich!«

»Und wer sieht es?«, will sie wissen und muss sich zusammenreißen, um ihm nicht noch einmal über die Haare zu streichen. Sie muss mit Mavis vom Cut and Curl reden und sie fragen, ob sie Nicks Haare nicht anders schneiden kann, damit sie besser fallen.

Als sie die Tür öffnet, steht zu ihrer Überraschung Hannah davor, in der Hand einen Teller mit etwas, das wie Schokoladenkekse aussieht.

»Boah«, rufen alle drei Jungen wie aus einem Mund. Selbst Frances merkt, dass sie plötzlich Appetit hat.

Hannah lacht. »Entschuldigen Sie, dass ich einfach so hereinplatze, aber ich wollte Ihnen das hier vorbeibringen und hatte Ihre Telefonnummer nicht.«

Frances tritt zur Seite und bittet sie mit einer Geste ins Haus. »Das müssen wir dringend ändern. Kommen Sie rein!«

»Ich habe für meine Nachbarin glutenfreie Schokoladen-Frühstückskekse aus Quinoa gebacken«, erklärt Hannah, während Frances sie durch das übliche Latham-Chaos in die Küche führt. »Und ich dachte, vielleicht würden Sie sie nach unserem gemeinsamen Experiment neulich gern mal probieren.«

»Die Kinder waren begeistert«, sagt Frances. »Man kann mit Fug und Recht behaupten, dass die erste Kindergartenfeier des Jahres ein voller Erfolg war – dank Ihnen. Ich wollte Sie anrufen und es Ihnen sagen, aber ich habe Ihre Nummer auch nicht. Ich hätte im Telefonbuch nachsehen können, aber ...« Verlegen lässt sie den Satz unbeendet.

»Kein Problem«, versichert ihr Hannah und stellt den Teller auf den Küchentisch. »Mir ging es genauso. Ständig ist was anderes.«

Sie grinsen sich an. Die Jungen belagern den Tisch, Bradys Hand ist bereits dabei, sich unter die Frischhaltefolie zu stehlen.

»Ich weiß, es ist kurz vor dem Abendessen, aber dürfen sie trotzdem einen probieren?«, fragt Hannah und nimmt die Folie ab.

»Ja, aber Ladys first«, sagt Frances. Sie streckt die Hand aus, nimmt sich einen Keks und beißt davon ab. »Mann, ist der gut!«

Hanna nickt und bricht sich selbst ein kleines Stück ab. Nick hat seinen bereits verputzt und greift nach dem zweiten.

»Nick, wo bleiben deine Manieren!«, ermahnt ihn Frances. »Apropos, was sagt ihr zu Hannah?«

»Danke«, antworten sie gehorsam.

Mit einem Seufzer wischt sich Frances die Krümel von den Fingern und tritt wieder an die Arbeitsfläche. Hannah folgt ihr.

»Sieht so aus, als wären Sie auch gerade am Backen«, sagt sie, als ihr Blick auf den mehlbestäubten Teig fällt.

Frances schüttelt den Kopf. »Nein, eigentlich nicht«, erwidert sie. Sie hält ein chinesisches Kochbuch in die Höhe. »Ich wollte mich für Mei Ling mal an der chinesischen Küche versuchen und Pfannkuchen mit Frühlingszwiebeln machen. Sie werden frittiert. Haben Sie so was schon mal gegessen?«

»*Cōng Yóubǐng?* Sicher, meine Mutter hat sie immer gemacht, als ich Kind war. Das gehört zu den Dingen aus meiner Kindheit, die ich am meisten vermisse.« Hannah überfliegt das Rezept und nickt. »Ich habe noch nie selbst welche gemacht, aber das klingt ziemlich authentisch.«

»Sie haben noch nie welche gemacht?« Frances ist es selbst peinlich, wie erstaunt die Frage klingt, und sie fügt rasch hinzu: »Ich meine, nicht, dass es irgendeinen Grund gibt, warum Sie sie machen sollten …«

Hannah lacht und blättert in dem Kochbuch. »Ich weiß, es ist ein bisschen seltsam. Ich koche öfter Huhn in Portwein als einen Topf Reis. Ich mag Kräutertee lieber als den traditionellen grünen Tee. Aber dieses Essen gehört zu meiner Herkunft und ich habe es oft als kleines Mädchen gegessen. Ich glaube, ich mache es deswegen nicht, weil ich es nicht mit meinem Leben hier zusammenbringe. Und wenn ich ehrlich bin, ziehe ich die europäische Küche einfach vor.« Lächelnd betrachtet sie die Schüssel mit den klein geschnittenen Frühlingszwiebeln. »Da kommen Erinnerungen hoch, die ich schon ganz vergessen hatte. Meine Mutter starb, als ich noch klein war, und ich habe seither keine *Cōng Yóubǐng* mehr gegessen, die an ihre herangekommen wären.«

»Das mit Ihrer Mutter tut mir leid«, sagt Frances spontan.

»Ach, das ist schon lange her«, sagt Hannah und schüttelt den Kopf. »Das Essen ist eine schöne Erinnerung, keine traurige. Ich hoffe, Sie heben mir einen davon auf, wenn sie fertig sind.«

Frances schneidet eine Grimasse, als sie das Chaos vor sich auf der Arbeitsfläche betrachtet. »Na ja, noch bin ich mir nicht sicher, ob am Ende etwas Essbares dabei herauskommt. Die Anweisungen sind so verwirrend. Hier steht, man soll sie auswalzen, zusammenrollen, zu einer Schnecke drehen und dann wieder auswalzen. Meinen Sie, diese ganze Walzerei und Rollerei ist unbedingt notwendig?«

»Es ist einfacher, als es klingt«, sagt Hannah. »Aber Sie müssen das Rezept auf jeden Fall befolgen. Dadurch werden sie locker, und man kann sie nach dem Frittieren leichter zerreißen. Das fand ich immer am schönsten. Ich habe meiner Mutter gern dabei zugesehen, wenn sie sie gemacht hat, und sie noch lieber gegessen.«

»Okay, das war's. Ihnen ist doch klar, dass Sie diese Küche nicht verlassen, bevor Sie mir geholfen haben?« Frances reicht ihr ein Nudelholz. »Sie sind eine zu wertvolle Informationsquelle. Genau genommen ist es nicht auszuschließen, dass ich Sie überhaupt nicht mehr aus dem Haus lasse.« Sie deutet mit dem Kopf zum Küchentisch, wo die beiden kleineren Jungen sitzen und sich von Nick das Videospiel erklären lassen. Jeder von ihnen hat einen Keks in der Hand und sie lehnen sich aneinander, reden miteinander, kein Geschrei, kein Streit. »Stille, zufriedene Kinder. Was haben Sie in die Kekse getan, ein Beruhigungsmittel?«

Hannah geht zur Spüle, um sich die Hände zu waschen. »Meine Geheimwaffe ist …«

Die Frauen sehen einander an und sagen wie aus einem Mund: »Schokolade!«

Während sie den Teig zu kleinen runden Pfannkuchen ausrollen und Sesamöl, Frühlingszwiebeln, Salz und Pfeffer darauf verteilen, erzählt Frances Hannah von dem Quilt, an dem sie näht.

»Lachen Sie jetzt bloß nicht«, sagt sie warnend. »Ich werde versuchen, es auf Chinesisch zu sagen, aber wahrscheinlich kommt nur Kauderwelsch dabei heraus.«

»Ich höre«, sagt Hannah ernst.

»Okay.« Frances holt tief Luft. »Ich mache für Mei Ling ein *baĭ jiā bèi*.« Sie spricht jedes Wort langsam und deutlich aus, dann wartet sie auf Hannahs Reaktion.

Deren Gesichtsausdruck sagt ihr, dass Hannah kein Wort verstanden hat.

»*Baĭ jiā bèi*«, wiederholt sie. »Quilt der Hundert Guten Wünsche?«

»Aha«, sagt Hannah und nickt. »Ich habe leider keine Ahnung, was das ist.«

»Es handelt sich dabei um einen Brauch aus Nordchina, mit dem man ein neues Leben begrüßt, indem man hundert Freunde und Familienmitglieder dazu einlädt, jeweils ein kleines Stück Stoff zu einem Quilt beizusteuern. Das steht symbolisch für Glück und Segen. Dazu mache ich noch ein Scrapbook mit einem Foto von jedem, der etwas beisteuert, und einem Muster des jeweiligen Stoffs.«

»Was für eine schöne Idee!«, sagt Hannah. »Ich würde auch gern ein Stück Stoff beisteuern, wenn ich darf.«

»Natürlich«, sagt Frances. Dann runzelt sie verwirrt die Stirn. »Und Sie haben bestimmt noch nie etwas davon gehört?«

»Nein. Aber Sie haben es ganz richtig ausgesprochen – *baĭ* bedeutet einhundert und *bèi* oder *bèizi* bedeutet Decke. Und der mittlere Begriff – *jiā* – bedeutet Haus oder Familie. Es ergibt also durchaus Sinn.« Hannah beginnt den Teig von einem Ende her aufzurollen.

Frances macht es ihr nach. Sie sieht zu, wie Hannah eine Schnecke formt und sie mit dem Handballen flachdrückt. Sie gibt sie weiter an Frances, die sie wieder zu einem Pfannkuchen ausrollt und feststellt, dass dabei ein hübsches spiralförmiges Muster zu sehen ist.

»Vielleicht ist es ja gar keine richtige chinesische Tradition«, sagt Frances, während sie den Pfannkuchen beiseitelegt und nach der nächsten Schnecke greift. »Vielleicht handelt es sich dabei um einen dieser erfundenen Bräuche, die chinesisch klingen sollen. Ich meine, die einzigen Informationen, die ich dazu gefunden habe, standen auf Adoptions-Websites. Vielleicht machen die Leute in China so was ja gar nicht.«

»Spielt das eine Rolle?«, fragt Hannah. »Ich finde es jedenfalls sehr schön, dass Sie versuchen, die Verbindung zwischen Mei Ling und ihren chinesischen Wurzeln zu bewahren und selbst einen Bezug dazu herzustellen, aber am wichtigsten ist es doch, dass sie von Menschen umgeben ist, die sie lieben und das Beste für sie wollen. Ihre Söhne können sich wirklich glücklich schätzen, das zu haben. Jedes Kind könnte sich dessen glücklich schätzen. Ich weiß, dass Jamie seinen Eltern gegenüber genauso empfindet. Wie bei Ihnen sind Jamie und seine Brüder in der Überzahl und manchmal geht es vielleicht ein bisschen turbulent zu, aber sie wissen, dass ihre Eltern sie von Herzen lieben.«

Frances weiß, dass Hannah recht hat, trotzdem wird sie das Gefühl nicht los, dass sie mehr tun müsste, vor allem für Mei Ling.

»Das klingt alles fast ein bisschen zu schön«, sagt sie. »Eine amerikanische Familie adoptiert ein kleines chinesisches Mädchen, das jemanden braucht, der es liebt. Ich habe Ihnen ja von Mei Lings komplizierter medizinischer Vorgeschichte erzählt, so vieles liegt einfach nicht in unserer Hand. Aber in diesem Fall kann ich etwas tun. Es bestehen nun mal kulturelle Unterschiede zwischen uns, und diese Kluft will ich so gut es geht überbrücken. Ich möchte nicht, dass sie die Verbindung zu ihren Wurzeln verliert. Aber reicht das? Liebe ist nur ein Teil davon, verstehen Sie? Und ich möchte ihr eine Identitätskrise ersparen, wenn sie älter wird. Ich möchte nicht, dass sie nicht weiß, wer sie ist.«

»Ich weiß nicht, ob Sie da viel tun können«, erwidert Hannah. »Sehen Sie mich an, ich versuche immer noch herauszufinden, wer ich bin, und ich bin neunundzwanzig. Ich glaube, das ist ein Prozess, der niemals ganz abgeschlossen ist. Und ich bin nicht sicher, ob Sie ihr da irgendwie helfen können. Jeder muss das für sich selbst herausfinden. Das gehört zum Erwachsenwerden einfach dazu.«

Frances seufzt. »Reden wir im Moment eigentlich über Mei Ling oder über meine Jungen?«

Hannah versetzt ihr einen freundschaftlichen Knuff. »Wir reden über Ihre Kinder«, sagt sie. »Alle Ihre Kinder.«

Frances sieht auf die Uhr. Reed wird bald nach Hause kommen und sie wollte zum Abendessen Hühnchen mit Zuckererbsen und Pilzen machen und als Beilage die chinesischen Pfannkuchen servieren. »Kann ich Sie überreden, zum Essen zu bleiben?«, fragt sie. »Ich fände es schön, wenn Sie Reed kennenlernen, und ich verspreche, dass Sie auch nicht mehr den Kochlöffel schwingen müssen. Zumindest nicht heute.«

Hannah greift lachend in die Mehldose. »Sehr gerne.«

Verschwundene Ziege wieder aufgetaucht

von Edith Gallagher

Avalon, Illinois – Rayna Doherty von der Doherty Farm konnte gestern ein glückliches Wiedersehen mit einer ihrer Ziegen feiern, die in der Nacht zum 3. August von ihrer Farm gestohlen worden war.

»Wir haben mitten in der Nacht Lärm gehört«, berichtet Doherty der *Gazette*. »Wir liefen hinaus und sahen die Rücklichter eines Autos, das von der Farm weg in Richtung Hauptstraße fuhr. Als wir in der Scheune nachsahen, war eine unserer Ziegen verschwunden. Wir haben uns große Sorgen gemacht, vor allem, weil sie trächtig ist.«

Die verschwundene Ziege, die auf den Namen Daffodil hört, lebte in den letzten Wochen offenbar in dem Garten hinter Madelines Teesalon.

»Eines Morgens wachte ich auf und sah, dass sie da hinten auf einmal eine Ziege haben«, erzählt der Nachbar Walter Lassiter. »Ich sagte zu meiner Frau, hoffentlich haben sie nicht die Absicht, das Tier für längere Zeit im Garten zu halten, aber vielleicht wollen sie ja bald Ziegenbraten auf die Speisekarte setzen.« Lassiters Worten zufolge hat die Ziege in seinem Garten einen Schaden in Höhe von fast 65 Dollar angerichtet.

»Ich wollte mich mit einer Freundin bei Madeline zum Mittagessen treffen«, berichtet Geneva Burch, Stammgast im Teesalon. »Und da läuft diese Ziege frei vor dem Haus herum und wäre um ein Haar auf mich losgegangen. Es hat mich sehr verwundert, dass Madeline ihre Gäste einer solchen Gefahr aussetzt.«

Shirley Hamilton stimmt ihr zu. »Ich habe mich zuerst gefragt, ob sie von allen guten Geistern verlassen ist, aber dann habe ich erfahren, dass es Connies Ziege ist. Jedenfalls hat man mir gesagt, dass die Ziege Connie gehört. Und ich dachte, na ja, bei den jungen Leuten heutzutage weiß man ja nie, was ihnen gerade einfällt. Und Connie war schon immer ein bisschen anders. Ich hatte ja keine Ahnung, dass die Ziege gestohlen worden war.«

Connie Coll ist die Geschäftsführerin des Teesalons (siehe Bild links) und im Augenblick wird wegen des Verdachts auf Entführung einer Ziege gegen sie ermittelt, allerdings wurde noch nicht offiziell Anklage erhoben. Sie wollte sich gegenüber der *Gazette* nicht zu der Angelegenheit äußern.

Sergeant Robert Overby von der Polizei in Avalon gab folgende Erklärung ab: »Im Moment sammeln wir noch Hinweise – bislang wurde niemand verhaftet. Das Wichtigste ist doch, dass die Ziege wieder ihrer rechtmäßigen Besitzerin übergeben werden konnte.«

Der Dieb hat erheblichen Schaden am Eigentum der Dohertys verursacht. Jeder, der zur Aufklärung dieses Falls beitragen kann, wird gebeten, sich unter der Nummer 555-2390 mit der Polizei in Avalon in Verbindung zu setzen.

Kapitel 16

Yvonne betrachtet den bröckelnden Beton, die halb vertrockneten Büsche, die den Hof säumen. Es ist einer dieser Wohnblocks, die immer einen traurigen und heruntergekommenen Eindruck machen, und schon allein der Anblick deprimiert Yvonne. Sie fasst nach dem wackligen Geländer und steigt zwei Stufen auf einmal nehmend die Treppe hoch, dann geht sie an den Wohnungstüren entlang, bis sie die gesuchte Nummer gefunden hat. Während sie sich die Füße auf der Fußmatte abtritt, betrachtet sie lächelnd das kleine Mobile, das neben der Tür hängt, der einzige Farbklecks weit und breit.

»Ja?«, sagt die Frau. Ihre Haare sind kurz geschnitten und schmiegen sich um ihr Gesicht, auf dem ein resignierter Ausdruck liegt. Ein kleiner Junge mit einer dicken Brille klammert sich an ihre Beine. Er linst zu Yvonne hoch und sie lächelt ihn an.

»Ich bin Yvonne Tate von Tate Plumbing. Sie haben mich wegen Ihres Abfallzerkleinerers angerufen.«

»Ja … oh.« Die Frau starrt sie an, und jetzt erkennt auch Yvonne, wen sie vor sich hat.

»Ava?«, sagt sie.

»Yvonne? Ich wusste nicht, dass Sie – dass Sie das sind. Sie sind Klempnerin?«

»Tagsüber Klempnerin, abends Scrapperin«, erwidert Yvonne.

»Kommen Sie herein«, sagt Ava. »Tut mir leid, ich hätte

noch aufräumen sollen …« Plötzlich Yvonne vor ihrer Tür stehen zu sehen, hat sie etwas aus der Fassung gebracht.

»Machen Sie sich deswegen keine Gedanken«, beruhigt Yvonne sie und folgt ihr in die düstere Wohnung.

Sie ist klein, aber ordentlich und sauber. Der Esstisch ist für zwei Personen gedeckt und daneben sieht Yvonne einen Ablagekorb mit Rechnungen und Briefen. Auf einer durchgesessenen Couch steht ein Wäschekorb mit einem Berg frisch gewaschener, aber noch nicht zusammengelegter Wäsche. Die Jalousien an den Fenstern sind ein Stück heruntergezogen und sperren die Sonne bis auf einen schmalen Streifen aus. Yvonne ist versucht, die Fenster aufzumachen, um frische Luft hereinzulassen.

»Ich wollte ihn heute Morgen benutzen und da hat er dieses grauenhafte Geräusch von sich gegeben«, sagt Ava und führt Yvonne in die Küche. Max trottet hinter ihnen her. »Zuerst wollte ich meinen Vermieter anrufen, aber der droht uns sowieso schon mit einem Rausschmiss …« Ava hält inne. »Aber das tut nichts zur Sache. Jedenfalls hielt ich es für das Beste, erst mal selbst herauszufinden, was damit nicht in Ordnung ist.«

»Ich verstehe. Dann wollen wir ihn uns mal ansehen.« Yvonne schaltet den Abfallzerkleinerer ein und sofort ist die Küche von einem durchdringenden Kreischen erfüllt. Max stößt einen Schrei aus und hält sich die Ohren zu.

»Normalerweise ist er um die Zeit im Kindergarten«, sagt Ava, zieht ihn an sich und legt ihre Hände über seine. »Aber mein Auto ist heute Morgen nicht angesprungen, deshalb habe ich ihn zu Hause behalten.« Sie sieht Max an und lächelt. »Laut, was?« Als sie sich wieder Yvonne zuwendet, ist das Lächeln verschwunden. »Ist er kaputt?«, fragt sie ängstlich. »Er ist kaputt, oder?«

Yvonne hat den Eindruck, Ava ist es gewohnt, dass regelmäßig etwas kaputt geht und ihr den Dienst versagt.

»Irgendwas ist damit definitiv nicht in Ordnung«, sagt sie, »aber ich weiß noch nicht, was. Es klingt jedenfalls, als würde man versuchen, ein Auto durch einen Fleischwolf zu drehen. Vielleicht ist Ihnen beim Abspülen ein Löffel oder eine Gabel reingefallen.« Yvonne betätigt den Schalter erneut, und das metallische Kreischen setzt sofort wieder ein. »Hey, vielleicht ist es ein verborgener Schatz!«

Ava muss kichern und zieht Max enger an sich.

»Ein verborgener Schatz«, seufzt sie. »Das wäre schön, was, Max?«

Max nickt. »Dann wären wir Piraten«, erklärt er ernst, seine ersten Worte, seit Yvonne die Wohnung betreten hat. Grinsend öffnet Yvonne die Tür unter der Spüle und macht ihren Werkzeugkoffer auf.

»Na, dann wollen wir uns mal auf Schatzsuche begeben«, sagt sie und schiebt eine Flasche Abflussreiniger und verschiedene andere Putzmittel zur Seite. Sie nimmt einen Inbusschlüssel und steckt ihn in eine Öffnung am unteren Ende des Abfallzerkleinerers. Dann bewegt sie ihn ein paarmal hin und her – die Schwungscheibe scheint sich frei drehen zu können, aber sie schleift irgendetwas mit, das nach dem Geräusch zu urteilen in kleine Stücke zerbrochen ist.

»Ich muss den Strom abschalten«, sagt sie und richtet sich auf. »Wo ist der Sicherungskasten?«

Ava deutet den Flur hinunter. »Im Bad, hinter der Tür.«

Wenige Minuten später hat Yvonne die Ursache des Problems gefunden – sie hat mehr als zehn Kronkorken aus dem Abfallzerkleinerer geholt. Wenn sie es nicht besser wüsste, hätte sie Ava wahrscheinlich für eine Alkoholikerin gehalten.

»Was in aller Welt …« Ava sieht sie verblüfft an, dann holt

sie tief Luft und ihre Wangen röten sich. Sie blickt auf ihren Sohn hinunter, der sich hinter ihr verkriecht. »Max! Warst du das?«

Yvonne baut den Abfallzerkleinerer wieder zusammen. Sie überprüft den Befestigungsring und zieht ein paar Schrauben nach, während sie Ava zuhört.

»Max, ich rede mit dir«, sagt Ava und geht in die Hocke, um auf gleicher Augenhöhe mit ihm zu sein. »Hast du Mommys Kronkorken in die Spüle geworfen?« Ihre Stimme klingt angespannt.

Aus dem Augenwinkel nimmt Yvonne ein leichtes Nicken wahr.

Ava atmet tief durch. »Okay«, sagt sie und nimmt sanft seine Hände in ihre. »Okay. Ich weiß, dass es Spaß macht, damit zu spielen, aber das nächste Mal musst du mich erst fragen, hast du verstanden? Ich brauche diese Kronkorken für meine Arbeit, aber ich kann dir etwas anderes zum Spielen geben. Und wenn du an der Spüle bist, musst du immer sehr vorsichtig sein – ich will nicht, dass du dir wehtust.« Sie richtet sich auf, drückt Max an sich und gibt ihm einen Kuss auf den Scheitel.

Yvonne erinnert sich daran, dass Ava Schmuck aus Kronkorken herstellt. »Wollen Sie die behalten oder soll ich sie wegwerfen?«, fragt sie und hält ihr die zerquetschten Kronkorken entgegen.

»Ich hebe sie auf«, sagt Ava schnell. »Vielleicht kann ich noch irgendetwas damit anfangen.« Sie hält einen in die Höhe, und Yvonne sieht, dass er sich von den anderen unterscheidet – er ist mit Glasperlen verziert und in der Mitte ist noch ein hübsches Bild zu erkennen, obwohl er im Abfallzerkleinerer zerkratzt und verbogen wurde.

»Sehr hübsch«, sagt Yvonne.

Ava wird rot. »Danke. Also, was schulde ich Ihnen?«

»Nichts«, erwidert Yvonne. »Ich hatte sowieso nichts weiter zu tun. Und ich habe mir nicht mal die Hände schmutzig gemacht.«

Ava sieht sie skeptisch an. »Sie brauchen mir keine Sonderbehandlung zu geben, Yvonne. Sie müssen mir etwas berechnen.«

Yvonne verstaut ihr Werkzeug und geht ins Bad, um den Strom wieder einzuschalten. Der Gedanke, Geld von Ava zu nehmen, behagt ihr nicht, vielleicht, weil sie sehen kann, dass Ava jeden Cent zweimal umdrehen muss. »Das war wirklich keine große Sache und für jeden anderen hätte ich es genauso gemacht. Das ist keine Sonderbehandlung, ich schwöre es.« Dabei legt sie hinter ihrem Rücken zwei Finger über Kreuz.

»Na gut, dann aber wenigstens ein Trinkgeld«, sagt Ava. »Ich hole meine Geldbörse.«

Yvonne versucht zu protestieren. »Das ist wirklich nicht nötig…«

»Ich bin gleich wieder da.«

Ava kommt mit ein paar Geldscheinen zurück, die sie Yvonne gibt. Außerdem hat sie noch etwas anderes in der Hand. »Ein kleines Dankeschön, weil Sie so nett sind«, sagt sie. »Natürlich nur, wenn Sie es mögen – bitte fühlen Sie sich nicht verpflichtet, es zu nehmen.«

Neugierig beugt sich Yvonne vor. Es ist ein Armband aus fünf Kronkorken, von verschiedenen Bier- und Limonademarken in fünf verschiedenen Grüntönen. In der Mitte der Kronkorken schweben bunte Glasperlen in durchsichtigem Kunstharz. Auf drei der Kronkorken stehen Wörter, die zusammen den Satz SEI DU SELBST bilden.

»Wow, das ist aber hübsch!«, sagt Yvonne. »Und Grün ist

meine Lieblingsfarbe!« Sie streift es über ihr Handgelenk und es passt wie für sie gemacht.

Ava lacht. »Es steht Ihnen. Freut mich, dass es Ihnen gefällt.«

»Und wie. Vielen Dank.« Yvonne lächelt. »Das wäre dann erledigt.« Sie drückt Ava die Geldscheine wieder in die Hand. »Das Armband ist bereits ein sehr großzügiges Trinkgeld. Kaufen Sie davon ein Abflusssieb. Mir wäre wohler, wenn ich wüsste, dass keine kleinen Finger – oder Kronkorken – in den Abfallzerkleinerer geraten können.«

Ava lächelt sie dankbar an und einen kurzen Moment lang kann Yvonne sehen, dass ihre Augen feucht schimmern. »Vielen Dank, Yvonne.«

Max hat sich wieder zu ihnen in die Küche gesellt und Yvonne ist versucht, ihnen anzubieten, sie zu fahren – in den Kindergarten, zum Supermarkt, wohin auch immer –, aber sie weiß, dass es ihrer Freundschaft mit Isabel schaden würde. Und sie weiß auch, dass damit für Ava kein Problem gelöst wäre. Deshalb winkt sie Max zu und verabschiedet sich.

Connie kommt durch die Hintertür in die Küche und geht zur Spüle, um sich die Hände zu waschen.

»Alles erledigt«, sagt sie mit zitternder Stimme. »Es ist, als wäre sie nie hier gewesen.«

Madeline sieht hinaus in den Garten. Der Zaun, die Strohballen und die Hundehütte sind verschwunden.

Connie kommt zum Tisch und lässt sich auf einen Stuhl fallen. Sergeant Overby hat ihnen Fotos von der Farm der Dohertys geschickt, Fotos, die Serenas Besitzerin Rayna ihrerseits an die Polizei und die *Avalon Gazette* geschickt hatte. Madeline und Connie haben sie sich angesehen, die tiefen Reifenspuren in der aufgewühlten Erde betrachtet, den kaputten

Zaun, den in der Mitte zerbrochenen Trog. Es ist ein Wunder, dass niemand verletzt wurde, und kein Wunder, dass Rayna wütend ist – Connie wäre es an ihrer Stelle auch.

»Ich habe das Gefühl, ich sollte irgendwas tun«, sagt Connie. »Ich weiß nicht, worauf wir warten. Vielleicht sollte ich einfach sagen, dass ich es war, damit die Sache ein Ende hat.«

»Auf gar keinen Fall. Du hast dir nichts vorzuwerfen, Connie«, sagt Madeline mit Nachdruck, während sie den Boden einer Kuchenform mit Teig auslegt. »Lass die Polizei ihre Ermittlungen beenden. Das ist ihre Aufgabe – wir haben genug um die Ohren.«

»Hätte ich doch bloß mehr Fotos gemacht«, sagt Connie. Sie schließt die Augen, die geschwollen sind, weil sie die halbe Nacht geweint hat. »Aber ich dachte, ich hätte mehr Zeit. Ich habe nicht damit gerechnet, dass es so schnell passiert. Und auf diese Weise.«

»Ach, Connie.« Madeline geht zu ihr und drückt sie, aber Connie fühlt sich nicht getröstet.

Sie weiß, dass die meisten Leute in Avalon denken, sie wäre es gewesen. Zumindest hat sie den Eindruck. Selbst die Stammgäste starren sie neugierig an und wenden dann schnell den Blick ab, wenn sie sich zu ihnen umdreht. Das Geschäft schleppt sich dahin, offenbar meiden die Leute den Teesalon, bis die Sache geklärt ist.

Aber was, wenn sie nicht geklärt wird? Connie will nicht, dass dieser Vorfall Madeline schadet, dem Teesalon schadet. Gestern hat sie Hannah angerufen und sie gebeten, in den nächsten Tagen für sie einzuspringen. Sie wird Hannah alles zeigen – wo die Vorräte gelagert werden, die Liste mit den Beständen und die Rezepte, die Computerdateien und Ordner. Sie wird ihr sagen, was demnächst erledigt werden muss, zum Beispiel die Reinigung des Kamins und die Überprüfung der

Backofenthermostate. Sie will es Madeline oder Hannah nicht sagen, aber ihr ist wohler, wenn sie weiß, dass jemand da ist, der ihre Aufgaben übernehmen kann, nur für alle Fälle.

»Alles wird gut«, sagt Madeline und bemüht sich, um ihrer beider willen zuversichtlich zu klingen, aber Connie entgeht nicht der besorgte Ton in ihrer Stimme. Sie schließt die Augen, aber die Tränen bahnen sich trotzdem einen Weg und laufen ihr über die Wangen.

Isabel betrachtet die Kisten, die sich in langen, bis fast an die Decke reichenden Reihen in ihrer Garage stapeln. Sie bringt nicht einmal mehr ihr Auto dort unter. Es ist beängstigend, und selbst Yvonne wirkt leicht eingeschüchtert, als sie einen leisen Pfiff ausstößt.

»Das war alles auf deinem Dachboden?«, fragt sie verblüfft.

Isabel mustert die Seitenwand einer der Kisten, auf der etwas in Bills krakeliger Handschrift steht. *Bedienungsanleitungen*, liest sie. Sie stellt sie für die neuen Besitzer zur Seite. Irgendwo müssen auch die Pläne des Hauses sein, die ihnen der Vorbesitzer damals überlassen hatte. Voller Begeisterung hatte Bill jeden der riesigen Pläne eingehend studiert, bei der Anbringung der Elektro- und Sanitäranschlüsse zustimmend genickt, bei der Seitentür missbilligend festgestellt, dass sie sich zu dicht neben dem Wasserboiler befand. Isabel hatte ihn damit aufgezogen und gesagt, da spräche offenbar der Ingenieur aus ihm.

»Ich habe auch sämtliche Wand- und Einbauschränke im Haus leer geräumt«, sagt sie jetzt. Die potenziellen Käufer kommen nächste Woche noch einmal vorbei, um sich das Haus mit der neuen Veranda anzusehen. Sie will, dass sie es sich mit ihren eigenen Möbeln vorstellen können, will das Gerümpel und all das andere Zeug loswerden, das sich im Lauf der Jahre angesammelt hat.

Wenn alles klappt, dann könnte sie bis Ende November aus dem Haus ausgezogen sein. Kaum zu glauben, dass sie das neue Jahr möglicherweise irgendwo anders begrüßen wird.

Yvonne öffnet eine der Kisten und zählt sechs identische Taschenlampen, alle noch in der Originalverpackung.

»Das war Bill«, erklärt Isabel. »Er hat immer gern auf Vorrat gekauft. Er meinte, das wäre günstiger.«

»Ja, aber bloß, wenn man sie auch benutzt«, sagt Yvonne. Sie sieht sich erneut um und schüttelt den Kopf. »Du solltest einen Flohmarkt veranstalten. Pack gar nicht erst aus, verlang einfach fünfzig Dollar pro Kiste, gekauft wie gesehen.«

An sich keine schlechte Idee – schließlich hat Isabel jahrelang mit diesen Kisten gelebt, ohne auch nur einmal hineinzusehen –, aber es geht nicht.

»Nein«, sagt sie. »Ich habe Lillian, Bills Mutter, gesagt, dass sie gern alles von Bill haben kann, was sie will. Ich habe mir immer wieder vorgenommen, die Sachen durchzugehen, es aber nie getan. Ich wollte nichts davon sehen, verstehst du? Doch das bin ich ihr schuldig. Sie war immer so gut zu mir und sie hat auch dann noch an unsere Ehe geglaubt, als bereits alles den Bach runterging.«

»Klingt, als wäre sie eine nette Frau«, sagt Yvonne.

»Ist sie auch.« Isabel zupft an einem Stück Klebeband und fragt sich, wie es Lillian gehen mag. Sie schreiben sich zu den Feiertagen eine Karte und telefonieren hin und wieder, aber sie haben sich von Mal zu Mal weniger zu sagen. Sie weiß, dass Lillian noch immer um ihren Sohn trauert. »Bill war ihr einziges Kind, und als er damals unerwartet starb, hat sie das ganz gebrochen. Der Unfall passierte nur ein paar Monate nach dem Tod von Bills Vater, und es war eine schlimme Zeit für sie. Es war, als wäre sie auf einmal ein anderer Mensch. Du hättest mal sehen sollen, wie sie im Krankenhaus auf Ava losgegangen ist.« Bei der Erinnerung daran schüttelt Isabel den Kopf.

Yvonne räuspert sich. »Wo wir gerade von Ava reden …«

Der Ton von Yvonnes Stimme gefällt Isabel nicht. Eine Mischung aus Vorsicht und Entschlossenheit. Isabel merkt es schon von Weitem, wenn ihr ein Verkäufer etwas anzudrehen versucht, und Yvonne ist im Begriff, genau das zu tun.

»Wie haben nicht von Ava geredet«, sagt sie schroff. »Wir haben von Bills Mutter Lillian geredet und davon, warum ich die Sachen nicht einfach entsorgen kann, solange ich nicht weiß, ob sie etwas davon will.« Isabel kramt in den Bedienungsanleitungen und stellt fest, dass in der Kiste noch andere Unterlagen liegen – alte Steuererklärungen, Versicherungspolicen. Sie wird eine Ewigkeit brauchen, das alles durchzusehen.

Yvonne lässt sich nicht beirren. »Ich will nur sagen, dass du Ava vielleicht eine Chance geben solltest. Ich weiß selbst, wie merkwürdig und absurd das alles ist, aber mir kommt es so vor, als ob sie den Kontakt zu dir sucht, Isabel. Vielleicht solltest du herausfinden, warum, verstehst du?« Yvonne sieht ihre Freundin erwartungsvoll an. »Vielleicht solltest du ihr nicht von vornherein eine Abfuhr erteilen.«

Isabel schließt die Kiste und wendet sich der nächsten zu. »Freut mich, dass ihr beide Zeit hattet, euch während eurer Zehn-Minuten-Haft anzufreunden«, sagt sie, »aber so einfach ist das nicht.«

»Bisher vielleicht nicht«, sagt Yvonne. »Aber ich denke, jetzt schon. Die Dinge haben sich geändert, Isabel, und irgendetwas ist mit ihr. Ich habe das Gefühl, dass sie sonst niemanden hat. Niemanden als … dich.«

Isabel schnaubt. »Bloß weil sie keine Freunde hat, ist das noch lange kein Grund, mich als Kontaktperson für Notfälle anzugeben. Das ist doch völlig hirnverbrannt.«

Yvonne sieht sie an. »Finde ich nicht.«

»Wie auch immer, es ist jedenfalls unverschämt.« Isabel reißt das Klebeband von einer Kiste und sieht einen Stapel Pullover vor sich, die sie vor Jahren in Tüten verpackt verstaut hat. Isabel öffnet eine Tüte und zieht einen Pullover mit einem blau-grünen Schottenmuster heraus. Er riecht nach Mottenkugeln und Staub, ist im Übrigen aber in einem guten Zustand, so als hätte sie ihn nur über den Sommer eingelagert. »Es kommt mir so vor, als würde sie mit Absicht einen solchen Wirbel veranstalten, um mich daran zu erinnern, dass es sie gibt, dass sie Max hat.«

»Ich glaube nicht, dass sie das im Sinn hat«, erwidert Yvonne. »Und sie ist kein böser Mensch. Ich weiß ja nicht, wie es um deine Ehe bestellt war, als das zwischen ihr und Bill anfing, aber ich weiß, dass es für dich aus heiterem Himmel kam …«

Isabel zieht einen marineblauen Pullover mit Zopfmuster und Krokodillogo aus dem Sack, einer von Bills früheren Lieblingspullovern. »Wenn ich jetzt zurückblicke, ist mir klar, dass er unglücklich war. Aber damals hat er nichts davon gesagt, deshalb dachte ich, es wäre normal. Die üblichen Höhen und Tiefen in einer Ehe. Wir kamen gut miteinander aus und hatten keinen Streit – wenn ich es mir recht überlege, haben wir überhaupt nie gestritten, nicht mal am Ende. Und es war ja nicht so, dass er mich gehasst hätte oder ich ihn. Wir … na ja, lebten nebeneinander her.« Isabel streicht mit der Hand über den Ausschnitt des Pullovers und muss daran denken, dass Bill jammerte, er sei zu eng geworden, was ihn jedoch nicht davon abhielt, ihn weiter anzuziehen. In gewisser Weise ähnelt er ihrer Ehe. Sie war auch etwas, das Bill nicht richtig passte, das er aber trug, zumindest so lange, bis Ava kam. »Ich schätze mal, es war keine besonders tolle Ehe, was?«

»Ich weiß nicht«, erwidert Yvonne. »Ich habe Bill ja nicht gekannt und ich weiß nicht, wie ihr als Paar wart. Aber ich weiß, dass es alle möglichen Arten von Ehen gibt, genauso wie ich weiß, dass es alle möglichen Arten von Familie gibt. Es gibt kein Patentrezept dafür. Was am meisten zählt, sind wohl Liebe und Zufriedenheit.«

Wäre Yvonne jemand anders, würde Isabel ihre Naivität auf die Nerven gehen, aber so stimmen Yvonnes Worte sie nachdenklich. Yvonne ist Isabel eine treue Freundin, aber es ist auch klar, dass sie keine Abneigung gegen Ava hegt. Yvonne hat sich trotz der Geschichte mit Hugh und seiner Familie ihre Fröhlichkeit bewahrt, sie ist nicht in der eigenen Vergangenheit gefangen wie Isabel. Yvonne hat für sich eine Möglichkeit gefunden, glücklich zu sein.

Vielleicht sollte Isabel das auch versuchen.

Laut stößt sie die Luft aus. So etwas hat sie noch nie gefragt, aber sie hatte schließlich auch noch nie eine Freundin wie Yvonne. »Also«, sagt sie. »Was soll ich deiner Meinung nach tun?«

Yvonne antwortet ihr nicht gleich. Sie kramt abwesend in einer kleinen Kiste und holt einen einzelnen Manschettenknopf aus Messing heraus. Er ist angelaufen, aber Isabel sieht, dass Bills Initialen eingraviert sind – WSK. William Samuel Kidd. Bill hatte diese Manschettenknöpfe von seinen Eltern zu seinem Collegeabschluss bekommen und sie unablässig getragen, bis Umschlagmanschetten aus der Mode kamen. Isabel fragt sich, wo der andere steckt, ob er verloren gegangen war oder ob Bill ihn mitgenommen hatte, als er auszog.

Yvonne betrachtet den Manschettenknopf, dann legt sie ihn behutsam zur Seite. »Du weißt, was ich denke, Isabel. Dasselbe, worüber du auch schon seit einer ganzen Weile nachdenkst.«

Isabel sieht sie ungläubig an. »Da frage ich dich einmal um

Rat, und du spielst den Ball einfach zurück. Nicht zu fassen!« Frustriert wirft sie den Pullover zurück in die Kiste.

»Du brauchst meinen Rat nicht, Isabel. Du brauchst jemanden, der dir bestätigt, dass das, was du vorhast, in Ordnung ist.«

Isabel versetzt einer der Kisten einen Tritt und lässt sich gegen die Wand sinken. »Und was wäre das?«

Yvonne kommt zu ihr herüber und lehnt sich neben ihr an die Wand, die Hände in den Hosentaschen. »Ava und Max die Hand reichen.« Sie lächelt traurig. »Ich weiß, wie es ist, wenn man ein schlechtes Gewissen hat, weil man jemanden liebt. Das ist das schlimmste von allen Gefühlen, Isabel, weil dein Herz dir etwas ganz anderes sagt als die Leute um dich herum. Und dann wirst du dir selbst untreu, indem du auf die anderen hörst anstatt auf dein Herz.«

Isabel schweigt.

»Ich stand einmal kurz davor zu heiraten«, sagt Yvonne. »Sam war mein bester Freund. Wir sind zusammen aufgewachsen. Aber seine Familie hat auf den Feldern gearbeitet, die meiner Familie gehörten – die typische Mesalliance zweier Kinder aus völlig unterschiedlichen Verhältnissen. Mir war das natürlich egal – ich war verliebt. Und ich dachte, Sam liebt mich ebenfalls. Aber am Ende hat ihm mein Vater Geld geboten – viel Geld –, wenn er die Verlobung löst und das Cape verlässt. Er hat es getan, und zwar am Tag unserer Hochzeit. Ich habe ihn nie wieder gesehen. Er hat sich nicht einmal von mir verabschiedet. Als Letztes habe ich gehört, dass er vor ungefähr fünf Jahren geheiratet hat.

Wenn ich jetzt zurückblicke, ist mir klar, dass es nicht nur um Sam und mich ging. Es ging auch um seine Familie. Ich kenne meinen Vater und ich bin sicher, dass er Sam und seiner Familie eine Art Ultimatum gestellt hat, ihnen gedroht hat.«

»Mein Gott«, sagt Isabel. »Das ist ja ekelhaft.«

Yvonne zuckt die Schultern. »Sam hat eine Entscheidung getroffen, die es seinen Eltern und seinen Schwestern erlaubt hat, ein besseres Leben zu führen. Ich war bereit, auf all das Geld meiner Familie zu verzichten, während für Sam und seine Familie Geld gleichbedeutend mit Freiheit war. Ich will damit nur sagen, dass nicht immer alles so ist, wie es auf den ersten Blick scheint, Isabel. Alles was geschieht, hat Konsequenzen, die manchmal weiter reichen, als wir erkennen können. Und ich glaube, das ist bei dir und Ava und Max der Fall.«

»Und was sollen wir jetzt machen, Pyjama-Partys veranstalten?«, fragt Isabel spitz. »Uns gegenseitig die Haare frisieren? Erinnerungen an Bill austauschen?«

»Vielleicht.«

»Vielleicht will sie Geld. Oder meine Absolution. Aber die kriegt sie nicht.« Isabel verschränkt die Arme.

»Du musst nichts tun, was du nicht willst«, erwidert Yvonne. »Ich weiß nur, dass du dich, was Ava und Max betrifft, härter gibst, als du es bist. Deswegen und weil ich deine Freundin bin, sage ich dir, dass nichts Schlimmes daran ist, mit ihr zu reden und zu sehen, was dabei herauskommt, vor allem, wo du vielleicht bald umziehst. Möglicherweise ist es deine letzte Chance.«

Isabel kann sich nicht vorstellen, wie das funktionieren soll. Es wäre eine unangenehme Situation, so viel steht fest. Bestimmt gäbe es Tränen, vor allem bei Ava. Erzwungene Höflichkeit, wahrscheinlich die eine oder andere verletzende Bemerkung von Isabel, wenn sie sich nicht beherrschen kann. Und Max?

Isabel hat Yvonne nicht alles über den Anruf aus Max' Kindergarten erzählt, wie sie ihn zunächst verwirrt entgegengenommen hatte und dann plötzlich von der Angst gepackt worden war, Ava könnte etwas Schreckliches passiert sein. Warum hatte sie ihren Sohn nicht abgeholt? Hatte sie ihn im Stich gelassen? Hatte sie einen Unfall gehabt? Eine Minute später saß Isabel in ihrem Auto und war auf dem Weg zum Kindergarten, ohne genau zu wissen, was sie dann tun sollte. Wen sollte sie anrufen? Wohin sollte sie Max bringen? Gab es irgendwelche Verwandten oder Freunde? Sie wusste nicht, wo Ava und Max wohnten. Sie kannte gerade einmal Avas Nachnamen.

Aber als sie Max dann dort sitzen sah, ganz allein in einem leeren Spielzimmer mit einem Holzpuzzle vor sich, lösten sich alle ihre Fragen und Ängste in Luft auf. Er hatte in die Hose gemacht. Die Erzieherinnen hatten es nicht einmal gemerkt, sie hatten genervt Spielsachen aufgeräumt und sich dabei über diese Mutter, jenen Vater beklagt. Isabel wollte Max nur noch so schnell wie möglich von dort wegbringen. Ihn wegbringen und dann überlegen, was sie tun sollte.

Isabel verzichtete darauf, die Erzieherinnen darauf hinzuweisen, dass sie Max ruhig etwas Sauberes hätten anziehen können. Sie zeigte ihren Ausweis vor, suchte nach seiner Wäsche zum Wechseln, lieh sich einen Kindersitz und ging mit ihm davon.

»Ich bin Isabel«, sagte sie, als er sie mit seinen großen blauen Augen ansah. »Deine, äh, Mutter hat mich gebeten, dich abzuholen.«

»Mommy«, sagte er, und Isabel sah, dass seine Unterlippe zu zittern begann.

»Ja, deine Mommy«, sagte sie in einem leichten, fröhlichen Ton, wie sie hoffte. »Und sie ist sehr stolz auf dich, weil du so brav gewartet hast. Was hältst du von einem Eis zur Belohnung?«

Er nickte und seine Lippe hörte auf zu zittern. Gleich darauf schossen Isabel alle möglichen Fragen durch den Kopf: Hatte er irgendwelche Allergien? Hatte ihm Ava eingeschärft, dass er nicht mit Fremden mitgehen sollte? Gab es einen anderen Kindergarten, in den sie ihn bringen konnte? Kannte er die Telefonnummer von zu Hause? Und schließlich die wichtigste Frage von allen.

Wo zum Teufel steckte Ava?

Isabel rief Yvonne an, aber die meldete sich nicht. Sie fuhr bei ihrem Haus vorbei, zeigte Max auf der Fahrt dorthin alle möglichen interessanten Dinge, um ihn bei Laune zu halten, und zu guter Letzt biss sie in den sauren Apfel und rief Hugh an. Er brüllte so laut, dass sie den Hörer ein Stück von ihrem Ohr weghalten musste. Der Rest war einfach, weitere fünf Minuten Fahrt zur Polizeiwache und dann die Überraschung, Yvonne und Ava nebeneinander auf der Bank sitzen zu sehen, mit einem Gesichtsausdruck, der eine Mischung aus Schuldbewusstsein und Stolz war, wenngleich bei jeder von ihnen aus einem anderen Grund.

Aber es war mehr als Überraschung – sie verspürte auch Erleichterung. Max streckte die Arme nach Ava aus und einen Moment lang waren sie alle drei miteinander verbunden, als Max aus ihren Armen in die von Ava wechselte. Isabel weiß nicht, ob Ava es ebenfalls gespürt hat, aber es ist auch egal – sie erkannte das Gefühl, das sich in ihrer Brust ausbreitete, spürte, dass es richtig war. In diesem Moment wurde ihr klar, dass sie Ava und Max ihre Hilfe nicht verweigern würde, wenn sie sie brauchten.

Nachdem sie die beiden zu Hause abgesetzt hatte, einem schäbigen Mietshaus in einer nicht besonders hübschen Gegend von Barrett, wurde es erneut kompliziert. Sie lag im schlimmsten Widerstreit mit sich selbst, was richtig und was falsch war, gerecht oder ungerecht. Isabel hatte das Gefühl, in der Falle zu sitzen, sie konnte keinen klaren Gedanken fassen.

»Ich weiß nicht, was ich machen soll«, sagt sie jetzt. »Und ich bin wütend auf Bill, weil er mich in diese Situation gebracht hat. An diesem Chaos ist schließlich er schuld, nicht ich.«

»Betrachte es doch nicht als Chaos«, entgegnet Yvonne. »Betrachte es als Leben. Nicht Bills Leben, nicht Avas Leben, nicht mal das von Max. Es ist dein Leben, Isabel. Du ganz allein entscheidest, was du willst.«

Isabel nickt und wünschte, es wäre nicht so. »Ich glaube, ich brauche was zu trinken«, sagt sie. »Machen wir eine Pause.«

Sie gehen durch die Seitentür in die Küche und dort bleiben sie beide erschreckt stehen. In Isabels Küche sitzt Bettie. Sie ist angezogen, aber ihre Haare sind auf Lockenwickler gedreht, obwohl es mitten am Nachmittag ist. Sie hat Isabels Mülleimer auf dem Tisch ausgekippt und durchsucht vorsichtig den Inhalt.

»Sehen Sie mal, was ich gefunden habe!«, sagt sie zu den beiden Frauen und hält ein Fläschchen blassrosa Nagellack in die Höhe. »Der ist praktisch noch voll!«

»Bettie, wie sind Sie hier reingekommen?«, will Isabel wissen und gleich darauf entdeckt sie auf dem Tisch neben einer leeren Kleenexschachtel den künstlichen Stein mit dem Schlüsselversteck.

Yvonne wirft Isabel einen vielsagenden Blick zu und beginnt, den Abfall zurück in den Müllsack zu schieben. »Wir sollten ein bisschen aufräumen«, setzt sie an, Bettie scheucht sie jedoch mit empörter Miene weg. Sie scheint Yvonne nicht zu erkennen.

Dann wendet sie sich Isabel zu, und ein Strahlen zieht über ihr Gesicht. Sie hält eine Plastiktube hoch. »Und hier: eine verjüngende Gesichtsmaske aus Tonerde, ohne Konservierungsstoffe! Ein bisschen Verjüngung könnte ich weiß Gott brauchen.« Sie schraubt den Deckel ab und drückt auf der Tube herum, aber es kommt nichts heraus.

»Die ist aufgebraucht, Bettie«, sagt Isabel und nimmt sie ihr aus der Hand. »Ich habe die Schränke im Bad ausgemistet.« Mit einer Geste bedeutet sie Yvonne weiterzumachen. »Ich besorge Ihnen eine neue, okay?«

»Wir besorgen uns eine neue, meinen Sie«, sagt Bettie und greift nach Abfall und Papierschnipseln, während Yvonne alles schnell in den Sack zu schaufeln versucht. »Wir müssen das zusammen machen, wie in den guten alten Zeiten. Stimmt's?«

»Äh, ja.« Isabel wirft Yvonne erneut einen bestürzten Blick zu. »Also Bettie, was tun Sie hier?«

»Ich backe«, erklärt Bettie sachlich. »Ich wollte zu dem Treffen am Donnerstag einen Kuchen mitbringen. Ich mag es nicht, erst in letzter Minute mit dem Backen anzufangen – das ist so stressig.« Ein Lockenwickler löst sich aus ihren Haaren, und Isabel stellt fest, dass Betties Fingernägel Schmutzränder haben.

Isabel blickt zu ihrem Herd. Die Uhr steht auf null, aber sie geht trotzdem hinüber und öffnet die Tür, halb rechnet sie damit, im Backofen eine Backform mit Teig vorzufinden. Er ist jedoch leer.

Yvonne hat den Abfall inzwischen wieder in dem Müllsack verschwinden lassen und geht damit in die Garage. Isabel zieht sich einen Stuhl heran und setzt sich neben Bettie, die vor sich hin summend die zerknitterte Werbung eines Kreditkartenanbieters glatt streicht.

Als Yvonne zurückkommt, lässt sie versehentlich die Tür knallen, und Bettie zuckt zusammen. Sie reißt die Augen auf und sieht sich verwirrt um. »Wo bin ich denn?«, fragt sie.

Isabel stockt der Atem. »Bei mir zu Hause«, sagt sie. »Sie wohnen nebenan.«

Bettie sieht sie an, plötzlich wirkt sie verärgert. »Das weiß ich doch, Isabel!« Sie steht auf und wirft dabei fast ihren Stuhl um. »Auf Wiedersehen.«

»Bettie, warten Sie«, sagt Isabel, aber Bettie ist bereits aus der Tür.

»Wir müssen jemanden anrufen«, sagt Yvonne stirnrunzelnd. »Vielleicht ihren Arzt? Oder vielleicht sollten wir mit ihr ins Krankenhaus fahren und dort jemanden suchen, der uns weiterhelfen kann.«

Isabel nickt und greift nach dem Telefonbuch. »Ich rufe Dr. Richard an«, sagt sie. »Er weiß sicher, was zu tun ist.« Sie beginnt zu wählen und sieht Yvonne an, ihr Herz hämmert gegen ihre Rippen. »Was hat das alles zu bedeuten?«

Yvonne schüttelt den Kopf. »Ich weiß es nicht. So kenne ich sie nicht.«

»Ich schon«, sagt Isabel, und blitzartig trifft sie die Erkenntnis, dass sie schon zu lange gewartet hat und ihr schon geraume Zeit klar ist, dass etwas nicht stimmt. Sie hält den Hörer ans Ohr. »Ich hätte etwas unternehmen müssen, aber ich habe es nicht getan. Ich dachte, vielleicht spinnt sie nur ein bisschen oder sie ist zerstreut …«

Yvonne geht zur Spüle. »Ich muss mir die Hände waschen«, sagt sie, gleich darauf sieht sie entsetzt aus dem Fenster. »Isabel, schnell, ruf die Feuerwehr!«

Isabel läuft zu ihr. Aus den Fenstern auf der Rückseite von Betties Haus quillt weißer und grauer Rauch. Rot-gelbe Flammen züngeln an den Vorhängen hoch, ergreifen Besitz von den hinteren Zimmern. Isabel wirft Yvonne das Telefon zu und rennt aus der Küche.

Sie läuft quer durch ihren Garten in den von Bettie. Er ist

völlig zugemüllt und dazwischen liegen Haushaltsutensilien und Gartenwerkzeug verstreut. Isabel berührt den Griff der Schiebetür, er ist kalt.

Und verriegelt.

»Bettie!«, ruft sie und schlägt gegen die Scheibe. Offenbar stehen die Küche und der hintere Teil des Hauses in Flammen, aber der Rauch ist überall. Isabel sieht, dass die Zeitschriftenstapel in der Diele bereits Feuer gefangen haben.

Es muss noch jemand anderes das Feuer bemerkt haben, Isabel hört die Sirenen, sie sind jedoch noch viel zu weit weg. Es kann nicht mehr lange dauern, bis alles lichterloh brennt. Einschließlich Bettie. Wo ist sie?

Endlich sieht Isabel sie durch das Fenster. Sie ist im Wohnzimmer, ihr Gesicht ist rußgeschwärzt und sie tastet sich an den Wänden entlang, immer hin und her. »Bettie!«, schreit Isabel. Sie packt einen schweren Gartenzwerg und schleudert ihn gegen die Scheibe der Terrassentür.

Das Geräusch des berstenden Glases ist ohrenbetäubend. Isabel tritt vorsichtig über die Scherben und hört kleine Explosionen, Krachen, Knistern. Eine Rauchwolke zieht durch das Haus in Richtung Eingangstür. Plötzlich gibt es einen Luftsog und im Nu ist Isabel von Flammen umgeben.

»Bettie!«, ruft sie erneut und zieht sich ihr T-Shirt über die Nase. Sie rennt los, stolpert, tritt Gegenstände zur Seite.

Bettie dreht sich zu ihr um. »Isabel!«, schreit sie. »Ich finde nicht raus!«

Isabel spürt unerträgliche Hitze im Rücken – eine Feuerwand versperrt den Ausgang zur Terrasse. Hustend und desorientiert sieht sie sich um, bis sie endlich die Eingangstür entdeckt. Sie packt Bettie und zieht sie hinter sich her, stolpert über Zeitschriften und Post, Scrapbooking-Utensilien, Müll. Sie schafft es, die Tür aufzureißen und mit Bettie ins Freie zu taumeln.

Yvonne steht auf dem Gehweg und läuft ihnen entgegen, als sie sie sieht, wie auch einige ihrer Nachbarn. Inzwischen sind die Löschfahrzeuge eingetroffen, zusammen mit einem Krankenwagen. Feuerwehrmänner mit langen Schläuchen in den Händen laufen an ihnen vorbei. Zwei Sanitäter führen Bettie und Isabel zu dem Krankenwagen, wo man sie sofort mit Sauerstoff versorgt und auf eine Rauchvergiftung und Brandwunden untersucht.

Isabel spürt Schmerzen am linken Arm und am Bauch – sie hat Verbrennungen ersten und zweiten Grades erlitten. Bettie ist glücklicherweise unverletzt, aber ihr Gesicht ist schwarz von Russ. Über der Sauerstoffmaske schießen ihre Augen hektisch hin und her.

»Schon gut«, sagt Isabel und nimmt ihre Maske ab, damit Bettie ihr Gesicht sehen kann. »Ich bin's, Isabel.«

Abraham Garza, der Feuerwehrhauptmann, kommt zu ihnen. »Geht es Ihnen gut?«

Isabel nickt, aber Bettie sieht ihn verdattert an. »Abe?«, sagt sie.

Chief Garza lächelt. »Richtig«, sagt er. Er wirft einen Blick zu dem Sanitäter, der kaum merklich nickt. »Wie geht es dir, Bettie?«

»Ich bin seit unserem letzten Treffen gar nicht dazu gekommen, Imogene anzurufen«, sagt Bettie, deren Gesicht eine gewisse Ähnlichkeit mit einem Waschbären aufweist. Ihre Haarspitzen sind versengt. »Ich wollte wissen, wie ihr der neue Kreisstanzer gefällt, den sie gekauft hat. Ich glaube, sie wollte Untersetzer für euer Familientreffen machen.«

Chief Garza lächelt. »Sie ist schon fast fertig damit«, sagt er. »Und ich muss zugeben, dass sie wirklich hübsch geworden sind.«

Einer der Feuerwehrmänner kommt zu ihnen. »Chief, wie

es aussieht, ist das Feuer in der Küche ausgebrochen«, sagt er.

»Danke, Ricky.« Chief Garza wendet sich wieder Bettie zu. »Bettie, kannst du dich erinnern, ob du in der Küche irgendwas gekocht hast?«, fragt er.

»Nein«, antwortet Bettie.

Isabel hustet, ihre Kehle brennt. »Bettie, Sie haben mir doch erzählt, dass Sie backen. Erinnern Sie sich? Für das Treffen des Scrapbooking-Clubs?«

»Das stimmt!«, ruft Bettie aufgeregt. »Ich wollte einen zuckerfreien Obstkuchen mit Streuseln backen. Wir haben ein paar Diabetikerinnen im Club und die müssen mit dem Zucker aufpassen. Und bei den Treffen gibt es immer so viele gute Sachen, die sie nicht essen dürfen, deshalb wollte ich etwas Besonderes für sie machen. Ich habe ihn mit Rhabarber gemacht. Kann ich ihn schon aus dem Ofen nehmen?«

»Äh, ich glaube, dass er fertig ist«, sagt Isabel mit einem Blick zu Chief Garza.

Ein Sanitäter führt Bettie zu einer Trage und hilft ihr, sich hinzulegen. Er befestigt einen Pulsmesser an ihrem Finger und setzt ihr vorsichtig die Sauerstoffmaske wieder auf. Einen Moment später fallen Bettie die Augen zu.

Isabel holt tief Luft.

»Es geht ihr gut«, versichert ihr der Sanitäter und deutet auf einen Monitor. Betties Puls ist gleichmäßig. »Sie ist eingeschlafen. Das passiert manchmal.«

»Wir bringen Sie ins Krankenhaus nach Freeport«, sagt Chief Garza zu Isabel. »Versuchen Sie sich zu entspannen, gleich kommt jemand zu Ihnen. Können Sie bei ihr bleiben?«, fragt er Yvonne. Yvonne nickt und tritt näher zu Isabel.

Isabel nimmt einen weiteren tiefen Atemzug aus der Sauerstoffmaske. Sie sehen zu, wie die Flammen auf das Dach übergreifen, die Feuerwehrleute halten ihre Schläuche auf die Fenster und Türen gerichtet. Isabel muss daran denken, was sich alles in dem Haus befindet, es ist praktisch Betties ganzes Leben, das in diesem Moment in Flammen aufgeht.

Jedes einzelne Stück.

FEUER ZERSTÖRT HAUS IN AVALON

von Edith Gallagher

Avalon, Illinois – Ein Küchenbrand ist laut Angaben der Feuerwehr dafür verantwortlich, dass am vergangenen Sonntag ein Haus in Avalon innerhalb kürzester Zeit bis auf seine Grundmauern abbrannte.

Das Haus gehört der alleinstehenden Bettie Shelton, einer langjährigen Einwohnerin der Stadt. Shelton, 77, war zu Hause, als das Feuer in der Küche ausbrach. Sie wurde von den Flammen in ihrem Haus eingeschlossen und verdankt ihre Rettung einzig und allein ihrer Nachbarin Isabel Kidd.

»Die beiden hatten ungeheuer viel Glück«, erklärt Feuerwehrhauptmann Abraham Garza. »Es ist sehr gefährlich, in ein brennendes Haus zu laufen, aber sie hat Ms Shelton damit das Leben gerettet.«

Sheltons Haus wurde durch das Feuer, zu dem mehrere Feuerwehren gerufen wurden, völlig zerstört. Im Augenblick wohnt sie bei Freunden und ist dankbar für die Unterstützung, die ihr durch die Gemeinde zuteilwird.

Shelton ist die Vorsitzende der Avalon Ladies Scrapbooking Society. Das an diesem Donnerstag stattfindende Treffen wurde in Madelines Teesalon verlegt.

Kapitel 17

Ava klopft an die Tür, in der Hand einen Nudel-Thunfisch-Auflauf. Max umklammert eine Tupperware-Schüssel mit Schokoladenkeksen und ein paar eher an Unkraut erinnernde Blumen, die er unbedingt im Park pflücken wollte.

Ava weiß, dass sie vielleicht zu weit geht, aber sie kann nicht anders. Randall Strombauer die Stirn zu bieten, hat sie verändert, und eins steht fest – in Zukunft wird nicht mehr gekniffen, sie will von nun an so offen und ehrlich wie möglich sein. Ava wird niemals vergessen, wie freundlich Bettie zu ihr war, wie hilfsbereit, und sie möchte sich in irgendeiner Form revanchieren, auch wenn das bedeutet, dass sie sich erneut Isabels Zorn und Ablehnung aussetzt. Es ist wahr, dass sie Isabel versprochen hat, sie nie mehr zu belästigen oder unangemeldet bei ihr aufzutauchen, aber hier geht es um Bettie.

Die Tür wird geöffnet und Ava schnappt überrascht nach Luft. Max drückt sich an ihre Beine, auch er wirkt verunsichert. Die Person vor ihnen trägt einen Bademantel, ihre Haare sind oben auf dem Kopf mit Clips festgesteckt und ihr Gesicht ist unter einer Maske verborgen.

»Ach, Sie sind's«, sagt eine gepresste Stimme, in der Ava die von Isabel erkennt. »Kommen Sie rein.«

Ava und Max betreten zögernd das Haus. Max, weil er die Frau, die ihnen die Tür aufgemacht hat, nicht erkennt und sie ein bisschen unheimlich findet, Ava, weil es das Haus ist, in dem Bill gewohnt hat. Ihr Bill, Isabels Bill, Max' Vater. Halb fürchtet sie, beim Anblick vertrauter Dinge in Tränen auszubrechen, doch dann stellt sie fest, dass das Haus praktisch leer ist. Es gibt keine Bilder, nichts, das auf Bills Anwesenheit oder auch die von Isabel hindeutet. Es ist nur spärlich möbliert und alles sieht sauber und ordentlich aus. Irgendwie macht es einen … neutralen Eindruck. Nicht gut, nicht schlecht, aber okay. Ava merkt, dass sie gafft, und ruft sich schnell in Erinnerung, warum sie und Max gekommen sind.

»Ich wollte das hier für Bettie abgeben«, sagt sie und hält den Auflauf in die Höhe. »Ich wusste nicht, wo sie gerade wohnt, und ich hoffe, es macht Ihnen nichts aus, es ihr mitzubringen, wenn Sie sie besuchen.« Sie folgt Isabel in die Küche und zuckt zusammen, als sie Bettie am Tisch sitzen sieht, ebenfalls mit einer Gesichtsmaske.

»Hallo!«, sagt Bettie, und ihre Stimme klingt genauso gepresst wie die von Isabel. »Schauen Sie mal. Wir haben uns im Drogeriemarkt diese neuen verjüngenden Gesichtsmasken gekauft. Meine Haut fühlt sich bereits butterweich an!« Vorsichtig berührt sie die getrocknete Tonerde auf ihren Wangen. »Natürlich werden wir einen Meißel brauchen, um das Zeug wieder von meinem Gesicht runterzukriegen. Isabel, haben Sie einen Meißel?«

»Ich sehe mal nach«, sagt Isabel und beugt sich über die Spüle, um sich das Gesicht mit Wasser abzuspülen. Als sie sich wieder aufrichtet, ist die Maske verschwunden und ihr Gesicht glüht. »Wow, Sie haben recht«, sagt sie verwundert und betastet mit den Fingern ihre Wangenknochen. »Butterweich.« Sie verzieht das Gesicht und Max kichert.

Ava schiebt ihn ein Stück vor, aber er weicht schüchtern sofort wieder zurück. »Die Blumen und die Kekse sind für Sie«, sagt Ava zu Isabel. »Von Max.« Sie weiß zwar nicht, was noch kommt, aber bis jetzt hat Isabel sie nicht aus dem Haus geworfen, deshalb fährt sie fort: »Und von mir. Als kleines Dankeschön dafür, dass Sie ihn abgeholt haben. Es … es hat uns – mir – viel bedeutet, dass Sie das getan haben.«

Isabel sieht sie lange an und nimmt die Clips aus ihren Haaren. »Ja, na ja … ich war darauf nicht vorbereitet. Sie hätten vorher fragen sollen.«

»Hätten Sie denn Ja gesagt?«, fragt Ava.

Isabel denkt darüber nach. »Wahrscheinlich nicht. Aber trotzdem hätten Sie es tun sollen.«

»Ich weiß«, sagt Ava. Leise fügt sie hinzu: »Aber wie ich schon gesagt habe, Sie waren der einzige Mensch, dem ich vertrauen konnte.«

Isabel wirkt irritiert. »Ich begreife es immer noch nicht. Man sollte meinen, dass ich die Letzte bin, von der Sie so etwas sagen.«

Ava zuckt leicht mit den Schultern. »Sind Sie aber nicht.« Und das ist die Wahrheit.

Isabel seufzt und nimmt Ava die Form mit dem Auflauf ab, dann beugt sie sich zu Max hinunter. Sie lächelt ihn an. »Sind die für mich? Als Erinnerung an unser lustiges Abenteuer letzte Woche?«

Er nickt und hält ihr Blumen und Kekse entgegen. »Tante Isabel«, sagt er und dann dreht er sich zu Ava und verbirgt sein Gesicht verlegen an ihren Beinen. Isabel richtet sich rasch wieder auf und wendet ihnen den Rücken zu, während sie die Sachen auf den Tisch stellt.

»Zeit, die Maske abzunehmen«, sagt sie zu Bettie, und Ava sieht, dass sie sich über die Augen wischt. »In zehn Minuten kommt Eula, um Sie abzuholen und nach Hause zu bringen.«

»Zu mir nach Hause?«, fragt Bettie mit hoffnungsvoller Stimme.

»Nein, zu ihr. Sie wohnen bei ihr und Buddy, schon vergessen?« Isabel hält einen Waschlappen unter das warme Wasser und beginnt, die Tonerde auf Betties Gesicht zu befeuchten.

»Ach ja, richtig.« Bettie verzieht das Gesicht, als es ihr wieder einfällt. Sie seufzt. »Es war nett von ihnen, mich bei sich aufzunehmen, aber ich vermisse meine alte Straße.«

»Das ist doch nur zwei Blocks weit weg, Bettie.«

Bettie achtet nicht auf sie. »Außerdem ist es dort so laut«, beklagt sie sich. »Buddy schnarcht wie ein ganzes Sägewerk, ich liege die ganze Nacht wach. Haben Sie jemals mit jemandem zusammengewohnt, der schnarcht?«

»Ja«, sagen Isabel und Ava wie aus einem Mund. Es folgt betretenes Schweigen, als ihnen klar wird, was das bedeutet. Isabel wird knallrot und konzentriert sich darauf, die Maske von Betties Gesicht zu entfernen. Ava könnte vor Scham im Boden versinken.

»Ich meine …«, setzt sie an. »Also …«

»Ach, vergessen Sie es«, sagt Isabel und schwenkt den Waschlappen. Sie stößt einen Seufzer aus. »Es ist ja wohl klar.« Sie deutet mit dem Kopf kaum wahrnehmbar in Max' Richtung. »Beweisstück A.«

Bettie plappert weiter, ohne etwas davon mitzubekommen. »Und Eula, na ja, ich mag sie wirklich sehr, aber sehen wir den Tatsachen ins Auge: Sie hat Blähungen.« Bettie legt den Kopf zurück, damit Isabel die Tonerde unter ihrem Kinn wegwischen kann. »Ich weiß ihre Großzügigkeit zu schätzen, aber ich kann es kaum erwarten, dass ich wieder zurück nach Hause kann.«

Isabel und Ava wechseln einen Blick. Bei ihrer Ankunft hat Ava die Ruine nebenan gesehen. Bettie hat kein Zuhause mehr, in das sie zurückkönnte. Sie sieht Isabel zu, wie sie den Waschlappen ausspült und dann weiter Betties Gesicht abreibt.

Ava greift in ihre Tasche und zieht einen Stoffbeutel heraus. Als sie ihn schüttelt, klimpert es leise. »Bettie, sehen Sie mal, was ich mitgebracht habe. Ich habe die Kronkorkenverzierungen fertig gemacht, über die wir gesprochen haben.« Ava öffnet den Beutel und schüttet die Kronkorken auf den Tisch, insgesamt mehr als fünfzig. Bettie stößt einen Entzückensschrei aus und sogar Isabel beugt sich interessiert vor. Unwillkürlich verspürt Ava einen Anflug von Stolz.

»Wow«, sagt Isabel und nimmt einen Kronkorken in die Hand. Die Hochachtung in ihrer Stimme bringt Ava zum Lächeln. »Was ist das?«

»In meiner freien Zeit stelle ich Schmuck aus Kronkorken her«, erklärt Ava. »Einige Stücke habe ich bei Gifts 'N More und in anderen Geschenkboutiquen verkauft. Bettie wollte wissen, ob man sie auch in Scrapbook-Layouts integrieren kann, und ich habe mir ein paar Gedanken dazu gemacht.« Sie hält einen Kronkorken in leuchtenden Gelb- und Orangetönen in die Höhe. »Ich habe sie Kron-Scraps getauft. Es sind einfach recycelte Kronkorken, aber in jedem findet man ein anderes Wort oder Bild. Manche habe ich mit kleinen Perlen besetzt, andere mit Glitzer. Man kann sie als witzige Verzierung auf eine Seite oder eine selbst gemachte Karte kleben. Ich habe auch ein paar neutrale, in die jeder selbst ein kleines rundes Bild einfügen kann.«

»Sie sind entzückend!«, ruft Bettie aus und lässt die Kronkorken durch ihre Finger gleiten. »Wofür sind sie?«

»Sie sind für Ihren Scrapbooking-Club«, wiederholt Ava. »Sie haben mich doch darum gebeten, erinnern Sie sich?«

»Sie haben die gemacht? Sie sind entzückend. Wofür sind sie?«

»Für Ihren …« Ava lässt den Satz unbeendet. Sie sieht zu Isabel, die ihre stumme Frage mit einem Nicken beantwortet.

Bettie mustert Ava neugierig. »Sind wir uns schon mal begegnet?«, fragt sie. »Ich bin Bettie Shelton, Gründerin und Vorsitzende der Avalon Ladies Scrapbooking Society. Sie müssen unbedingt mal zu einem unserer Treffen kommen.« Sie beugt sich verschwörerisch zu ihr vor. »Der Mitgliedsbeitrag beträgt 15 Dollar im Monat, einschließlich Material, aber Sie können als mein Gast teilnehmen und bekommen das Set kostenlos.« Sie legt einen Finger auf die Lippen und lächelt. »Sagen Sie es aber nicht weiter!«

»Nein, versprochen«, erwidert Ava. Sie beugt sich über den Tisch, sucht einen hellrosa Kronkorken aus und überreicht ihn Bettie. »Der ist für Sie. Ich habe an Sie gedacht, als ich ihn gemacht habe.«

»*Erinnerungen*«, liest Bettie vor. »Ach, wie hübsch. Sehen Sie mal, Isabel!«

Isabel nickt. »Ja, sehr nett«, sagt sie. Sie hält den Waschlappen in die Höhe. »Ich stecke den mal schnell in die Waschmaschine. Ava, wollen Sie mir helfen?« Mit einem Blick, den Ava nicht so recht deuten kann, dreht Isabel den Kopf in Richtung Waschküche.

Max ist mittlerweile auf den Stuhl neben Bettie geklettert und lässt wie sie die Kronkorken durch seine Finger gleiten. Das Gelächter der beiden lässt Ava erneut lächeln. »Äh, ja, natürlich.«

In der Waschküche wirft Isabel den Waschlappen in das Spülbecken. »Nur damit Sie es wissen«, sagt sie. »Bettie leidet an vaskulärer Demenz.«

Ava stockt einen Moment lang der Atem. »O nein.«

»Dr. Richard hat die Diagnose vor einem Jahr gestellt. Sie weiß es also schon eine ganze Weile, hat aber niemandem etwas davon erzählt – er meinte, sie wollte es unbedingt für sich behalten.«

Ava muss an Nana denken, ihre Großmutter väterlicherseits. Sie erinnert sich an Nanas leere Augen, den in die Ferne gerichteten Blick, als wäre dort irgendetwas, das nur sie sehen konnte. Mit einem Kloß im Hals sagt sie: »Meine Großmutter hatte Alzheimer. Sie konnte nicht mehr allein wohnen. Sie starb in einem Pflegeheim. Ich habe mir immer gewünscht, ich könnte mehr für sie tun, aber meine Eltern haben es nicht zugelassen.«

»Bettie hat vermutlich eine Pflegeversicherung, aber das Feuer hat alles vernichtet, ich weiß also nicht, bei wem. Ich habe keine Ahnung, was sich in ihrem Haus befand oder fehlt. Letzten Endes lässt sich bestimmt alles klären, aber es dauert seine Zeit.« Isabel fährt mit der Hand über ein leeres Regalbrett, ob es verstaubt ist. »Und ich ziehe bald weg. Ich habe einen Interessenten für das Haus, und es gibt nichts, was mich hier hält.«

Ava merkt, wie alle Farbe aus ihrem Gesicht weicht. »Wegziehen? Aber Sie können doch nicht … Sie können nicht …«

»O nein«, sagt Isabel mit einem Seufzer, als Ava heftig blinzelt. »Bitte keine Tränen.«

»Tut mir leid«, schnieft Ava. »Ich meine, ich habe gedacht …« Ihre Nase beginnt zu laufen und sie wischt sich mit dem Handrücken darüber. *Reiß dich zusammen*, ermahnt sie sich. *Das soll nicht das letzte Bild von dir sein, an das sich Isabel erinnert, wie du neben einem Stapel frisch gewaschener Handtücher Rotz und Wasser heulst.*

Isabel nimmt eine Kiste, die auf dem Trockner steht. »Das ist für Sie. Na ja, hauptsächlich für Max. Ein paar Sachen von Bill, die Sie haben sollten, finde ich.« Sie schiebt die Kiste zu Ava.

Ava schnieft erneut, als sie einen Blick hineinwirft. Es ist ein Sammelsurium von irgendwelchen Sachen, aber Ava spürt, wie ihr die Kehle eng wird. Bills alte Jahrbücher, ein Manschettenknopf, einige Pullover, eine Seminararbeit, die er während seines Studiums geschrieben hat. Ein uralter Rasierapparat und ein Rasierpinsel mit Perlmuttgriff.

»Bill hat dieses Rasierset geliebt«, erklärt Isabel. »Es gehörte früher seinem Vater und wir hatten es auf dem Dachboden gelagert. Ich weiß, dass Max im Moment noch nichts damit anfangen kann, aber wenn er älter ist…«

Ava schlingt die Arme um Isabel und bricht in lautes Schluchzen aus. So viele schöne Dinge, von denen sie weiß, dass Max sie in Ehren halten wird. »Danke, Isabel!«

Sie merkt, wie Isabel in ihren Armen erstarrt, aber sie schubst sie nicht weg. Ava spürt, wie sie ihr mechanisch auf den Rücken klopft.

»Schon gut, schon gut«, sagt Isabel verlegen, und zu Avas Erstaunen klingt auch ihre Stimme ein bisschen belegt. »Wahrscheinlich habe ich später noch mehr für Sie. Irgendwo liegen Alben mit Kinderfotos von Bill – die beiden sehen sich sehr ähnlich.«

»Ja?« Ava lässt sie los und tritt einen Schritt zurück, wischt sich erneut über die Augen. Sie ist völlig aufgelöst. »Finden Sie?«

»Sagen wir mal, man sieht, dass sie Vater und Sohn sind. Daran besteht wohl kein Zweifel.« Isabel scheint eher traurig als wütend oder genervt zu sein. »Jedenfalls, diese ganze Scrapbooking-Geschichte mit Bettie, das Feuer… ich möchte, dass Max Bill kennt. Sie auch.« Isabel sieht sie an. »Es gibt so viel, was Sie wahrscheinlich nicht über Bill wissen. Schöne Dinge. Lustige Dinge. Einiges davon finden Sie hier drin.« Sie berührt die Schachtel.

»Aber…« Ava kramt erneut darin, stößt auf Bills Abschlusszeugnis, Briefe von seinen Eltern, Golfbälle, CDs, einen abgelaufenen Pass. Kleine, persönliche Erinnerungen, die Max und sie in Ehren halten werden. »Wollen Sie denn gar nichts davon?«

Isabel schüttelt den Kopf. »Ich habe alle Erinnerungen, die ich brauche, einschließlich derjenigen, auf die ich gut verzichten könnte.« Sie zuckt leicht mit den Schultern. »Aber Max hat nicht einmal das.«

Ava nimmt einen Briefbeschwerer aus der Schachtel. Ein dümmlich grinsender Pinguin aus Glas, der sie zum Lächeln bringt. »Ziehen Sie weit weg?« Die Vorstellung, dass Isabel weggeht, ist nahezu unerträglich, aber was soll Ava schon dazu sagen.

Isabel zuckt die Schultern. »Ich weiß es nicht. Sobald das Haus verkauft ist, ziehe ich erst mal zu Yvonne und überlege mir dann, was ich mache.« Isabel deutet mit dem Kopf auf den Briefbeschwerer. »Das ist typisch Bill. Hin und wieder etwas komplett Albernes. Diesen Pinguin hat er innig geliebt. Ich verstehe eigentlich nicht, warum er ihn hiergelassen hat, aber ich nehme an, er hatte andere Dinge im Kopf, als er ausgezogen ist.«

Avas Stimme ist nur mehr ein Flüstern. »Danke«, wiederholt sie.

Isabel wendet sich zum Gehen, bleibt an der Tür jedoch noch einmal stehen und dreht sich zu Ava um. »Das Treffen des Scrapbooking-Clubs findet diesen Donnerstag im Teesalon statt. Bettie hat gute Tage und schlechte Tage, aber ich bin sicher, dass sie sich auf jeden Fall freuen würde, wenn Sie kämen.«

Ava nickt. »Wir werden da sein. Wenn es Ihnen recht ist.«

Isabel erwidert nichts darauf, sondern nickt nur stumm, bevor sie wieder in die Küche geht.

Welches geheime Embargo auch gegen Yvonne verhängt gewesen sein mag, jetzt ist es aufgehoben. Seit dem Vorfall vor Hughs Haus sind keine zwei Wochen vergangen, aber in einer Kleinstadt machen Neuigkeiten schnell die Runde. Yvonnes Auftragsbuch ist wieder voll und die Liste ihrer Kunden wird immer länger. Sie muss Termine auf den nächsten Monat verschieben, weil sie mit der Arbeit nicht mehr hinterherkommt. Sie hat sogar eine Bewerbung von einem anderen Klempner erhalten, einem jungen Mann, der neu in der Stadt ist. Er würde gerne bei Yvonne arbeiten, bis er in der Gegend Fuß gefasst hat. Über so etwas hat Yvonne bisher noch nie nachgedacht, sie war damit zufrieden, allein zu arbeiten, aber wenn es so weiterläuft, könnte sie ein bisschen Hilfe gebrauchen.

Eine ihrer Kundinnen hatte angeregt, dass sie Kurse geben sollte. Nicht zu schwierig, hatte die Frau schnell hinzugefügt, nur um einige grundlegende Kenntnisse zu vermitteln.

»Ein Do-it-yourself-Kurs«, hatte sie gesagt. »Es ist gut zu wissen, dass wir es selbst können. Insbesondere wir Frauen.«

Yvonne findet die Idee nicht schlecht, und vielleicht wird sie sich im nächsten Jahr etwas intensiver damit befassen. Sie weiß, dass viel geredet wird, weil sie den rücksichtslosen Kerlen von Hillshire Paroli geboten hat, aber sie weiß auch, dass es möglicherweise einen anderen Ausgang genommen hätte, wenn sie nicht mit Hugh liiert gewesen wäre. Vielleicht hätte sie eine Beschwerde eingereicht oder einen Leserbrief an die *Gazette* geschrieben. Ein schwacher, höchstwahrscheinlich erfolgloser Versuch, sich Gehör zu verschaffen, ihr Geschäft zu retten. Gut möglich, dass sie bereits auf dem Weg in die nächste Stadt gewesen wäre, bevor man die Angelegenheit geklärt hätte, in der Hoffnung, dass sich so etwas nicht wiederholen würde.

Nein, unter den gegebenen Umständen hat sie das Richtige

getan. Sie hat nicht klein beigegeben. Die Anzeige gegen sie ist zurückgezogen worden, wobei Yvonne nicht weiß, ob sie das Sergeant Overby zu verdanken hat oder Hughs Einfluss auf seine Mutter. Wahrscheinlich Sergeant Overby. Hugh ist nicht der Typ, der sich für jemand anderen einsetzt, am allerwenigsten für Yvonne.

Yvonne schüttelt den Kopf, als sie ihren Schlüssel in die kleine Schale neben der Tür wirft. Was für ein erbärmlicher Feigling. Inzwischen versteht sie selbst nicht mehr, dass sie so hingerissen von ihm war, aber genau das war vermutlich das Problem. Sie war so begeistert über ihr Hingerissensein, dass sie überhaupt nicht sah, wie er wirklich war. Sie sah nur das, was sie sehen wollte – jemanden, der einen Platz in ihrem Herzen und ihrem Leben einnehmen könnte.

Yvonne zieht ihre Arbeitskleidung aus und wirft sie in den Wäschekorb, dann stellt sie sich unter die Dusche. Frisch und sauber geht sie anschließend zu ihrer Schmuckschatulle und legt ihre Ringe und Ohrringe hinein. Beim Anblick der silbernen Herzen mit den Türkisen hält sie kurz inne. Yvonne streicht darüber, und plötzlich kommen wieder alte Gefühle hoch.

Sam.

Sie hat nie versucht, Kontakt zu ihm aufzunehmen, und von seiner Heirat hat sie erst erfahren, als Claire, ihre andere Schwester, sie vor fünf Jahren anrief, um ihr zu erzählen, dass sie schwanger war. Sie ließ die Bombe genau in dem Moment platzen, als Yvonne dachte, sie wäre jetzt so weit, dass sie nach Hause fahren konnte, um bei Claires Babyparty dabei zu sein.

»Sie waren hier und haben Sams Vater besucht«, berichtete Claire, die Yvonnes betroffenes Schweigen ganz offensichtlich genoss.

Yvonne begriff, dass Claire sie mit diesem Anruf nicht zu

ihrer Party einladen wollte, sondern ihn vielmehr nutzte, um sie daran zu erinnern, dass ihre Familie sich keine Gelegenheit entgehen lassen würde, ihr zu zeigen, wer die Macht hatte. Sie würden ihr immer einen Schritt voraus sein, sie immer ihrer Schranken verweisen.

Yvonne nimmt die Ohrringe, dreht die Stifte zwischen den Fingern. »Glücksbringer«, hatte Sam sie genannt. Türkise waren ein Symbol der Freundschaft. Yvonne hatte sie an ihrem Hochzeitstag getragen, einem Tag, an dem sie von einer Sekunde auf die andere ohne Verlobten, ohne Freund dastand. So richtig viel Glück hatten sie ihr nicht gebracht.

Aber immerhin hatte sie dadurch die Gelegenheit bekommen, sich ein für alle Mal aus den Fängen ihrer Familie zu befreien. Selbst wenn sie jetzt zurückkehren würde, geschähe es zu anderen Bedingungen, nicht weil sie die Absichten ihrer Familie besser kennt, sondern weil sie sich besser kennt. Yvonne hat ihr Leben selbst in die Hände genommen, und das ist mehr, als sie von ihrer Mutter oder ihren Schwestern sagen kann, beide mit Männern verheiratet, die für ihren Vater arbeiten. In gewisser Weise hatte Yvonne ihre Freiheit gewonnen.

Yvonne zieht die Rückteile von den Stiften der Ohrringe und steckt sich die türkisfarbenen Herzen behutsam an, erst das eine, dann das andere. Sie streicht ihre nassen Haare zurück und betrachtet sich im Spiegel, lächelt die Frau an, die ihr Lächeln erwidert.

»Liebes, ich glaube, du überstürzt das alles ein bisschen«, sagt Madeline. »Und unter den gegebenen Umständen ist es vielleicht keine so gute Idee, gerade jetzt wegzugehen.«

»Ich komme ja wieder«, sagt Connie. Sie kann Madeline nicht ansehen, deshalb tut sie so, als wäre sie vollauf damit beschäftigt, einen Pullover zusammenzulegen. »Ich habe einfach das Gefühl, dass ich etwas Freiraum brauche, das ist alles. Irgendwie kommt mir diese Stadt auf einmal zu klein vor. Alle sehen mich komisch an, als wäre ich eine Kriminelle oder eine Randaliererin oder so was.«

»Das verstehe ich ja«, sagt Madeline. »Nur dass du nicht für eine kurze Reise packst, Connie. Du packst deine sämtlichen Sachen.« Sie deutet auf die leeren Schubfächer der Kommode, die im Schrank baumelnden Kleiderbügel.

»Es ist mir lieber, wenn ich alles dabeihabe«, sagt Connie. »Macht der Gewohnheit.«

»Aber ...« In Madelines Augen liegt ein trauriger Ausdruck.

»Und sorg dich bitte nicht wegen der Geschichte mit Serena. Daffodil, meine ich.« Connie beginnt das Regal leer zu räumen und verstaut ihre Tagebücher in einer Kiste. Ihr Blick fällt auf das schwarze Scrapbook-Album, das mit der Spitze und den Graffiti, die silbernen Anhänger sind funkelnagelneu, die Seiten leer. Sie beschließt, es dazulassen. »Ich kümmere mich darum.«

»Connie, glaubst du ernsthaft, ich mache mir deswegen Sorgen? Ich bin sicher, dass sich alles klären wird.« Madeline setzt sich auf Connies Bettkante. »Ich weiß, dass es im Augenblick furchtbar schwer für dich ist. Bist du sicher, dass du nicht darüber reden willst? Vielleicht möchtest du auch lieber mit jemand Neutrales reden ...«

»Einem Therapeuten?« Connie schüttelt den Kopf. Mit Therapeuten hatte sie in ihrem Leben genug zu tun, das muss nicht sein. »Nein, mir geht's gut, Madeline. Ich brauche nur ein bisschen Abstand. Und ich will nicht hier sein, wenn sich diese Woche der Scrapbooking-Club bei uns trifft – ich käme mir vor wie ein Freak. Du weißt selbst, dass mich alle anstarren. Wir haben meinetwegen sogar schon Umsatzeinbußen.«

»Das stimmt nicht…«, sagt Madeline, beendet den Satz jedoch nicht.

Connie wünscht, sie könnte Madeline die Wahrheit sagen, dass sie weggeht und nicht mehr zurückkommt. Dass sie ihre sämtlichen Ersparnisse von ihrem Konto abgehoben hat, die im Lauf der Jahre zu einem hübschen Sümmchen angewachsen sind, und dass zu Rayna Doherty bereits ein großzügiger Scheck unterwegs ist, der die Reparaturkosten für alle Schäden an der Farm decken sollte, auch wenn Connie gar nicht daran schuld ist. Sie möchte nicht, dass irgendetwas an Madeline hängen bleibt, und sie will sicherstellen, dass für Serena gesorgt ist. Und für ihr Junges.

Madeline wird am Anfang vielleicht traurig sein, aber sie wird sie nicht lange vermissen. Connie hat bereits Hannah angerufen, ihr aber lediglich gesagt, dass sie ihr dankbar wäre, wenn sie eine Weile aushelfen könnte. Sie und Madeline werden bald perfekt in der Küche zusammenarbeiten und sie können sich über Musik und Kunst unterhalten und all das schöngeistige Zeug, von dem Connie nichts versteht. Es ist besser für alle, wenn sie weg ist.

»Ich komm schon klar, Madeline«, versichert sie und sie hört die Stärke in ihrer Stimme, in ihren Worten. Sie wird klarkommen, das wäre ja gelacht.

Madeline verlässt widerstrebend ihr Zimmer und Connie würde ihr am liebsten nachlaufen und sie umarmen und ihr alles erzählen. Aber sie beherrscht sich.

Nachdem sie fertig gepackt hat, bleibt sie in der Tür stehen und sieht sich noch einmal in dem Zimmer um. Ihr Zimmer, ihre Zuflucht im vergangenen Jahr. Es ist bei Weitem das hübscheste Zimmer, das sie jemals gehabt hat, ein Ort, der für Connie einem Zuhause am nächsten kommt. Sie dreht sich um und geht.

In der Diele trifft sie auf Hannah, die bereits eine Schürze umgebunden hat. Sie blickt auf die beiden Koffer in Connies Händen. »Hallo.«

»Hi.« Connie sieht zur Seite und blinzelt ein paarmal.

»Brauchen Sie Hilfe?«, fragt Hannah. Bevor Connie den Kopf schütteln kann, hat ihr Hannah schon einen Koffer abgenommen.

Schweigend gehen sie zu Connies Auto. Connie öffnet den Kofferraum und Hannah hilft ihr, die Koffer darin zu verstauen.

»Das war's dann wohl«, sagt Hannah. Offensichtlich weiß sie genau, was los ist.

»Was?«, sagt Connie und versucht zu lachen. »Ich komme doch wieder.«

Hannah sieht sie an. »Versprochen?«

Connie muss schlucken und bleibt die Antwort schuldig.

Hannah legt ihr die Hand auf den Arm. »Gehen Sie nicht. Madeline wäre am Boden zerstört, und Sie haben nichts Falsches getan.«

Connie sieht Hannah an, ihr ernstes Gesicht, ihre tadellose Kleidung. Sie weiß, dass es nicht Hannahs Schuld ist, aber trotzdem ist sie irgendwie sauer auf sie. »Vielleicht stimmt es ja, Hannah, vielleicht habe ich Serena geklaut, weil ich mich einsam fühle. Mir ist doch alles zuzutrauen, das sieht man ja schon daran, wie ich mich anziehe und dass ich bei verschiedenen Pflegefamilien aufgewachsen bin.« Sie schlägt den Kofferraumdeckel zu und wirft Hannah einen trotzigen Blick zu.

Hannah lässt sich davon nicht beeindrucken. »Connie, niemand glaubt, dass Sie Serena gestohlen haben, und wenn es doch jemand tut, dann kennt er Sie nicht. Sehen Sie sich an, was Sie aus Ihrem Leben gemacht haben. Sie sind klug und kreativ. Sie haben diese geradezu unheimliche Fähigkeit, aus etwas Gutem etwas noch Besseres zu machen. Es gibt viele Leute, die an Sie glauben. Und das wollen Sie alles wegwerfen, nur weil mal nicht alles so glatt läuft? Das klingt nun gar nicht nach der Connie, auf die ich immer so eifersüchtig war.«

Connie bleibt vor Erstaunen der Mund offen stehen. Hannah? Eifersüchtig auf sie?

Hannah lacht. »Jetzt schauen Sie doch nicht so überrascht. Sie sind letztes Jahr hier aufgetaucht und haben im Teesalon das Ruder übernommen, genau zu der Zeit, als Madeline Hilfe brauchte. Danach ging es immer weiter bergauf – Sie haben ihr geholfen, ihren Traum zu verwirklichen. Und es ist Ihnen zu verdanken, dass letztes Jahr diese Freundschaftsbrot-Aktion so ein großer Erfolg war. Ich habe Sie bewundert, aber es war auch ein bisschen Neid dabei. Sie sind so jung, aber Sie wissen, wer Sie sind. Ich bin immer noch dabei, es herauszufinden. Ich sehe Sie an und denke: So viel Mut hätte ich auch gern. Und ich weiß, dass ich da nicht die Einzige bin.«

»Warum verhalten sich dann alle so merkwürdig?«

Hannah zuckt die Achseln. »Weil die ganze Geschichte merkwürdig ist. Es liegt nicht an Ihnen, es liegt an der Situation. Und dann auch noch das Feuer – alle sind durcheinander. Aber die Leute, die an Sie glauben, blicken auf Sie. Wenn Sie ängstlich oder nervös sind, sind sie es auch. Wenn Sie damit zurechtkommen …«

»Kommen sie auch damit zurecht. Ich hab's verstanden.«

»Das hoffe ich«, sagt Hannah und dann nimmt sie Connie unvermittelt in die Arme. »Weil dieser Ort nicht derselbe ist, wenn Sie nicht da sind.« Sie lässt Connie wieder los und lächelt sie an, dann dreht sie sich um und geht zurück in den Teesalon.

Kapitel 18

In Avalon sinken die Temperaturen. Halloween steht vor der Tür, die Veranden sind mit Vogelscheuchen und Kürbissen dekoriert, Fenster und Hauseingänge mit Gespenstern aus flatterndem Papier.

Frances sitzt an ihrer Nähmaschine, auf dem Bügelbrett liegen zwei halb fertige Kostüme, Mei Lings Quilt hängt über der Tür zur Speisekammer. Nick hat sich dieses Jahr geweigert, ein selbst genähtes Kostüm anzuziehen, und erklärt, er würde als Skateboarder gehen. T-Shirt, Jeans, Turnschuhe, Strickmütze, Skateboard, fertig. Frances hat versucht, sich ihre Enttäuschung nicht anmerken zu lassen, aber es gelingt ihr nicht ganz. Seit seiner Geburt hat sie jedes Jahr ein Kostüm für ihn genäht.

»Mom«, sagt er, als sie ihm verschiedene Vorschläge macht. Pirat, Skelett, Zauberer. »Das ist doch Kinderkram.«

Na ja, er ist ein Kind, oder? Frances kommt noch nicht so recht damit klar, dass ihr Sohn anfängt, sich von ihr zu emanzipieren, dass sie nicht mehr in der Lage ist, seine Bedürfnisse vorauszuahnen. Sie hat immer gedacht, darin wäre sie gut. Es war einfacher, als er jünger war, und mit Brady und Noah hat sie diese Probleme nicht. Aber Noah wird langsam vom kleinen Jungen zum jungen Mann, und Frances weiß nicht genau, wie sie damit umgehen soll.

»Entschuldigen Sie«, sagt sie, als Hannah sich meldet. Sie berichtet ihr von ihren Sorgen. »Sie haben mir doch erzählt, dass Jamie mehrere Brüder hat, und ich dachte, vielleicht könnte ich mir ein paar Tipps geben lassen. Ich bin mit meinem Latein am Ende.«

»Ich kann Ihnen da wohl nicht helfen«, erwidert Hannah. »Aber ich mache Sie gern mit Jamies Mutter bekannt. Sandra Linde ist eine wunderbare Frau, und Sie beide haben viel gemeinsam.«

Sandra lädt die beiden zum Kaffeetrinken ein. Auf dem Weg zu ihrer Haustür erspäht Frances einen verbogenen Basketballkorb, aber sonst ist nichts mehr von all dem Jungenkram zu sehen, der sich bei ihnen zu Hause findet. Dreiräder auf dem Rasen, ein Sammelsurium von Gummibällen, Basebällen, Fußbällen, das eine oder andere liegen gebliebene Spielzeug, Becher mit eingetrockneten Farbresten, Bradys Schuhe. Und dazu noch all das, was ihre Söhne so anschleppen. Ein vergessener Frosch in einem Glas, selbst gebastelte Schwerter, ein Eimer mit Steinen. Sie weiß, dass Sandras Söhne um einiges älter sind, aber aus irgendeinem Grund hatte sie angenommen, hier noch Spuren ihrer Kindheit vorzufinden.

Als Sandra die Tür öffnet und sie begrüßt, sieht sie es. Oder besser gesagt, sie riecht es. Müffelnde Schuhe und Socken, Berge von Schmutzwäsche. Sandra hält ihr Haus in Schuss, viel besser als Frances, aber es riecht nach Jungen, stellt sie erfreut fest.

»Entschuldigen Sie die Unordnung«, sagt Sandra. Sie hebt ein feuchtes Handtuch vom Boden auf und ruft: »Peter, komm sofort her und häng das auf!«

Ein Sechzehnjähriger mit nassen Haaren schlurft aus seinem Zimmer und Frances ist überrascht, wie groß er ist. Sie kann sich nicht vorstellen, dass einer ihrer Jungen mal so … aussieht.

»Mein Jüngster«, sagte Sandra stolz und dann deutet sie auf

Fotos von Jamie, ihrem Ältesten, und den Zwillingen Casey und Bailey, die in Vermont aufs College gehen. Wohin man sieht, Trophäen, Sportausrüstung und Bücher. Es ist wie die ausgewachsene Version von Frances' Haus.

Die Tür öffnet sich erneut und herein kommt Jamie, noch in seiner UPS-Uniform.

»Hi, Mom«, sagt er und gibt Sandra einen Kuss auf die Wange, bevor er dasselbe bei Hannah tut. Er legt einen Arm um ihre Taille. »Ich hab gehört, hier findet eine Party statt, und die wollte ich mir nicht entgehen lassen.«

Sandra grinst und Frances sieht, dass sie sich freut, ihn bei sich zu Hause zu haben. Ihr wird es bestimmt auch einmal so gehen. Hannah und Jamie verschwinden in der Küche, während Sandra und Frances es sich im Wohnzimmer gemütlich machen.

»Hannah hat mir erzählt, dass Sie Familienzuwachs bekommen«, sagt Sandra, nachdem sie sich gesetzt haben. »Wie aufregend!«

»Ja«, sagt Frances und strahlt. »Es gibt zwar noch jede Menge zu tun, aber wir freuen uns. Wir freuen uns alle.«

»Ein Mädchen«, sagt Sandra versonnen. »Das war immer mein Traum – ein Junge und ein Mädchen. Auf jeden Fall hatten wir zwei geplant und als dann die Zwillinge kamen, mussten wir uns eine neue Strategie überlegen. Wir sind von der Manndeckung zur Raumdeckung übergegangen. An dem Punkt haben wir uns gesagt, was soll's, wir sind ihnen zahlenmäßig sowieso schon unterlegen, deshalb haben wir dann noch Peter bekommen.« Sie lacht.

Frances fragt sich, wann sie wohl ebenso locker wie Sandra Linde über ihre Kinder und ihre Elternschaft sprechen kann. Sandra hat offensichtlich eine enge Beziehung zu ihren Söhnen.

»Ich schätze mal, aus diesem Grund sitze ich hier«, sagt sie. »Ich dachte, ich hätte alles im Griff, jetzt wo Mei Ling auf dem Weg ist. Aber seit Neuestem grenzt sich Nick, mein Achtjähriger, ab und ist aufmüpfig. Er will nichts mehr mit uns gemeinsam unternehmen und scheint sich schon jetzt meinetwegen zu schämen. Neulich hat er genervt die Augen verdreht, als ich ihm sagte, er soll seine Jacke zumachen. Ist es dafür nicht ein bisschen früh?«

Sandra stößt einen Seufzer aus. »Casey war genauso«, erinnert sie sich. »Er wollte nicht, dass ich ihn ins Klassenzimmer begleite wie seine Brüder. Er wollte nicht, dass ich ihm reinrede, was seine Kleider betrifft.«

Das klingt ganz nach ihrem Sohn, und die letzte Bemerkung versetzt Frances einen Stich. »Aber wie kann ich ihm denn nicht bei seinen Kleidern reinreden?«, fragt sie. »Nick ist doch erst acht!«

Sandra lacht. »Ich glaube nicht, dass das irgendetwas mit dem Alter zu tun hat«, sagt sie. »Eher mit ihrer Persönlichkeit. Sie sind auf eine bestimmte Weise gepolt, wenn sie auf die Welt kommen. Wir können darauf Einfluss nehmen, das schon, aber im Grunde genommen sind sie, wie sie sind.« Sie deutet mit dem Kinn den Flur hinunter. »Mit Peter ist es am einfachsten von allen meinen Söhnen. Er ist umgänglich und friedfertig. Man sagt ihm etwas, und er tut es. Andererseits hat er ein Talent dafür, sich Schwierigkeiten einzuhandeln. Wenn es irgendwo Ärger gibt, ist Peter bestimmt nicht weit.«

Frances denkt an den Jungen, den sie vor zehn Minuten das erste Mal gesehen hat. »Wirklich?«

»Peter, komm doch mal her!«, ruft Sandra. Eine Sekunde später taucht Peter im Wohnzimmer auf, eine Tüte Chips in der Hand.

»Hey, da ist er ja«, sagt Jamie, der in diesem Moment

mit Hannah aus der Küche kommt. »Der strahlende Held!« Jamie fährt seinem Bruder durch die Haare, bevor der sich wegducken kann.

»Lass das«, sagt er, aber er grinst dabei.

»Sie haben wieder ein Spiel gewonnen«, erklärt Sandra. »Peter ist in der Football-Mannschaft. Sie haben gerade eine Siegesserie, das erste Mal in sechs Jahren. Alle sind ganz aufgeregt.«

Frances nickt stumm, in den Anblick dieser erwachsenen Versionen ihrer Söhne versunken. Sie kann sich nicht vorstellen, dass sie sie jemals überragen werden, aber ihr ist klar, dass es so kommen wird – Reed ist eins fünfundachtzig und ihre Söhne sind schon jetzt größer als die meisten anderen Jungen in ihrem Alter.

»Du sollst kein Essen in dein Zimmer mitnehmen«, erinnert Sandra Peter und nimmt ihm die Chipstüte ab. »Wie oft muss ich dir das noch sagen?«

»Jamie isst doch auch, wo er will.«

»Jamie hat eine eigene Wohnung und er ist erwachsen. Solange du unter meinem Dach wohnst, isst du nicht in deinem Zimmer.« Sie dreht sich zu Frances und flüstert: »Jamie ist der Ordentliche von den vieren. Er hat immer sein Bett gemacht, seine Wäsche selbst zusammengelegt, den Tisch gedeckt. Sehr verantwortungsbewusst.«

»Ich bin auch verantwortungsbewusst«, murmelt Peter, der ihre Worte gehört hat.

»Klar, verantwortlich für zweimal Feueralarm in der Schule im letzten Monat«, sagt Jamie.

»Das war ich nicht«, protestiert sein Bruder.

Sandra ignoriert ihn. »Er hat immer noch Hausarrest«, erklärt sie Frances. »Davon habe ich Ihnen bis jetzt noch nichts erzählt. Man hofft eben immer, dass man bei ihrer Erziehung letzten Endes doch alles richtig macht.«

»Ich hab gesagt, das war ich nicht«, wiederholt Peter.

»Lass mich raten – war es Spit Parker?«, sagt Jamie spöttisch. An Hannah und Frances gewandt fährt er fort: »Spit Parker ist der Quarterback. Eine Legende, ein kleiner Gott. Er kann einfach nichts falsch machen, weil er das Team zur Meisterschaft führt. Stimmt's, Pete?«

Peter murmelt irgendetwas vor sich hin. Frances kann die Worte »nicht gerecht« heraushören.

»Sieh mal, Peter«, sagt Sandra. Ihre Stimme klingt jetzt streng. »Ich weiß, dass du gesagt hast, du warst es nicht. Aber du weißt, wer es war, und das macht dich zum Komplizen. Es mag wie ein harmloser Streich erscheinen, aber in einer solchen Situation geraten die Leute leicht in Panik. Jemand könnte verletzt werden und das willst du doch bestimmt nicht.«

Peter lässt den Kopf hängen.

»Mir ist klar, dass du dich Spit gegenüber loyal verhalten willst, aber ein guter Freund zu sein, bedeutet nicht, die Wahrheit zu verschweigen. Es bedeutet, dem anderen zu helfen, die richtigen Entscheidungen zu treffen, nicht die falschen zu rechtfertigen. Verstehst du, was ich meine?«

Nicken.

Frances wünschte, sie könnte sich Notizen machen, das, was sie hier miterlebt, in einem Protokoll festhalten. Sie würde gern glauben, dass ihre Jungen sich niemals danebenbenehmen, niemals in Schwierigkeiten geraten werden, aber sie tun es ja bereits jetzt. Vielleicht sollte sie lieber gleich lernen, wie man damit umgeht.

»Du bist ein guter Junge, Peter, aber das heißt nicht, dass dein Vater und ich es dir durchgehen lassen, wenn du dich falsch verhältst oder tatenlos zusiehst, wie sich jemand anderes falsch verhält. Ich möchte nicht, dass du jemals auf etwas zurückblickst und es bereust. Und jetzt raus mit euch«, fährt Sandra fort und wedelt mit der Hand. »Ich möchte mich noch ein bisschen in Ruhe mit Mrs Latham unterhalten, bevor es Zeit fürs Abendessen ist.«

Keiner rührt sich vom Fleck. Peter wirkt bedrückt, es ist offensichtlich, dass ihm etwas auf der Seele liegt, und Jamie runzelt die Stirn.

»Peter, was ist los?«, fragt er.

»Nichts«, murmelt Peter, macht jedoch auch weiterhin keine Anstalten zu gehen.

»Ich kitzel es aus dir raus, wenn es sein muss«, sagt Jamie und macht drohend einen Schritt auf seinen Bruder zu. Peter weicht zurück.

»Okay, okay!« Peter ist eindeutig nervös und sowohl Jamie wie auch Sandra scheinen allmählich die Geduld zu verlieren. Eine solche Szene spielt sich hier nicht zum ersten Mal ab, so viel ist sicher. Frances wäre beunruhigt, wenn sie es nicht gleichzeitig so faszinierend finden würde.

Peter holt tief Luft. »Versprich mir, dass du nicht wütend wirst.«

»*Peter*«, sagt Sandra Linde gereizt, ihre Mundwinkel zeigen nach unten. »Zwing mich nicht dazu, deinen Vater anzurufen.«

»Na gut.« Mit einem Seufzer lässt Peter sich auf die Couch fallen. »Ich muss dir was sagen.«

Geschafft, das ist die letzte. Isabel hat sämtliche Kisten durchgesehen, einen großen Stapel Sachen für Ava und Max zur Seite gelegt, und einen noch größeren für Goodwill und verschiedene Kirchengemeinden. Eine der Kisten hat sie bereits an Bills Mutter geschickt, zusammen mit einem langen Brief, über dem sie die halbe Nacht gebrütet hat.

Isabels Habseligkeiten sind bis auf die Sachen in der Küche und in ihrem Schlafzimmer in einer Ecke der Garage zwischengelagert. Es ist immer noch eine ganze Menge, aber sie weiß, was es ist, hat bewusst entschieden, was sie behalten und was sie weggeben will. Es ist unglaublich, wie befreit sie sich auf einmal fühlt, wie hoffnungsvoll. Sie hat nicht länger das Gefühl, von all dem Zeug um sie herum, über das sie längst den Überblick verloren hat, erdrückt zu werden. Endlich befindet sich alles an seinem Platz.

Dan und Nina wollen diese Woche noch einmal kommen und Isabel ist bereit. Das Haus ist sauber, es stehen nur noch einige wenige bequeme Möbel darin, jeder Spiegel und jede Glasscheibe funkelt. Am meisten freut sich Isabel jedoch über die Veranda, der Ian Braemer vor einer Woche den letzten Anstrich verpasst hat. Endlich sieht das Haus wieder wie ein echtes Heim aus – und fühlt sich auch so an.

Isabel ist gerade auf dem Weg zur Tür, um zum Treffen des Scrapbooking-Clubs zu fahren, als das Telefon klingelt. Sie ist sowieso schon spät dran und überlegt kurz, ob sie es dem Anrufbeantworter überlassen soll, das Gespräch anzunehmen, beschließt dann aber doch abzunehmen.

»Isabel?« Eine Männerstimme, zittrig und unsicher. »Hier ist Buddy McGuire, Eulas Mann.«

»Oh, hallo, Buddy«, sagt Isabel. »Was gibt's?«

»Eula und ich sind hier im Krankenhaus in Freeport. Bettie ist gestürzt. Sie hat sich das Handgelenk gebrochen, aber ansonsten geht's ihr gut.«

Isabel umklammert den Hörer. »Ich komme so schnell wie möglich.«

»Sie wird gleich operiert und der Arzt meint, danach ist sie erst mal eine Weile weggetreten. Wir können sie später mit nach Hause nehmen, ich denke, es ist nicht nötig, dass Sie extra herfahren. Ich dachte nur, Sie könnten bei dem Scrapbooking-Treffen heute Abend vielleicht den anderen Bescheid sagen, dass sie nicht kommt.« Er räuspert sich verlegen. »Eula ist ganz schön durcheinander. Sie und Bettie haben sich gestritten und Bettie wollte aus dem Zimmer stürmen, und da ist sie hingefallen.«

»Gestritten? Weswegen denn?«

»Bettie hat Eula vorgeworfen, sie würde ihr Essen vergiften und sie gefangen halten. Sie hat Eulas Autoschlüssel genommen und Eula wollte sie aufhalten. Dabei ist sie hingefallen.«

»Ach, Buddy.« Isabel kann sich lebhaft vorstellen, was passiert ist. »Das tut mir sehr leid. Aber ich bin froh, dass Eula sie nicht hat Auto fahren lassen. Dr. Richard sagt, dass sie nicht mehr dazu in der Lage ist.«

»Isabel, ich weiß nicht, ob wir das noch länger schaffen. Eula und Bettie sind gute Freundinnen, aber das ist nicht mehr die Bettie, die wir kennen. Die halbe Zeit vergisst sie, warum sie bei uns ist. Tagsüber kommen wir zu überhaupt nichts mehr und nachts wird es auch immer schlimmer. Wir kommen kaum zum Schlafen, weil sie durchs Haus wandert, und wenn ich die Türen abschließe, regt sie sich furchtbar auf.«

Isabel weiß nicht, was sie sagen soll, aber sie kann sich vorstellen, wie schwierig es für die beiden ist. »Ich rede mit Dr. Richard, uns fällt bestimmt etwas ein«, verspricht sie.

Das scheint Buddy jedoch nicht zu genügen. »Eula und ich sind beide Mitte siebzig«, fährt er fort. »Wir haben Bettie wirklich gern, aber das geht über unsere Kräfte. Es fällt mir nicht leicht, das zu fragen, aber gibt es jemand anderen, der sie aufnehmen könnte?«

»Ich werde es heute Abend bei dem Treffen zur Sprache

bringen«, sagt Isabel. »Und bis wir eine andere Lösung gefunden haben, kann sie bei mir bleiben.«

»Okay.« Buddy klingt erleichtert, aber gleichzeitig schuldbewusst. Isabel überlegt, dass er vermutlich am Ende seiner Kräfte ist. Er und Eula hatten gleich nach dem Brand ihre Hilfe angeboten und Bettie bei sich aufgenommen. Niemand hatte einen Gedanken an Betties Demenz verschwendet, einschließlich Isabel. Zunächst war es nur darum gegangen, Bettie irgendwo unterzubringen, wo sie sicher aufgehoben und unter Freunden war.

Isabel bedankt sich bei Buddy und legt auf. Sie starrt auf ihre Autoschlüssel und überlegt, was sie jetzt tun soll. Die Clubmitglieder gehen davon aus, dass Bettie heute Abend kommt, und wie Isabel weiß, hat es dank der Frauen die Runde gemacht, dass Bettie im Feuer alles verloren hat. Sie rechnen mit einer großen Beteiligung und Isabel kann das Treffen nicht absagen.

Es ist nicht weit bis zum Teesalon, aber Isabel lässt sich auf der Fahrt dorthin Zeit, um nachzudenken. Als sie schließlich bei Madeline ankommt, weiß sie, was sie sagen wird.

Der Teesalon ist brechend voll, die Leute drängen sich im Wohnzimmer und stehen an den Wänden entlang bis in die Diele. Isabel ist überrascht, auch Männer zu sehen. Sie erkennt Clyde Thomas, den Apotheker, der neben seiner Frau sitzt und sich mit einem anderen Paar unterhält. Da ist dieser spindeldürre Typ, den Isabel von der Reklame für KAVL 94.5 FM kennt, und hört interessiert einer älteren Frau zu, die ihm ausführlich jede einzelne Seite ihres Albums erklärt. Ein paar weitere Männer stehen lachend am Büfett und häufen sich ihre Teller voll. Höchstwahrscheinlich haben sie keinen blassen Schimmer von Scrapbooking, sondern sind nur zu Betties Unterstützung gekommen.

Isabel entdeckt Ava und Max und lächelt, als Max ihr zuwinkt. Yvonne findet sie bei den Canapés. Das mit Buddy und Eula wird sie später erklären, erst einmal will sie ihre Ansprache hinter sich bringen. Isabel hat noch nie viel davon gehalten, etwas auf die lange Bank zu schieben oder sich in weitschweifigen Einleitungen zu verlieren, deshalb geht sie ganz nach vorne und versucht, die Aufmerksamkeit der Anwesenden auf sich zu ziehen.

»Entschuldigen Sie bitte«, sagt sie laut, aber keiner hört sie. Yvonne versucht zu pfeifen, aber auch das geht in dem allgemeinen Tohuwabohu unter. Im Teesalon herrscht ein solcher Lärm, dass Isabel schließlich zu dem verzierten Hammer greift und ihn auf den Holzblock sausen lässt. Schlagartig ist es im Raum still, und alle Köpfe drehen sich zu ihr.

»Äh, ich erkläre das Treffen der Avalon Ladies Scrapbooking Society hiermit für eröffnet.« Isabel räuspert sich verlegen. »Wie Sie alle sehen können, bin ich nicht Bettie.«

Dafür erntet sie einige Lacher und sie sieht, dass Yvonne und Ava ihr aufmunternd zulächeln. »Sie wissen vielleicht, dass vergangene Woche Betties Haus abgebrannt ist. Heute Nachmittag wurde sie nach einem Sturz ins Krankenhaus gebracht. Sie hat sich das Handgelenk gebrochen und kann deshalb heute Abend nicht bei uns sein.«

Allgemeines erschrockenes Gemurmel, der eine oder andere sieht sich um, als könnte Bettie plötzlich doch noch auftauchen.

Isabel fährt fort. »Ich weiß, dass es viele Spekulationen über dieses Feuer und seine Ursache gegeben hat. Wir werden es wohl nie genau wissen, weil Bettie sich nicht erinnern kann.

Sie leidet an einer vaskulären Demenz. Das ist nach Alzheimer die zweithäufigste Form von Demenz. Sie wird durch kleine Schlaganfälle verursacht, durch die Gehirnzellen absterben, manchmal werden sie auch als ›stille Schlaganfälle‹ bezeichnet, weil der Betroffene nicht unbedingt etwas davon merkt. Im Lauf der Zeit treten die Symptome aber deutlich zutage – Gedächtnislücken, Verlust der Erinnerung, Verwirrtheit, der Verlust kognitiver Fähigkeiten.

Das bedeutet, dass es Zeiten geben wird, zu denen Bettie verwirrt ist, nicht weiß, wer sie ist oder Freunde nicht erkennt. Sie vergisst vielleicht, welcher Tag ist, oder sie wird mitten in einer Unterhaltung plötzlich müde oder ungeduldig.

Vaskuläre Demenz unterscheidet sich von Alzheimer insofern, als es keinen klaren Verlauf gibt. Deshalb haben viele von uns zwar gemerkt, dass mit Bettie etwas nicht stimmt, aber wir hätten nicht sagen können, was. Bettie hat uns immer so bereitwillig bei unseren Problemen geholfen – ob wir es wollten oder nicht –, dass wir wohl die Gelegenheit verpasst haben, ihr bei ihren Problemen zu helfen.«

Isabel blickt in die Runde und holt tief Luft. Einige Frauen betupfen sich die Augen und schniefen. Isabel fürchtet, dass sie gleich selbst ein Taschentuch braucht. »Bettie hat in diesem Feuer alles verloren, aber ich glaube, viel schlimmer ist für sie, dass sie im Begriff ist, sich selbst zu verlieren. Alles, was eine Erinnerung auslösen oder ihr helfen könnte, sich in diesem Moment zu orientieren, wurde vernichtet.

Vor Kurzem bin ich alte Fotoalben durchgegangen. Obwohl ich Bettie nie als enge Freundin bezeichnet hätte, habe ich eine ganze Menge Fotos gefunden, auf denen sie mit drauf ist – sie war ein Teil meines Lebens, selbst wenn mir das nicht klar war. Ich bin sicher, dass es vielen von Ihnen genauso geht. Auf der Fahrt hierher habe ich mir deshalb überlegt, dass wir alle Fotos von Bettie aus unseren Alben heraussuchen könnten, um daraus ein neues Album für sie zu machen. Wenn jeder nur ein oder zwei Bilder beisteuert, sind es schon mehr als hundert. Das wäre ein guter Anfang. Vielen Dank.« Isabel setzt sich, nur um eine Sekunde später noch einmal aufzustehen und mit dem Hammer das Zeichen zu geben, dass das Treffen offiziell beendet ist.

Nach ihrer Ansprache herrscht im Raum erst einmal lange nachdenkliches Schweigen. Dann wird eine Hand gehoben und Patsy Jones steht auf.

»Ich weiß, dass ich Fotos aus dem Jahr habe, in dem wir in unserer Kirchengemeinde diese Quilts genäht haben«, sagt sie mit zitternder Stimme. »Ich suche sie gern heraus und schreibe etwas dazu. Außerdem könnte ich Fotos von den Quilts machen, die bei den Leuten zu Hause hängen.« Ihre Freundin tätschelt ihr ermutigend den Arm, und Patsy lächelt, bevor sie sich wieder setzt.

Floyd O'Neill, Vater von drei Kindern und Mitglied der freiwilligen Feuerwehr, erhebt sich als Nächster. »Guten Abend, mein Name ist Floyd. Ich bin weder eine Frau noch mache ich Scrapbooks, sondern ich bin hier, weil ich geholfen habe, das Feuer zu löschen.« Vereinzelt ist zuerst leises Kichern zu vernehmen, aber als er das Feuer erwähnt, sind die meisten Gesichter ernst. »Ich habe letztes Jahr bei dem Umzug zum 4. Juli Fotos im Avalon-Park gemacht und auf einigen ist auch Bettie drauf. Jedes Mal, wenn ich mir die Bilder ansehe, muss ich daran denken, dass sie mir die ganze Zeit erklären wollte, wie man einen Grill bedient. Sie hat mich wahnsinnig gemacht, aber heute kann ich darüber lachen. Bettie vielleicht auch.« Er setzt sich wieder.

Einige der Anwesenden nicken und eine Frau ruft: »Bei unseren Treffen sind Männer übrigens herzlich willkommen!« Floyd reckt den Daumen in die Höhe und man hört leises Gelächter.

Cassandra Simon steht auf. »Hermina und ich haben Fotos

von unserem Scrapbooking-Club aus der ganzen Zeit seit seiner Gründung«, sagt sie laut. »Stimmt doch, oder, Hermina?«, ruft sie einer Frau am anderen Ende des Raums zu.

Hermina Hooper nickt. »Bettie hat immer sehr viel Wert darauf gelegt, unsere Aktivitäten zu dokumentieren. Wir könnten mit Leichtigkeit zwei Alben füllen!«

»Drei«, korrigiert Cassandra zuversichtlich. »Mindestens.« Vonseiten einiger langjähriger Clubmitglieder ist bekräftigendes Gemurmel zu vernehmen.

Isabel sieht, dass Madeline Ava einen Block und einen Stift reicht.

Brett Hull hebt die Hand. »Bettie hat immer tatkräftig unsere örtliche Pfadfindergruppe unterstützt. Jedes Jahr hilft sie uns dabei, ein Album zu unserem Campingwochenende zu machen. Ich könnte die ehemaligen Gruppenleiter fragen, ob sie auch Fotos mit ihr drauf haben.«

Hope Weaver ist die Nächste. »Ich könnte einige unserer Lieblingsrezepte zusammenstellen«, sagt sie. »Ich meine, ich bin keine gute Köchin, aber ich weiß, dass es ein paar Sachen gibt, die Bettie immer besonders gern gegessen hat.«

»Meinen Tomatensalat«, sagt Sue Pendergast stolz. »Sie hat nie rausgekriegt, wie ich ihn mache. Das liegt daran, dass ich ein paar Geheimzutaten verwende, ich gebe einen Teil Rotweinessig dazu und außerdem einen halben Teelöffel Senfpulver …«

Madeline hebt die Hand. »Da kann ich helfen. Wir können die Rezepte und die Fotos dazu übernehmen.«

»Bettie und ich sind dem Handglockenchor beigetreten, als wir beide Anfang zwanzig waren«, meldet sich Louella Jones zu Wort. »Ich weiß nicht, ob ich davon noch Bilder habe, aber ich kann nachsehen.«

»Ich erinnere mich«, ruft jemand anderes. Es ist Percy Rush, ein älterer Herr. Er fuchtelt mit seinem Gehstock in der Luft herum. »Es klang, als würden Engel auf einem Xylophon tanzen! Ihr habt immer bei den Weihnachtsparaden gespielt, ich erinnere mich!«

»Vielleicht gibt es in der *Avalon Gazette* Fotos davon«, sagt Edie Gallagher Johnson, Dr. Richards Frau und Reporterin bei der *Avalon Gazette*. Sie stillt gerade ihre Tochter Miranda, und einigen der älteren Einwohner von Avalon ist das offenbar so peinlich, dass sie demonstrativ überallhin blicken, nur nicht zu Edie. »Ich kann in den Archiven nach Fotos von Bettie suchen. Und ich kann nachsehen, ob ich auch noch Berichte finde, und Kopien davon machen.«

Ava schreibt eifrig mit und notiert mit Yvonnes Hilfe Namen und Kontaktdaten für jedes Hilfsangebot.

Ein Mann steht auf. Sein Gesicht ist sonnenverbrannt und er trägt ein langärmliges Karohemd mit einer Weste darüber. In der Hand hält er einen Filzhut. »Entschuldigen Sie bitte. Mein Name ist Henry Tinklenberg und ich wollte nur sagen, dass mir das mit Miss Shelton furchtbar leidtut«, sagt er. »Sie war eine der Ersten, die meine Frau und ich damals kennengelernt haben, als wir nach Avalon gezogen sind. Und als Abigail starb, war Bettie die Erste, die vor meiner Tür stand. Abigail wollte ein Album für unsere Enkel machen, wissen Sie, aber sie hat es nicht mehr zu Ende gebracht. Ich hatte nicht die geringste Ahnung von so was. Bettie hat sich mit mir hingesetzt und mir dabei geholfen, es fertig zu machen. Wir haben beinahe ein Jahr dafür gebraucht – ich bin nicht so schnell wie die Damen hier. Aber sie ist so lange gekommen und hat mir geholfen, bis es fertig war. Ich bin sehr dankbar für ihre Freundschaft und helfe gern, wo ich kann. Danke.« Er setzt sich wieder.

»Ich auch.« Ella Kline steht auf. »Meine Mutter ist an Alzheimer gestorben. Sie war eine leidenschaftliche Scrapbookerin, und Bettie hat ihr bei einigen Alben geholfen. Es war komisch, aber wenn Mom an einem Album gearbeitet hat, war sie fast wie früher. Selbst als es aufs Ende zuging, als sie nicht einmal mehr mich erkannte, hat sie sich immer noch gern die Bilder in ihrem Scrapbook angesehen. Ich helfe ebenfalls gern, wo es geht.« Ella setzt sich und wischt sich über die Augen.

Madelines Teesalon ist jetzt voller Erinnerungen und Emotionen, jeder erinnert sich daran, welchen Einfluss Bettie auf sein Leben genommen hat. Taschentücher werden herumgereicht, aber es ist auch immer wieder Lachen zu hören. Immer mehr Hände werden gehoben und eine Geschichte folgt der anderen.

Kapitel 19

Connie hält an und stellt den Motor ab. Über dem Eingang hängt ein großes Schild.

Doherty Farm
Kühe, Ziegen, Schafe, Pferde, Kaninchen und Hühner
Verirren Sie sich in unserem 2 ha großen Maislabyrinth!
Mo.–Fr. 10–15 Uhr
Erwachsene 3 $, Kinder 1 $, Kinder unter 5 Jahren frei
Erkundigen Sie sich nach unseren speziellen Geburtstagsangeboten!

Linker Hand steht eine große rote Scheune mit einem Traktor davor, dahinter dehnen sich Maisfelder aus. Vor sich sieht Connie neben einem weiß gestrichenen Farmhaus ein weiteres großes Gebäude und einen Getreidespeicher. Hinter dem Farmhaus drehen sich mehrere Windräder. Auf dem staubigen Parkplatz stehen ein paar Autos, aber im Übrigen wirkt alles ziemlich verlassen.

Connie schraubt die Orangensaftflasche auf und trinkt ein paar Schlucke. Sie ist hungrig, aber sie hat nichts außer einem Müsliriegel dabei. Raynas Farm liegt südlich von Avalon, und wenn Connie einfach so weiterfährt, erreicht sie die ausgedehnten Prärien von Illinois. Sie hätte mehr Proviant einpacken sollen, aber sie wusste ja nicht, wohin sie fahren würde, und sie hat ganz bestimmt nicht vorgehabt, hier zu landen.

Es ist ein großes Anwesen, schätzungsweise 25 Hektar, vielleicht sogar noch mehr. Connie weiß, dass sie nicht unbemerkt auf das Gelände fahren kann, und sie ist zu weit entfernt, um eines der Tiere zu sehen, schon gar nicht Serena.

Sie schließt die Augen. Sie neigt sonst nicht zu unüberlegten Handlungen, und das hier ist vielleicht das Dümmste, was sie jemals getan hat. Trotzdem bringt sie es nicht über sich, einfach wieder zu fahren.

Da klopft jemand an ihr Fenster. Connie öffnet die Augen und blickt in das lächelnde Gesicht eines älteren Mannes. Es ist braun gebrannt und voller Falten von der vielen Sonne, und er hält eine abgenutzte Baseballkappe in der Hand. »Haben Sie sich verfahren?«, fragt er.

Connie lässt die Scheibe herunter und streicht sich über die Haare – sie muss ziemlich zerzaust aussehen. »Ich mache nur eine kurze Pause«, sagt sie. »Ich bin auf der Durchreise.«

»Wir haben noch jede Menge Kürbisse«, sagt er. »Sie können sie sich selbst aussuchen. Und wir hatten eine Rekordernte an roter Beete und Pastinaken, deshalb gibt's die heute im Sonderangebot.«

Connie zwingt sich zu einem Lächeln. »Das ist ja toll«, sagt sie höflich.

»Prima!«, sagt der Mann. »Dann folgen Sie mir mal!«

»Was? Äh, nein, ich meine, das ist sehr nett von Ihnen …«, versucht Connie zu protestieren, aber der Mann ist schon auf dem Weg zu dem Traktor. Er winkt ihr mit seiner Kappe zu, bevor er sie aufsetzt und auf den Sitz klettert. »Da lang!«, ruft er. Der Motor des Traktors springt ratternd an.

Connie ist unschlüssig. Am vernünftigsten wäre es, den Motor anzulassen und weiterzufahren. Doch als sie sieht, dass ihr der Mann ein weiteres Mal freundlich zuwinkt, denkt sie: *Was habe ich groß zu verlieren?* Sie will Serena wiedersehen, und sei es auch nur für einen kurzen Moment. Die Gelegenheit kommt vielleicht nie wieder.

Der Mann tuckert mit seinem Traktor auf den Parkplatz, dann stellt er den Motor ab und springt herunter. Er ist bestimmt schon über siebzig, aber sehr gelenkig, und Connie muss unwillkürlich an Madeline denken. Sie ist froh, dass Hannah bei ihr ist und im Teesalon hilft, weil es eine schreckliche Vorstellung wäre, wenn Madeline allein mit allem fertig werden müsste. Ihr ist wohler zumute, wenn sie weiß, dass Hannah und Madeline sich umeinander kümmern, aber sie hat nicht damit gerechnet, dass sie Madeline so sehr vermissen würde. Sie vermisst sogar Hannah, die ihr gegenüber sehr viel freundlicher gewesen ist als umgekehrt.

Sie sieht zu der Scheune, an der ein handgemaltes Schild einlädt: STATTEN SIE UNSEREM STALL EINEN BESUCH AB! Da drin muss Serena sein.

»Bei uns kriegen Sie auch leckere Marmeladen«, sagt der Mann. »Soll ich vorausgehen?« Er deutet mit dem Kopf auf das große Gebäude neben der Scheune.

»Äh, dürfte ich mir vielleicht zuerst den Stall ansehen?«, fragt Connie. Eine Familie mit kleinen Kindern taucht auf, und Connie ist klar, dass ihre nächste Frage seltsam klingt. »Auf Ihrem Schild steht, dass Sie Ziegen haben?«

»Sicher«, sagt der Mann. »Ich wollte auch gerade in den Stall. Woher kommen Sie?«

Connie verspürt einen Anflug von Panik. »Ach, von überall«, erwidert sie. »Wie schon gesagt, ich bin auf der Durchreise.«

Der Mann nickt. »So, da wären wir.« Sie betreten die Scheune.

Connie blinzelt. Die Luft ist von dem kräftigen Geruch nach Tieren und Heu und dem Holz der Scheune erfüllt. Entlang der Wände und in der Mitte der Scheune befinden sich einzelne Abteile, sie sieht ein paar Kinder, die mit den Kaninchen spielen oder behutsam Küken in der Hand halten. Sie entdeckt ein Pferd und eine Kuh, drei Schafe und zwei Ziegen, aber keine davon ist Serena. Irgendwie kommt ihr alles merkwürdig vertraut vor, als wäre sie schon einmal in dieser Scheune gewesen.

Einen Moment lang wird Connie schwindlig und sie überlegt, ob sie Serena vielleicht gestohlen hat, ohne dass sie sich daran erinnern kann. Ist so etwas möglich? Es ist ein befremdlicher Gedanke, aber woher sollte sie diesen Ort sonst kennen?

Sie sieht sich um. Eine hölzerne Leiter führt zu einem Heuboden hinauf, von der Decke baumelt ein Seil. Direkt vor ihr liegt der Ausgang, durch das Bleiglasfenster über der Tür wirft die Sonne bunte Flecken auf das Heu.

»Ist das ein achtzackiger Stern?«, fragt sie, und ihre Stimme klingt vor Erstaunen ganz heiser.

»Ja. Woher wissen Sie das?«, sagt der Mann erfreut. »Das ist unser Familienwappen. In unserem Familienbesitz befinden sich auch einige Quilts mit diesem Stern. Das links und rechts von dem Stern sind …«

»Veilchen«, beendet Connie den Satz leise. Die Staatsblume von Illinois. Sie hat keine Ahnung, woher sie das weiß.

»Die meisten anderen Leute halten sie für winzige violette Sterne«, sagt der Mann verdutzt. »Eigentlich kein Wunder – für mich sehen sie auch nicht nach Veilchen aus.« Er sieht Connie an. »Sind Sie schon mal hier gewesen?«

»Ja, ich meine, nein, das heißt, ich weiß es nicht.« Connie merkt, dass sie zu schwitzen beginnt. »Haben Sie noch mehr Ziegen, Sir?«

»Ein paar sind auf der Weide, aber ich mag die La Manchas hier am liebsten. Eine prima Rasse, sehr freundlich.« Er deutet mit dem Daumen zur Tür. »Draußen haben wir noch Zwergziegen, falls Sie ein Foto machen wollen. Und einige Nubier-Ziegen, die sind eine Klasse für sich.«

Connie ist auf einmal übel. Sie muss raus hier. Sie geht zum Ausgang und tritt erleichtert ins helle Tageslicht.

Im Hof steht ein kleiner Junge und lässt sich von seinen Eltern zwischen zwei Zwergziegen fotografieren.

Plötzlich erinnert sich Connie.

»Hatten Sie früher mal Burenziegen?«, fragt sie. »Vor vielen Jahren?«

Der Mann lacht. »Im Lauf der Jahre hatten wir alle möglichen Ziegen«, sagt er. Er denkt einen Augenblick nach. »Doch, ja, wir hatten mal eine kleine Herde, so vor zehn oder zwölf Jahren. Warum?«

Connie sieht sich um und wird auf einmal von Erinnerungen übermannt. »Ich glaube, dass ich vor langer Zeit schon mal hier war. Mit meiner Mutter. Damals habe ich das erste Mal eine Ziege aus der Nähe gesehen.«

Der Mann nimmt Connies Hand. Seine Hand ist rau und schwielig, aber die Berührung hat etwas Tröstliches.

»Das hier ist ein besonderer Ort«, sagt er und lächelt sie an. »Deshalb sind wir auch alle noch da.«

»WAS WILL DENN DIE HIER?«

Sie drehen sich um und sehen Rayna Doherty auf sie zustürmen. Sie trägt ein mit Gänseblümchen bedrucktes Flanellkleid mit einer Schürze darüber, ihre Füße stecken in Gummistiefeln, und um ihre Haare hat sie ein rotes Tuch gebunden.

»Ich führe die junge Dame herum«, erwidert der Mann freundlich.

»Dad, das ist die Frau, die Daffodil gestohlen hat!«, ruft Rayna. Sie funkelt Connie zornig an.

»Das habe ich mir schon gedacht«, sagt der Mann. Er wendet sich wieder Connie zu und streckt die Hand aus. »Jay Doherty.«

Connie schüttelt ihm die Hand. »Connie Coll. Woher … woher wussten Sie, dass ich es bin?«

»Ihr Bild war in der Zeitung«, erwidert er. »Aber in Wirklichkeit sind Sie viel hübscher.«

Connie wird rot. Rayna schaut böse. »*Dad*«, sagt sie.

»Ach, Rayna. Sie hat uns einen Scheck geschickt und einen sehr netten Brief. Außerdem glaube ich nicht, dass sie es war.« Mr Doherty blickt Connie in die Augen. »Wollen Sie Daffodil sehen?«

»O nein, sie kommt mir nicht noch mal in die Nähe von Daffodil«, erklärt Rayna, greift in ihre Schürzentasche und zieht ein Handy heraus. »Ich rufe die Polizei!«

Jay Doherty macht ein enttäuschtes Gesicht. »Aber Rayna!«, sagt er.

Rayna schenkt ihm keine Beachtung. »Hallo, Officer Daniels?«, sagt sie wichtigtuerisch. »Ich bin's, Rayna Doherty. Ja, ich habe … was? Wer?« Rayna wirft einen Blick zu Connie, dann dreht sie sich zur Seite und hält die Hand über das Handy. »Tatsächlich? Wann? Aha. Nein, schon in Ordnung. Okay … okay. Danke.« Sie beendet das Gespräch und lässt das Handy wieder in ihre Schürzentasche fallen. Schließlich strafft sie die Schultern und räuspert sich.

»Rayna?« Ihr Vater hebt fragend eine Augenbraue. »Alles in Ordnung?«

»Offenbar haben sich vier Jungen von der Highschool gemeldet und ein Geständnis abgelegt. Wenn ich es richtig verstanden habe, sollte das mit Daffodil ein Streich sein, aber dann ist sie ihnen entwischt. Sie haben es nicht gemeldet, weil sie Angst hatten, dass sie Ärger kriegen.« Rayna tut so, als würde sie ihre Schürze glatt streichen, ihre Wangen sind knallrot.

»Tja, so sind Jungs nun mal«, sagt Mr Doherty. »Nicht für fünf Cent Verstand.«

»Also, äh, tut mir leid«, murmelt Rayna an Connie gerichtet, die Vater und Tochter entgeistert ansieht. Dann hebt Rayna den Kopf, der Zorn steht ihr noch ins Gesicht geschrieben. »Allerdings hätten Sie schon versuchen können, sie früher zurückzubringen …«

»Rayna, jetzt hör endlich auf«, sagt ihr Vater streng. »Du bist eine erwachsene Frau und benimmst dich wie ein kleines Kind. Connie hat sich gut um Daffodil gekümmert, und ich bin sicher, dass sie dieses dumme Tier genauso gern hat wie du. Kannst du ihr das zum Vorwurf machen?«

Rayna schnieft und wendet den Blick ab.

Jay Doherty lächelt Connie an. »Also, Ihr Scheck liegt im Haus. Ich hole ihn, dann können wir ihn zerreißen.«

»Tun Sie das bitte nicht.« Connie holt tief Luft. »Ich habe Ihnen diesen Scheck geschickt, weil ich will, dass es Serena, ich meine Daffodil, gut geht. Das will ich immer noch. Ich würde mich freuen, wenn ich etwas dazu beitragen könnte.«

»Wir sorgen schon dafür, dass es ihr gut geht«, sagt Rayna. »Und für die Schäden müssen diese Bengel aufkommen.«

Connie sieht Mr Doherty an. »Ich weiß, dass es mir nicht zusteht, Sie darum zu bitten, aber ich würde mich freuen, wenn Sie mir erlauben, das an Stelle der Jungen zu übernehmen. Ich weiß, dass es ziemlich dumm von ihnen war, aber andererseits sind sie noch halbe Kinder und sie haben es von sich aus zugegeben, obwohl sie damit durchgekommen wären. Es wäre nett, wenn Sie darauf verzichten, Anzeige zu erstatten.«

Rayna und ihr Vater wechseln einen Blick. »Aber warum?«, fragt Rayna schließlich. »Warum wollen Sie das für sie tun?«

Connie vergräbt die Hände in den Taschen ihrer Jeans. »Weil es Menschen gibt, die dasselbe für mich tun würden.«

»Wir überlegen uns was«, verspricht Mr Doherty. »Wenn Sie sich damit einverstanden erklären, den Scheck wieder mitzunehmen. Abgemacht?«

In diesem Augenblick ertönt ein unverwechselbares Meckern. Connie dreht sich um und sieht Serena über die Weide auf sie zurennen. Jay Doherty grinst und geht zum Gatter, um es zu öffnen.

»Feiern Sie Ihr Wiedersehen«, sagt er. »Und dann kommen Sie rüber ins Haus auf ein Stück Apfelkuchen.«

»Ich gebe Ihnen fünfzehn Minuten«, erklärt Chief Garza.

»In Ordnung«, sagt Isabel. Sie fasst Bettie am Ellbogen und führt sie in die geschwärzten Ruinen ihres Hauses. Bettie leistet keinen Widerstand, sondern blickt nur verdattert um sich.

»Das ist mein Haus?«, fragt sie. »Das sieht gar nicht wie mein Haus aus.«

»Es hat gebrannt«, erinnert sie Isabel. Sie trägt ebenso wie Bettie Gummistiefel und bohrt mit der Spitze des einen in einem Haufen Asche. »Das ist jetzt fast eine Woche her. Aber wir dürfen uns umsehen, ob noch irgendetwas zu retten ist. Ich glaube allerdings nicht, dass wir sehr viel finden. Tut mir leid.«

»Die Wände sind weg«, murmelt Bettie. Sie betrachtet ein großes Loch im Dach, das die Feuerwehrleute beim Löschen des Feuers geschlagen haben. Es ist ein kühler, aber klarer Oktobertag, in der Luft hängt noch immer der Geruch nach Rauch. Bettie sieht hinauf zum Himmel, bis Isabel sie sanft am Arm zieht.

Betties Versicherungsvertreter war da und hat mit Isabel und Bettie besprochen, was als Nächstes zu tun ist. Zuallererst müssen sie eine Bestandsaufnahme machen. Aber den Worten des Vertreters zufolge könnte es durchaus sechs bis neun Monate dauern, bevor irgendetwas passiert. Die Versicherung ist bereit, für Betties Unterbringung in einem Hotel aufzukommen, aber Bettie kann nicht allein bleiben. Mehrere Leute haben angeboten, sie bei sich aufzunehmen, nach dem Intermezzo mit den McGuires hat Isabel jedoch Bedenken. Dr. Richard hat ihr erklärt, dass es für Bettie zu anstrengend wäre, von Haus zu Haus zu ziehen, deshalb lässt Isabel Bettie vorerst bei sich wohnen, bis sie sich überlegt hat, wie es weitergehen soll.

Isabel spürt etwas unter ihrem Fuß und bückt sich, um eine Spange aufzuheben, die unter der Asche begraben war. »Sehen Sie mal«, sagt sie zu Bettie. Sie bläst die Asche weg und reibt vorsichtig mit dem Finger darüber. Die Spange ist ringsum mit zwei Reihen glitzernder Strasssteine besetzt. Sie hat ein paar Rußflecke, davon abgesehen ist sie jedoch unbeschädigt.

»Die hab ich schon gesucht«, sagt Bettie. »Ich hab sie seit 1979 nicht mehr gesehen. Früher hab ich sie immer zu meinen Halstüchern getragen.« Sie wiegt sie kurz in der Hand, bevor sie sie in ihre Tasche gleiten lässt.

Sie stoßen noch auf ein paar andere Dinge – einige Teile von Betties Silberbesteck, ein rußgeschwärztes Pillendöschen aus Porzellan in Form eines Hahns, einen Messbecher aus hitzebeständigem Glas. Alles andere scheint den Flammen zum Opfer gefallen zu sein, zurückgeblieben sind nur die Ruine eines Hauses, ein paar verkohlte Gerätschaften und Aschehäufchen, die nicht mehr erkennen lassen, was sie früher einmal waren.

»Nun gut«, sagt Bettie, richtet sich auf und sieht sich um. »Nun gut.« Sie blinzelt, um die Tränen zurückzudrängen.

Es finden sich auch noch einzelne Kleidungsstücke, Geschirrteile und Möbel, die die Feuerwehrleute in dem Versuch, möglichst viel von Betties Habseligkeiten zu retten, in den Vorgarten geworfen hatten, aber das meiste davon ist von Flammen und Rauch stark in Mitleidenschaft gezogen. Trotzdem haben Isabel und die anderen Nachbarn beschlossen, die Sachen erst einmal aufzuheben, damit Bettie später entscheiden kann, was sie behalten und was sie wegwerfen will.

Auf ihrem Weg durch die Trümmer sieht Isabel eine Prozession, die auf sie zukommt. Es sind die Kinder aus der Siedlung, die in Begleitung ihrer Eltern mit ihren roten Bollerwagen heranmarschieren. In jedem der Wägelchen steht eine Holzkiste.

»Die haben wir aus den übrig gebliebenen Brettern vom Clubhaus gebaut«, sagt der rothaarige Junge und deutet mit dem Finger darauf. »Das sind Siebe, damit Sie leichter was finden. Der Boden ist aus Drahtgitter, da fallen Asche und Erde durch und Sie können sehen, ob irgendwas hängen bleibt, was Sie behalten wollen. Wie beim Goldschürfen!« Er grinst sie breit an und Isabel würde ihn am liebsten umarmen.

»Ich bin Lauren Eammons«, stellt sich eine der Frauen mit einem freundlichen Lächeln vor. Sie legt ihrem Sohn eine Hand auf die Schulter. »Und das ist Jacob. Wir wohnen ein Stück die Straße hinunter, Bettie, und sind seit sechs Jahren Ihre Nachbarn.«

Bettie starrt sie einen Augenblick lang an und deutet dann anklagend auf Jacob. »He, dich kenne ich«, sagt sie. »Du hast mir die Fensterscheibe mit deinem Baseball eingeworfen!«

»Das ist doch schon zwei Jahre her«, protestiert er und versucht sich möglich klein zu machen. »Inzwischen bin ich viel besser. Ich bin in meiner Little-League-Mannschaft sogar der Werfer.« Er reckt das Kinn in die Höhe.

»Bin ich schon mal bei einem deiner Spiele gewesen?«, erkundigt sich Bettie. Sie kneift die Augen zusammen und versucht sich zu erinnern.

»Keine Ahnung.«

»Damit sind wir schon zwei«, sagt Bettie. Sie tippt sich an den Kopf und bringt Jacob damit wieder zum Grinsen. »Das nächste seh ich mir an«, verspricht sie ihm. »Ich werde mich bemühen, noch ein paar Erinnerungen in den alten Hirnkasten zu quetschen.«

Während Jacob und Bettie sich über Baseball unterhalten, wendet Lauren Eammons sich Isabel zu.

»Wir haben inzwischen mehrere Garagen voller Spenden für Bettie«, erklärt sie Isabel. »Sie können jederzeit vorbeikommen, um nachzusehen, ob etwas dabei ist, das sie brauchen könnte.«

»Ich bin sicher, dass sie sich darüber freut«, sagt Isabel. »Vielen Dank, Lauren.«

Lauren wirft einen Blick zu Isabels Haus, auf das ZU VERKAUFEN-Schild. »Wir werden Sie vermissen, Isabel. Wie ich höre, haben Sie Ihr Haus verkauft.«

Isabel ist überrascht. »Noch nicht offiziell, aber es sieht so aus, als könnte es klappen. Woher wissen Sie das?«

Lauren lächelt. »Von Bettie. Sie hat es Jennifer Kelly erzählt, und die Leigh Brewer und …«

Isabel nickt. »Ja, schon verstanden.«

»Also, dann mache ich mich mal an die Arbeit.« Lauren lächelt erneut und drückt kurz Isabels Arm, eine aufmunternde, freundschaftliche Geste. Isabel spürt ein Kitzeln in der Nase, als müsste sie gleich niesen – oder weinen.

Die gesamte Nachbarschaft hat sich eingefunden, alle in Jeans und Stiefeln, und zum ersten Mal macht Isabel der Gedanke, von hier wegzugehen, traurig. Diese Menschen hatten auch ihr nach Bills Tod ihre Hilfe angeboten, aber sie hatte sich zu sehr verkrochen, um darauf zu achten, um ja zu sagen und die Hilfe anzunehmen. Sie hatte sich nicht dazu aufraffen können, an einem der gemeinschaftlichen Gartenfeste teilzunehmen oder etwas zu essen vorbeizubringen, wenn jemand krank war. Selbst als Bill noch gelebt hatte, war Isabel immer sehr zurückhaltend gewesen.

Doch als sie jetzt den Vätern und Müttern dabei zusieht, wie sie ihren Kindern Anweisungen geben und mit den Feuerwehrleuten reden, die den Schutt durchsuchen, um sicherzustellen, dass nirgendwo ein Rest von Glut zurückgeblieben ist, wünschte sie, sie hätte sich etwas mehr angestrengt, um diese Menschen kennenzulernen. Überall auf Betties Grundstück stehen Leute mit Schutzmasken über Mund und Nase und einem der Siebkästen zwischen sich und lassen kleine Staubwolken aufsteigen. Ein Mann beugt sich über eines der Siebe, dann bückt er sich, um einen Gegenstand aufzuheben. Er sagt etwas zu einem Jungen, ebenfalls mit Schutzmaske. Die beiden kommen ihr irgendwie bekannt vor, und als der Mann seine Maske abnimmt und Isabel zuwinkt, sieht sie, dass es Ian Braemer und sein Sohn Jeremy sind.

Sie setzt ihre Suche mit Bettie noch eine Weile fort, bis schließlich klar ist, dass sie nichts mehr tun können. Sie gehen zurück zu Chief Garza.

»Ich kann mich nicht einmal mehr daran erinnern, was ich alles in diesem Haus hatte«, sagt Bettie. Sie wirkt desorientiert, ein wenig verloren. »Aber ich weiß nicht, ob das an der Demenz liegt oder einfach nur an mir. Was meinst du, Abe?«

Chief Garza legt Bettie den Arm um die Schultern. »Ich denke, letztlich stellt sich von allein heraus, was wichtig ist«, versichert er ihr. »Und bis dahin gehst du einfach einen Tag nach dem anderen an.«

Auf dem Weg zurück in ihr Haus sieht Isabel, dass ein Auto davor parkt. Wie beim ersten Mal steht Dan Frazier in ihrem

Vorgarten, während seine Verlobte Nina im Auto sitzt und den Blick starr auf das Display ihres Handys richtet.

Isabel hätte sich am liebsten selbst einen Tritt verpasst. Sie hat vollkommen vergessen, dass die beiden heute kommen, und erst jetzt fällt ihr ein, dass sie die beiden hätte anrufen und über das Feuer informieren sollen.

»Was ist denn passiert?« Dan Frazier kommt ihnen auf halbem Weg entgegen. »Wurde jemand verletzt?«

Isabel schüttelt den Kopf. »Glücklicherweise nicht. Das ist Bettie Shelton, meine Nachbarin … ich meine, Ihre zukünftige Nachbarin. Bettie, das ist Dan Frazier.« Isabel dreht sich um und sieht zu Betties Haus. »Es ist noch nicht klar, ob sie hierbleibt, ob das Haus wieder aufgebaut wird oder was sonst damit passiert. Wir sind erst dabei, uns einen Überblick zu verschaffen, deshalb wohnt sie im Augenblick bei mir.«

Bettie sagt nichts, stattdessen sieht sie unverwandt Dan an, geradezu ein bisschen ehrfürchtig, als wäre er eine Berühmtheit.

»Ich hätte Sie anrufen sollen«, fährt Isabel schuldbewusst fort, aber Dan schüttelt den Kopf.

»Nein, nein, schon in Ordnung«, sagt er. »Sie haben offensichtlich genug zu tun. Ich bin froh, dass Ihnen nichts passiert ist«, sagt er an Bettie gewandt.

Betties Gesicht hat einen leicht vertrottelten Ausdruck angenommen. »Ach, Phil«, sagt sie und kichert.

Isabel und Dan wechseln einen Blick. »Äh, ich habe die Veranda reparieren lassen«, sagt Isabel rasch. »Sie ist sehr schön geworden. Und Sie können sich auch das Haus noch einmal ansehen, wenn Sie wollen.«

»Mein Name ist *Dan*«, korrigiert Dan Bettie höflich, Isabels eindringlicher Blick entgeht ihm offenbar. »Dan Frazier. Und das ist meine Verlobte Nina …«

»Was?!« Plötzlich wirkt Bettie verärgert. »Lass das, Phil. Das ist nicht witzig.« Sie schickt einen finsteren Blick in Ninas Richtung.

»Bettie.« Isabel legt ihr die Hand auf den Arm. »Die beiden wollen vielleicht mein Haus kaufen.«

Bettie dreht sich zu ihr. »Sie verkaufen mein Haus?«

»Nein, nicht Ihr Haus. *Mein* Haus.« Isabel zeigt mit der Hand darauf.

»Sie wollen mein Haus verkaufen?«, wiederholt Bettie, etwas lauter diesmal. In ihrer Stimme schwingt ein hysterischer Unterton mit, und ein paar Köpfe drehen sich zu ihr um.

Nina lässt die Scheibe herunter und ruft Dan zu: »Im Internet sagen sie zehn bis zwanzig Prozent, je nach Schaden.« Dan schüttelt den Kopf, aber Nina lässt sich nicht beirren, sie hält das Handy in die Höhe und deutet auf das Display. »Manchmal auch bis zu dreißig«, fährt sie fort. Ihre Lippen kräuseln sich.

»Nicht jetzt, Nina«, sagt Dan.

»Alles in Ordnung?«, fragt Isabel verwirrt.

Dan seufzt. »Tut mir leid, Isabel. Aber als wir hier ankamen und sahen, was passiert ist, hat Nina im Internet nachgesehen, und normalerweise sinkt der Wert eines Hauses nach einem Brand in der unmittelbaren Nachbarschaft. Aber keine Sorge«, fügt er rasch hinzu, »ich habe nicht vor, einen Vorteil aus der Situation zu ziehen. Das Haus gefällt uns immer noch.«

»Dan …«, ruft Nina erneut. Isabel verspürt plötzlich den Wunsch, zu ihrem Auto zu gehen und die Scheibe höchstpersönlich wieder hochzudrehen.

Bettie packt Dan an seinem Hemd. »Wir müssen über das Baby reden, Phil.« Ihre Stimme ist leise und eindringlich.

»Was?«, sagt Dan verständnislos.

»Ich habe versucht, dich zu erreichen.« Bettie nimmt seine Hand, legt sie auf ihre Wange und fängt an zu weinen.

Isabel weiß nicht, was sie tun soll. Chief Garza runzelt die Stirn und Dan sieht irritiert zu Isabel. Betties Gesicht ist tränenüberströmt.

»Ich glaube, wir haben einen Fehler gemacht«, erklärt sie Dan mit funkelnden Augen. »Ich kann sie allein großziehen. Du brauchst dir deswegen keine Gedanken zu machen.«

»Komm, Bettie«, sagt Chief Garza und versucht, Dan aus ihrem Griff zu befreien. »Lass uns ins Haus gehen, ja?«

»Abe, Abe, du erinnerst dich doch, oder?«, sagt Bettie flehentlich. »Phil hat es einfach vergessen. Aber du erinnerst dich doch?«

Chief Garza legt den Arm um Bettie und führt sie ins Haus. Isabel wirft Dan einen entschuldigenden Blick zu, bevor sie ihnen nacheilt.

Drinnen bricht Bettie erneut in Tränen aus. »Ach, Phil«, schluchzt sie. Ihre Augen sind rot und ihre Nase läuft.

»Wollen Sie sich ein bisschen ausruhen?«, schlägt Isabel vor. »Sich eine Weile hinlegen?«

»Ich will mich nicht hinlegen«, erwidert Bettie, lässt sich von Isabel aber trotzdem in ihr Schlafzimmer führen. »Isabel, habe ich einen Fehler gemacht?«

Isabel zieht Bettie die Stiefel aus und deckt sie zu. »Einen Fehler wobei?«

Bettie starrt an die Decke. »Ich hätte nicht zulassen dürfen, dass Phil sie weggibt«, sagt sie traurig.

»Ssssch«, macht Isabel und kurz darauf ist Bettie eingeschlafen.

Chief Garza wartet in der Küche auf sie. Er geht unruhig auf und ab. »Ich habe Imogene angerufen, meine Frau. Sie kommt gleich her und passt auf Bettie auf.«

Isabel lässt sich auf einen Stuhl sinken. »Offenbar halluziniert sie«, sagt sie, nicht ganz sicher, was das zu bedeuten hat. Ist es ein Zeichen, dass Bettie verrückt wird?

»Isabel.« Chief Garza zieht sich ebenfalls einen Stuhl heran. »Also, ich weiß nicht viel darüber. Aber ich denke, Sie sollten wissen, was ich weiß. Das alles ist sehr lange her.«

»Was?«, fragt Isabel.

Chief Garza stößt einen Seufzer aus. »Phil Frazier war ein Freund von mir. Der junge Mann da draußen hat nichts mit ihm zu tun – aber der Nachname muss etwas bei Bettie ausgelöst haben. Eine alte Erinnerung.«

»Was für eine Erinnerung?«, fragt Isabel.

»Ich war mit Phil zusammen bei der Armee, und hin und wieder kam er nach Avalon, um mich zu besuchen. Er und Bettie waren für kurze Zeit ein Paar.«

»Wirklich?« Isabel kann sich nur schwer vorstellen, wie Bettie ausgesehen hat, als sie jung war.

»Manchmal sind wir zu viert ausgegangen, Imogene und ich, Phil und Bettie. Phil wohnte in Chicago, aber es gefiel ihm in Avalon – er sagte immer, eines Tages würde er hierherziehen. Ich denke, dass Bettie darauf gehofft hat – ich habe es jedenfalls getan, er war ein guter Freund –, aber so weit kam es nie. Und irgendwann stellte er seine Besuche in Avalon ganz ein. Praktisch aus heiterem Himmel, angeblich weil er in der Arbeit so viel um die Ohren hatte, und ich bin nicht weiter in ihn gedrungen – wir standen alle gerade erst am Anfang.

Ein paar Monate später fand ich heraus, dass er geheiratet hatte. Ich ärgerte mich, dass er es mir erst hinterher erzählte – er hatte mich nicht mal zu seiner Hochzeit eingeladen. Ich stand kurz davor, Imogene einen Antrag zu machen, wissen Sie, und ich wollte ihn bitten, mein Trauzeuge zu sein. Dass er mir nichts von seiner Heirat gesagt hatte, hat mich ziemlich verletzt.«

Er räuspert sich. »Kurz danach unternahm Bettie eine Reise. Imogene erzählte es mir und ich dachte mir nichts weiter dabei. Ich nahm an, sie würde ihre Familie besuchen oder so was. Sie war ungefähr sechs Monate weg.«

Isabel wartet darauf, dass er weiterspricht, aber Chief Garza sieht nur stumm auf seine Hände. »Wo war sie denn?«, fragt sie schließlich.

»Imogene kann Ihnen wahrscheinlich mehr darüber erzählen, ich weiß nur, dass sie irgendwo im Norden war. Ich glaube …« Er macht ein unglückliches Gesicht. »Ich glaube, in einem Heim für ledige Mütter.«

»Ledige Mütter.« Isabel sieht ihn groß an, als sie sich der Bedeutung seiner Worte bewusst wird. »Bettie hat ein Kind bekommen?«

»Ich weiß nicht, was passiert ist. Irgendwie wollte ich es wahrscheinlich auch gar nicht wissen, und Imogene hätte Betties Vertrauen niemals enttäuscht. Aber wenn ich eins und eins zusammenzähle, gibt es nur eine plausible Erklärung.«

»Bettie hat Phils Kind bekommen«, sagt Isabel langsam. Chief Garza nickt.

»Ja, genau das glaube ich.«

»Aber wo ist dieses Kind jetzt?«, fragt Isabel. »Bettie hat nie etwas davon erzählt. Was ist mit ihm passiert?«

»Ich habe keine Ahnung«, erwidert er.

Seine Frau Imogene kommt in die Küche gefegt. »Wo ist sie?«, fragt sie und Isabel zeigt in Richtung des Schlafzimmers.

»Sie schläft …«, sagt sie, aber Imogene ist bereits halb den Flur hinunter.

»Ich muss wieder raus«, sagt Chief Garza. Er stemmt sich am Tisch hoch, er wirkt erschöpft. »Wenn ich ehrlich bin, habe ich wohl die ganze Zeit gewusst, was passiert ist, aber ich wollte nicht darüber nachdenken.« Kopfschüttelnd verlässt er die Küche.

Isabel geht leise in Betties Zimmer. Imogene sitzt neben dem Bett auf einem Stuhl und betrachtet ihre schlafende Freundin mit bekümmertem Blick.

»Arme Bettie«, murmelt sie.

»Imogene, was ist passiert? Bettie hatte ein Kind?«

»Ein kleines Mädchen«, bestätigt Imogene leise. »Bettie hat es zur Adoption freigegeben. Und sie bereut es bis zum heutigen Tag.«

»Aber warum?«

»Warum?« Imogenes Wangen röten sich vor Empörung. »Er hat sie betrogen. Und die andere hat er auch betrogen. Aber dann traf er eine Entscheidung, und sie fiel nicht zu Betties Gunsten aus. Er meinte, es wäre für alle Beteiligten das Beste, wenn sie das Baby weggeben würde, und Bettie wollte niemandem im Weg stehen. Sie hat nicht damit gerechnet, dass es ihr so viel ausmachen würde. Als sie es rückgängig machen wollte, war es zu spät.«

»Und warum hat sie nicht …« Isabel beendet den Satz nicht.

»Das waren andere Zeiten«, erklärt Imogene und sieht Isabel scharf an. »Und selbst wenn es möglich gewesen wäre, hätte Bettie es nicht getan. Sie wollte dem Kind eine Chance geben. Sie hat nur nicht gedacht, dass sie es so sehr vermissen würde. Es gab keine Möglichkeit herauszufinden, zu wem das Baby gekommen war, nachdem sie es weggegeben hatte. Das war bei Adoptionen damals so üblich.« Sie tätschelt ihrer Freundin die Hand und zieht die Decke höher. »Wir haben seit Jahren nicht mehr darüber geredet.«

»Aber jetzt gibt es doch Möglichkeiten«, sagt Isabel und

ihre Gedanken überschlagen sich. »Man kann eine Anfrage ans Standesamt richten, Blutuntersuchungen machen …«

»Ach Isabel, ihr jungen Leute denkt immer, heutzutage wäre alles so einfach«, entgegnet Imogene leise und ein wenig gereizt. »Bettie hat nicht vor, das Leben von jemand anderem zu zerstören. Sie hat ihre Entscheidung getroffen, und Schluss.«

Bettie bewegt sich, aber sie wacht nicht auf.

»Ich bleibe bei ihr«, sagt Imogen. »Ich habe mit Abe gesprochen. Wir möchten, dass Bettie bei uns wohnt. Bis zum Wochenende kann ich das Gästezimmer für sie herrichten.«

Isabel spürt, wie ihr eng um die Brust wird. Sie bleibt an der Tür stehen. »Danke, Imogene, aber ich bin gerade dabei, mich über verschiedene Möglichkeiten zu informieren. Ich würde vorerst lieber alles so lassen, bis wir wissen, wie es weitergeht …«

»Ich habe mich um meine Mutter gekümmert, als sie Alzheimer hatte, Isabel. Ich weiß, was es heißt, für jemanden in diesem Zustand zu sorgen. Wissen Sie es auch?« Imogene sieht sie fragend an.

»Na ja, nein, aber …«

»Es ist viel Arbeit«, fährt Imogene entschlossen fort. »Ich werde zur Unterstützung eine Pflegerin engagieren müssen, aber es sollte machbar sein. Ich weiß, dass sie ein paar Ersparnisse und eine Versicherung hat.«

»Ja, gut, aber …«

»Isabel, Sie haben sich in den vergangenen Tagen wirklich rührend um Bettie gekümmert. Aber es sind eben nur ein paar Tage. Wir müssen davon ausgehen, dass Bettie eine Langzeitpflege braucht. Sie sind noch jung. Sie haben einen Beruf, vielleicht wollen Sie wieder heiraten. Das alles ist kaum zu bewältigen, wenn man sich daneben um einen so kranken Menschen wie Bettie kümmern muss. Abe arbeitet zwar noch, aber ich bin in Rente, und ehrlich gesagt käme mir ein bisschen Gesellschaft ganz recht. Niemand hält mich so in Trab wie Bettie.« Imogene sieht ihre Freundin liebevoll an. Bettie hat leise zu schnarchen begonnen, die Sorgenfalten auf ihrer Stirn sind verschwunden.

Isabel verlässt schnell das Zimmer, sie weiß nicht, was ihr in Imogenes Anwesenheit noch herausrutscht.

Sie geht in die Küche und merkt, wie es in ihr brodelt. Imogene kennt sie nicht, sie weiß nicht, wozu Isabel in der Lage ist. In den wenigen Tagen, die Bettie bei ihr wohnt, haben sie sich aufeinander eingestellt, vielleicht nicht perfekt, aber es funktioniert. Aus den Gesprächen mit Dr. Richards weiß Isabel, dass sich das von einem Moment auf den nächsten ändern kann, aber im Augenblick geht es Bettie hier gut. Warum sollte man es nicht dabei belassen?

Wütend wählt sie die Nummer von Yvonnes Handy. Als Yvonne sich meldet, sprudelt es nur so aus Isabel heraus, wenn auch leise, damit Imogene sie nicht hört.

»Nicht so schnell«, sagt Yvonne, als Isabel schließlich einen Moment lang innehält, um Luft zu holen. »Nicht so schnell, Isabel. Bis jetzt ist doch noch gar nichts passiert, also immer mit der Ruhe.«

»Du hast gut reden«, gibt Isabel zurück. Doch im nächsten Augenblick kommt sie sich selbst albern vor, wie eine bockige Sechsjährige. »Tut mir leid. Aber sie tut so, als wäre ich unfähig, mich um Bettie zu kümmern, verstehst du? Dabei kennt sie mich nicht mal! Ich meine, wir sind in den vergangenen Tagen bestens miteinander ausgekommen. Sie kennt dieses Haus besser als ihr eigenes!«

»Aber Isabel, wie willst du dich denn um Bettie kümmern? Du bist gerade im Begriff, dein Haus zu verkaufen – du hast gesagt, die Käufer wollen sofort einziehen, das heißt, wenn der Vertrag erst mal unterschrieben ist, bist du dein Haus innerhalb eines Monats los. Und was dann?«

»Sie könnte bei uns wohnen«, sagt Isabel und in ihrem Kopf wirbeln die Gedanken durcheinander. »Bei dir. Ich würde mich um alles kümmern, Yvonne. Ich weiß, was sie mag, was ihr vertraut ist…«

Yvonne unterbricht sie. »Isabel, ich mag Bettie, wirklich. Aber mein Haus ist definitiv nicht für eine Demenzkranke geeignet. Die vielen Treppen, die schmalen Flure…«

»Dann lasse ich mir eben was anderes einfallen«, beharrt Isabel. »Bettie kennt mich, Yvonne. Ich kann mich um sie kümmern.«

»Isabel, hier geht es nicht um dich«, sagt Yvonne sanft. »Es geht um Bettie, darum, was das Beste für sie ist. Imogene hat recht. Bist du sicher, dass du dir so viel Verantwortung aufbürden willst, selbst wenn du es könntest? Es würde bedeuten, um einer Freundschaft willen sehr viel aufzugeben.«

Isabel setzt sich an den Tisch, betrachtet die Tafel mit Betties Tagesplan, den farbig markierten Aktivitäten, Namen und Telefonnummern. Die kleine Vase mit rosa Herbstzeitlosen aus Betties Garten ist ein hübscher Farbtupfer in der ansonsten nüchternen Küche. Auf der Arbeitsfläche stehen drei Fläschchen mit Betties Tabletten.

»Eine Katastrophe löst immer viel Hilfsbereitschaft aus«, fährt Yvonne fort. »Die Leute wollen helfen – es ist ein gutes Gefühl zu helfen. Aber gehen wir mal davon aus, dass die erste Euphorie irgendwann verfliegt. Kannst du dir vorstellen, Bettie jeden Abend ins Bett zu bringen? Dass du ihr dabei hilfst, aufs Klo zu gehen? Sie badest? Selbst wenn du Unterstützung hast, sind das die Dinge, die du tun musst. Wenn nicht jetzt, dann irgendwann später.«

»Du willst damit also sagen, ich soll es bleiben lassen.« Isabel ist enttäuscht, sie fühlt sich zurückgewiesen. Da will sie endlich einmal etwas für jemand anderen tun und dann ist es auch wieder nichts.

»Ich will damit sagen, dass du es dir gut überlegen sollst, das ist alles. Kannst du dir vorstellen, dass du heute in einem Jahr mit Bettie im Wohnzimmer vor dem Fernseher sitzt? Denk mal einen Augenblick darüber nach, Isabel. Was siehst du?«

Isabel schließt die Augen, holt tief Luft. Spult ein Jahr vor, sieht sich an Halloween Kürbisse für die Veranda schnitzen, Süßigkeiten für die Kinder zurechtlegen. Sie legt den Kopf schief, lauscht darauf, was die Zukunft ihr sagt. Und anders als in den vergangenen Jahren ist das, was sie sieht – und hört –, keineswegs ein leeres Haus.

Als Ava den Avalon-Grill betritt, wird sie von dem Geklapper von Messern und Gabeln begrüßt. Alles sieht noch genauso aus wie damals, als sie das letzte Mal hier war, vor über fünf Jahren. Die dunklen Mahagonitische, die Nischen mit den etwas rissigen dunkelroten Polstern, das große Ölgemälde mit dem Leaf River, dem Fluss, der sich durch Avalon schlängelt. Die Kellner und Kellnerinnen tragen schwarze Hosen und weiße Hemden oder Blusen. Ava erkennt den Geschäftsführer wieder, ein netter Mann, der Bill immer mit Namen begrüßt hat.

Es haben sich etliche Gäste zum Mittagessen eingefunden. Suppen, Steaks, Salate, Pommes, Zwiebelringe. Die Leute unterhalten sich und lachen. Es riecht so gut, dass Avas Magen zu knurren beginnt. Sie kann sich gar nicht mehr daran erinnern, wann sie das letzte Mal zum Essen ausgegangen ist, und schon gar nicht, wann sie etwas anderes als Makkaroni mit Käse gegessen hat.

Sie entdeckt Colin hinter der Bar, wo er Gläser abtrocknet. Sein Gesicht ist ein bisschen voller geworden, er wirkt glücklich und zufrieden. Offensichtlich geht es ihm gut und Ava sieht, wie ihm Arnold, der Manager, im Vorbeigehen freundlich zunickt. Ein paar Gäste sitzen am Tresen und Colin unterhält sich mit ihnen, macht Witze und lacht. Er sieht gut aus.

Was will sie eigentlich hier? Vielleicht sollte sie ein andermal wiederkommen, wenn weniger los ist und sie etwas mehr Mut gesammelt hat. Sie ist bereits auf dem Weg zur Tür, als Colin ihren Namen ruft.

»Ava, hallo!«, sagt er überrascht.

Wie ertappt dreht Ava sich um und winkt ihm zu. »Hi, Colin.«

»Ich hab mich schon gefragt, wann Sie endlich mal kommen«, sagt er. »Ich ertrinke inzwischen in Kronkorken.«

Ava nickt. »Ich wollte schon früher kommen, aber …«

»Nicht weggehen«, sagt er, als könnte sie plötzlich davonrennen. »Ich muss sie von hinten holen. Sie warten doch?« Er sieht sie hoffnungsvoll an und Ava nickt.

Er verschwindet durch die Schwingtür und taucht wenig später mit einem großen Jutesack wieder auf. Ava traut ihren Augen nicht. »Das sind alles Kronkorken?«, fragt sie erstaunt.

Er nickt. »Die habe ich gesammelt, seit wir uns das letzte Mal gesehen haben«, erklärt er ihr. »Außerdem habe ich ein paar Kollegen gebeten, ihre ebenfalls aufzuheben.«

Ava tritt einen Schritt näher und steckt die Hand in den Sack. Da drin müssen sich ein paar tausend Kronkorken befinden. »Inzwischen verdiene ich ein bisschen Geld mit meinem Schmuck«, sagt sie. »Ich kann Sie jetzt also bezahlen. Wollen Sie nach der Anzahl der Kronkorken abrechnen oder lieber nach Gewicht …« Sie mustert den Sack und legt die

Stirn in Falten, als ihr einfällt, dass sie vielleicht gar nicht genug Geld dabeihat.

»Das kommt doch gar nicht infrage«, sagt Colin. »Sie recyceln die Kronkorken. Sonst würden sie auf der Müllhalde landen. Ich finde es toll, was Sie damit machen.«

»Aber ich würde mich freuen, wenn Sie mich dafür bezahlen ließen«, beharrt Ava. Sie macht Anstalten, ihren Geldbeutel zu öffnen, doch Colin schüttelt den Kopf.

»Ich will kein Geld von Ihnen«, sagt er. »Und genau genommen gehören die Kronkorken ja nicht einmal mir – sie stammen von Flaschen, die dem Restaurant gehört haben. Sie könnten mich also sogar in Schwierigkeiten bringen, wenn Sie mir Geld dafür geben, weil ich damit eine Bezahlung für etwas annehmen würde, das ich gar nicht besessen habe.« Er macht bei diesen Worten ein ernstes Gesicht, aber Ava sieht das Funkeln in seinen Augen.

Ava lacht und schließt ihren Geldbeutel wieder. »Wow«, sagt sie beeindruckt, »ich weiß nicht, was ich dagegen einwenden soll.«

»Gut. Dann lassen Sie es.« In der Küche bimmelt ein Glöckchen. »Entschuldigen Sie mich einen Augenblick – ich bin gleich wieder da.«

Ava nimmt eine Handvoll Kronkorken aus dem Sack und denkt darüber nach, was sie damit machen könnte. Sie könnte sich zum Beispiel an etwas ehrgeizigere Projekte wie Gürtel und Taschen wagen. Die Kronkorken sind sauber und in einem tadellosen Zustand. Sie dreht einen herum. Er hat eine Korkeinlage und trägt die Aufschrift »Diet Sun Drop Cola«. Stirnrunzelnd mustert sie ihn, aber sie erkennt auf den ersten Blick, dass er alt ist. Es ist völlig ausgeschlossen, dass Colin oder einer seiner Freunde ihn von einer Flasche Diet Sun Drop Cola entfernt haben, weil das gar nicht mehr hergestellt wird. Sie wühlt ein bisschen in dem Sack. Die meisten Kronkorken sind neueren Datums, aber sie findet noch ein zweites altes Stück, einen Verschluss für Root Beer, der ebenfalls wie neu aussieht. Das bestätigt die Vermutung, die sie schon seit Längerem hegt, nämlich dass Colin seine Lieferungen insgeheim immer aufgestockt hat.

Colin kommt mit einem Steak mit Salat aus der Küche zurück. Er stellt den Teller vor Ava auf den Tresen und reicht ihr eine Stoffserviette und Besteck. »Bitte sehr.«

»Aber das habe ich nicht bestellt«, sagt Ava verwirrt.

»Ich weiß«, entgegnet Colin. »Ich habe es für Sie bestellt. Sie sehen aus, als könnten Sie etwas Anständiges zu essen vertragen, Ava.« Ein Gedanke schießt ihm durch den Kopf. »Sie sind doch nicht etwa Vegetarierin, oder?«

»Nein.« Ava schafft es nicht, ihren Blick von dem Teller zu wenden. Das Steak ist medium gebraten und liegt auf einem Bett aus frischem grünem Salat, Mais, Paprika und Gorgonzola. Daneben steht ein kleines Schälchen mit Salatsauce.

»Na los, setzen Sie sich«, sagt Colin und füllt ein Glas mit Eiswürfeln und Limonade. »Das Mittagessen geht aufs Haus. Genauer gesagt, es geht auf mich. Ich bekomme hier einen großzügigen Rabatt für Freunde und Verwandte und mache viel zu wenig Gebrauch davon. Das ist gerade so, als würde ich nichts für den Erhalt meines Arbeitsplatzes tun, im Grunde genommen erweisen Sie mir also einen Gefallen. Ich würde meinen Arbeitgeber nur ungern enttäuschen.« Er stellt die Limonade neben den Teller und grinst.

Ava zögert, immer noch unschlüssig, wie sie auf diese Einladung reagieren soll. In ihrem Leben ist momentan so vieles unklar. Will sie wirklich alles noch komplizierter machen, indem sie Colin einen Platz darin einräumt?

Colin beginnt den Tresen zu wischen, obwohl Ava nirgendwo auch nur einen Krümel entdecken kann. »Also, können Sie bleiben oder müssen Sie gleich wieder gehen?«, fragt er.

Ava sieht ihm in die Augen, betrachtet sein freundliches Gesicht. Sie hält noch immer den Root-Beer-Kronkorken in der Hand und reibt ihn sanft zwischen den Fingern, betastet die Vertiefungen, denkt über die Geschichte dieses schlichten Gegenstandes nach – wo er herkommt, wie er den Weg zu Colin gefunden hat, was sie daraus machen könnte. Zum ersten Mal blickt sie sich nicht ängstlich um, wer sie gesehen haben könnte, sie erkennen, über sie urteilen könnte. Darüber braucht sie sich jetzt keine Gedanken mehr zu machen.

»Ich bleibe«, sagt sie und klettert lächelnd auf den Barhocker.

Kapitel 20

Mit einem Lächeln biegt Connie in Madelines Einfahrt, sie ist so glücklich, all das wiederzusehen, als wäre sie monatelang weg gewesen und nicht nur ein paar Tage. Sie hat nicht damit gerechnet, jemals zurückzukommen, und es tut gut, wieder hier zu sein.

Zu Hause.

Sie stellt den Motor ab, steigt aus dem Auto und streckt sich. Es ist kurz nach vier und auf der Straße ist es still und kühl. Connie zieht ihre Jacke fester um sich und geht zum Kofferraum, um ihr Gepäck auszuladen.

»He, Sie da, Missy«, ertönt eine brummige Stimme. Connie dreht sich um und sieht Walter Lassiter auf sie zukommen, einen dicken braunen Umschlag in der Hand.

Connie versteift sich. »Serena ist nicht mehr hier, Mr Lassiter, Sie brauchen sich ihretwegen also nicht mehr aufzuregen.«

Er wirft einen Blick in den Garten. »Ja, kaum zu glauben. Ich kann nachts endlich wieder schlafen.«

Connie knirscht mit den Zähnen und greift nach ihrem Koffer.

»Na ja, das hier ist jedenfalls für Sie.« Er drückt ihr den Umschlag in die Hand.

Verwundert macht Connie ihn auf und greift hinein. Sie zieht einen Stapel Fotos heraus und schnappt nach Luft.

Es sind Fotos von Serena. Auf einigen davon sind auch sie und Madeline zu sehen, aber Serena steht eindeutig im Mittelpunkt. Es gibt Nahaufnahmen von ihr, Totale, alles, was man sich nur denken kann. Auf der Vergrößerung eines Fotos ist Serena mit einem schelmischen Gesichtsausdruck zu sehen, als führte sie gerade etwas im Schilde. »Was ist das?«, fragt Connie verblüfft. Es sind über hundert Fotos, die Serenas Aufenthalt in Madelines Garten vom ersten bis zum letzten Tag dokumentieren.

»Ich habe Fotos für meine Beschwerde gemacht«, erklärt Walter. »Aber nachdem Ihre Ziege jetzt weg ist, hat sich das wohl erledigt. Ich wollte sie schon wegwerfen, aber in Anbetracht dieser Geschichte mit Bettie Shelton … na ja, ich dachte, vielleicht haben Sie Interesse daran.« Er räuspert sich. »Ich habe eine DVD mit den Originaldateien dazugelegt, falls Sie die Fotos in einem anderen Format ausdrucken wollen oder so.«

Connie drückt den Umschlag an die Brust, ihre Augen schimmern feucht. Walter Lassiter sieht sie erschrocken an.

»O nein«, sagt er und weicht zurück.

Connie lacht und macht einen Schritt auf Walter Lassiter zu, um ihm einen Kuss auf die Wange zu geben, bevor er ihr entkommen kann. »Danke, Mr Lassiter, die werde ich immer in Ehren halten.«

Er schaut zunächst etwas verwirrt drein, dann verlegen. »Kein Grund, so einen Wirbel zu veranstalten, Missy«, sagt er mit roten Ohren. »Das sind doch bloß ein paar Fotos. Und bevor ich's vergesse, sagen Sie Ihren Gästen gefälligst, dass sie nicht in meiner Einfahrt parken sollen!« Mit diesen Worten begibt er sich hastig zurück in sein Haus.

»Mach ich, versprochen!«, ruft sie ihm nach, statt einer Antwort hört sie jedoch nur die Tür knallen.

Connie sucht rasch ihre Sachen zusammen, geht ins Haus und lässt ihr Gepäck in der Diele fallen. »Ich bin wieder da«, ruft sie, und dann findet sie sich unvermittelt in einer festen Umarmung wieder.

»Untersteh dich, noch mal wegzugehen!«, schimpft Madeline und drückt Connie an sich. Dann tritt sie einen Schritt zurück, in ihren Augen schimmern Tränen. »Das war die längste Woche meines Lebens! Zuerst habe ich mir gesagt, dass ich dich deinen eigenen Weg finden lassen muss, aber inzwischen habe ich es mir anders überlegt. Ich habe beschlossen, eine egoistische alte Frau zu sein, und erkläre dir hiermit, dass ich dich brauche. Das hier ist dein Zuhause und du darfst nie mehr weg, ist das klar?« Sie mustert Connie von oben bis unten, als suchte sie nach irgendwelchen Verletzungen oder sonstigen Schäden. »Geht es dir gut?«

»Ja«, sagt Connie lachend, ebenfalls mit feuchten Augen. »Mehr als gut.«

Hannah kommt aus der Küche und trocknet sich die Hände an einem Geschirrtuch ab. Als sie Connie sieht, grinst sie. »Ich habe dir doch gesagt, dass sie zurückkommt, Madeline. Wie sie es versprochen hat.«

»Ich habe keine einzige Nacht richtig geschlafen, solche Sorgen habe ich mir gemacht.« Sie nimmt Connies Arm, als könnte Connie gleich wieder verschwinden.

»Madeline …«, beginnt Connie schuldbewusst, aber Madeline wedelt abwehrend mit der Hand.

»Es ist alles in Ordnung«, sagt sie. »Ich habe dich nur schrecklich vermisst.«

»Ich dich auch«, sagt Connie und umarmt Madeline noch einmal. Dann löst sie sich von ihr und lächelt Hannah an. »Und Sie auch.« Sie wühlt in einer ihrer Taschen nach einer braunen Papiertüte und überreicht sie Hannah. »Das ist Erdbeermarmelade, ein Maisrelish und Kirschgelee von der Doherty Farm.«

»Von der Doherty Farm?« Madeline sieht sie überrascht an, als Connie ihr ebenfalls eine Tüte überreicht.

»Dort war ich in den vergangenen Tagen«, erklärt Connie. »Sie haben mich eingeladen, eine Weile bei ihnen zu bleiben. Nachdem sich herausgestellt hatte, dass ich es nicht war, meine ich. Anfangs war Rayna allerdings gar nicht begeistert, mich zu sehen.«

»Sergeant Overby hat uns gleich angerufen«, sagt Madeline. »Du kannst dir nicht vorstellen, wie durcheinander ich war, weil ich dich nicht erreichen konnte, um dir die gute Nachricht mitzuteilen.« Sie geht ins Esszimmer voraus. »Wir müssen dir unbedingt ein Handy besorgen, Connie Coll. Ich habe nie viel von all diesem technischen Schnickschnack gehalten, bis ich gemerkt habe, dass ich dich nicht erreichen kann. Betrachte es als Gehaltserhöhung.«

»Das ist nicht nötig«, protestiert Connie, aber Madeline schüttelt resolut den Kopf, und Connie verzichtet darauf, mit ihr darüber zu streiten.

»Ich mache uns erst mal eine Kanne Tee. Und du setzt dich und erzählst mir in der Zwischenzeit alles. Wie bist du denn bloß auf die Idee gekommen, zu den Dohertys zu fahren?«

Connie lässt sich auf einen Stuhl sinken, glücklich, wieder in der Küche mit all ihren vertrauten Gegenständen und Gerüchen zu sein. »Irgendwie bin ich dort gelandet. Ich hatte es ursprünglich gar nicht vor, aber dann wollte ich Serena noch ein letztes Mal sehen. So habe ich Mr Doherty kennengelernt und wir haben erfahren, dass sich ein paar Jungs gemeldet und das mit Serena zugegeben haben.«

Hannah seufzt. »Peter, Jamies jüngster Bruder, war auch daran beteiligt«, sagt sie und die Enttäuschung in ihrer Stimme ist nicht zu überhören. »Sie wollten sie ins Büro des Footballtrainers schaffen. Aber bevor es so weit kam, ist sie ihnen entwischt, und natürlich haben sie nichts gesagt, weil sie Angst hatten, dass sie Ärger kriegen würden.«

Madeline seufzt. »Das erinnert mich daran, wie mein Stiefsohn Ben in dem Alter war. Steven hat ihm immer aus der Patsche geholfen, wenn er wieder mal was ausgefressen hatte, was häufig der Fall war. Aber letzten Endes glaube ich nicht, dass es gut für Ben war. Eher im Gegenteil.«

»Sandra Linde und ihr Mann denken genauso«, sagt Hannah. »Und die Schule auch. Die Jungs sind aus der Footballmannschaft geflogen, was wirklich hart ist, weil in diesem Jahr die Meisterschaft stattfindet. Einige der anderen Eltern haben sich deswegen beschwert, aber die Lindes werden Peter nicht erlauben, in die Mannschaft zurückzukehren, selbst wenn die Schule ihre Meinung ändert. Sie bestehen darauf, dass Peter die Verantwortung für diese Sache übernimmt. Es geht dabei nicht nur um Serena, sondern auch darum, dass er nicht früher mit der Sprache herausgerückt ist.«

»Wenn ich mir vorstelle, dass sie ruhig dabei zugesehen hätten, wie man Connie die Schuld dafür in die Schuhe schiebt«, sagt Madeline düster. »Gott sei Dank hatten sie dann doch so viel Verstand, die Wahrheit zu sagen.«

»Na ja, zumindest Peter«, meint Hannah trocken.

Connie nickt. »Er und einer der anderen Jungs sind heute Morgen zu den Dohertys gekommen«, sagt sie. »Kurz bevor ich gefahren bin. Sie haben angeboten, bis Schuljahresende jedes Wochenende freiwillig bei der Arbeit auf der Farm zu helfen.«

»Ich hab's gehört«, sagt Hannah und nickt. »Peters Mom ist immer noch ziemlich sauer, aber ich glaube, insgeheim ist sie auch ein bisschen stolz, weil Peter es von sich aus zugegeben hat, selbst wenn ich bezweifle, dass sie das in absehbarer Zeit laut sagen wird. Einige von den anderen, darunter der

Anführer, versuchen offenbar alles, um wieder in die Footballmannschaft zu dürfen. Das Verhalten von Spit und seiner Familie hat Peter wirklich die Augen geöffnet. Ich denke, diese Freundschaft gehört der Vergangenheit an, was ich offen gestanden nicht besonders bedauerlich finde.«

»Es wäre einfacher gewesen, den Mund zu halten und zuzusehen, wie jeder mir die Schuld gibt«, erklärt Connie. »Aber ich bin froh, dass sie sich gemeldet haben.«

»Da sprichst du mir aus der Seele«, sagt Madeline lächelnd.

»Und ich freue mich ganz eigennützig, dass Sie wieder da sind«, schließt sich Hannah an. »Ich weiß nicht, wie Sie und Madeline das schaffen, ich bin jedenfalls fix und fertig. Ich glaube, ich halte mich in Zukunft wieder an meinen Musikunterricht und helfe Ihnen hin und wieder ein bisschen in der Küche, aber als Vollzeitjob käme das für mich nicht infrage. Ach ja, und eine der Damen aus dem Scrapbooking-Club hat angerufen und wollte Ihr Rezept für ...« Hannah denkt angestrengt nach. »... Apfel im Schlafrock mit Mountain Dew. Stimmt das so?«

Connie grinst. »Ja.«

»Ist das leicht zu machen?«

»Total leicht.«

Hannah nickt. »Gut, dann will ich dieses Rezept auch. Zusätzlich zu der Arbeit auf der Farm am Wochenende hat Peter unter der Woche Hausarrest. Da ist es vielleicht genau das Richtige.«

»Ich kann Ihnen dabei helfen, sie für ihn zu backen«, bietet Connie an.

»O nein, ich habe nicht vor, sie für ihn zu backen«, schnaubt Hannah. »Peter wird sie für seine Familie backen. Er muss sich gewaltig anstrengen, um wieder Gnade vor ihren Augen zu finden. Wenn er kochen lernt, kann er sich öfter mal im Haushalt nützlich machen und dann verzeiht ihm Sandra möglicherweise ein bisschen schneller.«

Die Frauen lachen. Connie blickt auf den dicken braunen Umschlag, der neben ihr liegt. »Wenn du nichts dagegen hast, würde ich mir gern noch ein paar Tage freinehmen, Madeline. Ich weiß, ich war gerade erst weg, aber es gibt da noch ein paar Dinge, die ich gern erledigen würde.«

»Das ist mir auch schon durch den Kopf gegangen«, sagt Madeline. »Ich habe vorhin einen Blick in unseren Terminkalender geworfen und es stehen keine größeren Essen oder andere Veranstaltungen an, daher würde ich sagen, wir machen den Rest der Woche zu. Wir können beide ein bisschen Erholung brauchen.«

Madeline sagt das mit so ernster Miene, dass Connie beinahe lachen muss – es ist, als hätten sie gerade eine schwerwiegende Entscheidung getroffen, statt sich lediglich eine wohlverdiente Pause von der Arbeit zu gönnen.

»So, und jetzt will ich, dass du raufgehst und auspackst«, fährt Madeline fort. »Und zwar endgültig. Ich will, dass du das Zimmer als deines betrachtest, Connie, so lange, wie du dort wohnen willst. Such dir Möbel aus, die dir gefallen, streich die Wände, mir ist alles recht. Ich will nichts weiter, als dass du glücklich bist und dich hier zu Hause fühlst.«

Zu Hause. Da ist es wieder, dieses Wort. Connie fährt mit der Hand über den Tisch, ein kleines Lächeln auf den Lippen. »Danke, Madeline«, sagt sie. »Vielleicht verändere ich irgendwann in der Zukunft mal etwas, aber im Moment gefällt mir alles so, wie es ist. Stattdessen werde ich jetzt etwas machen, das ich schon viel zu lange aufgeschoben habe.«

Hannah und Madeline sehen sie beide neugierig an. »Und das wäre?«, fragt Hannah.

Zunächst einmal ihren Koffer nicht länger unter dem Bett

verstecken. Dieses Mal wird Connie alles auspacken, einschließlich der Bilder, die sie die ganze Zeit mit sich herumgeschleppt hat. »Mein Album.«

Es ist früh am Montagmorgen und Isabel umrundet mit einem Notizblock in der Hand ihr Haus, als sie jemanden hupen hört.

»Hallo, Isabel!« Ian Braemer hält am Straßenrand, beugt sich über den Beifahrersitz und lässt das Fenster herunter. »Ich nehme an, man darf gratulieren.«

Mit einem fragenden Blick geht Isabel zu seinem Kastenwagen.

Er sieht wirklich gut aus. Ein nettes Lächeln, kantige Gesichtszüge, blitzende Augen. Er trägt Jeans und ein Flanellhemd und darüber eine Steppjacke. Obwohl ihr eigentlich warm ist, erzittert sie in ihrer Jacke. »Hi, Ian. Wozu gratulieren?«

»Na, Sie haben Ihr Haus verkauft! Das Schild ist weg.« Er deutet mit dem Kopf auf die Stelle in ihrem Vorgarten. Es sind erst ein paar Tage vergangen, aber in denen ist so viel passiert, dass Isabel schon beinahe vergessen hat, dass dort das Schild stand.

»Ich habe das Haus nicht verkauft«, erwidert sie. »Ich habe die potenziellen Käufer angerufen und ihnen gesagt, dass es nicht mehr zum Verkauf steht. Sie haben einfach nicht hierhergepasst.«

Auf Ians Gesicht erscheint ein Ausdruck, den sie nicht recht deuten kann. »Ach«, sagt er, »wollen Sie es dann neu anbieten?«

Sie schüttelt den Kopf. »Ich habe beschlossen, es zu behalten. Ich bleibe in Avalon.«

Ian fängt an zu grinsen und Isabel merkt, dass sie sich davon anstecken lässt, auch wenn sie nicht weiß, warum.

»Was ist denn daran so lustig?«, fragt sie.

»Was? Ach, nichts.« Er reißt sich zusammen, und Isabel muss lachen, als sie sieht, wie er sich um eine ernste Miene bemüht. »Gar nichts. Heute ist einfach ein schöner Tag, das ist alles.«

Sie lächelt. »Also, was tun Sie hier? Sie sind kein Spion, oder?« Das ist natürlich als Scherz gemeint, aber Ian wirkt plötzlich verlegen.

»Nein, nein«, sagt er hastig. »Ich habe ein Stück die Straße runter einen Auftrag, ich soll Josie McGowans Haus winterfest machen.«

»Josie McGowan?« Damit hat sie nicht gerechnet.

»Ja, ich habe sie vorige Woche beim Aschesieben kennengelernt. Wie viele andere nette Leute – Sie haben wirklich freundliche Nachbarn.« Ian deutet mit dem Kopf die Straße entlang.

Isabel rümpft unwillkürlich die Nase, als sie seinem Blick folgt. Josie McGowan? Josie mit den auftoupierten Haaren und den kurzen Röcken, dazu die schwarzen Domina-Stiefel mit den hohen Pfennigabsätzen? Josie McGowan ist die andere alleinstehende Frau in dieser Straße, nicht verwitwet wie Isabel, sondern geschieden. Zwei Mal. Und rauchen tut sie auch. Sie sieht überhaupt nicht wie Ians Typ aus.

Ian runzelt die Stirn. »Hab ich was Falsches gesagt?«

Isabel wendet ihre Aufmerksamkeit wieder ihm zu. »Was? Nein, warum?«

»Weil Sie ein Gesicht machen, als würde es hier stinken.« Er tut so, als würde er an seinen Achseln riechen. »Nee, ich bin's nicht. Frisch wie ein Maiglöckchen.«

Isabel lacht. »Tut mir leid. Also … äh, was tun Sie denn für Josie?«

»Was so nötig ist, um das Haus winterfest zu machen«, erwidert er. Er fängt an, die einzelnen Arbeiten an den Fingern abzuzählen. »Gartenschläuche aufräumen, Dachrinne reinigen, die Düsen des Rasensprengers durchpusten und so weiter. Außerdem will Josie, dass ich ihre Einfahrt und die Wege sauber mache und versiegle. Der Wechsel zwischen Frost und Tauwetter setzt Beton und Mauerwerk oft ziemlich zu, und ihre Einfahrt hat an einigen Stellen Risse bekommen. Wenn man da dann noch Salz oder irgendwelche anderen Taumittel draufstreut, wird es noch schlimmer.«

»Ach, das wusste ich nicht«, sagt Isabel. Dann fügt sie rasch hinzu: »Vielleicht sollte ich Sie bei mir auch mal einen Blick darauf werfen lassen.«

Ian mustert ihre Einfahrt. »Ehrlich gesagt, ist bei Ihnen alles in einem recht guten Zustand«, sagt er. Er stützt sich auf das Lenkrad. »Das ist mir schon aufgefallen, als ich die Veranda repariert habe.«

Isabel räuspert sich. »Trotzdem, lieber bin ich jetzt vorsichtig, als mich später zu ärgern«, sagt sie. »In den letzten Jahren habe ich mich nicht genügend um das Haus gekümmert. Jetzt wo ich hierbleibe, sollte ich auch dafür sorgen, dass alles in Ordnung ist.«

Ian zuckt die Schultern. »Klar, aber ich glaube nicht, dass Sie sich da groß Gedanken machen müssen.« Er deutet auf ihr Dach. »Allerdings wäre es irgendwann in nächster Zeit tatsächlich mal nötig, die Dachrinne reinigen zu lassen.«

Das ist Isabel auch schon aufgefallen. »Ja, ich hatte vor, jemanden kommen zu lassen«, sagt sie. »Würden Sie das auch übernehmen? Was würde mich das alles miteinander denn kosten?«

Ians Handy beginnt zu klingeln. Er wirft einen Blick auf das Display. »Herrje, sieht so aus, als käme ich zu spät zu Josie.« Er drückt auf eine Taste und hält das Telefon ans Ohr.

»Hi, Josie. Ja, ich bin gerade auf dem Weg. Ich habe Isabel nur noch ein paar Tipps wegen ihres Hauses gegeben … ja, natürlich tu ich das auch für Sie. Okay, bis gleich.« Er beendet das Gespräch und sieht Isabel mit einem entschuldigenden Lächeln an. »Tut mir leid. Die Pflicht ruft. Aber ich sag Ihnen was. Bis Ende der Woche hab ich bei Josie zu tun, aber am Samstag schau ich vorbei und fang mit der Dachrinne an. Alles andere besprechen wir dann. Acht Uhr, ist das okay?«

»Ja.« Bei dem Gedanken, ihn bald wiederzusehen, verspürt Isabel ein leichtes Kribbeln im Bauch und sie überlegt, ob sie sich noch ein paar Arbeiten für ihn einfallen lassen könnte. »Ich verspreche auch, Sie dieses Mal nicht im Schlafanzug zu empfangen.«

Ian heuchelt Enttäuschung. »Na, dann muss ich wohl eine Stunde früher kommen.«

»Unterstehen Sie sich!«, sagt sie und wird vor Freude rot. Sie weiß jetzt schon, was sie anziehen wird: Jeans und einen orangeroten Pullover mit V-Ausschnitt, der sie in der letzten Woche so angelacht hat. Sie hatte ihn aus ihrem Schrank gezogen, und neben dem unerwarteten Farbklecks hatten ihre weißen Sachen auf einmal langweilig und streng ausgesehen. Es hat sie veranlasst, darüber nachzudenken, dass Yvonne vielleicht recht hat, dass es an der Zeit ist, die weißen Klamotten wegzupacken, aber nicht weil der Labor Day schon lange vorbei ist, sondern weil Isabel bereit ist für ein bisschen mehr Farbe in ihrem Leben.

Er grinst. »Schon gut, dann eben um acht. Ach, und Sie haben mir noch nicht gesagt, wie Sie Ihren Kaffee trinken.« Sein Handy klingelt erneut, aber er drückt den Anrufer weg, ohne den Blick von Isabel zu wenden.

»Schwarz«, sagt sie. »Mit zwei Stück Zucker.«

Er tippt sich an die Stirn. »Schwarz, zwei Stück Zucker.

Gespeichert.« Dann lässt er den Motor an. Sein Handy klingelt erneut. Er ignoriert es. »Dann bis Samstag, Isabel, und falls Sie sich das mit dem Schlafanzug noch anders überlegen, ich werde mich bestimmt nicht beschweren.«

Unsere Familie, tippt Frances ein. Sie blickt auf den Bildschirm und drückt zufrieden die Enter-Taste.

Eine Sekunde später ist es da: das Familienfoto, das sie letztes Weihnachten aufgenommen haben, sie und Reed auf der Couch, um sie herum die Jungen, die für die Kamera brav lächeln. In der Ecke erscheint Mei Lings Foto, und über den Rahmen läuft der Schriftzug *Unsere Familie.* Frances grinst stolz.

Frances hatte die Blogs anderer Adoptivfamilien verfolgt, erstaunt über die Menge an Berichten und Informationen, dankbar, dass andere ihre Erfahrungen so bereitwillig teilten. Zuerst war es ihr ein Rätsel gewesen, woher die Leute die Zeit nahmen, einen Blog über ihr Leben zu schreiben, dazu Bilder zu posten und Links zu anderen Websites einzubauen, bis ihr klar wurde, dass ihnen ein Familienblog half, nicht verrückt zu werden. Ihr tägliches Leben vor, während und nach einer Adoption zu dokumentieren schien ihnen dabei zu helfen, die schweren Tage besser zu überstehen und die guten Tage umso mehr zu genießen. Außerdem bietet es Großeltern und Freunden die Möglichkeit, sich nach Lust und Laune Bilder der Kinder anzusehen. Insgeheim hofft sie, dass Nick, Noah, Brady und Mei Ling im Lauf der Zeit eigene Posts und Tagebucheinträge schreiben werden. Vielleicht sogar Reed.

Am Ende des Jahres wird sie sich erkundigen, wie man das alles ausdrucken und zu einem Buch binden kann, darauf freut sie sich schon jetzt. Das wird sie dann in Zukunft jedes Jahr machen und eine Art Familienjahrbuch der Lathams erstellen, mit einer Kopie für jeden. Frances hat viel Spaß daran, aufwendige Scrapbook-Alben zusammenzustellen, aber sie sucht nach einer Möglichkeit, ihr tägliches Leben zu dokumentieren, ohne dass überall Stapel von Fotos herumliegen. Besonders schön findet sie die Vorstellung, dass die Kinder mit diesen Alben aufwachsen und sie mitnehmen können, wenn sie später selbst eine Familie gründen. Ist es nicht das, worum es beim Bewahren von Erinnerungen letztlich geht?

In der Seitenleiste gibt Frances die Adressen der Adoptionsblogs ein, von denen sie am meisten Unterstützung bekommen hat, insbesondere die von anderen Familien mit Kindern, die wie Mei Ling an einem Geburtsfehler leiden. Im Augenblick bleibt Reed und Frances nichts anderes übrig, als sich an den dürftigen Arztbericht zu halten. Wie es wirklich um Mei Ling steht, werden sie erst wissen, wenn sie bei ihnen ist. Frances hat bereits mit den Ärzten in der Kinderkardiologie am Rush University Medical Center in Chicago und an der University of Illinois gesprochen. Sie hat sogar eine kinderkardiologische Praxis in Rockford ausfindig gemacht, in der schon einige adoptierte Kinder mit Herzfehlern behandelt werden. Das Children's Hospital in Cincinnati verfügt ebenfalls über eine große pädiatrische Abteilung, und es ist ein Trost zu wissen, dass alle diese Einrichtungen nah und leicht zugänglich sind.

Die größte Schwierigkeit sieht Frances darin, dass sowohl Diagnose wie auch Behandlung so lange hinausgezögert wurden, dass manche Probleme, für die es vielleicht eine rasche Lösung gegeben hätte, wenn man sich frühzeitig damit befasst hätte, in der Zwischenzeit gravierender geworden sind. Nachdem ihre Entscheidung, die Adoption durchzuziehen, gefallen war, drängten sie auf weitere Informationen, sie waren dankbar für jedes noch so kleine Detail. Sie erhielten Berichte, aus denen hervorging, dass Mei Ling beim Füttern schwitzen und schneller ermüden würde als andere Kinder. Wie viele andere adoptierte Kinder ist Mei Ling kleiner als ihre Altersgenossen und man hat ihr dieses furchtbare Etikett »entwicklungsverzögert« verpasst. Frances versucht bei dem Gedanken, dass Mei Lings Herz sich so sehr anstrengt, nur um sie am Leben zu erhalten, ruhig zu bleiben.

Doch ein Blick auf ihr Foto, auf Mei Lings lächelndes Gesicht genügt, und Frances weiß, dass dieses Kind einen enormen Überlebenswillen hat. Sie ist fest entschlossen, alles in ihrer Macht Stehende zu tun, um Mei Ling die Chance auf ein glückliches und erfülltes Leben zu geben, so wie sie es für alle ihre Kinder tun würde.

Das nächste Jahr werden sie mit Arztbesuchen verbringen, um herauszufinden, wie es tatsächlich um Mei Lings Gesundheitszustand steht. Was sie wissen (oder zu wissen glauben), ist, dass Mei Ling an einem Ventrikelseptumdefekt oder kurz VSD leidet. Einfacher ausgedrückt, sie hat ein Loch in der Herzscheidewand und muss bald nach ihrer Ankunft am offenen Herzen operiert werden. Frances weiß auch, dass es möglicherweise noch weitere medizinische Probleme gibt, die in dem Bericht nicht erwähnt werden oder erst später zutage treten können. Aber ist das nicht immer so im Leben? Es gibt keine Kristallkugel, die einem die Zukunft zeigen kann, keine Geld-zurück-Garantie.

Frances beschließt, ihre ständig länger werdende To-do-Liste ebenfalls in den Blog zu übernehmen. Sie hat sich ausführlich damit beschäftigt, was sie auf die Reise mitnehmen sollten und was nicht, und die Adoptionsvermittlung war sehr hilfsbereit und hat sie bei ihren Vorbereitungen nach Kräften unterstützt. Trotzdem ist Frances an den Erfahrungsberichten anderer Familien interessiert, die es bereits hinter sich haben, vor allem solcher Familien, die mit Kindern unterwegs waren, weil sie und Reed beschlossen haben, Mei Ling gemeinsam mit den Jungen abzuholen, einschließlich des dreijährigen Brady. Es ist zwar furchtbar teuer, aber aus verschiedenen Gründen wichtig und gut. Und auch wenn sie sich nichts mehr wünschen, als dass Mei Ling ein Teil ihres Lebens hier in Avalon wird, wollen sie doch genauso ein Teil ihres Lebens und ihrer chinesischen Geschichte werden.

Frances schließt ihre Kamera an und lädt die neuesten Fotos herunter. Sie und die Jungen haben gebratenen Reis und Brokkoli mit Austernsauce gekocht, und es war einfacher, als sie gedacht hätte. Reed kam früh genug aus der Arbeit, um ihnen zu helfen, und er entdeckte ein einfaches Rezept für Gurkensalat mit Sesam, den er höchstpersönlich zubereitete. In weniger als zehn Minuten hatten sie alles aufgegessen. Frances weiß, dass es ein himmelweiter Unterschied zu echtem chinesischen Essen ist, aber es ist immerhin ein Anfang. Sie beschließt, auch die Rezepte mit aufzunehmen.

Ihr Küchenwecker klingelt und verkündet, dass die dreißig Minuten, die sie sich für den Blog freigeschaufelt hat, vorbei sind. Zeit, sich wieder anderen Aufgaben zu widmen, zum Beispiel Packen. Denn sobald sie grünes Licht bekommen, sitzen die Lathams im Flieger nach China.

»Nein, nein, nein!«

Aus dem Haus ist ein Aufheulen zu hören, geradezu ein Wimmern. Ava umklammert ihre Handtasche und fragt sich, ob sie auf die Klingel drücken soll, doch dann springt Isabels Haustür auf und Bettie taumelt heraus, noch im Nachthemd, obwohl es bereits mitten am Vormittag ist.

»Nein nein nein nein nein nein nein nein nein nein«, sagt sie ohne Unterlass. Eine Sekunde später tauchen Isabel und hinter ihr eine Ava unbekannte Frau auf. »Ich habe Nein gesagt!«

»Ist alles in Ordnung?«, erkundigt sich Ava.

»Sieht es so aus, als wäre alles in Ordnung?« Isabel wirkt entnervt. Sie dreht sich zu der anderen Frau. »Imogene, ich habe Ihnen doch gesagt, dass es besser ist, wenn ich es ihr beibringe!«

Isabel versucht Bettie wieder ins Haus zu bugsieren. Bettie reißt sich los und beginnt auf der Veranda hin und her zu laufen, sie ist völlig aufgelöst.

»Bettie, Liebes, denk doch nur, wie viel Spaß wir haben werden!«, sagt Imogene mit gezwungen fröhlicher, einschmeichelnder Stimme. »Wir haben dir ein Zimmer mit Blick auf den Garten hergerichtet und im nächsten Frühling können wir Blumen pflanzen. Nachmittags können wir uns alle deine Lieblingsserien ansehen, mit den Nachbarinnen ein paar Runden Bunko spielen, von Zeit zu Zeit eine Crop-Party bei uns veranstalten. Alles, wozu du Lust hast.«

»Nein«, jammert Bettie.

Ava sieht, dass Isabel verzweifelt ist, aber sie hat sich unter Kontrolle, als sie Bettie sanft den Arm um die Schulter legt. »Sie werden sich dort sehr wohlfühlen«, versichert sie ihr. »Und ich komme Sie besuchen, sooft Sie wollen.«

»Aber ich will hierbleiben«, schmollt Bettie. »In *meinem* Haus.«

Isabel führt Bettie zur Verandabrüstung und deutet auf Betties Grundstück. »Ihr Haus ist abgebrannt, erinnern Sie sich? Wir überlegen noch, wie es jetzt weitergehen soll, aber Imogene und Abe hätten gern, dass Sie in der Zwischenzeit bei ihnen wohnen. Sie haben schon ein Zimmer für Sie hergerichtet. Und wie ich gehört habe, hat Imogene jede Menge Scrapbooking-Material gesammelt.«

»Das stimmt«, sagt Imogen und nickt. »Die Clubmitglieder haben sich nicht lumpen lassen, Bettie, und Abe war damit einverstanden, dass ich in einem der Zimmer eine Werkstatt einrichte. Der Traum jedes Scrappers, es wird dir gefallen, versprochen.« Sie tätschelt ihrer Freundin die Hand und das scheint Bettie tatsächlich zu beruhigen.

»Na gut«, schnieft sie. »Meinetwegen.« Erst jetzt bemerkt sie Ava und ihre Miene hellt sich auf. Keine Spur mehr von Verzweiflung, und Ava fragt sich, ob sich Bettie an die vergangenen fünf Minuten überhaupt noch erinnert. »Ava! Wo ist Matt?«

»*Max* ist im Kindergarten«, sagt Ava freundlich. Ihr fällt auf, dass Isabel komisch guckt, als der Name ihres Sohnes fällt. »Aber ich bin sicher, dass er jetzt gerne hier wäre.«

»Er ist so ein netter kleiner Kerl«, sagt Bettie. »Und diese Brille!« Sie lacht schallend. Die Bettie von soeben ist verschwunden und vor Ava steht die Frau, die sie vor zwei Monaten in Margots Laden kennengelernt hat.

»Kommen Sie, gehen wir wieder rein«, sagt Isabel und führt Bettie ins Haus.

Ava hat das unangenehme Gefühl zu stören, deshalb greift sie schnell in ihre Tasche und zieht einen kleinen Beutel heraus.

»Ich wollte nur das hier abgeben«, sagt sie und reicht ihn Isabel. »Ich habe ihn in einer Ihrer Kisten gefunden, aber ich weiß nicht, wofür er ist. Wahrscheinlich ist er aus Versehen hineingefallen und Sie suchen ihn schon.«

Isabel bleibt stehen, um den Beutel zu öffnen, und ein kleiner Schlüssel fällt in ihre Hand. Sie scheint nichts damit anfangen zu können.

»Den habe ich noch nie gesehen«, sagt Isabel und dreht ihn hin und her. Mit gerunzelter Stirn denkt sie nach.

Bettie lugt hinter ihr hervor und nickt. »Hey, so einen habe ich auch«, sagt sie. »Für mein Bankschließfach.«

»Sie haben ein Bankschließfach?« Isabel dreht sich zu ihr um. »Davon haben Sie mir nie etwas erzählt!«

Bettie zuckt die Schultern. »Hab ich vergessen. Das dürfte allerdings kaum jemanden überraschen.«

Isabel wendet sich ab und geht in die Küche, die anderen Frauen folgen ihr. »Stimmt«, sagt sie, »jetzt fällt es mir wieder ein. Yvonne und ich haben einen Schlüssel unter dem steinernen Engel auf Ihrer Veranda gefunden, als wir versucht haben, ins Haus zu kommen. Ich kann Charlotte Snyder bei der Avalon State Bank anrufen und sie fragen, ob es irgendwelche Unterlagen über Ihr Schließfach gibt. Falls ja, ist es bestimmt möglich, es öffnen zu lassen.« Plötzlich ist Isabel ganz aufgeregt.

»Und Ihres auch«, fügt Ava hinzu. »Ich meine, vielleicht können Sie Ihr Schließfach ja auch öffnen, jetzt wo Sie den Schlüssel haben.«

Isabel betrachtet erneut den Schlüssel in ihrer Hand.

»Das kann nicht meins sein«, sagt sie. »Bill und ich hatten niemals ein Schließfach. Sind Sie sicher, dass er in einer der Kisten war, die ich Ihnen gegeben habe?«

Ava nickt. »Ja. Wir – ich – hatte auch nie ein Schließfach.« Ava wird blass, als sie begreift, was das möglicherweise bedeutet.

Hatte Bill auch vor ihr Geheimnisse?

Isabel lässt den Schlüssel auf den Tisch fallen. Sie sieht Ava an. »Nur zur Vorwarnung, falls er heimlich noch irgendwo eine Familie hatte, könnte es sein, dass ich durchdrehe.«

Ava schluckt und nickt, aber sie weiß, dass es bestimmt eine einfache Erklärung dafür gibt. Ganz bestimmt. Es ist nicht zu übersehen, dass es in Isabel zu brodeln beginnt, und sie will lieber nicht dabei sein, wenn sie explodiert. »Ja, dann geh ich mal wieder«, sagt sie. »Ich muss Max vom Kindergarten abholen. Ich wollte Ihnen nur noch sagen, dass …« Sie hält inne, als Isabel das Gesicht verzieht. »Was ist?«, fragt sie.

»Was ist was?«, fragt Isabel zurück und verändert sofort ihren Gesichtsausdruck.

»Sie haben gerade geschaut, als ob Sie … als ob Sie nicht damit einverstanden wären oder etwas in der Art.«

Isabel schüttelt den Kopf. »Nein, ich habe bloß über die Sache mit dem Schlüssel nachgedacht.« Ihre Nase zuckt, als müsste sie gleich niesen.

Ava ist klar, dass Isabel etwas auf der Seele liegt, aber sie weiß nicht, ob sie es auch wissen will. Es nicht zu wissen, macht es nicht besser, denkt sie dann. »Isabel?«, hakt sie vorsichtig nach. »Sagen Sie einfach, was Sie zu sagen haben.«

»Na gut.« Isabel hebt den Kopf. »Ich glaube nicht, dass er in diesem Kindergarten gut aufgehoben ist. Er scheint sich dort nicht wohlzufühlen. Ich begreife nicht, wie Sie hier stehen und plaudern können, während er … *dort* ist.« Isabels Wangen röten sich und sie wendet den Blick ab und kritzelt mit zusammengepressten Lippen etwas auf ein Blatt Papier.

Ava ist, als hätte sie eine Ohrfeige erhalten. »Er geht gern in den Kindergarten«, sagt sie, aber ihre zitternde Stimme straft die Worte Lügen.

»Das glaube ich nicht«, erwidert Isabel, und ihr Ton sagt alles. Dass Ava eine schlechte Mutter ist. Dass Ava nicht weiß, was das Beste für ihren Sohn ist. Dass Ava bereit ist, sein Glück oder sein Wohlbefinden aufs Spiel zu setzen, weil sie sich nichts anderes leisten kann. Ava merkt, dass sie vor Wut am ganzen Leib zittert, nicht weil Isabel unrecht hat, sondern weil sie recht haben könnte.

»Sie haben doch keine Ahnung«, presst sie zwischen zusammengebissenen Zähnen hervor. »Sie wissen nichts über mich oder mein Leben, und es steht Ihnen nicht zu, sich über Max auszulassen. Sie sind nicht seine Mutter – das bin ich. *Ich*. Und ich tue mein Bestes, Isabel. Glauben Sie, ich schicke ihn gern dorthin? Glauben Sie, ich hätte nicht versucht, ihn bei mir zu Hause zu behalten? Glauben Sie, ich würde mir nicht wünschen, ich hätte mehr Geld, damit er woandershin gehen kann, wo er sich wohler fühlt, wo man sich besser um ihn kümmert?«

»Viele Einrichtungen bieten finanzielle Unterstützung an …«, beginnt Isabel.

»Ja, klar! Warum habe ich daran nicht gedacht?« Ava schlägt sich mit der Hand an die Stirn und funkelt Isabel wütend an. »Als ich sagte, ich fände es schön, wenn Sie Anteil an Max' Leben nähmen, habe ich damit nicht gemeint, dass Sie darin herumpfuschen sollen.«

Isabel richtet ihren Stift auf Ava. »Wir wollen doch mal eins klarstellen: Sie schlafen mit meinem Mann, kriegen ein Kind von ihm, erwarten, dass ich Anteil an dessen Leben nehme, geben mich als Notfallkontakt an …« Jedes Wort von Isabel ist wie ein Peitschenhieb und lässt Ava zusammenzucken.

»Wirklich?«, haucht Bettie. »Das ist mutig.« Sie dreht sich zu Imogene, die das Geschehen ebenso fasziniert verfolgt wie sie.

Isabel wird lauter, sie lässt Ava keine Sekunde aus den Augen. »… und dann darf ich nicht mal eine Bemerkung über den Kindergarten machen, in den er geht?«

»Ja … nein … ich meine …« Ava ist plötzlich völlig durcheinander. Sie möchte, dass Max eine Beziehung zu Isabel hat, aber so hat sie sich das nicht vorgestellt. Sie hat dabei mehr an gemeinsame Erinnerungen an Bill gedacht, Geschichten, etwas in der Art.

»Warum sind Sie noch hier, Ava?«, fragt Isabel. »Das verstehe ich nicht. Was wollen Sie von mir?«

Ava spürt, dass alle sie anstarren. Sie strafft die Schultern, blinzelt ein paarmal, umklammert haltsuchend den Riemen ihrer Tasche. »Nichts. Ich will überhaupt nichts, Isabel.«

Isabel blickt auf ihren Notizblock, auf den Schlüssel, der auf dem Tisch liegt. »Gut, dann sollten Sie wohl besser gehen.«

Betties Augen wandern zwischen den beiden Frauen hin und her, sie begreift nicht ganz, was eigentlich los ist. Ava sieht, dass erneut ein leerer Ausdruck darin erscheint, die Verwirrtheit zurückkehrt. »Sie gehen?«, fragt Bettie verdattert.

»Ja«, antwortet Ava. Sie dreht sich zu Isabel, die ihrem Blick ausweicht. »Ich bin nur gekommen, um den Schlüssel abzugeben und Ihnen zu sagen, dass wir wegziehen. Der Vermieter hat uns aus der Wohnung geworfen, bis Ende der Woche müssen Max und ich draußen sein. Ich wollte mich nur verabschieden. Und mich für alles bedanken.« Als Isabel nichts darauf erwidert, drückt Ava ein letztes Mal Betties Hand und geht.

Kapitel 21

Charlotte Snyder, Hauptkassiererin bei der Avalon State Bank, empfängt Isabel und Bettie im Kassenraum.

»Das ist ja so aufregend!«, sagt sie und führt sie in den hinteren Teil der Bank. »Als Sie angerufen haben, wusste ich im ersten Moment gar nicht, was ich davon halten soll. Vergessene Bankschließfächer! Wie im Film!«

Isabel ist einfach nur müde. Sie musste sich schon wieder freinehmen, sehr zum Leidwesen ihres jungen Chefs, der es immer noch irgendwie schafft, KP Paper & Son über Wasser zu halten. Eigentlich hatte sie erwartet, dass er sich beschweren, ihr vielleicht sogar den Rausschmiss androhen würde, aber stattdessen hatte er sie mit der Mitteilung überrascht, dass sie eine Gehaltserhöhung bekommen würde. Offenbar haben ihre Verkaufszahlen ein Allzeithoch erreicht, ohne dass Isabel es gemerkt hat. Was vermutlich daran liegt, dass ihr ihre Arbeit im Grunde genommen egal ist, und das wiederum macht es leichter, eine Abfuhr wegzustecken. Sie lässt sich davon einfach nicht entmutigen, bis sie schließlich ein Ja hört, und dann startet sie gleich die nächste Offensive.

Diese Hartnäckigkeit fordert allerdings langsam ihren Tribut von Isabel. Seit dem Feuer hat sie sich hauptsächlich mit Hilfe von Koffein und Adrenalin auf den Beinen gehalten, und allmählich ist sie am Ende. Obwohl Bettie inzwischen bei Imogene und Abe wohnt, scheint Isabel nie genug Zeit zu haben, Ordnung in ihr Leben zu bringen. Das Chaos ist einfach zu groß.

Und jetzt das. Betties Schließfach, ganz zu schweigen von der überraschenden Entdeckung, dass es auch eines auf Bills Namen gab. Isabel hat einen Gerichtsbeschluss zum Öffnen des Schließfachs erwirken müssen, und obwohl das nicht besonders schwierig gewesen ist, verleiht es der ganzen Sache mehr Gewicht, etwas Offizielles. Was auch immer Bill ihr verheimlicht hat, Isabel wird es in Kürze erfahren.

»Hallo, tut mir leid, dass ich zu spät bin.« Yvonne kommt hinter ihnen angelaufen und drückt kurz Isabels Arm. »Habt ihr sie schon aufgemacht?«

Isabel schüttelt den Kopf. »Ich überlege, ob wir das von Bill nicht besser zulassen sollen. Es hatte doch bestimmt einen Grund, warum ich nichts davon gewusst habe, oder? Und ich bin mir auch gar nicht so sicher, ob ich wissen will, was sich darin befindet.«

»Ich hoffe, dass ich ein paar Süßigkeiten eingelagert habe«, vertraut Bettie Mrs Snyder an. »Gegen ein Stückchen Schokolade hätte ich nichts einzuwenden. Sagen Sie mal, gibt es bei Ihnen immer noch gratis Doughnuts?«

»Jeden Tag um zehn«, kichert Mrs Snyder. »Allerdings haben wir die Doughnuts durch Freundschaftsbrot ersetzt. Das schmeckt viel besser!«

»Wie spät ist es?«, fragt Bettie sofort Isabel.

Isabel sieht Yvonne an. Ihr fehlt die Energie, den Arm zu heben und auf ihre Uhr zu schauen.

»Genau zehn«, erklärt Yvonne.

Bettie stößt einen kleinen Freudenschrei aus. »Charlotte, glauben Sie mir, es gibt nichts Besseres als kostenloses Freundschaftsbrot.«

»Da bin ich ganz Ihrer Meinung«, sagt Mrs Snyder und

nickt eifrig. »Für heute war ich mit Backen dran, und ich habe Biscotti aus Freundschaftsbrotteig gemacht – mit Schokoladenglasur und einem Hauch Kokosnuss. Passt hervorragend zum Kaffee!«

»Mit diesem Freundschaftsbrot kann man mich jagen«, murmelt Isabel vor sich hin, »aber eine Tasse Kaffee?« Ihr müder Blick belebt sich.

»Versuch's mal mit Wasser«, schlägt Yvonne vor. »Mit dem Koffein in deinem Blut könntest du eine Rakete antreiben.« Sie wendet sich Mrs Snyder zu. »Also, wie geht es jetzt weiter?«

»Nun, Betties Box haben wir schon bereitgestellt. Und wenn Sie Ihren Schlüssel dabeihaben« – sie nickt Isabel zu –, »dann können wir gleich danach Ihr Schließfach öffnen. Da Sie einen Gerichtsbeschluss haben, können Sie frei darüber verfügen. Eine Schande, dass Sie nicht schon früher davon erfahren haben.«

»Ich glaube, ich hätte gar nicht gewusst, was ich machen soll«, erwidert Isabel. Sie sieht Yvonne an. »Ich bin mir nicht mal sicher, ob ich das jetzt weiß. Bill wollte wahrscheinlich jemand anderem eine Vollmacht dafür erteilen, sobald die Scheidung durch gewesen wäre. Ava vielleicht. Sie sollte hier sein, nicht ich.«

»Das ist jetzt egal«, erklärt Yvonne. »Du musst nachsehen, was sich darin befindet. Es kann auch leer sein, Isabel, und dann hast du dir ganz umsonst den Kopf zerbrochen.«

Leer? Isabel weiß nicht, was sie schlimmer fände. Etwas zu entdecken, von dem sie nichts gewusst hat, oder sich fragen zu müssen, was Bill darin aufbewahren wollte.

»Genug geplaudert«, erklärt Bettie aufgeregt. »Ich will jetzt wissen, was in meiner Box ist – ich habe nämlich nicht die geringste Ahnung!«

Mrs Snyder macht ein mitfühlendes Gesicht. »Wegen Ihres … Zustands?« Das letzte Wort flüstert sie, als handelte es sich dabei um ein Geheimnis.

Bettie sieht sie gereizt an. »Nein, Charlotte. Abgesehen davon, dass einmal im Jahr die Gebühren von meinem Konto abgebucht wurden, habe ich dieses Schließfach in den vergangenen fünfzehn Jahren nicht angerührt. Ich habe einfach nicht mehr daran gedacht.«

Mrs Snyder nickt. »Schon komisch, dass die Leute immer vergessen, was sie alles besitzen. Gut, bitte nehmen Sie Platz, ich bin gleich wieder da!«

Bettie und Yvonne folgen der Aufforderung, Isabel dagegen geht unruhig auf und ab. Bettie überlegt gemeinsam mit Yvonne, was sich in ihrer Box befinden könnte.

»Wie wäre es mit Goldbarren? Das wäre doch toll, oder? Oder ein Bündel Geldscheine!«

»Diamanten«, schlägt Yvonne vor. »Rubine aus Madagaskar.«

Isabel wirft ihrer Freundin einen scharfen Blick zu. Es reicht, wenn eine von ihnen dreien spinnt. »Bettie, was immer in Ihrer Box ist, es ist etwas, das *Sie* hineingetan haben. Hatten Sie je Goldbarren oder ein Bündel Geldscheine?«

»Nein«, sagt Bettie und macht einen Moment lang ein enttäuschtes Gesicht. »Nicht dass ich wüsste. Aber nachdem ich mich nicht mehr auf mein Gehirn verlassen kann, wer weiß, was ich dann im Lauf der Jahre alles gemacht habe?« Sie wendet sich wieder Yvonne zu und ihr Gesicht hellt sich auf. »Aktien! Lotterielose!«

Isabel setzt ihre Wanderung fort. Ganz gleich, was sich in Bills Schließfach befinden mag, was Isabel zu schaffen macht, ist der Umstand, dass sie sich nicht mehr sicher sein kann, was sie weiß und was nicht. Sie beginnt ihre Erinnerungen an ihr gemeinsames Leben mit Bill in Zweifel zu ziehen, weil es offensichtlich so vieles gibt, wovon sie keine Ahnung hatte.

Ava zum Beispiel. Sie hatte es nicht kommen sehen, aber als es dann passierte, konnte sie es als das betrachten, was es war – eine Reihe von Zufällen und Fehlern, eine Weggabelung und seine Entscheidung, einen Weg dem anderen vorzuziehen. Sie wusste, dass es in ihrer Ehe Probleme gab, und obwohl sie nicht damit gerechnet hätte, dass er sie jemals verlassen würde, kann sie nachvollziehen, warum er es getan hat.

Aber das hier ist etwas anderes. Es ist bewusst, gewollt, geplant. Bill ging in die Bank, setzte seine Unterschrift unter einen Antrag und bezahlte für ein Schließfach, von dem weder sie noch Ava etwas wussten. Er kam mit der festen Absicht hierher, in diese Box etwas zu legen, das er nicht zu Hause aufbewahren wollte.

Also was ist es?

Mrs Snyder kehrt mit einer großen Metallbox zurück und stellt sie auf den Tisch. »Bitte sehr, Bettie. Läuten Sie einfach, wenn Sie fertig sind, dann kann ich Sie in den Tresorraum begleiten, Isabel.«

Isabel und Yvonne nehmen links und rechts Aufstellung von Bettie, die die Box anstarrt. »Sie ist größer, als ich gedacht hätte«, sagt Bettie und fährt mit dem Finger über die Nummer auf der Vorderseite. Sie holt tief Luft und klappt den Deckel auf.

Die Box ist voller Plastikbeutel und alter Zeitschriften. Bettie zieht ein paar Ziploc-Beutel heraus, in denen sich in der Mitte gefaltete Dokumente befinden. Isabel greift nach einem der Beutel und öffnet ihn. Die notarielle Urkunde für Betties Haus, ihr Fahrzeugbrief, Versicherungspolicen, Betties Geburtsurkunde, Sozialversicherungskarte, medizinische Unterlagen. Isabel ist erleichtert, weil das vieles leichter macht. Sie wird sobald wie möglich Kopien davon anfertigen.

»Wow«, sagt Yvonne leise und als Isabel aufblickt, sieht sie sie einen Beutel mit einem Bündel Geldscheine in die Höhe halten, überwiegend Zwanziger und Hunderter. »Also haben Sie tatsächlich ein Bündel Geldscheine da drin. Das sieht nach ein paar Tausend aus, Bettie. Gehört es Ihnen?«

»Ja«, sagt Bettie mit ausdrucksloser Stimme. Ohne großes Interesse betrachtet sie die Scheine. »Zwanzigtausend, jetzt erinnere ich mich wieder. Die Einnahmen aus den ersten fünf Jahren meines Scrapbook-Geschäfts.«

»Warum haben Sie es nicht angelegt?«, erkundigt sich Isabel. Sie weiß, dass Bettie bei der Bank sowohl ein Sparkonto wie auch ein Girokonto hat, und außerdem noch ein Rentenkonto.

»Einen Teil davon habe ich angelegt«, sagt Bettie geistesabwesend. »Den Rest habe ich gespart für …« Sie beendet den Satz nicht, sondern zieht stattdessen unter den Zeitschriften einen weiteren Beutel hervor. Darin befindet sich etwas Weiches, Rechteckiges, das in ein weißes Tuch eingeschlagen ist. Stoff? Ein Pullover? Betties Gesicht fällt plötzlich in sich zusammen.

Isabel setzt sich auf den Stuhl neben ihr. Betties Hände zittern. »Soll ich Ihnen helfen, ihn aufzumachen?«, fragt Isabel.

Betties Augen sind feucht. Sie schüttelt den Kopf. »Nein. Ich nehme ihn mit nach Hause.« Sie drückt den Beutel an die Brust. »Ich möchte jetzt gehen.«

Isabel nickt. Sie packt alles andere in eine Tasche und schließt den Deckel der leeren Box. Dann steht sie mit Bettie auf.

»Warte«, sagt Yvonne. »Was ist mit Bills Schließfach?«

Betties Gesicht ist bleich und eingefallen, und Isabel will sie zurück zu Imogene bringen. »Darum kümmere ich mich später«, sagt sie, aber Yvonne schüttelt den Kopf.

»Tu es jetzt gleich«, sagt sie bestimmt. »Ich bringe Bettie zu den Garzas. Ruf mich an.« Sie legt den Arm um Betties Schulter und führt sie hinaus.

Isabel sieht ihnen nach und ist einen Moment lang versucht, ihnen hinterherzulaufen. Sie ist davon ausgegangen, dass jemand bei ihr sein würde, wenn sie die Box öffnet, und es gefällt ihr nicht, dass sie es jetzt allein machen muss.

»Und, wie weit sind wir?« Mrs Snyder betritt den Raum und sieht sich verwirrt um. »Ach, ist Bettie schon gegangen?«

»Sie wollte nach Hause.« Isabel hält Bills Schlüssel in die Höhe. »Also, gebe ich den jetzt Ihnen?«

»Nein, nein. Den behalten Sie. Folgen Sie mir.«

Sie betreten einen kleinen Raum, in dem sich auf drei Seiten vom Boden bis zur Decke Schließfächer befinden. Mrs Snyder hält einen Schlüsselbund in die Höhe, während sie daran entlanggeht. »Zwei-eins-fünf, zwei-eins-fünf… hier ist es.« Sie winkt Isabel. »Sie stecken Ihren Schlüssel da rein. Ich stecke den Generalschlüssel hier rein… und jetzt drehen.«

Isabel tut wie geheißen und die Tür schwingt auf. Mrs Snyder holt mit einer raschen Bewegung die lange Metallbox heraus und überreicht sie Isabel. Dann führt sie sie zu einem kleinen Tisch im Vorraum.

»Wenn ein Schließfach nicht benutzt wird, informieren wir für gewöhnlich den Fiskus«, erklärt ihr Mrs Synder. »Aber Mr Kidd hat im Voraus dafür bezahlt, fünfundzwanzig Jahre! Sie können es noch neun Jahre lang benutzen, ist das nicht praktisch?«

Isabel rechnet zurück. Das wäre dann ziemlich genau zur Zeit ihrer Heirat gewesen.

»Geben Sie mir Bescheid, wenn Sie fertig sind«, sagt Mrs Snyder und deutet auf einen kleinen Knopf an der Wand.

»Laufen Sie mir bloß nicht auch noch davon!« Sie zwinkert Isabel zu und verschwindet.

Isabel lässt sich auf den Stuhl sinken und starrt die Box an. Sie ist grau, wie die von Bettie, aber kleiner. Sie sucht nach einem Hinweis, was sich darin befinden könnte, findet jedoch keinen. Es handelt sich um eine ganz gewöhnliche Schließfachbox.

Isabel legt die Hand auf den Deckel und zögert. Der letzte Mensch, der diese Box geöffnet hat, dürfte Bill gewesen sein, seine Finger lagen dabei an derselben Stelle wie jetzt ihre. Sie fragt sich, was ihm durch den Kopf gegangen war, ob er gewusst hatte, dass sie die Nächste sein würde, die diese Box berührte. Plötzlich gerät sie wieder in Zweifel, ob sie wirklich hineinschauen soll. Immerhin muss er einen Grund gehabt haben, warum er ihr nichts davon erzählt hat.

Sie öffnet den Deckel, bevor sie es sich anders überlegen kann.

Zuerst starrt sie den Inhalt einfach nur an und blinzelt ein paarmal. Yvonne hatte recht – die Box ist praktisch leer. Es liegen lediglich zwei Umschläge darin, ein schmaler brauner im DIN-A5-Format und ein kleinerer, weißer, auf dem in Bills unverkennbarer Handschrift Isabels Name steht.

Langsam streckt sie die Hand aus. In ihrem Kopf überschlagen sich die Gedanken. Vielleicht eine Entschuldigung oder ein verspätetes Geständnis? *Isabel, ich möchte Dir erklären, was passiert ist.* Oder vielleicht eine Bitte aus dem Grab heraus? *Isabel, ich weiß, dass Du wütend auf mich bist, aber es gibt etwas, was Du für mich tun musst.* Isabel wendet die verschiedenen Möglichkeiten in ihrem Kopf hin und her, keine ist so richtig überzeugend.

Schließlich dreht sie den Briefumschlag um und erbricht das Siegel. Es steckt eine Karte darin. Isabel zieht sie heraus und starrt auf die einfache Zeichnung zweier ineinander verschlungener Herzen. Darunter stehen die Worte MEINE GELIEBTE FRAU.

Das kann nicht stimmen. Isabel ist leicht schwindlig, als sie die Karte öffnet. Sie trägt das Datum vom 17. März aus dem Jahr nach ihrer Heirat. Ihr erster Hochzeitstag.

Liebe Isabel,
heute ist unser erster Hochzeitstag. Kaum zu glauben, dass wir vor einem Jahr die Ringe getauscht und uns geschworen haben, für immer zusammenzubleiben. Ich bin so glücklich darüber, mein Leben mit Dir verbringen zu dürfen, und ich freue mich auf die vor uns liegenden Jahre.
In diesem Jahr ist so vieles geschehen – unser erstes gemeinsames Zuhause, die Zahnarztpraxis, die Neuigkeit, dass unser erstes Kind unterwegs ist. Ich glaube nicht, dass es in diesem Augenblick einen glücklicheren Menschen als mich gibt. Und ich will ihn niemals vergessen. Ich muss zugeben, dass die Idee nicht von mir stammt – ich habe sie aus einem Artikel in Readers Digest. Ich werde aufschreiben, was in unserem ersten gemeinsamen Jahr passiert ist, und es in einem Bankschließfach hinterlegen, das wir an unserem 25. Hochzeitstag öffnen. So werden die kleinen Erinnerungen an den Beginn unseres gemeinsamen Lebens nicht verloren gehen.
Hier ist also unser erstes Jahr. Ich kann es kaum erwarten zu sehen, was die Zukunft uns bringt. Ich liebe Dich.
Für immer Dein,
Bill

In dem braunen Umschlag findet Isabel eine Handvoll Fotos – sie in der Warteschlange vor dem Riesenrad auf dem Jahrmarkt, große Teller Spaghetti in dem zweifelhaften italienischen Lokal in der Nähe von Bills Uni, der Abend, an dem er ihr den Heiratsantrag gemacht hat, ihre Hochzeit, die schrecklichen Flitterwochen auf den Bahamas, wo sie sich beide eine Lebensmittelvergiftung holten. Sie beide vor dem Haus am Tag des Kaufs, Bill hat stolz die Hand auf den Briefkasten gelegt und Isabel steht lachend neben ihm, in seinen Arm geschmiegt. Eine notariell beglaubigte Abschrift der Vereinbarung zwischen Bill und Randall, seine erste Visitenkarte. Eine lange handgeschriebene Liste der Ereignisse dieses Jahres, der zerbeulte Honda, den sie fuhren, Orte, an denen sie waren, ihre Lieblingsgerichte und ihre Lieblingsfilme. Eine Serviette aus einer Bar mit einer kurzen Liste von Namen, die sie sich überlegten, nachdem sie erfahren hatten, dass Isabel schwanger war, zwei Wochen vor ihrem ersten Hochzeitstag. Fünf Wochen später hatte sie die Fehlgeburt.

Isabel betrachtet die Zeugnisse aus ihrem ersten gemeinsamen Jahr mit Bill, die ausgebreitet vor ihr auf dem Tisch liegen. In ihren Augen brennen Tränen und gleichzeitig schüttelt sie mit einem traurigen Lächeln den Kopf. Weil das hier so typisch für Bill ist. Eine romantische Geste, die an Isabel verschwendet war, weil Isabel der unromantischste Mensch auf der Welt ist, aber das hat Bill nicht davon abgehalten, es trotzdem zu tun.

Es ist lange her, dass sie auf diese Weise an ihn gedacht hat. Sie verspürt einen Druck auf der Brust, als hätte sie zu lange die Luft angehalten. Dass sie voller Zärtlichkeit an ihn denken kann, mit einem Lächeln im Gesicht, dass sie sich an die guten Zeiten erinnern kann. Wann war sie das letzte Mal dazu in der Lage?

Der Schmerz überfällt sie unerwartet, wie ein Schlag.

Bill, denkt sie. Er kann sie hören, da ist sie sicher. Sie sieht sich um, dann lässt sie sich auf ihrem Stuhl zurücksinken.

»Bill«, sagt sie laut. »Falls du irgendwo da oben bist und mich beobachtest, also, ich frage mich, ob du dieses Schließfach vergessen hast. Wir waren so jung … Bestimmt hast du damals nicht damit gerechnet, dass es so endet. Ich habe auf jeden Fall nicht damit gerechnet.«

Sie zögert kurz, dann holt sie tief Luft. »Also, mir geht es ganz gut. Ich habe das Haus hergerichtet, aber das weißt du wahrscheinlich. Betties Haus ist abgebrannt, aber ihr ist nichts passiert. Wir haben uns angefreundet. Ich weiß, ich weiß. Wenn ich daran denke, dass sie mich in all den Jahren fast in den Wahnsinn getrieben hat. Aber eigentlich ist sie ganz in Ordnung. Mehr als das. Irgendwie kommt es mir vor, als würde sie zur Familie gehören. Ich bin froh, dass du ihr so oft geholfen hast, als du noch gelebt hast.

Weißt du noch, dass du immer gesagt hast, ich soll rausgehen und neue Leute kennenlernen? Na ja, ich habe eine neue Freundin, Yvonne. Sie arbeitet hier in der Stadt als Klempnerin. Sie ist wirklich nett, sehr hübsch, fantastische Zähne, ein Zahnfleisch zum Niederknien.« Isabel lächelt. Das war immer ein Scherz zwischen ihnen beiden gewesen – Isabel hatte Bill damit aufgezogen, dass er bei einer Frau zuerst auf die Zähne sah, während die meisten anderen Männer sie nach ihrer Figur beurteilten. »In der Arbeit läuft es auch einigermaßen. Ich überlege zwar immer noch, ob ich nicht kündigen soll, aber gerade habe ich von meinem Chef erfahren, dass ich eine Gehaltserhöhung bekomme. Wusstest du, dass ich seit deinem Tod keinen einzigen Tag Urlaub gemacht habe? Das habe ich erst jetzt gemacht, und vielleicht hätte ich das schon früher tun sollen – auf diese Weise scheine ich mehr Geld zu verdienen.« Sie schüttelt den Kopf und lächelt.

»Also ich nehme mal an, wenn du nicht gestorben wärst, wärst du jetzt wahrscheinlich mit Ava verheiratet, vielleicht hättet ihr ein zweites Kind.« Isabel schweigt eine Weile. »Max ist wirklich süß, Bill. Er sieht aus wie du. Ich habe ihm ein paar von deinen Sachen gegeben, die ich auf dem Dachboden gefunden habe. Na ja, ich habe sie Ava gegeben. Sie kreuzt dauernd bei mir auf, aber das weißt du vermutlich auch. Wie es aussieht, ziehen sie jetzt weg. Wahrscheinlich ist das ganz gut. Die Wohnung, in der sie gewohnt haben, war ein Loch, und Randall hat sich ihr gegenüber richtig schäbig verhalten und dafür gesorgt, dass sie nirgendwo eine Stelle als Zahnarzthelferin findet. Sie macht Schmuck aus Kronkorken – Ketten und Ringe –, sehr hübsch, aber es reicht nicht. Als du gestorben bist, steckte dein ganzes Geld in der Praxis, und du weißt ja, wie es geendet hat. Randall hat deinen Anteil an der Praxis übernommen, aber aufgrund eurer Vereinbarung hat er nur eine lächerliche Summe dafür bezahlt. Der Anwalt hat es mir erklärt, wie du es vorher schon eine Million Mal versucht hast. Ich wollte, ich hätte besser zugehört, aber damals war ich einfach zu wütend.

Ava ist in Ordnung. Nicht, dass du mich um meinen Segen bitten würdest oder so. Ich will damit nur sagen, wenn du mich schon wegen jemand anderem verlassen musstest, dann hättest du eine schlechtere Wahl treffen können. In letzter Zeit kommt es mir manchmal fast so vor, als wäre ich mit ihr verheiratet. Hast du mitbekommen, dass sie mich als Notfallkontakt angegeben hat? Ich musste Max vom Kindergarten abholen! Aber es war eigentlich nett mit ihm. Ich wünschte wirklich, er könnte einen besseren Kindergarten besuchen. Ava und ich haben deswegen neulich fast miteinander gestritten. Nicht, dass es mich etwas angeht.«

Isabel nimmt eines der Fotos. Ihr erstes Thanksgiving als Ehepaar, an dem großen Eichentisch im Haus von Bills Eltern. Alles war zu groß gewesen – der Tisch, der Truthahn, die Portionen. Edward und Lillian hatten sie aufgezogen und erklärt, sie warteten auf Enkelkinder, damit der Tisch voll würde.

»Jedenfalls …« Sie deutet auf die Sachen auf dem Tisch. »Ich weiß noch nicht, was ich damit mache, aber es gefällt mir. Ich habe eine Menge Zeug weggeworfen, als du mich verlassen hast, ich war ziemlich wütend. Aber jetzt bin ich nicht mehr wütend, und ich freue mich darüber. Also danke.« Sie sieht an die Decke, unschlüssig, ob sie noch etwas sagen soll. »Und, äh, pass auf dich auf.«

Isabel ist gerade dabei, die Sachen wieder einzupacken, als Mrs Snyder den Kopf hereinsteckt. »Alles in Ordnung?«, fragt sie, die Stirn in Falten gelegt. Ihr Blick wandert durch den Raum. »Ich dachte, ich hätte Sie mit jemandem reden hören.«

»Hier ist niemand außer mir«, sagt Isabel. Sie steht auf. »Ich bin fertig. Vielen Dank für Ihre Hilfe.« Auf einmal fühlt sie sich ganz leicht.

»Dafür sind wir ja da«, sagt Mrs Snyder und sieht sich noch einmal verwirrt um. »Sind Sie sicher, dass hier niemand außer Ihnen war?«

Isabel zögert kurz, ihr Arm kribbelt, als hätte sie einen leichten Stromschlag erhalten. »Nein«, sagt sie aufrichtig, aber bevor Mrs Snyder noch mehr Fragen stellen kann, schiebt Isabel sie sanft aus dem Raum. »Wissen Sie was, ich glaube, ich probiere doch etwas von diesem Freundschaftsbrot.«

»Connie, du hast Besuch!«, ruft Madeline vom Fuß der Treppe. Ein vertrautes Meckern tönt durch den Teesalon, gefolgt von hastigen Schritten. »Serena, meine Güte, gib das wieder her!«

Serena? Connie beschneidet mit ihrer neuen Papierschneidemaschine noch rasch die letzte Seite eines Fotos, dann eilt sie aus ihrem Zimmer nach unten in den Teesalon, und ihr

Gesicht beginnt vor Freude zu strahlen, als sie Serena mit klappernden Hufen und einem Geschirrtuch im Maul vorbeiflitzen sieht. Connie pfeift und Serena bleibt abrupt stehen, das Geschirrtuch fällt ihr aus dem Maul, als sie eine Kehrtwendung macht und zu Connie trottet.

Connie hat bereits die Arme um Serenas Hals geschlungen, als hinter ihr leicht außer Atem Madeline auftaucht.

»Ich schwöre dir, diese Ziege kennt sich im Haus besser aus als ich«, sagt Madeline. »Sie hat uns kreuz und quer herumgejagt.«

»Uns?«, sagt Connie. Sie blickt hoch und sieht Eli Ballard hereineilen, er wirkt erleichtert. Ohne seinen weißen Kittel hätte sie ihn beinahe nicht erkannt.

»Sie hier?«, fragt Connie und weiß selbst nicht ganz genau, ob sie damit Eli oder Serena meint.

»Besuch unter Aufsicht«, sagt Eli zwinkernd. »Jay Doherty ist in der Stadt, um ein paar Besorgungen zu machen, und er hat Serena mitgebracht. Er fragte, ob ich ein, zwei Stunden auf sie aufpassen könnte, und da dachte ich, ich schau mal kurz mit ihr vorbei.«

Bei der Erwähnung von Jay Doherty muss Connie lächeln. Ihre Großeltern waren gestorben, als sie noch klein war, und Connie glaubt, dass das einer der Gründe war, warum ihre Mutter den Tod ihres Vaters nicht verwunden hatte. Connie hat an sie keine Erinnerung, aber wenn sie sich einen Großvater aussuchen könnte, wäre er so wie Jay Doherty.

»Müssen Sie sich denn nicht um Ihre Patienten kümmern?«, fragt Connie und richtet sich auf. Serena lehnt sich zufrieden an ihre Beine und Connie krault ihren Nacken.

»Ich habe offiziell Mittagspause und werde ja wohl noch was essen dürfen«, erwidert er. »Aber warum hängt an der Tür denn das GESCHLOSSEN-Schild?«

Madeline lächelt. »Das ist nur für diese Woche«, sagt sie. »Wir machen Inventur.« Lächelnd wechselt sie einen Blick mit Connie. Sie haben beide an ihren Alben gearbeitet, sich ein bisschen Erholung gegönnt und die ruhigen Tage zu zweit genossen. Und sie hatten Gelegenheit, über den Teesalon zu sprechen, ein paar Pläne für das kommende Jahr zu machen. Connie versucht immer noch, Madeline dazu zu überreden, ihre Teemischungen online zu verkaufen. Eine zusätzliche Einnahmequelle würde vielleicht den Druck von ihnen nehmen, den Teesalon immer geöffnet zu haben. Sie sind sich beide einig, dass es eine gute Idee ist, öfter mal einen Ruhetag einzulegen. Mit dem Teesalon ist Madelines Traum wahr geworden, und es darf nicht passieren, dass er vor lauter Arbeit zum Albtraum wird.

Eli blickt enttäuscht drein. »So ein Pech. Ausgerechnet an dem Tag, an dem ich mir ausnahmsweise nicht nur schnell ein Sandwich hole …«

»Wir müssen trotzdem essen«, sagt Connie rasch. »Und dem guten alten Mädchen hier muss ich auch was vorsetzen, oder, Serena? Ich habe einen schönen grünen Salat für dich!« Connie setzt sich auf die unterste Treppenstufe und nimmt ihren Kopf in beide Hände.

»Gut«, sagt Eli. »Dann will ich dasselbe wie sie.« Er wird knallrot, als Connie und Madeline ihn beide mit hochgezogenen Augenbrauen ansehen. »Ich meine den Salat.«

»Oh, ich glaube, das Telefon klingelt«, sagt Madeline unvermittelt und verschwindet, obwohl Connie gar kein Läuten gehört hat.

»Danke, dass Sie mit ihr hergekommen sind«, sagt Connie. Sobald Madeline außer Sichtweite ist, lässt sie die Leine los, damit Serena herumlaufen und schnuppern kann.

»Na, Sie wollen sich wohl unbedingt Ärger einhandeln«,

sagt Eli und macht sich daran, die Schiebetür zum Wohnzimmer zu schließen. »Das hier ist ein einziger großer Spielplatz für eine Ziege. Sie sind furchtbar neugierig.«

»Serena ist ein braves Mädchen«, sagt Connie loyal. »Sie hört auf mich.«

Eli nickt, zieht aber trotzdem ächzend die schwere Tür zu. »Jemand sollte mal die Rollen ölen«, sagt er.

»Der Jemand hat es gehört und setzt es auf seine Liste«, sagt Connie und grinst.

»Machen Sie das hier alles zu zweit?«, fragt Eli. Er schafft es, die Tür zu schließen, und lässt sich, zufrieden, dass Serena jetzt nicht mehr ausbüxen kann, auf einen dick gepolsterten altmodischen Sessel fallen.

Serena beäugt neugierig die Treppe und Connie schüttelt den Kopf. »Vergiss es«, sagt sie zu der Ziege. Sie wendet sich wieder Eli zu. »Ja, aber wir haben viele Freunde.« Es gefällt Connie, wie das klingt.

»Ich meine, gibt es einen Freund, Verlobten, Ehemann? Jemanden, der Ihnen beisteht? Also, äh, Ihnen oder Madeline?«

Connie verkneift sich ein Lächeln und beschließt, nicht um den heißen Brei herumzureden. »Eli, wollen Sie mit mir ausgehen oder mit Madeline?«

Serena trottet zu Eli und gibt ihm einen Stups.

»Mit Ihnen«, sagt er mit roten Ohren.

»Sehr gerne«, erwidert Connie erfreut. »Aber sind Sie auch sicher, dass Sie mit einer Frau ausgehen wollen, die mit Ziegen herumhängt?«

»Connie«, sagt er und zieht eine Augenbraue in die Höhe. »Sie scheinen zu vergessen, dass ich Tierarzt bin.«

»Stimmt auch wieder.« Sie rettet die neuen Visitenkarten vor Serenas gefräßigem Maul und Eli nimmt sie ihr ab und legt sie auf den Tisch. Sie grinsen einander an und Connie hat auf einmal Schmetterlinge im Bauch und wird verlegen. »Dann sind wir wohl verabredet.«

»Das hoffe ich doch.«

Serena sieht sich unruhig um, deshalb steht Connie auf. »Den Blick kenne ich. Ich bringe sie besser raus, bevor ich den Teppich schrubben muss.«

Eli erhebt sich ebenfalls. »Ich komme mit.« Er ist vor Connie an der Tür und hält sie auf, und Serena flitzt an ihnen vorbei hinaus. Wüsste Connie es nicht besser, würde sie meinen, dass sie ihr zuzwinkert, als sie an ihr vorbeiläuft.

Frances sortiert die restlichen Stoffquadrate für Mei Lings Hundert-Gute-Wünsche-Quilt. Sie würde ihn gern noch vor ihrer Abreise fertig nähen, aber wenn sie es nicht schafft, ist es auch kein Beinbruch. Seit sie die Aufregung nach Peter Lindes Geständnis, dass er an der Entführung der Ziege beteiligt gewesen war, miterlebt hat, ist ihr klar, dass sie nichts weiter will, als dass ihre Familie zusammenhält und jeder dem anderen hilft.

Sie hatte gesehen, wie Sandra Peter zunächst ungläubig anstarrte und dann immer wütender wurde. Jamie war blass geworden, Hannah war Connies wegen entsetzt. Frances hatte die Luft angehalten, einerseits hatte sie Mitleid mit Peter, andererseits hätte sie ihm am liebsten die Leviten gelesen.

Dann rief Sandra ihren Mann an und sie kamen überein, zur Polizei zu gehen. Als sie sich alle miteinander ins Auto quetschten, mit grimmigen Gesichtern, aber entschlossen, das gemeinsam durchzustehen, erkannte Frances, dass ihr all die Sachen, die sie für Mei Ling besorgt hatte, egal waren, und es war ihr auch egal, ob Nick sich von ihr ein Halloween-Kostüm nähen ließ oder ob ihr Haus groß genug war oder ob sie genug Geld für einen Familienurlaub hatten. Es zählte nur, dass sie zusammenhielten, in guten wie in schlechten Zeiten.

Mit dieser neuen Erkenntnis fuhr sie nach Hause. Sie mussten nur geschickt ein paar Möbel umstellen, ein paar Sachen entsorgen, die sie nicht mehr brauchten, und schon war genug Platz für jeden.

Jetzt legt sie einige Stoffquadrate nebeneinander und betrachtet sie nachdenklich, als es an der Tür läutet. Zu ihrer Überraschung steht Bettie Shelton davor.

»Bettie!«, ruft sie.

»Ich habe bloß ein paar Minuten Zeit«, sagt Bettie. »Mein Babysitter wartet im Auto.« Sie dreht sich um und winkt Isabel Kidd zu.

»Möchten Sie reinkommen?«, fragt Frances.

Bettie schüttelt den Kopf. »Ich statte nur allen Mitgliedern des Scrapbooking-Clubs einen Besuch ab, um zu sagen, dass es mir gut geht. Natürlich habe ich manchmal kleine Aussetzer, aber ich bin immer noch ich und ich helfe Ihnen weiterhin gern bei Ihren Projekten, zumindest solange ich es noch kann.«

»Vielen Dank«, sagt Frances gerührt. »Ich fürchte, ich kann nie mehr damit aufhören. Ich habe mehrere Alben für meine Jungen gemacht und gerade wieder ein kleines Album an Mei Ling in China geschickt. Sie soll bereits jetzt Erinnerungen an uns sammeln – sie gehört zu unserem Leben, auch wenn sie noch nicht hier ist. Es ist mir wichtig zu wissen, dass sie diese Bilder von uns hat, die Fotos von unserer Familie und unserem Zuhause in Avalon. *Ihrer* Familie, *ihrem* Zuhause.«

»Ja«, sagt Bettie. »Sie ist ein glückliches kleines Mädchen.«

»Wir sind die Glücklichen«, sagt Frances, und sie meint es auch so.

Bettie bleibt noch einen Moment zögernd auf der Veranda

stehen. »Der Oktober ist mein Lieblingsmonat«, vertraut sie Frances an. »Ich liebe die Gerüche, wissen Sie? Herbstende, Winteranfang. Bunte Blätter, knisterndes Feuer. Nicht so ein Feuer, das mein ganzes Haus niederbrennt, natürlich! Ich dachte dabei eher an ein Kaminfeuer, aber was will man machen.«

»Das mit Ihrem Haus tut mir sehr leid«, sagt Frances leise.

»Alles ist weg«, sagt Bettie mit einem Gesichtsausdruck, als würde sie von etwas Schrecklichem erzählen, das jemand anderem widerfahren war. »Mein Leben hat sich buchstäblich in Rauch aufgelöst. Abgesehen von ein paar Dingen in einem Bankschließfach. Das hatte ich völlig vergessen. Wir konnten den Direktor dazu überreden, es aufbohren zu lassen, und wie sich gezeigt hat, war ich klüger, als ich dachte. Ich habe Kopien von allen wichtigen Dokumenten darin verwahrt und noch ein paar andere wichtige Dinge.« Ihre Augen schimmern feucht und sie blinzelt ein paarmal.

Frances nickt und nimmt sich vor, mit Reed zu reden. Sie haben bis jetzt kein Bankschließfach, aber sie sollten sich unbedingt eines zulegen.

Bettie zieht ein kleines Quadrat aus rosa Filz aus ihrer Tasche. »Ich wollte Ihnen noch mein Stoffstück für Ihren Quilt geben«, sagt sie leise. »Das ist aus einer Babydecke, die ich schon sehr lange habe. Sie bedeutet mir sehr viel und es ist ein gutes Gefühl zu wissen, dass sie ein kleines Mädchen bekommt, das in einer Familie aufwächst, in der es geliebt wird.«

Frances nimmt das Stoffquadrat und legt es an ihre Wange. Es ist dick und weich. »Das ist wunderschön, Bettie. Vielen Dank.«

Bettie antwortet nicht gleich und kneift die Augen zusammen, als würde die Sonne sie blenden. »Ja, ich geh dann wohl besser«, sagt sie schließlich. »Ich muss mich durch die ganze Mitgliederliste arbeiten und will vor dem Abendessen damit fertig sein.«

Frances nickt. »Natürlich.« Sie winkt Bettie nach, als sie zu dem wartenden Auto geht und einsteigt.

Sie schließt die Tür, drückt den Stoff an ihre Brust, sieht Mei Ling vor sich, wie sie mit den Fingern über die verschiedenen Stoffe ihres Quilts streicht, bei diesem schlichten, blassrosa Stück verweilt. Sie sieht Mei Ling vor sich, wie sie nachts von diesem Quilt bedeckt in ihrem Bett liegt, eine Erinnerung an all die Menschen, die sie gern haben und sich auf ihr Kommen gefreut haben.

»Mom.« Plötzlich steht Brady neben ihr, in der einen Hand einen Spielzeugpiloten, in der anderen eine Stewardess. »Spielst du mit mir?«

»Jetzt nicht, Brady«, sagt Frances, weil sie mit Mei Lings Quilt weitermachen will.

»Doch, *jetzt*«, sagt Brady in einem leicht quengelnden Ton. In einem Monat werden sie nicht mehr tagsüber allein sein. Widerstrebend legt Frances das neue Stoffquadrat zu den anderen und lässt sich von Brady den Flur entlangziehen. »Schau!«

Er deutet auf das Puppenhaus in Mei Lings Zimmer. Frances sieht, dass er all seine Autos und Laster angeschleppt hat, seine Züge und Spielzeugfiguren, die Holzbäume und die Tiere. Genau genommen sieht es aus, als hätte er seine Spielzeugkiste auf dem Boden ausgekippt.

»Brady!«, schimpft Frances und geht in die Hocke, um die Sachen einzusammeln. »Das ist Mei Lings Zimmer – du kannst in deinem Zimmer spielen.«

»Will aber hier spielen«, beharrt Brady. Er stellt den Piloten ins Wohnzimmer des Puppenhauses. Die Stewardess folgt.

Innerhalb weniger Minuten ist das Puppenhaus mit kleinen Figuren und Tieren bevölkert.

»Nein, Brady«, setzt Frances an und will schon alles wieder herausnehmen, als ihr plötzlich klar wird, dass Brady mit dem Puppenhaus spielt. Und nicht nur spielt, er schafft Situationen – Leute, die fernsehen, die Gesichter dem Bildschirm zugewandt. Leute, die am Esstisch sitzen und essen. Auf dem Dachboden lungern drei Ponys herum. In dem großen Doppelbett im Elternschlafzimmer liegt ein Feuerwehrmann, vor dem Badezimmerspiegel steht ein Astronaut. Vor dem Haus spielen Legofiguren mit einem kleinen Gummiball und neben einem Mädchen mit einem Ballon steht eine Giraffe. »Brady, das ist toll!«

Brady hält einem Moment inne und strahlt sie an. »Hab ich alles selbst gemacht!«

Frances schiebt die verstreuten Spielsachen zur Seite und setzt sich auf den Teppich. In dem kleinen Kinderzimmer des Puppenhauses beugt sich eine Stewardess über die Wiege, in der ein Pandabär liegt.

Sie hält die Luft an. »Brady«, sagt sie sanft. »Wusstest du, dass Pandabären aus China kommen? Siehst du den Panda in der Wiege? Er erinnert mich an Mei Ling.«

Brady runzelt die Stirn und betrachtet einen Moment lang den Panda in der Wiege. »Nein, Mom«, sagt er und schüttelt den Kopf.

»Was, nein?«

»Mei Ling ist kein Pander. Sie ist ein Mädchen!«, kräht er.

Frances lächelt. »Da hast du recht, Brady.«

Nick und Noah tauchen in der Tür auf. »Wir sind wieder da«, verkündet Nick und lässt seinen Rucksack auf den Boden fallen. »Was gibt's zu essen? Hey, was macht ihr da?«

Frances strahlt. »Brady spielt mit dem Puppenhaus.«

Brady reiht inzwischen Autos vor dem Haus auf. »Autowaschstraße!«, sagt er.

Noah hockt sich neben ihn und streckt die Hand nach ein paar Flugzeugen aus. »Die müssen auch gewaschen werden«, sagt er.

»Ja!«

Nick schaut in das Haus. »Das ist cool, Brady.«

Brady zeigt auf das Kinderzimmer. »Das ist ein Pander«, erklärt er. »Aus Chiner. Wie Mei Ling. Aber sie ist kein Pander. Sie ist ein Mädchen.«

»Unsere Schwester«, ergänzt Nick. Er hebt ein paar Spielsachen auf, die umgefallen sind, und stellt sie in das Haus, dann beginnt er, die Bäume und Hecken zu verschieben.

»Schwester«, bestätigt Noah und setzt mit einem Hubschrauber zur Landung an.

»Schwester«, wiederholt Brady und tut so, als würde er die Autos waschen.

Frances lehnt sich gegen die Kommode und sieht ihren Söhnen beim Spielen zu, ein Lächeln auf den Lippen. Es ist nur eine kleine Sache, dieses neue Wort, das schon bald zu ihrem Alltagsvokabular gehören und nichts Aufregendes mehr haben wird, aber an diesen Punkt zu gelangen, hat sie viele Nerven gekostet. All der Stress, all die Fragen und Sorgen, die ihr in den vergangenen Monaten durch den Kopf gegangen sind, haben ihr nicht gutgetan, sie haben lediglich ihre Ängste und Zweifel verstärkt. Aber was dabei in ihrem Herzen vor sich ging, ist etwas völlig anderes.

Frances nimmt alles genauso intensiv wahr wie in der Zeit, als sie mit jedem ihrer Jungen schwanger war, sie verspürt den gleichen Adrenalinschub, jetzt wo der »Geburtstermin« näher rückt. Es ist der Unterschied zwischen dem, etwas zu denken, und dem, es zu wissen. Und in diesem Moment weiß sie, dass alles so richtig ist – sie, wie sie hier auf dem Boden in Mei Lings Zimmer sitzt, und ihre Söhne, die um sie herum spielen und miteinander reden. Sie muss nicht darüber nachdenken – sie weiß, dass es gut wird. Es *ist* gut. Wenn sie die Stimmen in ihrem Kopf ausblendet und einfach nur auf ihr Gefühl hört, dann weiß sie, dass sie genau hier und nirgendwo sonst sein will. Punkt.

Sie weiß, dass es ein Moment wie jeder andere ist und dass er in der nächsten Sekunde vorbei sein kann, wenn Nick von einem Freund angerufen wird oder Brady aufs Klo muss. Es ist ein einzelner Schnappschuss, der einen ganz bestimmten Augenblick festhält, einer von vielen, dem noch viele folgen werden.

Frances begreift, dass sie nicht alles im Voraus planen muss. Dass sie nicht versuchen muss, die Zukunft vorherzusagen, was sowieso unmöglich ist. Sie muss einfach nur da sein, wachsam und aufmerksam, Anteil nehmen, wenn sie das will, aber vor allem das schätzen, was sie hat.

Kapitel 22

Ava hat sich ein gebatiktes Kopftuch um die Haare gebunden und zerrt eine Kiste mit Gerümpel auf den Treppenabsatz vor ihrer Wohnung. Sie hat bereits mehrere Kisten und Müllsäcke gefüllt, und mit jeder Ladung, die sie auf dem Treppenabsatz abstellt, wird ihr leichter zumute. Es entgeht ihr nicht, dass ihre Nachbarn sie hinter vergilbten Vorhängen hervor beobachten und nur darauf warten, sich auf ihre ausgemusterten Sachen zu stürzen, sobald sie ihnen den Rücken zudreht. Sollen sie ruhig.

Wenn man nicht viel besitzt, hat das den Vorteil, dass das Packen und Umziehen ziemlich schnell geht. Ein paar von Max' Lieblingssachen, ein paar Kleidungsstücke, mehr brauchen sie nicht. Sobald sie sich wieder irgendwo niedergelassen haben, können sie neue Sachen kaufen, im Moment muss das reichen, was in den Jeep passt.

Nachdem Ava keinen anderen Ausweg mehr gesehen hatte, hatte sie schließlich in den sauren Apfel gebissen und ihre Eltern angerufen, die weder besonders überrascht schienen, von ihr zu hören, noch besonders erfreut. Es war demütigend gewesen, ein Anruf, von dem Ava gehofft hatte, dass er ihr erspart bliebe, aber sie versucht sich einzureden, dass es letzten Endes nicht so schlimm ist. Es ist gut für Max, wenn er seine Großeltern kennenlernt, und sie betet, dass sie freundlich zu ihm sein werden. Das ist nämlich keineswegs selbstverständlich, eher sähe es ihnen ähnlich, Spitzen gegen Ava oder sogar noch gegen Bill auszuteilen, sie vor ihrem Sohn herunterzumachen, in der irrigen Annahme, sie könnten sie damit auf den »Boden der Tatsachen« zurückholen. Aber vielleicht ist es inzwischen ja anders. Vielleicht ist inzwischen genug Zeit vergangen, dass auch sie sich geändert haben.

Ava sieht, dass neben der Tür noch Max' Mobile hängt, und nimmt es vorsichtig ab. Die Schnüre sind ineinander verknotet und schmutzig, die einstmals leuchtenden Farben der Figuren aus Schrumpffolie verblasst. Sie versucht es zu entwirren, aber es ist hoffnungslos, das Mobile hat einfach zu lange im Freien gehangen. Schließlich gibt sie es auf und reißt es mit einem Ruck ab, um es in den Müll zu werfen. In ihrem Leben wird es noch mehr Schrumpffolienfiguren geben, versucht sie sich zu trösten, aber sie ist sich nicht sicher, ob sie daran glaubt.

Wem will sie etwas vormachen? Sosehr sie sich auch wünscht, es wäre anders, im Grunde genommen ändern sich Menschen nicht. Ihre Eltern, Dr. Strombauer, Isabel Kidd. Vielleicht ist das schon immer Avas Problem gewesen – sie hat auf das Unmögliche gewartet, darauf, dass Dinge sich ändern, dass Menschen sich ändern. Hat sie sich zu große Hoffnungen gemacht oder war sie zu naiv? Keins von beiden, beschließt sie. Sie war einfach nur dumm.

»Mommy«, ruft Max aus der Wohnung. Er erscheint in der Tür, in der Hand einen Halloween-Plastikkürbis, als wollte er damit losziehen und Süßigkeiten einsammeln. »Schau mal, was ich gemacht habe.« Stolz hält er den Kürbis in die Höhe.

Ava stellt fest, dass er einige von ihren Kronkorken auf den Kürbis geklebt hat. Zwei für die Augen, einen für die Nase, fünf für den Mund. Der Mund ist schief, so dass es eher so aussieht, als würde der Kürbis eine Grimasse schneiden, statt zu lachen. Das Klebeband hält nicht auf dem Plastik und eines der Augen hat sich schon wieder halb gelöst.

An jedem anderen Tag würden ihr Max' Bastelanstrengungen ein Lächeln entlocken, aber im Augenblick ist ihr eher nach Weinen zumute. Ava kniet sich vor ihn und nimmt ihn rasch in die Arme, damit er die Tränen in ihren Augen nicht sieht. Sie weiß, wenn sie ihnen freien Lauf lässt, gibt es kein Halten mehr.

»Hallo?«, ertönt eine Stimme hinter ihr.

Max reagiert als Erster. Er entwindet sich Avas Umarmung. »Tante Isabel!«

Ava versteift sich und wischt sich rasch mit dem Handrücken über die Augen. Sie lässt sich Zeit damit aufzustehen.

»Na, Kleiner«, hört sie Isabel sagen. Max lacht und Ava merkt auf einmal, dass sie eher verärgert als nervös ist.

»Max, geh rein«, sagt sie und dreht sich um.

»Ich will aber nicht«, protestiert er. Er tritt näher zu Isabel, was Ava nur noch mehr reizt.

Ava bückt sich, um die heruntergefallenen Kronkorken aufzuheben, wirft sie in den Plastikkürbis und stopft dann alles miteinander in einen großen Müllsack. Max merkt es nicht einmal, er ist zu sehr damit beschäftigt, Isabel anzuhimmeln, als wäre sie ein Superstar. Ava sieht, wie der Kürbis zwischen dem anderen Abfall hin und her rollt, und ist einen Moment lang versucht, ihn wieder herauszuholen, tut es aber nicht. Dieses Jahr fällt Halloween für sie vermutlich sowieso aus. Avas Eltern haben sich nie viel daraus gemacht, und sie bezweifelt, dass sie Max erlauben werden, bei den Nachbarn zu klingeln und Süßigkeiten einzusammeln.

»Max«, sagt Isabel, und ihre Stimme klingt fröhlicher, als Ava sie kennt. »Ich muss mit deiner Mom ein paar Sachen besprechen. Kannst du kurz reingehen?«

»Schaust du dir danach mein Zimmer an?«, fragt er.

»Vielleicht«, erwidert Isabel, ohne Ava anzusehen. »Geh jetzt rein, ja?«

Max nickt und schlurft zur Tür, nicht ohne ihnen vorher noch einen beleidigten Blick zuzuwerfen.

»Geh schon«, sagt Ava. »Ich komme gleich nach.« Sie schließt die Tür hinter ihm, dann wendet sie sich mit verschränkten Armen Isabel zu. »Was wollen Sie?«

»Immer mit der Ruhe«, sagt Isabel. »Ich bin nicht hergekommen, um zu streiten.«

»Es spielt keine Rolle, warum Sie hergekommen sind«, sagt Ava. »Sie haben gewonnen. Ich gehe. Ich werde Sie nie wieder belästigen. Sie haben das Problem vom Tisch.«

»Bitte, Ava. Seien Sie nicht so. Ich weiß, dass es anmaßend von mir war, in der Weise über Max' Kindergarten zu reden, und es tut mir leid.«

Ava mustert Isabel, unschlüssig, ob sie ihr trauen soll. Aber offensichtlich ist es Isabel ernst mit ihren Worten, und sie nickt widerstrebend. »Es war wirklich anmaßend.«

»Ja, das habe ich ja gerade gesagt.« Isabel lehnt sich gegen das Treppengeländer und springt erschrocken zur Seite, als es etwas nachgibt. Ihr Blick fällt auf die lockeren Schrauben in dem Betonfußboden.

»Bevor Sie jetzt etwas sagen, ja, ich weiß, dass das Geländer nicht sicher ist, und ja, ich weiß auch, dass der Vermieter es richten müsste. Falls Sie mit ihm reden wollen, er wohnt drüben in der A-5.« Ava dreht sich um und bindet den Müllsack zu.

»Sehr witzig«, sagt Isabel. »Einen Augenblick lang dachte ich, ich würde zu Tode stürzen. Das wäre doch wirklich Ironie des Schicksals, oder?«

Gegen ihren Willen muss Ava lächeln. »Ja«, sagt sie. »Das wäre es.«

»Und bevor Sie jetzt auf die Idee kommen, mir einen Schubs zu geben – was ich vielleicht verdient hätte –, ich bin hier, weil ich Ihnen und Max einen Vorschlag unterbreiten will.«

»Einen Vorschlag?« Ava sieht sie misstrauisch an.

»Einen Vorschlag«, wiederholt Isabel. »Ich weiß nicht, ob Sie es wissen, aber ich habe beschlossen, mein Haus nicht zu verkaufen. Und ich ziehe auch nicht aus Avalon weg. Um die Wahrheit zu sagen, ich dachte, dass Bettie vielleicht bei mir wohnen will. Aber Abe und Imogene möchten gern, dass sie bei ihnen einzieht, und Dr. Richard hält das für eine gute Idee.« Isabel zieht die Nase kraus, als müsste sie gleich niesen. »Na ja, jedenfalls habe ich plötzlich ein Haus, das viel zu groß für mich ist. Deshalb bin ich auf der Suche nach Mietern. Mitbewohnern.«

Ava starrt sie an. Ist das ihr Ernst? »Sie wollen, dass ich bei Ihnen einziehe? Mit Ihnen zusammenwohne?« In ihre Stimme schleicht sich ein schriller Unterton. »In Bills früherem Haus?«

Isabel wirkt plötzlich unsicher. »Hm, ja. So habe ich das bisher zwar noch nicht gesehen, aber ja.«

Jetzt muss Ava sich setzen. Sie öffnet die Tür und geht in die Wohnung, bevor ihr einfällt, dass sie alle ihre Möbel verkauft hat. Sie lehnt sich gegen eine Wand und rutscht daran langsam nach unten, bis sie auf einer Kiste mit Max' Spielzeug zu sitzen kommt. »Soll das ein Witz sein?«

»Ich weiß, es klingt merkwürdig«, sagt Isabel, die ihr gefolgt ist. »Ich weiß, dass wir nicht besonders gut miteinander auskommen … noch nicht. Aber ich habe mir Folgendes überlegt: Ich denke, Bill würde wollen, dass Max in diesem Haus wohnt. Und Sie auch.«

»Und was ist mit Ihnen?«

»Tja, na ja, ich auch. Immerhin ist es mein Haus.« Das Letzte klingt wieder etwas schnippisch, aber gleich darauf holt Isabel tief Luft. »Wir wären nur zu dritt. In dem Haus gibt es jede Menge Platz und wir würden uns gegenseitig nicht in die Quere kommen. Max könnte ein eigenes Zimmer haben.«

Ava lacht auf. »Wir, zusammenleben«, sagt sie.

»Die Welt hat schon verrücktere Dinge gesehen«, erwidert Isabel leicht säuerlich.

»Nein, das ist eindeutig am verrücktesten«, entgegnet Ava. »Was würden die Leute sagen?«

Isabel sieht sie an. »Interessiert Sie das wirklich?«, fragt sie. »Mir persönlich ist das inzwischen schnurzpiepegal. Ich glaube, die Einzigen, die überhaupt an so was denken, sind Sie und ich. Und Bill, wenn Sie ihn mitzählen wollen, aber er ist tot und deshalb nicht voll stimmberechtigt.«

Ava schüttelt traurig den Kopf. »Wie machen Sie das bloß?«, fragt sie, jetzt wieder mit ruhiger Stimme. »Wie schaffen Sie es, ihn nicht zu vermissen?«

Isabel vergräbt die Hände in den Hosentaschen. »Ich reiße schlechte Witze«, sagt sie. »Ich benehme mich wie eine Idiotin und suche jemanden, dem ich die Schuld in die Schuhe schieben kann.«

Ava wendet den Blick ab. »Ich vermisse ihn«, sagt sie, »aber in letzter Zeit ist es irgendwie anders. Ich weiß auch nicht, warum.« Als sie Isabel wieder ansieht, ist ihr Gesicht von Schmerz gezeichnet. »Ich fürchte, ich vergesse ihn allmählich. Und dann wird Max nichts über seinen Vater erfahren.«

»Dann ziehen Sie bei mir ein.« Isabel setzt sich neben sie. »Lassen Sie Max dort aufwachsen, wo Bill gelebt hat. Ich werde das Gefühl nicht los, dass ich noch eine Weile in dem Haus wohnen bleiben sollte, aber nicht allein. Zuerst dachte ich, zusammen mit Bettie, aber jetzt wird mir klar, dass Sie es sind. Und schließlich sind Sie doch diejenige, die gemeint hat, Max sollte mich besser kennenlernen«, erinnert sie Ava.

»Na toll«, sagt Ava und schnieft. »Schieben Sie es ruhig wieder mir in die Schuhe.«

»Es war Ihre Idee«, sagt Isabel, und dann zieht ein Lächeln über ihr Gesicht. »Hören Sie, Ava, es muss ja nicht für immer sein. Lassen Sie es uns einfach ausprobieren. Wenn es Ihnen nicht mehr bei mir gefällt, können Sie ja wegziehen. Aber vielleicht haben Sie schon einen besseren Platz, wo Sie unterkommen können.«

Ava schüttelt den Kopf. »Ich wollte zurück zu meinen Eltern nach Montana«, sagt sie. »Aber um ehrlich zu sein, das ist der letzte Ort, an dem ich wohnen möchte.«

»Damit wäre das geklärt«, sagt Isabel. »Ich rufe Yvonne an und bitte sie, uns beim Umzug zu helfen.« Sie zieht ihr Handy aus der Tasche, aber Ava hält ihren Arm fest.

»Isabel«, sagt sie. »Ich kann Ihnen keine Miete zahlen. Ich habe kein Geld, ich habe keine Arbeit ...«

Isabel klappt ihr Handy wieder zu. »Ach ja«, sagt sie. »Gestern bin ich bei Pick and Save Oma Frank über den Weg gelaufen. Sie ist die Sprechstundenhilfe von Dr. Tindell. Offenbar hat Dr. Tindells Zahnarzthelferin vor, zu kündigen und zu Dr. Marks in Barrett zu wechseln. Er bietet ihr ein Gehalt an, bei dem Dr. Tindell nicht mithalten kann.«

Ava hält die Luft an. Sie erinnert sich an Dr. Tindell, weiß noch, dass Bill es bedauert hatte, sich nicht mit ihm zusammengetan zu haben statt mit Randall Strombauer.

»Es ist eine kleine Praxis, aber das wissen Sie ja, und er arbeitet praktisch nur noch Teilzeit. Wahrscheinlich gehen er und Oma irgendwann in den nächsten Jahren in Rente. Das sollte man wissen, wenn man dort anfängt.«

Ava nickt nur stumm, sie hat Angst, dass sich all das sofort wieder in Luft auflöst, wenn sie etwas sagt.

»Das bedeutet aber auch, dass jeder, der für ihn arbeitet,

früher am Tag frei hat und deshalb zum Beispiel mehr Zeit mit seinem Kind verbringen kann.« Isabel muss grinsen. »Und dieses Kronkorkenzeugs machen kann.«

Ein Schatten zieht über Avas Gesicht. »Aber Dr. Strombauer … er gibt mir bestimmt keine Empfehlung. Dr. Tindell wird eine verlangen, meinen Sie nicht?«

»Wahrscheinlich«, räumt Isabel ein. »Deshalb schreibe ich Ihnen eine.«

Ava sieht sie verständnislos an. »Sie?«

»Na ja, rechtlich gesehen hat Bills Anteil an der Praxis uns beiden gehört, zumindest auf dem Papier. Ich habe mich nie besonders dafür interessiert, wie Sie wissen, und wahrscheinlich war das eins unserer Probleme. Jedenfalls werde ich erklären, in welcher Verbindung ich zu dieser Praxis stehe und was ich durch Bill über Sie weiß. Beruflich, meine ich. Dr. Tindell weiß von der Geschichte zwischen Ihnen und Bill. Aber er weiß auch, dass Sie eine gute Zahnarzthelferin waren. Ich denke mal, wenn ausgerechnet ich Ihnen eine Empfehlung schreibe, dann stehen Ihre Chancen gut, in die engere Wahl gezogen zu werden. Hätten Sie denn Interesse an der Stelle?«

Ava nickt hastig, in ihren Augen schimmern Tränen. Tränen der Freude.

Isabel wirkt selbst ein wenig gerührt, sie strafft jedoch die Schultern und räuspert sich. »Also, noch mal zum Mitschreiben: Sie und Max verlassen diese« – sie sieht sich abschätzig um – »Bleibe und ziehen bei mir ein. Abgemacht?« Isabel wartet ein paar Sekunden, dann sagt sie ungeduldig: »Das ist die Stelle, an der Sie ebenfalls ›Abgemacht‹ sagen müssen.«

»Oh!« Ava wischt sich über die Augen. »Ja! Abgemacht!«

»Als Nächstes bewerben Sie sich mit einem Empfehlungsschreiben von mir um die Stelle bei Dr. Tindell. Abgemacht?«

»Abgemacht.«

»Und als Letztes melden Sie Max im Montessori-Kindergarten in Avalon an, zumindest für die Tage, an denen Sie arbeiten. Ich steuere etwas zu den Gebühren bei, bis Sie selbst genug verdienen – betrachten Sie es als Teil des Bill-Kidd-Stipendiums. Darüber können wir später noch streiten. Abgemacht?«

»Abgemacht!« Ava steht auf. »Isabel, ich weiß nicht, wie ich Ihnen danken soll.« Sie macht einen Schritt auf Isabel zu und will sie umarmen, doch dann merkt sie, dass Isabel bereits verlegen genug ist. »Gut, das Umarmen hebe ich mir dann auch für später auf.«

»Gehen wir es langsam an«, murmelt Isabel zustimmend.

»Aber Max muss ich sofort davon erzählen«, sagt Ava. Bereits auf dem Weg in sein Zimmer, hält sie noch einmal inne und sieht Isabel an. »Isabel, wissen Sie, warum ich wollte, dass Max Sie kennenlernt? Warum ich das Gefühl hatte, dass es wichtig ist?«

Isabel schüttelt den Kopf. »Abgesehen davon, dass ich dachte, Sie haben eine Schraube locker, habe ich keine Ahnung.«

»Weil ich wusste, dass ich ihm das alles eines Tages erklären muss. Warum sein Vater und ich nicht verheiratet waren, als er gezeugt wurde, die Umstände, unter denen wir uns kennengelernt haben. Und wenn Max schon auf Bill verzichten muss, wollte ich – hoffte ich –, dass er irgendwie Anteil an dem haben kann, was sein Vater geliebt hat. Zum Beispiel Sie.«

Isabel öffnet verdattert den Mund und schließt ihn wieder.

Es freut Ava, dass es ihr zum ersten Mal gelungen ist, Isabel sprachlos zu machen. »Ja.«

Isabels Wangen haben sich gerötet, aber sie hat sich schnell wieder unter Kontrolle. »So, meinen Sie. Zwei Herzen in einer Brust, oder was?«, sagt sie und versucht, ernst dreinzuschauen, muss aber ebenfalls grinsen.

Ava lacht, sie fühlt sich auf einmal so leicht, dass es sie nicht wundern würde, wenn sie plötzlich fliegen könnte. »Besser hätte ich es nicht formulieren können.«

Yvonne hebt den Hörer ab, lauscht auf das Freizeichen, legt wieder auf. Das wiederholt sie zwei oder drei Mal, bevor sie endlich die Nummer wählt, die auf dem Zettel in ihrer Hand steht.

Hätte irgendjemand anderes das vor, was Yvonne vorhat, hätte sie ihm als wohlmeinende Freundin geraten, es bleiben zu lassen, wieder aufzulegen, nicht zurückzuschauen. Deshalb hat sie Isabel nichts davon erzählt. Yvonne will sich ihr Vorhaben nicht ausreden lassen. Sie muss Klarheit haben.

Sie hält den Atem an, als es am anderen Ende der Leitung klingelt. Es läutet ein paarmal, ehe jemand abnimmt.

»Hallo? Einen Moment, bitte.« Der Stimme nach zu urteilen ist die Frau jung. Im Hintergrund schreit ein Baby und Yvonne bekommt mit, dass die Frau die Hand über die Sprechmuschel legt und ruft: »Annabelle, kannst du mal nach deinem Bruder sehen? Danke.«

Yvonne lässt sich in den Sessel sinken. Sie sollte auflegen. Das war wirklich eine ganz schlechte Idee und sie weiß, dass sie es später bereuen wird, aber sie bringt es nicht über sich, den Hörer wieder auf die Gabel zu legen. Sie hat sich nie gestattet, darüber nachzudenken, was für ein Leben er führen mag, dass es die eine oder andere Frau geben könnte. Was sie da jetzt mitbekommt, ist mehr, als sie wissen wollte, aber trotzdem hält sie den Hörer weiter ans Ohr.

»Entschuldigen Sie«, sagt die Frau. »Hallo?«

Yvonne räuspert sich. »Ich hätte gern Sam Kenney gesprochen. Ist er da?«

»Nein, tut mir leid. Kann ich ihm etwas ausrichten?« Sie

hört leises Schmatzen, und Yvonne begreift, dass die Frau Kaugummi kaut.

»Nein, danke«, sagt Yvonne rasch. »Wann erwarten Sie ihn denn zurück?«

»Ungefähr in drei Stunden. Er und Mrs Kenney sind zum Essen ausgegangen. Moment… Annabelle, hast du nach Harry gesehen? Warum denn nicht?«

Yvonne dämmert, dass sie mit der Babysitterin spricht. Vor Erleichterung würde sie am liebsten lachen, und gleichzeitig ist es eine Bestätigung. Sie hatte recht. Es gibt eine Mrs Kenney und sie ist in diesem Moment mit ihm zusammen. Und sie haben Kinder.

»Mit wem spreche ich denn?«, fragt die Babysitterin.

»Äh, Statistisches Bundesamt«, schwindelt Yvonne. »Ich versuche es später noch mal, danke.«

Rasch legt sie auf, ihre Wangen glühen.

Was hat sie sich bloß dabei gedacht, einfach so in Sams Leben herumzuschnüffeln? Yvonne schüttelt den Kopf, dann betrachtet sie den Zettel mit seiner Nummer. Sie hatte schnell herausgefunden, dass er in Bangor in Maine lebt – Yvonne vermutet, dass er der einzige Samuel Nomi Kenney auf der ganzen Welt ist. Seinen zweiten Vornamen hat er dem Irrtum eines Standesbeamten zu verdanken – als sich seine Eltern nach der Geburt nicht auf einen zweiten Vornamen einigen konnten, baten sie die Krankenschwester, auf dem Formular »No Middle Name«, kein zweiter Vorname, oder abgekürzt »NoMI«, einzutragen, was der Standesbeamte einfach übernahm. Sie hatten sich nie die Mühe gemacht, es zu ändern.

»Es hätte schlimmer kommen können«, hatte Sam gewitzelt. »Sie hätte auch drei Punkte machen können, dann würde ich jetzt Sam Punktpunktpunkt Kenney heißen.«

Bei der Erinnerung muss Yvonne lächeln und beschließt,

dass sie genug weiß. Sie wirft einen letzten Blick auf den Zettel, dann zerreißt sie ihn in kleine Schnipsel, geht damit ins Bad, wirft sie ins Klo und drückt die Spülung.

Während sie zusieht, wie das Wasser in der Schüssel herumwirbelt und die Schnipsel mitreißt, klingelt das Telefon. Yvonnes Anrufbeantworter schaltet sich ein und eine Sekunde später hört sie Isabels Stimme durch den Raum scheppern und ihr mitteilen, dass Ava und Max eingewilligt haben und ob sie bitte mit ihrem Pick-up vorbeikommen könnte? Jetzt gleich?

Yvonne greift nach dem Autoschlüssel, froh über die Ablenkung.

»Ist das nicht komisch?«, hatte Ava immer wieder gesagt, mehr zu sich selbst als zu jemand anderem, als sie ihre Sachen in Yvonnes Pick-up luden und später in Isabels Haus trugen.

»Jedes Mal, wenn Sie sagen, dass es komisch ist, wird es nur noch komischer«, hatte Isabel erwidert. »Also hören Sie auf damit.«

In diesem Augenblick war Yvonne klar, dass alles gut werden würde.

Als der Umzug erledigt ist, fahren Isabel, Ava und Max zurück zu Avas Wohnung, um dort sauber zu machen, damit Ava ihre Kaution zurückbekommt. Yvonne will sich unter die Dusche stellen und danach ins Bett kriechen.

Als sie nach Hause kommt, blinkt das Lämpchen an ihrem Anrufbeantworter. Im Vorbeigehen wirft sie einen Blick darauf und sieht, dass sie 15 neue Nachrichten hat. Es können keine geschäftlichen Anrufe sein, denn die landen alle auf ihrem Handy, aber andererseits ist ihre Nummer natürlich leicht im Telefonbuch nachzuschlagen. Gerade als sie die Nachrichten abhören will, läutet das Telefon wieder und lässt sie zusammenfahren. Sie nimmt ab.

»Hallo?«

»Yvonne?«

Beim Klang seiner Stimme scheint die Welt aufzuhören, sich zu drehen. »Sam?«

»Du bist es tatsächlich«, sagt er und versetzt ihr damit einen freudigen Stich. Seine Stimme ist freundlich und beruhigend und es schwingt ein Hauch von Belustigung darin mit. »Yvonne Tate. Dann bist du jetzt also beim Statistischen Bundesamt?«

O Gott. Es hat keinen Sinn, ihm etwas vorzulügen. »Ich weiß, tut mir leid. Ich wollte nicht … egal, vergiss es. Woher wusstest du, dass ich es war?«, fragt sie.

»Anruferkennung. Mir ist beinahe das Herz stehen geblieben, als ich eine Inverssuche gemacht und deinen Namen gelesen habe. Zuerst hielt ich es für einen Irrtum, aber es war keiner. Ich kann es nicht fassen, dass du es wirklich bist, Yv.«

Yv, ihr Spitzname. Yvonne schließt die Augen, sie weiß nicht, ob es ihr gelingt, so zu tun, als wäre das ein Allerweltsgespräch, als wäre die Person am anderen Ende nicht jemand, den sie geliebt und verloren hat. »Sam«, presst sie schließlich hervor. »Ich wollte nicht so aus heiterem Himmel anrufen …«

»Aber du hast es getan«, unterbricht er sie. »Warum?«

»Ich weiß es nicht.«

»Du weißt es nicht? Du überfällst mich mitten in meinem Leben und weißt nicht einmal, warum? Soll ich jetzt etwa so tun, als hättest du nicht angerufen?« Er klingt empört.

»Tut mir leid!«, platzt sie heraus. »Ich … ich wollte …«

»Yvonne, beruhige dich«, sagt Sam rasch und lacht. »Das war ein Witz. Ich bin einfach nervös, und du weißt doch, dass ich schlechte Witze mache, wenn ich nervös bin. Manche Dinge ändern sich wohl nie.« Er seufzt, dann fährt er fort:

»Ich freue mich, dass du anrufst. Du klingst genauso wie früher.« Seine Stimme ist jetzt ganz sanft.

Es ist, als würde ihr jemand die Brust zusammenpressen. Sie weiß, dass sie dieses Gespräch auf der Stelle beenden sollte, nachdem sie bekommen hat, was sie wollte. Ihn ihren Namen sagen hören.

Aber sie kann nicht auflegen, wenn sie weiß, dass er am anderen Ende der Leitung ist. Es ist beinahe nicht zum Aushalten. Sie wünschte, sie könnte die Hand ausstrecken und ihn berühren, sich vergewissern, dass er es wirklich ist, dass dies alles wirklich geschieht. »Wie geht es dir?«, fragt sie. »Was tust du jetzt?«

»Was ich arbeite, meinst du?« Sam lacht leise. »Nicht so was Tolles wie du, da bin ich sicher. Ich bin Ranger beim National Park Service und im Acadia-Nationalpark stationiert.«

»Ein Mann in Uniform«, sagt Yvonne und lächelt.

»Jawohl. Ich biete Wanderungen, Spaziergänge, Bootstouren und Vorträge an und zeige den Kindern Wanderfalken und andere Raubvögel. Ich nehme meine Arbeit sehr ernst.« Obwohl seit ihrer letzten Begegnung fast zehn Jahre vergangen sind, kann Yvonne förmlich sehen, wie er sich zurücklehnt, den Hörer unter das Kinn geklemmt, die Arme verschränkt.

»Das ist weit weg von den Cranberryfeldern«, sagt sie.

Er lacht. »Sechs Stunden«, sagt er. »Richtig weit habe ich es eigentlich nicht geschafft.«

»Aber es reicht«, sagt Yvonne. Es folgt eine lange, verlegene Pause.

»Können wir uns sehen?«, fragt Sam schließlich. »Ich meine, wäre das in Ordnung für dich? Ich kann zu dir kommen, egal, wo du wohnst – der Vorwahl nach ist es Illinois, richtig?«

»Ja, aber ich weiß nicht, ob das eine gute Idee ist«, sagt Yvonne vorsichtig. »Ich wollte nur wissen, wie es dir geht.«

»Sehr gut, um ehrlich zu sein.«

»Und du hast jetzt Annabelle und Harry«, sagt Yvonne.

»Ja, jedenfalls waren sie das letzte Mal, als ich nachgeschaut habe, noch da. Sie springen immer noch irgendwo hier herum, obwohl es längst Zeit fürs Bett ist.«

»Harry«, sagt Yvonne und jetzt endlich fällt der Groschen. Sams Vater.

»Ja, er ist nach Dad benannt. Dad ist vor ein paar Jahren gestorben. Das war sehr schwer für Mom – sie vermisst ihn nach wie vor.«

Yvonne verspürt plötzlich Sehnsucht nach Sams Eltern. Bisweilen hatte sie sich ihnen näher gefühlt als ihren eigenen. »Das tut mir leid, Sam.«

»Danke, Yv.« Sie schweigen beide.

»Also«, sagt sie, um es hinter sich zu bringen. »Und deine Frau? Wie ist sie?«

»Meine Frau?« Sam klingt verblüfft.

»Deine Frau«, wiederholt Yvonne, sie hasst es, diese Worte auszusprechen, und gleichzeitig will sie es wissen. »Was für ein Typ ist sie?«

Es dauert eine ganze Weile, bevor Sam antwortet. »Ich bin nicht verheiratet, Yv.«

Nicht verheiratet? Yvonne braucht einen Moment, um diese Information zu verarbeiten. »Aber die Kinder …«

»… sind meine Nichte und mein Neffe. Rachels Kinder. Sie sind mit Mom zu Besuch, damit Rachel sich mal ein bisschen erholen kann.«

»Rachel.« Sams ältere Schwester. Mrs Kenney, Sams Mutter. »Aber ich habe doch gehört, dass du verheiratet bist«, sagt sie.

»Ich?« Er lacht wehmütig. »Nein. Ich schätze mal, dass ich für die Ehe nicht geeignet bin. Ich bin sicher, dass du mir da recht gibst.«

»Das verstehe ich nicht«, sagt Yvonne und in ihrem Kopf wirbeln die Gedanken durcheinander. »Claire hat mir doch gesagt, dass du verheiratet bist. Schon vor ein paar Jahren …«

»Vielleicht mit meiner Arbeit.« Seine Stimme klingt jetzt zornig. »Claire. Und du hast ihr geglaubt?«

»Na ja, ich …« Plötzlich geben ihre Beine unter ihr nach und sie muss sich setzen. »Mein Gott.« Ihre Schwester hat sie angelogen. Warum überrascht sie das? Ihre Schwestern sind durch und durch Tates, Klone ihrer Eltern.

Sams Stimme klingt rau. »Yv, ich wünschte, das mit uns wäre ganz anders gelaufen. Dass ich nicht einfach so gegangen wäre, auch wenn es mir damals als die einzige Lösung erschien.«

»Du musst dich nicht entschuldigen, Sam«, sagt sie. »Ich weiß, warum du es getan hast, und ich mache dir keinen Vorwurf.«

Erneut eine lange Pause. »Du machst mir weswegen keinen Vorwurf?«

»Dass du das Geld genommen hast. Deine Familie … dein Dad … ich weiß, dass es deiner Familie die Möglichkeit bot, aus Wareham rauszukommen, dass Lizzie aufs College gehen konnte …« Sie muss sich räuspern. »Ich wollte dir nur sagen, dass ich es verstehe. Es war sicher nicht leicht, aber du hast die richtige Entscheidung getroffen. Deine Familie hat dich gebraucht.«

»Yvonne …« Sams Stimme klingt angespannt. »Tut mir leid, aber wovon zum Teufel redest du eigentlich?«

Yvonne runzelt verwirrt die Stirn. »Sam, ich weiß, dass dir meine Eltern zweihundertfünfzigtausend Dollar geboten haben, wenn du die Hochzeit abbläst«, sagt sie. »Ich weiß, dass sie sich eure Situation zunutze gemacht haben, sie wussten, dass dein Dad Krebs hatte und dass ihr euch alle Sorgen wegen Rachel gemacht habt, weil sie mit diesem Typen zusammen war. Und Lizzie mit ihren guten Noten und deine arme Mutter …« Unsicher hält sie inne. »Ich meine, wie hättest du da Nein sagen können. Oder?«

Obwohl sie Sam nicht sehen kann, weiß Yvonne, dass er kurz vorm Explodieren ist.

»Ja, es stimmt, dass Dad Krebs hatte, und es stimmt, dass Rachel mit dieser Lusche Tony herumgezogen ist.« Sams Stimme klingt mühsam beherrscht. »Und es stimmt auch, dass Lizzie noch ihre ganze Zukunft vor sich hatte, immer noch hat. Sie hat gerade ihren Abschluss in Sozialpädagogik an der Uni in Bangor gemacht. Und es stimmt auch, dass meine Mutter unter einer furchtbaren Anspannung stand und dass sie Angst hatte. Mit alldem hast du recht, Yv. Der einzige Punkt, in dem du dich täuschst, ist der mit dem Geld. Deine Eltern haben mir nichts angeboten, und ich hätte es auch nicht genommen, wenn sie es getan hätten.« Jetzt klingt seine Stimme hart. »Hast du das wirklich gedacht?«

»Aber …« Yvonne umklammert den Hörer. »Dein Brief, Sam. Der Brief, den du mir geschrieben hast. *Es tut mir leid, Yv. Ich kann nicht anders. Werde glücklich …*«

»Ja, im Sinne von: *Es tut mir leid, dass du immer noch diesen Idioten Nathan liebst und dass ich deinem Glück im Weg stehe.* Das ist das Einzige, was ich immer gewollt habe, Yv. Dass du glücklich wirst.«

Eine Zeit lang sagt keiner von ihnen etwas, sie sind beide völlig fassungslos.

»Warte mal, heißt das, dass du nicht mehr mit ihm zusammen bist?«, sagt Sam dann im gleichen Augenblick, in dem Yvonne sagt: »Es ging also niemals um Geld?«

»Ich zuerst«, sagt Sam. »Nein, es ging nie um Geld. Es

wurde nicht darüber geredet, es wurde mir keines angeboten. Nie. Aber was ist mit Nathan? Seid ihr noch zusammen?«

»Welcher Nathan?« Yvonne braucht eine Weile, bis es ihr dämmert. »Nathan Cameron? Warum sollte ich denn mit ihm zusammen sein? Wie kommst du denn darauf?«

»In all den Jahren, die ich dich gekannt habe, war er der einzige Typ, mit dem du länger als eine Woche zusammen warst. Er war in Harvard … du warst auf dem Smith …« Sam seufzt.

Yvonne wünschte, er wäre hier, damit sie ihn schütteln könnte. Er war immer eifersüchtig auf Nathan gewesen, obwohl sie ihm gesagt hatte – mehr als einmal –, dass das zwischen ihr und Nathan nie etwas Ernstes gewesen war. »Wir waren zwei Monate zusammen, Sam. Und die meiste Zeit davon saß ich über meinen Abschlussprüfungen – ich war zu sehr mit Lernen beschäftigt, um früher mit ihm Schluss zu machen. Das weißt du.«

»Ich weiß, dass du das gesagt hast, Yv, aber ich dachte, du willst mich damit nur beruhigen. Du hast mir einen Heiratsantrag gemacht, nachdem du dich erst ein paar Tage vorher von ihm getrennt hattest. Damals habe ich nicht weiter darüber nachgedacht. Ich war einfach nur glücklich.

Aber als ich dann an diesem Abend beim Probeessen beobachtet habe, wie er dich die ganze Zeit anschmachtet – da habe ich innerlich getobt. Er hat mir dauernd überhebliche Blicke zugeworfen, als wüsste er etwas, was ich nicht weiß.«

Yvonne seufzt. »Das hat er bei allen Leuten so gemacht«, sagt sie. Das war einer der vielen Gründe gewesen, warum Yvonne eigentlich nie besonders viel an ihm gelegen hatte. Er war zusammen mit seinen Eltern zu ihrer Hochzeit eingeladen gewesen, weil sie enge Freunde der Familie waren.

»Als deine Mutter mich gebeten hat zu kommen, dachte

ich, dass es vielleicht ein Friedensangebot sein sollte, dass deine Eltern vor unserer Hochzeit das Kriegsbeil begraben wollten. Irgendwie rechnete ich damit, dass sie mich in einen Hinterhalt locken wollten, aber gleichzeitig war ich mir meiner Sache völlig sicher. Ich meine, am nächsten Tag wollten wir heiraten. Was sollte da groß passieren?«

Yvonne bekommt eine Gänsehaut. »Was haben sie gemacht, Sam?«

»Sie haben gar nichts gemacht. Das war auch nicht nötig. Dein Vater saß da, trank Scotch und schaute gelangweilt drein, während deine Mutter mir erklärte, dass du mich nur heiraten wolltest, weil Nathan dir das Herz gebrochen hatte, als ihr zusammen wart. Dass du mir aus einer Laune heraus einen Antrag gemacht hättest – was ja stimmt, wie wir beide wissen –, weil du Nathan möglichst schnell vergessen wolltest. Ich muss gestehen, dass sie leichtes Spiel mit mir hatte, einen Moment lang hielt ich es tatsächlich für möglich, dass wir uns nur ineinander verliebt hatten, weil wir uns schon so lange kannten, und dass sie vielleicht recht hatte, dass er dich verletzt hatte und du ihn vergessen wolltest, indem du mich heiratest.

Aber was mich wirklich traf, war etwas anderes. Deine Mutter sagte, sie hätte dich bei dem Probeessen weinen gehört, sie hätte gehört, wie du Nathan angefleht hast. Dass du diese Hochzeit gar nicht wolltest, aber nicht wüsstest, wie du aus der Sache wieder rauskommst, dass er am Boden zerstört wäre, weil er dich verloren hatte, dass ich dir die Chance, glücklich zu werden, zerstören würde. Das wollte ich nicht, Yv. Ich war immer damit zufrieden, dein Ersatzmann zu sein, aber ich wollte nicht, dass du meinetwegen unglücklich wirst.«

»Sam, du warst nie mein Ersatzmann. Es ging mir um dich.«

»Und mir um dich. Und deshalb wollte ich nicht, dass du auf die Chance verzichtest, die wahre Liebe zu finden. In diesem Moment schob mir deine Mutter ein Blatt Papier zu und erklärte, ich hätte die Möglichkeit, alles in Ordnung zu bringen. Sie meinte, solange ich in Wareham bliebe, wäre es zu schwierig für dich, deshalb stellte sie mich vor die Wahl – die Hochzeit durchziehen oder weggehen. Sie wusste, dass ich mich für Letzteres entscheiden würde. Ich schrieb den Brief und ging. Ich konnte nicht einmal meinen Eltern sagen, was passiert war, ich sagte ihnen nur, dass ich aus Wareham wegmüsste, dass die Hochzeit abgeblasen war.«

Yvonne schließt die Augen, ringt nach Atem. Sie kann die Szene vor sich sehen, genau so, wie Sam sie beschreibt, Sam verwirrt und todtraurig, aber nur an ihr Glück denkend, und sie, wie sie schlafen geht, ohne zu ahnen, dass man ihr am nächsten Morgen ein Messer ins Herz stoßen würde, dass ihre Mutter ihr eine Lüge auftischen würde, die sie dazu veranlassen würde, mit ihrem bisherigen Leben zu brechen.

Sam klingt zutiefst unglücklich. »Ich bin noch am selben Abend aufgebrochen und zu einem Freund nach Boston gefahren, um darüber nachzudenken, wie es weitergehen soll. Von meiner Familie erfuhr ich, dass du ebenfalls aus Wareham weg bist, und ich dachte, dass deine Eltern recht gehabt hatten, dass du nur meinetwegen geblieben warst. Ich dachte, du wärst weggegangen, um irgendwo ein tolles Leben mit Nathan zu führen. Ich habe nie zurückgeblickt. Es tat zu weh.«

Yvonne weiß, dass keiner von ihnen mit so etwas gerechnet hat, und nicht einmal sie weiß, was als Nächstes passieren wird. »Ich bin noch am gleichen Tag weg«, sagt sie. »Ich habe es auch nicht ertragen.«

»Einmal habe ich versucht, dich zu finden«, gesteht Sam. »Kurz nachdem mein Vater gestorben war. Ich war sicher, dass du inzwischen in New York oder in San Francisco lebst. Nathan ausfindig zu machen, war ein Kinderspiel – Bankdirektor, zum zweiten Mal verheiratet, aber keine Spur von dir. Geradeso als wärst du vom Erdboden verschluckt. Meine Mutter hatte dich nie mehr in Wareham gesehen und deine Familie sprach nicht über dich. Die einzige Yvonne Tate, die ich aufspüren konnte, war eine Klempnerin aus Wichita in Kansas.«

Sie lächelt. »Das war ich, Sam. Ich bin Klempnerin, nur dass ich mittlerweile in Avalon wohne.«

Es folgt ein langes Schweigen, und dann fängt Sam an zu lachen. »Dann hatte ich also doch die Richtige gefunden. Und habe sie mir wieder durch die Lappen gehen lassen. Wie kann ein einzelner Mensch nur so blöd sein?«

Sie lachen beide, aber Sam wird als Erster wieder ernst. »Ich muss es einfach wissen, Yv. Bist du verheiratet?«

»Nein, ich bin nicht verheiratet«, sagt sie und wagt kaum zu atmen.

»Verlobt?«

»Nein.«

»Ein Freund? Oder Freunde?«

»Nein. Kein einziger, Sam. Allerdings habe ich mich letzten Monat ein paarmal mit einem Riesenrindvieh getroffen. Zählt das?«

»Ist es vorbei?«

»Weißt du vielleicht nicht, was das Wort Riesenrindvieh bedeutet?« Yvonne lächelt.

»Doch«, sagt er. »Ich wollte nur sichergehen. Also, welcher Flughafen liegt am nächsten bei …« Yvonne hört das Klappern einer Tastatur. »Avalon?«

»Rockford, aber wahrscheinlich hast du mit O'Hare mehr Glück. Nach Chicago gehen bestimmt dauernd Flüge.«

»Nein, nicht nötig… Rockford liegt näher und ich kann morgen früh losfliegen. Dann bin ich mittags in Avalon.«

»Morgen?«, sagt Yvonne ungläubig. »Mittags?«

Sam zögert. »Tut mir leid. Das ist vielleicht ein bisschen übereilt. Sollen wir erst mal nur telefonieren, oder…«

»Nein!« Yvonne lacht und weint gleichzeitig. »Nein, ganz bestimmt nicht. Ich will dich auch sehen, Sam. Aber erst muss ich dir noch was sagen. Ich habe mit Nathan Schluss gemacht, weil mir klar wurde, dass ich mit dir zusammen sein will. Meine Eltern hatten mir ein Ultimatum gestellt, sie sagten, wir könnten nicht befreundet sein, und ich begriff, dass ich nicht nur mit dir befreundet sein wollte. Ich wollte mehr, ich wollte, dass wir zusammen sind. Als ich dir den Antrag machte, geschah das aus einer Laune heraus, aber ich wusste, dass es richtig war. Meinen besten Freund zu heiraten.«

»Ich liebe dich, Yv. Ich habe dich immer geliebt und ich werde dich immer lieben. Also, das wäre dann geklärt – ich komme morgen.«

Sam. *Ihr* Sam. Möglich, dass es merkwürdig und peinlich ist, wenn sie sich auf einmal gegenüberstehen, oder vielleicht beschließen sie zu guter Letzt, doch einfach nur Freunde zu sein, aber zumindest haben sie die Chance, es herauszufinden. »Gib mir deine Flugnummer, dann hole ich dich ab«, sagt sie und greift nach Papier und Bleistift. »Welche Fluggesellschaft?«

»Keine Fluggesellschaft. Ich fliege selbst – ich muss noch den Flugplan einreichen, aber wenn alles klappt, komme ich gegen elf am Emery Air FBO an. Du wirst die Hinweisschilder sehen, wenn du zum Chicago Rockford International Airport kommst. Du musst in den Bereich für Privatflugzeuge – mir gehört zusammen mit vier anderen Rangern eine Cessna 510 Mustang.«

Yvonne muss grinsen. »Du hast einen Privatjet?«

»He, ich bin Mitbesitzer. Ich habe meinen Anteil beim Pokern gewonnen, wenn du es genau wissen willst. Ich bin beim Staat, Yv. Es geht mir gut, aber ich schwimme nicht gerade in Geld.«

»Und falls du es überhört haben solltest, ich bin Klempnerin. Mir geht es ebenfalls gut, aber allzu große Sprünge kann ich auch nicht machen.«

»Morgen! Ich kann es noch gar nicht fassen. Ich werde im Flugzeug sitzen und zu dir fliegen!«

Yvonne lächelt und drückt das Telefon fester ans Ohr. »Und ich werde unten am Boden stehen und darauf warten, dass du endlich kommst.«

Kapitel 23

Es ist Viertel vor acht am Samstagmorgen, und an der Haustür klopft es. Isabel streicht sich rasch über die Haare und eilt zur Tür, ihren Morgenmantel fest um sich gewickelt. Auf dem Flur stößt sie mit Max zusammen.

»Da klopft jemand«, verkündet er, noch im Schlafanzug. Seine Haare sind zerzaust und die Brille hängt ihm schief auf der Nase. Er sieht einfach zum Anbeißen aus.

»Ich weiß, Max. Ich mache auf – du kannst wieder ins Bett gehen.«

»Wieder ins Bett?« Ava kommt aus ihrem Schlafzimmer. »Schön wär's. Wir sind seit sechs auf. Max ist ein Frühaufsteher.«

»Kaum zu glauben.« Isabel bleibt stehen. »Ich bin auch seit sechs auf. Ich wollte niemanden wecken, deshalb bin ich in meinem Zimmer geblieben.«

Ava muss sich ein Lachen verkneifen. »Na, so was. Wir auch. Nicht, dass ich mich beschweren will – ich glaube, so gut habe ich seit Wochen nicht mehr geschlafen. Es ist so ruhig hier. Vielen Dank, Isabel. Ich weiß nicht, wie ich …«

Isabel hebt abwehrend die Hand. »Ava, ich glaube, wir müssen ein paar grundsätzliche Regeln aufstellen, wenn das mit uns funktionieren soll. Erstens reicht es, wenn Sie sich einmal in vierundzwanzig Stunden bedanken, und noch lieber wäre es mir, wenn Sie ganz darauf verzichten. Zweitens: kein Herumschleichen auf Zehenspitzen mehr. Das gilt für uns alle. Gehen Sie und bedienen Sie sich aus dem Kühlschrank, machen Sie Frühstück, klappern Sie mit Töpfen und Pfannen.« Sie wirft einen Blick auf Max. »Moment, das nehme ich zurück. Kein Topfgeklapper, zumindest nicht vor acht. Einverstanden?«

Max grinst und nickt.

An der Tür wird Sturm geläutet.

»Immer mit der Ruhe«, sagt Isabel. Ian ist wirklich hartnäckig, das muss sie ihm lassen. Ava und Max gehen in die Küche.

Bis Isabel an der Tür angelangt ist, klopft *und* läutet es. Also, das geht jetzt wirklich zu weit. Isabel räuspert sich und öffnet die Tür einen Spalt, so weit eben, wie es die Sicherheitskette zulässt.

»Isabel? Lassen Sie mich rein!« Eine magere Hand schiebt sich durch den Spalt und tastet nach ihr. »Ich bin's, Bettie!«

»Bettie?« Isabel schiebt Betties Hand zurück, schließt die Tür vorsichtig und löst rasch die Sicherheitskette. Sie reißt die Tür auf.

Bettie steht im Morgenmantel auf der Veranda. An ihrem Arm baumelt ihre Handtasche. Sie starrt mit offenem Mund Isabel an, bevor sie an sich herunterblickt. »Hey, wir sehen aus wie Zwillinge!«

Zitternd wickelt sich Isabel fester in ihren Morgenmantel. Sie blickt sich auf der Straße um. Weder Abes Auto noch Imogenes Auto sind zu sehen. »Wie sind Sie hierhergekommen, Bettie? Wo ist Imogene?«

Statt einer Antwort schiebt sich Bettie an ihr vorbei ins Haus. Isabel stellt fest, dass die Sohlen ihrer Hausschuhe schmutzig und zerrissen sind. »Hmm, riecht es hier etwa nach Frühstück? Würstchen!«

Isabel will Bettie gerade in die Küche folgen, als sie einen Kastenwagen in ihre Einfahrt rumpeln hört. Ian Braemer winkt ihr kurz zu, bevor er den Motor abstellt. Auf dem Beifahrersitz thront Jeremy mit seinen obligatorischen Kopfhörern. Ian steigt aus, zwei dampfende Becher Kaffee in der Hand.

»Guten Morgen!«, ruft er ihr auf dem Weg zur Tür zu. Er reicht Isabel einen der beiden großen Pappbecher und grinst. »Sieht so aus, als hätte ich Sie doch noch im Schlafanzug erwischt.«

Isabel löst den Gürtel ihres Morgenmantels und macht ihn auf, darunter kommen Jeans und V-Ausschnitt-Pullover zum Vorschein, wie geplant. »Tut mir leid, aber da hätten Sie früher aufstehen müssen. Ich wollte gerade damit anfangen, das Wohnzimmer zu streichen.« Sie grinst.

»Aha, so eine sind Sie also«, sagt Ian und zwinkert. Er trinkt einen Schluck von seinem Kaffee. »Hoppla, der ist noch ziemlich heiß. Seien Sie vorsichtig.«

So eine? Isabel ist noch nie so eine gewesen. Sie pustet auf ihren Kaffee und lächelt, während sie mit der Vorstellung spielt. Isabel, die Kokette. Sie stellt sich eine Isabel in neckischen Dessous, mit engen T-Shirts und verführerischem Make-up vor.

Ne, lieber doch nicht. »Brauchen Sie irgendetwas?«

»Nein, wir haben alles dabei. Ich wollte erst mal die Leitern aufstellen und mir die Sache näher ansehen, um festzustellen, was alles getan werden muss. Falls ich heute nicht fertig werde, erledige ich das morgen. Ist das in Ordnung? Ich will ja nicht, dass Sie mich überbekommen.«

Eher überkommt es mich, denkt Isabel, aber sie sagt es natürlich nicht. »Nein, das passt gut.«

Ian hebt kurz die Hand, dann läuft er zu seinem Kastenwagen und pfeift Jeremy, damit er aussteigt und ihm hilft.

Isabel geht zurück ins Haus und folgt dem Gelächter. Als sie in die Küche kommt, sitzt Bettie bereits am Tisch, ein Teller Essen vor sich. Max isst Rührei mit Ketchup. Alle sehen sie an.

»Hunger?«, fragt Ava. Isabel schüttelt den Kopf und setzt sich neben Bettie, immer noch den heißen Kaffee von Ian in der Hand.

Betties Haare sind zerzaust, ihre Wangen mit einem rosigen Hauch überzogen. Als Isabel ihre Hand berührt, stellt sie fest, dass sie eiskalt ist. »Bettie, sind Sie hierher gelaufen?«

Bettie zieht ihre Hand weg und greift nach ihrer Gabel. »Tut mir leid, ich kann mich nicht erinnern.«

»Schwindeln Sie mich doch nicht an. Also, wie sind Sie hierhergekommen?« Das Telefon klingelt und Isabel weiß auch ohne abzuheben, wer es ist. Sie sieht Bettie eindringlich an. »Letzte Chance.«

»Na gut, ich bin gelaufen«, brummt Bettie. »Abe und Imogene sind ein Ehepaar. Ich komme mir vor wie das fünfte Rad am Wagen. Abe steht kurz vor der Pensionierung, sie haben so viel vor. Da können sie keine alte Schachtel wie mich brauchen.« Sie schiebt sich eine Gabel voll Ei in den Mund. »Das schmeckt gut, Ava.«

»Da«, sagt Max und spritzt Ketchup auf Betties Teller.

»Mehr«, verlangt sie und grinst, als gleich darauf ihr Ei unter einer Ketchuplache verschwindet.

»Wollen Sie vielleicht einen Löffel dazu?« Kopfschüttelnd geht Isabel zum Telefon. »Hallo, Imogene.«

»Bitte sagen Sie mir, dass sie bei Ihnen ist«, keucht Imogene außer Atem. »Ich habe überall nach ihr gesucht. Abe ist schon auf dem Weg zu Ihnen.«

»Sie ist hier.« Isabel dreht sich zur Seite und senkt die Stimme. »Ich dachte, Sie haben Schlösser an den Türen.«

»Haben wir auch, aber sie ist durch das Badezimmerfenster geklettert. Es ist so schmal, dass ich dachte, es wäre kein Problem, aber das werde ich heute Nachmittag nachholen. Geht es ihr gut?«

Isabel wirft einen Blick zum Küchentisch und sieht, dass Bettie mit Ava plaudert. Sie taucht einen Finger in das Ketchup und lacht, als Max es ihr nachmacht. Abgesehen davon, dass sie ein bisschen zerzaust aussieht und nicht vollständig angezogen ist, ist Bettie ganz die Alte. »Ja, es geht ihr gut. Ich schicke sie mit Abe zurück. Wiedersehen, Imogene.«

»Kommt gar nicht infrage«, sagt Bettie, kaum dass Isabel aufgelegt hat. »Ich gehe nicht zurück. Ich habe nicht vor, den beiden länger zur Last zu fallen, lieber lass ich mich in ein Heim verfrachten. Das ist komisch, oder?«

»Komisch ist das neue Normal«, sagt Ava. Sie wirft einen Blick zu Isabel. »Jedenfalls sagt das Isabel. Sie hat uns übrigens angeboten, hier bei ihr zu wohnen, eine Art WG. Max und ich sind gestern eingezogen.«

»Was?« Bettie lässt verblüfft ihre Gabel sinken. »Im Ernst?« Sie sieht Isabel wohlwollend an. »Na, das klingt nach einer erwachsenen, reifen Frau. Wie schön!«

»Jetzt reicht's aber«, sagt Isabel, auch wenn sie vor Freude über das Kompliment ein bisschen rot wird. »So ein Heim kostet viel Geld, Bettie. Ich denke, Sie sollten das erst tun, wenn es unumgänglich ist.«

»Ich habe eine gute Pflegeversicherung«, erinnert Bettie sie. »Und ein bisschen was gespart.«

»Nicht genug«, entgegnet Isabel. »Schon vergessen? Wir sind doch alles mit Ihrem Steuerberater durchgegangen. Er meint, Sie sollten in den nächsten fünf bis zehn Jahren noch bei Freunden ausharren, wenn es Ihr Zustand zulässt, dann könnte man sich Gedanken über ein Heim machen.«

»Die nächsten fünf bis zehn Jahre? Was glauben Sie denn, wie lange ich es noch mache? Ich bin siebenundsiebzig, du meine Güte!« Sie dreht sich zu Ava. »Ich habe keine Angst vor dem Tod. Viele Leute fürchten sich davor, aber ich nicht. Ich habe mir auf dem Friedhof von Avalon sogar schon eine Grabstelle ausgesucht. Nummer zwei-vier-eins, Feld B, Reihe acht. Es liegt auf einem kleinen Hügel und hat eine sehr hübsche Aussicht.«

Isabel mag es gar nicht, wenn Bettie so redet. »Könnten Sie wenigstens so lange bei Abe und Imogene bleiben, bis wir uns etwas überlegt haben? Sie haben sich so viel Mühe gegeben, um für Sie alles gemütlich herzurichten.«

»Ich weiß«, sagt Bettie. »Das ist es ja, was mich so stört. Es gefällt mir nicht, jemandem verpflichtet zu sein, Isabel. Ich weiß es durchaus zu schätzen, dass mir alle helfen wollen, aber …« Sie stößt einen Seufzer aus. »Es ist mir einfach zu viel Wirbel um meine Person. Ich will, dass alles wieder normal ist.«

»Mit normal meinen Sie komisch?«, fragt Ava verwirrt. »Weil komisch das neue Normal ist?«

»Keine Ahnung«, erwidert Bettie, jetzt ebenfalls verwirrt. »Will ich, dass es normal oder komisch ist?« Sie drehen sich beide zu Isabel und sehen sie fragend an.

Isabel trinkt einen großen Schluck von ihrem Kaffee. »Ich glaube, ich brauch jetzt was von diesem Rührei«, sagt sie.

Während Ava Rührei auf einen Teller häuft, sagt Bettie: »Hören Sie mal, Isabel, wenn es für Sie in Ordnung ist, dann würde ich gegen Ende des Jahres gern eine Crop-Party hier veranstalten. Unsere Treffen halten wir ja immer in Madelines Teesalon ab, aber Crop-Partys dauern für gewöhnlich einen ganzen Tag, und da fände ich es schön, wenn sich die Damen ein bisschen ausbreiten könnten. Und da wir uns hier ja schon auskennen …«

»Sicher«, sagt Isabel. »Ist mir recht. Aber die Schlafzimmer sind tabu.« Sie sieht zu Ava. »Entschuldigung, ich habe vergessen, Sie zu fragen. Was halten Sie davon?«

»Klingt, als würde es Spaß machen«, sagt Ava. »Wir arbeiten dann den ganzen Tag an unseren Alben?«

»Den ganzen Tag und die ganze Nacht«, erwidert Bettie.

Es klopft an der Hintertür, und als die Frauen sich umdrehen, sehen sie einen verlegenen Abe durch die Scheibe hineinblicken. »Sieht so aus, als wäre ihr Chauffeur da«, sagt Isabel. Sie beugt sich zu Bettie und flüstert: »Seien Sie nett zu ihnen.«

Bettie stößt einen Seufzer aus und stemmt sich hoch. Sie streicht sich über die Haare und nickt Isabel, Ava und Max würdevoll zu. »Gut, dann geh ich mal. Danke für das Frühstück.« Sie marschiert zur Tür, entriegelt sie und zieht mit Abe, der vorher allen noch freundlich zuwinkt, von dannen.

»Arme Bettie«, murmelt Ava und beginnt den Tisch abzuräumen. »Es muss schlimm sein, sich so hin und her geschoben zu fühlen. Was geschieht jetzt mit ihrem Haus?«

»Sie lässt es nicht wieder aufbauen«, sagt Isabel. »Das Haus war nur zum Schätzwert versichert, nicht zum Wiederbeschaffungswert – die Versicherungssumme reicht nicht, um auf dem Grundstück ein neues, halbwegs anständiges Haus zu bauen. Vielleicht verkauft sie das Grundstück irgendwann, aber im Moment will sie nichts überstürzen.«

»Ich gehe nachher in die Bibliothek, um meinen Lebenslauf fertig zu machen«, sagt Ava. »Und danach werfe ich ihn Dr. Tindell gleich noch in den Briefkasten.«

»Kann Max hierbleiben?«, fragt Isabel. »Ich meine, wenn er Lust hat? Ich will ein bisschen streichen – die weißen Wände hängen mir allmählich zum Hals raus.«

»Au ja!«, ruft Max und reckt seine kleine Faust in die Luft.

Dabei rutscht ihm die Brille von der Nase, und er schiebt sie wieder hoch. Ava lacht.

»Wenn es Ihnen nicht zu viel Mühe macht«, sagt sie. »So kann ich natürlich mehr erledigen.«

»Ich auch«, sagt Isabel. »Ich kann ein bisschen Hilfe gebrauchen. Iss dein Frühstück auf, Max, und dann holen wir die Pinsel raus.«

Yvonne steht in der Ankunftshalle und reibt nervös über die Einkerbungen an ihrem Autoschlüssel. Es ist kurz nach elf und sie steht an einem der Fenster und sieht den kleinen Flugzeugen beim Starten und Landen zu, und jedes Mal, wenn sich ein Flugzeug nähert, zieht sich ihr Herz zusammen.

Es ist unglaublich. Noch vor vierundzwanzig Stunden hatte sie keine Ahnung, wo Sam lebt, und jetzt ist sie hier und wird ihm in Kürze von Angesicht zu Angesicht gegenüberstehen. Mehr ist nicht nötig, um dein Leben völlig auf den Kopf zu stellen, um es wieder in Ordnung zu bringen – ein Tag. Vor zehn Jahren war sie morgens aufgewacht, in der Erwartung, ein Hochzeitskleid anzuziehen und zum Altar zu schreiten. Kaum zwölf Stunden später saß sie auf dem Beifahrersitz von Harold Stroups Lieferwagen und ließ ihr gesamtes bisheriges Leben hinter sich zurück.

In der vergangenen Nacht hat Yvonne kaum geschlafen, und sie ist sicher, dass man es ihr ansieht. Sie hat sich im Bett hin und her gewälzt, durch ihre Adern rauschte das Adrenalin, ihr Herz klopfte so heftig, als wollte es ihr aus der Brust springen. Sie war schweißgebadet und die Tränen liefen ihr über die Wangen, bis ihr Kissen völlig durchweicht war. Sie durchlebte in der vergangenen Nacht noch einmal jeden Schmerz, jede Verletzung. Es war, als wollte es niemals mehr Morgen werden.

Deshalb hat sie sich nie erlaubt, über Sam nachzudenken – der Schmerz ist einfach zu groß. Er droht die zarten Fäden ihres Lebens zu zerreißen, sie in der Trauer über den Verlust versinken zu lassen, sie davon abzuhalten, nach vorne zu schauen. Der Kummer über eine verlorene Liebe – niemand warnt einen davor, weil er nicht zu beschreiben ist. Man kann nichts dagegen tun, entweder man steht es durch, oder man lässt sich davon in ein schwarzes Loch ziehen, einen Abgrund.

Schließlich kroch Yvonne aus dem Bett und zog die Vorhänge zurück. Sie wickelte sich in eine Decke und sah zu, wie die Sonne aufging. Als sich am Horizont der erste helle Streifen Licht zeigte, erlaubte sie sich, etwas zu tun, was sie seit jenem Tag vor zehn Jahren nicht mehr getan hatte.

Sie erlaubte sich zu hoffen.

Leute laufen um sie herum, als der Flug mit einer privaten Chartermaschine aufgerufen wird. Yvonne schließt die Augen, berührt die Glasscheibe vor ihr. Irgendwo da draußen ist Sam und kommt zu ihr geflogen.

»Elf-null-sechs, das ist Ihrer«, sagt ein Disponent und deutet zum Himmel. Zuerst kann Yvonne nichts sehen, doch schließlich taucht die Cessna in ihrem Blickfeld auf. Sie verfolgt den Landeanflug, erhascht einen Blick auf Sam, als das kleine Flugzeug aufsetzt, immer noch dieselben strubbeligen rotbraunen Haare, das kantige Gesicht. In diesem Augenblick dreht er den Kopf und sieht zu ihr herüber, und es ist das gleiche instinktive Wiedererkennen wie an dem Tag, an dem sie sich das erste Mal begegneten.

Als sich auf seinem Gesicht ein Lächeln ausbreitet, muss Yvonne einen Aufschrei unterdrücken, sie schlägt eine Hand vor den Mund und die Tränen beginnen erneut zu fließen. Dann fängt sie an zu laufen, stößt die Tür auf und eilt auf das Flugzeug zu. Mit jedem Schritt wird sie schneller.

Sie erreicht die Cessna in dem Moment, als sie zum Stehen kommt. Er springt heraus, und im nächsten Augenblick liegt sie in seinen Armen.

»Yv«, sagt er und drückt sie an sich.

»Lass mich nie wieder los«, flüstert sie, die Wange an das kühle Leder seiner Jacke gepresst. Er riecht genauso wie früher und sie atmet seinen Geruch tief ein. Seine Arme legen sich noch fester um sie, seine Lippen streifen ihr Haar.

»Nein, niemals.«

Ava wirft fünfundzwanzig Cent in den Schlitz des Kopierers und drückt auf »Start«. Er beginnt zu brummen, es folgt ein wandernder Lichtstreifen und ein paar Sekunden später spuckt er eine Kopie ihres Lebenslaufs aus und gleich darauf eine Kopie ihres Begleitschreibens. Sie hat es bereits unterschrieben und muss es nur noch in Dr. Tindells Praxis abgeben.

Ava nimmt die Originale, faltet sie sorgfältig und schiebt sie in den Umschlag. Das war's. Obwohl heute Samstag ist, wird sie bei der Praxis vorbeifahren und ihn in den Briefkasten werfen. Isabel hat ihr gesagt, dass Dr. Tindell ihre Bewerbung erwartet, und auch wenn noch lange nichts sicher ist, will sie die Erste sein.

Sie sieht sich um, ob sie auch nichts hat liegen lassen, als sie jemanden ihren Namen rufen hört. Es ist Colin, der mit einem Arm voller Bücher am Ausgabeschalter steht.

»Was machen Sie denn hier?«, fragt er überrascht.

Sie hält den Umschlag in die Höhe. »Meine Bewerbung«, sagt sie. »Ich hoffe, dass ich in der Stadt eine Stelle bekomme.«

»Hier? In Avalon?«

Ava nickt.

Er legt die Bücher ab und ein Grinsen breitet sich auf seinem Gesicht aus. »Das ist toll. Ich drücke Ihnen die Daumen, Ava – die können sich glücklich schätzen, wenn sie Sie kriegen.«

»Danke.« Schüchtern erwidert sie sein Lächeln. »Und was machen Sie hier?«

»Recherchen.« Er klopft auf den Stapel Bücher. »Ich arbeite an einem Buch. Einem Roman. Na ja, und meine Hauptfigur ist zufällig Astronom, und ich leider nicht. Deshalb muss ich mich ein bisschen informieren.«

»Sie schreiben ein Buch?« Ava legt den Kopf schief, um die Titel zu studieren. *Den Himmel lesen lernen: Astronomie für Sterngucker. Astronomie für Dummies. Praktische Astronomie: Das Handbuch zur Himmelsbeobachtung. Astronomie: Die kosmische Perspektive.* Und so weiter und so fort. Insgesamt mindestens zwanzig Bücher, wie Ava verblüfft feststellt.

»Na ja, ich versuche es zumindest. Ursprünglich sollte es eine Kurzgeschichte werden, und die hat sich dann irgendwie verselbstständigt. Vielleicht habe ich mich damit übernommen, aber es macht Spaß.«

»Ich finde es toll, dass Sie schreiben«, sagt Ava und versucht sich zu erinnern, wann sie das letzte Mal Zeit hatte, ein Buch zu lesen. Das gehört zu den Dingen, zu denen sie einfach nicht mehr kommt, seit sie ein Kind hat, aber dank der neuen Wohnsituation schafft sie es jetzt vielleicht auch mal wieder, ein Buch in die Hand zu nehmen. Wo sie schon da ist, könnte sie sich eigentlich gleich mal umsehen und eins mitnehmen. »Ein Schriftsteller!«, sagt sie.

Colin wird rot, es ist das erste Mal, dass Ava ihn verlegen erlebt. »Ich weiß nicht so recht«, erwidert er. »Ich meine, bisher ist ja noch nichts von mir veröffentlicht worden und ich habe keinen Agenten oder so. Ich schreibe einfach nur gern, und als mir die Idee zu dieser Geschichte kam, habe ich mich gleich hingesetzt.« Er sieht sie überrascht an. »Das war übrigens an dem Tag, als Sie im Avalon-Grill waren.«

»Wirklich?«

»Ja.« Er hält kurz inne. »Ich hoffe, Sie finden mich nicht albern, aber ich glaube, Sie sind meine Muse.«

Ava lacht. »Ihre Muse?«

»Nein, im Ernst. Das Schreiben fällt mir immer am leichtesten, wenn ich vorher Sie gesehen habe – es inspiriert mich und dann schreibe ich Sachen, die mir gefallen. Anders als an den übrigen neunundzwanzig Tagen des Monats.« Er grinst.

»Na, Hauptsache, Sie denken daran, wenn Sie reich und berühmt sind«, sagt Ava. »Und vergessen Sie nicht, mir ein signiertes Exemplar Ihres Buchs zukommen zu lassen.« Sie hat das als Scherz gemeint, aber plötzlich sieht sie ihn vor sich, wie er in einem Buchladen an einem Tisch sitzt, neben sich ein Stapel Bücher und vor sich eine lange Schlange von Leuten, die ihn persönlich kennenlernen wollen. Dieses Bild steht ihr so klar vor Augen, dass sie davon überzeugt ist, es könnte eines Tages Wirklichkeit werden. So weit ist es auch gar nicht hergeholt.

»Versprochen«, sagt Colin. »Aber erst mal muss ich das Buch fertigschreiben. Und bei der Geschwindigkeit, mit der ich vorankomme, könnte das noch eine Weile dauern.« Er runzelt die Stirn. »Es sei denn …« Ein verschmitzter Ausdruck erscheint auf seinem Gesicht. »Es sei denn, ich kann Sie öfter sehen. Natürlich einzig und allein um der hehren Kunst willen.«

»Ja, natürlich«, sagt Ava und muss unwillkürlich lächeln. Die Vorstellung, Colin öfter zu treffen, gefällt ihr. »Ich will schließlich nicht daran schuld sein, dass Ihr Roman nicht fertig wird. Das würden mir Ihre Fans niemals verzeihen.«

»Ihr Wort in Gottes Ohr.« Mit einem wehmütigen Blick fügt er hinzu: »Wäre das nicht schön?«

»Ich kann es vor mir sehen, Colin«, erwidert Ava. »Alles.«

»Wirklich?«

Sie nickt.

»Sehen Sie, Sie *sind* meine Muse. Und das Mindeste, was ein armer hungernder Schriftsteller wie ich tun kann, ist, seine Muse zum Essen einzuladen.«

»Aber nur wenn ich selbst zahle«, sagt sie, obwohl sie nicht viel Geld dabeihat. Sie wird sich ein Glas Wasser bestellen oder irgendeine Kleinigkeit – aber das Essen ist ihr eigentlich egal. Sie hat einfach nur Lust auf seine Gesellschaft, seine lustigen Geschichten, sein ansteckendes Lachen.

Colin schüttelt entschieden den Kopf. »Kommt nicht infrage – wo Sie doch meine persönliche Muse sind. Außerdem war das mit dem armen Schriftsteller nur ein Witz – diese Woche waren die Gäste sehr großzügig mit dem Trinkgeld. Das andere stimmt allerdings, ich bin wirklich am Verhungern.«

»Ich will mich nur kurz erkundigen, ob bei Max und Isabel alles in Ordnung ist«, sagt sie. Es ist merkwürdig, Isabels Namen auszusprechen, aber auch das gefällt Ava, es ist schön, dass sie es nun ohne Bedenken oder Angst tun kann (obwohl sie sich immer noch ein bisschen vor Isabel fürchtet). »Wir sind gerade erst nach Avalon gezogen«, erklärt sie. »Und wir wohnen bei …« Sie unterbricht sich.

Daran muss sie wohl noch ein bisschen arbeiten. Sie muss sich überlegen, was sie den Leuten erzählen will, wie sie ihre Beziehung zu Isabel erklärt, woher sie sich kennen. Colin wartet geduldig, während Ava nach der richtigen Bezeichnung sucht.

»Wir wohnen bei unserer Familie«, sagt sie schließlich und lächelt.

Kapitel 24

Halloween in Avalon. Es dämmert, der Himmel verfärbt sich rosa und blau, während die Sonne am Horizont versinkt. Scharen von Kindern sind unterwegs, die unter den wachsamen Augen ihrer Eltern aufgeregt von Haus zu Haus ziehen und die Arme ausstrecken, um die Süßigkeiten in Empfang zu nehmen, die großzügig in Plastikkürbisse und Kissenbezüge geworfen werden.

Überall, außer im Haus von Isabel Kidd & Co.

Max und Bettie stehen mit einer Schüssel Bonbons zwischen sich an der Tür. Max wird später mit Ava seine Runde drehen, aber jetzt will er dabei sein, wenn die ersten Kinder zu ihnen kommen und »Süßes oder Saures« fordern. Er ist als Batman verkleidet und Bettie … nun ja, Isabel ist sich nicht ganz sicher, als was Bettie verkleidet ist. Imogene hatte sie angerufen und vorgewarnt, dass Bettie auf dem Weg zu ihr sei, obwohl Imogene selbst eine kleine Halloween-Party mit ein paar Freunden bei sich zu Hause geplant hatte.

»Nein, besten Dank«, hatte Bettie gesagt, als Isabel sie auf halbem Weg die Straße hinunter abfing, »ich habe weiß Gott nicht die Absicht, mit einem Haufen älterer Frauen in albernen Kostümen herumzusitzen und Canapés zu essen«, und war weiter auf Isabels Haus zumarschiert. Sie trug ein Kostüm, das aus ihr eine Mischung aus Elfenkönigin und Schülerlotsin machte. Und außerdem war es ihr gelungen, Abes Feuerwehrhelm zu mopsen. Als sie Isabels amüsierten Blick bemerkte, sagte sie spitz: »Bevor Sie irgendwas sagen, Isabel Kidd, ich bin eben nicht wie die anderen. Das war schon immer so.«

Dem konnte Isabel nicht widersprechen.

Max und Bettie halten also die Stellung an der Tür, während Isabel und Ava sich um das Abendessen kümmern. Eigentlich müssen sie nicht beide in der Küche stehen, aber es macht Spaß, mit jemandem zusammen zu kochen. Und so merkwürdig es erscheint, aus den einfachen Spaghetti, die sie machen wollten, sind Spaghetti alla chitarra geworden, eines von Bills Lieblingsgerichten. Überall in der Küche ist Teig und Mehl verteilt und Isabel versucht sich zu erinnern, wie man die Nudelmaschine zusammenbaut. Nachher kommt Yvonne zum Essen, sie hat angekündigt, dass sie große Neuigkeiten hat. Isabel hat versucht, etwas Näheres aus ihr herauszukitzeln, aber Yvonne wollte partout nichts verraten.

Mit traurigem Gesicht erscheint Max in der Tür. »Keiner kommt mehr«, erklärt er. Unter der Batman-Maske funkeln seine Brillengläser.

»Was? Warum denn nicht?« Isabel dreht versuchsweise an der Nudelmaschine und stellt zufrieden fest, dass sie funktioniert.

»Die Bonbons ...«, setzt Max an, als von der Eingangstür her lautes Kreischen zu vernehmen ist.

»HE, NEIN, DAS IST MEINS!«

Ava und Isabel wischen sich die Hände an ihren Schürzen ab und eilen zur Tür. Bettie und ein als Superman verkleideter Junge liefern sich eine Art Tauziehen mit einer Plastiktüte voll Süßigkeiten.

»Was ist denn hier los?«, fragt Ava verblüfft.

»Sie will mir meine Süßigkeiten wegnehmen!«, sagt der Junge und zieht noch einmal mit einem kräftigen Ruck an der

Tüte, woraufhin Bettie loslässt. Er starrt sie an. »Und was soll das überhaupt sein, was Sie da anhaben?«

»Das ist doch offensichtlich«, blafft Bettie zurück. »Aber wenn du es nicht erkennst, werde ich es dir auch nicht sagen.« Erneut will sie nach seiner Tüte greifen, aber er hält sie rasch hinter seinen Rücken und sieht Hilfe suchend zu Isabel.

Als Isabel sich umdreht, um ihm ein paar Bonbons zu geben, sieht sie, dass ihre Schüssel beinahe überquillt. Es sind viel mehr Süßigkeiten darin, als Isabel gekauft hat.

»Hier«, sagt sie, nimmt eine Handvoll und wirft sie in seine Tüte. »Und vergiss nicht, dir die Zähne zu putzen!« Sie schiebt den Jungen durch die Tür und schließt sie rasch. »Äh, Bettie?«

Bettie stemmt die Hände in die Hüften. »Was ist?«

»Alles in Ordnung?«

»Natürlich. Was soll denn nicht in Ordnung sein?« Es klopft an der Tür und Betties Gesicht hellt sich auf. »Die Pflicht ruft! Komm, Max!«

Isabel und Ava sehen zu, wie Bettie die Tür öffnet. »Happy Halloween!«, zwitschert sie.

Na ja, das lässt sich doch ganz gut an. Ein bisschen übertrieben vielleicht, aber noch im Rahmen. Isabel will schon zurück in die Küche gehen, als sie hört, wie Bettie fortfährt: »Also, was haben wir denn da Schönes? Oh, Tootsie Rolls! Die mag ich am liebsten!« Bettie greift in den Kürbis des kleinen Mädchens und holt eine Handvoll Karamellbonbons heraus, die sie in ihre Schüssel wirft, bevor sie die Tür wieder zuschlägt. Sie dreht sich um und sieht Isabel und Ava an. »Halloween mochte ich schon immer«, erklärt sie.

»Du machst das nicht richtig«, sagt Max und nimmt Isabel damit die Worte aus dem Mund.

»Er hat recht«, sagt Isabel. Die kichernde Ava ist keine

große Hilfe. »Sie sollen den Kindern Süßigkeiten *geben*, nicht sie ihnen wegnehmen.«

Bettie sieht sie verständnislos an. »Aber es ist doch Halloween«, sagt sie. »An Halloween kriegt man Süßigkeiten!«

»Nur wenn man derjenige ist, der von Haus zu Haus zieht …« Isabel sieht zu Ava. »Helfen Sie mir doch.«

»Ich kann mit den beiden losgehen«, bietet Ava an. »Wenn Sie inzwischen den Posten an der Tür übernehmen. Bewegung soll ja angeblich gut bei Demenz sein, und außerdem kriegen wir auf diese Weise auch Süßigkeiten. Die Nudeln können wir fertig machen, wenn wir wieder da sind.«

»Redet doch nicht über mich, als wäre ich ein Kleinkind«, sagt Bettie beleidigt. »Noch bin ich nicht völlig plemplem.« Allerdings wirkt sie bei diesen Worten ein wenig verwirrt.

»Tut mir leid«, sagt Isabel. »Aber Ava hat recht – ein kleiner Spaziergang ist eine gute Idee.«

»Ich wasch mir nur schnell die Hände und hol meine Jacke«, sagt Ava.

Bettie schnieft. »Gut, aber beeilen Sie sich. Sonst sind die guten Sachen schon weg.« Sie wendet sich Max zu. »Magst du lieber Kaugummi oder Schokolade? Wenn du es dir aussuchen könntest?«

»Kaugummi«, erwidert Max wie aus der Pistole geschossen.

»Gut, ich mag nämlich Schokolade lieber. Dann können wir später tauschen. Abgemacht?«

Max nickt ernst.

In dem Moment kommt Yvonne den Weg herauf, eine Flasche Wein unter den Arm geklemmt. Sie sieht noch umwerfender aus als sonst und strahlt übers ganze Gesicht.

»Was für eine hübsche Dachrinne«, sagt sie bewundernd. »Und woran lässt du ihn jetzt arbeiten?«

»Womit hab ich das bloß verdient«, sagt Isabel und verdreht die Augen, um dann widerwillig hinzuzufügen: »Er baut eine Rampe für die Treppe zur Veranda. Und danach habe ich noch ein paar andere Pläne …«

Yvonne grinst, als Ava, Max und Bettie auf die Veranda treten. Ava hat Max so eingemummt, dass man kaum sehen kann, was für ein Kostüm er anhat, abgesehen von der Batman-Maske. Bettie trägt eine von Isabels weißen Fleecejacken und hat Abes Feuerwehrhelm auf dem Kopf.

»Wir gehen dann mal«, sagt Ava. »Hallo, Yvonne!«

»Hallo, Ava. Schon eingerichtet?«, fragt Yvonne lächelnd.

Ava nickt. »Es ist toll«, setzt sie an, dann wirft sie einen verstohlenen Blick zu Isabel und scheucht Max und Bettie rasch die Treppe hinunter.

»Hey, Yvonne!«, ruft Bettie über die Schulter. »Ich hab extra für Sie ein paar neue 3-D-Sticker bestellt. Aus der neuen Kollektion – man kann sogar den Klodeckel hochklappen! Kommen Sie zum nächsten Treffen?«

»Das würde ich doch nie versäumen.« Yvonne winkt den dreien nach.

»Was hatte das eben zu bedeuten?«, fragt sie, während sie Isabel ins Haus folgt. Sie stellt die Weinflasche auf einem Tisch ab. »Dieser Blick, den Ava dir zugeworfen hat?«

»Sie versucht sich zu beherrschen, weil sie weiß, dass sie mich mit ihrer Begeisterung und Schwärmerei wahnsinnig macht«, erklärt Isabel. »Ich habe ihr damit gedroht, dass ich mich in meinem Schlafzimmer einschließe und nie mehr rauskomme, wenn sie sich noch einmal bei mir bedankt.«

Yvonne lacht und im gleichen Moment läutet es an der Tür.

Isabel öffnet und sieht sich einem Grüppchen Kinder gegenüber, die ihr ihre Kürbisse und Tüten entgegenhalten. Alle reden durcheinander und Yvonne stößt einen Pfiff aus, um sie zur Ruhe zu bringen.

»Ist sie weg?«, fragt eins der Kinder leicht außer Atem. Es ist ein Junge, der als Kater verkleidet ist, mit einem gefährlich schief thronenden rot-weiß gestreiften Hut auf dem Kopf. »Ich hab gehört, dass sie Stewie Lane alle seine Süßigkeiten geklaut hat!«

»Und sie hat Bernadine Preston angeschrien!«, sagt ein Mädchen schnippisch. Sie trägt ein Engelskostüm, hat aber überhaupt nichts Engelhaftes an sich.

»Weil sich Bernadine über ihr Kostüm lustig gemacht hat«, sagt ein anderer Junge laut. Diesen roten Haarschopf würde Isabel unter Hunderten erkennen. Jacob Eammons ist als Tom Sawyer verkleidet, das perfekte Kostüm für ihn. »Bernadine ist gemein, es geschieht ihr ganz recht.«

»Ihr habt noch Glück«, erklärt Isabel den Kindern. »Mein Exmann war Zahnarzt und der hätte euch gezwungen, euch die Zähne zu putzen *und* mit Zahnseide zu reinigen, bevor er euch wieder hätte gehen lassen.«

Ein Raunen geht durch das Grüppchen und die Kinder sehen sie erschrocken an.

»Interessante Einschüchterungstaktik«, flüstert Yvonne, während sie in die Schüssel greift und Bonbons verteilt. »Happy Halloween!«

»Das war ein Witz«, murmelt Isabel. »Ich kann eben nicht so gut mit Kindern.«

»Nächstes Jahr kriegst du das bestimmt besser hin«, versichert ihr Yvonne. »Dafür wird Max schon sorgen.«

»Es ist wirklich ein Riesenunterschied, wenn ein Kind im Haus ist«, sagt Isabel. »Besonders Max. Er will alles wissen und fragt dir ein Loch in den Bauch. Und meistens bin ich blank. Meine Lieblingsfrage bisher war: Wie groß ist die Sonne? Ich konnte ihm nicht mal sagen, er soll nachschlagen, weil er noch nicht lesen kann.«

»Du musst keine Antwort parat haben«, erwidert Yvonne. »Aber du kannst ihm dabei helfen, sie zu finden. Du weißt doch, es braucht ein ganzes Dorf, um ein Kind großzuziehen.«

Isabel schneidet eine Grimasse, doch dann lässt sie sich von Yvonnes Lachen anstecken. So ein Dorf wie ihres hat es bestimmt noch nicht gegeben.

»Es freut mich, dass es so gut läuft, Isabel«, sagt Yvonne und drückt sie kurz. »Ich weiß, du bist enttäuscht, weil Bettie nicht zu dir gezogen ist, aber stattdessen hast du jetzt zwei andere Mitbewohner. Sonst hättest du das Haus vielleicht tatsächlich verkauft.«

»Stimmt«, sagt Isabel. Es klopft, und ein paar Kinderstimmen rufen: »Süßes oder Saures!« Sie gehen zur Tür und verteilen Bonbons. »Und das Nette dabei ist, dass Bettie trotzdem hier ist. Ava und Max schlafen bis jetzt immer noch in einem Zimmer, weil ihm das Haus noch fremd ist, deshalb dient das andere Zimmer mehr oder weniger als Gästezimmer für Bettie, damit sie dort ein Nickerchen halten kann oder was auch immer. Sie schleicht sich dauernd heimlich hierher und treibt Imogene und Abe damit in den Wahnsinn, aber ich glaube, andererseits tut es den beiden ganz gut, weil es sie ein bisschen entlastet. Tagsüber, wenn Ava und ich in der Arbeit sind, ist Bettie bei Imogene besser aufgehoben. Bis jetzt schaffen wir es mit vereinten Kräften ganz gut und kommen noch ohne zusätzliche Hilfe aus.« Isabel blickt schuldbewusst drein. »Allerdings kann ich mir vorstellen, dass du dich ein bisschen einsam fühlst, weil es mit unserer WG nichts geworden ist.«

Yvonne grinst sie fröhlich an. »Ach, da mach dir mal keine Gedanken. Bei mir hat sich auch gerade etwas ergeben.«

»Ach ja?« Eine weitere Horde Kinder steuert auf die Haustür zu. »Was denn?« Ihr Bonbonvorrat geht rasch zur Neige, und Isabel fragt sich, ob Bettie nicht vielleicht doch die richtige Idee hatte.

»Später«, sagt Yvonne und lächelt ein kleines Mädchen an, das als Meerjungfrau verkleidet ist. »Jetzt ist nicht der richtige Zeitpunkt dafür.«

Isabel dreht sich zu ihrer Freundin. »Yvonne Tate, es ist nie der richtige Zeitpunkt«, erinnert sie sie. »Wir sind hier im echten Leben, schon vergessen? Also los, raus mit der Sprache!«

»Okay, okay.« Yvonne schlingt die Arme um die Schüssel und wartet, bis das letzte Kind von der Veranda verschwunden ist. »Ich habe neulich Sam gesehen. Er ist nach Avalon gekommen.«

»Sam?« Isabel weiß im ersten Moment nicht, was sie mit dem Namen anfangen soll, doch dann fällt der Groschen. »Wie das denn? Wo?«

Yvonnes Augen leuchten. »Er wohnt in Bangor in Maine. Er ist Ranger. Nach dieser Geschichte mit Hugh und als ich dich und Ava zusammen gesehen habe … Ich wollte es einfach wissen, verstehst du? Ich wollte nicht, dass zwischen uns noch irgendetwas offen war.«

»Da war ziemlich viel offen«, pflichtet Isabel ihr bei. Dann sieht sie ihre Freundin mit hochgezogenen Augenbrauen an. »Und jetzt?«

Yvonne nickt nur stumm, sie strahlt vor Glück. »Es ist gut. Wir haben uns ausgesprochen. Sam ist nicht verheiratet. Er dachte, ich wäre verheiratet und würde in New York leben, eine Society-Lady, zwei Komma fünf Kinder auf einer Privatschule.« Ein Schatten zieht über ihr Gesicht. »Meine Eltern und meine Schwestern – sie haben mich über Sam angelogen. Und sie haben Sam über mich angelogen. Man sollte meinen, nach all den Jahren wüsste ich, dass ich ihnen nicht trauen kann, aber aus irgendeinem Grund kam mir alles so plausibel vor, dass ich dachte, es müsste wahr sein, und wenn es noch so schrecklich war. All die verlorene Zeit.« Sie blickt in die Nacht, die von Lichtern und Lachen erfüllt ist.

»Es tut mir so leid, Yvonne«, sagt Isabel, der die plötzliche Traurigkeit ihrer Freundin nicht entgeht.

Yvonne kehrt in die Gegenwart zurück und wischt sich rasch über die Augen. »Nein, schon gut, Isabel. Sam und ich haben darüber gesprochen und er sieht es genauso wie ich – wir waren zu jung und unerfahren, und wahrscheinlich wäre unsere Ehe in die Brüche gegangen, weil ich damals letztlich noch auf meine Familie gehört habe. In meiner Familie dreht sich alles um Macht, und das betrifft sowohl Geld als auch Gefühle. Wenn wir geheiratet hätten, hätten sie eine Möglichkeit gefunden, unsere Ehe kaputt zu machen, da bin ich ganz sicher. Aber jetzt …« Sie lächelt. »Jetzt gibt es nur uns beide. Und es ist mir egal, was sie von Sam halten oder von dem Leben, das ich führe.«

Isabel schwirrt der Kopf. »Wenn du nicht vor mir stehen und mir das alles erzählen würdest, würde ich es nicht glauben.«

»Ich weiß. Ich warte schon die ganze Zeit darauf, dass du die Augen verdrehst«, sagt Isabel und versetzt ihrer Freundin einen Knuff.

Isabel schüttelt den Kopf. »Nein, diesmal nicht. Mir gefällt die Vorstellung, dass zwei Menschen die wahre Liebe gefunden haben. Es ist schön zu wissen, dass alles im Leben möglich ist.«

»Na ja, dafür bist du doch der lebende Beweis.«

Isabel grinst. »Da hast du vermutlich recht.« Sie sieht Yvonne an. »Und jetzt? Wenn er in Maine wohnt und du in Avalon …« Ein Gedanke schießt ihr durch den Kopf und sie nimmt Yvonnes Arm. »Du darfst nicht wegziehen!«

»Das habe ich auch nicht vor … jedenfalls vorerst. Er war nur einen Tag hier, Isabel, aber wir telefonieren und schreiben uns E-Mails und wir wollen uns jede Woche sehen. Nächstes Wochenende kommt er wieder her und dann wirst du ihn kennenlernen. Sam wird auch mit seinem Vorgesetzten reden – in Illinois gibt es über sechzig State Parks, und er will sich erkundigen, ob irgendwo in der Nähe eine Stelle frei ist, die für ihn infrage kommt.«

»Wow«, sagt Isabel. Bei Yvonne geht im Augenblick alles so rasend schnell, und Isabel freut sich für sie, aber sie will nicht, dass sie verletzt wird.

»Ich weiß, das scheint alles etwas übereilt zu sein«, sagt Yvonne, als hätte sie ihre Gedanken gelesen. »Wir sind uns auch einig, dass wir Zeit miteinander verbringen müssen, um uns noch mal neu kennenzulernen, aber im Grunde ist die Sache für uns beide klar. Wir haben beide auf diesen Augenblick gewartet, Isabel, und wir werden nicht herumsitzen und uns gegenseitig erzählen, welches unser Lieblingsfilm ist oder wohin wir gern mal in Urlaub fahren würden. Darüber sind wir hinaus. Wir wollen einfach nur zusammen sein.«

»Sei mir nicht böse«, sagt Isabel. »Aber was, wenn es nicht funktioniert? Was ist, wenn einer von euch beiden zu dem anderen zieht, all das aufnimmt, und es trotzdem nicht funktioniert?«

»Dann wissen wir es wenigstens. Ich habe keine Angst davor, es auszuprobieren, Isabel. Ich habe mehr Angst davor, es nicht zu tun.« Yvonne verteilt wieder Bonbons an ein paar neue Kinder.

Isabel denkt über ihre Worte nach. »Besser, geliebt und verloren zu haben, als niemals geliebt zu haben?«, kramt sie in ihrer Sprichwortkiste.

»Oder …« Yvonne fasst nach den Händen ihrer Freundin

und drückt sie. »Vielleicht ist es besser, geliebt und verloren zu haben und dann die Liebe wiederzufinden.« Sie sieht Isabel vielsagend an und Isabel ist klar, dass sie nicht nur von sich, sondern auch von ihr, Isabel, spricht.

»Also wirklich, nehmt euch doch ein Zimmer«, ruft jemand vom Bürgersteig. Sie drehen sich um und sehen Bettie auf sie zumarschieren, Hand in Hand mit Max und jeder eine von Süßigkeiten überquellende Plastiktüte schwenkend.

»Das ging aber schnell«, sagt Isabel und drückt Yvonnes Hand noch einmal kurz, bevor sie sich den anderen zuwendet.

Ava wirkt ein wenig benommen. »Bettie kennt Gott und die Welt«, sagt sie. »Die Leute waren ihr und Max gegenüber ungeheuer großzügig. Ich glaube, jemand hat ihr sogar einen Schinken geschenkt.«

»Die Jaffertys. Horace und Aurora sind mir noch was schuldig, weil ich ihnen damals geholfen habe, Chuckles zu finden, ihren Leguan. Und zwar am Tag vor dem landesweiten Wettbewerb. Chuckles hat den ersten Preis gewonnen, wirklich wahr.« Bettie nickt zufrieden. »Ich hab ihnen gesagt, dass wir den Schinken morgen früh abholen. Er ist eingefroren, wir können ihn also für Thanksgiving aufheben.«

Der Gedanke erschreckt Isabel. Thanksgiving? Sie haben noch nicht einmal Halloween hinter sich gebracht!

Und das ist nur der Anfang des Feiertagsmarathons. Weihnachten, Neujahr, Valentinstag, Ostern, Max' Geburtstag, Avas Geburtstag. Isabels Geburtstag. Betties Geburtstag. Yvonnes Geburtstag. St. Patrick's Day. Die Liste ist endlos.

Isabel betrachtet die Menschen um sie herum, die alle durcheinanderreden und lachen. Das ist es, erkennt sie mit einem Lächeln.

Das ist mein Leben.

»Süßes oder Saures!« Die Kinder gehen vor Frances' Haus in Stellung und verlangen lautstark nach den kandierten, in Pergamentpapier eingewickelten Äpfeln.

»Ich finde es einfach unglaublich, wie du das alles geschafft hast«, sagt Reed und mustert die unzähligen Tabletts mit Äpfeln. Er musste Überstunden machen und ist gerade erst nach Hause gekommen, er hat seine Krawatte gelockert und den obersten Knopf seines Hemdes geöffnet. »Wie viele sind das?«

»Einhundertfünfzig«, antwortet Frances. »Aber ich habe die Sache abgekürzt. Ich habe diese winzigen Braeburns genommen und das Karamell in der Mikrowelle geschmolzen.« Sie verteilt die Äpfel, wobei sie darauf achtet, dass an jedem ein Schildchen mit ihrem Namen hängt. Sie will nicht, dass sich die Eltern der Kinder Gedanken machen, woher die Äpfel stammen, deshalb hat sie sie für alle Fälle mit ihrem Namen und ihrer Telefonnummer versehen.

Reed sieht sich um. »Ich glaube, es sind sogar Kinder aus Barrett und Laquin hier«, sagt er. »Das hat schnell die Runde gemacht.«

Frances lächelt. »Ich habe auch noch einen Vorrat an Bonbons, falls uns die Äpfel ausgehen.«

»Wo sind die Jungen?«

»Nick und seine Freunde haben die beiden Kleinen mit auf ihre Tour genommen. Aber keine Sorge, ein Elternteil ist auch dabei.«

»Ich bin nicht besorgt«, sagt Reed. Von der gegenüberliegenden Straßenseite ertönt entzücktes Kreischen. »Was in aller Welt …«

»Ach, das ist nur Ida Church«, erklärt Frances. »Sie hat beschlossen, sich dieses Jahr als Alien zu verkleiden und die Kinder zu erschrecken. In ihrer Einfahrt steht ein Raumschiff, aber das ist nur ein Köder. Sobald sich ihm jemand nähert, springt sie hinter einem Baum hervor. Die größeren Kinder finden das natürlich toll, aber ich habe Brady und Noah verboten rüberzugehen. Ich will nicht, dass sie Albträume kriegen.« Auf der anderen Straßenseite kreischen die Kinder erneut im Chor und Frances schüttelt lächelnd den Kopf.

»Du machst dir zu viel Arbeit«, sagt Reed, während er ihr dabei zusieht, wie sie ein weiteres Tablett Äpfel von seiner Frischhaltefolie befreit.

»Nein, es tut mir gut«, widerspricht sie. »Ich bin froh, wenn ich mich beschäftigen kann. Ich halte die Warterei allmählich nicht mehr aus.« Von der Adoptionsvermittlung hört sie dauernd irgendetwas von unerwarteten Schwierigkeiten oder Pannen. Ganz gleich, wie nahe sie ihrem Ziel zu sein scheinen, Frances wird erst dann wieder Ruhe finden, wenn Mei Ling bei ihnen zu Hause ist.

»Komm einen Augenblick mit ins Wohnzimmer«, sagt Reed sanft und in seiner Stimme schwingt etwas mit, bei dem es Frances kalt über den Rücken läuft.

Sie kann keine einzige schlechte Nachricht mehr ertragen. Wenn es das ist, eine weitere Verzögerung oder ein unvorhergesehenes Problem, eine Verschlechterung von Mei Lings Zustand, dann dreht Frances durch. Na gut, dann dreht sie noch mehr durch. Sie kann nachts sowieso kaum schlafen.

Der Ausdruck auf Reeds Gesicht – er ist undurchdringlich, verrät nicht das Geringste – lässt Frances angst und bange werden. Sie will nicht hören, was er ihr zu sagen hat.

»Aber auf unserer Veranda ist gerade Rushhour«, versucht sie zu witzeln, aber Reed schüttelt den Kopf.

»Komm, Frances«, sagt er und zieht sie ins Haus.

»Was ist?«, fragt sie. Sie zittert am ganzen Körper und an der Tür klingeln schon wieder Kinder, die Süßigkeiten wollen. Ihre Nerven liegen blank und wenn ihr Mann nicht endlich damit aufhört, hin und her zu laufen, und ihr sagt, was los ist, geht sie ihm an die Gurgel. »Reed, jetzt rück schon raus mit der Sprache!«

Er zieht einen Umschlag aus seiner Jackentasche. »Sie ist da, Frances. Wir haben die offizielle Genehmigung, nach China zu fahren. Wir können Mei Ling in drei Wochen abholen. In drei Wochen!« Er packt Frances und schwenkt sie herum. »An Thanksgiving ist sie bei uns zu Hause!«

»O Gott!« Frances kann es nicht glauben. »O Gott!« Sie lacht und weint gleichzeitig, all die aufgestauten Gefühle brechen sich Bahn. »Wo sind die Jungen? Komm, wir suchen sie. Wir müssen es ihnen erzählen!«

»Frances, beruhige dich …«, sagt Reed, auch seine Augen glänzen feucht, auch er lacht. »Wir erzählen es ihnen nachher, wenn sie im Zuckerrausch heimkommen.« Er hält einen Augenblick inne, dann nimmt er sie erneut in die Arme und gibt ihr einen Kuss. »Sie kommt nach Hause«, wiederholt er und allmählich dringt es in Frances' Bewusstsein, was das bedeutet.

Mei Ling kommt nach Hause.

Gleich darauf packt sie wieder die Aufregung.

»Ich muss Flüge buchen«, sagt sie und ihr schießen tausend Gedanken gleichzeitig durch den Kopf. »Hotelzimmer. Die Koffer fertig machen. Ach ja, und wir müssen deine Mutter anrufen, meine Eltern! Und ihr Zimmer! Ich muss die Bettwäsche waschen und einen Adventskalender besorgen! Ich will, dass sie einen Adventskalender hat und bis Weihnachten jeden Tag ein Türchen öffnen kann. Und ich muss in der Schule und im Kindergarten Bescheid sagen, wann die Jungen nicht da sind … Mein Gott, Reed, es ist so weit! Es ist endlich so weit!« Frances kann keine Sekunde still stehen, die Tränen laufen ihr übers Gesicht und sie rennt kopflos durchs Haus, ohne zu wissen, was sie tut oder wonach sie sucht, aber sie kann sich vor Freude einfach nicht halten.

Von Ida Churchs Einfahrt tönen erneut Schreie herüber, aber sie können in keiner Weise mit den Jubelschreien konkurrieren, die im Haushalt Latham zu hören sind.

Kapitel 25

Connie lässt ihren Blick über die Gebäckteller wandern und vergewissert sich, dass die Kannen mit heißem Wasser gefüllt sind.

»Sie können kommen«, sagt sie zu Madeline und Hannah. »Wir sind bereit, die Mitglieder der Avalon Ladies Scrapbooking Society zu empfangen.«

»Gut«, sagt Madeline und nickt. »Wir haben heute Abend ein volles Haus.« Sie sieht auf die Uhr.

Hannah späht aus dem Fenster. »Da kommen sie!«

Und tatsächlich. Viele von ihnen waren schon beim letzten Treffen da und sie haben nicht nur Essen dabei, sondern auch Alben in allen erdenklichen Formen und Größen, die sie auf dem vorderen Tisch ablegen. Dort steht bereits Isabel und spricht ernst mit Ava und Yvonne.

Frances Latham betritt den Teesalon, geht zu Hannah und umarmt sie rasch. »Tut mir leid, dass ich nicht bleiben kann«, sagt sie. »Aber wir fliegen am Wochenende nach China. Mir ist ganz schwindlig vor Aufregung.« Sie überreicht Connie einen Teller. »Das ist *Cōng Yóubǐng* – Pfannkuchen mit Frühlingszwiebeln. Ich glaube, mittlerweile kriege ich sie ganz gut hin – meine Jungen sind verrückt danach.«

»Ich auch«, erklärt Hannah und schnuppert genießerisch. »Frances macht die allerbesten *Cōng Yóubǐng*. Ihr werdet begeistert sein. Ich bring dir den Teller zurück, Frances.«

»Danke«, sagt Frances und lächelt ihre Freundin an. Sie

wischt sich über die Augen. »Mein Gott, ich sehe schrecklich aus! Ich glaube es immer noch nicht so richtig, dass wir einen Tag vor Thanksgiving mit Mei Ling nach Hause kommen werden. Und ich kann es kaum erwarten, sie Ihnen vorzustellen.«

»Und wir können es nicht erwarten, sie kennenzulernen«, sagt Madeline. »Und weil wir wissen, dass Sie wahrscheinlich eine Weile brauchen, um sich daran zu gewöhnen, zu sechst zu sein, sorgen wir dafür, dass Sie und die Familie in der Zwischenzeit nicht vom Fleisch fallen. Wenn Sie nach Hause kommen, werden wir Ihnen abwechselnd Essen bringen, wie wir es für jede frischgebackene Mutter tun würden. Und wir würden uns freuen, wenn Sie Thanksgiving mit uns feiern, aber ich verstehe es natürlich, wenn Sie erst mal ein bisschen Ruhe haben wollen.«

»Oder Schlaf!«, ergänzt Hannah.

»Vielen Dank«, sagt Frances. »Ich weiß überhaupt noch nicht, was uns erwartet – wir werden einfach alles auf uns zukommen lassen und uns nach Mei Ling richten.«

»Machen Sie ganz viele Fotos in China«, sagt Connie. »China steht nämlich auf der Liste der Länder, die ich irgendwann mal besuchen will.«

»Mach ich«, verspricht Frances. »Und ich werde alles in meinen Blog stellen. Ich werde versuchen, jeden Tag etwas zu posten, solange wir dort sind. Fotos, Erlebnisse, na ja, eben alles. Wenn ich wieder da bin, mache ich dann ein Erinnerungsalbum daraus.« Sie sieht auf ihre Uhr. »Oh, ich muss los! Reed und die Jungen warten auf mich.«

»Na, dann fahr mal nach Haus und pack zu Ende«, sagt Hannah.

»Hier«, Frances hält Madeline ein schmales Buch entgegen. »Ich habe nicht viele Fotos von Bettie, aber sie war so nett und hat ein Stück Stoff zu Mei Lings Quilt beigesteuert. Ich habe Fotos davon und von dem fertigen Quilt gemacht. Von Mei Ling ist auch ein Bild dabei. Unter jedem Foto steht eine kurze Erklärung. Eigentlich wollte ich warten, bis ich ein Foto von Mei Ling mit der Decke machen kann, aber das lässt sich ja später noch hinzufügen. Ich möchte, dass Bettie heute Abend schon etwas hat.«

»Der Quilt ist wunderschön«, sagt Madeline. »Ich lege das Buch zu den anderen auf den Tisch. Gute Reise, Frances, wir sehen uns, wenn Sie wieder da sind.«

Frances winkt noch einmal zum Abschied und Hannah zieht ein paar Tücher aus der Kleenex-Schachtel, die neben ihr steht.

»Vielleicht sollte ich eines Tages auch über eine Adoption nachdenken«, sagt sie und wischt sich über die Augen. »Bisher war mir das noch nicht in den Sinn gekommen, aber ich finde, es ist eine schöne Art, eine Familie zu gründen.«

Connie legt Hannah einen Arm um die Schultern. »Sie werden eines Tages eine tolle Mutter sein«, sagt sie. Hannah lächelt und drückt sie kurz.

Connie sieht Bettie und Imogene den Weg heraufkommen. »Alle schnell auf ihre Plätze, sie kommt!«

Es gibt eine kurze Unruhe, als sich die Anwesenden im Teesalon verteilen. Isabel wirft ein Tuch über den Tisch mit den Alben.

»Es ist zu still!«, flüstert Connie, dann sagt sie mit lauterer Stimme: »Verhalten Sie sich ganz normal! Reden Sie! Egal, worüber!«

Als Bettie und Imogene durch die Tür treten, ist der Teesalon von lebhaftem Geplauder erfüllt.

»Huch«, sagt Bettie und sieht sich überrascht um. »Ich hätte nicht gedacht, dass sich so viele Leute für Spritztechnik und dekorative Chipboard-Akzente interessieren.«

Connie und Madeline müssen ein Kichern unterdrücken, während Isabel zu Bettie eilt.

»Bevor wir beginnen, habe ich eine kurze Ankündigung zu machen«, sagt sie. »Kommen Sie doch bitte mit, Bettie.« Sie führt sie zum Rednerpult.

»Gib mir am besten gleich mal die Schachtel Kleenex«, sagt Madeline und fängt bereits an zu schniefen. Connie schnappt sich ebenfalls ein paar Taschentücher, als die Schachtel weitergereicht wird. Eigentlich hat sie nicht so nah am Wasser gebaut, aber sicher ist sicher.

Isabel hat inzwischen den Platz am Rednerpult eingenommen, Bettie sitzt seitlich von ihr. »Dürfte ich Sie bitten, mir einen Moment Ihre Aufmerksamkeit zu schenken?«

Die Gespräche verstummen und jeder sucht sich einen Stuhl. Diejenigen, die keinen mehr finden, stellen sich an den Wänden entlang auf.

»Zunächst einmal möchte ich allen danken, die heute Abend gekommen sind«, beginnt Isabel. »Wie Sie wissen, ist vor einigen Wochen Betties Haus abgebrannt. Sie hat durch das Feuer praktisch alles verloren, einschließlich ihres Scrapbooking-Lagers. Fast alle ihre persönlichen Gegenstände sind verbrannt oder zerstört.«

Isabel dreht sich zu Bettie. »Bettie, Sie sind über die Jahre hinweg die Bewahrerin unserer Erinnerungen gewesen. Jetzt möchten wir die Bewahrer Ihrer Erinnerungen sein.« Sie geht zu dem Tisch und zieht das Tuch weg. Beifall brandet auf, während Bettie mit offenem Mund die Alben betrachtet, die sich auf dem Tisch stapeln. Isabel winkt sie zu sich.

»Was in aller Welt …«, murmelt Bettie mit geröteten Wangen. »Heiliges Kanonenrohr. Sind die alle für mich?« Sie nimmt eines in die Hand.

»Jeder von uns hat seine Alben durchgesehen und Fotos

herausgesucht, auf denen Sie zu sehen sind«, erklärt Isabel. »Wir wollten nicht, dass alle Ihre Erinnerungen verlorengehen.«

Bettie blättert in dem Album und fängt an, jedes Bild zu kommentieren.

»Ja, daran erinnere ich mich!«, sagt sie. »Und daran auch!« Sie kichert. »Oh Mann, mit Streifen habe ich mir wirklich keinen Gefallen getan, was? Sehen Sie mal, Isabel. Du liebe Güte, bohrt da im Hintergrund etwa Seymour March in der Nase?«

Die Anwesenden lachen.

»Die Parade!«, ruft Bettie. »1979. Das war vielleicht ein Tag! Wer hat dieses Album gemacht? Die Stempel auf dieser Seite hier gefallen mir. Und das karierte Papier ist wunderschön!«

»Danke, Bettie!«, ertönt es irgendwo aus der Menge.

Bettie nimmt ein anderes, in Leder gebundenes Album mit Fotos, Zeitungsausschnitten, Briefen und Notizen. »Die Club-Chronik!«, ruft sie aus. »Christopher Barlowe, wo stecken Sie?«

Ein Mann hebt verlegen die Hand.

Isabel reicht Bettie ein kleines rosafarbenes Album. Bettie kichert bereits, bevor sie es aufgeschlagen hat. »Margot West, sind die Seiten etwa parfümiert?«

»Ich bekenne mich schuldig!«, ist Margot fröhlich zu vernehmen.

Eines nach dem anderen gibt Isabel Bettie die Alben und Bettie blättert kurz in jedem, bevor sie es weiterreicht. Die Leute lachen und deuten auf das eine oder andere Bild, und die Clubmitglieder kommentieren darüber hinaus die verschiedenen Layouts, das verwendete Papier und die Verzierungen.

Madeline geht zu Connie und hakt sich bei ihr ein. »Ich komme mit meinem Album auch gut voran«, sagt sie. »Ich denke, bis Weihnachten bin ich fertig und kann es Maggie schenken. Was ist mit deinem?«

»Ich bin fast fertig«, erwidert Connie. »Dann würde ich es dir gern zeigen.«

»Gerne, Liebes, das würde mich freuen«, sagt Madeline.

Connie will es auch Eli zeigen, weil er wissen soll, woher sie kommt. Ihre Familiengeschichte kennt er bereits, aber sie hat auch noch andere Erinnerungen aufgeschrieben und aus dem Internet heruntergeladene Bilder eingeklebt. Fotos von Serena und von Madeline sind auch dabei. Kurz gesagt enthält dieses Album all die Dinge, die Connie liebt und die ihr wichtig sind, ihre wertvollsten Erinnerungen, und das alles möchte sie mit ihm teilen.

Alle reden und lachen durcheinander und einige der Frauen haben Tränen in den Augen. Die Alben gehen noch immer von Hand zu Hand, als Bettie sich plötzlich erhebt und nach ihrem paillettenbesetzten Hammer greift.

»Darf ich um Ruhe bitten«, sagt sie und sofort kehrt Stille ein. »Ich danke Ihnen für all die Alben. Ich würde mich ja gerne bei jedem einzeln bedanken, aber bei meinem Hirn würde ich mich wahrscheinlich bei dem einen dreimal bedanken und einen anderen dafür komplett vergessen. Deshalb meinen herzlichen Dank an Sie alle.« Die Anwesenden klatschen und Bettie dreht sich zu Isabel. »War sonst noch was?«, fragt sie.

Isabel schüttelt lächelnd den Kopf.

Bettie lässt den Hammer auf den Block sausen. »Dann erkläre ich hiermit das Novembertreffen der Avalon Ladies Scrapbooking Society offiziell für eröffnet. Lassen Sie uns anfangen.«

»Das war ein schöner Abend«, sagt Bettie, als Isabel sie nach Hause fährt. Imogene fährt ihnen voraus, auf ihrem Beifahrersitz stapeln sich Alben und Geschenke.

»Ja«, stimmt Isabel ihr zu. »Sind Sie müde?«

Bettie schüttelt den Kopf. »Ich fühle mich wach. Hellwach. Als wäre jetzt alles klar, was vorher verschwommen war.« Sie sieht Isabel hoffnungsvoll an. »Vielleicht wird es wieder besser. Mit meinem Kopf, meine ich.«

Isabel bringt ein Lächeln zustande. »Vielleicht«, sagt sie, aber sie bezweifelt es. Nach dem, was sie gelesen hat, verläuft eine Demenz so. An einem Tag ist es gut, am nächsten schlecht. Der Klarheit folgt Verwirrung und wieder Klarheit. So kann es lange gehen.

Bettie rutscht auf ihrem Sitz hin und her und zieht sich ihren Schal enger um den Hals.

»Das wird ein kalter Winter werden«, sagt sie. »Wenn erst mal Schnee liegt, kann ich wahrscheinlich nicht mehr so leicht rüberkommen.«

»Machen Sie sich deswegen keine Gedanken«, sagt Isabel bestimmt. »Wenn Sie Lust haben zu kommen, hole ich Sie ab. Jederzeit, okay?«

Betties Miene hellt sich auf. »Im Ernst?«

»Ja, im Ernst.« Isabel lächelt ihr zu. »Und wenn Sie Lust haben, können Sie auch bei uns übernachten. Max würde sich freuen. Und ich auch.«

Bettie nickt. »Das wäre sehr schön«, sagt sie. »Und dann hätten Abe und Imogene ein bisschen Zeit für sich, um zu kuscheln. Neulich Abend habe ich nach meinen Katalogen gesucht, und da habe ich gesehen, wie sie …«

»Ich rede mit Imogen«, unterbricht Isabel sie rasch, weil sie lieber keine Einzelheiten über das Liebesleben der Garzas erfahren möchte. »Dabei fällt mir ein, nächsten Monat findet doch die Crop-Party bei mir statt. Da könnten Sie auch bei uns übernachten. Wir machen Popcorn und leihen uns eine DVD aus. Irgendwas mit Jennifer Lopez, oder?«

»In *Manhattan Love Story* ist sie richtig gut«, sagt Bettie lebhaft. »Und dieser Ralph Fiennes. Den Film könnte ich mir immer wieder anschauen.«

»Gut, dann also *Manhattan Love Story.*«

Es bleibt eine Weile still, dann sagt Bettie leise: »Isabel?«

»Ja?«

Bettie streckt die Hand aus und legt sie auf Isabels Hand auf dem Lenkrad, sagt jedoch nichts. So legen sie die restliche Strecke bis zum Haus von Imogene und Abe zurück.

Isabel hilft Bettie beim Aussteigen und führt sie zur Haustür. Imogene fährt ihr Auto in die Garage und sie sehen zu, wie hinter ihr langsam das Garagentor zugeht, bis der letzte Streifen Licht verschwunden ist.

»Also dann, gute Nacht, Bettie«, sagt Isabel. Sie beugt sich vor und umarmt sie. Bettie fühlt sich in ihren Armen klein und zerbrechlich an.

»Danke für alles, was Sie für mich tun, Isabel«, sagt Bettie. Sie hat sich schon halb umgedreht, als sie noch einmal innehält. »Wenn ich eine Tochter hätte, wäre ich froh, wenn sie so wäre wie Sie. Gute Nacht.« Damit geht Bettie rasch ins Haus und schließt die Tür hinter sich.

Auf dem Nachhauseweg legt Isabel immer wieder die Hand an die Wange und lächelt. Als sie in ihre Straße einbiegt, sieht sie einen Kastenwagen vor ihrem Haus, auf der Veranda brennt Licht.

Isabel stellt ihr Auto in der Einfahrt ab und steigt die Stufen zur Veranda hinauf. Dort sitzt Ian Braemer mit zwei dampfenden Bechern Kaffee in der funkelnagelneuen Hollywoodschaukel und wartet auf sie.

»Überraschung«, sagt er und hält ihr einen Becher entgegen. »Leisten Sie mir Gesellschaft? Der ist koffeinfrei.«

»Haben Sie das gemacht, während ich bei dem Scrapbooking-Treffen war?«, fragt Isabel, obwohl die Antwort offensichtlich ist. Sie nimmt den Becher und wärmt ihre Hände daran.

»Ja. Ich bin zum Coffeeshop geflitzt und habe uns zwei große Becher koffeinfreien Kaffee geholt.«

Sie versetzt ihm einen spielerischen Knuff gegen den Arm. »Ich hab die Schaukel gemeint, Ian.«

»Ach die«, sagt er, als würde er sie erst jetzt bemerken. »Ich hoffe, es ist Ihnen recht. Eigentlich wollte ich Sie erst fragen, aber dann wäre es keine Überraschung mehr gewesen. Ich dachte mir, ich kann sie ja jederzeit wieder mitnehmen, wenn sie Ihnen nicht gefällt. Aber diese Stelle hat förmlich nach einer Schaukel geschrien.«

»Ja«, sagt Isabel. »Stimmt.« Sie setzt sich neben ihn und er bringt die Schaukel zum Schwingen, indem er sich leicht mit den Füßen abstößt. »Und unterstehen Sie sich, sie wieder mitzunehmen, sie gefällt mir sehr gut. Vielen Dank, Ian.«

»Keine Ursache. Ach ja, und falls Sie die Farbe nicht mögen, wir können sie jederzeit anders streichen.«

Die Schaukel ist natürlich weiß. Isabel lacht. »Nein, das passt schon«, sagt sie. »Auch wenn ich glaube, dass meine weiße Phase ein für alle Mal vorbei ist. Ich bin lange genug farblos gewesen.« Sie fährt mit der Hand über die Kette der Schaukel. »Vielleicht streichen wir sie nächstes Frühjahr gelb.«

»Ganz wie die Dame wünscht«, sagt Ian. Eine Weile schaukeln sie schweigend und blicken zum Himmel. Er ist übersät mit leuchtenden Sternen, die ihnen aus der Ferne entgegenfunkeln. »Allerdings muss ich Ihnen in einem Punkt widersprechen, ich hoffe, Sie nehmen es mir nicht übel.«

Isabel trinkt einen Schluck von ihrem Kaffee und hält den Becher an ihre kalte Wange. »Nämlich?«

»Schwarz ist die Abwesenheit von Farbe«, sagt er. »In Weiß dagegen sind sämtliche Farben enthalten. Das ist wie beim Sonnenlicht. Sonnenlicht ist weißes Licht, das sich aus allen Farben des Spektrums zusammensetzt. Während Sie vielleicht gedacht haben, dass es Ihrem Leben an Farbe fehlt, war es in Wahrheit von allen Farben des Regenbogens erfüllt.«

Isabel denkt darüber nach, dann sieht sie ihn an. »Irgendwie sind Sie schon ein Besserwisser, oder?«

»Nur wenn ich es besser weiß«, erwidert er. »Was nicht oft der Fall ist. Aber Farben gehören nun mal zu den Dingen, mit denen man sich in meinem Beruf auskennen muss. Abgesehen davon sagt mir irgendetwas, dass ich in Ihnen meinen Meister gefunden habe.«

Isabel lächelt, dann mustert sie Ian mit schief gelegtem Kopf. Er hat ein leicht zerfurchtes, nettes Gesicht, und es gefällt ihr, dass er weiß, wer er ist. »Wie kann ich Ihnen eigentlich für all das, was Sie für mich und mein Haus getan haben, danken?«

Er lächelt. »Es war mir ein Vergnügen, Isabel.«

»Außerdem haben Sie mir bis jetzt noch keine Rechnung geschickt«, sagt sie. »Das sollten wir vielleicht besser noch erledigen, bevor Sie den nächsten Auftrag übernehmen.«

Ian stellt beide Füße auf den Boden und hält die Schaukel an. »Isabel«, sagt er und seine Stimme klingt belustigt. »Sie schulden mir überhaupt nichts. Ich habe doch gesagt, es war mir ein Vergnügen.«

Damit hat Isabel schon beinahe gerechnet, aber sie will nicht, dass Ian denkt, sie wäre auf ihren Vorteil aus. »Kann ich dann wenigstens die Kosten für das Material übernehmen?«

Er schüttelt den Kopf. »Ich freue mich, dass ich einer lieben Bekannten helfen konnte.«

Einer lieben Bekannten? Seine Worte wirken wie eine kalte Dusche auf Isabel. »Oh«, sagt sie. »Na, da sagt die *liebe Bekannte* vielen Dank.« Sie reibt sich die Nase, als müsste sie gleich niesen.

»Oje, jetzt sind Sie sauer auf mich.«

»Was? Nein«, schwindelt sie. »Es ist schon spät. Ich sollte besser reingehen.« Sie steht auf, aber Ian greift nach ihrer Hand.

»Isabel, bleiben Sie noch ein bisschen«, sagt er. Sanft will er sie wieder auf die Schaukel ziehen, doch so leicht macht es ihm Isabel nicht.

Sie ist verletzt. Betrachtet er sie tatsächlich nur als irgendeine Bekannte? »Warum?«

Ian steht auf, immer noch ihre Hand in der seinen. »Damit ich dich küssen kann.« Er zieht sie an sich und gibt ihr einen zarten Kuss auf den Mund.

Ohhh. Isabel spürt, wie ihr ganzer Körper bei der Berührung seiner Lippen zu kribbeln beginnt, und muss über ihre eigene Dummheit lachen. Sie küssen sich noch einmal. »Ich glaube, an diese Art von Bekanntschaft könnte ich mich gewöhnen«, sagt sie, als sie sich schließlich voneinander lösen.

»Oder wir probieren noch was anderes aus«, sagt Ian. »Vielleicht ein richtiges Date?«

Isabel nickt atemlos.

»Willst du immer noch reingehen?«

Sie schüttelt den Kopf.

Hand in Hand setzen sie sich auf die Schaukel und trinken ihren Kaffee, und dabei schauen sie hinaus auf die verschlafene Straße, zu den Nachbarn, die in ihren Häusern herumgehen, zu den Autos, die gelegentlich vorbeifahren. So sitzen sie nebeneinander, still und zufrieden, vor allem aber glücklich.

Epilog

Es ist gedeckt, die Servietten sind gefaltet und stecken in silbernen Serviettenringen, Eicheln und Blätter dienen als Platzkarten. Die Tische im Teesalon sind zusammengeschoben, so dass alle Gäste an einer langen Tafel sitzen und auch noch genug Platz ist, damit sich die Zuspätkommenden einen Stuhl dazustellen können. Der Tischschmuck besteht aus Kürbissen, Chrysanthemen und getrockneten Craspedia in Gelb- und Orangetönen. Dazwischen stehen Körbe mit frisch gebackenem Brot und auch die Cranberrysauce ist schon aufgetragen. In der Röhre schmort der Truthahn vor sich hin. Auf einem Holzbrett liegt Betties glasierter Honigschinken.

Noch vor einem Jahr wäre die Gästeliste des heutigen Abends nicht denkbar gewesen, weil viele der Namen darauf neu sind, jedenfalls für die Gäste. Natürlich sind Madeline und Connie da und außerdem Eli als Connies Gast. Hannah hat Jamie mitgebracht. Isabel, Ava, Max und Bettie; Ian und sein Sohn sind mit dem eigenen Auto gekommen. Yvonne und Sam müssen sich vor dem Dessert verabschieden, weil sie später noch zu Sams Mutter und seinen Schwestern in Maine wollen. Madelines Stiefsohn Ben wird mit seiner Frau und seiner kleinen Tochter aus Ohio erwartet. Auch die Lassiters sind da, sie sitzen neben den Dohertys.

Offiziell ist der Teesalon geschlossen, aber das hält die Leute nicht davon ab, kurz reinzuschauen. Den ganzen Tag über herrscht reges Kommen und Gehen, Freunde und Nachbarn wollen eine Tasse Tee trinken oder einen Teller mit Plätzchen abgeben.

Das Büfett biegt sich unter den Desserts, und es werden immer noch mehr. Die Gäste haben sämtliche Räume mit Beschlag belegt, die Flure, die Küche. Max hilft dabei, eine Platte gegrilltes Gemüse mit einer Granatapfel-Vinaigrette nach Madelines Rezept zu beträufeln. Rayna Doherty hat eine Apfeltarte mitgebracht. Ians Sohn Jeremy stampft die Kartoffeln für das Püree.

Niemand achtet darauf, als das Glöckchen über der Tür bimmelt und einen weiteren Gast ankündigt. Hannah ist die Erste, die sie inmitten all der Jacken und Schals, der Handschuhe und Wollmützen entdeckt.

»Du bist wieder da!«, ruft sie und stürzt zur Tür. Ein leises Raunen dringt durch den Teesalon, als sich alle nach diesem letzten Gast umdrehen, der sich als zwei Gäste entpuppt.

Frances Latham und ihre Tochter Mei Ling. Sie haben beide rote Nasen von der Kälte, ihre Augen leuchten. Mei Ling, zwanzig Monate alt, schreckt vor all den fremden Menschen nicht zurück, sondern sieht sich zugleich wachsam und neugierig um.

»Wir sind gestern zurückgekommen«, sagt Frances und beginnt sich und Mei Ling aus ihren Umhüllungen zu schälen. »Reed und die Jungen kommen auch gleich, sie suchen nur noch einen Parkplatz. Vielen Dank für die Einladung, Madeline. Wir sind furchtbar müde, aber nicht so müde, wie wenn wir uns selbst um das Thanksgiving-Essen hätten kümmern müssen. Ich hoffe, es macht Ihnen nichts aus, dass wir einfach hier reinschneien.«

»Aber ganz und gar nicht«, versichert ihr Madeline. »Wir holen noch ein paar zusätzliche Stühle, und zu essen ist sowieso mehr als genug da. Sie brauchen keinen Finger zu rühren. Und falls es Ihnen zu viel wird, können wir Ihnen Ihr Essen auch einpacken.«

»O nein«, sagt Frances und schüttelt den Kopf. »Wir haben uns alle riesig darauf gefreut. Die Reise war so anstrengend und aufregend, dass wir alle in Tiefschlaf gefallen sind, sobald wir im Flieger nach Hause saßen. Aber jetzt wollen wir mit unseren Freunden zusammen sein. Für uns ist das eine ganz besondere Heimkehr – es gibt so viel, wofür wir dankbar sind.« Sie streicht Mei Ling über die dichten, dunklen Haare und drückt einen Kuss darauf. Mei Ling zappelt ein bisschen, dann blickt sie zu Frances hoch und legt ihr Gesicht an ihre Schulter.

Man hört Gemurmel und jemand schnieft. Isabel hält Bettie ein Taschentuch hin, doch Bettie schiebt ihre Hand weg.

»Ich heule nicht«, erklärt sie unwirsch und blinzelt, als hätte sie etwas im Auge. »Ich doch nicht.« Ihre Augen glänzen jedoch verdächtig und auch einige andere im Raum haben feuchte Augen. Isabel lächelt und legt den Arm um Betties Schulter.

Hinter Frances tauchen Reed, Nick, Noah und Brady auf. Es folgt eine Runde herzlicher Glückwünsche, Umarmungen und gegenseitigen Vorstellens. Danach ziehen sie ins Wohnzimmer um, wo sich Frances mit ihrer Tochter auf dem Boden niederlässt. Mei Ling sitzt still und aufmerksam da und klammert sich mit einer ihrer kleinen Hände an den Saum von Frances' Pullover.

»Sie hat dich schon akzeptiert«, sagt Hannah lächelnd.

Frances erwidert ihr Lächeln. »Ja«, sagt sie. »Ich habe keine Ahnung, ob sie versteht, was mit ihr passiert oder dass wir jetzt ihre Familie sind, aber sie weiß, wer ich bin. Wer wir sind.« Sie deutet auf Reed und die Jungen.

»Mich mag sie am liebsten«, sagt Noah.

»Sie mag uns alle«, sagt Nick und versetzt seinem jüngeren Bruder einen Knuff gegen den Arm.

»Ja, aber mich mag sie am liebsten«, beharrt Noah.

»Mich auch!«, mischt sich Brady ein. Alle lachen.

»Das lag an diesen Alben«, erklärt Reed. »Frances hat immer welche rübergeschickt und die Pflegeeltern haben sie Mei Ling gezeigt.«

»Ich glaube, sie haben sich die Alben genauso gern angesehen, wie ich sie gemacht habe«, sagt Frances. »Deshalb haben sie sie ihr ganz oft gezeigt. Für uns war das gut, weil sie uns praktisch schon kannte, als wir ankamen – sie konnte uns zwar nicht sofort richtig einordnen, aber wir waren keine völlig Fremden für sie.«

In der Küche schrillt der Küchenwecker. »Zeit, den Truthahn aus dem Ofen zu holen«, sagt Madeline. »Ich denke, wir können dann bald essen. Reed, darf ich Ihnen die Aufgabe übertragen, den Truthahn zu tranchieren?«

Reed lächelt. »Es wäre mir eine Ehre.«

»Ach, hätte ich doch bloß meine Kamera mitgenommen«, sagt Frances. »Ich glaube, ich habe sie zu Hause zusammen mit unseren Pässen und dem anderen Kram auf der Kommode liegen gelassen.«

»Ich habe meine dabei«, sagt Walter Lassiter. »Ich werde ein paar hübsche Fotos für Sie schießen, versprochen.«

»Er macht tolle Fotos«, sagt Connie und tätschelt ihm den Arm, bevor sie Madeline in die Küche folgt.

Walter läuft dunkelrot an, und es ist ihm anzusehen, dass er sich freut.

Mei Ling zieht an Frances' Pullover, und Frances weiß offenbar sofort, was sie will. Sie kramt in ihrer Handtasche, holt eine kleine Packung Cheerios heraus und öffnet sie. Mei Ling greift hinein und nimmt eine Handvoll.

»Sie hat noch Heimweh«, sagt Frances leise. »Aber sie ist ein aufgewecktes, zufriedenes Kind und ungeheuer neugierig. Außerdem ist sie eine richtige kleine Plaudertasche, natürlich spricht sie chinesisch und brabbelt meistens mit sich selbst, aber das macht nichts. Wir haben ja keine Eile und kriegen das schon hin, was, Schätzchen?« Sie nimmt ein heruntergefallenes Cheerio und legt es auf ihre Hand. Mei Ling greift danach und ihr Gesicht verzieht sich zu einem kleinen Lächeln.

»Sie mag das Puppenhaus, das Mom für sie gekauft hat«, berichtet Nick. »Als wir gehen mussten, hat sie furchtbar geschrien, weil sie weiterspielen wollte.«

»Ich werde ein tragbares Puppenhaus für sie besorgen«, sagt Reed. »Das kann sie dann überallhin mitnehmen. Ich habe welche gesehen, die Griffe am Dach haben, damit man sie leichter transportieren kann.«

Frances strahlt und streicht ihm über den Arm. »Ich würde dich damit aufziehen, wenn ich dich nicht gerade so rasend lieben würde.«

»Ich dachte, dann hat sie eine Beschäftigung auf den langen Fahrten in die Klinik«, sagt Reed. »Und bei all den Arztbesuchen, die uns bevorstehen. Sie kann es immer dabeihaben. Wie uns.«

»Mist, jetzt fange ich doch an zu heulen«, sagt Bettie und wedelt sich mit der Hand vor dem Gesicht herum. »Was haben Sie mit dem Taschentuch gemacht, Isabel?«

»Ich habe es benutzt«, erwidert Isabel und zeigt ihr das feuchte Knäuel in ihrer Hand. Ihre Augen glänzen, aber sie lächelt.

»Ich habe welche«, sagt Ava schniefend und reicht Bettie ein paar. Sie winkt Max zu sich, drückt ihn und gibt ihm einen Kuss. Yvonne und Sam sitzen zufrieden auf der Couch,

Sam hat den Arm um sie gelegt. Yvonne lehnt sich zurück und stößt einen glücklichen Seufzer aus.

Alle sehen Mei Ling zu, wie sie die letzten Cheerios verputzt und dann mit den Fingern ihre Lippen berührt.

»Sie hat Durst«, sagt Noah. Frances nickt.

»Essen!«, ruft Madeline.

Lächelnd helfen die Gäste einander beim Aufstehen, die Männer klopfen sich gegenseitig auf die Schulter, die Frauen nehmen sich kurz in den Arm, sie sind dankbar für diesen Tag, diese Zeit, diese Menschen. Das alte Jahr ist noch nicht zu Ende, aber es ist für sie alle ein Neubeginn. An diesem Tag sind ihre Herzen von Dankbarkeit erfüllt, jeder Moment hinterlässt eine zarte Spur in ihren Köpfen, in ihren Herzen. Es ist ein Tag des Miteinanders und des Teilens, der Familie und der Freunde, der Erinnerungen, die neu entstehen und nicht so leicht wieder vergessen werden.

Danksagung

Viele Menschen haben geholfen, aus diesem Buch das zu machen, was es ist. Herzlichen Dank an: Libby McGuire, Linda Marrow, Jane von Mehren, Gina Wachtel, Sharon Propson, Penelope Haynes, Dana Isaacson, Junessa Viloria und Angela Pica sowie an die unermüdlichen Teams in Redaktion, Herstellung, Marketing, Public Relations und Vertrieb bei Ballantine Books. Meine Agentin Dorian Karchmar von William Morris Endeavor hat nicht nur ein Auge auf meine Manuskripte, sondern auch auf mein Fortkommen als Autorin. Dank an Simone Blaser, Tracy Fischer, Raffaella De Angelis, Laura Bonner, Annemarie Blumenhagen und Covey Crolius und ihren Mitarbeitern rund um die Welt.

Ich empfinde große Dankbarkeit für meine ausländischen Lektoren und Verleger: Patrick Gallagher, Annette Barlow, Kate Hyde und Kate Butler von Allen and Unwin in Australien; Pedro Almeida von Leya in Brasilien; Laetitia Amar von Michel Lafon in Frankreich; Laura Casonato von Edizioni Piemme in Italien; Juliette Van Wersch von A. W. Bruna in den Niederlanden; Nicola Bartels von Blanvalet in Deutschland; Lynn Chen und Patrich Jia von China Times in Taiwan; Katarzyna Tudzka von Prószynski in Polen und das Team von Beyaz Belina in der Türkei. Dank auch an Orli Moscowitz bei Random House Audio.

Ich danke meinem Mann Darrin und unseren drei Kindern, Maya, Eric und Luke für ihre Unterstützung, ihre Liebe und ihren Humor. Denkt immer daran, dass alles mit unserer Beziehung zu uns selbst beginnt. Hört nie auf, zu lernen und euch weiterzuentwickeln und nach neuen Erfahrungen Ausschau zu halten. Glück und Freude sind eure Trümpfe, gebt ihnen den Vorrang vor allem anderen.

Nancy Sue Martin und Patrica Wood sind meine ständigen Begleiterinnen, Freundinnen, die unangenehme Fragen stellen, zu den unmöglichsten Zeiten für mich da sind und die das Schreiben und das Leben mit all seinen Herausforderungen ebenso sehr lieben wie ich. Susan Buetow hat mir geholfen, die Website friendshipbreadkitchen.com all jenen offen zu halten, die ein Buch gerne mit einem Stück Freundschaftsbrot auf dem Teller genießen.

Ich danke euch allen.

Der Geschmack von Avalon

Scrapbooking-Tipps und Rezepte

In Avalon, Illinois, ist es das Essen, das Familien und Freunde zusammenbringt. Nachbarn beweisen sich damit ihre Wertschätzung und ihre Hilfsbereitschaft, Gemeinden stehen sich damit in Zeiten der Not bei. Insbesondere das Freundschaftsbrot der Amish hat seinen Weg in die Häuser vieler Leute in Avalon gefunden, das heißt, ständig werden neue Rezepte und Variationen des Freundschaftsbrotteigs in Kirchengemeinden oder bei Schulessen ausgetauscht, man legt sie anderen vor die Tür oder bringt sie – natürlich – zu den Treffen der Avalon Ladies Scrapbooking Society mit. Weil diese Rezepte ganz einfach zu der kleinen Stadt gehören, sind einige der beliebtesten hier aufgeführt, zusammen mit ein paar Ideen für Ihre eigene Crop-Party.

Für alle Freundschaftsbrotrezepte benötigt man eine Tasse (240 ml) Teigansatz. Ausführliche Erklärungen zum Teigansatz, häufig gestellte Fragen und mehr als zweihundertfünfzig Rezepte finden Sie auf der Website zum ersten Avalon-Roman, *Je süßer das Leben*, unter friendshipbreadkitchen.com.

Der Teigansatz für das Freundschaftsbrot der Amish

Der Teigansatz für das Freundschaftsbrot der Amish wird in einem wiederverschließbaren Gefrierbeutel oder einer Porzellanschüssel von Freund zu Freund, von Nachbar zu Nachbar weitergegeben. Es handelt sich dabei um einen Sauerteig, das heißt, der Geschmack wird umso intensiver, je länger man den Teig »füttert«. Aus dem Grundteig kann man süße Brote, Muffins, Brownies und sogar Pfannkuchen backen. Falls Ihnen niemand einen Beutel mit dem Freundschaftsbrotteig schenkt, Sie aber gern damit experimentieren würden, finden Sie nachstehend ein Rezept für den Teigansatz. Nach zehn Tagen können Sie zum ersten Mal damit backen.

Zutaten
7 g Trockenhefe
60 ml lauwarmes Wasser
120 g Mehl
220 g Zucker
240 ml zimmerwarme Milch

1. Lösen Sie in einer kleinen Schüssel die Hefe in dem Wasser auf. Zehn Minuten stehen lassen.
2. In einer Glas-, Plastik- oder Porzellanschüssel vermischen Sie Mehl und Zucker miteinander.

3. Rühren Sie nach und nach die Milch und die aufgelöste Hefe in die Mehl-Zucker-Mischung. Decken Sie die Schüssel mit einem Geschirrtuch ab und lassen Sie die Masse bei Zimmertemperatur stehen, bis sie anfängt, Bläschen zu bilden. Das ist der erste der zehn Tage, die es dauert, bis Sie den Teigansatz verwenden können. Sie können ihn entweder in der Schüssel lassen oder in einen wiederverschließbaren Beutel umfüllen.
4. Vom zweiten bis zum fünften Tag kneten Sie den Beutel einmal täglich kräftig durch (wenn Sie den Teig in der Schüssel gelassen haben, rühren Sie ihn mit einem Holzlöffel gut um). Sollte sich der Beutel zu sehr aufblähen, lassen Sie die Luft heraus.
5. Am sechsten Tag geben Sie 120 g Mehl, 220 g Zucker, 240 ml Milch dazu. Kneten Sie den Beutel durch.
6. Vom siebten bis zum neunten Tag kneten Sie den Beutel täglich durch.
7. Am zehnten Tag geben Sie den Inhalt des Beutels in eine Schüssel, die nicht aus Metall sein darf.
8. Geben Sie 180 g Mehl, 330 g Zucker und 360 ml Milch dazu. Gut verrühren.
9. Teilen Sie den Teig in vier Teile und füllen Sie jeden Teil in einen wiederverschließbaren 4-Liter-Gefrierbeutel.
10. Behalten Sie einen Beutel für sich und geben Sie die anderen drei zusammen mit dem Rezept an Freunde weiter.

LORNAS HASELNUSS-CAPPUCCINO-TORTE

Zutaten
1 Tasse (240 ml) Teigansatz
3 Eier
240 ml Öl
120 ml Milch
200 g brauner Zucker
1 TL Vanille
1 ½ TL Backpulver
½ TL Salz
½ TL Kaiser-Natron
240 g Mehl
2 Päckchen Schokoladenpudding
5 EL Instant-Cappuccino

Füllung
Nutella-Buttercreme (siehe unten)
80 g kleine Schokoladendrops
Schokoladensauce
100 g Haselnüsse oder Pecannüsse, fein gehackt

1. Backofen auf 165 Grad vorheizen.
2. Alle oben aufgeführten Zutaten bis auf die für die Füllung in eine große Schüssel geben und miteinander verrühren.
3. Zwei Kuchenformen von 26 cm Durchmesser einfetten und mit Mehl bestäuben.
4. Teig gleichmäßig auf die beiden Formen verteilen.
5. 40 bis 45 Minuten backen bzw. so lange, bis kein Teig mehr haften bleibt, wenn man mit einem Holzstäbchen in die Mitte sticht.

6. Die Böden vollständig auskühlen lassen und mit einem scharfen Messer jeweils einmal quer durchschneiden.
7. Jeden Boden mit der Nutella-Buttercreme bestreichen. Bevor Sie den nächsten Boden darauflegen, mit Schokoladendrops und gehackten Nüssen bestreuen und Schokoladensauce darüberträufeln. Sie können die Böden einen Tag im Voraus backen.
8. Guten Appetit!

NUTELLA-BUTTERCREME

Zutaten
75 g Butter (Zimmertemperatur)
150 g Nutella
1 TL Vanilleextrakt
300 g Puderzucker
60 ml Milch
1 TL Instant-Cappuccino

1. Butter und Nutella mit dem Handmixer in einer großen Schüssel verrühren, Vanilleextrakt dazugeben.
2. Nach und nach Puderzucker dazugeben und bei mittlerer Geschwindigkeit gut unterrühren.
3. Milch dazugeben und bei mittlerer Geschwindigkeit weiterschlagen, bis eine leichte, luftige Masse entsteht.
4. Unmittelbar bevor Sie die Füllung verwenden, den Instant-Cappuccino mit einem Kochlöffel unterrühren.
5. Die Menge reicht, um alle vier Böden damit zu bestreichen. Wenn Sie auch den Rand damit bestreichen wollen, verdoppeln Sie das Rezept.

CHARLOTTE SNYDERS KOKOSNUSS-WALNUSS-BISCOTTI

Ergibt 24 Stück

Zutaten
1 Tasse (240 ml) Teigansatz
140 g Zucker
120 g weiche Butter
1 TL Vanilleextrakt
1 Ei
360 g Mehl
1 TL Backpulver
½ TL Salz
40 g Kokosflocken
120 g gehackte Walnüsse
Schokolade zum Glasieren (siehe unten)

1. Backofen auf 175 Grad vorheizen.
2. In einer mittelgroßen Schüssel Teigansatz, Zucker und Butter miteinander verrühren. Vanilleextrakt und Ei unterrühren.
3. In einer zweiten Schüssel Mehl, Backpulver und Salz miteinander vermischen, zu der Teigmasse geben und verrühren. Kokosflocken und Walnüsse unterarbeiten.
4. Teig in zwei Hälften teilen. Jeweils zu einer ca. 25 cm langen Rolle formen. Auf ein ungefettetes Backblech legen und etwas flach drücken.
5. 30 bis 35 Minuten backen. 10 bis 15 Minuten auf dem Blech auskühlen lassen.
6. Die Rollen quer in ca. 1,5 cm breite Scheiben schneiden, mit der Schnittfläche nach unten auf ein Backblech legen.

7. Weitere 15 Minuten backen, bis die Biscotti hellbraun und knusprig sind. Auskühlen lassen und in einem luftdicht verschließbaren Behälter aufbewahren.
8. Guten Appetit!

SCHOKOLADE ZUM GLASIEREN

Zutaten
170 g gehackte Halbbitter- oder Bitterschokolade
oder Schokoladendrops
120 g Schlagsahne

1. Schokolade in einem Simmertopf in der Schlagsahne schmelzen lassen, gelegentlich umrühren, damit eine glatte Masse entsteht. Wenn Sie lieber die Mikrowelle verwenden, geben Sie die Schokolade und die Sahne in eine große mikrowellengeeignete Schüssel. Mikrowelle auf mittlere Leistung stellen und regelmäßig umrühren, bis die Schokolade geschmolzen ist.
2. Die Biscotti in die Schokolade tauchen und abkühlen lassen.

ZITRONEN-ROSMARIN-OLIVENÖL-BROT

für zwei Laibe

Zutaten

1 Tasse (240 ml) Teigansatz
3 Eier
240 ml Olivenöl Extra Vergine
120 ml Milch
220 g Zucker
¼ TL Zitronenaroma
½ TL Vanilleextrakt
60 ml frisch gepresster Zitronensaft
2 TL abgeriebene Zitronenschale
1 ½ TL Backpulver
½ TL Salz
½ TL Kaiser-Natron
240 g Mehl
2 Esslöffel frischer Rosmarin, gehackt
1 Päckchen Zitronenpudding
1 Esslöffel geschroteter Leinsamen (optional)
Zitronenglasur (Rezept folgt)
1 Zweig Rosmarin (optional)
Zitronenschale (optional)

1. Backofen auf 165 Grad vorheizen.
2. Alle Zutaten für den Teig nacheinander in eine große Schüssel geben und zu einem glatten Teig verrühren.
3. Zwei große Brotformen einfetten.
4. Formen gleichmäßig auf allen Seiten mit Mehl bestäuben.
5. Teig gleichmäßig auf die beiden Formen verteilen.

6. 60 Minuten backen bzw. so lange, bis sich das Brot am Rand von der Form löst und kein Teig haften bleibt, wenn man mit einem Holzstäbchen in die Mitte sticht. Aus dem Ofen nehmen und auf einem Gitter auskühlen lassen.
7. Mit der Zitronenglasur beträufeln und mit einem Rosmarinzweig oder Zitronenschale garnieren.
8. Guten Appetit!

ZITRONENGLASUR

Zutaten
Saft einer Zitrone
200 g Puderzucker
1 Spritzer Zitronenextrakt

1. Zitronensaft und Puderzucker miteinander verrühren, bis die Mischung die gewünschte Konsistenz hat.
2. Zitronenaroma dazugeben und gründlich verrühren.
3. Brot vor dem Servieren damit beträufeln.

WALLY MILLERS SPANISCHE KOTELETTS

für 4 Personen

Zutaten
4 Schweinekoteletts
2 EL Mehl, nach Bedarf mehr
Salz und Pfeffer
2 EL Pflanzenöl
1 Zwiebel, in Scheiben geschnitten
1 rote Paprika, entkernt und in Ringe geschnitten
4 EL ungekochter Reis
1 Dose (400 g) Tomaten in Stücken
1 EL Worcestersauce

1. Backofen auf 200 Grad vorheizen.
2. Koteletts in Mehl, das mit Salz und Pfeffer gewürzt ist, wenden.
3. Öl in eine Pfanne geben und die Koteletts bei mittlerer Hitze anbraten.
4. Koteletts in eine Auflaufform legen.
5. Auf jedes Kotelett eine Scheibe Zwiebel, einen Paprikaring und in den Paprikaring einen Löffel Reis geben.
6. Tomaten gleichmäßig über den Koteletts verteilen.
7. Mit Worcestersauce, Salz und Pfeffer würzen.
8. 45 Minuten im Ofen garen. Mit Salat und Weißbrot servieren.

CONNIES APFEL IM SCHLAFROCK

ergibt 16 Stück

Zutaten
2 große Granny-Smith-Äpfel
2 Packungen Croissantteig (ca. 500 g)
200 g Butter
300 g Zucker
½ TL Vanille
1 TL Zimt, nach Geschmack mehr
1 Dose (355 ml) Mountain Dew

1. Backofen auf 175 Grad vorheizen.
2. Eine 20 x 30 cm große Backform einfetten.
3. Äpfel schälen, entkernen und achteln. Jedes Achtel in ein Teigdreieck wickeln. In die Backform legen.
4. Butter in einem kleinen Topf bei mittlerer Hitze zerlassen, Zucker, Vanille und Zimt dazugeben.
5. Zuerst die Buttermischung, dann Mountain Dew über den Äpfeln verteilen. Mit Zimt bestäuben und goldbraun backen.

BILLS SPAGHETTI ALLA CHITARRA

2 Portionen

Zutaten
200 g frische Spaghetti
60 ml Olivenöl Extra Vergine
2 Knoblauchzehen, fein gehackt
1 Schalotte, fein gehackt
½ TL Peperoncini
5 Eiertomaten (möglichst San Marzano), entkernt und zerdrückt
2 EL frisch geriebener Parmesan
Salz und Pfeffer nach Geschmack
2 EL frisches Basilikum, grob zerzupft

1. In einem großen Topf Salzwasser zum Kochen bringen.
2. Knoblauch, Schalotte und Peperoncini in der Hälfte des Öls in einer Pfanne kurz anbraten. Tomaten dazugeben und bei großer Hitze ca. zwei Minuten kochen lassen.
3. Die frischen Spaghetti in das Salzwasser geben und ca. 30 Sekunden kochen. Zu den anderen Zutaten in die Pfanne geben.
4. Zwei Esslöffel von dem Nudelwasser dazugeben und Hitze reduzieren.
5. Spaghetti garen, bis sie die gewünschte Bissfestigkeit haben. Gegebenenfalls noch etwas Nudelwasser dazugeben.
6. Vom Herd nehmen. Mit dem Käse und dem Rest des Olivenöls vermischen, salzen und pfeffern. Mit dem Basilikum bestreuen und sofort servieren.

FRANCES' PFANNKUCHEN MIT FRÜHLINGSZWIEBELN

(*Cōng Yóubǐng*)

ergibt 8 Stück

Zutaten
240 g Mehl, nach Bedarf mehr und etwas zum Bestäuben
360 ml kochendes Wasser
5 EL Sesamöl
½ TL Salz
¼ TL weißer oder schwarzer Pfeffer
60 g Frühlingszwiebeln, fein gehackt
½ TL Peperoncini
240 ml Pflanzenöl, nach Bedarf mehr

1. Mehl und heißes Wasser in einer großen Schüssel mit einem Holzlöffel zu einem geschmeidigen Teig verrühren.
2. Sobald der Teig ausreichend abgekühlt ist, mit den Händen weiterkneten. In acht Portionen teilen. In der Schüssel zur Seite stellen.
3. In einer kleinen Schüssel Sesamöl, Salz und Pfeffer miteinander vermischen.
4. Eine Portion Teig auf einer bemehlten Fläche dünn ausrollen.
5. Mit Sesamöl beträufeln und das Öl mit einem Pinsel oder den Fingern gleichmäßig verteilen.
6. Mit gehackten Frühlingszwiebeln bestreuen.
7. Von einem Ende her gleichmäßig aufrollen.
8. Die Teigrolle zu einer Schnecke formen.

9. Mit der Hand flach drücken und anschließend mit dem Nudelholz zu einem gut ½ cm dicken Pfannkuchen auswalzen. Mit den übrigen Teigportionen genauso verfahren.
10. Das Öl bei mittlerer Hitze in einer Pfanne erhitzen.
11. Die Pfannkuchen nacheinander zuerst auf der einen Seite, dann auf der anderen Seite goldbraun frittieren. Auf Küchenkrepp abtropfen lassen.

Einige grundlegende Scrapbooking-Tipps

Scrapbooking ist eine schöne Art, Erinnerungen an einen bestimmten Moment oder ein bestimmtes Ereignis in Ihrem Leben festzuhalten. Es kann so einfach oder aufwendig sein, wie Sie wollen.

Scrapbooks eignen sich auch gut als Geschenk – Fotos und Erinnerungen sind oft das Wertvollste, was jemand besitzt. Fügen Sie ein paar Zeilen und andere Erinnerungsstücke hinzu (Eintrittskarten, Programme, Papierservietten aus Restaurants), um Ihre Seiten individuell zu gestalten. Und vor allem: Viel Spaß dabei!

Für den Anfang:

- Suchen Sie die Fotos aus, die Sie verwenden wollen. Ordnen Sie sie in chronologischer Reihenfolge nach Themen, Personen oder Orten. Sie können auch ein bestimmtes Ereignis oder eine besondere Gelegenheit auswählen (Feiertag, Geburtstag, Urlaub, Reise, Geburt eines Kindes etc.). Verwahren Sie die Fotos in einem Plastikbeutel oder einem Umschlag, auf dem Sie das Thema vermerken, bis Sie sie brauchen.
- Wählen Sie die Größe Ihres Albums aus. Sie können ein fertiges Album kaufen oder ein eigenes kreieren.
- Wählen Sie Papier und Verzierungen aus. In Schreibwaren- und Bastelgeschäften finden Sie eine große Auswahl an Material, Grenzen setzt Ihnen nur Ihre Kreativität (und vielleicht Ihr Geldbeutel).

- Beginnen Sie mit dem Layout Ihrer Seite, das heißt, arrangieren Sie alles, was Sie verwenden wollen, auf der Seite. Kleben Sie aber noch nichts fest. Probieren Sie aus, schieben Sie die einzelnen Elemente hin und her, experimentieren Sie mit verschiedenen Möglichkeiten. Wenn Sie nicht wissen, wo Sie anfangen sollen, oder nicht sicher sind, ob es gut aussieht, holen Sie sich Anregungen aus Zeitschriften. Sie können Ihre Seite zum Beispiel mit einer Überschrift zum Thema oder zu den Fotos versehen.
- Schreiben Sie einen kurzen Text zu jedem Foto oder jeder Seite. Halten Sie Einzelheiten, Erinnerungen, Schlüsselbegriffe fest. Stellen Sie sich vor, es wäre eine Schlagzeile oder ein Tagebucheintrag. Vergessen Sie nicht, Daten anzugeben. Sie können direkt auf die Seite schreiben oder vorgefertigte Karten verwenden. Sie können die Texte auch auf Ihrem Computer schreiben und dann passend zuschneiden.
- Stecken Sie die fertigen Seiten in Prospekthüllen oder fügen Sie sie direkt in Ihr Album ein. Sie können die Seite auch scannen und ein digitales Bild davon anfertigen, um Ihr Album mit Freunden und Ihrer Familie virtuell zu teilen.

Vorbereitung eines Clubtreffens und einer Crop-Party

Warum sich mit einem Treffen Ihres Scrapbooking-Clubs begnügen, wenn Sie eine Crop-Party à la Bettie Shelton veranstalten können? Nehmen Sie sich ein Treffen der Avalon Ladies Scrapbooking Society zum Vorbild. Hier einige Vorschläge:

- Wählen Sie ein Thema aus, das alle interessiert. Das kann die Familie sein, Freundschaften, Feiertage, Geburtstage, Urlaubsreisen, Schule, Sport, Haustiere. Wie wäre es mit einem Album über Ihren Scrapbooking-Club und seine Mitglieder?
- Die Clubmitglieder sollen jeweils 4 bis 6 zum Thema passende Fotos, scharfe Scheren, Klebstoff und andere Utensilien mitbringen, die sie für ihre Alben verwenden wollen.
- Legen Sie Papier (einfarbig und gemustert) und Fotokarton bereit, außerdem Verzierungen (Klammern, Ösen, Knöpfe, Band, Sticker, Buchstaben, vorgestanzte Motive, Rubbelbilder), zusätzlichen Klebstoff und Scheren. Gut ist es, wenn auch eine Papierschneidemaschine, Stanzer, Stempel (und Stempelkissen) zur Verfügung stehen.
- Stellen Sie Kuchen, Kekse oder Muffins bereit oder bitten Sie Ihre Gäste, etwas mitzubringen. Sie können gleich eins der Rezepte in diesem Buch ausprobieren, zum Beispiel Connies Äpfel im Schlafrock und Frances' chinesische Pfannkuchen.

- Lassen Sie mir Ihr Layout oder ein Foto Ihres Clubs zukommen, indem Sie es auf der Seite des Buchs bei Amazon.com oder an der Pinnwand der Friendship Bread Kitchen auf Facebook posten.